प्रसाद काव्य-कोश

प्रसाद काव्य-कोश

कमलेश वर्मा
सुचिता वर्मा

राधाकृष्ण प्रकाशन

पहली बार द मार्जिनलाइज्ड पब्लिकेशन से 2017 में प्रकाशित

ISBN : 978-81-979271-5-7

प्रसाद काव्य-कोश

पहला राधाकृष्ण संस्करण : 2024

मूल्य : ₹1395

प्रकाशक
राधाकृष्ण प्रकाशन प्राइवेट लिमिटेड
जी-17, जगतपुरी, दिल्ली-110 051

शाखाएँ : अशोक राजपथ, साइंस कॉलेज के सामने, पटना-800 006
पहली मंजिल, दरबारी बिल्डिग, महात्मा गांधी मार्ग, प्रयागराज-211 001
1, अनमोल सोराबजी सन्तुक लेन, धोबी तलाव, मरीन लाइंस, मुम्बई-400 002
वेबसाइट : www.radhakrishnaprakashan.com
ई-मेल : info@radhakrishnaprakashan.com

मुद्रक
राजकमल डिजिटल
दरियागंज, नई दिल्ली-110 002

PRASAD KAVYA-KOSH
by Kamlesh Verma, Suchita Verma

गुरुवर डॉ. ओमप्रकाश सिंह
को सादर!

क्रम

'चेतना का सुंदर इतिहास ...' 9

भूमिका 11

संकेत-सूची 17

प्रसाद काव्य-कोश (मुख्य खंड) 19

प्रसाद काव्य-कोश (ब्रजभाषा खंड) 293

परिशिष्ट

1. कविताओं की वर्णानुक्रम-सूची 318
2. नाटक-एकांकी के गीतों/कविताओं की वर्णानुक्रम-सूची 324
3. कविताओं की वर्णानुक्रम-सूची 332
4. नाटक-एकांकी के गीतों/कविताओं की वर्णानुक्रम-सूची 337
5. प्रसाद के काव्य और नाटक 344

‘चेतना का सुंदर इतिहास...’

जयशंकर प्रसाद की काव्य-भाषा हिन्दी की जातीय काव्य-भाषा की निरंतरता को पुष्ट करती हुई विकसित हुई थी। ब्रजभाषा से खड़ी बोली हिन्दी की काव्य-भाषा में संतरण करता हुआ उनका काव्य अपने भीतर पिछली दो शताब्दियों के साहित्य-संस्कार को ग्रहण करता है और उनका समयानुकूल परिष्कार भी करता है। रीतिकाल की भाषिक कलात्मकता और उर्दू शायरी का भाषिक सौन्दर्य प्रसाद की कविताओं में भिन्न रूप ग्रहण करके दिखाई पड़ता है। ‘आँसू’ की भाषा पर रीतिकाव्य और उर्दू शायरी का प्रभाव देखा जा सकता है। इन दोनों को हिन्दी कविता की जातीय परम्परा मानने में कोई आपत्ति नहीं होनी चाहिए। निराला ने अपने कुछ निबंधों में बिहारी, गालिब और रवीन्द्र को एक साथ ‘भावों के उन्नयन’ के लिए याद किया है। इन कवियों को ध्यान में रखकर छायावादी कविता की भाषा पर विचार करना चाहिए।

प्रसाद की काव्य-भाषा निराला, पन्त और महादेवी की तुलना में ज्यादा प्रवाहमय है। उनकी तत्समता के भीतर देशजता सक्रिय रहती है। यह देशजता उनकी भाषा को प्रवाहमय बनाती है। भारतीयता और देशजता पर गहरी आस्था के कारण प्रसाद के पद और पदबंध पर ब्रज, भोजपुरी, तत्समता, इतिहास, वैदिक साहित्य, उर्दू शायरी, तात्कालिक राजनीतिक चेतना आदि का प्रभाव है। इन बातों को ध्यान में रखकर अर्थ तक पहुँचने का प्रयास किया जाना चाहिए।

इस नए संस्करण में परिशिष्ट-3 और 4 को जोड़ा गया है।

परिशिष्ट-3 में जयशंकर प्रसाद की ‘कविताओं की वर्णानुक्रम-सूची’ दी गई है। सन्दर्भ के रूप में प्रसाद का सम्पूर्ण काव्य, सम्पादक—डॉ. सत्यप्रकाश मिश्र, लोकभारती प्रकाशन, इलाहाबाद, 2018 का उपयोग किया गया है।

परिशिष्ट-4 में जयशंकर प्रसाद के ‘नाटक/एकांकी के गीतों/कविताओं की वर्णानुक्रम-सूची’ दी गई है। सन्दर्भ के रूप में प्रसाद के सम्पूर्ण नाटक एवं एकांकी, सम्पादक—डॉ. सत्यप्रकाश मिश्र, लोकभारती प्रकाशन, इलाहाबाद, 2013 का उपयोग किया गया है।

बड़े भैया श्री विमल कुमार वर्मा ने श्रम-विवेक-पूर्वक प्रूफ की त्रुटियों को संशोधित कराया। उनके प्रति कृतज्ञ हूँ।

‘प्रसाद काव्य-कोश’ के प्रकाशन के लिए राधाकृष्ण प्रकाशन, नई दिल्ली के प्रति आभार प्रकट करता हूँ।

सादर,

21 अप्रैल, 2023

कमलेश वर्मा

ई-मेल : kamleshvermajnu@gmail.com

प्रसाद : काव्य-भाषा की सुबोध परिपक्वता

जयशंकर प्रसाद (1889-1937) छायावाद के वरिष्ठतम कवि हैं। छायावाद (1918-1936) के 18 वर्षों के अलावा प्रसाद के काव्य-सृजन का कालखंड इसके पीछे 1909 तक फैला है। यह काव्य-कोश उनकी कविताओं में प्रयुक्त शब्दों को सन्दर्भ-सहित अर्थ प्रदान करने की एक कोशिश है। प्रसाद का काव्य-संसार गहरा है, दार्शनिक है, अनेकशः रहस्यमय है, रोमानी है और प्रायः मोहक है। यह सब रचने में उनकी भाषा का प्रमुख योगदान है। प्रसाद प्रायः अबूझ शब्दों का प्रयोग नहीं करते। प्रसंगवश किसी संदर्भविशेष के शब्द वे अवश्य ले आते हैं। उस शब्द का अर्थ जान लेने पर समझ में आ जाता है कि यह प्रयोग, वैचित्र्य उत्पन्न करने के लिए नहीं किया गया था। 'कामायनी' में वैदिक कथा है, इसलिए उससे जुड़े शब्द मिलते हैं, जैसे– 'पवमान', 'तिमिंगल' आदि। प्रसाद माधुर्य-भाव में जितने रोमानी हैं, उतने ही आध्यात्मिक प्रश्नों के सुलझे हुए रहस्यदर्शी भी। वे रहस्य रचते नहीं, बल्कि 'सुलझा हुआ रहस्य' सामने रखने में विश्वास करते हैं; इसलिए उनकी भाषा गाँठदार नहीं है। शब्दों के साथ विशेषण लगाने की अद्‌भुत कला के धनी होने के कारण वे छायावादी काव्य-भाषा को सुबोध परिपक्वता प्रदान करते हैं। विशेषण-विशेष्य के अनगिनत नए प्रयोग उनकी शक्ति हैं। छायावादी कवियों में हिन्दी भाषा का स्वाभाविक प्रवाह सबसे ज्यादा प्रसाद में ही मिलता है। प्रसंगवश कहा जा सकता है कि निराला की काव्य-भाषा की विशेषता प्रयोगधर्मिता में है, स्वाभाविक प्रवाह में नहीं। उनकी कविता के बड़े हिस्से में हिन्दी भाषा के स्वाभाविक प्रवाह में बाधा उत्पन्न हुई है। इस दृष्टि से पन्त और महादेवी का दायरा अपेक्षाकृत छोटा है।

प्रसाद की इस विशेषता को स्पष्ट करने के लिए 'मधु' शब्द के प्रयोग पर ध्यान दिया जा सकता है। इस कोश में 'मधु-अंध' से लेकर 'मधुहास' तक 99 प्रविष्टियाँ हैं। इन सबके मूल में 'मधु' मौजूद है। 'निराला काव्य-कोश' में 'मधु' शब्द के आधार पर केवल 23 प्रविष्टियाँ मिलती हैं। विशेषण-विशेष्य (विशेषण-विपर्यय भी) के आधार पर शब्द रचने की प्रवृत्ति के अंतर को इस उदाहरण से समझा जा सकता है। प्रसाद अपने नए प्रयोगों से चौंकाते नहीं, बल्कि मासूमियत से आकर्षित करते हैं, जैसे– 'मधुमय चुंबन' तो ठीक है, 'मधुमय अभिशाप' से भी ज्यादा भय उत्पन्न नहीं होता है। यह प्रसाद का अपना प्रयोग था और इसका उपयोग उन्होंने केवल एक बार किया, 'चिंता' सर्ग में। इसी तरह 'विश्व' शब्द से जुड़ी 37 प्रविष्टियाँ 'प्रसाद काव्य-कोश' में हैं, जबकि 17 प्रविष्टियाँ 'निराला काव्य-कोश' में। निराला नए-नए शब्द तलाशते हैं, प्रसाद एक शब्द की अनेक सम्भावनाओं को रचने की प्रवृत्ति रखते हैं। नामवर जी लिखते हैं, ''पंत के यहाँ स्वप्निल, उर्मिल, मृदुल आदि ज्यादा हैं; प्रसाद के यहाँ मधु, माधव, माधवी आदि; निराला के यहाँ नव या फिर विराटता के बोधक बड़े-बड़े शब्द; और महादेवी के यहाँ दीप, बाती, तूली, ओस, अश्रु आदि।''[1] नामवर जी का बताया हुआ 'नव' शब्द भी 'प्रसाद काव्य-कोश' में 39 बार आया है और 'निराला काव्य-कोश' में 27 बार।

छायावाद के अन्य कवियों की तरह प्रसाद भी अनेक स्रोतों से शब्द प्राप्त करते हैं। मगर, शब्द को अपनी काव्य-भाषा में स्थान देते हुए वे इस बात का भरपूर खयाल रखते हैं कि हिन्दी भाषा की स्वाभाविकता बनी रहे। वे न तो संस्कृत के दबाव में आते हैं और न ही बँगला भाषा के। उनके दौर में रवीन्द्रनाथ की भाषा का जो दबाव काम कर रहा था उसकी चर्चा खूब हुई है। निराला की काव्य-भाषा पर न केवल उसका प्रभाव है,

---

1. छायावाद-नामवर सिंह, राजकमल प्रकाशन, नई दिल्ली, 1993, पृ. 118

बल्कि कविता-पाठ के लिए भी वे बँगला-उच्चारण का सहारा लेते थे। हिन्दी उनके लिए अर्जित भाषा थी। आचार्य रामचंद्र शुक्ल ने बँगला की रोमैंटिक काव्य-भाषा के प्रभाव को प्रसाद के सन्दर्भ में भी उल्लिखित किया है, "प्रसाद जी में ऐसी मधुमयी प्रतिभा और ऐसी जागरूक भावुकता अवश्य थी कि उन्होंने इस पद्धति का अपने ढंग पर बहुत ही मनोरम विकास किया। संस्कृत की कोमल कांत पदावली का जैसा सुन्दर चयन बंगभाषा के काव्यों में हुआ है वैसा अन्य देशभाषाओं के साहित्य में नहीं दिखाई पड़ता। उनके परिशीलन में पदलालित्य की जो गूँज प्रसाद जी के मन में समाई वह बराबर बनी रही।"[1] शुक्ल जी ने प्रसाद के 'अपने ढंग' को रेखांकित किया, 'मनोरम विकास' को पहचाना। यह ठीक है कि छायावाद पर बँगला का असर है, मगर प्रसाद अपनी काव्य-भाषा के प्रति कुछ दूसरे ढंग से सजग थे। हिन्दी कविता की अपनी परम्परा ब्रजभाषा से जुड़ी थी, बँगला से नहीं। छायावादी कवियों में प्रसाद ब्रजभाषा की काव्य-परम्परा से सबसे अधिक जुड़े थे और वे ब्रजभाषा के कवि भी थे। शायद यही कारण है कि उन्होंने अपनी छायावादी काव्य-भाषा का 'अपने ढंग' से 'मनोरम विकास' किया। निराला और पन्त की काव्य-भाषा में बँगला के अनुकरण को अनेक आलोचकों ने उदाहरण-सहित दिखाया है। 'पंतजी और पल्लव' शीर्षक लेख में निराला ने उदाहरण देकर दिखाया है कि पंतजी ने बँगला और अंग्रेजी से कई चीजें लेकर अपनी 'चौर्य-कला' का प्रमाण दिया है, "पंतजी चौर्य-कला में निपुण हैं!"[2] नामवर जी ने 'छायावाद' पुस्तक में निराला की कविता 'सम्राट् अष्टम एडवर्ड के प्रति' की पंक्तियों को रवीन्द्रनाथ की 'शाहजहाँ' कविता की पंक्तियों से मिलता-जुलता बताया है। प्रसाद की काव्य-पंक्तियों को किसी के अनुकरण के उदाहरण के रूप में अभी तक नहीं रखा जा सका है। नामवर जी लिखते हैं, ''प्रसाद और निराला के शब्द-समूह पर रवीन्द्रनाथ ठाकुर की पद-रचना का प्रभाव स्पष्ट है।''[3] (पृ. 109) 'जुही की कली' कविता की कुछ पंक्तियों को रखते हुए वे आगे लिखते हैं, ''ये पद-समूह एकत्र ही रवीन्द्रनाथ की किसी कविता में भले ही न मिलें और निराला ने जान-बूझकर एक ही जगह से भले ही न उठाया हो, परन्तु इसमें कोई शक नहीं कि ऐसी पद-रचना का प्रेरणास्रोत वही है; यहाँ तक कि इनका उच्चारण भी थोड़ा-सा बँगला की मुख-सुख परम्परा की आकांक्षा रखता है।''[4] (पृ. 109) मगर नामवर जी उदाहरण के तौर पर प्रसाद की कोई कविता नहीं रखते हैं जिससे यह पता चले कि उन्होंने रवीन्द्रनाथ का अनुकरण किया हो। वे अन्ततः शुक्ल जी का सहारा लेते हैं और प्रसाद पर बँगला-संस्कार की चर्चा करते हैं, ''प्रसाद की पदावली के पीछे भी बँगला-संस्कार कितना था, इसका उल्लेख शुक्ल जी ने अपने इतिहास में किया है। ...प्रसाद के मदिर माधव मधुपूर्ण अंतरिक्ष के इंदीवर में जो इंद्रजाल दिखाई पड़ता है, उसका सूत्र बंगीय पदावली में मिलता है।''[5] (पृ. 110) इन सबके बावजूद यह नहीं दिखाया जा सका कि प्रसाद ने निराला और पंत की तरह रवीन्द्रनाथ ठाकुर की पदावली का सीधे अनुकरण किया हो। प्रसाद अपनी 'मधुमयी प्रतिभा' और 'जागरूक भावुकता' के बल पर अपनी काव्य-भाषा का 'अपने ढंग' से 'मनोरम विकास' कर रहे थे।

इस कोश में लगभग 6600 प्रविष्टियाँ हैं। 5875 प्रविष्टियाँ 'मुख्य-खंड' में हैं और 729 प्रविष्टियाँ 'ब्रजभाषा-खंड' में। प्रसाद की कविताओं को पढ़ते हुए शब्दों के अर्थ तक पहुँचने की प्रक्रिया को यह कोश अपने भीतर समेटे हुए है। इसमें पाँच कॉलम हैं–

1. **शब्द**– शब्द-चयन के आधार–अर्थ की कठिनाई, सामासिक पद, विशिष्ट अर्थ में प्रयुक्त शब्द। इस कोश में अर्ध पंचमाक्षर की जगह अनुस्वार को प्राथमिकता दी गई है, ताकि एकरूपता बनी रहे। 'जयशंकर प्रसाद ग्रन्थावली' में इन दोनों रूपों का प्रयोग किया गया है, जैस– अंचल/अञ्चल, अनंत/अनन्त, कंबु/कम्बु आदि। कोश के 'शब्द' कॉलम में अंचल, अनंत, कंबु आदि का प्रयोग किया गया है। परन्तु *'काव्य-पंक्ति'* में 'ग्रन्थावली' के पाठ को रखा गया है।
2. **काव्य-पंक्ति**– कविता की पंक्ति को एकल उद्धरण चिह्न (' ') के अन्दर तिरछी वर्तनी (इटैलिक फॉण्ट) में रखा गया है। कविता के पाठ को अविकल रखने का हर सम्भव प्रयास किया गया है। 'ग्रन्थावली' के पाठ से कहीं-कहीं भिन्न पाठ भी अपनाया गया है, जैसे– योजक चिह्न (हाइफन) के मामले में। दूसरा मामला 'मयी' के प्रयोग को लेकर है।

---

1. हिन्दी साहित्य का इतिहास, आचार्य रामचंद्र शुक्ल, नागरी प्रचारिणी सभा, वाराणसी, सं. 2047 वि., पृ. 367
2. निराला रचनावली-5, सं.-नन्दकिशोर नवल, राजकमल प्रकाशन, नई दिल्ली, 1992, पृ. 177
3. छायावाद-नामवर सिंह, राजकमल प्रकाशन, नई दिल्ली, 1993, पृ. 109
4. वही, 1993, पृ. 109
5. वही, 1993, पृ. 110

'ग्रन्थावली' में 'मयी' का प्रयोग शब्द से अलग करके किया गया है, जैसे– 'विश्वास मयी'। इस कोश में 'विश्वास मयी' की जगह 'विश्वासमयी' पाठ को अपनाया गया है। यह मुझे ज्यादा ठीक लगा। प्रसाद की कविता के अन्य संस्करणों में यह पाठ उपलब्ध भी है।

3. **अर्थ**– संदर्भगत अर्थ देने का प्रयास किया गया है और अर्थ की वस्तुनिष्ठता को प्राथमिकता दी गई है। रूपक से जुड़े अर्थ को स्पष्ट करने की कोशिश की गई है। आवश्यकता पड़ने पर दार्शनिक पक्ष का संकेत किया गया है। कोशिश की गई है कि जयशंकर प्रसाद की कविताओं में रुचि रखनेवाले को शब्द के अर्थ की कठिनाई का सामना नहीं करना पड़े। अर्थ को आवश्यकतानुसार विस्तार या संकोच दिया गया है। प्रसाद की कविताओं को सुलझे हुए रूप में समझने का एक विनम्र प्रयास इस कोश का लक्ष्य है।

4. **प्र.ग्रं./पृ.सं.**– जयशंकर प्रसाद ग्रन्थावली, संपादक: ओमप्रकाश सिंह, प्रकाशन संस्थान, दरियागंज, नयी दिल्ली, 2014, इसके खंड- 1, 2, 3 तथा 4 का उपयोग इस कोश के निर्माण में किया गया है। इसी संस्करण के खंड और पृष्ठ संख्या का संकेत इस कॉलम में किया गया है।

5. **स्रोत/सन्दर्भ**– इस कॉलम में '*काव्य-पंक्ति*' से जुड़े सन्दर्भ को रखा गया है, ताकि जाना जा सके कि वह 'शब्द' या '*काव्य-पंक्ति*' किस कविता से है और वह कविता किस पुस्तक में है। प्रसाद की पुस्तकों के स्वरूप के अनुसार इस कॉलम में, निम्नलिखित में से किसी एक तरह से संकेत, प्रत्येक प्रविष्टि के साथ किया गया है–

कविता का शीर्षक/पुस्तक का नाम	- उठ उठ री लघु लघु लोल लहर/लहर
सर्ग/कामायनी	- चिंता/कामायनी
नाटक का अंक या दृश्य/नाटक का नाम	- प्रथम दृश्य/करुणालय या प्रथम अंक/चन्द्रगुप्त
काव्य-पुस्तक का नाम	- प्रेमपथिक या आँसू या महाराणा का महत्त्व

'जयशंकर प्रसाद ग्रन्थावली' खंड-2 में 'असंकलित कविताएँ' शीर्षक से 34 कविताएँ रखी गई हैं। इसकी कुछ कविताएँ प्रसाद की विभिन्न पुस्तकों में उसी रूप में या कुछ भिन्न पाठ से मौजूद हैं। 'ग्रन्थावली' की भूमिका में इस बात का उल्लेख किया भी गया है। एक ही कविता दो जगह मौजूद होने के कारण इस कोश में एक ही 'काव्य-पंक्ति' दो सन्दर्भ के साथ सम्मिलित हुई है, जैसे– 'चल-चक्र' शब्द समान काव्य-पंक्ति के साथ '2/98 काम/कामायनी' के अलावा '2/348 आवरण/असंकलित कविताएँ' स्रोत/सन्दर्भ के साथ भी शामिल है।

जयशंकर प्रसाद की काव्य पुस्तकें हैं– चित्राधार, कानन-कुसुम, प्रेमपथिक, महाराणा का महत्त्व, झरना, लहर, आँसू और कामायनी। 'चित्राधार' में ब्रजभाषा की कविताएँ हैं। 'प्रेमपथिक' हिन्दी और ब्रजभाषा में अलग-अलग रूप में प्रकाशित है। इसका ब्रज-रूप छोटा है। प्रेमपथिक, महाराणा का महत्त्व, आँसू और कामायनी को छोड़कर शेष पुस्तकों में 199 शीर्षकों से कविताएँ संकलित हैं।

प्रसाद की काव्य-पुस्तकों का विवरण :

पुस्तक	**प्रकाशन-वर्ष**	**टिप्पणी**
चित्राधार	1918/1928	ब्रजभाषा की 29 कविताएँ
कानन-कुसुम	1913/1929	खड़ी बोली हिन्दी की 49 कविताएँ
प्रेमपथिक	1909	ब्रजभाषा (एक लंबी कविता)
प्रेमपथिक	1914	खड़ी बोली (एक लंबी कविता)
महाराणा का महत्त्व	1914	खड़ी बोली (एक लंबी कविता)
झरना	1918	55 कविताएँ
आँसू	1925/1933	प्रगीतात्मक खंडकाव्य
लहर	1935	33 कविताएँ
कामायनी	1936	महाकाव्य (15 सर्ग)

प्रसाद की कविता का विस्तार उनके नाटकों तक है। उनके नाटकों के गीतों या कविताओं को शामिल किए बगैर 'प्रसाद काव्य-कोश' पूरा नहीं माना जा सकता है। प्रसाद ने कुल 16 नाटक लिखे, जिनमें 3 में ब्रजभाषा और 12 में खड़ी बोली हिन्दी की कविताएँ हैं। 'अग्निमित्र' अधूरा नाटक है, जिसमें पाँच पंक्तियों का केवल एक गीत है– 'सुख साधन में भूल न रे मन!' प्रसाद के नाटकों में कुल 268 गीत हैं। 'करुणालय' गीतिनाट्य है। 'प्रायश्चित्त' में कुल 'षष्ठ दृश्य' हैं। यह प्रसाद का एकमात्र नाटक है जिसमें एक भी गीत नहीं है। 'उर्वशी'(1909) में दो-दो पंक्तियों के अनेक काव्यांश हैं। 'कल्याणी परिणय' (1912) का एक गीत है– 'अली नहिं एक कली का है'। यही गीत थोड़े हेर-फेर के साथ 'चन्द्रगुप्त' (1931) में भी है– 'मधुप कब एक कली का है'।

प्रसाद के नाटकों के गीतों का विवरण:

नाटक	प्रकाशन-वर्ष	गीतों की संख्या
उर्वशी	1909	65 (ब्रजभाषा)
सज्जन	1910	30 (ब्रजभाषा)
वभ्रुवाहन	1911	32 (ब्रजभाषा)
कल्याणी परिणय	1912	24
करुणालय	1912	गीतिनाट्य
प्रायश्चित्त	1914	00
राज्यश्री	1915	07
विशाख	1921	31
अजातशत्रु	1922	22
जन्मेजय का नाग-यज्ञ	1924	10
कामना	1927	09
स्कन्दगुप्त	1928	17
एक घूँट	1929	04
चन्द्रगुप्त	1931	13
ध्रुवस्वामिनी	1933	04
अग्निमित्र	अपूर्ण	01

अंत में तीन परिशिष्ट भी हैं।

परिशिष्ट-1 में सभी 'कविताओं की वर्णानुक्रम-सूची' दी गई है। इस सूची में प्रत्येक कविता के साथ 'काव्य-संग्रह/पुस्तक', 'प्र.ग्रं./पृ.सं.' तथा 'प्रकाशन/रचना वर्ष' के कॉलम दिए गए हैं।

परिशिष्ट-2 में सभी 'नाटकों के गीतों/कविताओं की वर्णानुक्रम-सूची' दी गई है। इस सूची में प्रत्येक गीत/कविता के साथ 'अंक/दृश्य/नाटक', 'प्र.ग्रं./पृ.सं.' तथा 'प्रकाशन/रचना वर्ष' के कॉलम दिए गए हैं।

परिशिष्ट-5 में प्रसाद के काव्य और नाटकों की सूची प्रकाशन-वर्ष के साथ है।

'जयशंकर प्रसाद ग्रन्थावली' के संपादक डॉ. ओमप्रकाश सिंह को 'प्रसाद काव्य-कोश' समर्पित है, क्योंकि उनकी 'ग्रन्थावली' के अभाव में यह काम अत्यंत दुष्कर हो जाता। गुरुवर प्रो. मैनेजर पाण्डेय से अनेक बार इस काम को सुलझाने में दुर्लभ निर्देश प्राप्त हुए। इस कोश का प्रारूप तैयार करने में दोनों गुरुजनों से मूल्यवान सुझाव मिले।

डॉ. वीरेंद्र कुमार मौर्य से संस्कृत और डॉ. सत्यनारायण एवं डॉ. शाहिद परवेज से इतिहास के सन्दर्भों को समझने में मदद मिली। अमिष वर्मा ने कंप्यूटर की मदद लेने की कला सिखाई, जिसके कारण इस काम में सुविधा हुई। डॉ. आनन्द बिहारी से कई तरह की तकनीकी मदद मिली तथा उन्होंने 'प्रसाद काव्य-कोश' के कुछ अंशों को 'सत्राची' एवं 'शोध-संविद' में प्रकाशित कराने की कृपा की। विवेक कुमार ने हमेशा की तरह इस बार भी पुस्तक की कम्पोजिंग की पूरी जिम्मेदारी ली। अंततः श्री संजीव चन्दन को प्रकाशनार्थ और श्री प्रमोद रंजन को 'यूँ ही' सस्नेह धन्यवाद!

कमलेश वर्मा

ई मेल : kamleshvermajnu@gmail.com

संकेत सूची

अंतरिक्ष में अभी...	अंतरिक्ष में अभी सो रही
अ.दृ.	अष्टम दृश्य
अपलक जगती हो...	अपलक जगती हो एक रात
अब जागो जीवन...	अब जागो जीवन के प्रभात
अरी वरुणा की शांत...	अरी वरुणा की शांत कछार
अरे आ गई है...	अरे आ गई है भूली-सी
असं. कविताएँ	असंकलित कविताएँ
आँखों से अलख...	आँखों से अलख जगाने को
आह रे, वह अधीर...	आह रे, वह अधीर यौवन
उठ उठ री लघु...	उठ उठ री लघु लघु लोल लहर
उस दिन जब जीवन...	उस दिन जब जीवन के पथ में
ओ री मानस की...	ओ री मानस की गहराई
कल्याणी परि.	कल्याणी परिणय
का.- कु.	कानन-कुसुम
कानन-कु.	कानन-कुसुम
काली आँखों का...	काली आँखों का अंधकार
कितने दिन जीवन...	कितने दिन जीवन-जलनिधि में
कोमल कुसुमों की...	कोमल कुसुमों की मधुर रात
जगती की मंगलमयी...	जगती की मंगलमयी उषा बन
जन्मेजय का ना.-य.	जन्मेजय का नाग-यज्ञ
तुम्हारी आँखों का...	तुम्हारी आँखों का बचपन
तृ.अं.	तृतीय अंक
द्वि.अं.	द्वितीय अंक
द्वि.दृ.	द्वितीय दृश्य
निज अलकों के...	निज अलकों के अंधकार में
निर्दय तूने ठुकराया...	निर्दय तूने ठुकराया तब
पेशोला की प्रति.	पेशोला की प्रतिध्वनि
प्र.अं.	प्रथम अंक
प्र.ग्रं.	जयशंकर प्रसाद ग्रंथावली
प्र.दृ.	प्रथम दृश्य
बीती विभावरी जाग...	बीती विभावरी जाग री
महाकवि तुलसी.	महाकवि तुलसीदास
मुझको न मिला रे...	मुझको न मिला रे कभी प्यार
मेरी आँखों की पुतली...	मेरी आँखों की पुतली में
ले चल वहाँ...	ले चल वहाँ भुलावा देकर
वे कुछ दिन कितने...	वे कुछ दिन कितने सुन्दर थे
शशि-सी वह सुंदर...	शशि-सी वह सुंदर रूपविभा
शेरसिंह का श.स.	शेरसिंह का शस्त्र-समर्पण
हे सागर संगम...	हे सागर संगम अरुण नील

प्रसाद काव्य-कोश (मुख्य खंड)

'प्रसाद काव्य-कोश' का यह 'मुख्य खंड' है। इसमें जयशंकर प्रसाद की सात काव्य-पुस्तकों और बारह नाटकों की कविताओं/गीतों से 5875 प्रविष्टियाँ ली गई हैं। प्रसाद के ब्रजभाषा-काव्य की प्रविष्टियों को 'ब्रजभाषा खंड' में रखा गया है। उसमें 729 प्रविष्टियाँ हैं। इस तरह यह काव्य-कोश लगभग 6600 प्रविष्टियों को अपने भीतर समेटे हुए है।

'मुख्य खंड' में निम्नलिखित पुस्तकों से प्रविष्टियाँ ली गयी हैं :

काव्य पुस्तक

1. कानन-कुसुम
2. प्रेमपथिक
3. महाराणा का महत्त्व
4. झरना
5. आँसू
6. लहर
7. कामायनी
8. असंकलित कविताएँ

नाटक

1. कल्याणी परिणय
2. करुणालय
3. राज्यश्री
4. विशाख
5. अजातशत्रु
6. जन्मेजय का नाग-यज्ञ
7. कामना
8. स्कन्दगुप्त
9. एक घूँट
10. चन्द्रगुप्त
11. ध्रुवस्वामिनी
12. अग्निमित्र

शब्द-संक्षेप का अर्थ :

प्र.ग्रं. – जयशंकर प्रसाद ग्रंथावली का खंड

पृ.सं. – प्र.ग्रं. की पृष्ठ संख्या

स्रोत/संदर्भ –
- कविता का शीर्षक/काव्य-संग्रह
- सर्ग का नाम/कामायनी
- नाटक का अंक या दृश्य/नाटक का नाम
- काव्य-पुस्तक का नाम

शब्द- काव्य-पंक्ति	: अर्थ	प्र.ग्रं./पृ.सं.	स्रोत/संदर्भ
अंक- *'मृत्यु, अरी चिर-निद्रे! तेरा/अंक हिमानी-सा शीतल,'*	: गोद	2/63	चिंता/कामायनी
अंग भंगियों- *'वह अनंग पीड़ा अनुभव-सा अंग भंगियों का नर्त्तन,'*	: नृत्य के समय अंगों के मुड़ने और संचालित होने से उत्पन्न सौन्दर्य	2/57	चिंता/कामायनी
अँगड़ाई- *'करुणा की नव अँगड़ाई-सी'*	: नया आकर्षक रूप	1/290	उठ उठ री लघु.../लहर
अँगराई- *'यह आलस की अँगराई है'*	: अँगड़ाई	1/304	आँखों से अलख../लहर
अंग-परिमल-मधुर- *'अंग-परिमल-मधुर मारुत का महान विलास था'*	: (नायिका के) अंग-प्रत्यंग मानो मकरंद की मधुरता से युक्त थे	1/101	नव वसंत/कानन-कुसुम
अंगलता- *'स्वस्थ-व्यथा की लहरों-सी जो अंगलता थी फैली'*	: लता के समान लचीला शरीर	2/146	कर्म/कामायनी
अंगलतिका- *'हुई एकत्र इस मेरी अंगलतिका में'*	: अंग-रूपी लताएँ	1/340	प्रलय की छाया/लहर
अंचल- *'धृष्ट मारुत भी उड़ा अञ्चल तुरत चलता हुआ'*	: आँचल, दुपट्टा	1/100	नव वसंत/कानन-कुसुम
◆ *'जिसके नव गैरिक अंचल की प्राची में भरी ललाई थी'*	: आँचल	1/296	जगती की मंगलमयी उषा बन/लहर
◆ *'अंचल लटकाती निशीथिनी अपनी ज्योत्स्ना-शाली'*	: आँचल, रात का आँचल चाँदनी से बना है	2/140	कर्म/कामायनी
अंजन- *'कुहुकिनि अपलक दृग के अंजन! हँसती तुझमें सुन्दर छलना'*	: काजल	2/173	इड़ा/कामायनी
अंजलि- *'इन चरणों में कर्म-कुसुम की अंजलि वे दे सकते'*	: अँजुरी में भरकर अर्पित करना	2/144	कर्म/कामायनी
अंतःकरण- *'अंतःकरण नवीन मनोहर नीड़ में'*	: अंतरात्मा, हृदय मानो सुंदर घोंसले की तरह है	1/98	प्रथम प्रभात/कानन-कुसुम
अंतःपुर- *'सुरभिपूर्ण पुर होता था जिस अन्तःपुर से'*	: महल का वह हिस्सा जिसमें केवल स्त्रियाँ रहती थीं	1/153	चित्रकूट/कानन-कुसुम
अंतःसलिला- *'क्या हो सूने मरु-अंचल में अन्तःसलिला की धारा-सी'*	: जमीन के नीचे से बहनेवाली जलधारा	2/100	काम/कामायनी
अंतर- *'अम्बर असीम अन्तर में, /चंचल चपला से आकर'*	: हृदय, मन	2/18	आँसू
◆ *'ओ मेरे जीवन की स्मृति - ओ अन्तर के आतुर अनुराग'*	: अन्तर्मन, हृदय	4/283	चतुर्थ अंक/चन्द्रगुप्त
अंतर के तार खिंचे- *'अन्तर के तार खिंचे थे तीखी थी तान हमारी'*	: हृदय का कोना-कोना भावनाओं से उत्तेजित था	2/7	आँसू
अंतर्निहित- *'उधर पराजित कालरात्रि भी जल में अन्तर्निहित हुई'*	: समा जाना, डूब जाना	2/67	आशा/कामायनी
अंतर्यामी- *'सहज बनाया, तुम अब जिसके अन्तर्यामी'*	: आंतरिक और बाह्य बातों का जानकार या नियंता	2/204	संघर्ष/कामायनी
अंतर्हित- *'श्रम, ताप और पथ-पीड़ा क्षण भर में थे अन्तर्हित'*	: लुप्त हो जाना, विलीन हो जाना	2/271	आनन्द/कामायनी
अंतिम किरणें- *'अन्तिम किरणें बिखरा कर हिमकर भी छिप जाएगा'*	: चन्द्र की अंतिम किरणें अर्थात् रात का अन्त	2/3	आँसू
अंधानुरक्ति- *'बोली "तुमसे कैसी विरक्ति, तुम जीवन की अन्धानुरक्ति'*	: बिना सोचे-समझे किया गया प्रेम (इड़ा के लिए प्रयुक्त), उद्दाम आकर्षण	2/236	दर्शन/कामायनी

शब्द-	काव्य-पंक्ति	: अर्थ	प्र.ग्रं./पृ.सं.	स्रोत/संदर्भ
अंतक-	*'अंतक शरभ के'*	: नष्ट करनेवाले	1/354	प्रलय की छाया/लहर
अंतरंग छल-	*'चुभनेवाला अंतरंग छल अति दारुण निर्ममता'*	: आत्मीय लोगों से मिलनेवाला धोखा	2/142	कर्म/कामायनी
अंतर की-	*'वह कौंध कि जिसमें अंतर की शीतलता ठंडक पाती हो'*	: हृदय की	2/126	लज्जा/कामायनी
अंतर्दाह-	*'अंतर्दाह स्नेह का तब भी होता था उस मन में'*	: प्रेम और कामभावना की जलन	2/141	कर्म/कामायनी
♦	*'फैल रही है घनी नीलिमा अंतर्दाह परम से'*	: मन की पीड़ा या जलन	2/142	कर्म/कामायनी
अंतर्निनाद ध्वनि-	*'अंतर्निनाद ध्वनि से पूरित, थी शून्य-भेदिनी सत्ता चित्'*	: समाधि की अवस्था में आत्मा से निरंतर उत्पन्न शब्द की स्वर-लहरी	2/246	दर्शन/कामायनी
अंतस्तल-	*'उठती अंतस्तल से सदैव दुर्ललित लालसा जो कि कांत'*	: हृदय, आंतरिक भाव	2/157	ईर्ष्या/कामायनी
♦	*'नभ-सागर के अंतस्तल में जैसे छिप जाता महा मीन'*	: खूब अन्दर, गहराई में	2/178	इड़ा/कामायनी
अंधकार-भव-बीच-	*'अंधकार-भव-बीच नाम-मणि दीपक बाला'*	: अंधकार-रूपी संसार के बीच में	1/147	महाकवि तुलसीदास/ कानन-कुसुम
अंधकार-मिश्रित प्रकाश-	*'अंधकार-मिश्रित प्रकाश का एक वितान तना था'*	: रात में अंधकार और चाँदनी का मिश्रण	2/146	कर्म/कामायनी
अंध-तमस-	*'अंध-तमस है किन्तु प्रकृति का आकर्षण है खींच रहा'*	: घोर निराशा, घना अँधेरा	2/228	निर्वेद/कामायनी
अंध प्रेरणा-	*'अंध प्रेरणा से परिचालित कर्त्ता में करते निज गिनती'*	: विवेक-रहित नियोजक शक्ति	2/259	रहस्य/कामायनी
अंबर-	*'चारु-तारा-वलित अंबर बन रहा अंबर अहा !*	: आकाश, वस्त्र	1/116	जल-विहारिणी/का.-कु.
अंबर अकूल-	*'जब गूँजी यह वाणी तीखी कम्पित करती अम्बर अकूल'*	: अनन्त आकाश	2/174	इड़ा/कामायनी
अंबर असीम अन्तर-	*'अम्बर असीम अन्तर में, चंचल चपला से आकर'*	: आकाश की तरह अनन्त हृदय	2/18	आँसू
अंबर-पट-	*'श्रम-सीकर सदृश नखत से अम्बर-पट भींगा होता'*	: आकाश रूपी वस्त्र	2/14	आँसू
अंबर पनघट-	*'अम्बर पनघट में डुबो रही-'*	: आकाश-रूपी पनघट (नदी या तालाब का किनारा)	1/303	बीती विभावरी जाग री/ लहर
अंशुमाली-	*'प्रभो! प्रेममय प्रकाश तुम हो प्रकृति-पद्मिनी के अंशुमाली'*	: अंशु (किरण)की माला पहननेवाला अर्थात् सूर्य, अंशु से मंडित	1/87	प्रभो/कानन-कुसुम
अंस अवलंबित-	*'घिर रहे थे घुँघराले बाल अंस अवलंबित मुख के पास;'*	: कन्धों तक लटके हुए (श्रद्धा के बाल)	2/84	श्रद्धा/कामायनी
अकड़े अणु-	*'हिंसा गर्वोन्नत हारों में ये अकड़े अणु टहल रहे हैं'*	: अभिमानी प्राणी (मनुष्य)	2/258	रहस्य/कामायनी
अकथ कथा-	*'संध्या अब ले जाती मुझसे ताराओं की अकथ कथा'*	: जिन भावनाओं को कहकर व्यक्त नहीं किया जा सके	2/226	निर्वेद/कामायनी
अकरुण वसुधा-	*'अकरुण वसुधा से एक झलक'*	: निष्ठुर सांसारिक जीवन	1/318	मुझको न मिला रे.. /लहर

शब्द-	काव्य-पंक्ति	: अर्थ	प्र.ग्रं./पृ.सं.	स्रोत/संदर्भ
अकिंचन-	*'जिस दिन सुना अकिंचन परिवारी ने'*	: मामूली व्यक्ति	1/353	प्रलय की छाया/लहर
♦	*'अपने विश्लेषण में रो उठे अकिंचन जो'*	: असहाय	1/347	प्रलय की छाया/लहर
♦	*'आ पहुंचा था एक अकिंचन'*	: बेचारा, दुर्बल और अभावग्रस्त	1/301	उस दिन जब.../लहर
♦	*'उसे अकिंचन कर देता है अलगाता 'हम तुम' से'*	: बेचारा, असहाय	2/153	कर्म/कामायनी
♦	*'तू बढ़ जाता अरे अकिंचन, छोड़ करुण स्वर अपना,'*	: बेचारा, असहाय, क्षुद्र, अभागा	1/328	अंतरिक्ष में अभी सो रही/लहर
♦	*'मैं इठला उठा अकिंचन/देखे ज्यों स्वप्न सबेरे'*	: गरीब, नगण्य, बेचारा प्रेमी	2/8	आँसू
♦	*'वंचित जीवन बना समर्पण यह अभिमान अकिंचन का'*	: अभाव में पड़ा व्यक्ति, परम दारिद्र्य की स्थिति	2/187	स्वप्न/कामायनी
♦	*'वह एक अबोध अकिंचन/बेसुध चैतन्य हमारा'*	: बेचारा, दरिद्र	2/5	आँसू
♦	*'वह कौन अकिंचन अति आतुर'*	: मामूली व्यक्ति, दरिद्र, बेचारा	1/318	मुझको न मिला रे.../लहर
अकिंचन जगत-	*'देख अकिंचन जगत लूटता तेरी छवि भोली-भाली'*	: रूप-लोभी दरिद्र संसार	2/79	आशा/कामायनी
अकुलाई-	*'मधु सरिता उफनी अकुलाई,'*	: व्याकुल हुई	1/301	उस दिन जब.../लहर
अकूल-	*'आकुल अकूल बनने आती-'*	: समुद्र, सीमाहीन	1/300	हे सागर संगम.../लहर
♦	*'जब गूँजी यह वाणी तीखी कम्पित करती अम्बर अकूल'*	: अनन्त, सीमाहीन	2/174	इड़ा/कामायनी
अकृश-	*'यौवन की पहली कान्ति अकृश'*	: जो दुबला न हो	1/230	वसन्त/झरना
अक्षय निधि-	*'मेरी अक्षय निधि! तुम क्या हो, पहचान सकूँगा क्या न तुम्हें?'*	: जिस कोष का धन कभी समाप्त न हो (श्रद्धा के लिए विशेषण)	2/100	काम/कामायनी
अक्षय शृंगार-	*'दिवा रात्रि या-मित्र वरुण की बाला का अक्षय शृंगार;'*	: प्रकृति का सौन्दर्य हमेशा के लिए समाप्त नहीं होता है	2/76	आशा/कामायनी
अखंड-	*'मिटते असत्य-से ज्ञान-लेश, समरस, अखंड, आनन्द-वेश!'*	: सर्वथा पूर्ण (शिव)	2/247	दर्शन/कामायनी
अखिल की लघुता-	*'अखिल की लघुता आई बन-'*	: सम्पूर्णता का लघु रूप	1/306	आह रे, वह अधीर.../लहर
अखिल मानव-	*'चेतना का सुन्दर इतिहास अखिल मानव भावों का सत्य;'*	: समस्त मनुष्य जाति	2/92	श्रद्धा/कामायनी
अखिल मानव भावों का सत्य-	*'चेतना का सुन्दर इतिहास अखिल मानव भावों का सत्य;'*	: समस्त मनुष्य जाति के मानवीय भाव	2/92	श्रद्धा/कामायनी
अखिल संसृति-	*'व्योम-तम पुंज हुआ तब नष्ट, अखिल संसृति हो उठी अशोक'*	: संपूर्ण सृष्टि	4/138	पंचम अंक/स्कन्दगुप्त
अखिल स्पन्दनों-	*'महानृत्य का विषम सम, अरी अखिल स्पन्दनों की तू माप,'*	: समस्त चेतना या गति	2/63	चिंता/कामायनी
अग-जग-	*'जो चूम चला जाता अग-जग प्रति जग में कम्पन की तरंग'*	: जड़-चेतन, अचर-चर	2/171	इड़ा/कामायनी
♦	*'दुखिया है सारा अग-जग,'*	: अचर और चर, जड़ और चेतन	1/332	अशोक की चिंता/लहर
अगतिमय-	*'अरे पुरातन अमृत! अगतिमय मोहमुग्ध जर्जर अवसाद!'*	: चेष्टा-विहीन	2/63	चिंता/कामायनी

शब्द-	काव्य-पंक्ति	: अर्थ	प्र.ग्रं./पृ.सं.	स्रोत/संदर्भ
अगरु-	*'आती है शैलेय अगरु की धूम-गंध आमोद भरी'*	: अगर नामक वृक्ष की लकड़ी या चूर्ण या बत्ती	2/191	स्वप्न/कामायनी
अगाध-	*'तुम्हें पाया अगाध गम्भीर'*	: अनन्त, जिसे पार पाना आसान न हो	1/219	समर्पण/झरना
अगाध विश्वास-	*'दया, माया, ममता लो आज, मधुरिमा लो, अगाध विश्वास;'*	: पूरा भरोसा, सम्पूर्ण विश्वास	2/91	श्रद्धा/कामायनी
अगुरु-धूम-	*'अगुरु-धूम की श्याम लहरियाँ उलझी हों इन अलकों से'*	: सुवासित धुएँ की सामग्री, हवन-सामग्री, अगरबत्ती और धूप	4/133	पंचम अंक/स्कन्दगुप्त
अग्नि अर्चियाँ-	*'शुष्क डालियों से वृक्षों की अग्नि अर्चियाँ हुई समिद्ध;'*	: आग की लपटें	2/74	आशा/कामायनी
अग्नि-चक्र-	*'विमल व्योम में देव दिवाकर अग्नि-चक्र से फिरते हैं'*	: आग के गोले (की तरह)	1/104	ग्रीष्म का मध्याह्न/कानन-कुसुम
अग्निशाला-	*'देखते थे अग्निशाला से कुतूहल-युक्त'*	: आग को सुरक्षित रखने की जगह, यज्ञ-कुण्ड	2/112	वासना/कामायनी
अग्नि-शिखा बुझ गई-	*'अग्नि-शिखा बुझ गई, जागने पर जैसे सुख सपने'*	: आग की लौ बुझ गई (मनु-श्रद्धा की कामाग्नि शांत हो गयी)	2/154	कर्म/कामायनी
अग्निहोत्र-	*'जलने लगा निरंतर उनका अग्निहोत्र सागर के तीर;'*	: अग्नि देवता के लिए किया जानेवाला यज्ञ जिसकी आग सदा जलती हुई रखी जाती है	2/73	आशा/कामायनी
अग्निहोत्र अवशिष्ट अन्न-	*'अग्निहोत्र अवशिष्ट अन्न कुछ/कहीं दूर रख आते थे;'*	: अग्निहोत्र यज्ञ करने के बाद बचा हुआ अनाज (धान)	2/74	आशा/कामायनी
अघ-	*'सुन कर यह दिव्य तपोवन, जिसमें सब अघ छुट जाये'*	: पाप, कष्ट	2/274	आनन्द/कामायनी
अचंचल चित्त-	*'अचञ्चल चित्त हुआ उस घड़ी'*	: शांत मन, तृप्त मन	1/249	प्यास/झरना
अचल दृढ़ता-	*'उस दुर्भेद्य अचल दृढ़ता का करता चारण सदृश प्रचार'*	: पर्वत की कठोरता	2/72	आशा/कामायनी
अचल हिमानी-	*'जो अचल हिमानी से रंजित, उन्मुक्त, उपेक्षा भरे तुंग'*	: स्थिर बर्फ-राशि	2/171	इड़ा/कामायनी
◆	*'ऊर्ध्व देश उस नील तमस में स्तब्ध हो रही अचल हिमानी'*	: जमी हुई बर्फ-राशि	2/251	रहस्य/कामायनी
अचल हिमालय-	*'अचल हिमालय का शोभनतम लता कलित शुचि सानु शरीर,'*	: हिमालय पर्वत	2/71	आशा/कामायनी
अचला-	*'और डूबती सी अचला का अवलम्बन मणि रत्न निधान'*	: धरती	2/71	आशा/कामायनी
अचला जगती-	*'ये प्राणी जो बचे हुए हैं इस अचला जगती के'*	: धरती, संसार, सृष्टि	2/149	कर्म/कामायनी
अचेतन गति-	*'सब में एक अचेतन गति थी, जिससे पिछड़ा रहे समीर'*	: अप्रत्यक्ष गतिशीलता	2/57	चिंता/कामायनी
अचेतनता-	*'एक अचेतनता लाती-सी सविनय श्रद्धा बोली'*	: बेसुधपना, अलसाया-सा	2/150	कर्म/कामायनी

शब्द- काव्य-पंक्ति	: अर्थ	प्र.ग्रं./पृ.सं.	स्रोत/संदर्भ
अछूत- *'यहाँ अछूत रहा जीवन रस छूओ मत संचित होने दो'*	: जो छुआ न जा सका हो, जिसका उपयोग न हुआ हो	2/262	रहस्य/कामायनी
अछूत अधरों- *'उनके अछूत अधरों का कितना चुंबन भर लाया'*	: जिन होंठों को चूमा न गया हो, अनुपभुक्त होंठ	2/277	आनन्द/कामायनी
अछूत का जगन्नाथ- *'जो अछूत का जगन्नाथ हो, कृषक-करों का दृढ़ हल हो'*	: (जो युवक) तथाकथित अस्पृश्य जातियों की भलाई के बारे में सोचते हों, दलितों के लिए भगवान के समान	1/149	गान/कानन-कुसुम
अछूते- *'मिले दो हृदय, अमल अछूते, दो शरीर इक प्रान'*	: निर्मल, अस्पृष्ट	3/200	द्वितीय अंक/विशाख
अजगव- *'नहीं, इसी से चढ़ी शिंजिनी अजगव पर प्रतिरोध भरी'*	: शिव का धनुष, पिनाक	2/192	स्वप्न/कामायनी
अजस्र- *'आहुतियाँ विश्व की अजस्र ले लुटाता रहा-'*	: निरंतर, सतत	1/337	पेशोला की प्रति./लहर
अजस्र वर्षा सुहाग- *'तुम अजस्र वर्षा सुहाग की और स्नेह की मधु रजनी'*	: सौभाग्य की अनवरत वर्षा	2/227	निर्वेद/कामायनी
अजान- *'कुछ मेरा हो' यह राग-भाव संकुचित पूर्णता है अजान'*	: अज्ञान, ज्ञान के सच्चे रूप का अभाव	2/175	इड़ा/कामायनी
◆ *'उसे दिखाती जगती का सुख, हँसी और उल्लास अजान,'*	: अनजान, अनभिज्ञ	2/72	आशा/कामायनी
अजिर- *'अजिर के उर में भरा कुलेल'*	: आँगन	1/307	तुम्हारी आँखों का.../लहर
◆ *'किसके अंत:करण अजिर में'*	: आँगन(-रूपी हृदय)	1/234	विषाद/झरना
◆ *'प्लावित करती मन अजिर रही, था तुच्छ विश्व वैभव सारा'*	: आँगन	2/98	काम/कामायनी
अजिर के उर में- *'अजिर के उर में भरा कुलेल'*	: मानो आँगन के हृदय में वह स्मृति बसी है। भाव यह है कि आँगन को देखकर स्मृति हो आती है	1/307	तुम्हारी आँखों का बचपन/लहर
अज्ञात- *'दु:ख के डर से तुम अज्ञात जटिलताओं का कर अनुमान,'*	: अनजाना	2/88	श्रद्धा/कामायनी
अणु- *'अस्ति-नास्ति का भेद, निरंकुश करते ये अणु तर्क-युक्ति से'*	: प्राणी	2/260	रहस्य/कामायनी
अतल सिन्धु- *'अतल सिंधु में लगा-लगाकर जीवन की बेड़ी बाजी'*	: अत्यधिक गहरा समुद्र	1/252	पाईबाग/झरना
अतलांत- *'अतलांत महा गंभीर जलधि-'*	: जिसके तल का अंत न हो, बहुत गहरा	1/299	हे सागर संगम अरुण नील/लहर
अति आतुर- *'वह कौन अकिंचन अति आतुर'*	: बहुत बेचैन या परेशान	1/318	मुझको न मिला.../लहर
अति मुदित- *'वही हुए अति मुदित विहंगम अवसर पाकर'*	: अत्यधिक प्रसन्न, बहुत खुश	1/110	रजनीगंधा/कानन-कुसुम
अतिचार- *'मेरा अतिचार न बंद हुआ उन्मत्त रहा सब को घेरे'*	: स्वेच्छाचार	2/103	काम/कामायनी
अतिचारी- *'वह अतिचारी, दुर्बल नारी परित्राण-पथ नाप उठी!'*	: अत्याचार करनेवाला (मनु)	2/192	स्वप्न/कामायनी

शब्द- काव्य-पंक्ति	: अर्थ	प्र.ग्रं./पृ.सं.	स्रोत/संदर्भ
अतिथि विगत-विकार- *'एक गृहपति, दूसरा था अतिथि विगत-विकार'*	: विकारों से मुक्त अतिथि के रूप में श्रद्धा	2/111	वासना/कामायनी
अतिरंजित- *'देखा मनु ने वह अतिरंजित विजन विश्व का नव एकांत'*	: अत्यधिक रंगों से भरा हुआ, प्रलय ने प्रकृति को बेरंग कर दिया था अब पुन: रंगों से सज रही है	2/68	आशा/कामायनी
अतिवाद- *'छोड़कर जीवन के अतिवाद, मध्य पथ से लो सुगति सुधार'*	: एकतरफा रास्ता अपनाना	1/295	अरी वरुणा की शांत कछार/लहर
अतीत-कथा-मकरंद- *'तोड़ गये, अतीत-कथा-मकरंद को'*	: प्राचीन इतिहास-रूपी परागकण, अतीत के विवरण-रूपी परागकण	1/162	शिल्प-सौन्दर्य/कानन-कुसुम
अतीत की उतराई- *'नाविक अतीत की उतराई !'*	: अपने अतीत में उतरने का मूल्य (किराया, शुल्क)	1/326	ओ री मानस की गहराई/ लहर
अतीत के नूतन गान- *'अरी अप्सरे! उस अतीत के नूतन गान सुनाओ'*	: बीते हुए सुखद दिनों को नये गीत में गाओ	2/147	कर्म/कामायनी
अतीताब्धि- *'प्रति क्षण मिलते हैं जो अतीताब्धि ही में'*	: अतीत+अब्धि, बीता हुआ समय मानो समुद्र की तरह विशाल है	1/135	विरह/कानन-कुसुम
अतीन्द्रिय- *'एक अतीन्द्रिय स्वप्न लोक का मधुर रहस्य उलझता था;'*	: लोकोत्तर, इन्द्रियों के अनुभव से परे	2/76	आशा/कामायनी
अतुल- *'झुकतीं सौरभ रस लिये अतुल'*	: अनुपम, तुलना से परे	1/319	मुझको न मिला... /लहर
अतृप्ति- *'यह अतृप्ति अधीर मन की क्षोभयुत उन्माद'*	: असंतोष (प्रेम और कामभावना का)	2/117	वासना/कामायनी
अतृप्ति जलधि- *'तिर रही अतृप्ति जलधि में नीलम की नाव निराली'*	: आँखों में अतृप्ति का भाव समुद्र की तरह लहरा रहा है	2/11	आँसू
अतृप्ति-सी संचित- *'बन आवर्जना-मूर्ति दीना अपनी अतृप्ति-सी संचित हो'*	: तृप्ति से वंचित, अतृप्ति का संचित रूप	2/127	लज्जा/कामायनी
अत्याचार प्रकृति-कृत- *'अत्याचार प्रकृति-कृत हम सब जो सहते हैं'*	: प्रकृति के द्वारा किया गया अत्याचार- बाढ़, सूखा, भूकंप आदि	2/206	संघर्ष/कामायनी
अथक पथिक- *'तब भी गिरि-पथ का अथक पथिक, ऊपर ऊँचे सब झेल चले'*	: बिना थके चलनेवाला यात्री	4/341	प्रथम अंक/ध्रुवस्वामिनी
अदृष्ट- *'देखने को अदृष्ट नर्त्तन'*	: अदृश्य, जो दिखाई न दे	1/306	आह रे, वह अधीर.../लहर
◆ *'लिखता अदृष्ट था विधाता वाम कर से'*	: भाग्य, प्रारब्ध	1/334	शेरसिंह का श.-स./ लहर
अदृष्टाकाश- *'दिव्य भारत का अदृष्टाकाश तमसाच्छन्न था'*	: भाग्याकाश, भाग्य-रूपी आकाश	1/164	कुरुक्षेत्र/कानन-कुसुम
अधखुला अंग- *'नील परिधान बीच सुकुमार खुल रहा मृदुल अधखुला अंग;'*	: वस्त्र की ऐसी बनावट थी कि वक्षस्थल आंशिक रूप से अनावृत हो सुन्दर लग रहे थे	2/84	श्रद्धा/कामायनी
अधम- *'हम मानते, हम हैं अधम, दुष्कर्म के भी छात्र हैं'*	: अतिहीन, नीच, भक्त समर्पण-भाव के कारण ऐसी स्वीकारोक्ति करता है	1/92	करुण-क्रंदन/कानन-कुसुम

शब्द-	काव्य-पंक्ति	: अर्थ	प्र.ग्रं./पृ.सं.	स्रोत/संदर्भ
अधम-पात्र मय सा-	*'आह सर्ग के प्रथम अंक का अधम-पात्र मय सा विष्कंभ'*	: नाटक के कुछ पात्रों को निम्न कोटि का माना जाता था	2/62	चिंता/कामायनी
अधरों की प्यास-	*'अधर में वह अधरों की प्यास'*	: होंठों को चूमने की इच्छा	1/305	आह रे, वह अधीर.../लहर
अधरों पर ऊँगली-	*'वैसी ही माया में लिपटी अधरों पर ऊँगली धरे हुए'*	: रुकने या चुप रहने का इशारा	2/123	लज्जा/कामायनी
अधरों में राग-	*'अधरों में राग अमंद पिये'*	: होंठों पर लाली (लिप्स्टिक) से श्रृंगार है	1/303	बीती विभावरी जाग री/लहर
अध-विकच कली-	*'पुष्पलावियाँ चुनती हैं वन-कुसुमों की अध-विकच कली'*	: अधिखिले फूल	2/190	स्वप्न/कामायनी
अधिक अलसाई हो-	*'अरुण की एक किरण अम्लान अधिक अलसाई हो अभिराम'*	: सौन्दर्य-बोध को बढ़ाने वाला आलस्य, नजाकत	2/85	श्रद्धा/कामायनी
अधिकार और अधिकारी-	*'समरसता है सम्बन्ध बनी अधिकार और अधिकारी की'*	: शासित और शासक, अधिकारी का अधिकार, पुरुष का स्त्री पर अधिकार	2/174	इड़ा/कामायनी
अधिकार-क्षुब्ध-	*'जिस दिन अधिकार-क्षुब्ध उस दास ने,'*	: अधिकार पाने के लिये क्षोभ से भरा हुआ	1/352	प्रलय की छाया/लहर
अधित्यका-	*'इसकी कैसी रम्य विशाल अधित्यका'*	: पहाड़ के ऊपर की समतल भूमि	1/158	भरत/कानन-कुसुम
अधिपति-	*'उसका अधिपति! होगा कोई, जिस तक दुख की न पुकार गयी'*	: अधिष्ठाता, नियामक, नियंत्रक, स्वामी	2/180	इड़ा/कामायनी
अधीर-	*'तुम समीप, अधीर इतने आज क्यों हैं प्राण?'*	: बेचैन	2/116	वासना/कामायनी
अधीर-तम-	*'अट्टहास कर उठा रिक्त का वह अधीर-तम, सूना राज'*	: अत्यधिक बेचैन	2/77	आशा/कामायनी
अधीर मिलिन्द-	*'चेतना बने अधीर मिलिन्द, आह वह आवे विमल वसंत'*	: व्याकुल भौंरा	1/229	वसन्त की प्रतीक्षा/झरना
अधीर यौवन-	*'आह रे, वह अधीर यौवन !'*	: बेचैन यौवन-भाव, व्यग्र युवावस्था	1/305	आह रे, वह अधीर.../लहर
अधीर श्रांत-	*'रुक जा, सुन ले ओ निर्मोही!' वह कहती रही अधीर श्रांत!'*	: बेचैन और थकी हुई	2/168	ईर्ष्या/कामायनी
अध्वर्यू-	*'आप अध्वर्यू हुए, ब्रह्मा युधिष्ठिर को किया'*	: यज्ञ करानेवाला, ऋत्विक	1/164	कुरुक्षेत्र/कानन-कुसुम
अनंग-	*'वे अमर रहे न विनोद रहा, चेतनता रही, अनंग हुआ;'*	: अंगविहीन होकर कामदेव अस्तित्ववान रहा, वह चेतना रूप में सृष्टि में मौजूद रहा	2/106	काम/कामायनी
अनंग अनुराग-	*'इस अनन्त जलनिधि के नाविक, हे मेरे अनंग अनुराग'*	: प्रेम का सूक्ष्म अशरीरी रूप	4/284	चतुर्थ अंक/चन्द्रगुप्त
अनंग का आसव-	*'पीकर अनंग का आसव'*	: कामनाओं की मदिरा	1/330	अशोक की चिंता/लहर
अनंग के धनु-	*'थी किस अनंग के धनु की वह शिथिल शिंजिनी दुहरी'*	: कामदेव का धनुष	2/12	आँसू

शब्द- काव्य-पंक्ति	: अर्थ	प्र.ग्रं./पृ.सं.	स्रोत/संदर्भ
अनंग पीड़ा- *'वह अनंग पीड़ा अनुभव-सा अंग भंगियों का नर्त्तन,*	: कामभावना की अतृप्ति की पीड़ा	2/57	चिंता/कामायनी
अनंग बालिकाएँ- *'हँसती अनंग बालिकाएँ अंतरिक्ष में'*	: कामदेव की पुत्रियाँ (लालसा से भरा वातावरण)	1/339	प्रलय की छाया/लहर
अनंत- *'लहरें टकरातीं अनंत की - पाकर जहाँ किनारा'*	: समुद्र (की लहरें)	4/35	द्वितीय अंक/चन्द्रगुप्त
♦ *'काल धीवर अनंत में,'*	: अनिश्चित दिशा, अनन्त समुद्र	1/338	पेशोला की प्रति./लहर
अनंत अभिलाषा- *'श्रद्धा! पुण्य-प्राप्य है मेरी वह अनंत अभिलाषा'*	: असीम कामना का मूर्त रूप	2/136	कर्म/कामायनी
अनंत अभिलाषा के सपने- *'जिसमें अनंत अभिलाषा के सपने सब जगते रहते हैं'*	: असंख्य कामनाओं से जुड़ी कल्पनाएँ	2/127	लज्जा/कामायनी
अनंत अवकाश- *'यह अनंत अवकाश नीड़-सा जिसका व्यथित बसेरा'*	: असीम आकाश	2/141	कर्म/कामायनी
अनंत कल्लोल भरा- *'जिसमें अनंत कल्लोल भरा लहरों में मस्त विचरता-सा'*	: खुशियों की अनन्त तरंगें	2/101	काम/कामायनी
अनंत काले शासन- *'इस अनंत काले शासन का वह जब उच्छृंखल इतिहास;'*	: प्रलय की रात का असह्य शासन एक आततायी सत्ता की तरह कालिमा से युक्त था	2/78	आशा/कामायनी
अनंत की गणना- *'हे अनंत की गणना! देते तुम कितना मधुमय संदेश!'*	: सितारे आकाश के संख्यात्मक मान की तरह हैं, अनन्त आकाश को मानो इस संख्या के माध्यम से गिना जा सकता है, यह अलग बात है कि ये तारे स्वयं असंख्य हैं	2/78	आशा/कामायनी
अनंत की गोद सदृश- *'थी अनंत की गोद सदृश जो विस्तृत गुहा वहाँ रमणीय;'*	: आकाश की गोद के समान विस्तृत	2/73	आशा/कामायनी
अनंत जलनिधि- *'इस अनंतजलनिधि के नाविक, हे मेरे अनंग अनुराग'*	: (चेतना का) अपार समुद्र	4/284	चतुर्थ अंक/चन्द्रगुप्त
अनंतता- *'वही स्वर्ग की बन अनंतता मुसक्याता रहता है'*	: स्वर्गिक सुख की अंतहीनता	2/148	कर्म/कामायनी
अनंत नीलिमा- *'इस गंभीर अनंत नीलिमा में असंख्य जीवन इतिहास'*	: असीमित नीला आकाश, विस्तृत संसार	1/292	मधुप गुनगुना कर कह जाता/लहर
अनंत नीलिमा व्योम की- *'वह अनंत नीलिमा व्योम की जड़ता सी जो शांत रही;'*	: आकाश की अनन्त नीलिमा, मानो आकाश में निराशा छायी हो	2/72	आशा/कामायनी
अनंत प्रगाढ़ छाया- *'वह अनंत प्रगाढ़ छाया फैलती अपरूप'*	: (रात की) असीम सुंदरता का गहरा प्रभाव	2/117	वासना/कामायनी
अनंत प्रांगण- *'इस अनंत प्रांगण में मानो जोड़ रही है मौन सभा'*	: आकाश-रूपी विशाल आँगन	2/72	आशा/कामायनी
अनंत -मंदिर- *'उसका अनंत मंदिर, यह विश्व ही बना है'*	: जिस मंदिर को सीमाबद्ध न किया जा सके, पूरा विश्व मानो ईश्वर का मंदिर है	1/91	मंदिर/कानन-कुसुम
अनंत माया- *'अनादि तेरी अनंत माया'*	: ईश्वर की लीला अपरम्पार है	1/86	प्रभो/कानन-कुसुम

शब्द-	काव्य-पंक्ति	: अर्थ	प्र.ग्रं./पृ.सं.	स्रोत/संदर्भ
अनंत मिलन-	*'आगमन अनंत मिलन बनकर-'*	: समुद्र से (गंगा का) मिलन	1/299	हे सागर संगम.../लहर
अनंत में लहर बनाती-	*'तू अनंत में लहर बनाती काल-जलधि की-सी हलचल'*	: मृत्यु मानो काल के विशाल समुद्र में लहरें उत्पन्न करती रहती है	2/63	चिंता/कामायनी
अनंत रमणीय-	*'हे अनंत रमणीय! कौन तुम? यह मैं कैसे कह सकता'*	: असीम और सुन्दर ईश्वर, परम सत्ता के दो विशेषण यहाँ दिये गए हैं- अनन्त और रमणीय	2/69	आशा/कामायनी
अनंत वसंत-	*'आज तिरोहित हुआ कहाँ वह मधु से पूर्ण अनंत वसंत ?'*	: अंतहीन वसंत ऋतु, अनन्त यौवन	2/56	चिंता/कामायनी
अनंत विभव-	*'ऐसे अतुल अनंत विभव में जाग पड़ा क्यों तीव्र विराग?'*	: अपार सौन्दर्य या वैभव	2/80	आशा/कामायनी
अनखाकर-	*'कहा अनखाकर उसने खूब'*	: नाराज होकर	1/259	आशालता/झरना
अनजान क्षितिज-	*'जहाँ पहुँच अनजान क्षितिज को मिलता एक सहारा'*	: अपरिचय का शिकार हुये यात्री या परदेशी, 'क्षितिज' मानो मिलन की अनन्त प्रतीक्षा और प्रयास का प्रतीक है	4/35	द्वितीय अंक/चन्द्रगुप्त
अनन्य-	*'उसने स्नेह किया था मुझसे हाँ अनन्य वह रहा नहीं'*	: एकनिष्ठ समर्पण	2/215	निर्वेद/कामायनी
♦	*'मेरा मानस का मुकुर रहे, प्रतिबिंबित तुमसे ही अनन्य'*	: जिसका सम्बन्ध किसी और से न हो	2/163	ईर्ष्या/कामायनी
अनन्य अँगड़ाई-	*'मेरी यात्रा पर लेती थी, नीरवता अनन्य अँगड़ाई'*	: विशेष प्रकार की अँगड़ाई	4/141	पंचम अंक/स्कन्दगुप्त
अनन्यता-	*'सहज लब्ध थी वह अनन्यता पड़ी रह सके जहाँ कहीं'*	: (इड़ा का मनु के प्रति) एकनिष्ठ समर्पण (सहज उपलब्ध हो सकता था, मगर मनु ने अपमानजनक रास्ता अपनाया)	2/215	निर्वेद/कामायनी
अनमिल-	*'कुछ दु:ख भी था देर होने से वही अनमिल रहा'*	: अप्राप्य, जो नहीं मिला हो	1/108	भक्ति-योग/कानन-कुसुम
♦	*'पर जड़ प्रकृति सब जीव में सब ओर ही अनमिल रही'*	: जो घुलमिल न सके	1/124	एकान्त में/कानन-कुसुम
♦	*'त्रिभुवन के प्रतिनिधि थे मानो वे अनमिल थे किन्तु सजग थे'*	: असम्बद्ध, जो परस्पर मिल नहीं सकते हों	2/254	रहस्य/कामायनी
अनल चक्र-	*'अनिहलवाड़ा में अनल चक्र घूमा फिर'*	: आग का पहिया (विपरीत और कष्टदायक परिस्थिति)	1/343	प्रलय की छाया/लहर
अनल-बाला-सी-	*'यह सारा कलुष जलाकर तुम जलो अनल-बाला-सी'*	: अग्नि-पुत्री के समान जलकर सारे कलुष को मिटा दो	2/31	आँसू
अनलशिखा-	*'तृष्णा वह अनलशिखा बन-'*	: आग की लपट की तरह (हैं इच्छाएँ)	1/329	अशोक की चिंता/लहर
♦	*'सूखी काष्ठ सन्धि में पतली अनल शिखा जलती थी'*	: आग की लपट	2/140	कर्म/कामायनी
अनवस्था-	*'यह अनवस्था, युगल मिले से विकल व्यवस्था सदा बिखरती'*	: अनिश्चित अवस्था, कार्य-कारण का अनन्त क्रम	2/262	रहस्य/कामायनी
अनस्तित्व का तांडव नृत्य-	*'धू-धू करता नाच रहा था अनस्तित्व का तांडव नृत्य;'*	: प्रलय की भयंकर लीला	2/64	चिंता/कामायनी

शब्द-	काव्य-पंक्ति	: अर्थ	प्र.ग्रं./पृ.सं.	स्रोत/संदर्भ
अनादि-	*'अनादि तेरी अनन्त माया'*	: अन्+आदि, जिसका प्रारंभ ज्ञात न हो	1/86	प्रभो/कानन-कुसुम
अनादि वासना-	*'नव हो जगी अनादि वासना मधुर प्राकृतिक भूख समान'*	: मनुष्य की आदिम इच्छाएँ, काम-रति की भावना	2/76	आशा/कामायनी
♦	*'जो आकर्षण बन हँसती थी रति थी अनादि वासना वही'*	: संस्कार-रूप में निरंतर रहने वाली लालसा, चिरंतन भोग-वासना	2/104	काम/कामायनी
अनाहत-	*'संहार सृजन से युगल पाद, गतिशील, अनाहत हुआ नाद'*	: केवल आत्मा के द्वारा अनुभूत ईश्वरीय ध्वनि, बिना आघात के उत्पन्न ध्वनि	2/246	दर्शन/कामायनी
♦	*'दिव्य अनाहत पर-निनाद में श्रद्धायुत मनु बस तन्मय थे'*	: सारे विश्व में व्याप्त ईश्वरीय ध्वनि, जिसे साधना की अवस्था में सुना जा सकता है	2/263	रहस्य/कामायनी
अनिर्वचनीय-	*'अहो अनिर्वचनीय भव-सागर! सुनो'*	: जिसके बारे में बताने में भाषा अक्षम हो	1/143	भव-सागर/कानन-कुसुम
अनिल-	*'जब मानते हैं व्यापी जलभूमि में अनिल में'*	: हवा	1/90	मंदिर/कानन-कुसुम
अनिल-निर्देश-	*'भाग जाने का अनिल-निर्देश वे भी पा गये'*	: हवा का संकेत अर्थात् हवा के प्रवाह ने बादलों को एक तरफ धकेल दिया	1/133	खंजन/कानन-कुसुम
अनिल, भू, जल में-	*'आज से मानवता की कीर्ति अनिल, भू, जल में रहे न बंद'*	: वायु, पृथ्वी और जल में (सृष्टि मानो कैद हो गयी थी)	2/93	श्रद्धा/कामायनी
अनिहलवाड़ा-	*'अनिहलवाड़ा में अनल चक्र घूमा फिर'*	: तत्कालीन गुजरात की राजधानी	1/343	प्रलय की छाया/लहर
अनी-	*'अलकों की मृदुल अनी'*	: नोक	4/302	चतुर्थ अंक/चन्द्रगुप्त
♦	*'तारों की किरन-अनी सखे!'*	: नोक	4/302	चतुर्थ अंक/चन्द्रगुप्त
अनुकम्पा-	*'पलभर अनुकम्पा से भर जा'*	: कृतज्ञता, किसी की कृपा को महसूस करना	3/272	प्रथम अंक/अजातशत्रु
अनुकूल सुखों-	*'अपने ही अनुकूल सुखों को मिलने दो मिल जाओ'*	: काम-रति के अनुरूप स्त्री-पुरुष को प्राप्त शारीरिक सुख	2/154	कर्म/कामायनी
अनुकृति-	*'हृदय की अनुकृति बाह्य उदार एक लम्बी काया, उन्मुक्त;'*	: अनुकरण, नकल	2/84	श्रद्धा/कामायनी
अनुग्रह-	*'अपने अनुग्रह के भार से दबाते हुए'*	: कृपा	1/349	प्रलय की छाया/लहर
♦	*'इस दीन अनुग्रह का मुझ पर तुम बोझ डालने में समर्थ'*	: अनुकम्पा	2/168	ईर्ष्या/कामायनी
अनुदिन-	*'देवों की सृष्टि विलीन हुई अनुशीलन में अनुदिन मेरे;'*	: प्रतिदिन	2/103	काम/कामायनी
♦	*'पगली-सी कोई अंतर में बैठी जैसे अनुदिन बकती'*	: प्रतिदिन, हमेशा	2/129	लज्जा/कामायनी
अनुनय-	*'अनुनय उलझ रहा हो तीखे तिरस्कार से लांछित हो'*	: विनम्र अनुरोध	4/134	पंचम अंक/स्कन्दगुप्त
अनुनय वाणी में-	*'अनुनय वाणी में, आँखों में उपालंभ की छाया'*	: निवेदन से भरी आवाज में	2/147	कर्म/कामायनी

शब्द-	काव्य-पंक्ति	: अर्थ	प्र.ग्रं./पृ.सं.	स्रोत/संदर्भ
अनुपातों-	*'बजा करें अगणित यन्त्रों से सुख-दु:ख के अनुपातों से'*	: तुलनात्मक मात्रा में	4/134	पंचम अंक/स्कन्दगुप्त
अनुमान-	*'चिर-परिचित-सा चाह रहा था/द्वंद्व सुखद करके अनुमान'*	: परिकल्पना, काम-क्रीड़ा के सुख की कल्पना	2/76	आशा/कामायनी
अनुरक्त-	*'कहिए उसे हम क्या कहें, अनुरक्त था कि विरक्त था'*	: मोह और लगाव से युक्त	1/108	भक्ति-योग/कानन-कुसुम
♦	*'विश्व का उन्मीलन अभिराम इसी में सब होते अनुरक्त'*	: लगाव होना	2/89	श्रद्धा/कामायनी
अनुरक्त वीचियाँ-	*'नाचेंगी अनुरक्त वीचियाँ रंजित प्रभा सुनहरी में'*	: प्रेम की भावनाओं से भरी हुई लहरें	1/238	दीप /झरना
अनुराग विराग ढाल-	*'दो पद्म-पलाश चषक से दृग देते अनुराग विराग ढाल'*	: (इड़ा की आँखें मानो) आसक्ति उत्पन्न कर अन्य के प्रति उदासीनता को जन्म देती हैं	2/179	इड़ा/कामायनी
अनुराग समीरों पर तिरता-	*'अनुराग समीरों पर तिरता था इतराता-सा डोल रहा'*	: प्रेम की अनुभूति प्रदान करती वायु में तैरती (चिड़ियों की प्रभातकालीन चहचहाहट)	2/124	लज्जा/कामायनी
अनुरागिनी उषा-	*'अनुरागिनी उषा लेती थी निज सुहाग मधुमाया में'*	: प्रेम से भरी हुई उषा-रूपी स्त्री	1/292	मधुप गुनगुना कर कह जाता/लहर
अनुलेप-	*'अनुलेप सदृश तू लग रे!'*	: सुगन्धित लेप, उबटन	1/332	अशोक की चिंता/लहर
अनुलेपन-	*'अनुलेपन सा मधुर स्पर्श था व्यथा भला क्यों रह जाती?'*	: लेप लगाने के समान, मरहम लगाये जाने की तरह	2/220	निर्वेद/कामायनी
अनुशय-	*'लघुता मत देखो वक्ष चीर, जिसमे अनुशय बन घुसा तीर'*	: पश्चात्ताप	2/244	दर्शन/कामायनी
अनुशीलन-	*'देवों की सृष्टि विलीन हुई अनुशीलन में अनुदिन मेरे;'*	: अनुगमन, अनुकरण	2/103	काम/कामायनी
अनुष्ठित-	*'सुप्रभात किया अनुष्ठित राजसूय सुरीति से'*	: अनुष्ठान किया हुआ	1/164	कुरुक्षेत्र/कानन-कुसुम
अनुसंधान-	*'भ्रममय अनुसन्धान हमें सिखला दिया'*	: खोज, शोध	3/76	प्रथम दृश्य/कल्याणी परिणय
अनूप-	*'अपनी इच्छा का दृढ़ विरोध जिसमें वे भाव नहीं अनूप'*	: अनुपम, अति विशिष्ट	2/160	ईर्ष्या/कामायनी
अनूपम-	*'रूप अनूपम सजा रही है वह सुख सर में'*	: अतुलनीय	1/111	रजनीगंधा/कानन-कुसुम
अन्य-	*'उसमें एक प्रदर्शन जिसको देखें अन्य, वही है'*	: दूसरे लोग भी	2/152	कर्म/कामायनी
अन्यमनस्क-	*'किन्तु अन्यमनस्क होकर वह टहलने ही लगी'*	: खिन्न मन, उखड़ा मन, बेमन	1/100	नव वसंत/कानन-कुसुम
अन्य हृदय का-	*'नहीं इसी से अन्य हृदय का कोई सुमन खिलेगा'*	: दूसरों के मन को (खुशी मिले)	2/152	कर्म/कामायनी
अन्वेषक-	*'अन्वेषक आलोक डालकर देखता'*	: अन्वेषण करनेवाला (चन्द्रमा) खोजी निगाहवाला (चाँद)	2/339	बसंत राका/असंकलित कविताएँ

शब्द-	काव्य-पंक्ति	: अर्थ	प्र.ग्रं./पृ.सं.	स्रोत/संदर्भ
अपदार्थ-	*'अपदार्थ तिरूँगा मैं क्या हो भी कुछ कूल किनारा'*	: व्यर्थ होकर	2/3	आँसू
अपना ही रस-	*'मधुर-भाव उसके तन-मन में अपना ही रस छकता'*	: शारीरिक प्रेम को अपने भीतर महसूस करना	2/148	कर्म/कामायनी
अपनी मधु बूँदें मधुर मौन-	*'पीता मन मुकुलित कंज आप अपनी मधु बूँदें मधुर मौन'*	: (मनु का मन-रूपी कमल) अपने पराग-कण को मौन होकर निश्चेष्ट मधुरता के साथ पी रहा था	2/179	इड़ा/कामायनी
अपनी शंकाओं से व्याकुल-	*'अपनी शंकाओं से व्याकुल तुम अपने ही होकर विरुद्ध'*	: अपने भीतर के संदेहों के कारण बेचैन	2/177	इड़ा/कामायनी
अपरूप-	*'पर कैसी अपरूप छटा लेकर आये तुम प्यारे'*	: अपूर्व	1/281	बिंदु(3)/झरना
♦	*'वह अनन्त प्रगाढ़ छाया फैलती अपरूप'*	: परम रूपवान	2/117	वासना/कामायनी
अपलक दृग के अंजन-	*'कुहुकिनि अपलक दृग के अंजन! हँसती तुझमें सुन्दर छलना'*	: निर्निमेष आँखों के काजल (की तरह है रात का अँधेरा)	2/173	इड़ा/कामायनी
अपसृत-	*'रजनी का भी स्तब्ध भाव अपसृत हुआ'*	: हट जाना	3/75	प्रथम दृश्य/कल्याणी परिणय
अपहृत-	*'हृदय का राजस्व अपहृत, कर अधम अपराध'*	: अपहरण कर लेना, चुरा लेना	2/113	वासना/कामायनी
♦	*'अपहृत था सर्वस्व यहाँ तक, पत्र भी-'*	: गायब कर दिया जाना	1/201	महाराणा का महत्त्व
अपांग की धारा-	*'एक दिन तव अपांग की धारा'*	: आँख के किनारे से आँसू का प्रवाह	1/221	झरना/झरना
अपांग के घन-	*'विस्मृति का नील-नलिन रस बरसे अपांग के घन से'*	: आँखों के कोरों पर मानो बादल बसे हैं	2/28	आँसू
अपांगों-	*'अरुण अपांगों से देखा, कुछ हँस पड़ी'*	: आँखों का सफेद किनारा	1/228	पावस प्रवास/झरना
अप्रतिहत गति-	*'अप्रतिहत गति, संस्थानों से रहता था जो सदा बढ़ा'*	: अबाध गति से चलता हुआ या तरक्की करता हुआ (मनु)	2/216	निर्वेद/कामायनी
अप्रमाद-	*'बहती थी श्यामल घाटी में निर्लिप्त भाव-सी अप्रमाद'*	: स्फूर्ति के साथ, सावधान होकर	2/178	इड़ा/कामायनी
अप्सरियाँ-	*'रश्मियाँ बनीं अप्सरियाँ अंतरिक्ष में नचती थीं'*	: परियों (-जैसी चन्द्र किरणें)	2/279	आनन्द/कामायनी
अप्सरियों की तानों-	*'इन अप्सरियों की तानों के मचल रहे हैं सुन्दर झूले'*	: (इच्छा-लोक की आकृतियाँ) अप्सराओं की तरह गीतों की तान से युक्त थीं	2/257	रहस्य/कामायनी
अप्सरे-	*'अरी अप्सरे! उस अतीत के नूतन गान सुनाओ'*	: श्रद्धा को मनु 'परी' कह रहे हैं	2/147	कर्म/कामायनी
अबंध बल-	*'जिन युवकों के मणिबंधों में अबंध बल'*	: जिस बल को बाँधा न जा सके, असीमित बल	1/335	शेरसिंह का शस्त्र-समर्पण/लहर
अबाध्य-	*'जो अब तक होकर अबाध्य सम्राट का'*	: जिसे बाधित (रोका) न किया जा सका हो	1/34	महाराणा का महत्त्व
अबोध-	*'तुम अति अबोध, अपनी अपूर्णता को न स्वयं तुम समझ सके'*	: नासमझ	2/175	इड़ा/कामायनी
अभया वाणी-	*'स्वागत था अभया वाणी का, निष्ठुरता लिये बिदाई थी'*	: बुद्ध का भयमुक्त उपदेश	1/296	जगती की मंगलमयी उषा बन/लहर

शब्द- काव्य-पंक्ति	: अर्थ	प्र.ग्रं./पृ.सं.	स्रोत/संदर्भ
अभाव की चपल बालिके- *'हे अभाव की चपल बालिके, री ललाट की खल लेखा !'*	: अभाव के कारण उत्पन्न होनेवाली चिंता को चंचल बालिका कहा गया है	2/53	चिंता/कामायनी
अभाव की जड़ता- *'अपने अभाव की जड़ता में वह रह न सकेगा कभी मग्न'*	: किसी की कमी के कारण उत्पन्न हीन भावबोध	2/166	ईर्ष्या/कामायनी
अभिनय की छाया- *'इस नियति नटी के अति भीषण अभिनय की छाया नाच रही'*	: नाटकीय प्रदर्शन की परछाई	2/172	इड़ा/कामायनी
अभिनयमय- *'अभिनयमय है परिवर्त्तन,'*	: वास्तविक न होना, नाटकीयता से परिपूर्ण	1/331	अशोक की चिंता/लहर
अभिनव मानव- *'यह अभिनव मानव प्रजा सृष्टि'*	: नयी मानव-जाति, मनु और श्रद्धा के पुत्र 'मानव' से मानव-जाति का प्रारंभ माना गया है	2/176	इड़ा/कामायनी
अभिमान-नाव- *'अभिमान-नाव जिस पर चढ़े वह तो अति ही क्षुद्र है'*	: अहंकार मानो नाव की तरह है	1/118	ठहरो/कानन-कुसुम
अभिराम- *'खेद भय रहित अभेद, अभिराम हो'*	: सुन्दर	1/261	तुम/झरना
♦ *'और देखा वह सुन्दर दृश्य नयन का इंद्रजाल अभिराम;'*	: सुन्दर	2/83	श्रद्धा/कामायनी
♦ *'अरुण की एक किरण अम्लान अधिक अलसाई हो अभिराम'*	: सुन्दर	2/85	श्रद्धा/कामायनी
♦ *'विश्व का उन्मीलन अभिराम इसी में सब होते अनुरक्त'*	: सुन्दर	2/89	श्रद्धा/कामायनी
अभिलाषाओं की धूल- *'उड़ा दो मत गुलाल सी हाय अरे अभिलाषाओं की धूल'*	: (होली के उड़ते गुलाल मानो) बिखरती इच्छाओं की धूल की तरह हों	1/265	होली की रात/झरना
अभिलाषा-शलभ- *'जले दीप नभ के, अभिलाषा-शलभ उड़े, उस ओर चले'*	: (श्रद्धा की) कामनाओं की उपमा फतिंगों से दी गयी है	2/188	स्वप्न/कामायनी
अभिशाप-प्रतिध्वनि- *'अभिशाप-प्रतिध्वनि हुई लीन'*	: कामदेव की गूँजती हुई शाप-वाणी	2/178	इड़ा/कामायनी
अभिषेक- *'कर रहे निर्जन का चुपचाप प्रभा की धारा से अभिषेक?'*	: नहला देना, महत्त्व प्रदान करना	2/83	श्रद्धा/कामायनी
अभिषेक-जलयुत प्रीति- *'हो गयी ऊषा अमल अभिषेक-जलयुत प्रीति से'*	: अभिषेक के जल से युक्त और प्रेमपूर्वक	1/164	कुरुक्षेत्र/कानन-कुसुम
अभिसार- *'मुखरित था कलरव, गीतों में स्वर लय का होता अभिसार'*	: मिलन	2/57	चिंता/कामायनी
अभीत- *'चली आतीं, कर रहीं अभीत कुमुद पर बरजोरी विश्राम'*	: बिना भय-संकोच के	1/265	होली की रात/झरना
♦ *'अरुण-केतन लेकर निज हाथ वरुण पथ में हम बढ़े अभीत'*	: भय से मुक्त	4/138	पंचम अंक/स्कन्दगुप्त
अभीष्ट- *'जो स्पर्श कर लेता कभी था पुण्य प्रेम अभीष्ट को'*	: लक्ष्य, इच्छित	1/108	भक्ति-योग/कानन-कुसुम

शब्द- काव्य-पंक्ति	: अर्थ	प्र.ग्रं./पृ.सं.	स्रोत/संदर्भ
अभेद- *'खेद भय रहित अभेद, अभिराम हो'*	: भेद-भाव से मुक्ति के प्रतीक	1/261	तुम/झरना
अभ्र- *'आवें क्षण भर तो चले जायँ रुक जायँ कहीं न समीर, अभ्र'*	: बादल	2/164	ईर्ष्या/कामायनी
अमंद- *'सुन्दर चन्द्र अमंद हुआ प्रकटित सुखदायी'*	: जो मन्द न हो, चमकता हुआ चाँद	1/110	रजनीगंधा/कानन-कुसुम
◆ *'एक तुम, यह विस्तृत भूखंड प्रकृति वैभव से भरा अमंद,'*	: जो मन्द न पड़े, जो कम न हो	2/91	श्रद्धा/कामायनी
अमंद पिये- *'अधरों में राग अमंद पिये'*	: (होंठों पर लगा रंग) मंद नहीं पड़ा है और लगता है कि होंठों ने उस रंग को स्वाभाविक रूप से पी लिया है	1/303	बीती विभावरी जाग री/लहर
अमंद प्रकाश- *'नव चंद अमंद प्रकाश लहे मतवाली'*	: चमकदार रोशनी	1/114	मलिना/कानन-कुसुम
अमर जागरण- *'अमर जागरण उषा नयन से'*	: (प्रभात में मानो) अमर जागृति का सन्देश हो	1/298	ले चल वहाँ भुलावा देकर/लहर
अमरता- *'आज अमरता का जीवित हूँ मैं वह भीषण जर्जर दम्भ,'*	: अमर होने का विश्वास	2/62	चिंता/कामायनी
अमर वेदना- *'देव! बता दो अमर वेदना लेकर कब मरना होगा?'*	: देवताओं के असफल होने की पीड़ा मनु के मन में स्थायी रूप लेने लगी है	2/71	आशा/कामायनी
अमर शक्तियाँ- *'उल्का लेकर अमर शक्तियाँ खोज रहीं ज्यों खोया प्रात'*	: स्वयं को अमर माननेवाले देवताओं की शक्तियाँ	2/59	चिंता/कामायनी
अमर्त्य वीरपुत्र- *'अमर्त्य वीरपुत्र हो, दृढ़-प्रतिज्ञ सोच लो'*	: अमर वीरों की संतान	4/290	चतुर्थ अंक/चन्द्रगुप्त
अमल- *'नव मुकुल नीलमणि फलक अमल'*	: स्वच्छ (आकाश)	1/326	ओ री मानस की.../लहर
अमल अछूते- *'मिले दो हृदय, अमल अछूते, दो शरीर इक प्रान'*	: पवित्र और निर्मल	3/200	द्वितीय अंक/विशाख
अमल अनूप- *'किसी छलिया का अमल अनूप'*	: निर्मल और अनुपम	4/58	प्रथम अंक/स्कन्दगुप्त
अमल आलोक- *'चित्त-मन्दिर में अमल आलोक कैसा हो रहा'*	: उज्ज्वल प्रकाश	2/335	मिलन/असंकलित कविताएँ
अमल इंदु- *'जीवन रजनी का अमल इंदु'*	: चमकता हुआ चाँद, उज्ज्वल चन्द्र	1/319	मुझको न मिला रे कभी प्यार/लहर
अमला- *'उसका संदेश सुनाने को संसृति में आई वह अमला'*	: निर्मल मनवाली श्रद्धा	2/107	काम/कामायनी
अमा- *'अमा को करिये सुन्दर राका'*	: अमावस्या की रात	1/283	बिंदु (5)/झरना
अमिताभ- *'तिमिर का हरने को दुख भार, तेज अमिताभ अलौकिक कांत'*	: बुद्ध का एक नाम, असीमित प्रभा से युक्त	1/295	अरी वरुणा की शांत कछार/लहर
अमृत कथा- *'देवलोक की अमृत कथा की माया-'*	: (देवताओं की) अमर या अमरत्व की कहानियाँ	1/300	हे सागर संगम अरुण नील/लहर
अमृत-झड़ी- *'अमृत-झड़ी सुख के झिल जा तू'*	: अमृत की वर्षा, जीवन के सुखद पक्ष	3/510	एक घूँट (एकांकी)

शब्द– काव्य-पंक्ति	: अर्थ	प्र.ग्रं./पृ.सं.	स्रोत/संदर्भ
अमृत दुहें– *'वे जीवित हों मांसल बन कर हम अमृत दुहें, वे दुग्ध-धाम'*	: दूध दूहें	2/163	ईर्ष्या/कामायनी
अमृत-धाम– *'पाया तो, उसने भी मुझको दे दिया हृदय निज अमृत-धाम'*	: अच्छे गुणों से पूर्ण (श्रद्धा का हृदय)	2/175	इड़ा/कामायनी
अमृत संतान– *'डरो मत अरे अमृत संतान अग्रसर है मंगलमय वृद्धि;'*	: देवताओं के वंशज	2/92	श्रद्धा/कामायनी
अमोघ– *'इनके नियम अमोघ और झूठ जल्पना'*	: जो अपने लक्ष्य से विचलित न हो	3/191	प्रथम अंक/विशाख
अमोघ शक्ति– *'संकुचित असीम अमोघ शक्ति'*	: अचूक ताकत	2/177	इड़ा/कामायनी
अम्लान– *'वरुण आदि सब घूम रहे हैं किसके शासन में अम्लान?'*	: बिना थके, निरन्तर	2/68	आशा/कामायनी
◆ *'अरुण की एक किरण अम्लान अधिक अलसाई हो अभिराम'*	: निर्दोष, स्वच्छ	2/85	श्रद्धा/कामायनी
अम्लान नलिन– *'वह नयन-महोत्सव की प्रतीक अम्लान नलिन की नव-माला'*	: खिला हुआ ताजा कमल	2/178	इड़ा/कामायनी
अयश– *'मरण से भारी अयश क्यों दौड़कर लेना चहो'*	: अपकीर्ति, बदनामी	1/166	कुरुक्षेत्र/कानन-कुसुम
◆ *'जातीय क्षेत्र में अयश बीज बोते हो'*	: बदनामी	3/406	तृ.अं./जन्मेजय का ना.-य.
अयाचित– *'सदा अयाचित देते हैं फल प्रेम से'*	: बिना माँगे हुए, जिसकी याचना न की गयी हो	1/158	भरत/कानन-कुसुम
अरराया– *'सिंहद्वार अरराया जनता भीतर आयी'*	: आवाज के साथ टूटकर (मुख्य द्वार) गिर पड़ा	2/205	संघर्ष/कामायनी
अरविन्द-सा– *'था बद्ध-पद्मासन, हृदय अरविन्द-सा था खिल रहा'*	: कमल की तरह	1/107	भक्ति-योग/कानन-कुसुम
अराएँ– *'नव रस भरी अराएँ अविरल चक्रवाल को चकित चूमतीं'*	: पहिए की तीलियाँ	2/256	रहस्य/कामायनी
अराति– *'संसार ही है मित्र मेरा, नाम को न अराति है'*	: शत्रु	1/109	भक्ति-योग/कानन-कुसुम
◆ *'कर लिया निश्चित अरिंदम ने निपात अराति का'*	: शत्रु	1/163	कुरुक्षेत्र/कानन-कुसुम
◆ *'जिसके बल के सिन्धु में, गज सम थके अराति'*	: शत्रु	3/92	नवम दृश्य/कल्याणी परिणय
◆ *'अराति सैन्य सिन्धु में – सुवाडवाग्नि से जलो'*	: शत्रु	4/291	चतुर्थ अंक/चन्द्रगुप्त
अराल– *'त्रिबली थी त्रिगुण तरंगमयी, आलोक वसन लिपटा अराल'*	: तिरछा, भंगिमा से युक्त	2/179	इड़ा/कामायनी
अरिंदम– *'कर लिया निश्चित अरिंदम ने निपात अराति का'*	: शत्रुओं का दमन करनेवाला	1/163	कुरुक्षेत्र/कानन-कुसुम
अरिगण– *'अरिगण को भय हो, विजयी जन्मेजय हो'*	: दुश्मन, शत्रु-गण	3/408	तृ.अं./जन्मेजय का ना.-य.
अरुण– *'स्वर्ण-जल से अरुण भी आकाश-तट धोने को है'*	: सूर्य का सारथी, लाल रंग	1/94	महा-क्रीड़ा/कानन-कुसुम
◆ *'अरुण यह मधुमय देश हमारा'*	: नवविकसित का अनुरागमय सौन्दर्य	4/35	द्वितीय अंक/चन्द्रगुप्त
अरुण अधर थे रस में– *'आँखें प्रिय आँखों में, डूबे अरुण अधर थे रस में'*	: श्रद्धा के लाल होंठ सोमरस में डूब गए	2/153	कर्म/कामायनी
अरुण अपांगों– *'अरुण अपांगों से देखा, कुछ हँस पड़ी'*	: आँखों की (अनुरागमयी) लाली	1/228	पावस प्रवास/झरना

शब्द-	काव्य-पंक्ति	: अर्थ	प्र.ग्रं./पृ.सं.	स्रोत/संदर्भ
अरुण अभ्युदय-	*'अरुण अभ्युदय से हो मुदित मन प्रशस्त सरसी में खिल रहा है'*	: अरुणोदय, 'अरुण' सूरज के सारथी हैं इसलिये सुबह-सुबह पूरब दिशा में सूर्य के दिखने के पहले 'अरुण' दिखाई पड़ते हैं। अरुणोदय के बाद सूर्योदय होता है	1/112	सरोज/कानन-कुसुम
अरुण-कपोलों-	*'जिसके अरुण-कपोलों की मतवाली सुन्दर छाया में'*	: लालिमा से युक्त गाल (प्रभात का दृश्य)	1/292	मधुप गुनगुना कर कह जाता/लहर
अरुण किरण सम कर-	*'अरुण किरण सम कर से छू लो, खोलो प्रियतम खोलो द्वार'*	: लाल किरण-रूपी हाथ (सुबह की किरण)	1/225	खोलो द्वार/झरना
अरुण किरण-सी-	*'कीर्ति, दीप्ति, शोभा थी नचती अरुण किरण-सी चारों ओर'*	: सुबह के सूरज की किरणें	2/56	चिंता/कामायनी
अरुण की आभा-	*'अरुण की आभा अभी प्राची में दिखलाई पड़ी,'*	: रक्तिम प्रकाश। सूर्य के सारथी अरुण हैं, जो रक्तवर्ण के हैं। पहले अरुणोदय होता है तब सूर्योदय। यही कारण है कि पहले लाल किरणें दिखती हैं तब सुनहली किरणें	1/94	महा-क्रीड़ा/कानन-कुसुम
अरुण की एक किरण-	*'अरुण की एक किरण अम्लान अधिक अलसाई हो अभिराम'*	: सुबह की लालिमा भरी किरणें, मुस्कुराहट होंठों पर विश्राम कर रही है जैसे किसलय पर अरुण-किरण	2/85	श्रद्धा/कामायनी
अरुण-केतन-	*'अरुण-केतन लेकर निज हाथ वरुण पथ में हम बढ़े अभीत'*	: सृष्टि के प्रतीक के रूप में अरुण रंग की पताका	4/138	पंचम अंक/स्कन्दगुप्त
अरुण गात-	*'ऊषा बटोरती अरुण गात'*	: प्रभातकालीन सूर्य की रक्तिम आभा	1/309	अब जागो जीवन के प्रभात/लहर
अरुण घन-	*'अरुण घन की सजल छाया में दिनांत निवास'*	: सांध्यकालीन सूर्य की लाल किरणों से युक्त बादल	2/114	वासना/कामायनी
अरुण जलज-	*'संध्या अरुण जलज केसर ले अब तक मन थी बहलाती'*	: रक्तिम कमल(-रूपी सूर्य)	2/185	स्वप्न/कामायनी
♦	*'अरुण जलज के शोण कोण थे नव तुषार के बिंदु भरे'*	: लाल कमल, कोकनद (श्रद्धा की दुखी आँखें)	2/188	स्वप्न/कामायनी
अरुणज्योति-	*'अरुणज्योति की झील बनेगी कब सलील?'*	: लालिमा से युक्त प्रकाश	1/300	हे सागर संगम... /लहर
अरुण नील-	*'हे सागर संगम अरुण नील'*	: लाल रंग का गंगाजल और नीले रंग का समुद्र	1/299	हे सागर संगम अरुण नील/लहर
अरुण पीत हरियाली-	*'वह मंजरियों का कानन कुछ अरुण पीत हरियाली'*	: लाल, पीला और हरा रंग (वनस्पतियों के मंजरों के बीच)	2/272	आनन्द/कामायनी
अरुण मंडल-	*'अरुण मंडल का स्वर्ण विलास'*	: सूरज का लाल गोला	1/263	हृदय का सौन्दर्य/झरना
अरुण मुकुर-	*'प्राची के अरुण मुकुर में सुन्दर प्रतिबिम्ब तुम्हारा'*	: अरुणोदय से पूरब दिशा दर्पण की तरह स्वच्छ लग रही है	2/34	आँसू
अरुण यौवन-	*'अरुण यौवन का उदय विशेष'*	: प्रभात के रूप में लालिमा से युक्त यौवन	1/264	प्रार्थना/झरना

शब्द–	काव्य-पंक्ति	: अर्थ	प्र.ग्रं./पृ.सं.	स्रोत/संदर्भ
अरुण रवि मंडल–	*'अरुण रवि मंडल उनको भेद दिखाई देता हो छविधाम'*	: लाल सूर्य का गोला	2/84	श्रद्धा/कामायनी
अरुण राग रंजित–	*'अरुण राग रंजित कोमल हिमखण्ड से'*	: लाल रंग से शोभायमान	1/226	रूप/झरना
♦	*'अरुण-राग-रंजित कपोल से शोभा पाती'*	: लाली से रँग जाना, प्रतीची शर्म से लाल हो गयी है	1/110	रजनीगंधा/कानन-कुसुम
अरुण विलास–	*'गगन मंडल में अरुण विलास'*	: (प्रातः काल में) अरुण (लाल) रंग का सौन्दर्य	1/220	परिचय/झरना
अरुण शिशु–	*'अरुण शिशु के मुख पर सविलास'*	: सुबह का सूरज, बालसूर्य	1/231	किरण/झरना
अरुणांचल–	*'अरुणांचल में चल रही बात'*	: पूरब दिशा के आँचल में	1/309	अब जागो जीवन के प्रभात/लहर
अरुणा–	*'वरुणालय चित्त शान्त था, अरुणा की पहली नयी उषा'*	: प्रातः की लालिमा	3/179	प्रथम अंक/विशाख
अरुणा करुणा–	*'मानव का महत्त्व जगती पर फैला अरुणा करुणा से'*	: अनुराग के रंग से रँगा शोक-भाव	3/252	प्रथम अंक/अजातशत्रु
अरुणाचल–	*'वे कुछ दिन जो हँसते आये अंतरिक्ष अरुणाचल से'*	: उदयाचल, उदयगिरि, पुराणों में वर्णित एक कल्पित पर्वत जिसके पीछे से सूर्य का नित्य उदित होना माना गया है	2/187	स्वप्न/कामायनी
अरुणाचल मन मंदिर–	*'अरुणाचल मन मंदिर की वह मुग्ध-माधुरी नव प्रतिमा'*	: उदयाचल या उदयगिरि-रूपी हृदय-मंदिर	2/224	निर्वेद/कामायनी
अरुणिमा–	*'जैसे अंतरिक्ष की अरुणिमा'*	: लालिमा	1/340	प्रलय की छाया/लहर
अरुणिमा ऊषा-सी–	*'दुख दो इतना, अरे अरुणिमा ऊषा-सी वह उधर बही'*	: प्रभातकाल की लालिमा की तरह	1/291	निज अलकों के.../लहर
अरुणे–	*'हे अरुणे ! सदा सुहागिनि मानवता सिर की रोली'*	: पीड़ा मानो प्रेम की अरुण प्रेरणा लिए रहती है	2/31	आँसू
अरुणोदय कांत–	*'उठे स्वस्थ मनु ज्यों उठता है क्षितिज बीच अरुणोदय कांत'*	: उगते हुए सूरज का कांतिमान व्यक्तित्व	2/73	आशा/कामायनी
अर्घ–	*'दिया करते अर्घ में मकरन्द, सुषमा मूल'*	: स्वागत में चढ़ाया गया (जल आदि)	2/118	वासना/कामायनी
अर्चना अश्रांत–	*'राशि-राशि नखत-कुसुम की अर्चना अश्रांत'*	: निरंतर चलनेवाली प्रेम-याचना	2/117	वासना/कामायनी
अर्चियाँ–	*'शुष्क डालियों से वृक्षों की अग्नि अर्चियाँ हुईं समिद्ध;'*	: ज्वाला, आग की लपटें	2/74	आशा/कामायनी
अर्धक्षेम–	*'मायामयी सुप्ति में सोकर, अति अधीर हो अर्धक्षेम से'*	: आधी मुक्ति	1/241	बिखरा हुआ प्रेम/झरना
अर्ध प्रस्फुटित–	*'अर्ध प्रस्फुटित उत्तर मिलते प्रकृति सकर्मक रही समस्त;'*	: (मनु को) अपने भीतर जिज्ञासा के आधे-अधूरे उत्तर मिल पा रहे थे	2/75	आशा/कामायनी
अर्धांगिनी–	*'थी अर्धांगिनी उसी की जो उसे खोजती आयी'*	: पत्नी (श्रद्धा)	2/270	आनन्द/कामायनी

शब्द- काव्य-पंक्ति	: अर्थ	प्र.ग्रं./पृ.सं.	स्रोत/संदर्भ
अर्बुदगिरि- *'विपुल शैल-माला अर्बुदगिरि की धनी'*	: आबू पर्वत (राजस्थान)	1/205	महाराणा का महत्त्व
अलक-अवली- *'अलक-अवली हो गई सुमिलिंद की माला वही'*	: लंबी केश-राशि	1/101	नव वसंत/कानन-कुसुम
अलक गुँथी थी- *'तारों से अलक गुँथी थी पहने कदंब की रसना'*	: (संध्या-सुन्दरी के अंधकार-रूपी) घुँघराले बाल (तारे-रूपी मोतियों से) गुँथे थे	2/272	आनन्द/कामायनी
अलक घुँघराली- *'अस्ताचल पर युवती सन्ध्या की खुली अलक घुँघराली है'*	: घुँघराले बाल (शाम में पश्चिम दिशा में किरणों का जाल)	4/346	द्वितीय अंक/ध्रुवस्वामिनी
अलक जाल- *'बन गया तमस था अलक जाल, सर्वांग ज्योतिमय था विशाल'*	: (व्योमकेश शिव) की बिखरी हुई केश-राशि या जटाएँ	2/246	दर्शन/कामायनी
अलकावलि- *'लोल अलकावलि हुई मानो मधुव्रत मिल गये'*	: केश-राशि, लंबे बाल	1/101	नव वसंत/कानन-कुसुम
अलकावली- *'मेरी लहरीली नीली अलकावली समान'*	: घनी केश-राशि	1/339	प्रलय की छाया/लहर
अलकें- *'मेरे जीवन की उलझन/बिखरी थीं उनकी अलकें'*	: केश-राशि	2/13	आँसू
◆ *'श्रद्धा कुछ-कुछ अनमनी चली अलकें लेती थीं गुल्फ चूम'*	: लम्बे बाल	2/159	ईर्ष्या/कामायनी
◆ *'बिखरीं अलकें ज्यों तर्क जाल'*	: घुँघराली केश-राशि	2/179	इड़ा/कामायनी
अलकों की डोरी- *'अलकों की डोरी में जीवन कण-कण उलझे जाते'*	: श्रद्धा की केशराशि मानो बंधन की तरह बाँध रही थी	2/146	कर्म/कामायनी
अलक्तक- *'चरण अलक्तक की लाली से'*	: आलता, महावर	1/340	प्रलय की छाया/लहर
अलख- *'आँखों से अलख जगाने को'*	: ईश्वर, जिसे देखा न जा सके	1/304	आँखों से अलख.../लहर
अलगाता- *'उसे अकिंचन कर देता है अलगाता 'हम तुम' से'*	: मिलने नहीं देना, दूरी बनाए रखना	2/153	कर्म/कामायनी
अलबेली-बाहुलता- *'अलबेली-बाहुलता या तनु छवि-सर की नव लहरी?'*	: बाँहें मानो लताओं की तरह अल्हड़ थीं	2/12	आँसू
अलम्- *'कृपा कटाक्ष अलम् है केवल'*	: पर्याप्त	1/271	कसौटी/झरना
अलम्बुषा- *'नव अलम्बुषा की व्रीड़ा-सी खुल जाती है, फिर जा मुँदती'*	: लाजवंती या छुई-मुई का पौधा	2/255	रहस्य/कामायनी
अलस उषा- *'उस अलस उषा में देखूँ अपनी आँखों का तारा'*	: अलसाई हुई सुबह	2/34	आँसू
अलस-कटाक्ष- *'वे सब अलस-कटाक्ष कहाँ हैं? वे घुँघराले बाल कहाँ?'*	: भौंहों का श्रृंगारिक संचालन	1/193	प्रेमपथिक
अलस चेतना- *'खुलीं उसी रमणीय दृश्य में अलस चेतना की आँखें;'*	: संज्ञा का सुस्त पड़ जाना, सचेत न रह पाना	2/76	आशा/कामायनी
अलस नील-घन- *'अलस नील-घन की छाया में'*	: अलसाये हुये नीले बादल, रुककर बारिश कराते बादल	4/99	तृतीय अंक/स्कन्दगुप्त
अलस प्राण- *'निज उद्गम का मुख बंद किये कब तक सोएँगे अलस प्राण'*	: मन को आलस्य में डालना	2/158	ईर्ष्या/कामायनी
अलस विषाद- *'ओ जीवन की मरु मरीचिका, कायरता के अलस विषाद!'*	: दुःख की निराशा से उत्पन्न शिथिलता	2/63	चिंता/कामायनी

शब्द-	काव्य-पंक्ति	: अर्थ	प्र.ग्रं./पृ.सं.	स्रोत/संदर्भ
अलस विहग-	*'लेते अँगड़ाई नीदों में अलस विहग मृदु गात'*	: अलसाये हुये पक्षी	1/328,	अंतरिक्ष में अभी सो रही/ लहर
अलस सबेरा-	*'वही वेदना सजग पलक में भर कर अलस सबेरा'*	: अलसायी हुई सुबह	2/141	कर्म/कामायनी
अलात-चक्र-	*'मनु फिर रहे अलात-चक्र से उस घन-तम में'*	: जलती हुई लकड़ी (मशाल, बनेठी, लुआठी) को चारों ओर घुमाने से बना अग्नि का घेरा	2/207	संघर्ष/कामायनी
अलि-	*'अलि बने मकरंद की मीठी झड़ी हो झेलते'*	: भौंरा	1/95	महा-क्रीड़ा/कानन-कुसुम
अलि अलकों-	*'इस हृदय कमल का घिरना अलि अलकों की उलझन में'*	: प्रिया की केश-राशि भौरों की तरह काली है	2/5	आँसू
अलिकुल-	*'नीरव-मुरली, कलरव चुप, अलिकुल थे बन्द नलिन में'*	: भौंरों का समूह	2/16	आँसू
अलिपुञ्ज-	*'कुसुमित मधुमय जहाँ सुखद अलिपुञ्ज है'*	: भौंरों का समूह, भौंरे	1/97	करुणा-कुंज/का.- कु.
अली-	*'अली नहिं एक कली का है'*	: भौंरा	3/90	नवम दृश्य/कल्याणी परि.
अली-अवली-	*'मल्लिका महँकी, अली-अवली, मधुर-मधु से छकी'*	: भौरों की पंक्तियाँ	1/133	खंजन/कानन-कुसुम
अलीक-	*'गिर जाएगा जो है अलीक, चलकर मिटती है पड़ी लीक'*	: रूढ़िग्रस्त रीति-नीति, मरणोन्मुख आचार-विचार	2/245	दर्शन/कामायनी
अलीगण-	*'खिली कुसुम की कली अलीगण घूमते'*	: भौंरों का समूह, भौंरे	1/96	करुणा-कुंज/कानन-कु.
अलौकिक कांत-	*'तिमिर का हरने को दुख भार, तेज अमिताभ अलौकिक कांत'*	: आध्यात्मिक चमक	1/295	अरी वरुणा की शांत कछार/लहर
अल्हड़ खेल-	*'खेलता था जब अल्हड़ खेल'*	: अपने यौवन से लापरवाह होकर बच्चों की तरह खेलना	1/307	तुम्हारी आँखों का बचपन/ लहर
अवकाश-	*'अवकाश असीम सुखों से आकाश तरंग बनाता'*	: खालीपन, सूनापन	2/24	आँसू
अवकाश-गत-	*'जब घिर रहे हों प्रलय-घन अवकाश-गत आकाश में'*	: पर्याप्त स्थान	1/131	याचना/कानन-कुसुम
अवकाश-पटी-	*'इस अवकाश-पटी पर जितने चित्र बिगड़ते बनते हैं'*	: आकाश का फलक	2/186	स्वप्न/कामायनी
अवकाश शून्य-	*'अवकाश शून्य फैला है है शक्ति न और सहारा'*	: सूना आकाश, दूर-दूर तक निराशा	2/3	आँसू
अवकाश-सरोवर-	*'अवकाश-सरोवर का मराल, कितना सुन्दर कितना विशाल'*	: आकाश-रूपी मानसरोवर	2/235	दर्शन/कामायनी
अवगाहते-	*'ध्यान में काली घटा के नित्य ही अवगाहते'*	: भीतर पैठना, पानी में उतरकर नहाना, खोजना	1/105	जलद-आवाहन/कानन-कुसुम
अवगाहो-	*'मेरे खौल रहे हृत्सर में तुम भी आकर अवगाहो'*	: डुबकी लगा लो	1/146	नहीं डरते/कानन-कुसुम
अवगुंठन-	*'अवगुंठन होता आँखों का आलोक रूप बनता जितना'*	: पर्दा, आवरण	2/98	काम/कामायनी
♦	*'चाँदनी सदृश खुल जाय कहीं अवगुंठन आज सँवरता-सा;'*	: आवरण, घूँघट	2/101	काम/कामायनी

शब्द-	काव्य-पंक्ति	: अर्थ	प्र.ग्रं./पृ.सं.	स्रोत/संदर्भ
♦	*'आँखों का विधि वह मुख हो अवगुण्ठन नील गगन-सा'*	: आवरण, घूँघट	2/35	आँसू
अवनत घन-	*'तुम आशामयि! चिर आकर्षण, तुम मादकता की अवनत घन'*	: जल के भार से झुका हुआ बादल, परोपकारी	2/236	दर्शन/कामायनी
♦	*'वह बोली "नील गगन अपार, जिसमें अवनत घन सजल भार'*	: (जल के बोझ से) झुके हुए बादल	2/234	दर्शन/कामायनी
अवनी-	*'तज कोलाहल की अवनी रे'!*	: धरती	1/298	ले चल वहाँ.../लहर
अवभृथ स्नान-	*'पावक सरोवर में अवभृथ स्नान था'*	: यज्ञ पूरा हो जाने के बाद किया जानेवाला स्नान	1/342	प्रलय की छाया/लहर
अवयव-	*'अवयव की दृढ़ मांस-पेशियाँ, ऊर्जस्वित था वीर्य्य अपार;'*	: (मनु के) शरीर के अंग-प्रत्यंग	2/52	चिंता/कामायनी
♦	*'और संकुचित क्रमशः उसके अवयव का होता था ह्रास'*	: अंग-उपांग	2/60	चिंता/कामायनी
अवयव की सुन्दर कोमलता-	*'अवयव की सुन्दर कोमलता लेकर मैं सबसे हारी हूँ'*	: शारीरिक(आंगिक) सुंदरता और कोमलता	2/128	लज्जा/कामायनी
अवयव प्रस्फुटित-	*'केहरि-किशोर से अभिनव अवयव प्रस्फुटित हुए थे'*	: अंगों का प्रस्फुटित होना	2/267	आनन्द/कामायनी
अवरुद्ध श्वास-	*'चिर मुक्त पुरुष वह कब इतने अवरुद्ध श्वास लेगा निरीह'*	: रुकी हुई साँस अर्थात् पराधीनता का भाव	2/161	ईर्ष्या/कामायनी
अवलम्ब-	*'दब रहे हो अपने ही बोझ खोजते भी न कहीं अवलम्ब;'*	: सहारा, आश्रय	2/91	श्रद्धा/कामायनी
अवलम्बन-	*'और डूबती सी अचला का अवलम्बन मणि रत्न निधान'*	: सहारा	2/71	आशा/कामायनी
♦	*'किरनों का रज्जु समेट लिया जिसका अवलम्बन ले चढ़ती'*	: सहारा	2/125	लज्जा/कामायनी
अवशिष्ट-	*'अवशिष्ट रह गई अनुभव में अपनी अतीत असफलता-सी'*	: अपूर्ण रूप में रह जाना	2/128	लज्जा/कामायनी
♦	*'अब तो अवशिष्ट उपाय भी न'*	: बचा हुआ, शेष रह जाना	2/178	इड़ा/कामायनी
अवसाद-	*'विस्मृति आ, अवसाद घेर ले, नीरवते! बस चुप कर दे;'*	: निराशा के कारण मानसिक शिथिलता	2/54	चिंता/कामायनी
अवसादमयी-	*'लीला विलास की खेद भरी अवसादमयी श्रम-दलिता-सी'*	: थकावट से उत्पन्न गहरा खेद	2/128	लज्जा/कामायनी
अवसान-	*'व्यथा आरम्भ, वही अवसान'*	: समापन	1/276	वेदने ठहरो/झरना
अविज्ञात-	*'सघन हो रहा अविज्ञात यह देश मलिन है धूम-धार-सा'*	: अनजाना, जिसे जानना मुश्किल हो	2/257	रहस्य/कामायनी
अविनीत-	*'क्या अधिकार नहीं कि कभी अविनीत रहूँ मैं?'*	: अनुशासन या नियम के बंधन से मुक्त	2/198	संघर्ष/कामायनी
♦	*'हिलाकर धड़कन से अविनीत जगा मत सोया है सुकुमार'*	: जिसमें विनम्रता का अभाव हो	4/187	प्रथम अंक/चन्द्रगुप्त

शब्द-	काव्य-पंक्ति	: अर्थ	प्र.ग्रं./पृ.सं.	स्रोत/संदर्भ
अविरत-	*'तुम तो अविरत चले जा रहे हो कहीं'*	: निरंतर, लगातार, विरामहीन	1/97	करुणा-कुंज/कानन- कु.
♦	*'लड़ रहे अविरत युगल थे चेतना के पाश'*	: निरंतर	2/111	वासना/कामायनी
अविरत विषाद-	*'सुख नीड़ों को घेरे रहता अविरत विषाद का चक्रवाल'*	: क्रमिक दु:ख, दु:ख की निरन्तरता	2/180	इड़ा/कामायनी
अविरल-	*'लघु लघु सुंदर सुंदर अविरल,'*	: क्रमिक, निरन्तर	1/326	ओ री मानस की.../लहर
♦	*'नव रस भरी अराएँ अविरल चक्रवाल को चकित चूमतीं'*	: सघन भाव से, जो विरल न हो	2/256	रहस्य/कामायनी
अविराम साधना-	*'जीवन की अविराम साधना भर उत्साह खड़ी थी'*	: निरन्तर किया गया कठोर प्रयत्न	2/133	कर्म/कामायनी
अविरुद्ध-	*'प्रजा आज कुछ और सोचती अब तक जो अविरुद्ध रही'*	: विरोध-रहित, अनुकूल	2/193	स्वप्न/कामायनी
अव्यक्त-प्रकृति-उन्मीलन-	*'अव्यक्त-प्रकृति-उन्मीलन के अंतर में उसकी चाह रही'*	: प्रकृति ने आँखें खोल दीं, जो अब तक मूलकारण होने के बावजूद प्रत्यक्ष नहीं थी। मानो रति ने प्रकृति को सृष्टि के लिए प्रेरित किया	2/104	काम/कामायनी
अशनी पात-सा-	*'जब हों कृतघ्नों का कुटिल आघात अशनी पात-सा'*	: आकाशीय बिजली का गिरना	1/131	याचना/कानन-कुसुम
अशरीरी रूप-	*'ये अशरीरी रूप, सुमन से केवल वर्ण गंध में फूले'*	: (इच्छा-लोक के प्राणी) छाया-रूप में हैं, शरीर-विहीन हैं	2/257	रहस्य/कामायनी
अशोक-	*'व्योम-तम पुंज हुआ तब नष्ट, अखिल संसृति हो उठी अशोक'*	: शोकरहित, प्रसन्न	4/138	पंचम अंक/स्कन्दगुप्त
अश्रांत-	*'ईश से विनियुक्त जीव सुयंत्र-सा अश्रांत है'*	: निश्चिन्त, जो थका हुआ न हो	1/166	कुरुक्षेत्र/कानन-कुसुम
♦	*'उषा के चंचल में अश्रांत'*	: स्फूर्ति से युक्त, बिना थके हुये	1/231	किरण/झरना
♦	*'दीनता लाती थी अश्रांत'*	: बिना थके, फूर्ति के साथ	1/258	आशालता/झरना
♦	*'चन्द्रमा नभ में हँसता था, बज रही थी वीणा अश्रांत'*	: अथक, बिना थके, लगातार	1/266	झील में/झरना
♦	*'झील, झाई, नभ, शशि, तारा, विटप इंगित करते अश्रांत'*	: अथक	1/266	झील में/झरना
♦	*'बरसने ज्यों मदिरा अश्रांत'*	: अथक, लगातार	1/305	आह रे, वह अधीर.../लहर
♦	*'एक लघु ज्वालामुखी अचेत माधवी रजनी में अश्रांत'*	: बिना थके हुए, लगातार	2/84	श्रद्धा/कामायनी
♦	*'चल पड़े कब से हृदय दो, पथिक-से अश्रांत'*	: बिना थके	2/111	वासना/कामायनी
♦	*'राशि-राशि नखत-कुसुम की अर्चना अश्रांत'*	: बिना थके, लगातार	2/117	वासना/कामायनी
अश्रुमयि रंगिनि-	*'दुख वाले दग्ध हृदय की वेदने! अश्रुमयि रंगिनि!'*	: आँसू के रंगों से रँगी हुई	2/38	आँसू
अश्रुमुक्ता-	*'अश्रुमुक्ता की लगी झालर खुले दृग द्वार से'*	: मोतियों की तरह आँसू	2/335	मिलन/असंकलित कविताएँ
अश्रु-सर-	*'चिर निराशा नीरधर से, प्रतिच्छायित अश्रु-सर से'*	: आँसुओं का सरोवर, दुखद जीवन	2/221	निर्वेद/कामायनी
अश्व-पद-शब्द-	*'कानन घोषित हुआ अश्व-पद-शब्द से'*	: घोड़ों के टापों की ध्वनि	1/203	महाराणा का महत्त्व

शब्द- काव्य-पंक्ति	: अर्थ	प्र.ग्रं./पृ.सं.	स्रोत/संदर्भ
असंख्य कीर्ति-रश्मियाँ- *'असंख्य कीर्ति-रश्मियाँ, विकीर्ण दिव्य दाह-सी'*	: यश की अनगिनत किरणें	4/290	चतुर्थ अंक/चन्द्रगुप्त
असंख्य जीवन इतिहास- *'इस गंभीर अनन्त नीलिमा में असंख्य जीवन इतिहास'*	: अनेक लोगों की आत्मकथाएँ	1/292	मधुप गुनगुना कर कह जाता/लहर
असत्- *'वह शून्य असत् या अंधकार, अवकाश पटल का वार पार'*	: अव्यक्त, किसी के भी अस्तित्व का आभास न हो पाना	2/245	दर्शन/कामायनी
असत् विश्व- *'तुमने तो समझा असत् विश्व जीवन धागे में रहा झूल'*	: असत्य संसार, नश्वर संसार	2/174	इड़ा/कामायनी
असि- *'असि शरधनु धारी'*	: तलवार	3/81	तृतीय दृश्य/कल्याणी परि.
असि उन्मुक्त- *'निज हय पर, कर में भी असि उन्मुक्त है'*	: नंगी तलवार, जिस तलवार पर बंधन न हो	1/204	महाराणा का महत्त्व
असि-धारा- *'असि-धारा पर धरा हुआ सुख, उससे कैसा नाता है'*	: तलवार की धार	3/377	द्वितीय अंक/जन्मेजय का नाग-यज्ञ
असीम- *'संकुचित असीम अमोघ शक्ति'*	: अनन्त, अपार	2/177	इड़ा/कामायनी
असीम उपवन- *'असीम उपवन के तुम हो माली धरा बराबर जता रही है'*	: प्रकृति मानो एक विराट उपवन की तरह है	1/87	प्रभो/कानन-कुसुम
असीम नीले अंचल- *'उस असीम नीले अंचल में देख किसी की मृदु मुसक्यान'*	: नीला आकाश	2/72	आशा/कामायनी
असुर पुरोहित- *'असुर पुरोहित उस विप्लव से बचकर भटक रहे थे'*	: असुरों के बीच पुरोहित का काम करनेवाले किलात और आकुलि	2/135	कर्म/कामायनी
अस्त- *'बिखरती थी और खुलते ज्वलन-कण जो अस्त'*	: ओझल	2/113	वासना/कामायनी
अस्ताचल- *'अस्ताचल पर युवती सन्ध्या की खुली अलक घुँघराली है'*	: पश्चिम दिशा का वह कल्पित पर्वत जिसके पीछे सूरज डूबता है	4/346	द्वितीय अंक/ध्रुवस्वामिनी
अस्तित्व- *'अस्तित्व रह न जाये हमको हमारे ही में'*	: अपने 'होने' का भाव	1/141	मोहन/कानन-कुसुम
♦ *'सदा मौन हो प्रवचन करते जिसका, वह अस्तित्व कहाँ?'*	: परम सत्ता, ईश्वर	2/69	आशा/कामायनी
अस्तित्व-चिरंतन-धनु- *'अस्तित्व-चिरंतन-धनु से कब, यह छूट पड़ा है विषम तीर'*	: ईश्वर के धनुष से, शाश्वत अस्तित्व वाले ईश्वर के धनुष से	2/171	इड़ा/कामायनी
अस्ति-नास्ति- *'अस्ति-नास्ति का भेद, निरंकुश करते ये अणु तर्क-युक्ति से*	: सत् और असत्, है और नहीं है (पारमार्थिक प्रश्नों के सन्दर्भ में)	2/260	रहस्य/कामायनी
अस्तु- *'सभी हो गया तुम्हारा, अस्तु'*	: ठीक है	3/404	तृ.अं./जन्मेजय का ना.-य.
अस्थि युग- *'पुरन्दर ने पवि से है लिखा अस्थि युग का मेरा इतिहास'*	: जिस युग में अस्थि (हड्डी) से हथियार बनाते थे	4/139	पंचम अंक/स्कन्दगुप्त
अस्थि-खंड- *'दारुण-दृश्य! रुधिर के छींटे अस्थि-खंड की माला!'*	: हड्डी के टुकड़े	2/138	कर्म/कामायनी
अस्थि-पुंज- *'चूर्ण अस्थि-पुंज सा हँसेगा अट्टहास कौन?'*	: हड्डियों का समूह	1/338	पेशोला की प्रति./लहर
अस्पष्ट-उपेक्षा- *'जगती की अस्पष्ट-उपेक्षा, एक कसक साकार रही'*	: जिस उपेक्षा का कारण स्पष्ट न हो, अकारण अवहेलना	2/185	स्वप्न/कामायनी
अस्पष्ट एक लिपि- *'अस्पष्ट एक लिपि ज्योतिमयी जीवन की आँखों में भरते'*	: धुँधली रूप-रेखा	2/98	काम/कामायनी

शब्द-	काव्य-पंक्ति	: अर्थ	प्र.ग्रं./पृ.सं.	स्रोत/संदर्भ
अस्फुट रेखा-	*'अस्फुट रेखा की सीमा में, आकार कला को देती हो'*	: अस्पष्ट खाका	2/129	लज्जा/कामायनी
अस्फुट लेखा-	*'निर्मोह काल के काले- पट पर कुछ अस्फुट लेखा'*	: अस्पष्ट लिखावट, अनिश्चित	2/23	आँसू
अहंता-	*'दूसरा अपूर्ण अहंता में अपने को समझ रहा प्रवीण'*	: अहं की भावना, अपने को सबसे श्रेष्ठ मानना	2/174	इड़ा/कामायनी
♦	*'या कभी अपूर्ण अहंता में हो रागमयी-सी महासक्ति'*	: 'मैं' (अहं) का भाव	2/177	इड़ा/कामायनी
अहमिति-	*'पूर्णानुभव करता है जो 'अहमिति' से निज सत्ता का'*	: अहंकार, 'मैं हूँ' का भाव, ममत्व	3/426	तृतीय अंक/जन्मेजय का नाग-यज्ञ
अहि-मित-	*'भूल जा अहि-मित का यह स्वार्थ'*	: साँप की मित्रता	1/269	आदेश/झरना
अहेर-	*'चल री तकली धीरे-धीरे प्रिय गये खेलने को अहेर'*	: शिकार खेलना	2/165	ईर्ष्या/कामायनी
अहेरी-	*'अब तक आये न अहेरी वे क्या दूर ले गया चपल जंतु'*	: शिकारी मनु	2/159	ईर्ष्या/कामायनी
आँखों का बचपन-	*'तुम्हारी आँखों का बचपन'*	: आँखों में बचपन का निर्दोष भाव	1/307	तुम्हारी आँखों का बचपन/लहर
आँखों के साँचे में-	*'आँखों के साँचे में आकर रमणीय रूप बन ढलता-सा'*	: आँखों में रूप धारण करना	2/126	लज्जा/कामायनी
आँखों में अंजन-सी-	*'लाली बन सरल कपोलों में आँखों में अंजन-सी लगती'*	: आँखों में काजल की तरह लगकर	2/128	लज्जा/कामायनी
आँखों में आलस भरा स्नेह-	*'केतकी-गर्भ-सा पीला मुँह आँखों में आलस भरा स्नेह'*	: गर्भावस्था के कारण श्रद्धा की आँखों में अलसाया-सा स्नेहभाव भरा है	2/159	ईर्ष्या/कामायनी
आँखों में पानी भरे हुए-	*'माधव के सरस कुतूहल का आँखों में पानी भरे हुए'*	: निगाहों में आनंदातिरेक की सजलता लिए हुए	2/123	लज्जा/कामायनी
आंतरिक आह्लाद-	*'छोटी लहरियाँ उठ रही थीं आंतरिक आह्लाद में'*	: अंतर्मन की प्रसन्नता	1/107	भक्ति-योग/कानन-कुसुम
आंदोलन अमन्द-	*'आलोक-रश्मि से बुने उषा अंचल में आन्दोलन अमन्द'*	: तीव्र हलचल या कंपन, आँचल का उड़ना	2/178	इड़ा/कामायनी
आँसू औ' तम-	*'आँसू औ' तम घोल लिख रही तू सहसा करती मृदु हास'*	: दुःख और निराशा	2/78	आशा/कामायनी
आँसू-धार-	*'अविरल आँसू-धार नेत्र से बह रहे'*	: आँसू की धारा को बारिश से जोड़ा है	1/97	करुणा-कुंज/कानन-कुसुम
आँसू नद-	*'डूबा है हृदय मरुस्थल/आँसू नद उमड़ रहा है'*	: आँसू की मानो विशाल नदी बह रही हो	2/20	आँसू
आँसू मरन्द-	*'आँसू मरन्द का गिरना मिलना निःश्वास-पवन में'*	: आँसू परागकण की तरह हैं	2/5	आँसू
आकंठ-मज्जित-	*'आकंठ-मज्जित जानकी चंद्राभमय जल में खड़ी'*	: कंठ तक (पानी में) डूबी हुई (सीता)	1/155	चित्रकूट/कानन-कुसुम

शब्द-	काव्य-पंक्ति	: अर्थ	प्र.ग्रं./पृ.सं.	स्रोत/संदर्भ
आकर्षण विहीन विद्युत्कण-	*'आकर्षण विहीन विद्युत्कण बने भारवाही थे भृत्य'*	: आकर्षण-शक्ति से रहित	2/64	चिंता/कामायनी
आकर्षण से हीन-	*'तपस्वी! आकर्षण से हीन कर सके नहीं आत्म-विस्तार'*	: स्त्री के प्रति अनुराग से विहीन	2/91	श्रद्धा/कामायनी
आकांक्षा-तृप्ति-	*'हम भूख-प्यास से जाग उठे आकांक्षा-तृप्ति समन्वय में;'*	: कामना और उसकी पूर्ति	2/105	काम/कामायनी
आकार चेतना का-	*'यह मनुष्य आकार चेतना का है विकसित'*	: बुद्धि और ज्ञान से निर्मित चेतना का सर्वोत्तम आकार मनुष्य है	2/200	संघर्ष/कामायनी
आकाश-तट-	*'स्वर्ण-जल से अरुण भी आकाश-तट धोने को है'*	: आकाश का किनारा	1/94	महा-क्रीड़ा/कानन-कुसुम
आकाश तरंग-	*'अवकाश असीम सुखों से आकाश तरंग बनाता'*	: मानो हृदय के आकाश में भावनाओं की तरंगें उठने लगी हों	2/24	आँसू
आकाश-बिहारी-	*'बड़ी कृपा आकाश-बिहारी देव की'*	: आकाश में विचरण करनेवाले (इन्द्र)	3/101	द्वितीय दृश्य/करुणालय
आकाश-रंध्र-	*'आकाश-रंध्र हैं पूरित से यह सृष्टि गहन-सी होती है;'*	: आकाश-रूपी नीले परदे में अनगिनत छेद (हैं जिन्हें सितारों से मूँद दिया गया है)	2/99	काम/कामायनी
♦	*'आकाश रंध्र हैं पूरित से' यह सृष्टि गहन-सी होती है;'*	: आकाश के प्रत्येक हिस्से में	2/349	आवरण/असंकलित कविताएँ
आकुल अकूल-	*'आकुल अकूल बनने आती-'*	: (गंगा मानो) व्याकुल होकर सीमाहीन (अकूल, समुद्र) बनने संगम पर आती है	1/300	हे सागर संगम अरुण नील/लहर
आकुलि-	*'वे किलात-आकुलि थे जिनने कष्ट अनेक सहे थे'*	: असुर जाति का एक पुरोहित	2/135	कर्म/कामायनी
♦	*'मरण-पर्व था; नेता आकुलि औ' किलात थे'*	: एक असुर पुरोहित	2/208	संघर्ष/कामायनी
आकुलित दुकूल-	*'अब सान्ध्य-मलय आकुलित दुकूल-कलित हो, यों छिपते हो क्यों?'*	: लहराता हुआ आँचल	4/186	प्रथम अंक/चन्द्रगुप्त
आके-	*'मिलो अब आके आनंदकंद'*	: आकर	1/129	विनय/कानन-कुसुम
आक्रांत-	*'कँपती धरणी, उन चरणों से होकर प्रतिदिन ही आक्रांत!'*	: भयभीत और परेशान	2/56	चिंता/कामायनी
आखंडल-	*'निज हेषा से चौंकाता आखंडल को'*	: इन्द्र	3/408	तृ.अं./जन्मेजय का ना.-य.
आगंतुक-	*'अब वह आगंतुक गुफा बीच पशु-सा न रहे निर्वसन नग्न'*	: जन्म लेनेवाला शिशु	2/166	ईर्ष्या/कामायनी
आगत-पतिका-	*'प्रकृति सजाती आगत-पतिका रूप को'*	: एक नायिका-भेद, जिसका पति परदेश से लौट आया हो	3/97	प्रथम दृश्य/करुणालय
आगमन-	*'आगमन अनंत मिलन बनकर-'*	: (गंगा का समुद्र के पास) आना	1/299	हे सागर संगम अरुण नील/लहर
आगमन पंथ-	*'प्रियतम के आगमन पंथ में उड़ न रही है कोमल धूल'*	: आने के रास्ते में	4/238	द्वितीय अंक/चन्द्रगुप्त
आठों याम-	*'रहें तव पद में आठों याम'*	: आठ प्रहर, तीन घंटे का एक प्रहर होता है	1/129	विनय/कानन-कुसुम

शब्द-	काव्य-पंक्ति	: अर्थ	प्र.ग्रं./पृ.सं.	स्रोत/संदर्भ
♦	*'बज रही वंशी आठों याम की'*	: आठ पहर या प्रहर, तीन घंटे का एक पहर, चौबीसों घंटे	4/283	चतुर्थ अंक/चन्द्रगुप्त
आतंक-	*'औरों को आतंक न हो अविचार से'*	: भय	3/195	प्रथम अंक/विशाख
आतंक-त्रस्त-	*'विश्व विपुल आतंक-त्रस्त है अपने ताप विषम से'*	: भय से परेशान, व्यथित, संतप्त	2/142	कर्म/कामायनी
आतप तापित-	*'आतप तापित जीवन सुख की शांतिमयी छाया के देश'*	: धूप से पीड़ित	2/78	आशा/कामायनी
आतप-भीत-	*'आतप-भीत विहंगम-कुल का क्रन्दन इस पर कैसा है'*	: धूप से पीड़ित (डरा हुआ)	1/104	ग्रीष्म का मध्याह्न/कानन-कुसुम
आतुर-	*'वह कौन अकिंचन अति आतुर'*	: बेचैन, परेशान	1/318	मुझको न मिला रे.../लहर
♦	*'आज शक्ति का खेल खेलने में आतुर नर'*	: उतावला, बेचैन	2/204	संघर्ष/कामायनी
आतुर अनुराग-	*'ओ मेरे जीवन की स्मृति - ओ अन्तर के आतुर अनुराग'*	: बेचैन प्रेम, प्रेम की व्याकुलता	4/283	चतुर्थ अंक/चन्द्रगुप्त
आतुर पीड़ा-	*'जीवन के वे निष्ठुर दंशन जिनकी आतुर पीड़ा'*	: व्याकुल वेदना	2/143	कर्म/कामायनी
आत्मजा प्रजा-	*'अरे आत्मजा प्रजा! पाप की परिभाषा बन शाप उठी'*	: पुत्री के समान प्रजा (है इड़ा)	2/192	स्वप्न/कामायनी
आत्म-मंगल-उपासना-	*'मैं स्वयं सतत आराध्य, आत्म-मंगल-उपासना में विभोर'*	: अपने कल्याण की साधना में (लगे हुए देवता)	2/174	इड़ा/कामायनी
आत्मविश्वास-निरत-	*'उस ओर आत्मविश्वास-निरत सुर वर्ग कह रहा था पुकार'*	: आत्म (अहंभाव/स्वत्व) में निरंतर विश्वास प्रकट करनेवाला (देवगण)	2/174	इड़ा/कामायनी
आत्म-विस्तार-	*'तपस्वी! आकर्षण से हीन कर सके नहीं आत्म-विस्तार'*	: वंश-वृद्धि	2/91	श्रद्धा/कामायनी
आदि-सृष्टि-	*'निष्ठुर आदि-सृष्टि पशुओं की विजित हुई इस करुणा से'*	: प्रारम्भिक संसार	3/252	प्रथम अंक/अजातशत्रु
आद्य अविद्या-	*'आद्य अविद्या कर्म हुआ क्यों, जीव स्ववश तब कैसे था'*	: जो भ्रम शुरू से मौजूद है	3/377	द्वितीय अंक/जन्मेजय का नाग-यज्ञ
आधि-	*'अरी व्याधि की सूत्र-धारिणी! अरी आधि, मधुमय अभिशाप!'*	: मानसिक बीमारी या तकलीफ	2/53	चिंता/कामायनी
आधि-व्याधि-	*'जिसको न था कुछ भय यहाँ भवजन्य आधि-व्याधि का'*	: मानसिक और शारीरिक बीमारी या कष्ट	1/136	हाँ, सारथे! रथ रोक दो/कानन-कुसुम
आनंद-	*'कुछ पवन के वश में हुए आनंद से थे हिल रहे'*	: हार्दिक प्रसन्नता	1/107	भक्ति-योग/कानन-कुसुम
♦	*'आनंद था उपलब्धि की सुख-कल्पना में मिल रहा'*	: सात्विक हार्दिक खुशी	1/108	भक्ति-योग/कानन-कुसुम
♦	*'आनंद देती सुन पड़ी मंजरी की ध्वनि कान में'*	: उत्फुल्ल कर देने वाली खुशी	1/108	भक्ति-योग/कानन-कुसुम
♦	*'कर्म का भोग, भोग का कर्म यही जड़ का चेतन आनंद '*	: तन्मयता की एक मानसिक अवस्था जो सुखात्मक के अलावा दुखात्मक भी हो सकती है, जैसे करुण रस से प्राप्त आनन्द मूलत: दुखात्मक होता है	2/91	श्रद्धा/कामायनी

शब्द-	काव्य-पंक्ति	: अर्थ	प्र.ग्रं./पृ.सं.	स्रोत/संदर्भ
आनंद अखंड घना-	*'चेतनता एक विलसती आनंद अखंड घना था'*	: अविकल और अविरल आनन्द (शिव से तादात्म्य के आनन्द की अनुभूति)	2/280	आनन्द/कामायनी
आनंद-अम्बुनिधि-	*'मिलो उसी आनंद-अम्बुनिधि में मन से प्रमुदित होकर'*	: पीली आभा (प्रभातकालीन सूरज की किरण)	1/197	प्रेमपथिक
आनंद-अम्बु-निधि शोभन-	*'निज-शक्ति-तरंगायित था आनंद-अम्बु-निधि शोभन'*	: आनन्द का सागर मानो शोभायमान हो रहा हो	2/273	आनन्द/कामायनी
आनंद-उच्छलित-शक्ति-स्रोत-	*'आनंद-उच्छलित-शक्ति-स्रोत जीवन-विकास वैचित्र्य भरा'*	: (देवताओं ने माना कि उनका जीवन स्वत:) आनंद से छलकता हुआ शक्ति का स्रोत है	2/174	इड़ा/कामायनी
आनंदकंद-	*'मिलो अब आके आनंदकंद'*	: आनन्द का मूल कारण अर्थात् ईश्वर	1/129	विनय/कानन-कुसुम
आनंद के अंकुर-	*'शीघ्र आ जाओ जलद! आनंद के अंकुर उगें'*	: आनंद (सुख) की संभावना बने, सृष्टि का चक्र प्रारंभ हो	1/106	जलद-आवाहन /कानन-कुसुम
आनंद के जल की घनी-	*'फिर तो झड़ी-सी लग गई आनंद के जल की घनी'*	: आनंद मानो घनी बारिश की तरह बरसने लगा	1/109	भक्ति-योग/कानन-कुसुम
आनंद-कोश-	*'कमी न हो आनंद-कोश में, पूर्ण हो'*	: आत्मा को आवृत्त करनेवाले पाँच कोशों में अंतिम कोश	3/195	प्रथम अंक/विशाख
आनंद-भवन-सा-	*'विश्व विमल आनंद-भवन-सा बन रहा'*	: आनन्द के भाव से भरा हुआ भवन, यह विश्व आनंदमय मालूम पड़ा	1/99	प्रथम प्रभात/कानन-कुसुम
आनंद-भैरवी-	*'सुनी बहुत आनंद-भैरवी विगत हो चुकी निशा-माधवी'*	: आनन्द में डुबो देनेवाला भैरवी राग	4/39	प्रथम अंक/स्कन्दगुप्त
आनंद-मोद-	*'बनते हो क्यों मधुव्रत आनंद-मोद भरके'*	: आनंद और प्रसन्नता	1/90	मंदिर/कानन-कुसुम
आनंद-वेश-	*'मिटते असत्य-से ज्ञान-लेश, समरस, अखंड, आनंद-वेश!'*	: आनन्दस्वरूप शिव में समावेश	2/247	दर्शन/कामायनी
आनंद-समन्वय-	*'आनंद -समन्वय होता था हम ले चलते पथ पर उनको'*	: आनन्दपूर्ण सामंजस्य, कामदेव तृष्णा को जगाता था और रति भोग-विलास से उसे संतुष्ट करती थी	2/105	काम/कामायनी
आनंद-सुधा-रस-	*'पिंगल-पराग से मचले आनंद-सुधा-रस छलके'*	: आनन्द-रूपी अमृत रस	2/277	आनन्द/कामायनी
आनंद-सुमन-सा-	*'हो नयनों का कल्याण बना आनंद-सुमन-सा विकसा हो'*	: आनंद-रूपी फूल	2/126	लज्जा/कामायनी
आनंदासन-	*'आनंदासन पर सुधा-मंदाकिनी में स्नात हो'*	: आनंद का आसन, तल्लीनता की अवस्था	1/109	भक्ति-योग/कानन-कुसुम
आन-	*'एक की तो और ही बाँकी अनोखी आन है'*	: शान, गर्वभाव के कारण उत्पन्न सौन्दर्य	1/116	जल-विहारिणी/कानन-कुसुम

शब्द-	काव्य-पंक्ति	: अर्थ	प्र.ग्रं./पृ.सं.	स्रोत/संदर्भ
आपदा-वृन्द-	*'सारी बाधा और आपदा-वृन्द को'*	: आपदाओं का समूह, विपत्तियाँ	3/101	द्वितीय दृश्य/करुणालय
आपादमस्तक-	*'फिर चढ़ गई आपादमस्तक लालिमा दौड़ी हुई'*	: पैर से लेकर माथे तक, पैर से सर तक	1/108	भक्ति-योग/कानन-कुसुम
आपानक-	*'रजनी के आपानक का अब अंत है'*	: प्याला (-रूपी चन्द्रमा)	1/228	पावस प्रवास/झरना
♦	*'सजा आपानक निराला'*	: मदिरालय	3/454	प्रथम अंक/कामना
आमिष-	*'उनकी आमिष लोलुप रसना आँखों से कुछ कहती'*	: मांसाहार	2/135	कर्म/कामायनी
आमोद-	*'फिर आमोद कहाँ से मधुमय वसुधा पर लाओगे'*	: सुगन्ध, आनन्द	2/151	कर्म/कामायनी
आयुध-	*'बिखरे थे सब उपकरण वहीं आयुध, प्रत्यंचा, श्रृंग, तीर'*	: हथियार	2/159	ईर्ष्या/कामायनी
आयु-भर-	*'जी लो सुख से आयु-भर यह माया का खेल'*	: जीवन-भर	4/65	द्वितीय अंक/स्कन्दगुप्त
आरण्यक संवाद-	*'सुनाने आरण्यक संवाद, तथागत आया तेरे द्वार'*	: सारनाथ के वन-प्रदेश में बुद्ध ने अपना पहला उपदेश दिया	1/294	अरी वरुणा की शांत कछार/लहर
आरम्भ नवीन-	*'एक विराग-पूर्ण संसृति में ज्यों निष्फल आरम्भ नवीन'*	: नयी शुरुआत	2/75	आशा/कामायनी
आराधना की साधिका-	*'यह भूमि है उस भक्त की आराधना की साधिका'*	: आराधना को साधनेवाली, जो साधना को सिद्धि प्रदान करे	1/136	हाँ, सारथे! रथ रोक दो/ कानन-कुसुम
आरोपित-	*'आरोपित हैं यथास्थान काटे, बने'*	: प्रयासपूर्वक लगाया गया या स्थापित किया गया	3/84,	चतुर्थ दृश्य/कल्याणी परिणय
आरोहण-	*'उन्नति का आरोहण, महिमा शैल-श्रृंग सी श्रांति नहीं'*	: ऊपर की ओर चढ़ना, तरक्की करना	2/189	स्वप्न/कामायनी
आर्य्य-पूर्व-पुरुषों-	*'आर्य्य-पूर्व-पुरुषों की ही यह कीर्ति है'*	: आर्यों के पूर्वज	3/98	प्रथम दृश्य/करुणालय
आर्य्यमंदिरों-	*'आर्य्यमंदिरों के सब ध्वंस बचे हुए'*	: आर्य लोगों के घर या पूजा-स्थल	1/160,	शिल्प-सौन्दर्य्य/कानन-कुसुम
आर्य्य-शिल्प-	*'आर्य्य-शिल्प के साथ गिरा वह भी जिसे'*	: आर्यों के द्वारा विकसित स्थापत्य-कला	1/160	शिल्प-सौन्दर्य्य/कानन-कुसुम
आर्य्य सन्तान-	*'वही है शान्ति, वही है शक्ति, वही हम दिव्य आर्य्य सन्तान'*	: आर्य जाति की संतति	4/139	पंचम अंक/स्कन्दगुप्त
आलबाल-	*'आलबाल मकरंद-बिंदु से भरे मनोहर'*	: आलवाल, थाला, पेड़ में पानी देने के लिये मिट्टी से घेरा बनाते हैं	1/120	कोकिल/कानन-कुसुम
आलमगीर-	*'अपने कर से खोदा आलमगीर ने'*	: मुगल बादशाह औरंगजेब की एक उपाधि	1/160	शिल्प-सौन्दर्य्य/कानन-कुसुम
आलस-	*'वह मूल शक्ति उठ खड़ी हुई अपने आलस का त्याग किये;'*	: चेतना का अभाव	2/104	काम/कामायनी
आलस अनुराग-	*'सुरा सुरभिमय वदन अरुण वे नयन भरे आलस अनुराग;'*	: मादक प्रेम का नशा आँखों में बसा है	2/57	चिंता/कामायनी

शब्द– काव्य-पंक्ति	: अर्थ	प्र.ग्रं./पृ.सं.	स्रोत/संदर्भ
आलाप– *'मधुर-मधुर आलाप करते ही पिय-गोद में'*	: मधुर-मधुर बातचीत	1/153	चित्रकूट/कानन-कुसुम
आलिंगन– *'आलिंगन! फिर भय का क्रंदन! वसुधा जैसे काँप उठी!'*	: मनु ने जबरन इड़ा को बाँहों में जकड़ लिया	2/192	स्वप्न/कामायनी
आलिंगन एक पाश– *'वे आलिंगन एक पाश थे, स्मिति चपला थी, आज कहाँ?'*	: मनु की भुजाओं में छाती से लिपट जाना अब श्रद्धा को बंधन की तरह महसूस हो रहा था	2/187	स्वप्न/कामायनी
आलिंगनमयी– *'धमनियों में आलिंगनमयी–'*	: आलिंगन की प्रवृत्ति से युक्त	1/305	आह रे, वह.../लहर
आलिंगन-सुख– *'उन्नत वक्षों में आलिंगन-सुख लहरों-सा तिरता'*	: परिरम्भन का सुख	2/145	कर्म/कामायनी
आलोक– *'पथिक देख आलोक वही फिर कुछ भी देख न सकता है'*	: तीखा प्रकाश	1/104	ग्रीष्म का मध्याह्न/कानन-कुसुम
♦ *'चिर दग्ध दुखी यह वसुधा आलोक माँगती तब भी,'*	: प्रकाश, उम्मीद, खुशी	2/28	आँसू
आलोक-अँधेरा– *' 'मित्र वरुण' जिनकी छाया है यह आलोक-अँधेरा'*	: प्रकाश और अंधकार, मित्र (सूर्य) के कारण प्रकाश है और वरुण के कारण अँधेरा	2/137	कर्म/कामायनी
आलोक-अधीर– *'सौरभ से दिगंत पूरित था अंतरिक्ष आलोक-अधीर;'*	: प्रकाश के कारण चंचल, आनन्द से हर्षित	2/57	चिंता/कामायनी
आलोक-तरल पथ– *'विधु का आलोक-तरल पथ सन्मुख देखा करता है'*	: चाँद की गति को नदी के जल में देखते हुए महसूस करना कि यह आलोक से भरा तरल पथ है	2/37	आँसू
आलोक पुरुष– *'वह रजत गौर, उज्ज्वल जीवन, आलोक पुरुष! मंगल चेतन!'*	: प्रकाश-रूप शिव, तेजोमय पुरुष	2/246	दर्शन/कामायनी
आलोक-पूरन– *'तारका युग शुभ्र हैं आलोक-पूरन गात के'*	: आलोक से परिपूर्ण, प्रकाशपूर्ण	1/116	जल-विहारिणी/का.-कु.
आलोक बिंदु– *'रजनी की रोई आँखें/आलोक बिंदु टपकातीं'*	: रात में प्रकाश की किरणें	2/29	आँसू
♦ *'जिस आलोक-बिंदु को घेरे वह बैठी मुसक्याती माया'*	: प्रकाश-बिंदु के रूप में (इच्छा-लोक)	2/256	रहस्य/कामायनी
आलोक बिंदु भी तीन– *'त्रिदिक् विश्व, आलोक बिंदु भी तीन दिखाई पड़े अलग वे'*	: तीन आलोक-बिन्दु – इच्छा, ज्ञान, क्रिया	2/254	रहस्य/कामायनी
आलोक-भिखारी– *'मैं अतृप्त आलोक-भिखारी ओ प्रकाश-बालिके! बता'*	: प्रेम के प्रकाश की याचना करनेवाला	2/192	स्वप्न/कामायनी
आलोक-मणि– *'इस विश्व के आलोक-मणि के खोज में उद्वेग से'*	: प्रकाश देनेवाली मणि, सूर्य	1/108	भक्ति-योग/कानन-कुसुम
आलोक-मधुर– *'उस पावन तन की शोभा आलोक-मधुर थी ऐसी'*	: प्रकाश ने जिसे मधुर बना दिया हो, कान्तियुक्त प्रकाशमान सौन्दर्य	2/12	आँसू
आलोकमयी रेखा– *'इस निविड़ निशा में संसृति की आलोकमयी रेखा क्या है?'*	: ज्ञान का मार्ग, उम्मीद की किरण	2/128	लज्जा/कामायनी
आलोक-रश्मियाँ– *'दिवा-श्रांत आलोक-रश्मियाँ नील निलय में छिपी कहीं'*	: प्रकाश की किरणें	2/189	स्वप्न/कामायनी

शब्द- काव्य-पंक्ति	: अर्थ	प्र.ग्रं./पृ.सं.	स्रोत/संदर्भ
आलोक-रश्मि से बुने- *'आलोक-रश्मि से बुने उषा अंचल में आन्दोलन अमन्द'*	: प्रकाश की किरण-रूपी धागे से बुना हुआ (आँचल)	2/178	इड़ा/कामायनी
आलोक वसन- *'त्रिबली थी त्रिगुण तरंगमयी, आलोक वसन लिपटा अराल'*	: चमकदार परिधान	2/179	इड़ा/कामायनी
आलोक-वृत्त- *'ग्रह-पथ के आलोक-वृत्त से काल जाल तनता अपना'*	: प्रभा-मण्डल, आकाशीय पिंडों के चारों तरफ प्रकाश का घेरा दिखाई पड़ता है	2/75	आशा/कामायनी
आलोक-वैभव-हीन- *'भेंटता अंतिम अरुण आलोक-वैभव-हीन'*	: (शाम का) निस्तेज प्रकाश	2/112	वासना/कामायनी
आलोक-शिखा- *'धूप-धूम-सुरभित-गृह, जिनमें थी आलोक-शिखा जलती'*	: दीपक, प्रकाश की लौ से युक्त दीपक	2/190	स्वप्न/कामायनी
आलोड़न- *'उस विराट आलोड़न में ग्रह, तारा बुद-बुद से लगते'*	: मंथन कर देना, बुरी तरह हिला देना	2/62	चिंता/कामायनी
आवरण पटल की ग्रंथि- *'सत्ता का स्पन्दन चला डोल, आवरण पटल की ग्रंथि खोल'*	: (ज्ञान या दृष्टि को) आच्छादित करनेवाले परदे की गाँठ (खुल गयी)	2/246	दर्शन/कामायनी
आवरण-मुक्त प्रकृति- *'और आवरण-मुक्त प्रकृति थी हरी भरी फिर से वैसी'*	: प्रलय के आवरण से मुक्त प्रकृति	2/71	आशा/कामायनी
आवरणों- *'एक विश्व अपने आवरणों में है निर्मित'*	: शरीर एक आवरण है, जिसके भीतर एक लघु विश्व है। मनुष्य में तीन आवरण बताए गए हैं- अन्तरंग, सूक्ष्म और स्थूल	2/200	संघर्ष/कामायनी
आवर्जना-मूर्ति- *'बन आवर्जना-मूर्ति दीना अपनी अतृप्ति-सी संचित हो'*	: निषेध की प्रतिमूर्ति	2/127	लज्जा/कामायनी
आवर्तन- *'सौरचक्र में आवर्तन था प्रलय निशा का होता प्रात!'*	: सक्रियता, परिक्रमा लगाना	2/64	चिंता/कामायनी
आवर्तन-सा- *'हम दोनों का अस्तित्व रहा उस आरम्भिक आवर्तन-सा'*	: चक्राकार गति से सृष्टि की उत्पत्ति, जैसे चाक की गति से बर्तन का निर्माण	2/104	काम/कामायनी
आवर्त्तन- *'मधुकर के मरंद-उत्सव-सा मदिर भाव से आवर्त्तन'*	: झूमना, चक्कर लगाना	2/57	चिंता/कामायनी
आवास से- *'हंस मानस का हँसा कुछ बोलकर आवास से'*	: रहने की जगह, हंस सरोवर में है	1/133	खंजन/कानन-कुसुम
आवासादिक- *'मुगल-महीपों के आवासादिक बहुत'*	: आवास आदि, मकान आदि	1/161	शिल्प-सौन्दर्य्य/का.-कु.
आवृत- *'अपने को आवृत किये रहो दिखलाओ निज कृत्रिम स्वरूप'*	: (अपने असली रूप को) ढँके हुए	2/177	इड़ा/कामायनी
आवे- *'न आवे पास कभी छल-छंद'*	: आये	1/129	विनय/कानन-कुसुम
आश- *'क्यों खड़ा चातक रहा किस आश में'*	: आशा, उम्मीद	1/13	सौन्दर्य/कानन-कुसुम
आशा- *'आशा का फैल रहा है/यह सूना नीला अंचल;'*	: उम्मीद	2/33	आँसू
आशाओं- *'आशाओं पर श्वास निछावर होकर गले मिले तो'*	: अभिलाषाओं	2/149	कर्म/कामायनी
आशा का आह्लाद- *'तरल आकांक्षा से है भरा सो रहा आशा का आह्लाद;'*	: आशा से भरा आनन्द	2/90	श्रद्धा/कामायनी

शब्द- काव्य-पंक्ति	: अर्थ	प्र.ग्रं./पृ.सं.	स्रोत/संदर्भ
आशा की उलझी अलकों- *'आशा की उलझी अलकों से उठी लहर मधुगंध अधीर'*	: काल्पनिक जीवनसंगिनी की केश-राशि के सौन्दर्य में मनु का मन उलझ गया	2/77	आशा/कामायनी
आशा दोला- *'आशा दोला झूल न रे मन!'*	: आशा-रूपी झूला	4/372	अग्निमित्र (अधूरा नाटक)
आशा नभकुसुमों- *'जीवन वन की बनी समस्या आशा नभकुसुमों का खिलना'*	: आशा-रूपी आकाश-कुसुम (काल्पनिक आनन्द)	2/257	रहस्य/कामायनी
आशामय- *'जो तुमको आशामय जग से अलग ही'*	: उम्मीद से भरा हुआ	1/168	वीर बालक/कानन-कुसुम
◆ *'यह भी नहीं जानता कोई वही महल, आशामय के'*	: उम्मीद से भरा हुआ	1/183	प्रेमपथिक
आशामयि- *'तुम आशामयि! चिर आकर्षण, तुम मादकता की अवनत घन'*	: आशामयी का संबोधन-रूप, आशा की जीवंत मूर्ति	2/236	दर्शन/कामायनी
आशालता- *'तुम्हारी आशालता सिंचाव'*	: आशा-रूपी लता, प्रेम की उम्मीद के लिये रूपक	1/259	आशालता/झरना
आशा-लतिका- *'आशा-लतिका कँपती थरथर'*	: आशा-रूपी लता	3/53	एक घूँट (एकांकी)
आश्चर्य-लोक- *'श्रद्धा उस आश्चर्य-लोक में मलय-बालिका-सी चलती'*	: सपने में श्रद्धा सारस्वत नगर को 'आश्चर्य लोक' की तरह देख रही है	2/190	स्वप्न/कामायनी
आश्रमोपम- *'जीव जिनकी आश्रमोपम गुरु गुहा में मोद से'*	: आश्रम की तरह, जिसे आश्रम की उपमा दी जा सके	1/105	जलद- आवाहन/ कानन-कुसुम
आश्रय की भूखी जनता- *'आश्रय की भूखी जनता ने निज श्रम के उपहार दिये!'*	: उजड़े हुए सारस्वत प्रदेश की आश्रयहीन भूखी जनता	2/189	स्वप्न/कामायनी
आश्रित मेरा प्रणय हुआ- *'कितना है उपकार तुम्हारा आश्रित मेरा प्रणय हुआ'*	: मेरी प्रेम-भावना का तुम आधार बनी	2/227	निर्वेद/कामायनी
आस- *'मुँह खोले मुक्तामयी सीपी स्वाती आस'*	: आशा, प्रतीक्षा	4/129	पंचम अंक/स्कन्दगुप्त
आसव- *'पीकर अनंग का आसव'*	: मदिरा	1/330	अशोक की चिंता/लहर
◆ *'इड़ा ढालती थी वह आसव, जिसकी बुझती प्यास नहीं'*	: फल आदि के खमीर से निर्मित मद्य	2/191	स्वप्न/कामायनी
◆ *'सबको ममत्व मोह का आसव पिला दिया'*	: मदिरा	3/191	प्रथम अंक/विशाख
इंगित- *'मिले इंगित से जीवनमुक्ति'*	: संकेत, इशारा	1/264	प्रार्थना/झरना
इंदिरा- *'शरद इंदिरा के मंदिर की/मानो कोई गैल रही'*	: लक्ष्मी, ऐश्वर्य	2/71	आशा/कामायनी
इंदीवर- *'इस इंदीवर से गंध भरी/बुनती जाली मधु की धारा;'*	: आकाश-रूपी नीलकमल	2/99	काम/कामायनी
◆ *'स्वर्गंगा में इंदीवर की या एक पंक्ति कर रही हास'*	: नीलकमल	2/160	ईर्ष्या/कामायनी
◆ *'जहाँ तामरस इंदीवर या सित शतदल हैं मुरझाये'*	: नीलकमल (रूपी श्रद्धा की आँखें)	2/185	स्वप्न/कामायनी
इंदु- *'जिस मंदिर के दीप इंदु, दिनकर औ' तारे'*	: चन्द्रमा	1/89	नमस्कार/कानन-कुसुम
◆ *'इंदु की किरणें सुधा की धार बरसाती रहीं'*	: चन्द्रमा	1/100	नव वसंत/कानन-कुसुम
इंदु-कर की मालिका- *'आ गई हैं क्या? कि ये हैं इंदु-कर की मालिका'*	: चाँदनी से निर्मित माला की तरह	1/116	जल-विहारिणी/कानन-कुसुम
इंदु के आलोक में- *'नील नीरज इंदु के आलोक में भी खिल रहे'*	: चाँद के प्रकाश में	1/116	जल-विहारिणी/कानन-कुसुम

शब्द-	काव्य-पंक्ति	: अर्थ	प्र.ग्रं./पृ.सं.	स्रोत/संदर्भ
इंद्रचाप-सी झिलमिल-	*'वह इंद्रचाप-सी झिलमिल हो दब जाती अपने आप शांत'*	: इन्द्रधनुष की तरह प्रकाश के सात रंगों की झिलमिलाहट से बना	2/157	ईर्ष्या/कामायनी
इंद्रजाल-	*'विश्व इंद्रजाल में सत्य कहते हैं जिसे'*	: जादू, भ्रम, आकर्षक भ्रम	1/352	प्रलय की छाया/लहर
♦	*'किन इंद्रजाल के फूलों से लेकर सुहाग-कण राग भरे'*	: जादू, माया	2/123	लज्जा/कामायनी
♦	*'इस विश्व-कुहर में इंद्रजाल'*	: जादुई संरचना, मायालोक	2/180	इड़ा/कामायनी
♦	*'भाग अरे मनु! इंद्रजाल से कितनी व्यथा न झेली है?'*	: मायावी परिस्थितियाँ	2/229	निर्वेद/कामायनी
इंद्रजाल अभिराम-	*'और देखा वह सुन्दर दृश्य नयन का इंद्रजाल अभिराम;'*	: सुन्दर जादू, जादुई सौन्दर्य	2/83	श्रद्धा/कामायनी
इंद्रजाल जननी-	*'इंद्रजाल जननी! रजनी तू क्यों अब इतनी मधुर हुई?'*	: मनु रात के बारे में कह रहे हैं कि यह जादू या माया को जन्म देती है, रात का स्वरूप रहस्यमय होता है	2/78	आशा/कामायनी
इंद्रनील-	*'या कि, नव इंद्रनील लघुशृंग फोड़ कर धधक रही हो कांत;'*	: नीलम रत्न, नीलकांत मणि	2/84	श्रद्धा/कामायनी
इंद्रनील मणि-	*'इंद्रनील मणि महा चषक था सोम-रहित उल्टा लटका;'*	: नीलम रत्न, नीलकांत रत्न	2/68	आशा/कामायनी
इंद्रिय की अभिलाषा-	*'इंद्रिय की अभिलाषा जितनी सतत सफलता पावे'*	: शारीरिक सुख-भोग	2/149	कर्म/कामायनी
इक्ष्वाकु-कुल-	*'इक्ष्वाकु-कुल भुजबल से निर्बीज ही'*	: इक्ष्वाकु वंश, इसी वंश में राम का जन्म हुआ था	3/98	प्रथम दृश्य/करुणालय
इच्छा-	*'एक-एक को स्थिर हो देखो इच्छा, ज्ञान, क्रिया वाले ये'*	: शिव की तीन प्रधान शक्तियों (इच्छा, ज्ञान और क्रिया) में से एक	2/255	रहस्य/कामायनी
♦	*'स्वप्न, स्वाप, जागरण भस्म हो इच्छा क्रिया ज्ञान मिल लय थे'*	: मनोभाव, चेतना	2/263	रहस्य/कामायनी
इच्छा क्यों पूरी हो-	*'ज्ञान दूर कुछ, क्रिया भिन्न है इच्छा क्यों पूरी हो मन की'*	: (ज्ञान और क्रिया की भिन्नता के कारण) इच्छाएँ पूरी कैसे होंगी	2/263	रहस्य/कामायनी
इड़ा-	*'वह बोली- "मैं हूँ इड़ा, कहो तुम कौन यहाँ पर रहे डोल'*	: सारस्वत प्रदेश की रहनेवाली एक लड़की, 'इड़ा' बुद्धि का प्रतीक है	2/179	इड़ा/कामायनी
♦	*'इड़ा अग्नि-ज्वाला-सी आगे जलती है उल्लास भरी'*	: ऋग्वेद में 'इड़ा' की विशेषता बताई गई है- मनुष्य की शासिका, उसकी चेतना को जगानेवाली, बुद्धि को सत्कर्म में लगानेवाली	2/189	स्वप्न/कामायनी
♦	*'इड़ा ढालती थी वह आसव, जिसकी बुझती प्यास नहीं'*	: सारस्वत नगर की एक लड़की	2/191	स्वप्न/कामायनी

शब्द-	काव्य-पंक्ति	: अर्थ	प्र.ग्रं./पृ.सं.	स्रोत/संदर्भ
इड़ा क्रोध लज्जा से भरकर-	*'इड़ा क्रोध लज्जा से भरकर बाहर निकल चली थी किन्तु'*	: इड़ा (मनु के कामातुर व्यवहार के कारण) क्रोध और लज्जा से भर गयी	2/193	स्वप्न/कामायनी
इड़े-	*'तुम इड़े उषा-सी आज यहाँ आयी हो बन कितनी उदार'*	: इड़ा को संबोधन, इड़ा सारस्वत-प्रदेश की है तथा 'बुद्धि' का प्रतीक है	2/181	इड़ा/कामायनी
इतरा-	*'अपनी कमी थी इतरा चली हृदय की'*	: आत्ममुग्ध	1/343	प्रलय की छाया/लहर
ईप्सित वस्तु-	*'लगते हैं, जो पाता ईप्सित वस्तु को'*	: मनोवांछित वस्तु, जिस वस्तु की इच्छा की गयी हो	3/101	द्वितीय दृश्य/करुणालय
ईर्षा-	*'यह देख ईर्षा हो रही है, सुंदरी, तुमको अभी'*	: ईर्ष्या, जलन, डाह	1/109	भक्ति-योग/कानन-कुसुम
♦	*'क्यों ईर्षा है तुम्हें देख मेरी दशा'*	: ईर्ष्या, डाह, जलन	1/142	भव-सागर/कानन-कुसुम
ईर्षा-पवन-	*'वह विराग-विभूति ईर्षा-पवन से हो व्यस्त'*	: ईर्ष्या-रूपी पवन	2/113	वासना/कामायनी
उंचास-वात-	*'बहते विकट अधीर विषम उंचास-वात थे'*	: पवन के उनचास रूप	2/208	संघर्ष/कामायनी
उऋण-	*'तुम्हारा सहचर बनकर क्या न उऋण होऊँ मैं बिना विलंब?'*	: ऋण से मुक्त	2/91	श्रद्धा/कामायनी
उगिलता-	*'कुम्भकर्ण-सा कोटर-मुख से अगणित जीव उगिलता है'*	: उगलता (ब्रजभाषा का प्रभाव)	1/104	ग्रीष्म का मध्याह्न/कानन-कुसुम
उच्छृंखल अनुरोध-	*'जब जीवन में साध भरी थी उच्छृंखल अनुरोध भरा'*	: स्वच्छन्द आग्रह, मन के आवेग के अनुसार कुछ कर गुजरने का आग्रह	2/223	निर्वेद/कामायनी
उच्छृंखल इतिहास-	*'इस अनंत काले शासन का वह जब उच्छृंखल इतिहास;'*	: निरंकुश और स्वेच्छाचारी शासन की तरह प्रलय का इतिहास बीता था	2/78	आशा/कामायनी
उच्छ्वास-	*'उच्छ्वास और आँसू में/विश्राम थका सोता है;'*	: दु:ख-भरी साँस	2/27	आँसू
उच्छ्वासमय संवाद-	*'सखे! तुमुल तरंग-सा उच्छ्वासमय संवाद'*	: अवसाद के भाव से भरा हुआ संभाषण	2/117	वासना/कामायनी
उच्छ्वासों-	*'आकर खारे उच्छ्वासों में'*	: छोडी गयी गंभीर साँस	1/299	हे सागर संगम.../लहर
उजड़ा-सा राज-	*'वायु की भटकी एक तरंग, शून्यता का उजड़ा-सा राज'*	: उजड़े हुए साम्राज्य की तरह	2/86	श्रद्धा/कामायनी
उजली माया-	*'तन्द्रा के स्वप्न तिरोहित थे बिखरी केवल उजली माया'*	: (गोरे रंग के कारण) उज्ज्वल इंद्रजाल या जादू (की तरह लग रही थी इड़ा)	2/179	इड़ा/कामायनी
उज्ज्वल-	*'श्रद्धे! वह उज्ज्वल कैसा है जैसे पुंजीभूत रजत है'*	: चमकदार	2/260	रहस्य/कामायनी
उज्ज्वल उपहार-	*'स्वर्गंगा की धारा में उज्ज्वल उपहार चढ़ाये'*	: सितारे मानो चमकीले उपहार की तरह हैं	2/8	आँसू
उज्ज्वल गाथा-	*'उज्ज्वल गाथा कैसे गाऊँ मधुर चाँदनी रातों की'*	: कीर्ति से भरी कहानी	1/292	मधुप गुनगुना कर कह जाता/लहर
उज्ज्वल वरदान चेतना का-	*'उज्ज्वल वरदान चेतना का सौंदर्य्य जिसे सब कहते हैं'*	: हमारी चेतना का सबसे सुन्दर वरदान	2/127	लज्जा/कामायनी
उज्ज्वल व्यापार-	*'तुम्हारी कुटिया में चुपचाप, चल रहा था उज्ज्वल व्यापार'*	: आध्यात्मिक कर्म	1/294	अरी वरुणा की शांत कछार /लहर

शब्द-	काव्य-पंक्ति	: अर्थ	प्र.ग्रं./पृ.सं.	स्रोत/संदर्भ
उटजों-	*'उटजों में था आलोक भरा कुसुमित लतिका भर आई थी'*	: कुटिया	1/296	जगती की मंगलमयी उषा बन/लहर
उडुगन-	*'संध्या रवि देकर पाती है इधर-उधर उडुगन बिखरे'*	: तारों का समूह	2/187	स्वप्न/कामायनी
उतराई-	*'नाविक अतीत की उतराई !'*	: पार उतरने का किराया (नाव आदि से)	1/326	ओ री मानस की गहराई/लहर
उतराते-	*'जलनिधि के तलवासी जलचर विकल निकलते उतराते,'*	: पानी के ऊपर बहते या तैरते हुए	2/61	चिंता/कामायनी
उत्कंठा-	*'कहते हो-'उत्कंठा तेरी कपट है'*	: उत्कट इच्छा	1/253	प्रत्याशा/झरना
♦	*'माँ उठ दौड़ी भरे हृदय में लेकर उत्कंठा दूनी'*	: ललक और उत्साह	2/188	स्वप्न/कामायनी
उत्तर-गिरि-	*'किन्तु उसी ने ला टकराया इस उत्तर-गिरि के शिर से,'*	: उत्तर दिशा में स्थित पर्वत हिमालय	2/62	चिंता/कामायनी
उत्तरीय समान-	*'उत्तरीय-समान जिन पर धूप है निखरी हुई'*	: पुरुष-शरीर के ऊपरी हिस्से को ढँकने वाली चादर (वस्त्र) के समान	1/105	जलद-आवाहन/कानन-कुसुम
उत्ताप-	*'सुखद सूर्य उत्ताप शीत में वर्षा में जलधारा है'*	: ताप से युक्त	3/83	चतुर्थ दृश्य/कल्याणी परिणय
उत्ताल-	*'उत्ताल तरंग पयोनिधि में खिलती है'*	: ऊँची, ऊँचाई तक उठा हुआ	1/114	मलिना/कानन-कुसुम
उत्ताल-जलधि-वेला-	*'उत्ताल-जलधि-वेला में अपने सर शैल उठाये;'*	: ऊँची लहरों से युक्त समुद्र का किनारा	2/30	आँसू
उत्तुंग-	*'उत्तुंग जो यह शृंग है उस पर खड़ा तरुराज है'*	: खूब ऊँचा	1/124	एकान्त में/कानन-कुसुम
उत्स-	*'जलधि के फूटें कितने उत्स द्वीप, कच्छप डूबें-उतरायँ'*	: स्रोत, जल का प्रवाह	2/93	श्रद्धा/कामायनी
उत्सर्ग-	*'आज से यह जीवन उत्सर्ग इसी पदतल में विगत विकार'*	: अर्पित कर देना	2/91	श्रद्धा/कामायनी
♦	*'इस अर्पण में कुछ और नहीं केवल उत्सर्ग छलकता है'*	: अर्पण, त्याग	2/130	लज्जा/कामायनी
♦	*'इस वृषभ धर्म-प्रतिनिधि को उत्सर्ग करेंगे जाकर'*	: बंधनमुक्त करना, खुला छोड़ देना	2/271	आनन्द/कामायनी
उत्सव-लीला-	*'उत्सव-लीला, निर्जनता की जिससे कटे उदासी'*	: किसी आयोजन पर होनेवाले कार्यक्रम	2/138	कर्म/कामायनी
उत्सव-शाला-	*'फिर निर्जन उत्सव-शाला'*	: आमोद-प्रमोद के कार्यक्रमों का स्थान	1/330	अशोक की चिंता/लहर
उत्साह वचन-	*'श्रद्धा के उत्साह वचन, फिर काम-प्रेरणा मिल के'*	: ओजस्वी बातें	2/134	कर्म/कामायनी
उदधि-	*'उदधि डुबाकर अखिल धरा को बस मर्य्यादा हीन हुआ'*	: समुद्र	2/60	चिंता/कामायनी
♦	*'उद्वेलित है उदधि, लहरियाँ लोट रहीं व्याकुल-सी'*	: समुद्र	2/142	कर्म/कामायनी
♦	*'उदधि बना मरुभूमि जलधि में ज्वाला जलती'*	: समुद्र	2/198	संघर्ष/कामायनी
उदार बनो-	*'मेरे क्षितिज! उदार बनो'*	: व्यापक भावबोध से युक्त	1/291	निज अलकों के.../लहर

शब्द-	काव्य-पंक्ति	: अर्थ	प्र.ग्रं./पृ.सं.	स्रोत/संदर्भ
उदार-वदन-	*'देव समान उदार-वदन सब इनका ढंग निराला है'*	: सौम्य चेहरेवाले	3/83	चतुर्थ दृश्य/कल्याणी परिणय
उदित शुक्र-	*'उद्बुद्ध क्षितिज की श्याम छटा इस उदित शुक्र की छाया में;'*	: उगे हुए शुक्र तारा (ग्रह) के प्रकाश में	2/101	काम/कामायनी
उदित सचेतनता-	*'निराधार उस महादेश में उदित सचेतनता नवीन सी'*	: चेतना एवं स्फूर्ति का अनुभव	2/254	रहस्य/कामायनी
उद्गम-	*'आरम्भिक वात्या उद्गम मैं अब प्रगति बन रहा संसृति का;'*	: उद्भव, उठना	2/106	काम/कामायनी
उद्गीथ-	*'भीम के हुंकार ही उद्गीथ के सब तंत्र थे'*	: सामवेद का दूसरा खंड, सामवेद का गान	1/165	कुरुक्षेत्र/कानन-कुसुम
♦	*'जिसमें शीतल पवन गा रहा पुलकित हो पावन उद्गीथ'*	: सामवेद के गान	2/76	आशा/कामायनी
उद्ग्रीव-	*'स्नेह से करता चमर उद्ग्रीव हो वह संग'*	: गर्दन ऊँची करना	2/112	वासना/कामायनी
उद्दाम-	*'एक था आकाश वर्षा का सजल उद्दाम'*	: विस्तृत	2/111	वासना/कामायनी
उद्बुद्ध-	*'उद्बुद्ध क्षितिज की श्याम छटा'*	: जागी हुई, जागृत, गतिशील	2/350	आवरण/अस. कविताएँ
उद्बुद्ध क्षितिज-	*'उद्बुद्ध क्षितिज की श्याम छटा इस उदित शुक्र की छाया में;'*	: उषाकाल में आकाश का किनारा मानो नींद से जाग रहा हो	2/101	काम/कामायनी
उद्भ्रांत-	*'बालू का ही पुंज दिखाई पड़ता ज्वालामय उद्भ्रांत'*	: बेचैन, व्याकुल	1/191	प्रेमपथिक
♦	*'मत्त मारुत पर चढ़ उद्भ्रांत,'*	: भ्रमित गति से युक्त	1/305	आह रे, वह अधीर.../लहर
♦	*'क्या कहूँ, क्या हूँ मैं उद्भ्रांत? विवर में नील गगन के आज'*	: परेशान, परिस्थितियों के चक्करदार घेरे में पड़कर परेशान	2/86	श्रद्धा/कामायनी
♦	*'छूटतीं चिनगारियाँ उत्तेजना उद्भ्रांत'*	: दिग्भ्रमित, उत्तेजित	2/118	वासना/कामायनी
उद्यान-लता-	*'हरी-हरी उद्यान-लता में विचल रहा है'*	: उपवन की वल्लरियाँ, बाग की लताएँ	1/110	रजनीगंधा/कानन-कुसुम
उद्योग-	*'उसके सिंचन-हेतु न यह उद्योग है'*	: प्रयास	1/96	करुणा-कुंज/कानन-कु.
उद्वेग-	*'चलना है अविराम तुम्हें उद्वेग में'*	: आवेश, मानसिक बेचैनी	1/97	करुणा-कुंज/कानन-कु.
उद्वेलित-	*'सागर का उद्वेलित अंचल'*	: बेचैनी से भरा हुआ	1/304	आँखों से अलख.../लहर
उन चरणों तक-	*'यह क्या! श्रद्धे! बस तू ले चल, उन चरणों तक, दे निज सम्बल'*	: शिव के चरणों तक या आश्रय में	2/247	दर्शन/कामायनी
उनींदी-	*'हो अलस उनींदी नखत पाँत'*	: तन्द्रा में, नींद की खुमारी में	1/317	अपलक जगती हो एक रात/लहर
उनींदी श्रुति-	*'पथिक उनींदी श्रुति में किसने- यह विहाग की तान उठाई'*	: मानो कान भी नींद की खुमारी के कारण ठीक से सुन नहीं रहे थे	4/141	पंचम अंक/स्कन्दगुप्त
उन्नत-	*'उन्नत हुए भ्रू-युग्म फिर तो बंक ग्रीवा भी हुई'*	: ऊँचा, ऊपर की तरफ	1/108	भक्ति-योग/कानन-कुसुम
उन्नत वक्षों-	*'उन्नत वक्षों में आलिंगन-सुख लहरों-सा तिरता'*	: उठे हुए स्तन	2/145	कर्म/कामायनी
उन्नत-हृदय-	*'सच कहिए, क्या ऐसे उन्नत-हृदय को'*	: ऊँचे विचारवाला	1/35	महाराणा का महत्त्व

शब्द-	काव्य-पंक्ति	: अर्थ	प्र.ग्रं./पृ.सं.	स्रोत/संदर्भ
उन्निद्र-	*'उन्निद्र होने से लगे दृगकंज, कंप सहज हुआ'*	: नींद में डूबे हुए (राम के नेत्र)	1/155	चित्रकूट/कानन-कुसुम
♦	*'उन्निद्र दिखाई देता हो उन्मत्त हुआ कुछ गाता-सा'*	: नींद से तुरंत उठकर अलसाया हुआ	2/101	काम/कामायनी
♦	*'उन्निद्र कमल-कानन में होती थी मधुपों की नोंक-झोंक'*	: नींद से जगे हुए (कमल-कानन में)	2/181	इड़ा/कामायनी
उन्मज्जित-	*'उन्मज्जित हों, सो जयति, विष्णुगुप्त अनुकूल'*	: जल से बाहर आ जाना	3/92	नवम दृश्य/कल्याणी परिणय
उन्मत्त-	*'उन्निद्र दिखाई देता हो/उन्मत्त हुआ कुछ गाता-सा'*	: मस्त होकर, कुछ-कुछ नशे में	2/101	काम/कामायनी
उन्मत्त विलास-	*'वह उन्मत्त विलास हुआ क्या? स्वप्न रहा या छलना थी !'*	: भोग की तीव्र प्रवृत्ति	2/55	चिंता/कामायनी
♦	*'यह उन्मत्त विलास – बता दो कुचलेगा किसकी क्यारी?'*	: दीवानगी की हद तक जानेवाला आमोद-प्रमोद	4/284	चतुर्थ अंक/चन्द्रगुप्त
उन्मद माधव मलयानिल-	*'उन्मद माधव मलयानिल दौड़े सब गिरते-पड़ते'*	: मतवाला वसंत और मलय पवन	2/278	आनन्द/कामायनी
उन्मन-	*'भर उठा मनोहर नभ में मनु तन्मय बैठे उन्मन'*	: मन की सीमा पार करने के बाद प्राप्त अवस्था, मन का उत्क्रमण	2/273,	आनन्द/कामायनी
उन्माद-	*'यह अतृप्ति अधीर मन की क्षोभयुत उन्माद'*	: दीवानापन, पागलपन-सा	2/117	वासना/कामायनी
उन्मीलन-	*'अव्यक्त-प्रकृति-उन्मीलन के अंतर में उसकी चाह रही'*	: आँखें खोलना	2/104	काम/कामायनी
उन्मीलन अभिराम-	*'विश्व का उन्मीलन अभिराम इसी में सब होते अनुरक्त'*	: विश्व के सुन्दर रूप का प्रकट होकर सामने आना	2/89	श्रद्धा/कामायनी
उन्मीलित-	*'उन्मीलित करता क्षितिज पार'*	: अंकित करना	1/320	काली आँखों का.../लहर
उन्मुक्त-	*'जिस मंदिर का द्वार सदा उन्मुक्त रहा है'*	: बंधनरहित, खुला, मुक्त	1/89	नमस्कार/कानन-कुसुम
♦	*'हृदय की अनुकृति बाह्य उदार एक लम्बी काया, उन्मुक्त;'*	: स्वतंत्र व्यक्तित्व	2/84	श्रद्धा/कामायनी
उन्मुक्त द्वार-	*'यह विश्व अरे कितना उदार, मेरा गृह रे उन्मुक्त द्वार'*	: जिसका दरवाजा सबके लिए खुला हो, उदारता	2/234	दर्शन/कामायनी
उन्मुक्त शिखर-	*'उन्मुक्त शिखर हँसते मुझ पर रोता मैं निर्वासित अशांत'*	: स्वच्छन्द चोटियाँ	2/172	इड़ा/कामायनी
उन्मेष-	*'मुख पर श्रम-सीकर का भी उन्मेष है'*	: निकलना, उत्पन्न होना	1/96	करुणा-कुंज/कानन-कु.
उपकरण-	*'इधर गृह में आ जुटे थे उपकरण अधिकार'*	: घरेलू सामान	2/112	वासना/कामायनी
♦	*'बिखरे थे सब उपकरण वहीं आयुध, प्रत्यंचा, श्रृंग, तीर'*	: साधन	2/159	ईर्ष्या/कामायनी
उपकूल-	*'वृत्रघ्नी का वह जनाकीर्ण उपकूल आज कितना सूना'*	: नदी का तटवर्ती इलाका	2/173	इड़ा/कामायनी
उपकृति-	*'यह उपकृति क्या भूल गये तुम आज हमारी'*	: उपकार, एहसान	2/206	संघर्ष/कामायनी
उपचार-	*'मैं जभी तोलने का करती उपचार स्वयं तुल जाती हूँ'*	: उपाय, कोशिश, उपक्रम	2/130	लज्जा/कामायनी
उपधान-	*'बैठे थे उपधान सहारे हिन्द के- '*	: तकिया, गाव तकिया	1/32	महाराणा का महत्त्व
♦	*'मधु मालतियाँ सोती हैं/कोमल उपधान सहारे'*	: तकिया	2/18	आँसू
♦	*'श्रद्धा भी कुछ खिन्न थकी सी हाथों को उपधान किये'*	: तकिया	2/229	निर्वेद/कामायनी

शब्द- काव्य-पंक्ति	: अर्थ	प्र.ग्रं./पृ.सं.	स्रोत/संदर्भ
उपल- *'सब उपल उपेक्षित पड़े रहे जैसे वे निष्ठुर जड़ विषाद'*	: पत्थर, शैल-खंड	2/178	इड़ा/कामायनी
♦ *'अंचल में है उपल रही भर - यह करुणा-बाला'*	: पत्थर के टुकड़े	3/53	एक घूँट(एकांकी)
उपल-खंड- *'उपल-खंड से टकराने का भाव नहीं है'*	: (नदी के रास्ते में) चट्टान के टुकड़े	1/128	निशीथ-नदी/कानन-कुसुम
♦ *'उड़ते नहीं जलकण अभी थे उपलखंड विशाल से'*	: पत्थरों के टुकड़े, चट्टानें	1/155	चित्रकूट/कानन-कुसुम
उपलब्धि की सुख-कल्पना- *'आनंद था उपलब्धि की सुख-कल्पना में मिल रहा'*	: सफलता की सुखद कल्पना	1/108	भक्ति-योग/कानन-कुसुम
उपलोपम- *'नाना केन्द्रों में जलधर-सम, घिर हट बरसे ये उपलोपम'*	: ओले के समान	2/237	दर्शन/कामायनी
उपहास- *'देखो करते ही रहते हैं अपना व्यंग-मलिन उपहास'*	: मजाक	1/292	मधुप गुनगुना कर कह जाता/लहर
उपादान- *'मेरा सब कुछ क्रोध मोह के उपादान से गठित हुआ'*	: सामग्री, आधार सामग्री जिससे निर्माण किया जाता है	2/228	निर्वेद/कामायनी
उपालंभ- *'डरो नहीं, जो तुमको मेरा उपालंभ सुनना होगा'*	: शिकवा-शिकायत, आरोप	1/248	निवेदन/झरना
उपालंभ की छाया- *'अनुनय वाणी में, आँखों में उपालंभ की छाया'*	: शिकायत का अंदाज	2/147	कर्म/कामायनी
उपेक्षा भरे तुंग- *'जो अचल हिमानी से रंजित, उन्मुक्त, उपेक्षा भरे तुंग'*	: ऊँचाई (शिखर) के बावजूद उपेक्षित	2/171	इड़ा/कामायनी
उबार- *'छल-छालों से पैर छिले न उबार है'*	: निजात, मुक्ति, बचाव	1/96	करुणा-कुंज/कानन-कु.
उभचुभ- *'घोर दुःख-सागर में 'उभचुभ' हो न डूबने पाती थी'*	: पानी में डूबना-निकलना, दुविधा की स्थिति	1/194	प्रेमपथिक
उमंग-सरिता- *'बढ़ उमंग-सरिता आवेगी आर्द्र किये रूखी सिकता'*	: उत्साह-रूपी नदी	1/242	कब/झरना
उर-अंतर में- *'संघर्ष सदा उर-अंतर में जीवित रह नित्य-विरुद्ध रहा'*	: अंतःकरण में	2/130	लज्जा/कामायनी
उरस्थल- *'है धरित्री के उरस्थल में जलन तेरे बिना'*	: हृदयस्थल, (धरती के) मन में	1/105	जलद-आवाहन/का.-कु.
उर्मिल- *'चेतन सागर उर्मिल होता यह कैसी कम्पनमय तान'*	: लहरों से युक्त, गतिशीलता	4/284	चतुर्थ अंक/चन्द्रगुप्त
उर्मिल निर्मलता- *'छलकी पड़ती हो जिसमें शिशु की उर्मिल निर्मलता'*	: उज्ज्वलता का बालसुलभ तरंगित रूप	2/34	आँसू
उर्मिल सागर- *'नीचे दूर-दूर विस्तृत था उर्मिल सागर व्यथित अधीर;'*	: तरंगित समुद्र	2/76	आशा/कामायनी
♦ *'मिलन लगा हँसने जीवन के उर्मिल सागर के उस पार'*	: तरंगों से युक्त समुद्र	2/76	आशा/कामायनी
उलझन- *'मेरे जीवन की उलझन बिखरी थीं उनकी अलकें'*	: जटिलताएँ, समस्याएँ	2/13	आँसू
♦ *'ज्यों-ज्यों उलझन बढ़ती थी बस शान्ति विहँसती बैठी'*	: प्रेम की भावनात्मक जटिलताएँ	2/13	आँसू

शब्द- काव्य-पंक्ति	: अर्थ	प्र.ग्रं./पृ.सं.	स्रोत/संदर्भ
उलाहने- *'सबको था दे चुका, बचे थे, उलाहने से तुम मेरे'*	: उलाहना, जिससे शिकायत हो उससे नाराजगी के साथ शिकायत करना	1/146	नहीं डरते/कानन-कुसुम
उलीच- *'निठुर इन्हीं चरणों में मैं रत्नाकर हृदय उलीच रहा'*	: चुल्लू(या किसी चीज) से पानी हटाना	1/235	बालू की वेला/झरना
उलीचे- *'स्मृति-सागर में पलक-चुलुक से बनता नहीं उलीचे'*	: चुल्लू से पानी निकालकर जगह खाली करना	3/437	प्रथम अंक/कामना
उल्का- *'उल्का लेकर अमर शक्तियाँ खोज रहीं ज्यों खोया प्रात'*	: टूटते तारे, आकाशीय पिंडों के टुकड़े जो जलते हुए धरती पर गिरते हैं	2/59	चिंता/कामायनी
उल्का धारी प्रहरी से- *'उल्का धारी प्रहरी से ग्रह तारा नभ में टहल रहे'*	: मशाल लिये हुये पहरेदारों की तरह (ग्रह-तारा)	2/213	निर्वेद/कामायनी
उल्लास-सहित- *'कुमुद-बंधु उल्लास-सहित है नभ में आया'*	: प्रसन्न उत्साह के साथ	1/120	कोकिल/कानन-कुसुम
उल्लासों की माया- *'मलयानिल की लहर उठ रही उल्लासों की माया थी!'*	: आह्लाद का मोहक वातावरण	2/223	निर्वेद/कामायनी
उशीर-गृह- *'तप्त हृदय को जिस उशीर-गृह का मलयानिल'*	: खस से युक्त शीतल-सुगन्धित घर	1/150	मकरंद-बिंदु/कानन-कुसुम
उषा अरुण प्याला भर लाती- *'उषा अरुण प्याला भर लाती सुरभित छाया के नीचे'*	: (मनु को प्रत्येक प्रभात रोमानियत से भरा लगता था) मानो उषा अरुण प्याला भरकर ले आयी हो	2/223	निर्वेद/कामायनी
उषा की पहली लेखा कांत- *'उषा की पहली लेखा कांत माधुरी से भींगी भर मोद'*	: उषाकाल की पहली चमकती किरण जो तारों की अंतिम उपस्थिति में प्रकट हो जाती है	2/85	श्रद्धा/कामायनी
उषा ज्योत्स्ना-सा- *'उषा ज्योत्स्ना-सा यौवन-स्मित मधुप सदृश निश्चिंत विहार'*	: उषाकाल की लाली और चाँदनी की गुराई/गोराई	2/56	चिंता/कामायनी
उषा नयन- *'अमर जागरण उषा नयन से'*	: उषा की आँख मानो सूर्य है	1/298	ले चल वहाँ.../लहर
उष्ण विचारों- *'वह शीतलता है शांतिमयी जीवन के उष्ण विचारों की'*	: उत्तेजना से भरी मानसिक स्थिति	2/107	काम/कामायनी
उस पार- *'उस पार कहाँ फिर जाऊँ तम के मलीन अंचल में'*	: जीवन के बाद संभवत: जहाँ जाना है	2/20	आँसू
♦ *'मिलन लगा हँसने जीवन के उर्मिल सागर के उस पार'*	: दूसरे छोर पर	2/76	आशा/कामायनी
उस मुख को- *'अपने को देकर उनको हूँ देख रहा उस मुख को'*	: प्रिया के मुख को	2/25	आँसू
उसास- *'सोने की सिकता में मानो कालिंदी बहती भर उसास'*	: हुलसकर, भरपूर साँस लेकर उत्साह के साथ	2/160	ईर्ष्या/कामायनी
ऊभ-चूभ- *'व्यस्त महाकच्छप-सी धरणी ऊभ-चूभ थी विकलित सी'*	: डूबना-उतरना	2/60	चिंता/कामायनी

शब्द– काव्य-पंक्ति	: अर्थ	प्र.ग्रं./पृ.सं.	स्रोत/संदर्भ
ऊर्ध्व देश– *'ऊर्ध्व देश उस नील तमस में स्तब्ध हो रही अचल हिमानी'*	: (हिमालय का) ऊँचा क्षेत्र	2/251	रहस्य/कामायनी
ऊर्मियाँ– *'पेशोला की ऊर्मियाँ हैं शांत, घनी छाया में'*	: लहरें	1/337	पेशोला की प्रतिध्वनि/लहर
ऊर्मिल अलकों– *'जैसे सुहागिनी की ऊर्मिल अलकों में कुंकुमचूर्ण भला'*	: लहराते घुँघराले केश	2/172	इड़ा/कामायनी
ऊषा का पट– *'ऊषा का पट ओढ़ लिया अति चाव से'*	: प्रभात-रूपी चादर	3/75	प्रथम दृश्य/कल्याणी परि.
ऊषा के कंदुक-सा– *'वह देखो रागारुण है जो ऊषा के कंदुक-सा सुन्दर'*	: उषा-सुन्दरी की गेंद (सूर्य, बाल सूर्य) के समान सुन्दर	2/255	रहस्य/कामायनी
ऊषा नागरी– *'तारा-घट ऊषा नागरी'*	: ऊषा-रूपी स्त्री	1/303	बीती विभावरी जाग री/लहर
ऊषा-पट– *'दे के ऊषा-पट प्रकृति को ही बनाते सहचरी'*	: ऊषा रूपी वस्त्र। सुबह रंगों से भरी होती है जो वस्त्र की तरह प्रकृति का शृंगार करती है	1/95	महा-क्रीड़ा/कानन-कुसुम
ऊषा मधुबाला– *'अंतरिक्ष में अभी सो रही है ऊषा मधुबाला,'*	: ऊषा (सुबह) मानो शराब पिलानेवाली साकी है	1/328	अंतरिक्ष में अभी सो रही/लहर
ऋजुपथ– *'धीरे-धीरे जगत चल रहा अपने उस ऋजुपथ में'*	: सीधा सरल रास्ता	2/140	कर्म/कामायनी
ऋजु-प्रशस्त पथ– *'ऋजु-प्रशस्त पथ बीच-बीच में, कहीं लता के कुञ्ज घने'*	: सीधी और चौड़ी सड़कें	2/191	स्वप्न/कामायनी
ऋण उधार– *'यह विश्व लिये है ऋण उधार'*	: कर्ज खाया हुआ	1/319	मुझको न मिला... /लहर
ऋणशोध– *'मानव की शीतल छाया में ऋणशोध करूँगा निज कृति का'*	: कर्जमुक्त होना, प्रायश्चित पूरा करना	2/106	काम/कामायनी
ऋतुओं के स्तर– *'ऋतुओं के स्तर हुए तिरोहित भू-मंडल रेखा विलीन सी'*	: ऋतुओं के आने-जाने का क्रम	2/254	रहस्य/कामायनी
ऋतुपति– *'ऋतुपति के घर कुसुमोत्सव था, मादक मरंद की वृष्टि रही'*	: वसंत ऋतु	2/105	काम/कामायनी
♦ *'हिल्लोल भरा हो ऋतुपति का गोधूली की-सी ममता हो'*	: वसंत ऋतु	2/126,	लज्जा/कामायनी
ऋषिपत्तन– *'खुल रही आँख ऋषिपत्तन की'*	: सारनाथ का पुराना नाम, यह जंगल था	1/296	जगती की मंगलमयी उषा बन/लहर
ऋषियों के कानन कुंज– *'सतत व्याकुलता के विश्राम, अरे ऋषियों के कानन कुंज'*	: इस कछार के वनों में ऋषि-मुनियों ने तप के लिये आश्रम बनाया था	1/294	अरी वरुणा की शांत कछार/लहर
ऋषिवर्य– *'है जिसके समीप आश्रम ऋषिवर्य का'*	: श्रेष्ठ ऋषि, मारीच (कश्यप/मारीच ऋषि के आश्रम में भरत का पालन-पोषण हुआ था)	1/158	भरत/कानन-कुसुम
एक कमल– *'जिसके मंडल में एक कमल खिल उठा सुनहला भर पराग'*	: कमल-रूपी सूर्य	2/178	इड़ा/कामायनी
एक घूँट– *'एक घूँट का प्यासा जीवन'*	: पूर्ण तृप्ति की एक घूँट	3/519	एक घूँट (एकांकी)
एक तत्त्व– *'एक तत्त्व की ही प्रधानता कहो उसे जड़ या चेतन'*	: पानी और बर्फ में एक ही तत्त्व है- पानी	2/51	चिंता/कामायनी
♦ *'इस पंचभूत की रचना में मैं रमण करूँ बन एक तत्त्व'*	: महत्त्वपूर्ण घटक	2/167	ईर्ष्या/कामायनी

शब्द-	काव्य-पंक्ति	: अर्थ	प्र.ग्रं./पृ.सं.	स्रोत/संदर्भ
एक तरल था-	*'नीचे जल था, ऊपर हिम था, एक तरल था, एक सघन'*	: पानी के रूप में तरल	2/51	चिंता/कामायनी
एक परदा-	*'एक परदा यह झीना नील छिपाये है जिसमें सुख गात'*	: सुख पर दुःख का आवरण पड़ा रहता है	2/89	श्रद्धा/कामायनी
एक मौन वेदना विजन की-	*'एक मौन वेदना विजन की, झिल्ली की झनकार नहीं'*	: निर्जन स्थान की मौन पीड़ा (की तरह श्रद्धा हो गयी थी)	2/185	स्वप्न/कामायनी
एक सघन-	*'नीचे जल था, ऊपर हिम था, एक तरल था, एक सघन'*	: बर्फ के रूप में सघन	2/51	चिंता/कामायनी
एषणा-	*'सब के पीछे लगी हुई है कोई व्याकुल नयी एषणा'*	: इच्छा, कामना	2/258	रहस्य/कामायनी
ओक-	*'उसके भी परे सुना जाता कोई प्रकाश का महा ओक'*	: आश्रय, घर	2/180	इड़ा/कामायनी
ओघ-	*'प्यासा हूँ मैं अब भी प्यासा संतुष्ट ओघ से मैं न हुआ;'*	: बाढ़, अत्यधिक सुख का जल-प्रवाह	2/103	काम/कामायनी
ओघ-सा-	*'साहस उमड़ता था वेगपूर्ण ओघ-सा'*	: प्रवाह, बहाव	1/346	प्रलय की छाया/लहर
ओढ़ मरण-	*'हँस ले काला पट ओढ़ मरण'*	: मृत्यु को अंगीकार कर	1/326	ओ री मानस की.../लहर
ओतप्रोत-	*'ओतप्रोत हो तो भी सबकी वाणी गुण-गण गाती है'*	: ओत (ताना), प्रोत (बाना), ताना-बाना, बुना हुआ, गुँथा हुआ, भरा हुआ	1/88	वंदना/कानन-कुसुम
औद्धित्य-	*'देख वीर बालक के इस औद्धित्य को'*	: उद्धत व्यवहार, सामान्य अनुशासन से परे व्यवहार	1/159	भरत/कानन-कुसुम
औषधी-	*'वेदना मिलती, औषधी घुलती,'*	: दवा, औषधि	1/276	वेदने ठहरो/झरना
कंकण क्वणित-	*'कंकण क्वणित, रणित नूपुर थे हिलते थे छाती पर हार'*	: कंगन आपस में टकराकर ध्वनि (क्वणित) उत्पन्न कर रहे थे	2/57	चिंता/कामायनी
कंज-	*'कुछ विकसने-सी लगी है कंज की कोमल कली'*	: कमल का फूल	1/94	महा-क्रीड़ा/कानन-कुसुम
कंज कर-	*'मोहन वंशी नहीं है कंज कर में माधुरी'*	: कमल की तरह सुन्दर हाथ	1/165	कुरुक्षेत्र/कानन-कुसुम
कंज कली-	*'नील मधुप को देख वहीं उस कंज कली ने'*	: कमल की कली	1/153	चित्रकूट/कानन-कुसुम
कंज कामना की आँखें-	*'कंज कामना की आँखें आलस से बंद सोई'*	: कमल की तरह सुन्दर इच्छाओं की आँखें, आँखों से झाँकती सुन्दर कामनाएँ	1/262	तुम/झरना
कंज संकुचित-	*'अलियों से आँख बचा कर जब कंज संकुचित होते'*	: कमल की पंखुड़ियों का शाम में बंद होना	2/15	आँसू
कंटकाकीर्ण-	*'पड़ी कंटकाकीर्ण मार्ग में कालचक्र गति न्यारी है'*	: काँटों से भरा हुआ	1/126	दलित-कुमुदिनी/कानन-कुसुम
कंटकित-	*'छूते थे मनु और कंटकित होती थी वह बेली'*	: रोमांचित, रोमावलियों का खड़ा हो जाना	2/146	कर्म/कामायनी
कंथा-	*'सीवन को उधेड़ कर देखोगे क्यों मेरी कन्था की'*	: कथरी, सुजनी, नेंदरा, गेंदरा, पुराने कपड़ों की तहदार सिली हुई चटाई	1/292	मधुप गुनगुना कर कह जाता/लहर
कंदील-	*'तब जैसे 'कन्दील' प्रकृति कौतुक-वश हो लटकती है'*	: मोमबत्ती, आकाशदीप	1/191	प्रेमपथिक

शब्द- काव्य-पंक्ति	: अर्थ	प्र.ग्रं./पृ.सं.	स्रोत/संदर्भ
कंदुक- *'कल्पना कहती है कंदुक है महाशिशु-खेल का,'*	: गेंद	1/95	महा-क्रीड़ा/कानन-कुसुम
कंदुक-क्रीड़ा- *'नचती है नियति नटी-सी कन्दुक-क्रीड़ा सी करती'*	: गेंद से होनेवाला खेल अर्थात गोलाकार चक्र में अंतहीन रूप से घूमते जाना	2/26	आँसू
कंपनमय तान- *'चेतन सागर उर्मिल होता यह कैसी कम्पनमय तान'*	: संवेदना से काँपती राग-रागिनी	4/284	चतुर्थ अंक/चन्द्रगुप्त
कंपन सुख बन- *'व्यक्त नील में चल प्रकाश का कंपन सुख बन बजता था;'*	: चंचल चाँदनी के प्रभाव से मनु के तन-मन में सुख की अनुभूति हो रही है	2/76	आशा/कामायनी
कंपित अधर से- *'कहती कम्पित अधर से, बहकाने की बात'*	: काँपते हुये होंठों से (मानो रात प्रेम की अस्पष्ट बातें कर रही है)	4/258	तृतीय अंक/चन्द्रगुप्त
कंपित कर- *'छिन्न पात्र ले कंपित कर में'*	: काँपते हाथों से	1/301	उस दिन जब जीवन../लहर
कंपित संसृति- *'विद्युत् कटाक्ष चल गया जिधर, कम्पित संसृति बन रही उधर'*	: सृष्टि का स्पन्दन, सृष्टि-निर्माण की हलचल	2/247	दर्शन/कामायनी
कँपैंगे- *'कँपैंगे सब सूत्रों के पाद, युक्तियाँ सोवेंगी निस्तंद्र'*	: काँप उठेंगे	1/148	धर्मनीति/कानन-कुसुम
कंबु- *'रूपसागर-मध्य रेखा-वलित कंबु कमाल है'*	: कंठ	1/116	जल-विहारिणी/का.-कु.
♦ *'मुक्तागण हैं लिपटे कोमल कम्बु में'*	: कंठ	1/226	रूप/झरना
कगारों- *'अधरों के मधुर कगारों में कल-कल ध्वनि की गुंजारों में'*	: (होंठों के) नोकदार किनारे	4/186	प्रथम अंक/चन्द्रगुप्त
♦ *'संकीर्ण कगारों के नीचे, शत-शत झरने बेमेल चलें'*	: (नदी का) ऊँचा किनारा, पहाड़ के संकीर्ण ऊँचे किनारों के बीच से बहते झरने	4/341	प्रथम अंक/ध्रुवस्वामिनी
कच-भार- *'खुले हुए कच-भार बिखर गये थे बदन पर'*	: विपुल केश-राशि	1/153	चित्रकूट/कानन-कुसुम
कचाई- *'यही 'कचाई मेरी', बंधन तोड़कर'*	: कच्चापन, अनुभवहीनता	2/333	मेरी कचाई/अस.कविताएँ
कच्छप- *'जलधि के फूटें कितने उत्स द्वीप, कच्छप डूबें-उतरायँ'*	: कछुआ(द्वीप-रूपी कछुआ)	2/93	श्रद्धा/कामायनी
कछार- *'अरी वरुणा की शांत कछार'*	: नदी के किनारे का विस्तृत क्षेत्र	1/294	अरी वरुणा की शांत.../लहर
कञ्ज-कानन-मित्र- *'वृत्त आकृत कुंकुमारुण कञ्ज-कानन-मित्र है ,'*	: कमल के वन का मित्र अर्थात् सूर्य, सूर्योदय के बाद कमल खिल पाता है	1/94	महा-क्रीड़ा/कानन-कुसुम
कटि- *'कटि में लिपटा था नवल वसन वैसा ही हल्का बुना नील'*	: कमर	2/160	ईर्ष्या/कामायनी
कदंब की रसना- *'तारों से अलक गुँथी थी पहने कदंब की रसना'*	: कदंब के फूल करधनी की तरह (संध्या-सुन्दरी के व्यक्तित्व से जुड़े थे)	2/272	आनन्द/कामायनी
कनक किरन- *'तुम कनक किरन के अन्तराल में लुक-छिपकर चलते हो क्यों?'*	: (यौवन की) स्वर्णिम किरणें	4/186	प्रथम अंक/चन्द्रगुप्त
कनक-कुसुम-रज- *'नव कनक-कुसुम-रज धूसर मकरंद-जलद-सा फूला'*	: स्वर्णिम कमलों का मकरंद (पराग)	2/277	आनन्द/कामायनी

शब्द-	काव्य-पंक्ति	: अर्थ	प्र.ग्रं./पृ.सं.	स्रोत/संदर्भ
कपट कहानी-	*'कलियों को उन्मुख देखा सुनते वह कपट कहानी;'*	: प्रेम के छल की कहानी	2/40	आँसू
कपिशा-	*'कपिशा हुई थी लाल तेरा पानी पान कर'*	: एक नदी	1/333	शेरसिंह का श.-स./लहर
♦	*'हो स्वेद धार बहती कपिशा, ऊपर ऊँचे सब झेल चले'*	: एक नदी का नाम	4/341	प्रथम अंक/ध्रुवस्वामिनी
कपोल-	*'अरुण-राग-रंजित कपोल से शोभा पाती'*	: गाल, चेहरा	1/110	रजनीगंधा/कानन-कुसुम
कपोल पाली-	*'कोमल कपोल पाली में सीधी-सादी स्मित रेखा'*	: गाल, कपोल क्षेत्र	2/11	आँसू
कबरी-	*'शिथिल शरीर वसन विशृंखल कबरी अधिक अधीर खुली'*	: गुँथी हुई चोटी	2/38	निर्वेद/कामायनी
कमनीय मूर्ति-	*'कामना कला की विकसी कमनीय मूर्ति बन तेरी'*	: कोमल और सुन्दर मूर्ति	2/19	आँसू
कमनीयता-	*'उस कमनीयता कला की सुषमा थी प्यारी-प्यारी'*	: कोमल सौन्दर्य, जो सौन्दर्य कम उम्र में दिखता है	2/10	आँसू
♦	*'कमनीयता थी जो समस्त गुजरात की'*	: मादक और निर्दोष सुन्दरता	1/340	प्रलय की छाया/लहर
कमल-कली-	*'कमल-कली का नृत्य हो रहा था मनहारी'*	: कमल की कलियाँ	1/152	चित्रकूट/कानन-कुसुम
कमल-कानन-	*'उन्निद्र कमल-कानन में होती थी मधुपों की नोंक-झोंक'*	: कमल फूल का वन	2/181	इड़ा/कामायनी
कमल-केसर-	*'सुख-स्पर्श कमल-केसर का कर आया रज से रंजित'*	: कमल के फूल का केसर (रेशा जो फूल के बीच में होता है, जायांग, पुंकेसर)	2/277	आनन्द/कामायनी
कमल-कोमल कर-	*'विमल वाणी ने वीणा ली कमल-कोमल कर में सप्रीत'*	: कमल के समान कोमल हाथों में (सरस्वती ने)	4/138	पंचम अंक/स्कन्दगुप्त
कमलावती-	*'देख कमलावती !'*	: गुजरात के राजा कर्णदेव की पत्नी	1/354	प्रलय की छाया/लहर
कमलावली-	*'क्या हुआ जो देखकर कमलावली'*	: कमल की पंक्तियाँ	1/13	सौन्दर्य/कानन-कुसुम
कमलिनी जाल-	*'सिताबी छिड़क रहा विधु कांत बिछा है सेज कमलिनी जाल'*	: कमलिनी का समूह	1/265	होली की रात/झरना
कमली-	*'शिशिर-कणों से लदी हुई, कमली के भींगे हैं सब तार'*	: आकाश	1/225	खोलो द्वार/झरना
करका-	*'करका क्रंदन करती गिरती और कुचलना था सब का;'*	: ओला, बारिश के साथ गिरनेवाले बर्फ के टुकड़े	2/61	चिंता/कामायनी
♦	*'कार्तिक कृष्णा कुहू क्रोध से काले करका भरे हुए'*	: ओला	3/209	द्वितीय अंक/विशाख
करका-घन-	*'आह! घिरेगी हृदय लहलहे खेतों पर करका-घन सी'*	: ओले बरसानेवाले बादल	2/53	चिंता/कामायनी
करतल गत-	*'जो कुछ मनु के करतल गत था उसमें न रहा कुछ भी नवीन'*	: हाथ में, वश में	2/157	ईर्ष्या/कामायनी
♦	*'क्योंकि तुम्हारे हम तो करतलगत रहे,'*	: हाथ में पड़ा हुआ	1/253	प्रत्याशा/झरना

शब्द–	काव्य-पंक्ति	: अर्थ	प्र.ग्रं./पृ.सं.	स्रोत/संदर्भ
कर निर्मम–	*'वह रक्तिम-उन्माद नाचता कर निर्मम में'*	: निर्दय, क्रूर	2/207	संघर्ष/कामायनी
कर-बीच–	*'करि-कर-सम कर-बीच लिए करवाल है'*	: हाथ में	1/205	महाराणा का महत्त्व
कर-लाघव–	*'रणशिक्षा, कैसा कर-लाघव था भरा'*	: हाथ (से हथियार चलाने) की कुशलता	1/204	महाराणा का महत्त्व
करवाल–	*'करि-कर-सम कर-बीच लिए करवाल है'*	: तलवार	1/205	महाराणा का महत्त्व
कर-स्पर्श–	*'आते ही कर-स्पर्श गुदगुदाया हमें'*	: हाथ की छुअन, मानो सौरभ से परिपूर्ण मलयानिल ने अपने हाथों से छू दिया हो	1/98	प्रथम प्रभात/कानन-कुसुम
करारे–	*'उर्वर हैं हो रहे, करारे नहीं काटते'*	: नदी का किनारा	1/127	निशीथ-नदी/कानन-कु.
कराल चाल–	*'है दुःख का भँवर चला कराल चाल में'*	: भयानक चाल (गति)	3/300	द्वितीय अंक/अजातशत्रु
करि-कर-सम–	*'करि-कर-सम कर-बीच लिए करवाल है'*	: हाथी की सूँड़ की तरह	1/205	महाराणा का महत्त्व
करुण कल्पना–	*'मुख मंडल पर करुण कल्पना उनको रही पिरोती'*	: भावनाओं में बसी हुई करुणा	2/146	कर्म/कामायनी
करुण कहानी–	*'रो-रोकर सिसक-सिसक कर कहता मैं करुण कहानी'*	: दुःख से भरी आत्मकथा	2/7	आँसू
करुण काव्य सा–	*'कौन प्रकृति के करुण काव्य सा'*	: करुण रस की कविता की तरह	1/233	विषाद/झरना
करुण-क्रन्दन–	*'करुणानिधे, यह करुण-क्रन्दन भी जरा सुन लीजिए'*	: करुणभाव से युक्त रुदन, आर्तवाणी	1/92	करुण-क्रंदन/कानन-कुसुम
करुण रहस्य–	*'कौन करुण रहस्य है तुम में छिपा छविमान?'*	: मार्मिक भेद	2/114	वासना/कामायनी
करुण रागिनी–	*'करुण रागिनी तड़प उठेगी सुना न ऐसी पुकार कोकिल'*	: करुण रस में डूबा गायन	4/38	प्रथम अंक/स्कन्दगुप्त
करुणा-कटाक्ष–	*'क्यों घूम गयी हैं आकर करुणा-कटाक्ष की कोरें?'*	: दया का पात्र समझकर देखना	2/15	आँसू
करुणा-कलित–	*'करुणा-कलित कैसी कला कमनीय कोमल कांति से'*	: करुणा के लालित्य से पूर्ण	1/124	एकान्त में/कानन-कुसुम
करुणा कलित हृदय–	*'इस करुणा कलित हृदय में अब विकल रागिनी बजती'*	: करुण भाव से भरे हुए हृदय में	2/3	आँसू
करुणा का कटाक्ष–	*'हरी भरी हो सृष्टि तुम्हारी, करुणा का कटाक्ष कर दो'*	: दया-करुणा से भरी दृष्टि	3/418	तृतीय अंक/जन्मेजय का नाग-यज्ञ
करुणा-कादम्बिनी–	*'करुणा-कादम्बिनी बरसे!'*	: करुणा की मेघमाला	3/172	चतुर्थ अंक/राज्यश्री
करुणा की नव अँगड़ाई-सी–	*'करुणा की नव अँगड़ाई-सी'*	: करुणा की नयी अँगड़ाई के समान (हैं लहरें)	1/290	उठ उठ री लघु लघु/लहर
करुणा-कुञ्ज–	*'शान्ति-हेतु वह देखो 'करुणा-कुञ्ज' है'*	: करुणा से निर्मित कुंज; प्रकृति एक कुंज की तरह है जहाँ करुणा, दया आदि भाव भरे हैं	1/97	करुणा-कुंज/कानन-कुसुम
करुणानिधे–	*'करुणानिधे, यह करुण-क्रन्दन भी जरा सुन लीजिए'*	: (संबोधन) करुणा के भंडार, ईश्वर, दया से भरे हुए	1/92	करुण-क्रंदन/कानन-कुसुम
करुणा-पट–	*'धागों से इन आँसू के निज करुणा-पट बुनते हो'*	: करुणा रूपी चादर	2/7	आँसू

शब्द-	काव्य-पंक्ति	: अर्थ	प्र.ग्रं./पृ.सं.	स्रोत/संदर्भ
करुणाप्लुत-	*'रोकर करुणाप्लुत हो सुत फिर माँ उसी को बुलावे'*	: शोक में डूबकर	3/182	प्रथम अंक/विशाख
करुणा-बाला-	*'अंचल में है उपल रही भर - यह करुणा-बाला'*	: दया के भाव को एक नवयौवना की तरह बताया गया है	3/53	एक घूँट (एकांकी)
करुणामय सुंदर मौन-	*'एक करुणामय सुन्दर मौन और चंचल मन का आलस्य!'*	: ऐसा व्यक्तित्व जो करुणा और सौन्दर्य से निर्मित मौन की तरह लगे, सुन्दर-सकरुण मुनि	2/83	श्रद्धा/कामायनी
करुणा लोक-	*'यह दरिद्र-मिलन रहा रच एक करुणा लोक'*	: मन को विह्वल कर देनेवाला परिदृश्य	2/112	वासना/कामायनी
करुणा-सद्म-	*'त्राहि-त्राहि करुणालय, करुणा-सद्म में'*	: करुणा का आवास (मकान)	3/107	पंचम दृश्य/करुणालय
करुणा सागर-	*'अपने खारे आँसू से करुणा सागर को भरती'*	: हृदय में जो करुणा का समुद्र है	2/25	आँसू
कर्णदेव-	*'जीवित हैं गुर्जरेश! कर्णदेव !'*	: गुजरात के राजा कर्णदेव	1/350	प्रलय की छाया/लहर
कर्णधार-	*'हे गुणधार, तुम्हीं बने हो कर्णधार विचार लो'*	: पतवार (कर्ण) थामनेवाला, उद्धारकर्ता	1/93	करुण-क्रंदन/कानन-कुसुम
कर्णधार-रक्षित-	*'कर्णधार-रक्षित दृढ़-हृदय सु-नाव को'*	: (नाव की) रक्षा करनेवालों के द्वारा सुरक्षित	1/207	महाराणा का महत्त्व
कर्णिका के कपाट-	*'खोल कर्णिका के कपाट वह निधड़क आया प्रात'*	: कमल के छत्तों से बने कपाट-रूपी प्राची के आकाश को	3/356	प्रथम अंक/जन्मेजय का नाग-यज्ञ
कर्त्ता में करते-	*'अंध प्रेरणा से परिचालित कर्त्ता में करते निज गिनती'*	: (अपने को) नियामक मानना। प्राणी वस्तुतः माध्यम है, कर्ता तो ईश्वर है।	2/259	रहस्य/कामायनी
कर्तृत्व सकल-	*'कर्तृत्व सकल बनकर आवे नश्वर-छाया-सी ललित-कला'*	: सब कुछ कर सकने की (मनुष्य की) क्षमता	2/177	इड़ा/कामायनी
कर्म-कलश-	*'था एक हाथ में कर्म-कलश वसुधा-जीवन-रस-सार लिये'*	: (इड़ा के एक हाथ में) घड़ा मानो कर्म का प्रतीक था	2/179	इड़ा/कामायनी
कर्म कांत-	*'रह सौम्य! यहीं; हो सुखद प्रांत, विनिमय कर देते कर्म कांत'*	: प्रीतिकर और आनंददायक कार्य	2/239	दर्शन/कामायनी
कर्म का अवसाद-	*'कर्म का अवसाद दिन से कर रहा छल-छंद'*	: काम करने से उत्पन्न थकावट	2/112	वासना/कामायनी
कर्म का भोग-	*'कर्म का भोग, भोग का कर्म यही जड़ का चेतन आनन्द'*	: कर्म करने से प्राप्त फल का उपभोग	2/91	श्रद्धा/कामायनी
कर्म-कुसुम-	*'इन चरणों में कर्म-कुसुम की अंजलि वे दे सकते'*	: कर्म-रूपी फूल (हैं तारे)	2/144	कर्म/कामायनी
कर्म-चक्र-	*'कर्म-चक्र सा घूम रहा है यह गोलक, बन नियति-प्रेरणा'*	: कर्म का क्रम; कर्म, फलभोग और फिर कर्म का क्रम	2/258	रहस्य/कामायनी
♦	*'नियति चलाती कर्म-चक्र यह तृष्णा-जनित ममत्व-वासना'*	: कर्म, कर्म-फल और फिर कर्म का चक्राकार क्रम	2/258	रहस्य/कामायनी
कर्म जगत-	*'बस! अब और न इसे दिखा तू यह अति भीषण कर्म जगत है'*	: क्रिया-लोक	2/260	रहस्य/कामायनी

शब्द-	काव्य-पंक्ति	: अर्थ	प्र.ग्रं./पृ.सं.	स्रोत/संदर्भ
कर्म-यज्ञ-	*'कर्म-यज्ञ से जीवन के सपनों का स्वर्ग मिलेगा'*	: कर्मकांड के साथ किया गया यज्ञ	2/136	कर्म/कामायनी
कर्मयोग-	*'सत्कर्म कर्मयोग यही विश्व कोश है'*	: विहित कर्म करते हुये मोक्ष प्राप्त करने की साधना	3/191	प्रथम अंक/विशाख
कर्मलोक-	*'मनु यह श्यामल कर्मलोक है धुँधला कुछ कुछ अंधकार सा'*	: कर्म-जगत्	2/257	रहस्य/कामायनी
कर्म-सूत्र-संकेत सदृश-	*'कर्म-सूत्र-संकेत सदृश थी सोमलता तब मनु को'*	: यज्ञ-कर्म के लिए इंगित करती हुई	2/133	कर्म/कामायनी
कर्म हो रहे हो तुम्हीं-	*'कारण तुम्हीं थे, अब कर्म हो रहे हो तुम्हीं'*	: परिणाम अब तुम्हीं हो	1/261	तुम/झरना
कर्मों का व्यापार-	*'दु:ख को समुदय उसका नाश, तुम्हारे कर्मों का व्यापार'*	: कर्म के स्वरूप से जुड़ा है (दु:ख का प्रसंग)	1/295	अरी वरुणा की शांत कछार/लहर
कर्मोन्नति-	*'यह विष जो फैला महाविषम, निज कर्मोन्नति से करते सम'*	: कर्मों के उत्कर्ष से, अच्छे कर्मों के विस्तार से	2/245	दर्शन/कामायनी
कर्म्म-मार्ग-	*'खड़े रहो मत, कर्म्म-मार्ग विस्तीर्ण है'*	: कर्त्तव्य-पथ	3/100	द्वितीय दृश्य/करुणालय
कल कपोल-	*'कल कपोल था जहाँ बिछलता कल्पवृक्ष का पीत पराग'*	: सुरबालाओं के सुन्दर-कोमल गाल	2/57	चिंता/कामायनी
कल किसलय-	*'हिलते-द्रुमदल कल किसलय देती गलबाँही डाली'*	: सुन्दर पल्लव	2/13	आँसू
कल गान-	*'भरी, करती कोमल कल गान'*	: सुन्दर गायन	1/264	प्रार्थना /झरना
♦	*'मानो हँसी हिमालय की है फूट चली करती कल गान'*	: सुन्दर गायन	2/72	आशा/कामायनी
कलकंठ-	*'अपना कलकंठ मिलाते थे झरनों के कोमल कल-कल में'*	: मधुर कंठ-स्वर	2/97	काम/कामायनी
कल-कमल कोश-	*'कल-कमल-कोश पर अहो! पड़ा क्यों पाला'*	: सुन्दर कमल के क्रोड़ में	1/114	मलिना/कानन-कुसुम
कल-कलनादिनी-	*'कल-कलनादिनी बहती-बहती'*	: कल-कल का स्वर करती बहनेवाली (वरुणा नदी)	1/296	जगती की मंगलमयी उषा बन/लहर
कलना-	*'देव सृष्टि की सुख विभावरी/ताराओं की कलना थी'*	: सौन्दर्य	2/55	चिंता/कामायनी
कल-नाद-	*'कुल्या उसी गिरि प्रांत में बहती रही कल-नाद में'*	: सुंदर-मधुर ध्वनि	1/107	भक्ति-योग/कानन-कुसुम
♦	*'पर जीवों को जगा दिया कलनाद से'*	: सुन्दर स्वर	3/75	प्रथम दृश्य/कल्याणी परि.
कलनादिनी-	*'कल-कलनादिनी बहती-बहती'*	: कल-कल का स्वर करती बहनेवाली (वरुणा नदी)	1/296	जगती की मंगलमयी उषा बन/लहर
कलपना-	*'बहो, बहाओ नहीं अन्य को, जिससे पड़े कलपना'*	: रोना	3/259	प्रथम अंक/अजातशत्रु
कलमें-	*'स्वर्ण शालियों की कलमें थीं दूर-दूर तक फैल रहीं;'*	: पौधे	2/71	आशा/कामायनी
कलरव-	*'मुखरित था कलरव, गीतों में स्वर लय का होता अभिसार'*	: मधुर ध्वनि	2/57	चिंता/कामायनी

शब्द- काव्य-पंक्ति	: अर्थ	प्र.ग्रं./पृ.सं.	स्रोत/संदर्भ
कलरव का संसार- *'मेरे सपनों में कलरव का संसार आँख जब खोल रहा'*	: सुबह चिड़ियों की चहचहाहट से निर्मित संसार	2/124	लज्जा/कामायनी
कलरव परिहास- *'कलरव परिहास भरी गूँजें अधरों तक सहसा रुकती हैं'*	: हँसी-मजाक और मधुर बातचीत	2/125	लज्जा/कामायनी
कलहंस- *'खग कुल किलकार रहे थे कलहंस कर रहे कलरव'*	: राजहंस, मराल	2/272	आनन्द/कामायनी
कलाधर शरद-इंदु- *'इस सुख-नभ में मैं विचरूँगा बन सकल कलाधर शरद-इंदु'*	: सभी सोलह कलाओं को धारण करनेवाला शरद ऋतु का चन्द्रमा	2/168	ईर्ष्या/कामायनी
कलानिधि- *'क्या कलानिधि का अपूर्व विकास है'*	: चन्द्रमा को सोलह कलाओं से परिपूर्ण माना गया है। शुक्ल-पक्ष के पहले दिन से लेकर पूर्णिमा तक चाँद के पंद्रह रूप होते हैं। अमावस्या को गायब हो जाना भी एक कला ही है।	1/13	सौन्दर्य/कानन-कुसुम
कलिका- *'इस हृदय विपिन की कलिका जिसके रस से मुसक्याती'*	: कली	2/18	आँसू
कलित- *'तिरस्कार कालिमा कलित है'*	: युक्त, विभूषित	1/271	कसौटी/झरना
♦ *'इस करुणा कलित हृदय में अब विकल रागिनी बजती'*	: भरा हुआ, युक्त	2/3	आँसू
♦ *'भूलता ही जाता दिन रात सजल अभिलाषा कलित अतीत;'*	: सुन्दर और कलात्मक	2/86	श्रद्धा/कामायनी
♦ *'कलित है कोमल किसलय कुंज, सुरभि पूरित सरोज मकरन्द'*	: सुन्दर	3/386	द्वितीय अंक/जन्मेजय का नाग-यज्ञ
♦ *'अब सान्ध्य-मलय आकुलित दुकूल-कलित हो, यों छिपते हो क्यों?'*	: सुन्दर	4/186	प्रथम अंक/चन्द्रगुप्त
कलुष-चक्र-सी- *'कलुष-चक्र-सी नाच रही है बन आँखों की क्रीड़ा'*	: पाप के पहिये की तरह	2/143	कर्म/कामायनी
कलुषित काया- *'श्रद्धा को दिखलाऊँ कैसे यह मुख या कलुषित काया'*	: कलंकित व्यक्तित्व (मनु अनेक आरोपों से घिरे हैं)	2/229	निर्वेद/कामायनी
कलोल- *'केवल; प्रकाश का था कलोल, मधु किरणों की थी लहर लोल'*	: क्रीड़ा, लीलाभाव	2/246	दर्शन/कामायनी
कल्प-कल्प- *'कल्प-कल्प की भाँति दु:ख को क्षणभर का सुख भला लगा'*	: कल्प, ब्रह्मा का एक दिन, 4 अरब 32 करोड़ मानव-वर्ष	3/377	द्वितीय अंक/जन्मेजय का नाग-यज्ञ
कल्पद्रुम- *'नित्य कुसुममय कल्पद्रुम की छाया है इस ओर'*	: कल्पवृक्ष, मनोकामनाएँ पूर्ण करनेवाला वृक्ष जो समुद्र-मंथन से मिला था	3/322	तृतीय अंक/अजातशत्रु
कल्पना का कुसुम-कानन- *'कल्पना का कुसुम-कानन काम्य कलियों से भरा'*	: भावजगत में निर्मित फूलों का वन	1/101	नव वसंत/कानन-कुसुम

शब्द- काव्य-पंक्ति	: अर्थ	प्र.ग्रं./पृ.सं.	स्रोत/संदर्भ
कल्पना की लघु लहरी- *'कल्पना की लघु लहरी दिव्य कर रही मानस हलचल शांत!'*	: कल्पना की मीठी और कोमल संभावना	2/87	श्रद्धा/कामायनी
कल्पनावली- *'कल कोकिल कल्पनावली, मुद में मंगल गान गा रही'*	: कल्पनाओं की शृंखला	3/179	प्रथम अंक/विशाख
कल्पवृक्ष- *'कल कपोल था जहाँ बिछलता कल्पवृक्ष का पीत पराग'*	: एक देव-वृक्ष जो सभी मनोकामनाओं को पूरा करता है	2/57	चिंता/कामायनी
कल्पित गेह- *'निराशा है जिसका परिणाम सफलता का वह कल्पित गेह!'*	: काल्पनिक अवधारणा, सफलता या मनोरथ-सिद्धि एक काल्पनिक स्थान की तरह है	2/90	श्रद्धा/कामायनी
कल्याण कलित- *'थे केवल जीवन-संगी कल्याण कलित इस मग के'*	: कल्याण की भावना से युक्त, उदारतापूर्ण	2/8	आँसू
कल्याण-जलद- 'विस्मृति-समाधि पर होगी वर्षा कल्याण-जलद की;'	: कल्याणकारी बादल	2/28	आँसू
कल्याण भूमि- *'कल्याण भूमि यह लोक' यही श्रद्धा-रहस्य जाने न प्रजा'*	: मंगल की भावना से परिपूर्ण सृष्टि	2/177	इड़ा/कामायनी
कल्याण संघ- *'कल्याण संघ की जन्म भूमि आमंत्रित करती आई थी'*	: कल्याण के उद्देश्य से निर्मित बौद्ध संघ	1/297	जगती की मंगलमयी उषा बन/लहर
कल्याणी- *'उस लास-रास में विह्वल थी हँसती सी कल्याणी'*	: सर्वमंगला (प्रकृति)	2/279	आनन्द/कामायनी
कल्याणी सृष्टि- *'विधाता की कल्याणी सृष्टि सफल हो इस भूतल पर पूर्ण;'*	: कल्याण की भावना से परिपूर्ण है यह सृष्टि	2/92	श्रद्धा/कामायनी
कवरी- *'ताराओं की माला कवरी में लटकाये, चन्द्रमुखी'*	: चोटी, गुँथी हुई केश-राशि	1/185	प्रेमपथिक
♦ *'शिथिल, शमन सम्भोग दलित कवरी के कुसुमसदृश कैसे'*	: चोटी, गुँथी केश-राशि	2/334	शिथिल/असंकलित कविताएँ
कवरी के कुसुम सदृश- *'शिथिल शयन सम्भोग दलित कवरी के कुसुम सदृश कैसे'*	: चोटी में गुँथे फूलों की तरह	1/247	कहो/झरना
कवरी-भार- *'भींग रहा है रजनी का वह, सुन्दर कोमल कवरी-भार'*	: विपुल केश-राशि से बनी भारी चोटी (-रूपी रात का आकाश)	1/225	खोलो द्वार/झरना
कशाघात-प्रेरित- *'करते हैं, संतोष नहीं है जैसे कशाघात-प्रेरित से'*	: चाबुक की मार से प्रेरित होना, पीड़ा के साथ प्रेरित होना	2/258	रहस्य/कामायनी
कश्यप- *'कश्यप के गुरुकुल में शिक्षित हो रहा'*	: मारीच, कश्यप ऋषि के आश्रम में शकुंतला-दुष्यन्त के पुत्र भरत का लालन-पालन हुआ था	1/159	भरत/कानन-कुसुम
कस्तूरी कुरंग- *'मैं सुरभि खोजता भटकूँगा वन-वन बन कस्तूरी कुरंग'*	: कस्तूरी मृग जो अपनी नाभि में बसी कस्तूरी सुगंध की तलाश में भटकता रहता है	2/167	ईर्ष्या/कामायनी
कहीं से हम आये थे नहीं- *'हमारी जन्म-भूमि थी यहीं, कहीं से हम आये थे नहीं'*	: आर्य भारत के बाहर से नहीं आये थे	4/139	पंचम अंक/स्कन्दगुप्त

शब्द- काव्य-पंक्ति	: अर्थ	प्र.ग्रं./पृ.सं.	स्रोत/संदर्भ
कांत- *'सुनहली लट घुँघराली कांत'*	: सुन्दर, प्रकाशमय	1/231	किरण/झरना
◆ *'झील में झाई पड़ती थी, श्याम-वनशाली तट की कांत'*	: सुन्दर, आभामय	1/266	झील में/झरना
◆ *'तिमिर का हरने को दुख भार, तेज अमिताभ अलौकिक कांत'*	: चमक, प्रकाश	1/295	अरी वरुणा की शांत कछार/लहर
◆ *'ढँक रहे थे उसका वपु कांत बन रहा था वह कोमल वर्म'*	: चिकना और चमकदार	2/84	श्रद्धा/कामायनी
◆ *'उषा की पहली लेखा कांत, माधुरी से भींगी भर मोद'*	: चमकीली	2/85	श्रद्धा/कामायनी
◆ *'नखत की आशा किरण समान, हृदय के कोमल कवि की कांत –'*	: कमनीय, कोमल और चमकदार	2/87	श्रद्धा/कामायनी
◆ *'शिथिल अलसाई पड़ी छाया निशा की कांत'*	: मनोहर	2/116	वासना/कामायनी
◆ *'उठती अंतस्तल से सदैव दुर्ललित लालसा जो कि कांत'*	: आकर्षक, मोहक	2/157	ईर्ष्या/कामायनी
कांत कल्पना- *'करुणा, कांत कल्पना है बस; दया न पड़ी दिखायी'*	: सुन्दर कल्पना	3/180	प्रथम अंक/विशाख
कांत छाया- *'हृदय जिसकी कांत छाया में लिए निःश्वास'*	: मनोरम आश्रय	2/117	वासना/कामायनी
कांति किरण रंजित तारा- *'तम के सुन्दरतम रहस्य, हे कांति किरण रंजित तारा!'*	: किरणों की कांति से रँगे हुए सितारे	2/78	आशा/कामायनी
कांतिमान- *'वासना भरी उन आँखों पर आवरण डाल दे कांतिमान'*	: आभा से युक्त	2/166	ईर्ष्या/कामायनी
कांति सिंधु- *'नर्तन में निरत, प्रकृति गल कर, उस कांति सिंधु में घुल-मिलकर'*	: (शिव का) सौन्दर्य-सागर	2/247	दर्शन/कामायनी
काकरव- *'हुआ काकरव क्लान्त, कोकिला खुल पड़ी'*	: कौवे/कौए की आवाज	3/84	चतुर्थ दृ./कल्याणी परि.
काकली- *'निश्चिन्त आह! वह था कितना उल्लास, काकली के स्वर में !'*	: कोमल और प्रिय स्वर	2/97	काम/कामायनी
◆ *'परिमल से चली नहाकर काकली, सुमन थे झड़ते'*	: मंद और मधुर ध्वनि	2/278	आनन्द/कामायनी
काकली-सी- *'काकली-सी बनने की तुम्हें लगन लग न जाय हे भगवान'*	: कोयल की मीठी-बेधक आवाज के समान	4/187	प्रथम अंक/चन्द्रगुप्त
कातर अलस पपीहा- *'कातर अलस पपीहा की वह ध्वनि कभी'*	: असहाय और निष्क्रिय (बेबस) चातक पक्षी	1/228	पावस प्रवास/झरना
कातरतायें- *'मधुमय चुंबन कातरतायें आज न मुख को सता रहीं'*	: सुख-मिश्रित भय	2/58	चिंता/कामायनी
कादंबिनी- *'कादंबिनी कृपा की जिसकी सुधा-नीर बरसाती है'*	: मेघमाला, बादलों की श्रृंखला	1/88	वंदना/कानन-कुसुम
◆ *'यह सुन हँसी वह मूर्ति करुणा की हुई कादंबिनी'*	: मेघमाला, क्रमबद्ध बादल	1/109	भक्ति-योग/कानन-कुसुम
◆ *'बिजली बन्दी होती जब/कादंबिनी की कारा में'*	: मेघमाला, बादलों की लंबी श्रृंखला	2/30	आँसू
◆ *'कादंबिनी उठी यह ढँकने वाली दूर जलधि के कूल'*	: मेघमाला	4/238	द्वितीय अंक/चन्द्रगुप्त

शब्द- काव्य-पंक्ति	: अर्थ	प्र.ग्रं./पृ.सं.	स्रोत/संदर्भ
कादंबिनी छटा- *'मन-मयूर कब नाच उठेगा कादंबिनी छटा लखकर'*	: मेघमाला का सौन्दर्य, बादलों की सुन्दरता	1/242	कब/झरना
कादर- *'क्यों हुए कादर, निरादर वीर कर्मों का किया'*	: कातर, कायरतापूर्ण संकोच	1/165	कुरुक्षेत्र/कानन-कुसुम
♦ *'यवन चमूनायक भी कुछ कादर न था'*	: असहाय	1/204	महाराणा का महत्त्व
कानन- *'उस नवल-सर्ग के कानन में मृदु मलयानिल से फूल चले'*	: वन	2/105	काम/कामायनी
कानन-अंचल- *'कुसुम कानन-अंचल में मन्द पवन प्रेरित सौरभ साकार,'*	: वन प्रदेश, विस्तृत जंगल	2/85	श्रद्धा/कामायनी
काननचारी- *'आज न पशु हैं हम, या गूँगे काननचारी'*	: जंगली, मानव-सभ्यता का वनवासी चरण	2/206	संघर्ष/कामायनी
कानों की लाली- *'मैं वह हलकी-सी मसलन हूँ जो बनती कानों की लाली'*	: स्नेहपूर्वक मसलन से उत्पन्न कानों की लालिमा जो सौन्दर्यवर्द्धक है	2/128	लज्जा/कामायनी
कानों के कान खोलकर- *'कानों के कान खोलकर के सुनती थी कोई ध्वनि गहरी'*	: खूब सावधानी से	2/103	काम/कामायनी
काफूर- *'अंत किया छल से काफूर ने'*	: मलिक काफूर, अलाउद्दीन खिलजी का सेनापति	1/352	प्रलय की छाया/लहर
काम- *'काम से झिझक रहे हो आज, भविष्यत् से बनकर अनजान'*	: इच्छा, योजना	2/88	श्रद्धा/कामायनी
♦ *'मैं काम रहा सहचर उनका, उनके विनोद का साधन था'*	: कामदेव, रति का पति	2/103	काम/कामायनी
♦ *'यह कौन? अरे फिर वही काम!'*	: कामदेव, श्रद्धा के पूर्वज, कामायनी का एक अदृश्य पात्र	2/175	इड़ा/कामायनी
कामद-कानन- *'शांति शांति हो बैठी थी कामद-कानन में'*	: कामनाओं को पूर्णता प्रदान करनेवाला वन	1/153	चित्रकूट/कानन-कुसुम
कामना- *'जब कामना सिंधु तट आयी/ले संध्या का तारा दीप,'*	: अभिलाषा	2/78	आशा/कामायनी
कामना कला की- *'कामना कला की विकसी कमनीय मूर्ति बन तेरी'*	: कला को मूर्त रूप देने की आकांक्षा	2/19	आँसू
कामना की किरन- *'कामना की किरन का जिसमें मिला हो ओज'*	: इच्छाओं की आभा	2/115	वासना/कामायनी
कामना-कुंज- *'गिरे कामना-कुंज हहरकर'*	: इच्छाओं के कुंज (लता-गुल्मों से घिरा स्थान)	3/53	एक घूँट (एकांकी)
कामना सिन्धु- *'कामना सिन्धु लहराता छवि-पूरनिमा थी छाई'*	: आकांक्षाएँ मानो समुद्र की तरह अनन्त थीं	2/17	आँसू
काम-प्रेरणा- *'श्रद्धा के उत्साह वचन, फिर काम-प्रेरणा मिल के'*	: कामदेव के द्वारा मनु को दी गयी प्रेरणा कि 'योग्य बनो'	2/134	कर्म/कामायनी
काम बाला- *'जन्म संगिनि एक थी जो काम बाला, नाम'*	: कामदेव की पुत्री श्रद्धा	2/118	वासना/कामायनी
काम मंगल- *'काम मंगल से मंडित श्रेय सर्ग, इच्छा का है परिणाम;'*	: कल्याणमयी कामना, कल्याण की भावना से युक्त इच्छा-शक्ति	2/89	श्रद्धा/कामायनी
कामायनि- *'कामायनि! तू हृदय कड़ा कर धीरे-धीरे सब सह ले'*	: श्रद्धा स्वयं को संबोधित कर रही है, कामगोत्रजा	2/186	स्वप्न/कामायनी

शब्द-	काव्य-पंक्ति	: अर्थ	प्र.ग्रं./पृ.सं.	स्रोत/संदर्भ
कामायनी-	*'कामायनी देख पायी कुछ पहुँची उस तक डग भरती'*	: कमगोत्रजा श्रद्धा	2/39	निर्वेद/कामायनी
♦	*'कामायनी पड़ी थी अपना कोमल चर्म बिछा के'*	: श्रद्धा, काम-गोत्र की श्रद्धा, कामदेव की पुत्री	2/140	कर्म/कामायनी
♦	*'कामायनी जगी थी कुछ-कुछ खोकर सब चेतनता'*	: श्रद्धा, कामदेव की वंशज श्रद्धा, कामगोत्रजा श्रद्धा	2/146	कर्म/कामायनी
♦	*'कामायनी सकल अपना सुख स्वप्न बना-सा देख रही'*	: कामगोत्रजा श्रद्धा	2/189	स्वप्न/कामायनी
♦	*'कामायनी मौन बैठी सी अपने में ही उलझ रही'*	: श्रद्धा	2/230	निर्वेद/कामायनी
कामायनी-कुसुम-	*'कामायनी-कुसुम वसुधा पर पड़ी, न वह मकरंद रहा'*	: कामगोत्रजा श्रद्धा मानो फूल की तरह थी	2/185	स्वप्न/कामायनी
कामायनी विहँसती-	*'वह कामायनी विहँसती अग जग था मुखरित होता'*	: श्रद्धा की हँसी (की ध्वनि)	2/277	आनन्द/कामायनी
कामिनी-	*'कामिनी इन कौतुकों से कब बहलने ही लगी'*	: सुंदर स्त्री, आकर्षक स्त्री	1/100	नव वसंत/कानन-कुसुम
काम्य-	*'काम्य अंत:करण में कारुण्य-नीर-प्रवाह था'*	: जिसकी कामना की जाये, इच्छित	1/165	कुरुक्षेत्र/कानन-कुसुम
काम्य कलियों-	*'कल्पना का कुसुम-कानन काम्य कलियों से भरा'*	: इच्छित कलियों (से भर गया)	1/101	नव वसंत/कानन-कुसुम
काम्य कुसुम-	*'चिर वसन्तमय काम्य कुसुम के कुंज थे'*	: जिन फूलों की कामना (पसन्द) की जाये	3/76	प्रथम दृश्य/कल्याणी परिणय
काय-कर्म-	*'मनोभाव के काय-कर्म का सम-तोलन में दत्त-चित्त से'*	: शारीरिक क्रिया, बाह्य-वृत्ति	2/261	रहस्य/कामायनी
कायरता का अरि-	*'कायरता का अरि, प्रतिमा पुरुषार्थ की'*	: कायरता का शत्रु (इन्द्र)	3/101	द्वितीय दृश्य/करुणालय
कारण-	*'कारण तुम्हीं थे, अब कर्म हो रहे हो तुम्हीं'*	: उत्पत्ति का मूल	1/261	तुम/झरना
♦	*'नित्य समरसता का अधिकार, उमड़ता कारण जलधि समान;'*	: कारण-रूप, कार्य-कारण-सम्बन्ध में 'कारण' का जो अर्थ है, वजह	2/89	श्रद्धा/कामायनी
कारुण्य-नीर-प्रवाह-	*'काम्य अंत:करण में कारुण्य-नीर-प्रवाह था'*	: करुणा-रूपी जल का प्रवाह	1/165	कुरुक्षेत्र/कानन-कुसुम
कार्तिक कृष्णा-	*'कार्तिक कृष्णा कुहू क्रोध से काले करका भरे हुए'*	: कार्तिक महीने में अमावस्या की रात	3/209	द्वितीय अंक/विशाख
कालचक्र गति-	*'पड़ी कंटकाकीर्ण मार्ग में कालचक्र गति न्यारी है'*	: समय की गति	1/126	दलित-कुमुदिनी/कानन-कुसुम
काल-जलधि-	*'तू अनंत में लहर बनाती काल-जलधि की-सी हलचल'*	: समय या कालबोध रूपी समुद्र	2/63	चिंता/कामायनी
कालरात्रि-	*'उधर पराजित कालरात्रि भी जल में अन्तर्निहित हुई'*	: प्रलय की भयानक रात	2/67	आशा/कामायनी
काला पट-	*'हँस ले काला पट ओढ़ मरण'*	: मृत्यु की काली चादर	1/326	ओ री मानस की.../लहर
काला पानी-बेला-सी-	*'काला पानी-बेला-सी है अंजन रेखा काली'*	: तट पर पानी की रेखा गहरी होकर मानो काले रंग की दिख रही हो	2/11	आँसू
काला शासन-चक्र-	*'काला शासन-चक्र मृत्यु का कब तक चला न स्मरण रहा,'*	: प्रलय की दुखद सत्ता	2/62	चिंता/कामायनी

शब्द- काव्य-पंक्ति	: अर्थ	प्र.ग्रं./पृ.सं.	स्रोत/संदर्भ
कालिंदी- *'कालिंदी बही प्रणय की इस तममय हृदय-पुलिन में'*	: प्रेम की नदी यमुना	2/16	आँसू
♦ *'सोने की सिकता में मानो कालिंदी बहती भर उसास'*	: यमुना नदी	2/160	ईर्ष्या/कामायनी
♦ *'यौवन मधुवन की कालिंदी बह रही चूम कर सब दिगन्त'*	: यमुना नदी, 'कलिंद' पर्वत से निकली यमुना नदी	2/173	इड़ा/कामायनी
कालिंदी-मनोहर-कूल- *'धेनु-चारण-कार्य्य कालिंदी-मनोहर-कूल'*	: यमुना के सुन्दर तटवर्ती क्षेत्र में	1/163	कुरुक्षेत्र/कानन-कुसुम
कालिमा धुलने लगी- *'कालिमा धुलने लगी घुलने लगा आलोक,'*	: रात का अँधेरा (चाँदनी में) धुलने लगा	2/115	वासना/कामायनी
काली चादर के स्तर- *'काली चादर के स्तर का खुलना न देखने पाते'*	: शाम का अँधियारा	2/19	आँसू
काली जंजीरों- *'बाँधा था विधु को किसने इन काली जंजीरों से'*	: केश-राशि की लड़ियाँ, काले बादल	2/11	आँसू
काले-पट- *'निर्मोह काल के काले-पट पर कुछ अस्फुट लेखा'*	: दुर्भाग्य की भूमि	2/23	आँसू
काष्ठ सन्धि- *'सूखी काष्ठ सन्धि में पतली अनल शिखा जलती थी'*	: लकड़ियों के बीच	2/140	कर्म/कामायनी
किंजल्क- *'स्वर्ण सरसिज किंजल्क समान'*	: कमल का केसर, पद्मकेसर, पीला	1/231	किरण/झरना
♦ *'किंजल्क जाल हैं बिखरे/उड़ता पराग है रूखा'*	: कमल का पराग, पद्मकेसर	2/15	आँसू
किंजल्क-पुंज- *'नए कमल-दल-बीच नया किंजल्क-पुंज है'*	: कमल का पराग (पर्याप्त मात्रा में), कमल का केसर, पद्मकेसर	1/120	कोकिल/कानन-कुसुम
किन्नर- *'नर हो या किन्नर कोई हो निर्बल या बलवान'*	: देवताओं की एक प्रजाति, गाने-बजानेवाली जाति	3/31	द्वितीय अंक/विशाख
किन्नरियाँ- *'किन्नरियाँ बनीं प्रतिध्वनि लेती थीं तानें अभिनव'*	: किन्नर जाति की स्त्रियाँ (जो गायन में कुशल होती थीं)	2/272	आनन्द/कामायनी
किरण का समुदाय- *'घन-पटल में डूबता था किरण का समुदाय'*	: सूरज की किरणें	2/112	वासना/कामायनी
किरण दल- *'मुँद रहीं किरण दल में हैं अब,'*	: किरण-रूपी पलकें	1/309	अब जागो जीवन.../लहर
किरणावली- *'इंदु सुंदर व्योम-मध्य प्रसार कर किरणावली'*	: किरणों की श्रृंखला, चमकदार चाँदनी	1/116	जल-विहारिणी/कानन-कुसुम
किरणों के केसर-रज- *'किरणों के केसर-रज से भव भर दो मेरी ज्वाला'*	: किरणें मानो पराग-कण की तरह हैं	2/31	आँसू
किरन-अनी- *'तारों की किरन-अनी सखे!'*	: किरणों की नोक	4/302	चतुर्थ अंक/चन्द्रगुप्त
किरन कली की क्रीड़ा- *'फैल गयी जब स्मिति की माया, किरन कली की क्रीड़ा से'*	: सूरज की किरण (मनु) और कली (श्रद्धा) की प्रेम-क्रीड़ा	2/187	स्वप्न/कामायनी
किरन पात- *'जिसमें खिल खुलते किरन-पात'*	: किरण-रूपी पत्ते	1/310	कोमल कुसुमों की.../लहर
किरनों की छाया में- *'ऊषा-सा कौन रहस्य लिये सोती किरनों की छाया में !*	: प्रकाश के आवरण (चादर) में	2/101	काम/कामायनी

शब्द-	काव्य-पंक्ति	: अर्थ	प्र.ग्रं./पृ.सं.	स्रोत/संदर्भ
किरनों की लट-	*'वह पावक पुंज हुआ अब किरनों की लट बिखराये'*	: किरण रूपी केश-गुच्छ	2/19	आँसू
किरीट-	*'वह चन्द्र किरीट रजत नग स्पन्दित-सा पुरुष पुरातन'*	: मुकुट (चन्द्रमा-रूपी)	2/280	आनन्द/कामायनी
किलक-	*' 'माँ' फिर एक किलक दूरागत, गूँज उठी कुटिया सूनी'*	: किलकारी, बच्चे की आवाज	2/188	स्वप्न/कामायनी
किलात-	*'मरण-पर्व था; नेता आकुलि औ' किलात थे'*	: एक असुर पुरोहित	2/208	संघर्ष/कामायनी
किलात-आकुलि-	*'वे किलात-आकुलि थे जिनने कष्ट अनेक सहे थे'*	: असुर जाति के दो पुरोहित	2/135	कर्म/कामायनी
किसका था भ्रू-भंग-	*'किसका था भ्रू-भंग प्रलय-सा जिसमें ये सब विकल रहे!'*	: किसकी भौंहें टेढ़ी हुई थीं कि प्रलय आ गया (ईश्वर की अनुभूति), वह महाशक्ति कौन है	2/68	आशा/कामायनी
किसके शासन में-	*'वरुण आदि सब घूम रहे हैं किसके शासन में अम्लान?'*	: मनु को महसूस हुआ कि शासन देवताओं का नहीं बल्कि किसी और का चलता है	2/68	आशा/कामायनी
किसलय का अंचल-	*'किसलय का अंचल डोल रहा'*	: नये पत्ते मानो अंचल हैं	1/303	बीती विभावरी जाग री/लहर
किसलय नव कुसुम-	*'किसलय नव कुसुम बिछाकर आये तुम इस क्यारी में'*	: पल्लव और पुष्प, नये पत्ते और ताजे फूल	2/9	आँसू
किसलय-पुंज-	*'बैठे किसलय-पुंज में उसके ही अनुराग से'*	: नये पत्तों का समूह	1/120	कोकिल/कानन-कुसुम
किसलयमय-	*'हरित किसलयमय कोमल वृक्ष झुक रहा जिसका पाकर भार,'*	: नयी कोमल पत्तियों से युक्त (वृक्ष), पल्लवों से युक्त	1/227	दो बूँदें/झरना
किसी की मृदु मुसक्यान-	*'उस असीम नीले अंचल में देख किसी की मृदु मुसक्यान'*	: ईश्वर की मनोहर मुस्कान, प्रकृति में रहस्य का आरोप है	2/72	आशा/कामायनी
किसी भाव की धारा-	*'आज अभी तो किसी भाव की धारा में बहते हो'*	: किसी भावनाविशेष के प्रवाह में	2/148	कर्म/कामायनी
कीर्ति-रश्मियाँ-	*'असंख्य कीर्ति-रश्मियाँ, विकीर्ण दिव्य दाह-सी'*	: यश की किरणें	4/290	चतुर्थ अंक/चन्द्रगुप्त
कुंकुम-	*'प्राची रज कुंकुम ले चाहे अपना भाल सजावेगी'*	: रोली	1/291	निज अलकों के.../लहर
कुंकुम-अरुण-	*'भाल के कुंकुम-अरुण को दे दिया बिन्दी खरी'*	: कुंकुम की तरह रक्तिम वर्ण वाला अरुण (प्रभात)	1/95	महा-क्रीड़ा/कानन-कुसुम
कुंकुम का चूर्ण-	*'कुंकुम का चूर्ण उड़ाते से मिलने को गले ललकते-से'*	: केसर के कण की तरह	2/104	काम/कामायनी
कुंकुमचूर्ण भला-	*'जैसे सुहागिनी की ऊर्मिल अलकों में कुंकुमचूर्ण भला'*	: केसर का सुन्दर चूर्ण	2/172	इड़ा/कामायनी
कुंकुम मिटता-	*'क्षितिज भाल का कुंकुम मिटता मलिन कालिमा के कर से'*	: रोली या सिन्दूर-रूपी (सूरज की लालिमा)	2/185	स्वप्न/कामायनी
कुंकुमारुण-	*'वृत्त आकृत कुंकुमारुण कञ्ज-कानन-मित्र है,'*	: कुंकुम (आलता, महावर) की तरह लाल	1/94	महा-क्रीड़ा/कानन-कुसुम
कुंचित-	*'कुंचित हैं भ्रू-युगल वदन पर भी लाली है'*	: टेढ़ी(भौंहें)	1/118	ठहरो/कानन-कुसुम

शब्द-	काव्य-पंक्ति	: अर्थ	प्र.ग्रं./पृ.सं.	स्रोत/संदर्भ
कुंचित अलकों-सी-	*'कुंचित अलकों-सी घुँघराली मन की मरोर बन कर जगती'*	: घुँघराले बालों में	2/128	लज्जा/कामायनी
कुंज-गली-	*'बिहारी कुंज-गली का है'*	: कुंजों की गलियाँ	4/282	चतुर्थ अंक/चन्द्रगुप्त
कुंजर-कलभ-	*'कुंजर-कलभ सदृश इठलाते चमकाते चपला के गहने'*	: हाथी के बच्चे या शावक	2/252	रहस्य/कामायनी
कुंतों-	*'वे निरीह मर्माहत होकर कुसुमाकर के कुंतों से'*	: कुन्त, भाला, वसंत के पुष्पवाण	3/336	तृतीय अंक/अजातशत्रु
कुचाल-	*'बचा विरह मौन के क्षेम को कुचाल अपनी सुधार कोकिल'*	: खराब तरीका	4/39	प्रथम अंक/स्कन्दगुप्त
कुटिल काल-	*'उधर गरजतीं सिंधु लहरियाँ कुटिल काल के जालों सी'*	: वक्र और क्रूर मृत्यु या यमराज	2/60	चिंता/कामायनी
कुटिल कुंतल-	*'कुटिल कुंतल से बनाती काल माया जाल'*	: घुँघराले लम्बे केश	2/118	वासना/कामायनी
कुटिल कुन्तल घने-	*'ये बंकिम भ्रू युगल, कुटिल कुन्तल घने'*	: घुँघराले घने बाल	1/226	रूप/झरना
कुटिला भृकुटी-	*'कुटिला भृकुटी देख भीत कंपित होता है'*	: (क्रोध से) टेढ़ी भौंहें	1/117	ठहरो/कानन-कुसुम
कुड्मल अधीर-	*'कितने लघु-लघु कुड्मल अधीर'*	: खिलती हुई व्याकुल कलियाँ	1/310	कोमल कुसुमों की.../लहर
कुड्मल किसलय-	*'जब तुम्हें भूल जाता हूँ कुड्मल किसलय के छल में;'*	: वृन्त और पल्लव के सौन्दर्य में	2/39	आँसू
कुढंग-	*'तज विजय पराजय का कुढंग'*	: खराब तरीका	1/330	अशोक की चिंता/लहर
◆	*'चल रहा यही कब से कुढंग'*	: खराब तरीका	1/331	अशोक की चिंता/लहर
कुत्सित क्रोध-	*'अपना कुत्सित क्रोध प्रकट था कर रहा'*	: नकारात्मक भावों से भरा हुआ गुस्सा	1/201	महाराणा का महत्त्व
कुत्सित प्राणी-	*'मिलकर वातावरण बना था कोई कुत्सित प्राणी'*	: घिनौना प्राणी	2/138	कर्म/कामायनी
कुमन्त्रणा-	*'वह कुचक्रमय चाल न थी, न कुमन्त्रणा'*	: षड्यंत्र की योजना	3/76	प्रथम दृश्य/कल्याणी परि.
कुमार-	*'इड़ा कुमार समीप खड़ी थी मन की दबी उमंग लिये'*	: श्रद्धा-मनु का पुत्र मानव	2/229	निर्वेद/कामायनी
कुमार श्रान्त-	*'श्रद्धा रुकी कुमार श्रान्त था मिलता है विश्राम यहीं'*	: (श्रद्धा का पुत्र) मानव थका हुआ था	2/219	निर्वेद/कामायनी
कुमारिका-	*'शासन, कुमारिका से हिमालय के शृंग तक'*	: कन्याकुमारी	1/351	प्रलय की छाया/लहर
कुमुद पर बरजोरी विश्राम-	*'चली आतीं, कर रहीं अभीत कुमुद पर बरजोरी विश्राम'*	: कमलिनी पर (भौंरे) जबरन बैठ जा रहे हैं	1/265	होली की रात/झरना
कुमुद-बंधु-	*'कुमुद-बंधु उल्लास-सहित है नभ में आया'*	: चाँद, कुमुद (कुई) का मित्र, कुमुद या कुमुदिनी रात में खिलती है	1/120	कोकिल/कानन-कुसुम
कुमुदिनी-	*'अहो, यही कृत्रिम क्रीड़ासर-बीच, कुमुदिनी खिलती थी'*	: कमल की प्रजाति का फूल जो रात में खिलता है	1/125	दलित-कुमुदिनी/कानन-कुसुम
कुमुदिनी-नाथ-	*'उदित कुमुदिनी-नाथ हुए प्राची में ऐसे'*	: चन्द्रमा, कुमुदिनी (कमल की एक प्रजाति जो रात में खिलती है) के स्वामी	1/152	चित्रकूट/कानन-कुसुम
कुमोदिनी-	*'चाहे होय कुमोदिनी या मल्ली का पुंज'*	: कुमुदिनी, रात में खिलनेवाली कमल की एक प्रजाति	3/90	नवम दृश्य/कल्याणी परिणय

शब्द-	काव्य-पंक्ति	: अर्थ	प्र.ग्रं./पृ.सं.	स्रोत/संदर्भ
कुम्भकर्ण-सा-	*'कुम्भकर्ण-सा कोटर-मुख से अगणित जीव उगिलता है'*	: विशाल आकृतिवाला रावण का भाई	1/104	ग्रीष्म का मध्याह्न/कानन-कुसुम
कुम्भ की मदिरा-	*'परिरम्भ कुम्भ की मदिरा, निःश्वास मलय के झोंके,'*	: स्तनों का मादक-स्पर्श	2/14	आँसू
कुम्हिलाकर-	*'बिना स्पर्श के ही कुम्हिलाकर अपना समय बितावेगी'*	: ताजगी खोकर, कुम्हलाकर, मुरझाकर	1/183	प्रेमपथिक
कुरबक-	*'कहो न कैसे वह कुरबक पर मुग्ध हो'*	: आक का फूल, आक का फूल आभिजात्य फूलों में नहीं गिना जाता	1/144	मिल जाओ गले/कानन-कुसुम
कुरबक-रस-लुब्ध-	*'उसे न कहो कि वह कुरबक-रस-लुब्ध है'*	: आक नामक फूल के पराग पर लोभ से भरा हुआ	1/145	मिल जाओ गले/कानन-कुसुम
कुरुक्षेत्र-	*'शीर्षक'*	: दिल्ली के पास की एक जगह, महाभारत का युद्ध कुरुक्षेत्र के मैदान में हुआ था	1/163	कुरुक्षेत्र/कानन-कुसुम
कुल-कुल-	*'खग-कुल कुल-कुल सा बोल रहा'*	: चिड़ियों की आवाज	1/303	बीती विभावरी जाग री/लहर
कुलबाला-सी-	*'कुलबाला-सी लजा रही थी जो वासर में'*	: कुलवधू या दुल्हन के समान	1/111	रजनीगंधा/कानन-कुसुम
कुल-ललना-	*'देखते तुम्हारे लांछित हो कुल-ललना'*	: कुल की स्त्रियाँ, वंश की महिलाएँ	3/406	तृतीय अंक/जन्मेजय का नाग-यज्ञ
कुलिश-	*'हा-हा-कार हुआ क्रंदनमय कठिन कुलिश होते थे चूर;'*	: वज्र, कठोरतम	2/59	चिंता/कामायनी
कुलेल-	*'अजिर के उर में भरा कुलेल'*	: उछल-कूद के साथ खेलना	1/307	तुम्हारी आँखों का बचपन/लहर
कुल्या-	*'कुल्या उसी गिरि प्रांत में बहती रही कल-नाद में'*	: छोटी नदी	1/107	भक्ति-योग/कानन-कुसुम
कुविचार-क्रूरों-	*'कुविचार-क्रूरों के कठिन कैसे कुटिल आघात हैं'*	: बुरे विचारों से युक्त निर्दय स्वभाव	1/93	करुण-क्रंदन/कानन-कुसुम
कुशल सूक्ति-	*'जिसमें व्याकुल आलिंगन का अस्तित्व न तो है कुशल सूक्ति'*	: वक्तृत्व की कुशलता से उत्पन्न बातें	2/158	ईर्ष्या/कामायनी
कुशासन-	*'देखा कुशासन है बिछा फल और जल प्रस्तुत वहाँ'*	: कुश (एक प्रकार की घास) से बुनी हुई छोटी चटाई, कुश से बना हुआ पवित्र आसन	1/156	चित्रकूट/कानन-कुसुम
कुसुम-अवचय-	*'नया-नया उल्लास कुसुम-अवचय का मन में उठता था'*	: फूल चुनना	1/188	प्रेमपथिक
कुसुम ऋतु-रात-	*'इस झुलसते विश्व दिन की, मैं कुसुम ऋतु-रात रे मन!'*	: वसंत ऋतु की सुखद रात	2/221	निर्वेद/कामायनी
कुसुम-कलियों-	*'क्यारियों के कुसुम-कलियों को कभी खिझला दिया'*	: फूल की कलियाँ	1/100	नव वसंत/कानन-कुसुम
कुसुम-कानन-	*'कूल पर का कुसुम-कानन भी महाकमनीय है'*	: फूलों का जंगल	1/100	नव वसंत/कानन-कुसुम
कुसुम कुंतला-	*'नंदन की शत-शत दिव्य कुसुम कुंतला'*	: फूलों से सजी हुयी चोटी	1/340	प्रलय की छाया/लहर
कुसुम धूल-	*'कुसुम धूल से धूसरित, चलता है उस राह'*	: पराग-कण	4/282	चतुर्थ अंक/चन्द्रगुप्त

शब्द-	काव्य-पंक्ति	: अर्थ	प्र.ग्रं./पृ.सं.	स्रोत/संदर्भ
कुसुम-धूलि-	*'मेरी पीड़ा पर छिड़केगा जो कुसुम-धूलि मकरंद घोल'*	: फूल के परागकण	2/167	ईर्ष्या/कामायनी
◆	*'कुसुम धूलि से पूर हो चलता है उस पन्थ'*	: फूलों के पराग, पुष्परज	3/90	नवम दृश्य/कल्याणी परिणय
कुसुम परिपूरित-	*'वे वन्य वीरुध कुसुम परिपूरित भले थे खिल रहे'*	: फूलों से भरे हुए	1/107	भक्ति-योग/कानन-कुसुम
कुसुम-बाल-	*'यह समीर किस कुसुम-बाल से'*	: फूल-रूपी नवयौवना	3/518	एक घूँट(एकांकी)
कुसुम-मकरन्द-	*'वर्षा होने लगी कुसुम-मकरन्द की'*	: फूलों का पराग	1/98	प्रथम प्रभात/कानन-कुसुम
कुसुम-मणि-	*'बनती हैं हिम-लता कुसुम-मणि के खिले'*	: मणियों की तरह सुन्दर फूल	1/158	भरत/कानन-कुसुम
कुसुम-रस-	*'दुख की निर्ममता निरख कुसुम-रस के मिस जो भर आई थी'*	: फूलों का पुष्परस	1/296	जगती की मंगलमयी उषा बन/लहर
कुसुम रज-रस-	*'कुसुम रज-रस ले लूँगा गूँद'*	: परागकण और पुष्परस	1/227	दो बूँदें/झरना
कुसुम-वाहना-	*'कुसुम-वाहना प्रकृति मनोज्ञ वसन्त है'*	: फूलों की सेना, फूल मानो सेना की तरह सजे हैं	1/96	करुणा-कुंज/कानन-कुसुम
कुसुम-विकसित प्रात-	*'मैं उषा-सी ज्योति-रेखा, कुसुम-विकसित प्रात रे मन!'*	: खिले हुए फूलों से युक्त सुबह	2/221	निर्वेद/कामायनी
कुसुम-विलास-	*'विश्व-मधु-ऋतु के कुसुम-विलास'*	: फूलों का सौन्दर्य	1/306	आह रे, वह अधीर../लहर
कुसुम-वैभव-	*'कुसुम-वैभव में लता समान चंद्रिका से लिपटा घनश्याम'*	: फूलों का सौन्दर्य	2/83	श्रद्धा/कामायनी
कुसुम सदृश-	*'शिथिल शयन सम्भोग दलित कवरी के कुसुम सदृश कैसे'*	: फूल के समान	1/247	कहो/झरना
कुसुम हास-	*'देखा कब मैंने कुसुम हास'*	: फूलों की हँसी, दूसरों की खुशी	2/172	इड़ा/कामायनी
कुसुमाकर-	*'कुसुमाकर पर ध्यान नहीं इस समय में'*	: फूलों का भंडार, बाग, वसन्त ऋतु	1/97	करुणा-कुंज/कानन-कुसुम
◆	*'कुसुमाकर रजनी के जो पिछले पहरों में खिलता'*	: बगीचा, फुलवारी	2/16	आँसू
◆	*'इस कुसुमाकर के कानन के अरुण पराग पटल छाया में'*	: वसंत (इच्छा-लोक का)	2/255	रहस्य/कामायनी
◆	*'देते मिलिन्द, कुसुमाकर की दुहाई'*	: वसन्त	3/203	द्वितीय अंक/विशाख
◆	*'वे निरीह मर्माहत होकर कुसुमाकर के कुन्तों से'*	: वसंत ऋतु	3/336	तृतीय अंक/अजातशत्रु
कुसुमागार-	*'प्रफुल्लित वृक्ष ही यह भूमि कुसुमागार करते हैं'*	: फूलों का भांडार	2/331	भूल/असंकलित कविताएँ
कुसुमित-	*'कुसुमित मधुमय जहाँ सुखद अलिपुञ्ज है'*	: फूलों से भरा हुआ, जहाँ के फूल विकसित हो चुके हों	1/97	करुणा-कुंज/कानन-कुसुम
◆	*'उटजों में था आलोक भरा कुसुमित लतिका भर आई थी'*	: फूलों से युक्त (लता)	1/296	जगती की मंगलमयी उषा बन/लहर
कुसुमित कुञ्जों-	*'कुसुमित कुञ्जों में वे पुलकित प्रेमालिंगन हुए विलीन;'*	: फूल से भरे हुए कुंज (लता-गुल्मों से घिरी जगह)	2/57	चिंता/कामायनी

शब्द- काव्य-पंक्ति	: अर्थ	प्र.ग्रं./पृ.सं.	स्रोत/संदर्भ
कुसुमों की कथा- *'नव नील कुञ्ज हैं झीम रहे, कुसुमों की कथा न बंद हुई;'*	: तारे-रूपी फूलों के प्रेमालाप	2/99	काम/कामायनी
कुसुमोत्सव- *'ऋतुपति के घर कुसुमोत्सव था, मादक मरंद की वृष्टि रही'*	: वसंत ऋतु में फूलों के खिलने का उत्सव	2/105	काम/कामायनी
कुसुमोद्गम-सा- *'अनुरोध न तो उल्लास, नहीं कुसुमोद्गम-सा कुछ भी नवीन!'*	: फूलों के विकास के समान	2/158	ईर्ष्या/कामायनी
कुहक- *'कठिन कुहक कल्पनामयी, प्रतिक्षण-सी नित्य नयी'*	: इन्द्रजाल, भ्रम का वातावरण	3/82	चतुर्थ दृश्य/कल्याणी परिणय
◆ *'सुखद बना संसार कुहक है, क्यों छुटकारा पावे'*	: इन्द्रजाल, जादुई संसार	3/182	प्रथम अंक/विशाख
◆ *'जल, थल, नभ का कुहक बन गया जो अपनी ही लीला से'*	: इंद्रजाल, मोहक रूप	3/426	तृतीय अंक/जन्मेजय का नाग-यज्ञ
कुहक-कामिनी- *'कुहक-कामिनी मिला दिया करती है। इतना क्या कम है?'*	: जादुई सम्मोहन से भरी रात	1/185	प्रेमपथिक
कुहक के जाल में- *'यह छोड़कर सुख है पड़ा किसके कुहक के जाल में'*	: इन्द्रजाल, भ्रम के जाल में, धोखे में	1/108	भक्ति-योग/कानन-कुसुम
कुहक-जाल- *'शुचिता से इस कुहक-जाल को तोड़ना'*	: इंद्रजाल, माया	3/195	प्रथम अंक/विशाख
कुहक बल- *'फूलों की भरमार स्वरों का कूजन लिए कुहक बल से'*	: जादू के बल से, इंद्रजाल के बल से	2/187	स्वप्न/कामायनी
कुहक शीला- *'न छूना इसको नव कुहक शीला'*	: जादुई स्वभाववाली	1/270	देवबाला/झरना
कुहक-सी- *'कौन हो तुम विश्व-माया-कुहक-सी साकार,'*	: इंद्रजाल, जादू का ताना-बाना	2/117	वासना/कामायनी
कुहर- *'गूँज उठी तुम विश्व-कुहर में दिव्य-रागिनी-अभिनव-सी!'*	: गुफा, भीतर तक	2/226	निर्वेद/कामायनी
कुहुकिनि अपलक दृग के अंजन- *'कुहुकिनि अपलक दृग के अंजन! हँसती तुझमें सुन्दर छलना'*	: जादूगरनी की निर्निमेष आँखों के काजल (की तरह है रात का अँधेरा)	2/173	इड़ा/कामायनी
कुहू- *'दग्ध श्वास से आह न निकले सजल कुहू में आज यहाँ!'*	: अँधेरी रात (निराश जीवन)	2/186	स्वप्न/कामायनी
◆ *'वर्षा विरह कुहू में जलाते स्मृति के जुगुनू डरे डरे'*	: अमावस्या की रात	2/188	स्वप्न/कामायनी
◆ *'कार्तिक कृष्णा कुहू क्रोध से काले करका भरे हुए'*	: अमावस्या	3/209	द्वितीय अंक/विशाख
कुहू की है निशा- *'तैसी कुहू की है निशा, कुछ सूझता नहिं छोर है'*	: अमावस्या की रात	1/92	करुण-क्रंदन/कानन-कुसुम
कुहू निशा- *'नक्षत्र नहीं हैं, कुहू निशा में, बीच नदी में बेड़ा है'*	: अमावस्या की रात	3/183	प्रथम अंक/विशाख
कुहेलिका- *'यह कुहेलिका कैसी फैली जिसमें सब बीती बातें'*	: कुहरा	1/193	प्रेमपथिक
कूजित- *'है कहीं कोकिल सघन सहकार को कूजित किये'*	: कोयल की सुरीली आवाज	1/100	नव वसंत/कानन-कुसुम
कूल- *'कूल पर का कुसुम-कानन भी महाकमनीय है'*	: तट, नदी का किनारा	1/100	नव वसंत/कानन-कुसुम
◆ *'भ्रान्त नाविक ने तुरंत पाया यथेप्सित कूल वह'*	: किनारा, लक्ष्य, मंजिल	1/101	नव वसंत/कानन-कुसुम
◆ *'हरित कूल युग मधुर अधर थे'*	: नदी का किनारा	1/312	वे कुछ दिन कितने.../लहर

शब्द- काव्य-पंक्ति	: अर्थ	प्र.ग्रं./पृ.सं.	स्रोत/संदर्भ
कूल किनारा- *'अपदार्थ तिरूँगा मैं क्या हो भी कुछ कूल किनारा'*	: तट	2/3	आँसू
कूल युगल- *'कूल युगल में देखो कैसी यह सरिता है'*	: दोनों क्षितिज, दोनों किनारे	1/127	निशीथ-नदी/कानन-कु.
कूलों- *'जीवन के दोनों कूलों में बहे वासना धारा'*	: तट	2/147	कर्म/कामायनी
कृतघ्न- *'और शत्रु सब, ये कृतघ्न फिर इनका क्या विश्वास करूँ'*	: उपकार को न माननेवाला (सारस्वत-नगरवासी)	2/229	निर्वेद/कामायनी
कृतघ्नते- *'अरी नीच कृतघ्नते! पिच्छल-शिला-संलग्न'*	: 'कृतघ्नता' को संबोधित, उपकार को न मानने का भाव	2/113	वासना/कामायनी
कृतिमय जीवन- *'हँसता था और हँसाता था उनका मैं कृतिमय जीवन था'*	: सक्रिय, क्रियाओं से भरा हुआ	2/103	काम/कामायनी
कृतिमय वेग- *'अणुओं को है विश्राम कहाँ यह कृतिमय वेग भरा कितना!'*	: कर्मशीलता की गति, काम करने की तेजी	2/99	काम/कामायनी
कृशता- *'कुछ कृशता नई लजीली थी कंपित लतिका-सी लिये देह'*	: दुबलापन और दुर्बलता	2/159	ईर्ष्या/कामायनी
कृष्ण केसर- *'कृष्ण केसर से भरे नव नील सरसीरुह अहो'*	: नीलकमल के श्यामल केसर	3/77	प्रथम दृश्य/कल्याणी परि.
कृष्णपक्ष- *'समय-विहग के कृष्णपक्ष में रजत चित्र-सी अंकित कौन'*	: काले पंख (समय-रूपी पक्षी के), कठिन कालखण्ड	4/238	द्वितीय अंक/चन्द्रगुप्त
कृष्ण-मारुत- *'कृष्ण-मारुत का सहारा पा, प्रकट होना पड़ा'*	: कृष्ण-रूपी पवन	1/164	कुरुक्षेत्र/कानन-कुसुम
कृष्णागुरुवर्तिका- *'कृष्णागुरुवर्तिका/जल चुकी स्वर्णपात्र के ही अभिमान में'*	: काले रंग की बड़ी बाती	1/351	प्रलय की छाया/लहर
केंद्रच्युत- *'केंद्रच्युत नक्षत्र-मंडल-से हुए राजन्य थे'*	: केन्द्र से टूटे हुये, केन्द्रीय सत्ता का कमजोर होना	1/164	कुरुक्षेत्र/कानन-कुसुम
केतकी-गर्भ-सा पीला मुँह- *'केतकी-गर्भ-सा पीला मुँह आँखों में आलस भरा स्नेह'*	: केतकी(केवड़ा) के फूल के भीतरी भाग की तरह श्रद्धा का पीला मुख	2/159	ईर्ष्या/कामायनी
केतन- *'विश्व-शरीरी परमात्मा-प्रभुता का केतन'*	: झंडा	1/151	मकरंद-बिंदु/कानन-कु.
♦ *'प्रभु का हो विश्वास सत्य तो, सुख का केतन-फहरे'*	: पताका, झंडा	4/74	द्वितीय अंक/स्कन्दगुप्त
केतन अनंग का- *'मंजु-मीन केतन अनंग का'*	: कामदेव का झंडा	1/352	प्रलय की छाया/लहर
केतु-आकार- *'पुच्छल तारा सदृश, केतु-आकार का'*	: केतु के आकार का (कटा हाथ)	1/204	महाराणा का महत्त्व
केलि- *'रजनी में सुख केलि को किया कमलिनी पास'*	: काम-क्रीड़ा	3/90	नवम दृश्य/कल्याणी परिणय
केवल अपने मीन- *'भक्षक या रक्षक, जो समझो, केवल अपने मीन हुए'*	: देवताओं का नाश अपनी दुष्प्रवृत्तियों के कारण हुआ इसलिए वे अपनी ही जाति को खा जानेवाली मछली सिद्ध हुए, बड़ी मछली छोटी मछली को खा जाती है	2/54	चिंता/कामायनी
केशभार- *'मायारानी के केशभार'*	: घने बाल की तरह है रात का अँधेरा	2/172	इड़ा/कामायनी

शब्द-	काव्य-पंक्ति	: अर्थ	प्र.ग्रं./पृ.सं.	स्रोत/संदर्भ
केशरी-	*'रमणी के सुकुमार अंग पर केशरी'*	: शेर	1/208	महाराणा का महत्त्व
केसर-रज-	*'किरणों के केसर-रज से/भव भर दो मेरी ज्वाला'*	: पराग-कण	2/31	आँसू
केहरि-किशोर-	*'केहरि-किशोर से अभिनव अवयव प्रस्फुटित हुए थे'*	: शेर के बच्चे (की तरह मानव)	2/267	आनन्द/कामायनी
कैरवी-	*'रही न अब शारदी कैरवी न तो मघा की फुहार कोकिल'*	: चाँदनी	4/39	प्रथम अंक/स्कन्दगुप्त
कोक-	*'शोक भर निर्जन निलय से बिछुड़ते थे कोक'*	: चकवा-चकई	2/112	वासना/कामायनी
कोकनद-	*'कोकनद मधु धारा सी तरल'*	: लाल कमल	1/232	किरण/झरना
कोकिल की काकली-	*'मंजरी कम्पित हुई सुन कोकिला की काकली'*	: कोयल की दर्द भरी आवाज	1/101	नव वसंत/कानन-कुसुम
♦	*'कोकिल की काकली वृथा ही अब कलियों पर मँडराती'*	: कोयल की बेधक आवाज	2/185	स्वप्न/कामायनी
कोकिला-कल-रव-समान-	*'कोकिला-कल-रव-समान नवीन नूपुर बज उठा'*	: कोयल की मधुर आवाज के समान	1/101	नव वसंत/कानन-कुसुम
कोकिलाली-	*'गाने लगी मधुर मंगल कोकिलाली'*	: कोयल	3/203	द्वितीय अंक/विशाख
कोप-	*'नहीं कहेंगे, कोप सहेंगे धीर हो'*	: गुस्सा, क्रोध	1/102	मर्म-कथा/कानन-कुसुम
कोमल किरन उँगलियों से-	*'कोमल किरन उँगलियों से ढँक दोगे यह दृग खुला हुआ'*	: किरणें मानो कोमल अँगुलियों की तरह हैं	1/291	निज अलकों के.../लहर
कोमल चर्म-	*'कामायनी पड़ी थी अपना कोमल चर्म बिछा के'*	: पशु की खाल से बना मुलायम बिस्तर	2/140	कर्म/कामायनी
कोमल तंतु-	*'जीवन का कोमल तंतु बढ़े तेरी ही मंजुलता समान'*	: कोमल जीवन-सूत्र	2/166	ईर्ष्या/कामायनी
कोमल धूल-	*'प्रियतम के आगमन पंथ में उड़ न रही है कोमल धूल'*	: सूक्ष्म धूलकण, मार्ग की मामूली परेशानियाँ	4/238	द्वितीय अंक/चन्द्रगुप्त
कोमल निरीहता-	*'अभिनय करती क्यों इस मन में कोमल निरीहता श्रमशीला?'*	: सुकुमार सरलता	2/129	लज्जा/कामायनी
कोमल वर्म-	*'ढँक रहे थे उसका वपु कांत बन रहा था वह कोमल वर्म'*	: कोमल कवच, कवच तो लोहे का होता है मगर रोयेंदार चर्म-वस्त्र कोमल थे और शीत से कवच की तरह शरीर की रक्षा कर रहे थे	2/84	श्रद्धा/कामायनी
कोर-	*'कोर बरौनी का न लगे हाँ, इस कोमल मन को मेरे'*	: किनारा	1/140	प्रियतम/कानन-कुसुम
कोरक-	*'कोमल कोरक युगल तोड़कर डाल से'*	: कली	1/168	वीर बालक/कानन-कुसुम
कोरक अंकुर-सा-	*'कोरक अंकुर-सा जन्म रहा, हम दोनों साथी झूल चले'*	: कली के अंकुर की तरह, कली के निकलने की शुरुआती स्थिति	2/105	काम/कामायनी
कोरक-कोने में-	*'जब लीला से तुम सीख रहे कोरक-कोने में लुक रहना;'*	: कलियों की ओट में, स्तनों के गोपन में	2/97	काम/कामायनी
कोरदार-	*'कोरदार या कोमल हो'*	: धारदार या नोंकदार	1/271	कसौटी/झरना
कोर बरौनी-	*'कोर बरौनी का न लगे हाँ, इस कोमल मन को मेरे'*	: पलकों के बाल की नोंक	1/246	प्रियतम/झरना

शब्द- काव्य-पंक्ति	: अर्थ	प्र.ग्रं./पृ.सं.	स्रोत/संदर्भ
कोरी आँख- *'मैं कोरी आँख निरखता पथ, प्रात समय सो जाता'*	: शून्य आँखों से	2/16	आँसू
कोरी कली- *'चुटकियाँ लेने लगीं तब प्रणय की कोरी कली'*	: एकदम नई कली जिसने प्रेम को अभी जाना नहीं है- अनाघ्रात, अनाविल, अस्पृष्ट	1/101	नव वसंत/कानन-कुसुम
कोलाहल की अवनी- *'तज कोलाहल की अवनी रे'*	: शोरगुल से भरी धरती	1/298	ले चल वहाँ भुलावा.../लहर
कौतुक- *'सन्ध्या-कुहुकिनि-अंचल में कौतुक अपना कर जाता'*	: आश्चर्यमिश्रित खेल	2/17	आँसू
कौतुक-सा बन- *'कौतुक-सा बन मनु के मन का वह सुन्दर क्रीड़ागार हुआ'*	: खेल या लीला बनकर	2/103	काम/कामायनी
कौतुकों- *'कामिनी इन कौतुकों से कब बहलने ही लगी'*	: क्रीड़ा-भाव से युक्त क्रिया-व्यापार, आश्चर्यजनक	1/100	नव वसंत/कानन-कुसुम
कौमुदी- *'चलो तो इस कौमुदी में देख आवें आज'*	: चाँदनी	2/115	वासना/कामायनी
कौरवादिक- *'कौरवादिक सामने, पीछे पृथासुत सैन्य है'*	: कौरव तथा उनकी सहयोगी सेना	1/165	कुरुक्षेत्र/कानन-कुसुम
कौशेय- *'मृगछाला, कौशेय, कमण्डल, वल्कल से ही सजी रही'*	: रेशमी वस्त्र (साड़ी)	1/184	प्रेमपथिक
कौशेय वसन- *'सिकुड़न कौशेय वसन की थी विश्व-सुन्दरी तन पर'*	: रेशमी वस्त्र (की तरह बर्फीली चोटियाँ सूरज की किरणों में दिख रही थीं)	2/278	आनन्द/कामायनी
क्यारियों- *'क्यारियों के कुसुम-कलियों को कभी खिझला दिया'*	: मिट्टी की पंक्ति जिसमें पौधे उगाए जाते हैं	1/100	नव वसंत/कानन-कुसुम
क्यारी- *'किसलय नव कुसुम बिछाकर आये तुम इस क्यारी में'*	: मेरे जीवन के क्रम में, क्रम, पंक्ति, क्रम से लगे पौधों की जमीन को क्यारी कहते हैं	2/9	आँसू
♦ *'क्यारी में हैं कुसुम विटप मन भावने'*	: खेत या बाग में पौधे लगाने के लिये मिट्टी की पंक्ति	3/84	चतुर्थ दृश्य/कल्याणी परिणय
क्रंदन-ध्वनि- *'दूरागत क्रंदन-ध्वनि फिर'*	: रोने की आवाज	1/329	अशोक की चिंता/लहर
क्रतुमय पुरुष- *'मनु, वह क्रतुमय पुरुष! वही मुख सन्ध्या की लालिमा पिये'*	: संकल्पधर्मा पुरुष (मनु), यज्ञकर्ता पुरुष (मनु)	2/191	स्वप्न/कामायनी
क्रिया- *'एक-एक को स्थिर हो देखो इच्छा, ज्ञान, क्रिया वाले ये'*	: शिव की तीन प्रधान शक्तियों (इच्छा, ज्ञान और क्रिया) में से एक	2/255	रहस्य/कामायनी
♦ *'स्वप्न, स्वाप, जागरण भस्म हो इच्छा क्रिया ज्ञान मिल लय थे'*	: कर्म	2/263	रहस्य/कामायनी
क्रिया-तंत्र- *'क्षण भर भी विश्राम नहीं है प्राण दास है क्रिया-तंत्र का'*	: कर्म-विधान, कार्य-प्रणाली	2/258	रहस्य/कामायनी
क्रिया भिन्न- *'ज्ञान दूर कुछ, क्रिया भिन्न है इच्छा क्यों पूरी हो मन की'*	: कर्म की भिन्नता (ज्ञान और इच्छा से)	2/263	रहस्य/कामायनी
क्रीड़ा- *'वह होकर स्वच्छन्द तुम्हारे साथ किया करती क्रीड़ा'*	: प्रेम-व्यापार	1/103	हृदय-वेदना/कानन-कु.
♦ *'इसे तुम्हारा एक सहारा, किया करो इससे क्रीड़ा'*	: प्रेम-व्यवहार, केलि-कौतुक	1/103	हृदय-वेदना/कानन-कु.

शब्द-	काव्य-पंक्ति	: अर्थ	प्र.ग्रं./पृ.सं.	स्रोत/संदर्भ
क्रीड़ा-कुंज-	*'अलि को केवल चाहिए; सुखमय क्रीड़ा-कुंज'*	: प्रेम की आनन्दपूर्ण क्रीड़ा का सुरम्य स्थान	4/282	चतुर्थ अंक/चन्द्रगुप्त
क्रीड़ा-कूट-	*'बने मनोहर क्रीड़ा-कूट विचित्र ये'*	: (प्रकृति की) रहस्यमयी गतिविधियाँ	3/98	प्रथम दृश्य/करुणालय
क्रीड़ागार-	*'कौतुक-सा बन मनु के मन का वह सुन्दर क्रीड़ागार हुआ'*	: मनोरंजन के लिए बना भवन	2/103	काम/कामायनी
क्रीड़ा-चंचल-	*'लहरों में यह क्रीड़ा-चंचल-'*	: क्रीड़ा का चंचल भाव	1/304	आँखों से अलख.../लहर
क्रीड़ा-पंजर-	*'मेधा के क्रीड़ा-पंजर का पाला हुआ सुआ है'*	: क्रीड़ा-भाव से बनाया गया पिंजड़ा, बुद्धि-विलास भी एक बंधन है	2/134	कर्म/कामायनी
क्रीड़ापूर्ण-	*'सकल चराचर जिसका क्रीड़ापूर्ण पसारा'*	: कौतुक और लीला से भरा हुआ	1/147	महाकवि तुलसी./का.-कु.
क्रीड़ामय संचार-	*'हँसाता रहे उसे सविलास शक्ति का क्रीड़ामय संचार'*	: खेल-भावना से निष्पादित क्रिया-कलाप	2/93	श्रद्धा/कामायनी
क्रीड़ासर-बीच-	*'अहो, यही कृत्रिम क्रीड़ासर-बीच, कुमुदिनी खिलती थी'*	: जलविहार के लिये निर्मित तालाब के बीच	1/125	दलित-कुमुदिनी/कानन-कुसुम
क्रुद्ध सिंधु-	*'सबल तरंगाघातों से उस क्रुद्ध सिंधु के, विचलित सी'*	: क्रोधित समुद्र, समुद्र मानो क्रोध के कारण प्रचंड लहरें उठा रहा था	2/60	चिंता/कामायनी
क्लांत-	*'क्लांत हुआ सब अंग शिथिल क्यों वेष है'*	: थका हुआ, बोझिल	1/96	करुणा-कुंज/कानन-कु.
◆	*'क्लांत तारकगण की मद्यप-मण्डली'*	: थका हुआ	1/228	पावस प्रवास/झरना
◆	*'आज अकेले निर्जन गृह में क्लांत हो'*	: थका हुआ	1/253	प्रत्याशा/झरना
◆	*'तपस्वी ! क्यों इतने हो क्लांत? वेदना का यह कैसा वेग?'*	: थका, उदास, परेशान	2/88,	श्रद्धा/कामायनी
◆	*'या अन्न इकट्ठा करती है होती न तनिक-सी कभी क्लांत'*	: थकी हुई	2/158	ईर्ष्या/कामायनी
◆	*'वह पावन सारस्वत प्रदेश दु:स्वप्न देखता पड़ा क्लांत'*	: अवसाद से भरा हुआ	2/173	इड़ा/कामायनी
◆	*'हुआ काकरव क्लांत, कोकिला खुल पड़ी'*	: थका हुआ, थक कर शान्त	3/84	चतुर्थ दृश्य/कल्याणी परि.
क्लांत निशा-	*'क्लांत निशा जो जगी रात भर मोद में'*	: थकी हुयी रात	3/75	प्रथम दृश्य/कल्याणी परि.
क्वणित-	*'कंकण क्वणित, रणित नूपुर थे हिलते थे छाती पर हार'*	: कंगन के टकराने से उत्पन्न ध्वनि	2/57	चिंता/कामायनी
क्षण-नर्त्तन-	*'बुद्धि-चपला का क्षण-नर्त्तन'*	: प्रत्येक पल में बदलती भंगिमा	1/305	आह रे, वह अधीर.../लहर
क्षणिक विश्राम-	*'किसी नयन की नील निशा में क्या कर चुका क्षणिक विश्राम'*	: प्रेम का संस्पर्श मिला हो, पल भर को प्रेम की गहरी अनुभूति	1/327	मधुर माधवी संध्या में/लहर
क्षत के फूल-	*'खिलते हों क्षत के फूल वहाँ, बन व्यथा तमिस्रा के तारे'*	: जख्म मानो फूल हों	4/341	प्रथम अंक/ध्रुवस्वामिनी
क्षपा-सदृश-	*'क्षपा-सदृश छिपना है फिर तो परिचय देंगे आँसू हर'*	: रात के समान	3/302	द्वितीय अंक/अजातशत्रु
क्षमा और प्रतिशोध-	*'क्षमा और प्रतिशोध! आह रे दोनों की माया नचती'*	: (मनु के प्रति इड़ा के मन में) क्षमा और प्रतिशोध का द्वैध मचा था	2/215	निर्वेद/कामायनी
क्षमा निलय-	*'कल्याणमयी वाणी कहती, तुम क्षमा निलय में हो रहती'*	: दयामयी(श्रद्धा)	2/244	दर्शन/कामायनी

शब्द- काव्य-पंक्ति	: अर्थ	प्र.ग्रं./पृ.सं.	स्रोत/संदर्भ
क्षितिज के अंचल में- *'भग रहा क्षितिज के अंचल में मुख आवृत कर तुमको निहार'*	: दिशाओं के सीमा-प्रांत में	2/181	इड़ा/कामायनी
क्षितिज क्षीण- *'बेला क्षण-क्षण निकट आ रही क्षितिज क्षीण, फिर लीन हुआ;'*	: क्षितिज का आभास कमजोर पड़ने लगा, आकाश और धरती की विभाजक-रेखा मंद पड़ने लगी	2/60	चिंता/कामायनी
क्षितिज पटी- *'क्षितिज पटी को आंदोलित करती हुई'*	: दिगन्त क्षेत्र, आकाश के अंतिम छोर पर	1/341	प्रलय की छाया/लहर
♦ *'अंकित कर क्षितिज पटी को तूलिका, बरौनी तेरी'*	: क्षितिज मानो चित्र बनाने का कैनवास हो	2/11	आँसू
♦ *'क्षितिज पटी को उठा बढ़ो ब्रह्माण्ड विवर में'*	: क्षितिज-रूपी पर्दा	2/201	संघर्ष/कामायनी
क्षितिज भाल- *'क्षितिज भाल का कुंकुम मिटता मलिन कालिमा के कर से'*	: क्षितिज-रूपी ललाट (है संध्या का)	2/185	स्वप्न/कामायनी
क्षितिज वेला- *'श्रम विश्राम क्षितिज वेला से-'*	: क्षितिज-रूपी किनारा, दिगन्त	1/298	ले चल वहाँ भुलावा.../लहर
क्षितिज व्यापी- *'भरे, क्षितिज व्यापी अम्बर से'*	: क्षितिज (दिगंत) तक फैला आकाश	1/312	वे कुछ दिन कितने सुन्दर थे/लहर
क्षीण-गंध- *'क्षीण-गंध निरवलंब'*	: जिसकी सुगन्ध समाप्त हो गयी हो	1/351	प्रलय की छाया/लहर
क्षीण-स्रोत- *'शिशिर-काल की क्षीण-स्रोत वह जो हिमतल में जम जाये'*	: पतली जलधारा	2/185	स्वप्न/कामायनी
क्षीणस्रोता- *'क्षीणस्रोता भी न हुई खर ग्रीष्म-ताप से'*	: जिसकी धारा पतली नहीं हुई है, रात को नदी की तरह देखा गया है	1/128	निशीथ-नदी/कानन-कुसुम
क्षुद्र- *'क्षुद्र था, उसने गर्व किया'*	: छोटे भाववाला	1/219	समर्पण/झरना
क्षुद्र अंश- *'जीवन तेरा क्षुद्र अंश है/व्यक्त नील घन-माला में,'*	: नगण्य हिस्सा	2/63	चिंता/कामायनी
क्षुद्र कलिका- *'क्षुद्र कलिका है खिली जाती अभी'*	: छोटी-सी कली (सम्भावना)	4/111	चतुर्थ अंक/स्कन्दगुप्त
क्षुद्र गृह- *'क्षुद्र गृह किन्तु हुआ सुख मूल'*	: छोटी गृहस्थी, छोटा-सा घर-संसार	1/244	असन्तोष/झरना
क्षुद्र-यान- *'मानस-जलनिधि का क्षुद्र-यान'*	: छोटी नाव, क्षुद्र साधन	2/175	इड़ा/कामायनी
क्षुब्ध- *'एक दिन सहसा सिंधु अपार लगा टकराने नग तल क्षुब्ध;'*	: क्षोभ से भरा हुआ	2/88	श्रद्धा/कामायनी
क्षेम- *'निष्ठुर ही रहना, अच्छा है, यही करेगा क्षेम'*	: कुशल	1/279	बिंदु (1)/झरना
♦ *'बचा विरह मौन के क्षेम को कुचाल अपनी सुधार कोकिल'*	: कुशल-मंगल	4/39	प्रथम अंक/स्कन्दगुप्त
क्षोभयुत उन्माद- *'यह अतृप्ति अधीर मन की क्षोभयुत उन्माद'*	: बेचैनी से भरा दीवानापन	2/117	वासना/कामायनी
खंजन- *'शीर्षक'*	: एक छोटी चंचल चिड़िया जिसमें काला और सफेद रंग होता है	1/133	खंजन/कानन-कुसुम
खग-कुल- *'खग-कुल कुल-कुल सा बोल रहा'*	: चिड़ियों का समूह	1/303	बीती विभावरी जाग री/लहर
खग-कुल-सी- *'मनोवृत्तियाँ खग-कुल-सी थीं सो रही'*	: पक्षियों के समान	1/98	प्रथम प्रभात/कानन-कु.

शब्द-	काव्य-पंक्ति	: अर्थ	प्र.ग्रं./पृ.सं.	स्रोत/संदर्भ
खगरव-	*'पुर-लक्ष्मी खगरव के मिस कुछ कह उठती थी करुण कथा'*	: पक्षियों की आवाज	2/34	निर्वेद/कामायनी
खग-वृंद-	*'सोते अभी खग-वृंद थे निज नीड़ में आराम से'*	: पक्षी-समूह	1/155	चित्रकूट/कानन-कुसुम
खटका-	*'आज पवन मृदु साँस ले रहा/जैसे बीत गया खटका'*	: आशंका, दुश्चिंता	2/68	आशा/कामायनी
खड़-खड़-	*'अपने खड़-खड़ शब्दों को भी उनके साथ उड़ाता है'*	: सूखे पत्तों के उड़ने की आवाज, खड़खड़ाहट	1/104	ग्रीष्म का मध्याह्न/कानन-कुसुम
खड़ी झड़ी-	*'गरल जलद की खड़ी झड़ी में बूँदें निज संसृति रचतीं'*	: मूसलाधार बारिश, टिककर होने वाली बारिश	2/61	चिंता/कामायनी
खड्ड-	*'विक्षत उसके अंग, प्रगट थे भीषण खड्ड भयकरी खाई'*	: गहरे प्राकृतिक पर्वतीय गड्ढे	2/251	रहस्य/कामायनी
खर ग्रीष्म-ताप-	*'क्षीणस्रोता भी न हुई खर ग्रीष्म-ताप से'*	: भीषण गर्मी की ऋतु का तापमान	1/128	निशीथ-नदी/कानन-कुसुम
खराद-	*'पहल न उसमें था बना, चढ़ा न रहा खराद'*	: छीलकर चिकना-सुडौल करना	1/267	रत्न/झरना
खरी-	*'भाल के कुंकुम-अरुण को दे दिया बिन्दी खरी'*	: जिसमें खरापन (कठोर स्पष्टता) हो	1/95	महा-क्रीड़ा/कानन-कुसुम
खल लेखा-	*'हे अभाव की चपल बालिके री ललाट की खल लेखा !'*	: दुर्भाग्य की रेखाएँ	2/53	चिंता/कामायनी
खल-हृदय-	*'उस खल-हृदय से कहीं अच्छी होती है श्यामा रजनी'*	: दुष्ट व्यक्ति का मन	1/184	प्रेमपथिक
खसका-	*'पतित है गर्त में संसार के, जो स्वर्ग से खसका'*	: खिसकना, गिरना	1/132	पतित-पावन/कानन- कु.
खारे आँसू-	*'अपने खारे आँसू से/करुणा सागर को भरती'*	: दुःख के आँसू	2/25	आँसू
खारे उच्छ्वासों-	*'आकर खारे उच्छ्वासों में'*	: समुद्र का खारापन मानो उसकी साँसों (हवा) में बसा है	1/299	हे सागर संगम अरुण नील/लहर
खिझला-	*'क्यारियों के कुसुम-कलियों को कभी खिझला दिया'*	: चिढ़ा दिया	1/100	नव वसंत/कानन-कुसुम
खिला पुलक कदंब-सा था-	*'खिला पुलक कदंब-सा था भरा गद्‌गद बोल'*	: श्रद्धा की सिहरन मानो कदंब के फल के रोओं की तरह खिल उठी थी	2/119	वासना/कामायनी
खील-	*'बिखरता फेनिल तरल खील-'*	: लावा या भूने हुये धान की तरह हैं पानी की उछलती बूँदें	1/299	हे सागर संगम अरुण नील/लहर
♦	*'शिथिल है, जिस पर बिखरता प्रचुर मंगल खील'*	: धान का लावा (तारा की उपमा)	2/117	वासना/कामायनी
खुट्टी-	*'लड़के जैसे खेलों में कर लेते खुट्टी'*	: कुट्टी, बच्चे खेल में सम्बन्ध तोड़ने के लिए खुट्टी करते हैं	2/203	संघर्ष/कामायनी
खुसरू-	*'मानिक ने, खुसरू के नाम से'*	: खुसरो खाँ 1320 में सुल्तान बना, वह कुतुबुद्दीन मुबारक शाह का राज्यमंत्री(विजारत) था	1/353	प्रलय की छाया/लहर
खे चला-	*'आँसू की धार बहाकर/खे चला प्रेम बेगुन की'*	: नाव चलाना	2/3	आँसू
खेद भय रहित-	*'खेद भय रहित अभेद, अभिराम हो'*	: दुःख और डर से मुक्त	1/261	तुम/झरना
खे लोगे-	*'माझी? साहस है? खे लोगे?*	: नाव चला लोगे?	4/99	तृतीय अंक/स्कन्दगुप्त
खेवा-	*'आह, इस खेवा की!'*	: नाव की खेप, बोझ लदी नाव	1/338	पेशोला की प्रतिध्वनि/लहर

शब्द- काव्य-पंक्ति	: अर्थ	प्र.ग्रं./पृ.सं.	स्रोत/संदर्भ
खोकर सब चेतनता- *'कामायनी जगी थी कुछ-कुछ खोकर सब चेतनता'*	: होश गवाँ बैठना	2/146	कर्म/कामायनी
खोखली शून्यता- *'खोखली शून्यता में प्रतिपद असफलता अधिक कुलाँच रही'*	: सारहीन और अभावग्रस्त	2/172	इड़ा/कामायनी
खोया प्रात- *'उल्का लेकर अमर शक्तियाँ खोज रहीं ज्यों खोया प्रात'*	: खोयी हुई उम्मीद, आशा की तलाश	2/59	चिंता/कामायनी
गंगा-सागर- *'शीर्षक'*	: गंगा और समुद्र का संगम-स्थल	1/138	गंगा-सागर/कानन-कुसुम
गंड- *'महाश्वेत गजराज गंड से बिखरीं मधु धाराएँ जैसे'*	: कनपटी, हस्तिकपोल	2/252	रहस्य/कामायनी
गंध चूर्ण- *'गंध चूर्ण था लोध्र कुसुम रज, जुटे नवीन प्रसाधन थे'*	: सुगन्धित चूर्ण	2/190	स्वप्न/कामायनी
गंध-धूम- *'उसमें से उठता गंध-धूम श्रद्धा ने वह मुख लिया चूम'*	: सुगन्धित पदार्थों को जलाने से निकला धुआँ	2/233	दर्शन/कामायनी
गंधर्व- *'देव, गंधर्व, असुर की पंक्ति अनुसरण करती उसे अधीर'*	: देव-वर्ग की एक प्रजाति जो संगीतप्रियता के लिए विख्यात थी	2/91	श्रद्धा/कामायनी
गंधर्वों के देश- *'इधर रह गंधर्वों के देश, पिता की हूँ प्यारी संतान'*	: गांधार का क्षेत्र, अफगानिस्तान का कंधार	2/87	श्रद्धा/कामायनी
गंधवह- *'अति मधुर गंधवह बहता परिमल बूँदों से सिंचित'*	: गंध का वहन करनेवाला पवन	2/277	आनन्द/कामायनी
गंध विधुर- *'जो मदमाते गंध विधुर थे'*	: सौरभ से विरहित	1/312	वे कुछ दिन कितने.../लहर
गँसीले- *'पलकों के प्याले रसीले, अलकों के फन्दे गँसीले'*	: चुभनेवाले	3/470	द्वितीय अंक/कामना
गगन चुम्बिनी- *'गगन चुम्बिनी शैल-श्रेणियाँ पहने हुए तुषार किरीट'*	: आकाश को चूमनेवाली, खूब ऊँची	2/72	आशा/कामायनी
गगन-यूथिका-वन- *'इस गगन-यूथिका-वन में तारे जूही से खिलते'*	: आकाश मानो यूथिका (जूही) पुष्प के वन की तरह है	2/22	आँसू
गत निधि- *'गत निधि फिर आती पूर्ण की लब्धि ही में'*	: स्मृति का कोष	1/135	विरह/कानन-कुसुम
गत-प्रत्यागत- *'गत-प्रत्यागत में और प्रत्यावर्त्तन में'*	: आगे बढ़ने और पीछे लौटने में	1/344	प्रलय की छाया/लहर
गत शोक-क्रोध- *'कुछ स्वेद-बिंदु उसके लेकर वह स्तिमित-नयन गत शोक-क्रोध'*	: शोक और क्रोध से मुक्त होकर	2/171	इड़ा/कामायनी
गतिमय पतंग- *'वह ज्वलनशील गतिमय पतंग'*	: सूरज	2/171	इड़ा/कामायनी
गया-बीता- *'कहेंगे पशु गया-बीता उसे हम'*	: बिल्कुल निरर्थक	3/39	तृतीय अंक/विशाख
गया, सभी कुछ गया- *'गया, सभी कुछ गया, मधुरतम सुर बालाओं का श्रृंगार;'*	: देव-सृष्टि की सारी उपलब्धियाँ प्रलय में नष्ट हो गयीं	2/56	चिंता/कामायनी
गरल जलद- *'गरल जलद की खड़ी झड़ी में बूँदें निज संसृति रचतीं'*	: जहर की तरह प्राणघातक वर्षा करानेवाले बादल	2/61	चिंता/कामायनी
गरल पात्र- *'सौंदर्य्य जलधि से भर लाये केवल तुम अपना गरल पात्र'*	: विष से भरा हुआ बर्तन, विष-पात्र	2/175	इड़ा/कामायनी
गर्त- *'पतित है गर्त में संसार के, जो स्वर्ग से खसका'*	: गड्ढा, संसार का पापमय रूप	1/132,	पतित-पावन/कानन-कु.
गर्त्त- *'क्या तुम हो भयभीत मृत्यु के गर्त्त से'*	: गड्ढा, गहराई	1/168	वीर बालक/कानन-कुसुम
गर्भ- *'सरस तामरस गर्भ विभा पर नाच रही तरुशिखा मनोहर'*	: (फूल का) क्रोड़, (फूल के) आंतरिक भाग में	4/35	द्वितीय अंक/चन्द्रगुप्त

शब्द-	काव्य-पंक्ति	: अर्थ	प्र.ग्रं./पृ.सं.	स्रोत/संदर्भ
गर्भ मधुर पीड़ा-	*'दुर्भर थी गर्भ मधुर पीड़ा झेलती जिसे जननी सलील'*	: गर्भावस्था का दर्द जो संतान की कल्पना के कारण मधुर है	2/160	ईर्ष्या/कामायनी
गर्व-रथ-	*'हाँ- कि गर्व-रथ में तुरंग-सा; जितना जो चाहे जुत ले'*	: अभिमान-रूपी रथ, अहंकार की गति में उड़ते जाना	2/69	आशा/कामायनी
गर्व वहन-	*'नत मस्तक गर्व वहन करते यौवन के घन, रस कन ढरते'*	: गौरव-भाव से युक्त होना	4/186	प्रथम अंक/चन्द्रगुप्त
गर्व-स्फीत-	*'गर्व-स्फीत हृदय होता तव स्मरण में'*	: गर्व के कारण छाती चौड़ी हो जाना	1/142	भव-सागर/कानन-कुसुम
गल्पकथा-	*'वृद्धों की गल्पकथा कभी होती जब प्रारंभ है'*	: बतकही, बातचीत में कथा की शैली	1/119	बाल-क्रीड़ा/कानन-कुसुम
गहन गुफा-	*'जब सोती गहन गुफा में चंचल लट को छिटकाये'*	: रात का गहरा अँधेरा, विश्व-वेदना मानो एक स्त्री की तरह चंचल लटों को बिखराकर रात-रूपी गहन गुफा में सोयी है	2/31	आँसू
गहन गुहा-	*'किस गहन गुहा से अति अधीर'*	: गहरी गुफा, रहस्य	2/171	इड़ा/कामायनी
गहन-विपिन-	*'श्रमित स्वप्न की मधुमाया में गहन-विपिन की तरु-छाया में'*	: घने जंगल	4/141	पंचम अंक/स्कन्दगुप्त
गह्वर-	*'देवदारु निकुञ्ज गह्वर सब सुधा में स्नात'*	: घने जंगल	2/116	वासना/कामायनी
गांधार देश-	*'मसृण गांधार देश के, नील रोम वाले मेषों के चर्म,*	: कंधार(अफगानिस्तान) का पुराना नाम	2/84	श्रद्धा/कामायनी
गागर रीती-	*'तुम सुनकर सुख पाओगे देखोगे यह गागर रीती'*	: खाली घड़े (की तरह मानो मेरा जीवन है)	1/292	मधुप गुनगुना कर कह जाता/लहर
गागरी-	*'मधु मुकुल नवल रस गागरी'*	: गगरी (कलियाँ मानो छोटे कलश हैं)	1/303	बीती विभावरी जाग री/लहर
गाढ़-	*'मानस में एकत्र था, इधर प्रणय की गाढ़'*	: सघनता और गहराई	3/36	तृतीय अंक/विशाख
गिरजा-	*'मस्जिद, पगोडा, गिरजा, किसको बनाया तूने'*	: ईसाइयों का पूजा-स्थल	1/91	मंदिर/कानन-कुसुम
गिर रहीं पलकें-	*'गिर रहीं पलकें, झुकी थी नासिका की नोक'*	: रतिभाव के अनुभाव, पलकों का गिरना	2/119	वासना/कामायनी
गिरि अंचल-	*'उसकी वह जलन भयानक फैली गिरि अंचल में फिर'*	: पर्वतीय प्रदेश	2/270	आनन्द/कामायनी
गिरि-कन्दर-	*'गिरि-कन्दर से देख स्वकीय शिकार को'*	: पहाड़ की गुफा	1/30	महाराणा का महत्त्व
गिरितटी-	*'मैं पहुँचा गिरितटी समीप, जहाँ निर्मल सरिता बहती'*	: पहाड़ी के किनारे	1/191	प्रेमपथिक
गिरि-निर्झर-	*'गिरि-निर्झर चले उछलते छायी फिर से हरियाली'*	: पर्वत के झरने	2/270	आनन्द/कामायनी
गिरि-पथ-	*'सूने गिरि-पथ में गुंजारित शृंगनाद की ध्वनि चलती'*	: (नदी का) पहाड़ी रास्ता	2/188	स्वप्न/कामायनी
	♦ *'तब भी गिरि-पथ का अथक पथिक, ऊपर ऊँचे सब झेल चले'*	: पर्वत के दुर्गम रास्ते	4/341	प्रथम अंक/ध्रुवस्वामिनी

शब्द- काव्य-पंक्ति	: अर्थ	प्र.ग्रं./पृ.सं.	स्रोत/संदर्भ
गिरि प्रांत- *'कुल्या उसी गिरि प्रांत में बहती रही कल-नाद में'*	: पर्वतीय क्षेत्र	1/107	भक्ति-योग/कानन-कुसुम
गिरि-भार- *'गिरि-भार बना सा तिनका,'*	: पर्वत की तरह भारी, बहुत भारी	1/329	अशोक की चिंता/लहर
गिरि संकट- *'गिरि संकट में जीवन-सोता, मन मारे चुप बहता था'*	: पर्वत की दुर्गम स्थिति के बीच	1/238	दीप/झरना
गीति- *'तब देखूँ कैसी चली रीति, मानव! तेरी हो सुयशगीति'*	: (कीर्ति का) बखान	2/240	दर्शन/कामायनी
गुंजरित मधुप- *'गुंजरित मधुप से मुकुल सदृश वह आनन जिसमें भरा गान'*	: गुनगुनाते हुए भौंरे	2/179	इड़ा/कामायनी
गुण-गण- *'ओतप्रोत हो तो भी सबकी वाणी गुण-गण गाती है'*	: गुणों का समूह, ईश्वर के अनंत गुण	1/88	वंदना/कानन-कुसुम
गुणधार- *'हे गुणधार, तुम्हीं बने हो कर्णधार विचार लो'*	: गुणों को धारण करने वाले, गुणी	1/93	करुण-क्रंदन/कानन-कु.
गुप्त निधियों का रक्षक- *'गुप्त निधियों का रक्षक यक्ष'*	: प्रकृति के गोपनीय खजानों की रक्षा करनेवाले (यक्ष)	1/268	कुछ नहीं/झरना
गुरिया- *'नित्य चेतनसूत्र की गुरिया सभी को जान लो'*	: पुतला	1/166	कुरुक्षेत्र/कानन-कुसुम
गुरु गुहा- *'जीव जिनकी आश्रमोपम गुरु गुहा में मोद से'*	: गहरी गुफाएँ	1/105	जलद-आवाहन/का.-कु.
गुर्जर-महीप- *'और थे प्रणत वहीं गुर्जर-महीप भी'*	: गुजरात के राजा कर्णदेव (अलाउद्दीन खिलजी का समकालीन)	1/340	प्रलय की छाया/लहर
गुर्ज्जरेश- *'गुर्ज्जरेश पाँवड़े बिछाते रहे पलकों के,'*	: गुजरात के राजा कर्णदेव	1/341	प्रलय की छाया/लहर
गुलाबी विजन उषा- *'बैठ गुलाबी विजन उषा में गाते कौन मनोहर राग?'*	: गुलाब के रंग की एकाकी सुबह	4/283	चतुर्थ अंक/चन्द्रगुप्त
गुलाली- *'ऊषा की सजल गुलाली जो घुलती है नीले अंबर में;'*	: लाल रंग का चूर्ण जिसे चित्रकारी के लिए इस्तेमाल किया जाता है	2/106	काम/कामायनी
गुल्फ- *'श्रद्धा कुछ-कुछ अनमनी चली अलकें लेती थीं गुल्फ चूम'*	: टखना, एड़ी के ऊपर का हिस्सा	2/159	ईर्ष्या/कामायनी
गुहा- *'थी अनन्त की गोद सदृश जो विस्तृत गुहा वहाँ रमणीय;'*	: गुफा, कन्दरा	2/73	आशा/कामायनी
गुहा-गृह- *'नव कुंज, गुहा-गृह सुन्दर ह्रद से भर रही निराली'*	: गुफाओं का घर की तरह उपयोग, घर-जैसी गुफाएँ	2/271	आनन्द/कामायनी
गूँद- *'कुसुम रज-रस ले लूँगा गूँद'*	: (पराग और पुष्परस को) सान कर	1/227	दो बूँदें/झरना
गृहपति- *'एक गृहपति, दूसरा था अतिथि विगत-विकार'*	: घर का स्वामी मनु	2/111	वासना/कामायनी
गृह-लक्ष्मी- *'मनु देख रहे थे चकित नया यह गृह-लक्ष्मी का गृह-विधान'*	: घर की स्वामिनी	2/165	ईर्ष्या/कामायनी
गृह-विधान- *'मनु देख रहे थे चकित नया यह गृह-लक्ष्मी का गृह-विधान'*	: घर की बनावट-सजावट	2/165	ईर्ष्या/कामायनी
गैरिक- *'जिसके नव गैरिक अंचल की प्राची में भरी ललाई थी'*	: गेरुआ रंग, लाल मिट्टी के रंग का	1/296	जगती की मंगलमयी उषा बन/लहर

शब्द–	काव्य-पंक्ति	: अर्थ	प्र.ग्रं./पृ.सं.	स्रोत/संदर्भ
गैरिक-वसना–	*'गैरिक-वसना संध्या सी जिसके चुप थे सब कलरव'*	: गेरुआ रंग के कपड़े पहनी(इड़ा)	2/267	आनन्द/कामायनी
गैल–	*'शरद इंदिरा के मंदिर की/मानो कोई गैल रही'*	: गली	2/71	आशा/कामायनी
गोचरभूमि–	*'गोचरभूमि रही विस्तृत नगरोपकण्ठ में हरी-भरी'*	: चारागाह	1/186	प्रेमपथिक
गोधूली–	*'गोधूली के मलिनाञ्चल में'*	: संध्या-काल	1/233	विषाद/झरना
♦	*'गोधूली के धूमिल पट में दीपक के स्वर में दिपती-सी'*	: शाम, चर कर लौटते हुए पशुओं के पैरों से उड़ी धूल को 'गोधूलि' कहते हैं	2/123	लज्जा/कामायनी
गोधूली की-सी ममता–	*'हिल्लोल भरा हो ऋतुपति का गोधूली की-सी ममता हो'*	: शाम में पारिवारिक ममत्व के साथ प्राणी अपने घर लौटता है	2/126	लज्जा/कामायनी
गोप-बालक-वेश–	*'नील यमुना-कूल में तब गोप-बालक-वेश था'*	: पशुपालक के बच्चे के रूप में(कृष्ण)	1/163	कुरुक्षेत्र/कानन-कुसुम
गोलक–	*'गगन में ग्रह गोलक, तारिका'*	: गोल आकार का	1/138	गंगा-सागर/कानन-कु.
♦	*'कर्म-चक्र सा घूम रहा है यह गोलक, बन नियति-प्रेरणा'*	: (कर्म-लोक का) गोलाकार रूप	2/258	रहस्य/कामायनी
♦	*'प्रेमानन्द पूर्ण गोलक को निराधार आधार दिया'*	: पृथ्वी	3/426	तृतीय अंक/जन्मेजय का नाग-यज्ञ
गौर अंग–	*'गौर अंग को हरे पल्लवों बीच छिपाती'*	: गोरा अंग, रजनीगंधा का सफेद रंग	1/110	रजनीगंधा/कानन-कुसुम
गौरव–	*'गौरव था, नीचे आये/प्रियतम मिलने को मेरे'*	: मेरे लिए यह गर्व का विषय था	2/8	आँसू
गौरव महिमा–	*'मैं उसी चपल की धात्री हूँ गौरव महिमा हूँ सिखलाती'*	: श्रेष्ठता और महत्ता	2/127	लज्जा/कामायनी
गौरव लक्ष्मी ग्रीस की–	*'गौरव लक्ष्मी ग्रीस की, अर्द्धांगिनी-सी वाम'*	: यूनान के गर्व-भाव और समृद्धि (की प्रतिरूप है कार्नेलिया)	3/92	नवम दृश्य/कल्याणी परिणय
गौरी–	*'देखता मानसी गौरी लहरों का कोमल नर्तन'*	: पार्वती (मानसरोवर-सी उज्ज्वल पार्वती)	2/280	आनन्द/कामायनी
ग्रथित–	*'श्यामा का नखदान मनोहर मुक्ताओं से ग्रथित रहा'*	: गुँथा हुआ	4/41	प्रथम अंक/स्कन्दगुप्त
ग्रह कक्षा की हलचल–	*'इस ग्रह कक्षा की हलचल! री तरल गरल की लघु लहरी!'*	: चिंता की व्याप्ति इस पृथ्वी ग्रह के परिक्रमा-मार्ग पर भी है, अत्यंत चिंतित मनु को लग रहा है कि चिंता सर्वत्र व्याप्त है और सबमें हलचल पैदा करती है	2/53	चिंता/कामायनी
ग्रहगण–	*'ग्रहगण सभी हों केंद्रच्युत लड़कर परस्पर भग्न हों'*	: सौर-मण्डल के ग्रह- बुध, शुक्र, शनि आदि	1/131	याचना/कानन-कुसुम
ग्रह-पथ–	*'ग्रह-पथ के आलोक-वृत्त से काल जाल तनता अपना'*	: ग्रहों की गति का मार्ग, सौर-मण्डल में ग्रहों के रास्ते निर्धारित हैं	2/75	आशा/कामायनी
♦	*'पाऊँगा कहीं तुम्हें तो ग्रह-पथ में टकराऊँगा'*	: ग्रहों के रास्ते, मरणोत्तर मिलन का स्थान मानो ग्रह-पथ बन जाए	2/22	आँसू

शब्द- काव्य-पंक्ति	: अर्थ	प्र.ग्रं./पृ.सं.	स्रोत/संदर्भ
ग्रह-रश्मि-रज्जु- *'मानव-संतति ग्रह-रश्मि-रज्जु से भाग्य बाँध पीटे लकीर'*	: ग्रह आदि ज्योतिषीय प्रकरणों के किरण-रूपी बंधन	2/177	इड़ा/कामायनी
ग्राम्य गीत- *'कृषक समूह जहाँ सन्ध्या को ग्राम्य गीत सुख से गाते'*	: गाँव में गाये जाने वाले गीत, लोकगीत	1/186	प्रेमपथिक
ग्रीवा- *'चपला-सी है, ग्रीवा हँसी से बढ़ी'*	: गर्दन	1/226	रूप/झरना
ग्रीष्मासन- *'ग्रीष्मासन है बिछा तुम्हारे हृदय में'*	: तनाव, गर्म आसन का अर्थ हृदय के क्लेश से है	1/97	करुणा-कुंज/कानन-कुसुम
ग्रीस- *'गौरव लक्ष्मी ग्रीस की, अर्द्धांगिनी-सी वाम'*	: यूनान	3/92	नवम दृश्य/कल्याणी परि.
घन-कुंज- *'संचारिणी ललिता लता-सी हो गई घन-कुंज में'*	: सघन तरु-गुल्म, पेड़-पौधों से भरा-पूरा स्थान	1/156	चित्रकूट/कानन-कुसुम
घन के आघातों से- *'घन के आघातों से होती जो प्रचंड ध्वनि रोष भरी'*	: भारी हथौड़े की चोट से निर्माण कार्य प्रगति पर था	2/190	स्वप्न/कामायनी
घन तिमिर- *'घन तिमिर में चपला की रेख तपन में शीतल मंद बयार'*	: घने बादलों का अँधेरा	2/86	श्रद्धा/कामायनी
घन-तिमिर-भार- *'घन-तिमिर-भार के लिए तड़ित स्वर्गीय किरण बन आई थी'*	: बादलों का घना अँधेरा	1/296	जगती की मंगलमयी उषा बन/लहर
घननाद- *'गुंजारित घननाद सुनो इस विश्व कुहर में'*	: मेघध्वनि की तरह अनाहत नाद	2/201	संघर्ष/कामायनी
♦ *'वर्षा के घन नाद कर रहे तट-कूलों को सहज गिराती'*	: बादलों की गर्जना (अभिमानी घोषणाएँ)	2/260	रहस्य/कामायनी
घन-पटल- *'घन-पटल में डूबता था किरण का समुदाय'*	: बादलों के आवरण	2/112	वासना/कामायनी
घन मंडली- *'सिंधु बेला-सी घन मंडली'*	: बादलों का समूह	1/305	आह रे, वह अधीर.../लहर
घनमाला- *'संध्या घनमाला की सुन्दर/ओढ़े रंग बिरंगी छींट'*	: बादलों की शृंखला	2/72	आशा/कामायनी
घन-शावक- *'नील घन-शावक से सुकुमार सुधा भरने को विधु के पास'*	: बादलों के बच्चे, बादल के छोटे-छोटे टुकड़ों की तरह श्रद्धा के घुँघराले बाल	2/84	श्रद्धा/कामायनी
घनश्याम- *'दूसरा रंजित किरण से श्री-कलित घनश्याम'*	: गहरे नीले बादल	2/111	वासना/कामायनी
घनश्याम-खंड-सी- *'घनश्याम-खंड-सी आँखों में क्यों सहसा जल भर आता है?'*	: काले बादल के टुकड़े के समान (आँखें)	2/129	लज्जा/कामायनी
घनीभूत पीड़ा- *'जो घनीभूत पीड़ा थी मस्तक में स्मृति-सी छायी'*	: पीड़ा का संघनित रूप, दुःख का दीर्घकालिक होकर गहरा हो जाना	2/7	आँसू
घनीभूत हो उठे पवन- *'घनीभूत हो उठे पवन, फिर श्वासों की गति होती रुद्ध ;'*	: हवा भारी हो गयी, मानो सभी प्रकार (उनचास प्रकार) की हवाएँ एक साथ चल पड़ीं	2/62	चिंता/कामायनी
घने- *'घने - प्रेम-तरु-तले'*	: गहरा (प्रेम)	4/65	द्वितीय अंक/स्कन्दगुप्त
घाटी- *'मेरी छाती में लिपटा इस घाटी में लेगा सहज घूम'*	: पर्वत के तल की भूमि	2/166	ईर्ष्या/कामायनी
घुलने लगा आलोक- *'कालिमा धुलने लगी घुलने लगा आलोक,'*	: और प्रकाश फैलने लगा	2/115	वासना/कामायनी
घुला हृदय- *' "आह प्राणप्रिय! यह क्या? तुम यों।" घुला हृदय बन नीर बहा'*	: मन करुणा से भर गया	2/219	निर्वेद/कामायनी

शब्द–	काव्य–पंक्ति	: अर्थ	प्र.ग्रं./पृ.सं.	स्रोत/संदर्भ
घूर्ण–	*'मकरंदमय ज्यों कामिनी के नेत्र मद से घूर्ण हैं'*	: घूमते हुए (नशीले नेत्र)	1/123	एकान्त में/कानन–कुसुम
घृणा और ममता–	*'घृणा और ममता में ऐसी बीत चुकीं कितनी रातें'*	: (मनु के प्रति इड़ा के मन में) घृणा भी थी और ममता भी	2/214	निर्वेद/कामायनी
घ्राण–	*'बिना फूलों के पाये घ्राण'*	: गंध	1/258	आशालता/झरना
♦	*'छक रहा है किस सुरभि से तृप्त होकर घ्राण ?'*	: नासिका, नाक	2/116	वासना/कामायनी
चंक्रमण–	*'चंक्रमण करता मधुर दिगन्त'*	: घूमना, टहलना, चंक्रम, चक्रमण	1/307	तुम्हारी आँखों का बचपन/लहर
चँगेर–	*'बिछुड़ायी जाकर, क्या फूल चँगेर सजावेगी? किसका?'*	: फूल की टोकरी	1/182	प्रेमपथिक
चंचल किशोर सुन्दरता–	*'चंचल किशोर सुन्दरता की मैं करती रहती रखवाली'*	: नवयौवना की चंचल सुंदरता	2/128	लज्जा/कामायनी
चंचल कृतियाँ–	*'सौंदर्यमयी चंचल कृतियाँ बनकर रहस्य हैं नाच रहीं;'*	: आकाशीय पिंड अपनी चंचलता के साथ गतिशील हैं, मनु को अतीत की सुखद चंचल स्मृतियाँ भी कौंध रही हैं	2/99	काम/कामायनी
चंचल चपला–	*'अम्बर असीम अन्तर में, चंचल चपला से आकर'*	: चंचल विद्युत्	2/18	आँसू
चंचल चितवन–	*'चंचल चितवन चमकीली है कर रही'*	: चंचल निगाहें, देखने की चंचलता	1/226	रूप/झरना
चंचल पवमान–	*'विश्वदेव, सविता या पूषा सोम, मरुत, चंचल पवमान;'*	: चंचल पवन देवता, मरुत से भिन्न हवा के एक वैदिक देवता	2/68	आशा/कामायनी
चंचल बयार–	*'निस्तब्ध अलस बनकर सोयी चलती न रही चंचल बयार'*	: हवा की स्वाभाविक चंचलता	2/179	इड़ा/कामायनी
चंचल बाहु-लता–	*'बेला बीत चली है चंचल बाहु–लता से आ जकड़ो'*	: बाँह–रूपी चंचल लताएँ	1/291	निज अलकों के.../लहर
चंचल मन का आलस्य–	*'एक करुणामय सुन्दर मौन और चंचल मन का आलस्य!'*	: ऐसा व्यक्तित्व जो मन की चंचलता का अलसाया हुआ रूप लगे, विशेषण–विपर्यय से इस तरह का अर्थ संभव हो पाता है	2/83	श्रद्धा/कामायनी
चंचल लट–	*'जब सोती गहन गुफा में चंचल लट को छिटकाये'*	: काले लहराते बाल, अँधेरे का रूपक	2/31	आँसू
चंचला–	*'चंचला कर रही है उजाला'*	: आकाशीय बिजली (–रूपी चंचल भावनाएँ)	1/251	पी कहाँ/झरना
♦	*'चंचला स्नान कर आवे/चंद्रिका पर्व में जैसी'*	: आकाशीय बिजली, चपला	2/12	आँसू
चंड–	*'सूर्यमल्ल मध्याह्न सूर्य–सम चंड हो'*	: प्रचण्ड, वीरता और प्रखरता के साथ	1/161	शिल्प–सौन्दर्य्य/कानन–कुसुम
चंडकर–	*'किंतु न फिर वह चला चंडकर नाश को'*	: प्रचण्ड स्वभाववाला, प्रखर स्वभाववाला	1/161	शिल्प–सौन्दर्य्य/कानन–कुसुम
चंड दिवाकर–	*'चंड दिवाकर देख सती–छाया भी छिपती फिरती है'*	: कठोर सूर्य, दहकता हुआ ग्रीष्म ऋतु का सूर्य	1/104	ग्रीष्म का मध्याह्न/कानन–कुसुम

शब्द-	काव्य-पंक्ति	: अर्थ	प्र.ग्रं./पृ.सं.	स्रोत/संदर्भ
चंद्र-कपाल-	*'नील गरल से भरा हुआ यह चंद्र-कपाल लिये हो'*	: चन्द्रमा को कपाल (मस्तक) पर धारण करना, चन्द्रमा-रूपी कपाल का खप्पर	2/143	कर्म/कामायनी
चंद्र-कर-	*'चन्द्र-कर पीयूष वर्षा कर रहा'*	: चाँद की किरणें	1/257	मिलन/झरना
चंद्रकला-	*'ज्यों धूसर नभ में चन्द्रकला चमकीली'*	: चाँदनी	1/114	मलिना/कानन-कुसुम
चंद्रकांत-	*'चंद्रकांत से ये हिम-खंड मनोज्ञ हैं'*	: चंद्रकांत मणि, चाँद के प्रकाश से पिघलनेवाली मणि	1/158	भरत/कानन-कुसुम
चंद्रकांत मणि-	*'स्मर शशि किरणें, /स्पर्श करती थीं इस चंद्रकांत मणि को'*	: एक मणि जो चाँदनी से पिघलती है	1/341	प्रलय की छाया/लहर
चंद्रकान्ति-	*'मुग्ध मधुर बालक के मुख पर चन्द्रकान्ति बरसाती है'*	: चाँदनी	3/252	प्रथम अंक/अजातशत्रु
चंद्रप्रभा-	*'चंद्रप्रभा में भी गलकर बनते नदी'*	: चाँदनी	1/158	भरत/कानन-कुसुम
चंद्र बिम्ब-	*'धवल मनोहर चंद्र बिम्ब से अंकित सुन्दर स्वच्छ निशीथ;'*	: चाँद, चन्द्र-मण्डल	2/76	आशा/कामायनी
चंद्रमंडल की सभा-	*'चंद्रमंडल की सभा उस पर दिखाई दे रही'*	: चाँद सितारों के साथ आकाश में मौजूद है, चाँद की पूरी सभा	1/115	जल-विहारिणी /कानन-कुसुम
चंद्रमा-सा-	*'है चंद्रमा-सा दीखता आसन बिछा विधु-कांत है'*	: चंद्रमा की तरह	1/107	भक्ति-योग/कानन-कुसुम
चंद्रलेखा-सी-	*'घने-घन बीच कुछ अवकाश में यह चन्द्रलेखा-सी'*	: चाँद की किरणों के समान	3/181	प्रथम अंक/विशाख
चंद्र-विनोद-	*'निशा का नीरव चन्द्र-विनोद'*	: चाँद की खिली चाँदनी (आनन्द और विनोद से भरी है)	1/263	हृदय का सौन्दर्य/झरना
चंद्रशालिनी-	*'श्रद्धे, होगी चन्द्रशालिनी यह भव-रजनी भीमा'*	: पूर्ण चन्द्र से युक्त, प्रकाशित, सुखद	2/153	कर्म/कामायनी
चंद्रशालिनी रजनी-	*'चन्द्रशालिनी रजनी थी चुपचाप देखती दोनों को'*	: चाँद से शोभायमान रात	1/185	प्रेमपथिक
चंद्रहीन थी एक रात-	*'वह चन्द्रहीन थी एक रात, जिसमें सोया था स्वच्छ प्रात'*	: अमावस्या की काली रात, निराशा से भरी हुई रात	2/233	दर्शन/कामायनी
चंद्रातप-	*'चंद्रातप था व्योम, तारका-रत्न जड़े थे'*	: चाँदनी से ढँका हुआ, चन्द्र+ आतप (चाँदनी)	1/152	चित्रकूट/कानन-कुसुम
चंद्राभमय-	*'आकंठ-मज्जित जानकी चंद्राभमय जल में खड़ी'*	: चाँद के प्रकाश से पिघलनेवाली चंद्रकांत मणि	1/155	चित्रकूट/कानन-कुसुम
चंद्रालोक-	*'आँख खोल देखा तो चन्द्रालोक से'*	: चाँद की रोशनी, चाँदनी	1/255	स्वप्नलोक/झरना
चंद्रिका-	*'वो देख सकता है चंद्रिका को'*	: चाँदनी, चाँद का प्रकाश	1/86	प्रभो/कानन-कुसुम
♦	*'चंद्रिका हटने न पाई, आ गयी ऊषा भली,'*	: चाँदनी	1/94	महा-क्रीड़ा/कानन-कुसुम
चंद्रिका अँधेरी-	*'चन्द्रिका अँधेरी मिलती मालती कुंज में जैसे'*	: चाँदनी और छाया से बना अँधेरा	2/24	आँसू
चंद्रिका-निधि-	*'अंतरिक्ष में व्यस्त उसी-सा रहा चंद्रिका-निधि गंभीर'*	: चाँदनी मानो सागर की तरह फैली थी, चाँदनी का समुद्र	2/76	आशा/कामायनी
चंद्रिका पर्व-	*'चंचला स्नान कर आवे/चंद्रिका पर्व में जैसी'*	: चाँदनी रात	2/12	आँसू

शब्द- काव्य-पंक्ति	: अर्थ	प्र.ग्रं./पृ.सं.	स्रोत/संदर्भ
चकोर- *'सौन्दर्य सुधा बलिहारी/चुगता चकोर अंगारे'*	: चकोर-रूपी प्रेमी, स्वयं कवि	2/22	आँसू
चक्रवाल- *'चक्रवाल की धुँधली रेखा मानो जाती झुलसी'*	: चक्राकार, घेरा, दिग्मंडल	2/142	कर्म/कामायनी
◆ *'सुख नीड़ों को घेरे रहता अविरत विषाद का चक्रवाल'*	: घेरा, चक्राकार मंडल, समूह	2/180	इड़ा/कामायनी
◆ *'नव रस भरी अराएँ अविरल चक्रवाल को चकित चूमतीं'*	: पहिए का घेरा	2/256	रहस्य/कामायनी
चटचटा- *'उठी चटचटा उसी की कली'*	: (कलियों) के प्रस्फुटित होने की आवाज	1/249	प्यास/झरना
चढ़ती रही बेरोक- *'भ्रू-लता थी कान तक चढ़ती रही बेरोक'*	: बिना रुके मानो कान को छू लेने को श्रद्धा की भौंहें बढ़ चलीं	2/119	वासना/कामायनी
चढ़ी शिंजिनी-सी- *'चढ़ी शिंजिनी-सी, खींचा फिर उसने जीवन-धनु को'*	: खिंची हुई प्रत्यंचा के समान	2/133	कर्म/कामायनी
चण्ड-शासन- *'स्पष्ट, चण्ड-शासन में जैसे असल अवस्था खुले नहीं'*	: कठोर सत्ता	1/185	प्रेमपथिक
चतुर चितेरी- *'कितने घायल हृदयों की बन जाती चतुर-चितेरी'*	: चतुर चित्रकार	2/11	आँसू
चपल- *'सजग सुप्त सौन्दर्य हुआ, हो चपल चलीं, भौंहें मिलने'*	: चंचलता के साथ	4/41	प्रथम अंक/स्कन्दगुप्त
चपल की धात्री- *'मैं उसी चपल की धात्री हूँ गौरव महिमा हूँ सिखलाती'*	: चंचल सौन्दर्य की देख-रेख करनेवाली	2/127	लज्जा/कामायनी
चपल जंतु- *'अब तक आये न अहेरी वे क्या दूर ले गया चपल जंतु'*	: तेज गति से दौड़नेवाले जंगली पशु	2/159	ईर्ष्या/कामायनी
चपला- *'अम्बर असीम अन्तर में, /चंचल चपला से आकर'*	: आकाशीय बिजली	2/18	आँसू
◆ *'वह जलधर जिसमें चपला या श्यामलता का नाम नहीं'*	: बिजली-रूपी चंचलता	2/185	स्वप्न/कामायनी
चपला की रेख- *'घन तिमिर में चपला की रेख तपन में शीतल मंद बयार'*	: बिजली की चमक	2/86	श्रद्धा/कामायनी
चपलायें- *'चपलायें उस जलधि विश्व में स्वयं चमत्कृत होती थीं'*	: आकाशीय बिजलियाँ	2/61	चिंता/कामायनी
◆ *'लहरें व्योम चूमती उठतीं; चपलायें असंख्य नचतीं'*	: आकाशीय बिजलियाँ	2/61	चिंता/कामायनी
चपेटा- *'महामत्स्य का एक चपेटा /दीन पोत का मरण रहा'*	: आघात, चोट	2/62	चिंता/कामायनी
चमत्कृत- *'चपलायें उस जलधि विश्व में स्वयं चमत्कृत होती थीं'*	: आश्चर्यचकित होना, आश्चर्य को प्रकट करना	2/61	चिंता/कामायनी
चमर- *'स्नेह से करता चमर उद्ग्रीव हो वह संग'*	: चँवर, पंखा	2/112	वासना/कामायनी
चमरों- *'चमरों पर बोझ लदे थे वे चलते थे मिल अविरल'*	: याक नामक पशु जिनसे भार ढोने का काम लिया जाता है	2/268	आनन्द/कामायनी
चमूनायक- *'यवन चमूनायक भी कुछ कादर न था'*	: सेनानायक, सेना की टुकड़ी का सेनापति	1/204	महाराणा का महत्त्व
चमूपति- *'मुगल चमूपति के अनुचर थे, साथ में'*	: सेनापति	1/202	महाराणा का महत्त्व

शब्द- काव्य-पंक्ति	: अर्थ	प्र.ग्रं./पृ.सं.	स्रोत/संदर्भ
चरण-अरविन्द- *'मन-मधुप हो विश्वस्त-प्रमुदित तव चरण-अरविन्द में'*	: ईश्वर के चरण-कमल	1/131	याचना/कानन-कुसुम
चरण-सरसिज- *'रविकर-सदृश हेमाभ उंगली से चरण-सरसिज हुआ'*	: कमल की तरह (राम के सुन्दर) पैर	1/155	चित्रकूट/कानन-कुसुम
चराचर- *'सकल चराचर जिसका क्रीड़ापूर्ण पसारा'*	: चर और अचर, चेतन और जड़	1/147	महाकवि तुलसी./का.-कु.
चरित- *'चित्र हैं जिसके चरित, वह कृष्ण रथ के सारथी'*	: चरित्र, व्यक्तित्व की कथा, किसी के क्रिया-व्यापार का इतिहास	1/165	कुरुक्षेत्र/कानन-कुसुम
चरित थे पूत- *'चरित थे पूत, भुजा में शक्ति, नम्रता रही सदा संपन्न'*	: पवित्र आचरण और स्वभाववाले	4/139	पंचम अंक/स्कन्दगुप्त
चल-चक्र- *'चल-चक्र वरुण का ज्योति भरा व्याकुल तू क्यों देता फेरी?'*	: गतिशील पहिया, चन्द्रमा (वैदिक मान्यता है कि वरुण के प्रभाव से चन्द्रमा रात में विचरण करता है)	2/98	काम/कामायनी
◆ *'चल-चक्र वरुण का ज्योति भरा'*	: गतिशील परिक्रमा, चंचल आवृत्ति	2/348	आवरण/असंकलित कविताएँ
चलदल- *'मैं उसको निश्चय भोग चलूँ जो सुख चलदल सा रहा डोल'*	: पीपल के पत्ते की तरह चंचल	2/163	ईर्ष्या/कामायनी
चल प्रकाश- *'व्यक्त नील में चल प्रकाश का कंपन सुख बन बजता था;'*	: चंचल चाँदनी	2/76	आशा/कामायनी
चल बसन्त बाला- *'चल बसन्त बाला अंचल से किस घातक सौरभ से मस्त'*	: वसंत-ऋतु-रूपी चंचल युवती	3/336	तृतीय अंक/अजातशत्रु
चल माया- *'विश्व चित्रपट चल माया में-'*	: गतिशील माया (के रूप में सांसारिक दृश्य)	1/298	ले चल वहाँ भुलावा देकर/ लहर
चल रेखा- *'हरी-भरी सी दौड़-धूप, ओ जल-माया की चल रेखा !'*	: चंचल रेखा, पानी का आभास देनेवाली तरंगित रेखाएँ	2/53	चिंता/कामायनी
चल सृष्टि- *'स्वप्न-सी है बिखर जाती हँसी की चल सृष्टि'*	: (हँसी से निर्मित) चंचल संसार	2/118	वासना/कामायनी
चषक- *'इंद्रनील मणि महा चषक था सोम-रहित उल्टा लटका;'*	: मदिरा पीने का प्याला	2/68	आशा/कामायनी
◆ *'और सामने देखा उसने निज दृढ़ कर में चषक लिये'*	: शराब पीने का प्याला, मधु पात्र, जाम	2/191	स्वप्न/कामायनी
◆ *'तारा-मद्यप-मंडली चषक भरा यह चन्द'*	: शराब पीने का प्याला, जाम	3/454	प्रथम अंक/कामना
चषक-से दृग- *'दो पद्म-पलाश चषक-से दृग देते अनुराग विराग ढाल'*	: शराब की प्यालियों के समान (नशीली) आँखें	2/179	इड़ा/कामायनी
चसकी- *'निज रूप-माधुरी की चसकी लगा दे मुझको'*	: स्वादविशेष की आदत	1/141	मोहन/कानन-कुसुम
चहो- *'मरण से भारी अयश क्यों दौड़कर लेना चहो'*	: चाहते हो	1/166	कुरुक्षेत्र/कानन-कुसुम
चाँदनी जल- *'मुख चन्द्र चाँदनी जल से मैं उठता था मुँह धोके'*	: चाँदनी मानो जल की तरह थी जिसमें प्रक्षालन किया जा सकता था	2/14	आँसू
चाँदनी सदृश खुल जाय- *'चाँदनी सदृश खुल जाय कहीं अवगुंठन आज सँवरता-सा;'*	: चाँदनी की उज्ज्वलता के समान खुला और प्रत्यक्ष	2/101	काम/कामायनी

शब्द- काव्य-पंक्ति	: अर्थ	प्र.ग्रं./पृ.सं.	स्रोत/संदर्भ
चाख- *'भर-नैन सुधा छवि चाख गयी'*	: स्वाद लेना	3/486	तृतीय अंक/कामना
चाप- *'कहो रही क्या कमी सहायक चाप है'*	: धनुष	3/100	द्वितीय दृश्य/करुणालय
चार कोनों में- *'आँखें खुलीं चार कोनों में चार बिंदु आकर छाये'*	: (मनु की आँखों के) चार कोने	2/220	निर्वेद/कामायनी
चारणभूमि- *'चारणभूमि, रसाल-कुंज से- जो शैशव के परिचित थे'*	: चारागाह, पशुओं को चराने की हरी-भरी भूमि	1/190	प्रेमपथिक
चारण सदृश प्रचार- *'उस दुर्भेद्य अचल दृढ़ता का करता चारण सदृश प्रचार'*	: (मानो पवन प्रशंसा करनेवाले) भाट की तरह प्रचार कर रहा था	2/72	आशा/कामायनी
चार बिंदु- *'आँखें खुलीं चार कोनों में चार बिंदु आकर छाये'*	: आँसू की चार बूँदें (मनु की आँखों के चार कोनों में झलक उठीं)	2/220	निर्वेद/कामायनी
चार वर्ण- *'चार वर्ण बन गये बँटा श्रम उनका अपना'*	: सारस्वत प्रदेश में- चार वर्ण श्रम के अनुसार मनु ने बनाए- ब्राह्मण, क्षत्रिय, वैश्य, शूद्र	2/203	संघर्ष/कामायनी
चारु-तारा-वलित- *'चारु-तारा-वलित अंबर बन रहा अंबर अहा !*	: सुन्दर सितारों से गोलाई में घिरा हुआ	1/116	जल-विहारिणी/कानन-कुसुम
चिंता-कातर- *'चिंता-कातर वदन हो रहा पौरुष जिसमें ओत-प्रोत'*	: तनाव से परेशान (चेहरा)	2/52	चिंता/कामायनी
चिंता की पहली रेखा- *'ओ चिंता की पहली रेखा, अरी विश्व वन की व्याली;'*	: पहली बार तनाव और चिंता की रेखाएँ मनु के जीवन का हिस्सा बनी हैं अन्यथा वे तो देवता के रूप में इस तरह के अनुभवों से मुक्त थे	2/52	चिंता/कामायनी
चिंतामणि-वितरण- *'दीन रहा, पर चिंतामणि-वितरण करता था'*	: चिंतन से प्राप्त विचार-रूपी मणियों को बाँटा	1/147	महाकवि तुलसीदास/कानन-कुसुम
चिंत्य मधुकर- *'वह चिंत्य मधुकर भी मधुर गुंजार करता मिल रहा'*	: चिंतित भौंरे	1/107	भक्ति-योग/कानन-कुसुम
चिटकीं- *'चिटकीं बहुत जब छेड़छाड़ हुआ समीर अधीर से'*	: चौंक कर मुखरित होना, कलियों का खुलना	1/155	चित्रकूट/कानन-कुसुम
चितचोर- *'है कहाँ वह भूमि जो रक्खे मेरे चितचोर को'*	: प्रेमी जिसने दिल चुरा लिया हो	1/95	महा-क्रीड़ा/कानन-कुसुम
चिति- *'निर्मल चिति का दीप जलाकर छोड़ चला यह अपनी भेंट'*	: चेतना	1/236	चिह्न/झरना
♦ *'कर रही लीलामय आनन्द, महाचिति सजग हुई सी व्यक्त;'*	: चेतना	2/89	श्रद्धा/कामायनी
चिति का विराट वपु मंगल- *'चिति का विराट वपु मंगल यह सत्य सतत चिर सुंदर'*	: (यह संसार) चिन्मय शिव के कल्याणकारी विशाल शरीर की तरह है	2/275	आनन्द/कामायनी
चिति का स्वरूप- *'चिति का स्वरूप यह नित्य जगत, वह रूप बदलता है शत शत'*	: शिव की एक अभिन्न शक्ति 'चिति' का साकार रूप (यह संसार है)	2/239	दर्शन/कामायनी

शब्द-	काव्य-पंक्ति	: अर्थ	प्र.ग्रं./पृ.सं.	स्रोत/संदर्भ
चिति-केन्द्रों-	*'चिति-केन्द्रों में जो संघर्ष चला करता है'*	: (चेतना से युक्त) ज्ञान-बुद्धि-संपन्न मनुष्य	2/200	संघर्ष/कामायनी
चितिमय चिता-	*'चितिमय चिता धधकती अविरल महाकाल का विषम नृत्य था'*	: ज्ञान-रूपी अग्नि की चिता, चेतना की ज्वाला ने इच्छा-ज्ञान-क्रिया की पृथकता को भस्म करके आत्मसात् कर लिया था	2/263	रहस्य/कामायनी
चितिमय प्रसाद-	*'लीला का स्पन्दित आह्लाद, वह प्रभा-पुंज चितिमय प्रसाद'*	: (शिव का) चैतन्यपूर्ण प्रसन्न स्वरूप	2/246	दर्शन/कामायनी
चितेरी-	*'वह अतिरंजित सी तूलिका चितेरी की'*	: चित्र बनानेवाली स्त्री	1/343	प्रलय की छाया/लहर
चित्कला-	*'चेतन की चित्कला विश्व में जिसकी सत्ता'*	: चित् (सत् या चेतना) से युक्त सौन्दर्य-भाव	1/151	मकरंद-बिंदु/कानन-कुसुम
चित्त-	*'कुछ भी दया हो चित्त में तो नाथ रक्षा कीजिए'*	: मन, ईश्वर तो दयालु है ही मगर भक्त अपने लिए दया की याचना करते हुए इस प्रकार की बात करता है	1/92	करुण-क्रंदन/कानन-कुसुम
चित्त-मन्दिर-	*'चित्त-मन्दिर में अमल आलोक कैसा हो रहा'*	: मन-रूपी मंदिर	2/335	मिलन/असं. कविताएँ
चित्त-विश्व-मोह-जाल-	*'अधीर हो न चित्त-विश्व-मोह-जाल में'*	: मन का सांसारिक मोह-जाल	3/300	द्वितीय अंक/अजातशत्रु
चित्रपट-	*'विश्व चित्रपट चल माया में-'*	: चित्रों का संग्रह ('एलबम')	1/298	ले चल वहाँ भुलावा.../लहर
चित्र-पट-सा-	*'प्रकृति चित्र-पट-सा दिखलाती है अहा'*	: कागज या वस्त्र आदि पर बनाये गये चित्र, फिल्म	3/97	प्रथम दृश्य/करुणालय
चित्रपटी-	*'हरियाली जिनकी उभरी, वे समतल चित्रपटी से लगते'*	: चित्रफलक, (हरियाली का वह दृश्य) अनेक प्रकार के चित्रों से भरा लग रहा था	2/252	रहस्य/कामायनी
चित्र-लिखा-सा-	*'चित्रकूट भी चित्र-लिखा-सा देख रहा था'*	: (चित्र में अंकित के समान) स्थिर होकर	1/152	चित्रकूट/कानन-कुसुम
चित्रसारी-	*'तट तरु है चित्रित तरल चित्रसारी में'*	: चित्रशाला (आर्ट गैलरी), कला दीर्घा	1/337	पेशोला की प्रतिध्वनि/लहर
चिनगारी सदृश सदर्प-	*'उन्हें चिनगारी सदृश सदर्प कुचलती रहे खड़ी सानन्द;*	: बाधाओं को छोटी-सी चिंगारी की तरह गर्व और विश्वास के साथ (कुचल दो)	2/93	श्रद्धा/कामायनी
चिन्ता लेख-	*'बिखरी किरन अलक व्याकुल हो विरस वदन पर चिन्ता लेख'*	: चिन्ता की रेखाएँ	4/238	द्वितीय अंक/चन्द्रगुप्त
चिबुक-	*'अकबर शाहंशाह चिबुक कर पर धरे'*	: ठुड्डी	1/32	महाराणा का महत्त्व
चिरंजीवी-	*'ऐसे युवक चिरंजीवी हों, देश बना सुख-राशी हो'*	: आयुष्मान, लंबी उम्रवाले (आशीर्वचन)	1/149	गान/कानन-कुसुम
चिर अतृप्ति-	*'चिर अतृप्ति जीवन यदि था तो तुम उसमें संतोष बनी'*	: दीर्घकालिक इच्छा-शक्ति का अभाव	2/227	निर्वेद/कामायनी
♦	*'मनु के मस्तक की चिर-अतृप्ति, तुम उत्तेजित चंचला शक्ति!'*	: सदैव अतृप्त रखकर उत्सुकता बनाए रखनेवाली	2/236	दर्शन/कामायनी

शब्द-	काव्य-पंक्ति	: अर्थ	प्र.ग्रं./पृ.सं.	स्रोत/संदर्भ
चिर अनुगत-	*'चिर अनुगत सौन्दर्य के समादर में'*	: सदा से वशीभूत	1/343	प्रलय की छाया/लहर
चिर अशांत-	*'तुम जरा मरण में चिर अशांत'*	: सदैव उद्विग्न	2/177	इड़ा/कामायनी
चिर कंपन-सी-	*'शीतल कोमल चिर कंपन-सी'*	: प्राकृतिक रोमांच की तरह	1/290	उठ उठ री लघु लघु/लहर
चिर किशोर-वय-	*'चिर किशोर-वय, नित्य विलासी सुरभित जिससे रहा दिगंत;*	: अनन्त युवावस्था, सदैव युवा रहना	2/56	चिंता/कामायनी
चिर चंचल पुकार-	*'जीवन की चिर चंचल पुकार रोये कब तक, है कहाँ त्राण?'*	: सतत उठनेवाली मन की इच्छाएँ	2/158	ईर्ष्या/कामायनी
चिर चुम्बित-	*'मानस जलधि रहे चिर चुम्बित-'*	: सदैव प्रेम के स्पर्श से युक्त	1/291	निज अलकों के.../लहर
चिर तृषित कंठ-	*'चिर तृषित कंठ से तृप्ति विधुर'*	: सदा से (प्रेम का) प्यासा व्यक्ति (कंठ)	1/318	मुझको न मिला रे कभी प्यार/लहर
चिर दग्ध दुखी-	*'चिर दग्ध दुखी यह वसुधा आलोक माँगती तब भी,'*	: दीर्घकाल से संतप्त और दुखी है यह धरती	2/28	आँसू
चिर नग्न प्राण-	*'चिर नग्न प्राण उनमें लिपटें सुंदरता का कुछ बढ़े मान'*	: प्राणों की नग्नता दूर हो अर्थात् जीवन मर्यादित हो	2/166	ईर्ष्या/कामायनी
चिर निद्रा-	*'फिर नाश और चिर निद्रा है तब इतना क्यों विश्वास सत्य'*	: मृत्यु	2/163	ईर्ष्या/कामायनी
चिर-निद्रे-	*'मृत्यु, अरी चिर-निद्रे! तेरा अंक हिमानी-सा शीतल,'*	: स्थायी नींद की तरह है मृत्यु	2/63	चिंता/कामायनी
चिरनिवास-	*'रे चिरनिवास विश्राम प्राण के मोह-जलद-छाया उदार'*	: स्थायी निवास स्थान	2/172	इड़ा/कामायनी
चिर प्रवास-	*'चिर प्रवास में चले गये वे आने को कहकर छल से'*	: दीर्घकालीन परदेशवास, श्रद्धा को विश्वास है कि मनु की नाराजगी दूर होगी तब वे लौट आएँगे	2/187	स्वप्न/कामायनी
चिर प्रशांत मंगल-	*'यह चिर प्रशांत मंगल की क्यों अभिलाषा इतनी रही जाग'*	: शाश्वत शांति से पूर्ण एवं मंगलमय	2/164	ईर्ष्या/कामायनी
चिर-बंध-	*'बनेगा चिर-बंध नारी हृदय हेतु सदैव'*	: स्थायी सम्बन्ध	2/119	वासना/कामायनी
चिर-बंधन-हीन-	*'मैं चिर-बंधन-हीन मृत्यु-सीमा-उल्लंघन'*	: सर्वतंत्र स्वतंत्र, सदैव बंधनों से मुक्त	2/199	संघर्ष/कामायनी
चिर-मिलित-	*'चिर-मिलित प्रकृति से पुलकित वह चेतन-पुरुष-पुरातन'*	: (पुरुष और प्रकृति का) अनादि और नित्य सम्बन्ध	2/273	आनन्द/कामायनी
चिर-मुक्त-	*'चिर-मुक्त रहे यह निर्भय स्वच्छन्द सदा सुख पाकर'*	: सदैव बंधन-रहित	2/271	आनन्द/कामायनी
चिर मुक्त पुरुष-	*'चिर मुक्त पुरुष वह कब इतने अवरुद्ध श्वास लेगा निरीह'*	: स्वतंत्र भावबोध वाला पुरुष	2/161	ईर्ष्या/कामायनी
चिर-मौन-	*'देखी अतीत के युग की चिर-मौन शैल-मालाएँ'*	: सदा से चुप रहनेवाला	2/40	आँसू
चिर यौवन-	*'माना कि रूप-सीमा है सुन्दर! तव चिर यौवन में'*	: सदैव युवा, जिसका यौवन स्थायी मालूम पड़े	2/10	आँसू

शब्द-	काव्य-पंक्ति	: अर्थ	प्र.ग्रं./पृ.सं.	स्रोत/संदर्भ
चिर-वंचित-	*'उस प्रलय दशा को देखा जो चिर-वंचित भूखे हैं'*	: सदा से अभावग्रस्त	2/40	आँसू
चिर-विषाद-विलीन मन-	*'चिर-विषाद-विलीन मन की, इस व्यथा के तिमिर-वन की'*	: स्थायी रूप से शोक में डूबा हुआ हृदय	2/221	निर्वेद/कामायनी
चिर-विस्मृति-सी-	*'अनुराग भरी हूँ मधुर घोल, चिर-विस्मृति-सी हूँ रही डोल'*	: बहुत समय से भुला दी गयी, अलक्षित	2/236	दर्शन/कामायनी
चिर-संचित-	*'गाथाएँ निज ले चिर-संचित'*	: बहुत समय से जमा किया हुआ	1/311	कितने दिन जीवन.../लहर
चिर सुंदरता-	*'वही एक जो सत्य बना था चिर सुंदरता में अपनी'*	: स्थायी सौन्दर्य की तरह लगे थे मनु	2/187	स्वप्न/कामायनी
चिर स्वतंत्र-	*'मैं शासक, मैं चिर स्वतंत्र तुम पर भी मेरा'*	: सदैव स्वाधीन	2/205	संघर्ष/कामायनी
चिलियान-	*'चिलियान वाला में'*	: एक स्थान	1/333	शेरसिंह का श.-स./लहर
चीन को मिली धर्म की दृष्टि-	*'यवन को दिया दया का दान चीन को मिली धर्म की दृष्टि'*	: चीन को बौद्ध धर्म मिला	4/139	पंचम अंक/स्कन्दगुप्त
चीनांशुक-	*'चीनांशुक बनकर लिपटी है अङ्ग में'*	: रेशमी वस्त्र	1/226	रूप/झरना
चीन्हने-	*'और किसको देना है हृदय, चीन्हने की न तनिक थी चाह'*	: पहचानने, परिचय की सावधानी	4/233	द्वितीय अंक/चन्द्रगुप्त
चुंबन के मधुकण-	*'देकर निज चुंबन के मधुकण'*	: प्रेम का माधुर्य	1/326	ओ री मानस की.../लहर
चुआ-	*'खिल रहा शतदल मधुर मकरंद भी पड़ता चुआ'*	: चू पड़ना	1/133	खंजन/कानन-कुसुम
चुम्बन-अंकित-	*'चुम्बन-अंकित प्राची का पीला कपोल दिखलाता'*	: जहाँ चूमने के निशान हों	2/16	आँसू
चुलुक-	*'स्मृति-सागर में पलक-चुलुक से बनता नहीं उलीचे'*	: हथेलियों से बनी अंजलि (चुल्लू)	3/437	प्रथम अंक/कामना
चूर-	*'हा-हा-कार हुआ क्रंदनमय/कठिन कुलिश होते थे चूर;'*	: टूटना	2/59	चिंता/कामायनी
चेतन आनन्द-	*'कर्म का भोग, भोग का कर्म यही जड़ का चेतन आनन्द'*	: (जड़ प्रकृति का) चेतन मनुष्य के द्वारा उपभोग से प्राप्त आनन्द	2/91	श्रद्धा/कामायनी
चेतनता-	*'चेतनता चल जा, जड़ता से आज शून्य मेरा भर दे'*	: सजगता, संज्ञा-सहित होना, होशोहवास ठीक रहना	2/54	चिंता/कामायनी
♦	*'चेतनता एक विलसती आनन्द अखंड घना था'*	: केवल चित्सत्ता, अद्वय चैतन्य	2/280	आनन्द/कामायनी
चेतनते-	*'बोल अरी मेरी चेतनते! तू किसकी, ये किसके हैं?'*	: प्रेरणा-स्रोत (इड़ा)	2/192	स्वप्न/कामायनी
चेतन परमाणु-	*'चेतन परमाणु अनंत बिखर, बनते विलीन होते क्षण भर'*	: चेतन जीव और परमाणु-रचित जड़ पदार्थ	2/247	दर्शन/कामायनी
चेतन-पुरुष-पुरातन-	*'चिर-मिलित प्रकृति से पुलकित वह चेतन-पुरुष-पुरातन'*	: चैतन्यस्वरूप परमेश्वर	2/273	आनन्द/कामायनी
चेतन-राज-	*'पड़ा है बन मानव-संपत्ति पूर्ण हो मन का चेतन-राज'*	: अपने मन की चेतना के अनुसार राज्य का निर्माण	2/92	श्रद्धा/कामायनी
चेतन समुदाय-	*'विकल हुआ-सा काँप रहा था सकल भूत चेतन समुदाय;'*	: सजीवों का समूह	2/69	आशा/कामायनी
चेतन समुद्र-	*'चेतन समुद्र में जीवन लहरों सा बिखर पड़ा है'*	: चैतन्यस्वरूप शिव-रूपी सागर	2/275	आनन्द/कामायनी

शब्द-	काव्य-पंक्ति	: अर्थ	प्र.ग्रं./पृ.सं.	स्रोत/संदर्भ
चेतन सागर उर्मिल-	*'चेतन सागर उर्मिल होता यह कैसी कम्पनमय तान'*	: चेतना-रूपी समुद्र लहरों से भरा है, संवेदनाओं की गतिशीलता	4/284	चतुर्थ अंक/चन्द्रगुप्त
चेतनसूत्र-	*'नित्य चेतनसूत्र की गुरिया सभी को जान लो'*	: आत्मा का क्रम	1/166	कुरुक्षेत्र/कानन-कुसुम
चेतना इन्द्रियों की-	*'चेतना इन्द्रियों की मेरी मेरी ही हार बनेगी क्या?'*	: इन्द्रियों की तृप्ति की आंतरिक इच्छा	2/102	काम/कामायनी
चेतना का क्षण-	*'तुष्टि, चेतना का क्षण अपना अन्य न चाहें'*	: अंतरात्मा के अनुसार सोचने-करने का समय	2/200	संघर्ष/कामायनी
चेतना का सुन्दर इतिहास-	*'चेतना का सुन्दर इतिहास अखिल मानव भावों का सत्य;'*	: नयी चेतना से युक्त राज्य का निर्माण कर इतिहास रचने की प्रेरणा दी जा रही है	2/92	श्रद्धा/कामायनी
चेतना के कौशल का-	*'स्खलन चेतना के कौशल का भूल जिसे कहते हैं'*	: अंत: करण के बोध की प्रवीणता	2/143	कर्म/कामायनी
चेतना के पाश-	*'लड़ रहे अविरत युगल थे चेतना के पाश'*	: परस्पर के आकर्षण की चेतना का बंधन, मनु-श्रद्धा के बीच काम का अमूर्त बंधन	2/111	वासना/कामायनी
चेतना तरंगिनी-	*'चेतना तरंगिनी मेरी लेती है मृदुल हिलोरें'*	: चेतना मानो तरंगों की तरह उठती-गिरती और दौड़ती रहती है	2/4	आँसू
चेतना थी बिलखाती-	*'और चेतना थी बिलखाती दृष्टि विकल होती थी क्रुद्ध'*	: अंत:करण व्याकुल हो रहा था	2/62	चिंता/कामायनी
चेतना बही जाती-	*'चेतना बही जाती थी हो मन्त्र-मुग्ध माया में'*	: मन की गति स्वत: प्रवाहित हो रही थी	2/9	आँसू
चेतना शिथिल-सी-	*'चेतना शिथिल-सी होती है उन अंधकार की लहरों में;'*	: निराशा के कारण चेतना का शिथिल हो जाना	2/102	काम/कामायनी
चेतना सजग-	*'था व्यक्ति सोचता आलस में चेतना सजग रहती दुहरी;'*	: चित्त की गतिशीलता	2/103	काम/कामायनी
चेतना-लहर-	*'चेतना-लहर न उठेगी जीवन समुद्र थिर होगा;'*	: चेतना की लहरें, स्मृतियाँ नहीं होंगी तो उनसे जुड़ी तकलीफ भी बार-बार याद नहीं आएगी	2/29	आँसू
चैती-	*'कँटीला यह गुलाब चैती'*	: चैत महीने में (खिलनेवाला गुलाब)	1/249	प्यास/झरना
चौकड़ी-	*'जन्मांतर स्मृति याद कर औ' भूलकर निज चौकड़ी'*	: चौपाया पशु तेजी से दौड़ते समय चारों पैर उठा-उठा कर दौड़ते हैं जिसे चौकड़ी कहते हैं	1/136	हाँ, सारथे! रथ रोक दो/कानन-कुसुम
चौदहों भुवन-	*'वेदना विकल फिर आई मेरी चौदहों भुवन में;'*	: पौराणिक मत है कि धरती पर चौदह लोक हैं जिन्हें 'भुवन' कहा जाता है	2/27	आँसू
चौधारे-	*'फिर भी चारों दृग आँसू चौधारे लगे बहाने। हाँ ,'*	: चार धाराओं में	1/195	प्रेमपथिक
छंद-	*'प्रेम का तेरा मेरा छंद'*	: बंधन-सूत्र	1/220	परिचय/झरना
◆	*'किये मुख नीचा कमल समान प्रथम कवि का ज्यों सुन्दर छंद;'*	: कविता	2/83	श्रद्धा/कामायनी
◆	*'मानती-सी दिव्य सुख कुछ गा रही है छंद!'*	: मधुर गीत	2/117	वासना/कामायनी

शब्द-	काव्य-पंक्ति	: अर्थ	प्र.ग्रं./पृ.सं.	स्रोत/संदर्भ
छकता-	*'मधुर-भाव उसके तन-मन में अपना ही रस छकता'*	: तृप्त हो जाना	2/148	कर्म/कामायनी
छका-	*'मुँह से कभी न छूटे ऐसी छका दे मोहन'*	: तृप्त कर देना	1/141	मोहन/कानन-कुसुम
छकी-	*'मल्लिका महँकी, अली-अवली, मधुर-मधु से छकी'*	: खाकर या पीकर खूब तृप्त हो जाना	1/133	खंजन/कानन-कुसुम
छटा-	*'शुभ्र प्रासादावली की भी छटा रमणीय है'*	: दृश्य	1/100	नव वसंत/कानन-कुसुम
छबीली-	*'सुखी कर साजन को सजनी, छबीली छोड़ हठीला मान'*	: छविवाली, सुन्दर शोभावाली	3/386	द्वितीय अंक/जन्मेजय का नाग-यज्ञ
छल-छंद-	*'न आवे पास कभी छल-छंद'*	: धोखा और उससे जुड़े बंधन (जाल)	1/129	विनय/कानन-कुसुम
◆	*'कर्म का अवसाद दिन से कर रहा छल-छंद'*	: कपटपूर्ण व्यवहार	2/112	वासना/कामायनी
छल-छालों-	*'छल-छालों से पैर छिले न उबार है'*	: छल (धोखा) के कारण जो चोट (छाला) लगी है, धोखे की चोट	1/96,	करुणा-कुंज/कानन-कुसुम
छलना-	*'किन्तु वह छलना थी मिथ्या अधिकार की'*	: भ्रम	1/353	प्रलय की छाया/लहर
◆	*'छलना थी तब भी मेरा उसमें विश्वास घना था'*	: अविश्वसनीय, बेवफा, छल से युक्त	2/13	आँसू
◆	*'वह उन्मत्त विलास हुआ क्या? स्वप्न रहा या छलना थी !'*	: धोखा	2/55	चिंता/कामायनी
◆	*'कुहुकिनि अपलक दृग के अंजन! हँसती तुझमें सुन्दर छलना'*	: धोखा	2/173	इड़ा/कामायनी
छल-बलिवेदी-	*'छल-बलिवेदी पर आज सब सो गये'*	: धोखे से जिनका बलिदान हुआ, धोखे की बलिदान-भूमि	1/335	शेरसिंह का शस्त्र-समर्पण/लहर
छल-माया-	*'जलजालों की छल-माया में अपना बल तोलोगे'*	: धोखा और भ्रम, छल और माया	4/99	तृतीय अंक/स्कन्दगुप्त
छलिया-	*'किसी छलिया का अमल अनूप'*	: प्रेमी, प्रेम में भ्रम का बना रहना	4/58	प्रथम अंक/स्कन्दगुप्त
छली-	*'मेरे प्याले में मद बनकर कब तू छली समाया'*	: धोखा देकर काम निकालनेवाला	4/343	द्वितीय अंक/ध्रुवस्वामिनी
छली अदृष्ट-	*'छली अदृष्ट अभाव बना क्यों वहीं प्रकट होता है'*	: छल करनेवाला भाग्य	2/150	कर्म/कामायनी
छवि-	*'सृजन करेगी छवि गति-विधि में'*	: चित्र, सौन्दर्य	1/311	कितने दिन जीवन-जलनिधि में/लहर
◆	*'देख अकिंचन जगत लूटता/तेरी छवि भोली-भाली'*	: सौन्दर्य	2/79	आशा/कामायनी
◆	*'सब कहते हैं 'खोलो खोलो, छवि देखूँगा जीवन-धन की'*	: सौन्दर्य	2/101	काम/कामायनी
छवि-किरणें-	*'किन्तु किसी के मुख की छवि-किरणें घनी,'*	: सौन्दर्य की आभा	1/256	दर्शन/झरना
छविधाम-	*'अरुण रवि मंडल उनको भेद दिखाई देता हो छविधाम'*	: सौन्दर्य से परिपूर्ण	2/84	श्रद्धा/कामायनी
◆	*'हृदय की सौन्दर्य-प्रतिमा! कौन तुम छविधाम!'*	: सुंदरता का आश्रय	2/115	वासना/कामायनी

शब्द- काव्य-पंक्ति	: अर्थ	प्र.ग्रं./पृ.सं.	स्रोत/संदर्भ
छवि-परदे- *'छायानट! छवि-परदे में/सम्मोहन वेणु बजाता'*	: सौन्दर्य के आवरण के पीछे से	2/17	आँसू
छवि-पूरनिमा- *'कामना सिन्धु लहराता छवि-पूरनिमा थी छाई'*	: प्रिया की सुंदरता पूर्णिमा की तरह संपूर्ण थी	2/17	आँसू
छवि-प्रकाश-किरणें- *'छवि-प्रकाश-किरणें उलझी हों जीवन के भविष्यतम से'*	: सौन्दर्य की चमक को प्रकट करनेवाली किरणें	4/133	पंचम अंक/स्कन्दगुप्त
छवि-मतवाली रात- *'बिछल रही चाँदनी, छवि-मतवाली रात'*	: अपने सौन्दर्य के प्रभाव से मदहोश-सी लगनेवाली रात	4/258	तृतीय अंक/चन्द्रगुप्त
छविमान- *'यह कितनी स्पृहणीय बन गई मधुर जागरण-सी छविमान;*	: सुन्दर	2/70	आशा/कामायनी
◆ *'कौन करुण रहस्य है तुम में छिपा छविमान?'*	: सौन्दर्य से परिपूर्ण	2/114	वासना/कामायनी
छवि-रस-माधुरी- *'पी लो छवि-रस-माधुरी सींचो जीवन-बेल'*	: सौन्दर्य में मानो मधुर रस होता है	4/65	द्वितीय अंक/स्कन्दगुप्त
छविवन्त- *'मलयज मारुत प्रेम-भरा छविवन्त है'*	: सुन्दर, शोभा से युक्त	1/96	करुणा-कुंज/कानन-कु.
छहर- *'इस सूखे तट पर छिटक छहर!'*	: बूँदों या दानों का फैल जाना	1/290	उठ उठ री लघु लघु/लहर
छहरें- *'शीतल हो ज्वाला की आँधी, करुणा के घन छहरें'*	: बौछार पड़ें	4/74	द्वितीय अंक/स्कन्दगुप्त
छाजन- *'उस गुफा समीप पुआलों की छाजन छोटी-सी शांति-पुंज'*	: छप्पर	2/164	ईर्ष्या/कामायनी
छाजन-सी- *'उठती हैं किरनों के ऊपर कोमल किसलय की छाजन-सी;'*	: छप्पर	2/101	काम/कामायनी
छाती के दाग- 'या भूली-सी खोज रही कुछ जीवन की छाती के दाग!'	: छाती के नख-क्षत अर्थात् प्रिय समागम की यादें या रति-चिह्न, दुखद यादें	2/80	आशा/कामायनी
छात्र- *'हम मानते, हम हैं अधम, दुष्कर्म के भी छात्र हैं'*	: शिष्य, दुष्कर्म मानो मेरा गुरु है	1/92	करुण-क्रंदन/कानन-कुसुम
छाय- *'यश अखिल लोक में रहे छाय'*	: छा जाए	2/180	इड़ा/कामायनी
छाया- *'तुम्हें न पाकर भी छाया में अपना दिवस बिताती है'*	: प्रिय के आभास में	1/103	हृदय-वेदना/कानन-कु.
छाया उदार- *'रे चिरनिवास विश्राम प्राण के मोह-जलद-छाया उदार'*	: उदार भाववाली छाया, सुखद विश्रामदायिनी	2/172	इड़ा/कामायनी
छाया का आश्रय- *'छाया का आश्रय पाने को जीव-मंडली गिरती है'*	: छाँह का अवलंब, वृक्ष आदि की छाया में विश्राम	1/104	ग्रीष्म का मध्याह्न/कानन-कुसुम
छाया का पुतला- *'पृथ्वी की आँखों में बनकर, छाया का पुतला बढ़ता हो'*	: छाया का आकार, परछाईं का आकार	4/341	प्रथम अंक/ध्रुवस्वामिनी
छाया-धूप- *'खेलता जैसे छाया-धूप'*	: लुका-छिपी (का खेल)	4/59	प्रथम अंक/स्कन्दगुप्त
छायानट- *'छायानट! छवि-परदे में सम्मोहन वेणु बजाता'*	: नियति, छाया-रूप में रह कर रहस्यात्मक तरीके से जो सबको नचाता हो	2/17	आँसू
छाया-पथ- *'छाया-पथ में विश्राम नहीं'*	: आकाश-मार्ग	1/322	शशि-सी वह सुंदर.../लहर
◆ *'निःश्वास मलय में मिल कर/छाया-पथ छू आएगा'*	: आकाश-मार्ग, वेदना का विस्तार	2/3	आँसू
◆ *'हँसता-सा छाया-पथ में/ नक्षत्र समाज दिखाता'*	: आकाश-मार्ग	2/24	आँसू
◆ *'छायापथ में नव तुषार का/सघन मिलन होता जितना'*	: आकाशमार्ग, आकाश	2/55	चिंता/कामायनी

शब्द-	काव्य-पंक्ति	: अर्थ	प्र.ग्रं./पृ.सं.	स्रोत/संदर्भ
◆	*'छाया-पथ में तारक-द्युति-सी झिलमिल करने की मधु-लीला'*	: आकाश मार्ग, आकाश गंगा	2/129	लज्जा/कामायनी
◆	*'चले आ रहे छायापथ में लोक-पथिक जो थकते'*	: आकाशगंगा	2/144	कर्म/कामायनी
◆	*'छायापथ में राह देखती गिनती प्रणय-अवधि की रेख'*	: आकाशमार्ग	4/238	द्वितीय अंक/चन्द्रगुप्त
छायापथ-समीप-	*'स्वच्छ छायापथ-समीप नवीन नीरद-जाल है'*	: आकाश-मार्ग	1/165	कुरुक्षेत्र/कानन-कुसुम
छाया प्रतिमा-	*'छाया प्रतिमा गुनगुना उठी श्रद्धा का उत्तर देती-सी'*	: छाया से बनी मूर्ति, लज्जा को छाया के रूप में श्रद्धा महसूस कर रही है	2/125	लज्जा/कामायनी
छिन्नपत्र-	*'छिन्नपत्र मकरंदहीन हो गई न शोभा प्यारी है'*	: जिसके पत्ते झड़ गये हों	1/126	दलित-कुमुदिनी/का.-कु.
◆	*'छिन्नपत्र मकरन्द लुटी सी ज्यों मुरझायी हुई कली'*	: जिसकी पंखुड़ियाँ बिखर गयी हों	2/38	निर्वेद/कामायनी
छिन्न पात्र-	*'छिन्न पात्र ले कम्पित कर में'*	: टूटा हुआ बर्तन, भिखारी के कटोरे की तरह	1/301	उस दिन जब जीवन के पथ में/लहर
छींट-	*'संध्या घनमाला की सुन्दर/ओढ़े रंग बिरंगी छींट'*	: रंग-बिरंगा कपड़ा	2/72	आशा/कामायनी
'छुईमुई'-	*'किन्तु स्पर्श से तर्क-करों के बनता 'छुईमुई' है'*	: एक पौधा जो छूने से सिकुड़ जाता है, लाजवंती	2/135	कर्म/कामायनी
छूँछा बादल-	*'छूँछा बादल बन आया/मैं प्रेम प्रभात गगन से'*	: वर्षाविहीन बादल	2/17	आँसू
छूते थे मनु-	*'छूते थे मनु और कंटकित होती थी वह बेली'*	: मनु श्रद्धा को काम-प्रेरित होकर स्पर्श कर रहे थे	2/146	कर्म/कामायनी
जगत की ज्वाला-	*'मुक्ति जल की वह शीतल बाढ़, जगत की ज्वाला करती शांत'*	: सांसारिक कष्ट	1/295	अरी वरुणा की शांत कछार/लहर
जगत की ज्वालाओं का मूल-	*'जिसे तुम समझे हो अभिशाप जगत की ज्वालाओं का मूल;'*	: सांसारिक तनावों का मूल कारण (दु:ख)	2/89	श्रद्धा/कामायनी
जगत-नीरवता-	*'जगत-नीरवता कहती 'नहीं' '*	: संसार की चुप्पी	1/138	गंगा-सागर/कानन-कु.
जगत-सुख भोग-	*'जिसके बिना फीके रहें सारे जगत-सुख भोग ये'*	: सांसारिक सुख-सुविधा	1/108	भक्ति-योग/कानन-कुसुम
जगती-	*'जगती की मंगलमयी उषा बन'*	: संसार	1/296	जगती की मंगलमयी.../लहर
◆	*'जगती थी ज्योति भरी-सी/तेरी सजीवता ममता'*	: मन में जागृत थी	2/22	आँसू
◆	*'चुन-चुन ले रे कन-कन से जगती की सजग व्यथाएँ;'*	: संसार	2/30	आँसू
◆	*'संवेदन! जीवन जगती को, जो कटुता से देता घोट'*	: संसार, जगत	2/77	आशा/कामायनी
◆	*'ओ नील आवरण जगती के दुर्बोध न तू ही है इतना;'*	: संसार, सृष्टि	2/98	काम/कामायनी
◆	*'इस जगती के प्रतिनिधि जिनसे प्रकट निशीथ सवेरा'*	: संसार	2/137	कर्म/कामायनी
◆	*'प्राणी कटुता को बाँट रहा जगती को करता अधिक दीन'*	: संसार	2/171	इड़ा/कामायनी

शब्द- काव्य-पंक्ति	: अर्थ	प्र.ग्रं./पृ.सं.	स्रोत/संदर्भ
जगती का सुख- *'उसे दिखाती जगती का सुख हँसी और उल्लास अजान,'*	: पृथ्वी का सौन्दर्य	2/72	आशा/कामायनी
जगती तल- *'किरण नहीं, ये पावक के कण जगती-तल पर गिरते हैं'*	: धरती, संसार, भू-तल	1/104	ग्रीष्म का मध्याह्न/कानन-कुसुम
♦ *'प्रेम-प्रचार रहे जगतीतल दया-दान दरसे'*	: धरती	3/172	चतुर्थ अंक/राज्यश्री
जगत्-रंगशाला- *'जगत्-रंगशाला में। मंगल-पाठ हो।'*	: संसार-रूपी अभिनयशाला	1/171	श्रीकृष्ण-जयंती/का.-कु.
जगद्वन्द्वों- *'जगद्वन्द्वों के परिणय की/हे सुरभिमयी जयमाला'*	: सांसारिक दुविधाओं	2/31	आँसू
जगे हम- *'जगे हम, लगे जगाने विश्व लोक में फैला फिर आलोक'*	: सबसे पहले ज्ञान भारत में फैला	4/138	पंचम अंक/स्कन्दगुप्त
जटिलताओं- *'दुःख के डर से तुम अज्ञात जटिलताओं का कर अनुमान,'*	: उलझन, समस्या	2/88	श्रद्धा/कामायनी
जड़ का चेतन आनन्द- *'कर्म का भोग, भोग का कर्म यही जड़ का चेतन आनन्द'*	: जड़ प्रकृति का चेतन मनुष्य के द्वारा उपभोग से प्राप्त आनन्द	2/91	श्रद्धा/कामायनी
जड़-गौरव के प्रतीक- *'अपने जड़-गौरव के प्रतीक वसुधा का कर अभिमान भंग'*	: संवेदना-शून्य महत्त्व के प्रतीक, महत्त्वपूर्ण तो हो गए मगर संवेदनाओं को खो दिया	2/171	इड़ा/कामायनी
जड़-चेतनता- *'जड़-चेतनता की गाँठ वही सुलझन है भूल-सुधारों की'*	: जड़ शरीर और चेतन आत्मा (गाँठ यह है कि चेतना की उपेक्षा की जाती है)	2/107	काम/कामायनी
जड़ता की जीवन-राशि- *'और जड़ता की जीवन-राशि सफलता का संकलित विलम्ब'*	: मनु कह रहे हैं कि मुझमें जीवन के चिह्न तो हैं मगर चेतन की तरह नहीं जड़ की तरह हैं	2/86	श्रद्धा/कामायनी
जड़ या चेतन- *'एक तत्त्व की ही प्रधानता कहो उसे जड़ या चेतन'*	: पानी के रूप में चेतन और बर्फ के रूप में जड़	2/51	चिंता/कामायनी
♦ *'समरस थे जड़ या चेतन सुन्दर साकार बना था'*	: अचित् या चित्, अचेतन या चेतना-संपन्न	2/280	आनन्द/कामायनी
जता- *'विटप-बाहु सुपाणि-पल्लव मधुर प्रेम जता छुआ'*	: प्रकट करना, व्यक्त करना	1/101	नव वसंत/कानन-कुसुम
जनक-लली- *'स्वयं आगमन किया'- कहा यह जनक-लली ने'-*	: सीता, जनक की पुत्री	1/153	चित्रकूट/कानन-कुसुम
जनपद- *'गिरि-कानन, जनपद, सरिताएँ, कितनी पड़ीं मार्ग के बीच'*	: एक प्रशासनिक क्षेत्र, आबादी से भरा एक क्षेत्र	1/190	प्रेमपथिक
जनपद-कल्याणी- *'मैं जनपद-कल्याणी प्रसिद्ध, अब अवनति कारण हूँ, निषिद्ध'*	: सारस्वत-प्रदेश (राष्ट्र) की मंगल-विधात्री, राष्ट्र का कल्याण करनेवाली	2/237	दर्शन/कामायनी
जनपद-परस-तिरस्कृत- *'जो जनपद-परस-तिरस्कृत अभिशप्त कही जाती है'*	: मनुष्य के पैरों के स्पर्श से वंचित, पर्वतों की चोटियाँ मनुष्य की पहुँच से दूर हैं	2/40	आँसू
जन-प्राणों- *'बढ़े कुचलते हुए खड्ग से जन-प्राणों को'*	: सारस्वत प्रदेश के साधारण लोगों के प्राण लेते हुए	2/207	संघर्ष/कामायनी

शब्द- काव्य-पंक्ति	: अर्थ	प्र.ग्रं./पृ.सं.	स्रोत/संदर्भ
जन-मंगल-संगीत- *'जन-मंगल-संगीत तुम्हारा गाते मेरे रोम खड़े'*	: (श्रद्धा के) लोक कल्याणकारी मधुमय सन्देश	2/226	निर्वेद/कामायनी
जन-रंजन-करी- *'रह जाएँगी कहने को जन-रंजन-करी कथाएँ'*	: लोगों के लिए मनोरंजक कथाएँ	2/30	आँसू
जनरव- *'क्रय-विक्रय की धूमधाम से जनरव से उद्घोषित थी'*	: भीड़-भाड़ का शोरगुल, अनेक लोगों की बातचीत का स्वर	1/186	प्रेमपथिक
जनाकीर्ण उपकूल- *'वृत्रघ्नी का वह जनाकीर्ण उपकूल आज कितना सूना'*	: मनुष्यों की आबादी से भरा सरस्वती नदी का तटवर्ती इलाका	2/173	इड़ा/कामायनी
जन्म-भूमि थी यहीं- *'हमारी जन्म-भूमि थी यहीं, कहीं से हम आये थे नहीं'*	: आर्य यहीं जन्मे थे	4/139	पंचम अंक/स्कन्दगुप्त
जन्म संगिनि- *'जन्म संगिनि एक थी जो काम बाला, नाम-'*	: बचपन की दोस्त, बालसखा	2/118	वासना/कामायनी
जन्मांतर- *'जन्मांतर स्मृति याद कर औ भूलकर निज चौकड़ी'*	: जन्म से पहले का	1/136	हाँ, सारथे! रथ रोक दो/कानन-कुसुम
जभी- *'प्रियजन दृग-सीमा से जभी दूर होते'*	: जब भी	1/135	विरह/कानन-कुसुम
जयति- *'जयति प्रेम-निधि! जिसकी करुणा नौका पार लगाती है'*	: जय हो, प्रभु आपकी जय हो	1/88	वंदना/कानन-कुसुम
जय लक्ष्मी-सी- *'उषा सुनहले तीर बरसती जय लक्ष्मी-सी उदित हुई;'*	: विजय की देवी की तरह	2/67	आशा/कामायनी
जरठ-भिखारी-सा- *'माँगता है नित्य मानो जरठ-भिखारी-सा'*	: भूख से व्याकुल भिक्षुक की तरह	1/347	प्रलय की छाया/लहर
जरतारी- *'खिसक गई डर से जरतारी ओढ़नी'*	: जरी का काम की हुई (ओढ़नी), सोने-चाँदी के तार से काम की हुई ओढ़नी	1/208	महाराणा का महत्त्व
जरा अमर जीवन की- *'जरा अमर जीवन की, और न कुछ सुनने वाली, बहरी!'*	: देवताओं के अमर जीवन में बुढ़ापा बनकर आयी है चिंता	2/53	चिंता/कामायनी
जरा मरण- *'तुम जरा मरण में चिर अशांत'*	: बुढ़ापा तथा मृत्यु (का भावबोध)	2/177	इड़ा/कामायनी
जर्जर अवसाद- *'अरे पुरातन अमृत! अगतिमय मोहमुग्ध जर्जर अवसाद!'*	: शक्ति-रहित और कुंठित	2/63	चिंता/कामायनी
जर्जर तरी- *'जर्जर तरी भरी पथिकों से - झड़ में क्या खे लोगे?'*	: पुरानी-कमजोर छोटी नाव	4/99	तृतीय अंक/स्कन्दगुप्त
जर्जर दम्भ- *'आज अमरता का जीवित हूँ मैं वह भीषण जर्जर दम्भ,'*	: मिथ्या गर्व चकनाचूर हो गया	2/62	चिंता/कामायनी
जलचर- *'जलनिधि के तलवासी जलचर विकल निकलते उतराते,'*	: पानी में रहनेवाले जीव	2/61	चिंता/कामायनी
जलज केसर- *'संध्या अरुण जलज केसर ले अब तक मन थी बहलाती'*	: (सूर्य-रूपी) लाल कमल के केसर (किरणें)	2/185	स्वप्न/कामायनी
जलजात- *'मधुप-मुखर मरंद-मुकुलित, मैं सजल जलजात रे मन!'*	: कमल का फूल (सौन्दर्य और आनंद का प्रतीक)	2/221	निर्वेद/कामायनी
जलजालों- *'जलजालों की छल-माया में अपना बल तोलोगे'*	: पानी का जाल-सा चारों ओर बिछा है	4/99	तृतीय अंक/स्कन्दगुप्त

शब्द-	काव्य-पंक्ति	: अर्थ	प्र.ग्रं./पृ.सं.	स्रोत/संदर्भ
जलती छाती-	*'वह जलती छाती न रही अब वैसा शीतल प्यार नहीं'*	: प्रेम के आवेग से भरा हृदय	2/187	स्वप्न/कामायनी
जलद-	*'शीघ्र आ जाओ जलद ! स्वागत तुम्हारा हम करें'*	: जल देनेवाले बादल (जल-द)	1/105	जलद-आवाहन/कानन-कुसुम
♦	*'अरे जलद में भी यह ज्वाला! झुके हुए क्यों किसका सोच'*	: बादल	3/319	तृतीय अंक/अजातशत्रु
जलद-आवाहन-	*शीर्षक*	: बादलों को पुकारा जाना, कवि बादलों से कुछ करने को पुकार लगा रहा है	1/105	जलद-आवाहन/कानन-कुसुम
जलद-छाया उदार-	*'रे चिरनिवास विश्राम प्राण के मोह-जलद-छाया उदार'*	: बादलों की छाया की तरह उदार भाववाला	2/172	इड़ा/कामायनी
जलद-जाल-सा-	*'धूलि-पटल को जलद-जाल-सा काट के'*	: बादलों के आवरण की तरह	1/204	महाराणा का महत्त्व
जलद लघु खण्ड-	*'सरल हँसमुख विधु जलद लघु खण्ड वाहन साज!'*	: बादल का छोटा टुकड़ा	2/115	वासना/कामायनी
जलद-स्वर-मन्द्र-	*'विश्व-मानवता का जय घोष, यहीं पर हुआ जलद-स्वर-मन्द्र'*	: मेघों की गंभीर ध्वनि	1/295	अरी वरुणा की शांत कछार/लहर
जलदागम-मारुत-	*'जलदागम-मारुत से कम्पित पल्लव सदृश हथेली'*	: घटा घिरने के बाद चलनेवाली हवा	2/147	कर्म/कामायनी
जलधर-	*'शुभ्र जलधर एक-दो कोई कहीं दिखला गये'*	: बादल	1/133	खंजन/कानन-कुसुम
♦	*'वह जलधर जिसमें चपला या श्यामलता का नाम नहीं'*	: जल को धारण करनेवाले बादल	2/185	स्वप्न/कामायनी
जलधर की माला-	*'घुमड़ रही जीवन-घाटी पर, जलधर की माला'*	: मेघमाला, बादलों की शृंखला	3/53	एक घूँट(एकांकी)
जलधर-सम-	*'नाना केन्द्रों में जलधर-सम, घिर हट बरसे ये उपलोपम'*	: बादलों की तरह	2/237	दर्शन/कामायनी
जलधि-	*'जलधि ! मैं न कभी यह चाहती'*	: समुद्र	1/139	गंगा-सागर/कानन-कुसुम
♦	*'अतलांत महा गंभीर जलधि-'*	: समुद्र	1/299	हे सागर संगम.../लहर
♦	*'अंधकार का जलधि लाँघ कर'*	: समुद्र	1/323	अरे आ गई है.../लहर
♦	*'जलधि के फूटें कितने उत्स द्वीप, कच्छप डूबें-उतरायँ'*	: समुद्र	2/93	श्रद्धा/कामायनी
♦	*'उदधि बना मरुभूमि जलधि में ज्वाला जलती'*	: समुद्र	2/198	संघर्ष/कामायनी
जलधि के कूल-	*'कादम्बिनी उठी यह ढँकनेवाली दूर जलधि के कूल'*	: समुद्र-तट	4/238	द्वितीय अंक/चन्द्रगुप्त
जलधि में असहाय-	*'गिर रहा निस्तेज गोलक जलधि में असहाय'*	: मानो समुद्र में विवश होकर (सूरज डूब रहा हो)	2/112	वासना/कामायनी
जलधि लहरियों-	*'जलधि लहरियों की अँगड़ाई बार-बार जाती सोने'*	: लहरें मानो समुद्र की अँगड़ाई हैं	2/67	आशा/कामायनी
जलधि विश्व-	*'चपलायें उस जलधि विश्व में स्वयं चमत्कृत होती थीं'*	: समुद्र-रूपी संसार	2/61	चिंता/कामायनी
जलधि-वेला-	*'निर्जन जलधि-वेला रागमयी संध्या से'*	: समुद्र-तट	1/339	प्रलय की छाया/लहर

शब्द-	काव्य-पंक्ति	: अर्थ	प्र.ग्रं./पृ.सं.	स्रोत/संदर्भ
जलन वासना-	*'हाँ जलन वासना को जीवन भ्रम तम में पहला स्थान दिया'*	: वासना की जलन, कामांधता की पीड़ा	2/175	इड़ा/कामायनी
जलनिधि अंक-	*'दौड़कर मिला न जलनिधि अंक आह वैसा ही हूँ पाखंड'*	: समुद्र की गोद में	2/86	श्रद्धा/कामायनी
जलनिधि का अंचल-	*'जलनिधि का अंचल व्यजन बना धरणी का, दो-दो साथ हुए'*	: समुद्र की लहरें मानो आँचल हैं	2/105	काम/कामायनी
जलनिधि के तलवासी-	*'जलनिधि के तलवासी जलचर विकल निकलते उतराते,'*	: समुद्र की गहराई में रहनेवाले जलीय जीव	2/61	चिंता/कामायनी
जल-परिवर्तन-	*'चलिए जल-परिवर्तन करने शीघ्र ही'*	: स्वास्थ्य की वजह से स्थान-परिवर्तन	1/31	महाराणा का महत्त्व
जल-प्लावन-	*'उतर रहा था वह जल-प्लावन और निकलने लगी मही'*	: बाढ़	2/52	चिंता/कामायनी
जल बिंदु-पूरित-	*'स्थिर दृष्टि है जल बिंदु-पूरित, भाव-मानस का भरा'*	: आँसुओं से भरा मन	1/107	भक्ति-योग/कानन-कुसुम
जलभूमि-	*'जब मानते हैं व्यापी जलभूमि में अनिल में'*	: जल और जमीन	1/90	मंदिर/कानन-कुसुम
जल-माया-	*'हरी-भरी सी दौड़-धूप, ओ जल-माया की चल रेखा !'*	: मरु-मरीचिका, रेगिस्तान में जल का भ्रम	2/53	चिंता/कामायनी
जल-वास-	*'या महा इक मत्स्य है, जो खेलता जल-वास में'*	: पानी में निवास-स्थान	1/115	जल-विहारिणी/का.-कु.
जल-विप्लव-	*'प्रेरणा अधिक अब स्पष्ट हुई जल-विप्लव में पड़ ह्रास हुआ'*	: बाढ़, प्रलयकाल में जल का कोप	2/107	काम/कामायनी
जल-विहार-	*'जल-विहार विचारकर विद्याधरों की बालिका'*	: जलाशय या नदी में भ्रमण	1/116	जल-विहारिणी/का.-कु.
जल-विहारिणी-	*'शीर्षक'*	: जल में विहार करनेवाली, एक स्त्री सरोवर में नाव पर बैठी है	1/115	जल-विहारिणी/कानन-कुसुम
जल वैभव-	*'जल वैभव है सीमा-विहीन'*	: (समुद्र में) पानी का सौन्दर्य	1/318	मुझको न मिला रे.../लहर
जल संघात-	*'बढ़ने लगा विलास-वेग-सा वह अति भैरव जल संघात;'*	: बाढ़	2/60	चिंता/कामायनी
♦	*'वाष्प बना उड़ता जाता था या वह भीषण जल-संघात'*	: बाढ़	2/64	चिंता/कामायनी
जल्पना-	*'इनके नियम अमोघ और झूठ जल्पना'*	: बकवास, अनावश्यक बातें	3/191	प्रथम अंक/विशाख
जवा-कुसुम-सी-	*'जवा-कुसुम-सी उषा खिलेगी'*	: अड़हुल के फूल के समान	1/323	अरे आ गई है.../लहर
जागरण-	*'स्वप्न, स्वाप, जागरण भस्म हो इच्छा क्रिया ज्ञान मिल लय थे'*	: जागी हुई अवस्था	2/263	रहस्य/कामायनी
जागरण की घातें-	*'रूठ चली जातीं रक्तिम-मुख, न सह जागरण की घातें'*	: प्रभातकाल में जागरण का वातावरण मानो प्रणय-रात्रि के प्रति आघात की तरह होता था	2/187	स्वप्न/कामायनी
जागरण प्रात-सा हँसता-	*'जागरण प्रात-सा हँसता हो जिसमें मध्याह्न निखरता हो'*	: प्रभात की तरह की स्फूर्ति	2/126	लज्जा/कामायनी
जागरण लोक-	*'जागरण लोक था भूल चला स्वप्नों का सुख-संचार हुआ;'*	: जागृत अवस्था में संसार को जिस रूप में महसूस करते हैं	2/103	काम/कामायनी

शब्द-	काव्य-पंक्ति	: अर्थ	प्र.ग्रं./पृ.सं.	स्रोत/संदर्भ
जागृत था सौंदर्य्य-	*'जागृत था सौंदर्य्य यदपि वह सोती थी सुकुमारी'*	: सजीव सुंदरता, सुंदरता जाग रही थी	2/145	कर्म/कामायनी
जाति-	*'उस प्रेममय सर्वेश का सारा जगत औ' जाति है'*	: जन्म लेनेवाले जीव-जन्तु	1/109	भक्ति-योग/कानन-कु.
जातियों-	*'जातियों का, उत्थान-पतन, आँधियाँ, झड़ी प्रचण्ड समीर'*	: जन्म-आधारित पहचान से बने समूह	4/139	पंचम अंक/स्कन्दगुप्त
जातीय क्षेत्र-	*'जातीय क्षेत्र में अयश बीज बोते हो'*	: जन्म-आधारित पहचान से जुड़ा क्षेत्र	3/406	तृतीय अंक/जन्मेजय का नाग-यज्ञ
जातीय मान-	*'जातीय मान के शव पर क्यों रोते हो'*	: जन्म-आधारित पहचान से जुड़ा मान-सम्मान का भाव	3/406	तृतीय अंक/जन्मेजय का नाग-यज्ञ
जातीयता विकास-	*'सुना है वह दधीचि का त्याग हमारा जातीयता विकास'*	: आर्यावर्त की राष्ट्रीयता की यश-वृद्धि	4/138	पंचम अंक/स्कन्दगुप्त
जान-	*'बचा जान यह भाव सृष्टि ने फिर से आँखें खोलीं'*	: जानकर	2/150	कर्म/कामायनी
जानकी-वदन-	*'जैसे प्रहरी भील खड़े जानकी-वदन में'*	: सीता के मुखड़े (की रक्षा में)	1/154	चित्रकूट/कानन-कुसुम
जानी अनजानी-	*'तुम सुमन नोचते सुनते करते जानी अनजानी'*	: समझते हुए भी न समझने का अभिनय करना	2/7	आँसू
जानु टेक-	*'मायाविनि! मैं न उसे लूँगा वरदान समझ कर जानु टेक'*	: घुटने टेककर, दीन भाव से	2/168	ईर्ष्या/कामायनी
जाव-	*'हे नाथ, मेरे सारथी बन जाव मानस युद्ध में'*	: जाइए (ब्रजभाषा का प्रभाव)	1/93	करुण-क्रंदन/कानन-कु.
जीर्ण-	*'इन ढेरों में दुखभरी कुरुचि दब रही अभी बन पत्र जीर्ण'*	: जर्जर, पुराना और कमजोर	2/173	इड़ा/कामायनी
जीर्ण काण्ड-	*'जीर्ण काण्ड वृक्षों के हँसकर रूखा सा करते संकेत'*	: (वृक्षों के) सूखे हुये हिस्से	1/236	चिह्न/झरना
जीवन अस्थिर-	*'यों ही लगा बीतने उनका जीवन अस्थिर दिन-दिन दीन'*	: डँवाडोल जीवन	2/74	आशा/कामायनी
जीवन-उदधि-	*'जीवन-उदधि हिलोरें लेता उठतीं लहरें लोल'*	: जीवन-रूपी समुद्र	3/510	एक घूँट (एकांकी)
जीवन-कन-	*'सरस सीकर-से जीवन-कन,'*	: जीवन की बूँद (की तरह हैं पसीने की बूँदें)	1/306	आह रे, वह अधीर यौवन/ लहर
जीवन का ज्यों ज्वार-	*'जीवन का ज्यों ज्वार उठ रहा हिमकर के हासों से'*	: मानो जीवन-रूपी समुद्र से ऊँची लहरें उठ रही हों	2/145	कर्म/कामायनी
जीवन की आँखों में-	*'अस्पष्ट एक लिपि ज्योतिमयी जीवन की आँखों में भरते'*	: जीवन-दृष्टि	2/98	काम/कामायनी
जीवन की उलझन-	*'मेरे जीवन की उलझन बिखरी थीं उनकी अलकें'*	: जीवन की जटिलताओं का प्रतिरूप थीं उनकी उलझी केश-राशि	2/13	आँसू
जीवन की गोधूली-	*'जीवन की गोधूली में कौतूहल-से तुम आये'*	: जीवन मानो शाम के अँधियारे की तरह हो गया था	2/10	आँसू
जीवन के अतिवाद-	*'छोड़कर जीवन के अतिवाद, मध्य पथ से लो सुगति सुधार'*	: भोग अथवा त्याग का पूर्ण निषेध, एकतरफा रास्ता अपनाना	1/295	अरी वरुणा की शांत कछार/लहर

शब्द- काव्य-पंक्ति	: अर्थ	प्र.ग्रं./पृ.सं.	स्रोत/संदर्भ
जीवन के उर्मिल सागर- *'मिलन लगा हँसने जीवन के उर्मिल सागर के उस पार'*	: मनु को लग रहा है कि उनका जीवन तरंगों से भरे समुद्र की तरह है जिसके एक किनारे पर आज वे खड़े हैं	2/76	आशा/कामायनी
जीवन के प्रभात- *'अब जागो जीवन के प्रभात'*	: प्रभात मानो जीवन का प्रतीक	1/309	अब जागो जीवन.../लहर
जीवन के सुन्दर समतल- *'पीयूष-स्रोत-सी बहा करो जीवन के सुन्दर समतल में'*	: मैदान-रूपी सरल जीवन	2/130	लज्जा/कामायनी
जीवन-खेल- *'चल रहा था विजन-पथ पर मधुर जीवन-खेल'*	: जीवन की गतिविधियाँ	2/111	वासना/कामायनी
जीवन-गीत- *'प्रेम-वेणु की स्वर-लहरी में जीवन-गीत सुना जाओ'*	: जीवन की लयबद्धता	1/314	जग की सजल कालिमा/लहर
जीवन-घाटियों- *'उन्हीं जीवन-घाटियों की, मैं सरस बरसात रे मन!'*	: पर्वत-श्रेणियों के बीच स्थित मैदानों में बसे लोगों का जीवन	2/221	निर्वेद/कामायनी
जीवन-जलनिधि- 'कितने दिन जीवन-जलनिधि में-'	: जीवन-रूपी समुद्र	1/311	कितने दिन जीवन-जलनिधि में/लहर
◆ *'जीवन-जलनिधि के तल से जो मुक्ता थे वे निकल पड़े'*	: जीवन-रूपी समुद्र	2/226	निर्वेद/कामायनी
जीवन दिगंत- *'आनंन्द प्रतिध्वनि गूँज रही जीवन दिगंत के अंबर में'*	: जीवन-रूपी क्षितिज	2/97	काम/कामायनी
जीवन-धन- *'क्यों जीवन-धन! ऐसा ही है न्याय तुम्हारा क्या सर्वत्र ?'*	: प्रिय मानो जीवन का संचित धन है	1/140	प्रियतम/कानन-कुसुम
◆ *'जीवन-धन! इस जले जगत को वृन्दावन बन जाने दो'*	: जीवन के संपूर्ण धन की तरह (प्रिय)	1/314	जग की सजल कालिमा/लहर
◆ *'सब कहते हैं 'खोलो खोलो, छवि देखूँगा जीवन-धन की'*	: सर्वस्व, जीवन के लिए सबसे महत्त्वपूर्ण	2/101	काम/कामायनी
◆ *'छवि देखूँगा जीवन धन की'*	: जो जीवन का मूल धन हो, ईश्वर	2/350	आवरण/असंकलित कविताएँ
जीवन-धनु- *'चढ़ी शिंजिनी-सी, खींचा फिर उसने जीवन-धनु को'*	: जीवन-रूपी धनुष	2/133	कर्म/कामायनी
जीवन धागे में रहा झूल- *'तुमने तो समझा असत् विश्व जीवन धागे में रहा झूल'*	: जीवन-रूपी कच्चे धागे में (मानो यह असत्य विश्व) झूल रहा है	2/174	इड़ा/कामायनी
जीवन-निशीथ- *'जीवन-निशीथ के अंधकार'*	: जीवन-रूपी रात्रि	2/172	इड़ा/कामायनी
◆ *'जीवन निशीथ का अंधकार'*	: जीवन-रूपी अंधकार-रात्रि	2/181	इड़ा/कामायनी
जीवन-पतंग- *'जलता है यह जीवन-पतंग !'*	: जीवन फतिंगे की तरह क्षणभंगुर है	1/329	अशोक की चिंता/लहर
जीवन-बीन- *'सुधा-भरी चाँदनी सुनाती मुझको अपनी जीवन-बीन'*	: जीवन-रूपी वीणा (का संगीत)	3/493	तृतीय अंक/कामना

शब्द-	काव्य-पंक्ति	: अर्थ	प्र.ग्रं./पृ.सं.	स्रोत/संदर्भ
जीवन भ्रम तम-	*'हाँ जलन वासना को जीवन भ्रम तम में पहला स्थान दिया'*	: जीवन की भ्रांतियों का अंधकार	2/175	इड़ा/कामायनी
जीवनमुक्ति-	*'मिले इंगित से जीवनमुक्ति'*	: जीवन में मुक्ति की अनुभूति, बंधन का अभाव	1/264	प्रार्थना/झरना
जीवन-मूल-	*'भ्रान्त भ्रान्त पथिकों का जीवन-मूल है'*	: जीवन के लिए सर्वाधिक आवश्यक	1/97	करुणा-कुंज/कानन-कुसुम
जीवन-रथ-	*'चढ़कर मेरे जीवन-रथ पर, /प्रलय चल रहा अपने पथ पर'*	: जीवन-रूपी रथ पर	4/141	पंचम अंक/स्कन्दगुप्त
जीवन रस-	*'यहाँ अछूत रहा जीवन रस छूओ मत संचित होने दो'*	: जीवन का सुख या आनन्द	2/262	रहस्य/कामायनी
जीवन-वंशी-	*'जीवन-वंशी के छिद्रों में स्वर बनकर लहराया'*	: जीवन-रूपी बाँसुरी	4/343	द्वितीय अंक/ध्रुवस्वामिनी
जीवन-वसुधा-	*'जीवन-वसुधा समतल है समरस है जो कि जहाँ है'*	: जीवन-रूपी धरती	2/275	आनन्द/कामायनी
जीवन शरद-	*'सत्य क्या जीवन-शरद के ये प्रथम खंजन अहो'*	: जीवन मानो शरद ऋतु की तरह है	1/133	खंजन/कानन-कुसुम
जीवन संचित-	*'मैंने भ्रमवश जीवन संचित, /मधुकरियों की भीख लुटाई'*	: जिसे जीवन भर जमा किया था	4/141	पंचम अंक/स्कन्दगुप्त
जीवन-सत्य-	*'तप नहीं केवल जीवन-सत्य/करुण यह क्षणिक दीन अवसाद;'*	: जीवन का असली रूप	2/90	श्रद्धा/कामायनी
जीवन-सुधा-	*'शैल वे साधक अचल जीवन-सुधा को चाहते'*	: जीवन का अमृत अर्थात् पानी	1/105	जलद-आवाहन/कानन-कुसुम
जीवन-सोता-	*'गिरि संकट में जीवन-सोता, मन मारे चुप बहता था'*	: जीवन के प्रतीक जैसा जल-स्रोत	1/238	दीप/झरना
जीवन हरियाली पर-	*'छिटका जीवन हरियाली पर - मंगल कुंकुम सारा'*	: फैली हुयी हरियाली मानो जीवन का प्रतीक है	4/35	द्वितीय अंक/चन्द्रगुप्त
जीवनी-	*'शोषण कर जीवनी बना दी जर्जर झीनी!'*	: जीवन, सामान्य जीवन-व्यवहार	2/206	संघर्ष/कामायनी
जीव-मंडली-	*'छाया का आश्रय पाने को जीव-मंडली गिरती है'*	: जीव-जंतु आदि, मनुष्य-पशु-पक्षी आदि	1/104	ग्रीष्म का मध्याह्न/कानन-कुसुम
जीवित कलुष-	*'लालसिंह! जीवित कलुष पंचनद का'*	: जो व्यक्ति जीते-जी कलंक बन जाये	1/333	शेरसिंह का शस्त्र-समर्पण/लहर
जुगनू गण-	*'पावस रजनी में जुगनू गण को दौड़ पकड़ता मैं निराश'*	: खद्योत-समूह, एक बरसाती कीड़ा जो चमकता-बुझता है	2/172	इड़ा/कामायनी
जुगाली-	*'मृग मधुर जुगाली करते से'*	: पागुर करना, पशु खाने के बाद मुँह चलाकर पुन: भोजन को महीन बनाते हैं	1/296	जगती की मंगलमयी उषा बन/लहर
जुत ले-	*'हाँ- कि गर्व-रथ में तुरंग-सा;/जितना जो चाहे जुत ले'*	: जुड़ कर चलना, आशय यह है कि अहंकार में खुद को महान समझकर जो चाहे जितनी दौड़ लगा ले	2/69	आशा/कामायनी

शब्द-	काव्य-पंक्ति	: अर्थ	प्र.ग्रं./पृ.सं.	स्रोत/संदर्भ
ज्ञान-	*'एक-एक को स्थिर हो देखो इच्छा, ज्ञान, क्रियावाले ये'*	: शिव की तीन प्रधान शक्तियों (इच्छा, ज्ञान और क्रिया) में से एक	2/255	रहस्य/कामायनी
◆	*'स्वप्न, स्वाप, जागरण भस्म हो इच्छा क्रिया ज्ञान मिल लय थे'*	: बोध और विवेक	2/263	रहस्य/कामायनी
ज्ञान-क्षेत्र-	*' "प्रियतम! यह तो ज्ञान-क्षेत्र है सुख दुःख से है उदासीनता'*	: ज्ञान-लोक (पारमार्थिक ज्ञान से युक्त)	2/260	रहस्य/कामायनी
ज्ञान दूर-	*'ज्ञान दूर कुछ, क्रिया भिन्न है इच्छा क्यों पूरी हो मन की'*	: ज्ञान की असंबद्धता (क्रिया और इच्छा से)	2/263	रहस्य/कामायनी
ज्ञान-लेश-	*'मिटते असत्य-से ज्ञान-लेश, समरस, अखंड, आनन्द-वेश!'*	: माया-जनित संकुचित ज्ञान	2/247	दर्शन/कामायनी
ज्योति भरी-सी-	*'जगती थी ज्योति भरी-सी तेरी सजीवता ममता'*	: प्रकाशमान, उम्मीद दिखलाती	2/22	आँसू
ज्योतिमयी-	*'ज्योतिमयी, हासमयी, विकल विलासमयी'*	: प्रकाश से युक्त	1/341	प्रलय की छाया/लहर
◆	*'अस्पष्ट एक लिपि ज्योतिमयी जीवन की आँखों में भरते'*	: उज्ज्वल (भविष्य की धुँधली रूप-रेखा)	2/98	काम/कामायनी
◆	*'उस ज्योतिमयी को देव! कहो कैसे कोई नर पाता है?'*	: कान्तिमयी श्रद्धा	2/107	काम/कामायनी
ज्योतिरिंगणों-	*'प्रखर प्रलय पावस में जगमग, ज्योतिरिंगणों से जगते'*	: जुगनू	2/62	चिंता/कामायनी
ज्योति-रेखा-हीन-	*'उमड़ रहा है ज्योति-रेखा-हीन क्षुब्ध हो!'*	: प्रकाश की किरण के बिना	1/338	पेशोला की प्रतिध्वनि/लहर
ज्योतिर्मय-	*'यही त्रिपुर है देखा तुमने तीन बिंदु ज्योतिर्मय इतने'*	: प्रकाशमान, जगमगाते हुए	2/262	रहस्य/कामायनी
ज्योतिर्मान-	*'महानील इस परम व्योम में, अंतरिक्ष में ज्योतिर्मान,'*	: प्रकाशमय	2/69	आशा/कामायनी
ज्योतिष्पथगामी-	*'हे ज्योतिष्पथगामी! क्यों इस विश्व की'*	: प्रकाशपूर्ण मार्ग पर चलनेवाले (ईश्वर)	3/107	पंचम दृश्य/करुणालय
ज्योतिष्मती-	*'थी ज्योतिष्मती प्रफुल्लित मानस-तट की वन बेली'*	: एक लता जो दिव्य ज्योति से युक्त होती है (की तरह श्रद्धा)	2/276	आनन्द/कामायनी
ज्योत्स्ना-	*'इस ज्योत्स्ना की, अरी बावली! तू इसमें जावेगी भूल'*	: चाँदनी	2/79	आशा/कामायनी
ज्योत्स्ना के जलनिधि में-	*'इस ज्योत्स्ना के जलनिधि में बुद्बुद-सा रूप बनाये'*	: (शिव के प्रकाश से निर्मित) चाँदनी-रूपी समुद्र	2/275	आनन्द/कामायनी
ज्योत्स्ना-निर्झर-	*'ज्योत्स्ना-निर्झर! ठहरती ही नहीं यह आँख'*	: चाँदनी का झरना	2/114	वासना/कामायनी
ज्योत्स्ना-पुलकित-	*'इस निर्जन में ज्योत्स्ना-पुलकित विधुयुत नभ के नीचे'*	: चाँदनी के स्पर्श से रोमांचित	2/147	कर्म/कामायनी
ज्योत्स्ना-शाली-	*'अंचल लटकाती निशीथिनी अपनी ज्योत्स्ना-शाली'*	: चाँदनी की शोभा से भरी हुई	2/140	कर्म/कामायनी

शब्द- काव्य-पंक्ति	: अर्थ	प्र.ग्रं./पृ.सं.	स्रोत/संदर्भ
ज्वलन-कण- *'बिखरती थी और खुलते ज्वलन-कण जो अस्त'*	: मानसिक जलन की चिंगारियाँ	2/113	वासना/कामायनी
ज्वलन पिंड- *'वह निर्धूम भस्म रहित ज्वलन पिंड!'*	: जलता हुआ गोला (सूरज)	1/337	पेशोला की प्रति./लहर
ज्वाल सुनहली- *'महाशून्य में ज्वाल सुनहली सब को कहती 'नहीं नहीं' सी'*	: सोने के रंग की ज्वाला (चेतना की अग्नि)	2/263	रहस्य/कामायनी
ज्वाला-ताप- *'जिनके तार व्योम से बँधकर ज्वाला-ताप उगिलते हैं'*	: आग और गर्मी	1/104	ग्रीष्म का मध्याह्न/कानन-कुसुम
ज्वाला मधुर- *'धधकती ज्वाला मधुर, था वक्ष विकल अशांत'*	: मधुर कामभावना का ताप	2/118	वासना/कामायनी
ज्वालावली- *'जब दु:ख की ज्वालावली हों भस्म करती सुख सभी'*	: ज्वाला की शृंखला, दु:ख की अपार जलन	1/131	याचना/कानन-कुसुम
झंकृत- *'क्या झंकृत हो जाते हैं उन स्मृति किरणों के टूटे तार'*	: स्मृतियों का झकझोरा जाना	1/327	मधुर माधवी संध्या में/लहर
झंझा- *'ओ झंझा से चलने वाले!'*	: शोर करती वायु	1/325	निर्दय तूने ठुकराया.../लहर
◆ *'सघन गगन में भीम प्रकंपन, झंझा के चलते झटके'*	: शोर के साथ बहनेवाली हवा	2/59	चिंता/कामायनी
झंझा झकोर- *'झंझा झकोर गर्जन था बिजली थी, नीरदमाला'*	: शोर करती हुई चलनेवाली वायु झकझोर दे रही थी, मानसिक उथल-पुथल	2/7	आँसू
झंझा-सदृश- *'झंझट अनेकों प्रबल झंझा-सदृश हैं अति-वेग में'*	: तेज आवाज के साथ चलनेवाली हवा के समान	1/92	करुण-क्रंदन/कानन-कुसुम
झड़- *'जर्जर तरी भरी पथिकों से - झड़ में क्या खे लोगे?'*	: लगातार हो रही बारिश	4/99	तृतीय अंक/स्कन्दगुप्त
झड़ी-सी- *'फिर तो झड़ी-सी लग गई आनंद के जल की घनी'*	: (आनंद की) बारिश अनवरत होने लगी	1/109	भक्ति-योग/कानन-कुसुम
झाई- *'झील में झाई पड़ती थी, श्याम-वनशाली तट की कान्त'*	: छाया, परछाई	1/266	झील में/झरना
◆ *'झाई लगती जो, वह तुमको ऊपर उठने को है कहती'*	: (आँखों के आगे) अँधेरा महसूस करना	2/253	रहस्य/कामायनी
झाड़खंड- *'झाड़खंड के चिर पतझड़ में'*	: जंगल, झारखण्ड राज्य, छोटानागपुर, वैद्यनाथधाम से जगन्नाथपुरी तक फैली पहाड़ियाँ	1/323	अरे आ गई है भूली-सी/लहर
झिटका-सा- *'एक झिटका-सा लगा सहर्ष, निरखने लगे लुटे-से, कौन-'*	: आश्चर्य का झटका	2/83	श्रद्धा/कामायनी
झिटके- *'एक झिटके में आज'*	: झटके में, एक क्षिप्र प्रयास	1/343	प्रलय की छाया/लहर
झिर-झिर- *'निर्झर-सा झिर-झिर करता माधवी-कुंज छाया में'*	: झरने के जलप्रवाह की मधुर ध्वनि	2/9	आँसू
झिल्ली- *'झिल्ली वीणा बजा रही है क्यों अभी?'*	: झींगुर	1/170	श्रीकृष्ण-जयंती/का.-कु.
झीना नील- *'एक परदा यह झीना नील छिपाये है जिसमें सुख गात'*	: दु:ख का पर्दा मानो बारीक और नीला है	2/89	श्रद्धा/कामायनी

शब्द-	काव्य-पंक्ति	: अर्थ	प्र.ग्रं./पृ.सं.	स्रोत/संदर्भ
झीम-	*'नव नील कुञ्ज हैं झीम रहे, कुसुमों की कथा न बंद हुई;'*	: झूमना	2/99	काम/कामायनी
झोरी-	*'ले लूँ, तुमने झोरी फेंकी सुमन की'*	: झोली	1/255	स्वप्नलोक/झरना
टंकार-	*'श्वास लिया, टंकार किया दुर्लक्ष्यी धनु ने'*	: धनुष की डोरी को खींचकर छोड़ने से उत्पन्न ध्वनि	2/208	संघर्ष/कामायनी
टट्टी-	*'घिरी वहाँ थी नई चमेली की टट्टी प्राकार बनी'*	: बाँस की फट्टियों आदि से बनी दीवार जिस पर लता चढ़ सके	1/183	प्रेमपथिक
टेव-	*'वचन में सत्य, हृदय में तेज, प्रतिज्ञा में रहती थी टेव'*	: आदत, स्वभाव	4/139	पंचम अंक/स्कन्दगुप्त
टोंके-	*'बुल्ले, लहर, हवा के झोंके, मेघ और बिजली के टोंके'*	: नोक	2/346	गाने दो/असंकलित कविताएँ
◆	*'मेघ और बिजली के टोंके'*	: नोक	4/93	तृतीय अंक/स्कन्दगुप्त
टोने-	*'आती चूम-चूम चल जाती/पढ़ी हुई किस टोने से'*	: जादू, टोना-टोटका	2/78	आशा/कामायनी
◆	*'तेरे टोने से'*	: जादू, टोटका	3/230	तृतीय अंक/विशाख
टोलियाँ मधुपों की-	*'पिये, गाते मनमाने गीत टोलियाँ मधुपों की अविराम'*	: भौरों का समूह	1/265	होली की रात/झरना
ठिठोली-	*'आँखें करने लगीं ठिठोली'*	: हँसी-मजाक	1/301	उस दिन जब जीवन.../लहर
डाँड़े-	*'एक नाव थी, और न उसमें डाँड़े लगते या पतवार'*	: चप्पू लगा डंडा जिससे नाव को ठेलने के लिए दबाव बनाते हैं	2/61	चिंता/कामायनी
डाली भर-	*'प्रतिभा डाली भर लाता कर देता दान सुकवि को'*	: नजराना या चढ़ावे के रूप में उपहार देना	2/9	आँसू
डाह-	*'कौन देता है हृदय में वेदनामय डाह?'*	: ईर्ष्या, संताप	2/113	वासना/कामायनी
डीह-	*'गतिहीन पंगु-सा पड़ा-पड़ा ढह कर जैसे बन रहा डीह'*	: टीला	2/161	ईर्ष्या/कामायनी
डुब्बी-	*'व्यर्थ लगाने को डुब्बी हाँ, होगा कौन भला राजी'*	: डुबकी लगाना	1/252	पाईबाग/झरना
ढरी-	*'तो रमणी के मधुर कंठ से हृदय मूर्च्छना उधर ढरी'*	: ढली, गायन की ध्वनि प्रवाहित हुई	2/190	स्वप्न/कामायनी
ढरो-	*'रक्खो जब तक आँखों में, फिर और ढार पर नहीं ढरो'*	: ढलो, किसी अन्य के प्रति भावुक (मत) हो जाना	1/140	प्रियतम/कानन-कुसुम
ढले-	*'ढले और विस्मृति के प्याले,'*	: भरे (प्याले में ढालना)	1/325	निर्दय तूने ठुकराया/लहर
ढार-	*'रक्खो जब तक आँखों में, फिर और ढार पर नहीं ढरो'*	: ढलान, किसी अन्य के प्रति भावुक हो जाना	1/140	प्रियतम/कानन-कुसुम
ढालवें-	*'हाँ इसी ढालवें को जब बस सहज उतर जावें हम'*	: ढलान	2/269	आनन्द/कामायनी
ढीठ-	*'छाया-सी छोड़ती न छन भर ऐसी ढीठ भयी'*	: नकारात्मक दृढ़ता	3/83	चतुर्थ दृ./कल्याणी परिणय
ढीली सी भरी साँस-	*'लेती ढीली सी भरी साँस, जैसे होती जाती हताश'*	: शिथिल होकर कष्टपूर्वक साँस लेना	2/234	दर्शन/कामायनी
ढीले-	*'ढीले अपनी कोमल काया'*	: ढीला छोड़ देना ताकि आराम मिले	1/298	ले चल वहाँ भुलावा देकर/लहर
ढेरों-	*'इन ढेरों में दुखभरी कुरुचि दब रही अभी बन पत्र जीर्ण'*	: भग्न अवशेषों का ऊँचा मलबा	2/173	इड़ा/कामायनी

शब्द- काव्य-पंक्ति	: अर्थ	प्र.ग्रं./पृ.सं.	स्रोत/संदर्भ
तंद्रा- *'नवल निद्रा का, मधुर तंद्रा का,'*	: खुमारी	1/276	वेदने ठहरो/झरना
♦ *'विजन जगत की तंद्रा में तब/चलता था सूना सपना;'*	: नींद का आलस्य	2/75	आशा/कामायनी
♦ *'पुलकित हो आँखें बन्द किये/तंद्रा को पास बुलाता है'*	: नींद की खुमारी	2/100	काम/कामायनी
तंद्रा निद्रा- *'दिन बीता रजनी भी आयी तंद्रा निद्रा संग लिये'*	: उनींदापन और नींद, नींद और आलस्य	2/229	निर्वेद/कामायनी
तंद्रा-पल्लव- *'जग छा दो श्याम-लता-सी तंद्रा -पल्लव विह्वल से'*	: नींद से अलसाई पलकें	2/28	आँसू
तंद्रालस- *'सपनों की सुख छाया में/जब तंद्रालस संसृति है'*	: नींद के आलस्य का प्रभाव	2/38	आँसू
♦ *'निस्तब्ध मौन था अखिल लोक तंद्रालस था वह विजन प्रांत'*	: हल्की नींद के प्रभाव से ऊँघना	2/178	इड़ा/कामायनी
तंद्रा-सुख- *'जो तंद्रा-सुख भोग रहे आह्लाद से'*	: उनींदापन, नींद की खुमारी	3/75	प्रथम दृ./कल्याणी परिणय
तकली- *'बीजों का संग्रह और उधर चलती है तकली भरी गीत'*	: हाथ से सूत कातने का एक यंत्र	2/158	ईर्ष्या/कामायनी
♦ *'तुम दूर चले जाते हो जब तब लेकर तकली यहाँ बैठ'*	: सूत कातने का उपकरण	2/165	ईर्ष्या/कामायनी
तज- *'तज कोलाहल की अवनी रे' !*	: छोड़कर	1/298	ले चल वहाँ भुलावा.../लहर
तट-कानन- *'महाराज! इस तट-कानन को देखिये'*	: तटवर्ती जंगल	3/98	प्रथम दृश्य/करुणालय
तट-कूलों- *'वर्षा के घन नाद कर रहे तट-कूलों को सहज गिराती'*	: नदी के तट और किनारा (मर्यादा)	2/260	रहस्य/कामायनी
तटिनी-तरंगों- *'उच्छ्वासमय तटिनी-तरंगों के सदृश बढ़ती गई'*	: नदी की तरंगें	1/136	हाँ, सारथे! रथ रोक दो/ कानन-कुसुम
तड़ित- *'घन-तिमिर-भार के लिए तड़ित स्वर्गीय किरण बन आई थी'*	: आकाशीय बिजली	1/296	जगती की मंगलमयी उषा बन/लहर
तड़ित-विलास-सी- *'तड़ित-विलास-सी नचाती भौंहें अपनी'*	: आकाशीय बिजली के लास्यपूर्ण रूप में	1/342	प्रलय की छाया/लहर
तथागत- *'सुनाने आरण्यक संवाद, तथागत आया तेरे द्वार'*	: गौतम बुद्ध का एक नाम	1/294	अरी वरुणा की शांत.../लहर
तनक- *'तनक जाओ न मित्र! तनिक उसकी भी सुन लो'*	: छोटी-सी बात पर नाराज हो जाना	1/117	ठहरो/कानन-कुसुम
♦ *'ठहरो, सुन लो बात हमारी, तनक न जाओ आओ भी'*	: छोटी बात पर नाराज हो जाना	1/146	नहीं डरते/कानन-कुसुम
तनिक संकुचित बैठी- *'सिंधु सेज पर धरा वधू अब तनिक संकुचित बैठी सी'*	: (धरती-रूपी दुल्हन) जरा संकोच से बैठी है	2/68	आशा/कामायनी
तन्मय- *'दिव्य अनाहत पर-निनाद में श्रद्धायुत मनु बस तन्मय थे'*	: आनन्दमग्न	2/263	रहस्य/कामायनी
♦ *'भर उठा मनोहर नभ में मनु तन्मय बैठे उन्मन'*	: तल्लीन, ध्यानस्थ (शिवमय)	2/273	आनन्द/कामायनी
तप नहीं- *'तप नहीं केवल जीवन-सत्य करुण यह क्षणिक दीन अवसाद;'*	: सुखों की अवहेलना और कष्टसाध्य तपस्या को एकमात्र सत्य मान लेना उचित नहीं है	2/90	श्रद्धा/कामायनी
तपस्वी- *'तपस्वी ! क्यों इतने हो क्लांत? वेदना का यह कैसा वेग?'*	: तप करते हुए समय गुजारते मनु दयनीय दशा को प्राप्त कर गए हैं	2/88	श्रद्धा/कामायनी

शब्द- काव्य-पंक्ति	: अर्थ	प्र.ग्रं./पृ.सं.	स्रोत/संदर्भ
तमक- *'कहा तमक कर तब प्रताप ने-'क्या कहा'*	: नाराज होकर, क्रोध से	1/207	महाराणा का महत्त्व
तम के मलीन अंचल- *'उस पार कहाँ फिर जाऊँ तम के मलीन अंचल में'*	: 'उस पार' की जगह अँधेरे में डूबी हुई है	2/20	आँसू
तम के सुन्दरतम रहस्य- *'तम के सुन्दरतम रहस्य, हे कांति किरण रंजित तारा!'*	: सितारे अंधकार के सुन्दरतम रहस्य की तरह हैं, अंधकार में चमकते तारे रहस्य की सृष्टि करते हैं	2/78	आशा/कामायनी
तम-चूर्ण- *'तम-चूर्ण बरस जाता था छा जाती अधिक अँधेरी'*	: अँधेरा मानो चूर्ण की तरह बरस रहा था, अँधेरा क्रमशः घना हो रहा था	2/8	आँसू
तम जलनिधि- *'तम जलनिधि का बन मधु-मंथन, ज्योत्स्ना सरिता का आलिंगन'*	: अंधकार-रूपी समुद्र	2/246	दर्शन/कामायनी
तम तुहिन- *'तम तुहिन बरस दो कन-कन यह पगली सोये अब भी'*	: अंधकार-रूपी ओसकण	2/28	आँसू
तम-नयनों- *'तम-नयनों की तारायें सब-'*	: रात्रि की अंधकार-रूपी आँखें	1/309	अब जागो जीवन के.../लहर
तम-निशा- *'रुदन, दुःख, तम-निशा; निराशा, इन द्वन्द्वों का मिटे तमाशा'*	: रात का अँधेरा, निराशा का भाव	3/505	तृतीय अंक/कामना
तममय- *'कालिन्दी बही प्रणय की/इस तममय हृदय-पुलिन में'*	: अंधकार से भरा हुआ	2/16	आँसू
तममय अन्तर- *'विभ्रम मदिरा से उठकर आओ तममय अन्तर में;'*	: निराश हृदय, उदास मन	2/27	आँसू
तम विराग- *'सोया जीवन का तम विराग'*	: अंधकार-रूपी विरक्ति	2/178	इड़ा/कामायनी
तम-व्योम- *'दिखलाई पड़ता है जो तम-व्योम में*	: अँधेरा आकाश	1/253	प्रत्याशा/झरना
तमश्यामल छाया- *'सुख-तृप्त हृदय-कोने को ढँकती तमश्यामल छाया'*	: निराशा और दुःख की काली छाया	2/39	आँसू
तमस- *'प्राची में नव उषा तमस को जीत रही है'*	: अँधेरा, अज्ञान	2/204	संघर्ष/कामायनी
तमसाच्छन्न- *'दिव्य भारत का अदृष्टाकाश तमसाच्छन्न था'*	: अंधकार से भरा(ढँका) हुआ	1/164	कुरुक्षेत्र/कानन-कुसुम
तमाल- *'कौन तमाल झूमता है इस सजी सुमन क्यारी में'*	: ब्रज क्षेत्र का एक वृक्ष	1/280	बिंदु (2)/झरना
तमिस्रा- *'उसे बदलना नील तमिस्रा रात्रि से'*	: अँधेरी रात	3/100	द्वितीय दृश्य/करुणालय
♦ *'खिलते हों क्षत के फूल वहाँ, बन व्यथा तमिस्रा के तारे'*	: अँधेरी रात	4/341	प्रथम अंक/ध्रुवस्वामिनी
तमिस्रा माल- *'नीलिमा से नयन की रचती तमिस्रा माल'*	: अंधकार का क्रम	2/118	वासना/कामायनी
तरंगमालाएँ- *'तेरी प्रशंसा का राग प्यारे तरंग मालाएँ गा रही हैं'*	: तरंगों की मालाएँ, तरंगों का क्रम	1/86	प्रभो/कानन-कुसुम
तरंगाघातों- *'सबल तरंगाघातों से उस क्रुद्ध सिंधु के, विचलित सी'*	: लहरों की चोट या धक्का	2/60	चिंता/कामायनी
तरंगों से फेंकी मणि एक- *'कौन तुम? संसृति-जलनिधि तीर तरंगों से फेंकी मणि एक,'*	: समुद्र की लहरों के द्वारा फेंकी गयी मणि अर्थात् किसी महत्त्वपूर्ण व्यक्ति का उपेक्षित जगह पर पाया जाना	2/83	श्रद्धा/कामायनी

शब्द- काव्य-पंक्ति	: अर्थ	प्र.ग्रं./पृ.सं.	स्रोत/संदर्भ
तरणी- *'तिरती थी तिमिर-उदधि में/नाविक! यह मेरी तरणी'*	: छोटी नाव, जीवन रूपी नौका	2/3	आँसू
◆ *'ज्यों प्रतिकूल पवन में तरणी गहरे लौट पड़ी थी'*	: नाव	2/133	कर्म/कामायनी
तरल आकांक्षा- *'तरल आकांक्षा से है भरा सो रहा आशा का आह्लाद;'*	: जीवन्त इच्छाएँ	2/90	श्रद्धा/कामायनी
तरल कणों में- *'सप्त सिंधु के तरल कणों में, द्रुम दल में, आनन्द-विभोर'*	: जलकण	2/56	चिंता/कामायनी
तरल गरल- *'इस ग्रह कक्षा की हलचल! री तरल गरल की लघु लहरी!'*	: जहर का तरल रूप (है चिंता)	2/53	चिंता/कामायनी
तरल चित्रसारी- *'तट तरु है चित्रित तरल चित्रसारी में'*	: सजीव चित्रशाला, जिसका रूप निरंतर गतिशील और परिवर्तित हो	1/337	पेशोला की प्रतिध्वनि/लहर
तरल तरंगों- *'तरल तरंगों में उठ-गिर कर बहती पगली बारम्बार !'*	: चंचल लहरें	2/61	चिंता/कामायनी
तरल तारिके- *'तुम हो सुन्दरि तरल तारिके! बोलो कुछ, बैठो मत मौन'*	: टिमटिमाते तारे, जिसकी आभा में स्थिरता (ठोसपन) न हो ; बल्कि तरलता हो	4/238	द्वितीय अंक/चन्द्रगुप्त
तरल तिमिर- *'तरल तिमिर से प्रलय पवन का होता आलिंगन, प्रतिघात'*	: प्रलयकाल का अँधेरा मानो द्रव की तरह प्रवाहित हो रहा था	2/60	चिंता/कामायनी
तरल वासना- *'जाग उठी थी तरल वासना मिला रही मादकता'*	: कामभाव की उत्तेजना	2/145	कर्म/कामायनी
तरल-सिहर- *'भर जाती अपनी तरल-सिहर!'*	: ऐसी सिहरन जिसमें रूप की विविधता हो	1/290	उठ उठ री लघु लघु../लहर
तरल हार- *'पहने छाती पर तरल हार'*	: जब लहरों का आकार माला की तरह हो जाये	1/320	काली आँखों का अंधकार/लहर
तरल हीरक- *'तरल हीरक लहराता शांत सरल आशा सा पूरित ताल'*	: (ताल का पानी चाँदनी में नहाकर) पिघले हुये हीरे की तरह लग रहा है	1/265	होली की रात /झरना
तरलित- *'वायु-ताड़ित नीर के तरलित तरंगों में हिले'*	: तरल स्वरूप, तरंग का तरल स्वरूप	1/115	जल-विहारिणी/कानन-कुसुम
तरी- *'एक छोटी-सी तरी मनमोहिनी आती चली'*	: छोटी नाव	1/115	जल-विहारिणी/का.-कु.
◆ *'जर्जर तरी भरी पथिकों से - झड़ में क्या खे लोगे?'*	: छोटी नाव	4/99	तृतीय अंक/स्कन्दगुप्त
तरु-जाल- *'कैसा है हो रहा सघन तरु-जाल से'*	: पेड़ों की अधिकता	3/98	प्रथम दृश्य/करुणालय
तरुण तपस्वी-सा- *'तरुण तपस्वी-सा वह बैठा साधन करता सुर-श्मशान;'*	: युवा तपस्वी की तरह लग रहे थे मनु	2/51	चिंता/कामायनी
तरुण तमाल- *'तरुण तमाल लिपटकर अपने पत्र में'*	: तमाल का युवा वृक्ष	1/171	श्रीकृष्ण-जयंती/का.-कु.
तरुणता- *'सुख किसका है नाम, तरुणता वस्तु क्या'*	: तरुणाई, नवयौवन	3/100	द्वितीय दृश्य/करुणालय
तरुणाब्ज- *'तरुणाब्ज अतीत था खिला, करुणा की मकरन्द वृष्टि थी'*	: नया (तरुण) कमल	3/179	प्रथम अंक/विशाख
तरुन- *'लहि संग तरुन के सुन्दर बनी सजीली'*	: तरु का बहुवचन या तरुण वृक्ष	1/113	मलिना/कानन-कुसुम
तरुपुंज- *'डालकर पर्दे हो तरुपुंज के निज बाग से'*	: वृक्षों का समूह	1/106	जलद-आवाहन/का.-कु.
तरुराज- *'उत्तुंग जो यह शृंग है उस पर खड़ा तरुराज है'*	: विशाल वृक्ष, कल्पवृक्ष, पारिजात, तालवृक्ष	1/124	एकान्त में/कानन-कुसुम

शब्द- काव्य-पंक्ति	: अर्थ	प्र.ग्रं./पृ.सं.	स्रोत/संदर्भ
तरु-राजि- *'दिशा धरा तरु-राजि सभी ये चिंतित-से हैं'*	: वृक्षों की पंक्तियाँ	1/127	निशीथ-नदी/कानन-कु.
तरुराजी- *'हो-होकर तरुराजी से लिपटी रहें'*	: वृक्षों की पंक्तियाँ	1/171	श्रीकृष्ण-जयंती/का.-कु.
तरुवर- *'निर्जन कानन में तरुवर जो खड़े प्रेत-से रहते हैं'*	: बड़े वृक्ष	1/104	ग्रीष्म का मध्याह्न/का.-कु.
तरुशिखा मनोहर- *'सरस तामरस गर्भ विभा पर नाच रही तरुशिखा मनोहर'*	: पेड़ की सुन्दर फुनगी (चोटी)	4/35	द्वितीय अंक/चन्द्रगुप्त
तरुश्रेणी- *'तरुश्रेणी में सौध सुशैल समान ये'*	: वृक्षों की चोटियाँ	3/84	चतुर्थ दृ./कल्याणी परिणय
तर्क-करों- *'किन्तु स्पर्श से तर्क-करों के बनता 'छुईमुई' है'*	: तर्क-रूपी हाथों	2/135	कर्म/कामायनी
तर्क जाल- *'बिखरीं अलकें ज्यों तर्क जाल'*	: तर्क-वितर्क के उलझाव (की तरह घुँघराली केश-राशि)	2/179	इड़ा/कामायनी
तर्कमयी- *'ओ तर्कमयी! तू गिने लहर, प्रतिबिंबित तारा पकड़, ठहर'*	: तर्क और बुद्धि को प्रधानता देनेवाली इड़ा	2/239	दर्शन/कामायनी
तर्क-युक्ति- *'अस्ति-नास्ति का भेद, निरंकुश करते ये अणु तर्क-युक्ति से'*	: तर्क के उपायों से, दलील और तरकीब से	2/260	रहस्य/कामायनी
तर्कशास्त्र की पीढ़ी- *'सदा समर्थन करती उसकी तर्कशास्त्र की पीढ़ी'*	: तर्कों की श्रृंखला	2/134	कर्म/कामायनी
तलवासी जलचर- *'जलनिधि के तलवासी जलचर विकल निकलते उतराते,'*	: समुद्र के गहरे जल में रहनेवाले जलीय जीव	2/61	चिंता/कामायनी
तलहटी मनोहर- *'उसकी तलहटी मनोहर श्यामल तृण-वीरुध वाली'*	: पहाड़ के नीचे की सघन भूमि, उपत्यका	2/271	आनन्द/कामायनी
तव- *'तव दुस्सह यह विरह रात-दिन जैसे सुख से सहती है'*	: तुम्हें	1/103	हृदय-वेदना/कानन-कु.
◆ *'संसार यह सब सौंपना है चाहता तव हाथ में'*	: तुम्हारे(हाथ में)	1/108	भक्ति-योग/कानन-कु.
तव चित्त- *'केवल मेरी ही चिंता का तव चित्त वहाँ कर रहे भार'*	: तुम्हारा मन	2/164	ईर्ष्या/कामायनी
तव प्रजातंत्र- *'हो शाप भरा तव प्रजातंत्र'*	: तुम्हारे (मनु) द्वारा बनाई गयी लोक-व्यवस्था	2/175	इड़ा/कामायनी
तांडव नर्तन- *'पद-पद पर तांडव नर्तन हो, स्वर सप्तक होवें लय सारे'*	: तांडव नृत्य, प्रलय का रुद्र-नृत्य	4/341	प्रथम अंक/ध्रुवस्वामिनी
तांडव-नृत्य- *'करेगा तब वह तांडव-नृत्य'*	: शिव के रुद्र-भाव का नृत्य, विध्वंसक नृत्य, प्रलय नृत्य	1/148	धर्मनीति/कानन-कुसुम
तांडवमय- *'पंचभूत का यह तांडवमय नृत्य हो रहा था कब का'*	: विनाशकारी	2/61	चिंता/कामायनी
तातारी- *'तातारी दासियों ने मुझको झुकाना चाहा'*	: तातार जाति की स्त्री, रूस का प्रांत तातारस्तान	1/346	प्रलय की छाया/लहर
तान असंख- *'सम्हलकर, मिलकर बजते साज मधुर उठती है तान असंख'*	: असंख्य राग-रागिनी	1/265	होली की रात /झरना
ताप-भ्रान्ति- *'इसके स्तर-स्तर में मौन शांति, शीतल अगाध है, ताप-भ्रान्ति'*	: (संसार के) दुखात्मक होने का भ्रम	2/235	दर्शन/कामायनी
तापित- *'हरे-हरे पत्ते वृक्षों के तापित हो मुरझाते हैं'*	: गर्मी से झुलसकर	1/104	ग्रीष्म का मध्याह्न/का.-कु.
◆ *'बैठ छाँह लो भव-आतप से तापित और जले'*	: (तनाव से) ग्रस्त होकर तप्त रहना	4/65	द्वितीय अंक/स्कन्दगुप्त

शब्द-	काव्य-पंक्ति	: अर्थ	प्र.ग्रं./पृ.सं.	स्रोत/संदर्भ
तापित पापी-	*'शापित न यहाँ है कोई तापित पापी न यहाँ है'*	: संतप्त और अपराधी	2/275	आनन्द/कामायनी
तापित रज-	*'वही कुमुदिनी, ग्रीष्मताप तापित रज में परिमिलित हुई'*	: तपा हुआ पराग	1/126	दलित-कुमुदिनी/कानन-कुसुम
तामरस-	*'बिखरती है, तामरस सुन्दर चरण के प्रांत'*	: लाल कमल का फूल	2/117	वासना/कामायनी
♦	*'जहाँ तामरस इंदीवर या सित शतदल हैं मुरझाये'*	: रक्तवर्ण कमल (रूपी श्रद्धा के अधर)	2/185	स्वप्न/कामायनी
♦	*'मुरझा कर कब गिरा तामरस, उसको खोज कहाँ पाती!'*	: सुनहले लाल कमल (की तरह का सूर्य)	2/185	स्वप्न/कामायनी
♦	*'सरस तामरस गर्भ विभा पर नाच रही तरुशिखा मनोहर'*	: कमल का फूल	4/35	द्वितीय अंक/चन्द्रगुप्त
तामरस गर्भ-	*'सरस तामरस गर्भ विभा पर नाच रही तरुशिखा मनोहर'*	: कमल का क्रोड़ जिसमें पराग भरा है	4/35	द्वितीय अंक/चन्द्रगुप्त
तामस-	*'उस धुँधले गृह में आभा से तामस को छलती है'*	: अँधेरा	2/140	कर्म/कामायनी
तारक-किरन-	*'सोता, तारक-किरन-पुलक-रोमावलि मलयज वात,'*	: सितारों की प्रकाश-रेखा	1/328	अंतरिक्ष में अभी सो रही/लहर
तारक-किरन-पुलक-रोमावलि-	*'सोता, तारक-किरन-पुलक-रोमावलि मलयज वात,'*	: सितारों के प्रकाश ने (हवा को) रोमांचित कर दिया है	1/328	अंतरिक्ष में अभी सो रही/लहर
तारक-खचित-	*'तारक-खचित नीलपट परिधान था'*	: तारों से भरा हुआ	1/340	प्रलय की छाया/लहर
तारक-द्युति-सी-	*'छाया-पथ में तारक-द्युति-सी झिलमिल करने की मधु-लीला'*	: सितारों की जगमगाहट	2/129	लज्जा/कामायनी
तारक हार-	*'प्रणय विधु है खड़ा नभ में लिये तारक हार'*	: तारों से बनी वरमाला	2/118	वासना/कामायनी
तारका-	*'नव स्वच्छ संध्या तारका में से अभी उतरी हुई'*	: नक्षत्र, आकाशीय पिंड	1/108	भक्ति-योग/कानन-कु.
तारका युग-	*'तारका युग शुभ्र हैं आलोक-पूरन गात के'*	: दो सितारे, दोनों युवतियाँ सितारों की तरह उज्ज्वल हैं	1/116	जल-विहारिणी/कानन-कुसुम
तारका-रत्न-	*'चंद्रातप था व्योम, तारका-रत्न जड़े थे'*	: तारे-रूपी सुन्दर रत्न	1/152	चित्रकूट/कानन-कुसुम
तारा-	*'काली आँखों की तारा में मैं देखूँ अपना चित्र धन्य'*	: आँख की काली पुतली	2/163	ईर्ष्या/कामायनी
ताराओं की कलना-	*'देव सृष्टि की सुख विभावरी ताराओं की कलना थी'*	: सितारों का सौन्दर्य	2/55	चिंता/कामायनी
तारा के दल-	*'दिनकर हिमकर तारा के दल'*	: तारों का समूह	1/311	कितने दिन जीवन.../लहर
तारा-घट-	*'तारा-घट ऊषा नागरी'*	: तारा-रूपी घड़ा	1/303	बीती विभावरी जाग.../लहर
तारा-दीप-	*'जब कामना सिंधु तट आयी ले संध्या का तारा-दीप,'*	: तारा रूपी दीया	2/78	आशा/कामायनी
तारापुंज-	*'क्रमशः तारापुंज प्रकट होने लगे'*	: तारों के समूह	3/83	चतुर्थ दृश्य/कल्याणी परिणय
तारा-मद्यप-मंडली-	*'तारा-मद्यप-मंडली चषक भरा यह चन्द'*	: तारे मानो शराबियों का झुंड हों	3/454	प्रथम अंक/कामना
तारावली-	*'आनंद के आँसू भरे थे, गगन में तारावली'*	: तारों की शृंखला (मानो आनन्द के आँसू थे)	1/155	चित्रकूट/कानन-कुसुम

शब्द- काव्य-पंक्ति	: अर्थ	प्र.ग्रं./पृ.सं.	स्रोत/संदर्भ
तारा-शशांक- *'तारा-शशांक में भी आकाश में अनल में'*	: तारे और चंद्रमा	1/90	मंदिर/कानन-कुसुम
तारा-हीरक-हार- *'तारक-हीर-हार पहन कर, चंद्रमुख'*	: तारे-रूपी हीरों की माला	1/32	महाराणा का महत्त्व
तारिका-अवली- *'क्यों हिमांशु कपूर-सा है तारिका-अवली लिये ?'*	: तारों की पंक्ति या समूह	1/94	महा-क्रीड़ा/कानन-कुसुम
तारों के दीप- *'कितनी निर्जन रजनी में तारों के दीप जलाये'*	: सितारे मानो आकाश-गंगा की जलधारा में प्रवाहित किये हुये दीपक हैं	2/8	आँसू
तारों के फूल- *'बरसते हों तारों के फूल छिपे तुम नील पटी में कौन'*	: चमकते हुये सितारे मानो फूल हों	1/265	होली की रात/झरना
तिमिंगिलों- *'टकराती होगी अब उनमें तिमिंगिलों की भीड़ अधीर'*	: बहुत बड़ी मछली, महामत्स्य, 'तिमि' नामक विशाल मछली को खा जानेवाला महामत्स्य	2/58	चिंता/कामायनी
तिमिर- *'तिमिर का हरने को दुख भार, तेज अमिताभ अलौकिक कांत'*	: दुःख-रूपी अँधेरा	1/295	अरी वरुणा की शांत कछार/लहर
तिमिर-उदधि- *'तिरती थी तिमिर-उदधि में नाविक! यह मेरी तरणी'*	: अँधेरे का समुद्र, निराशा और नाउम्मीदी	2/3	आँसू
तिमिर गर्भ में- *'बढ़ रहा तिमिर गर्भ में नित्य, दीन जीवन का यह संगीत'*	: निराशा, अंधकार के गर्भ में	2/86	श्रद्धा/कामायनी
तिमिर फणी- *'तिमिर फणी पहने है मानो अपने मणि की माला'*	: अंधकार-रूपी सर्प	2/142	कर्म/कामायनी
तिमिर-भार- *'तिमिर-भार फैलाती-सी रजनी यह आयी'*	: अँधेरे का सुन्दर प्रभाव(भार), 'भार' का प्रयोग 'संभार' के अर्थ में भी किया गया है। रजनी स्त्री है, उसके स्तन-नितम्ब सौन्दर्यपरक संभार हैं।	1/110	रजनीगंधा/कानन-कुसुम
तिमिर-वन- *'चिर-विषाद-विलीन मन की, इस व्यथा के तिमिर-वन की'*	: अंधकार-रूपी जंगल	2/23	निर्वेद/कामायनी
तिरछी चितवन- *'तिरछी चितवन भी पा करके तुरत तुष्ट हो जाती है'*	: तिरछी नजर, निगाहों का बाँकापन	1/103	हृदय-वेदना/कानन-कुसुम
तिरता- *'उसी रस में तिरता जीवन'*	: तैरता	1/307	तुम्हारी आँखों का.../लहर
तिरोहित- *'आज तिरोहित हुआ कहाँ वह मधु से पूर्ण अनंत वसंत?'*	: लुप्त, मिल जाना	2/56	चिंता/कामायनी
◆ *'ऋतुओं के स्तर हुए तिरोहित भू-मंडल रेखा विलीन सी'*	: लोप हो जाना, समाप्त हो जाना	2/254	रहस्य/कामायनी
तिलोदक- *'देता पिंड तिलोदक। यह भी समझिये'*	: तिल और पानी से मृत व्यक्ति के प्रति कर्मकाण्ड पूरा करते हैं	3/105	चतुर्थ दृश्य/करुणालय
तीखा समीर- *'मैं इस निर्जन तट में अधीर, सह भूख व्यथा तीखा समीर'*	: कष्टदायक वायु	2/244	दर्शन/कामायनी
तीखी घूँट- *'किन्तु यह क्या? एक तीखी घूँट, हिचकी आह !'*	: कड़वी घूँट, असह्य प्रसंग	2/113	वासना/कामायनी

शब्द- काव्य-पंक्ति	: अर्थ	प्र.ग्रं./पृ.सं.	स्रोत/संदर्भ
तीन बिंदु- *'यही त्रिपुर है देखा तुमने तीन बिंदु ज्योतिर्मय इतने'*	: तीन लोक (इच्छा-लोक, कर्म-लोक, ज्ञान-लोक) तीन प्रकाश-बिंदु की तरह दिखाई पड़ रहे थे- लाल, काला, उजला	2/262	रहस्य/कामायनी
तीव्र प्रेरणा की धारा सी- *'तीव्र प्रेरणा की धारा सी बही वहीं उत्साह भरी'*	: प्रेरणा के प्रबल स्रोत की तरह है (इड़ा)	2/189	स्वप्न/कामायनी
तीव्र विराग- *'ऐसे अतुल अनंत विभव में जाग पड़ा क्यों तीव्र विराग?'*	: उत्कट वैराग्य, संन्यास की भावना	2/80	आशा/कामायनी
तुंग तरंग- *'रागिनी गावे तुंग तरंग'*	: ऊँची तरंगें	1/260	सुधासिंचन/झरना
तुंग तरंग विश्व की- *'मानो तुंग तरंग विश्व की हिमगिरि की वह सुढर उठान'*	: (हिमालय की ऊँचाई मानो) संसार-रूपी समुद्र की उठी हुई सबसे ऊँची तरंग हो	2/72	आशा/कामायनी
तुंगतरल तरंग- *'तुंगतरल तरंग ऐसी उठ रही'*	: ऊँची तरल तरंग, पानी की ऊँची लहरें	1/257	मिलन/झरना
तुंग शृंग- *'हिमाद्रि तुंगशृंग से प्रबुद्ध शुद्ध भारती'*	: ऊँची चोटी	4/290	चतुर्थ अंक/चन्द्रगुप्त
तुच्छ विचार- *'अकेले तुम कैसे असहाय यजन कर सकते? तुच्छ विचार!'*	: सारहीन विचार	2/91	श्रद्धा/कामायनी
तुच्छ विराग- *'और देते फेंक मेरा प्राप्य तुच्छ विराग'*	: निकृष्ट कोटि की उदासीनता	2/113	वासना/कामायनी
तुमुल कोलाहल कलह- *'तुमुल कोलाहल कलह में मैं हृदय की बात रे मन!'*	: भीषण हंगामा और द्वेषपूर्ण संघर्ष	2/23	निर्वेद/कामायनी
तुमुल घात-प्रतिघात- *'तुमुल घात-प्रतिघात पवन का हो रहा'*	: घनघोर उठा-पटक	1/207	महाराणा का महत्त्व
तुमुल तरंग-सा- *'सखे! तुमुल तरंग-सा उच्छ्वासमय संवाद'*	: कोलाहल से भरी लहरों की तरह	2/117	वासना/कामायनी
तुमुल रण-नाद- *'उठा तुमुल रण-नाद, भयानक हुई अवस्था'*	: युद्ध का भीषण कोलाहल	2/207	संघर्ष/कामायनी
तुरत- *'तिरछी चितवन भी पा करके तुरत तुष्ट हो जाती है'*	: तुरंत, शीघ्र	1/103	हृदय-वेदना/कानन-कु.
◆ *'ठहरो कुछ तो बल आने दो लिवा चलूँगी तुरत तुम्हें'*	: तुरंत, देर किये बिना	2/223	निर्वेद/कामायनी
तुरुष्कपति- *'देखे तो- तुरुष्कपति मेरा भी'*	: तुर्कों का राजा अलाउद्दीन खिलजी	1/345	प्रलय की छाया/लहर
तुषार- *'अरुण जलज के शोण कोण थे नव तुषार के बिंदु भरे'*	: ओस की बूँद (रूपी आँसू)	2/188	स्वप्न/कामायनी
◆ *'छायापथ में नव तुषार का/सघन मिलन होता जितना'*	: कुहरा या कुहासा	2/55	चिंता/कामायनी
तुषार-कण- *'नव-अतीत के तुषार-कण में'*	: ओसकण (नियमित घटनाएँ)	4/93	तृतीय अंक/स्कन्दगुप्त
तुषार किरीट- *'गगन चुम्बिनी शैल-श्रेणियाँ पहने हुए तुषार किरीट'*	: बर्फ का मुकुट, ऊँची चोटियों पर बर्फ जमी है	2/72	आशा/कामायनी
तुष्ट- *'स्पन्दन-हीन नवीन मुकुल मन तुष्ट था'*	: तृप्त, संतुष्ट	1/98	प्रथम प्रभात/कानन-कु.
◆ *'तिरछी चितवन भी पा करके तुरत तुष्ट हो जाती है'*	: संतुष्ट, तृप्त, अघा जाना	1/103	हृदय-वेदना/कानन-कुसुम
तुहिन- *'निशि में मधुर तुहिन को'*	: ओसकण	1/324	अरे आ गई है भूली.../लहर
तुहिन कणों- *'तुहिन कणों, फेनिल लहरों में, मच जावेगी फिर अंधेर'*	: ओस की बूँदों में	2/79	आशा/कामायनी

शब्द- काव्य-पंक्ति	: अर्थ	प्र.ग्रं./पृ.सं.	स्रोत/संदर्भ
तुहिन-जलनिधि- *'तू नील तुहिन-जलनिधि बन कर फैला है कितना वार-पार'*	: कुहासा का समुद्र	2/172	इड़ा/कामायनी
तुहिन बिंदु- *'रजनी की भींगी पलकों से तुहिन बिंदु कण-कण बरसे'*	: ओस-कण	2/188	स्वप्न/कामायनी
तुहिन सघन- *'उस पर पड़ते तुहिन सघन में'*	: घना कोहरा (कुहरा, कुहासा), अत्यधिक ओस	1/33	अरे कहीं देखा है तुमने/लहर
तूल- *'उस पूर्ण आत्म-विश्वासमयी को उड़ा दिया था समझ तूल'*	: रूई	2/174	इड़ा/कामायनी
तूलिका- *'वह अतिरंजित सी तूलिका चितेरी की'*	: चित्रकारी की कूची, ब्रश	1/343	प्रलय की छाया/लहर
तूलिका बरौनी- *'अंकित कर क्षितिज पटी को तूलिका बरौनी तेरी'*	: पलकों के किनारे के बाल मानो कूची (ब्रश) की तरह हों	2/11	आँसू
तू हँसती- *'फाड़ सुनहली साड़ी उसकी तू हँसती क्यों अरी प्रतीप?'*	: हे रजनी! तू विपरीत आचरण कर हँस क्यों रही है?	2/78	आशा/कामायनी
तृण-गुल्मों से रोमांचित नग- *'तृण-गुल्मों से रोमांचित नग सुनते उस दुख की गाथा'*	: घास आदि वनस्पतियाँ मानो पर्वत के रोमांच को प्रकट कर रही थीं	2/186	स्वप्न/कामायनी
तृण-वीरुध- *'मिलते थे मैदान जहाँ तृण-वीरुध एक नहीं उगते'*	: घास और लता, पेड़-पौधों की हरियाली	1/191	प्रेमपथिक
♦ *'कुटियों, तृण-वीरुध पुंजों में'*	: घास-फूस और लताएँ	1/296	जगती की मंगलमयी.../लहर
♦ *'तृण वीरुध लहलहे हो रहे किसके रस से सिंचे हुए?'*	: घास-फूस से लेकर बड़े वृक्ष तक, वनस्पतियाँ	2/69	आशा/कामायनी
♦ *'उसकी तलहटी मनोहर श्यामल तृण-वीरुध वाली'*	: घास और लता की प्रजाति के पौधे	2/271	आनन्द/कामायनी
♦ *'हे प्रतिपालक तृण वीरुध के, सर्प के'*	: घास-फूस और पेड़-पौधे	3/107	पंचम दृश्य/करुणालय
तृण से त्रयस्त्रिंश- *'तृण से त्रयस्त्रिंश तक जिसको समसत्ता का भान'*	: घास-फूस से लेकर तैंतीस प्रकार (कोटि) के देवी-देवताओं तक	3/31	द्वितीय अंक/विशाख
तृप्त अपरिचित- *'होगा इससे तृप्त अपरिचित समझ सहज सुख पाते थे'*	: कोई अपरिचित व्यक्ति इस अनाज को खाकर संतुष्ट हो सकता है	2/74	आशा/कामायनी
तृप्ति-कर- *' "तुम्हें तृप्ति-कर सुख के साधन सकल बताया'*	: संतुष्टि प्रदान करनेवाले	2/206	संघर्ष/कामायनी
तृप्ति विधुर- *'चिर तृषित कंठ से तृप्ति विधुर'*	: प्रेम में संतुष्ट न हो पाने का भाव, प्रेम के तोष का अभाव	1/318	मुझको न मिला रे कभी प्यार/लहर
तृषा- *'बस इतना ही भाग तुम्हारा तृषा! मृषा, वंचित होने दो'*	: प्यास, विषय-भोग की इच्छा	2/262	रहस्य/कामायनी
तृषा-तृप्ति- *'शीतल प्राण धधक उठता है तृषा-तृप्ति के मिस से'*	: कामोत्तेजना से उत्पन्न वासना की तृप्ति	2/154	कर्म/कामायनी
तृषित- *'तृष्णा होकर तृषित प्यास-ही-प्यास पुकार मचाती है'*	: प्यासा (पानी पीने को इच्छुक)	1/104	ग्रीष्म का मध्याह्न/कानन-कुसुम
♦ *'तप में संयम का संचित बल तृषित और व्याकुल था आज;'*	: काम-तृप्ति के लिए व्याकुल, काम-पिपासा	2/77	आशा/कामायनी

शब्द-	काव्य-पंक्ति	: अर्थ	प्र.ग्रं./पृ.सं.	स्रोत/संदर्भ
तृषित कंठ-	*'चिर तृषित कंठ से तृप्ति विधुर'*	: (प्रेम का) प्यासा व्यक्ति (कंठ)	1/318	मुझको न मिला रे.../लहर
तृष्णा-	*'तृष्णा होकर तृषित प्यास-ही-प्यास पुकार मचाती है'*	: प्यास(पानी पीने की इच्छा)	1/104	ग्रीष्म का मध्याह्न/कानन-कुसुम
♦	*'तृष्णा वह अनलशिखा बन-'*	: अनेक प्रकार की इच्छाएँ	1/329	अशोक की चिंता/लहर
♦	*'मथ डाला किस तृष्णा से/तल में बड़वानल जलता'*	: तीव्र इच्छा, प्यास	2/3	आँसू
तृष्णा-जनित-	*'नियति चलाती कर्म-चक्र यह तृष्णा-जनित ममत्व-वासना'*	: विषय-भोग की इच्छा से उत्पन्न	2/258	रहस्य/कामायनी
तृष्णा-पाश-	*'शीघ्र तृष्णा-पाश से नर, कंठ को निज खींच'*	: इच्छाओं के बन्धन	3/159	तृतीय अंक/राज्यश्री
तेजस्-	*'तेजस् खोने से'*	: प्रकाश, चमक (चाँद का आभाहीन होना)	3/230	तृतीय अंक/विशाख
तैसी-	*'तैसी कुहू की है निशा, कुछ सूझता नहिं छोर है'*	: वैसी, (ब्रजभाषा का प्रभाव)	1/92	करुण-क्रंदन/कानन-कु.
त्रयस्त्रिंश-	*'तृण से त्रयस्त्रिंश तक जिसको समसत्ता का भान'*	: तैंतीस प्रकार (कोटि) के देवी-देवता	3/31	द्वितीय अंक/विशाख
त्रस्त प्रकृति-	*'वह विवर्ण मुख त्रस्त प्रकृति का आज लगा हँसने फिर से;'*	: प्रलय की विपदाओं से परेशान प्रकृति	2/67	आशा/कामायनी
त्राण-	*'जीवन की चिर चंचल पुकार रोये कब तक, है कहाँ त्राण?'*	: बचाव	2/158	ईर्ष्या/कामायनी
♦	*'मनु ने देखा आँख खोलकर जैसे कुछ-कुछ त्राण पा गये'*	: संकट से छुटकारा	2/254	रहस्य/कामायनी
त्रास-	*'और पीठ पर हो दुरंत दंशनों का त्रास'*	: कष्ट	1/334	शेरसिंह का श.-स./लहर
त्रासिनी-	*'दुर्मद दुरन्त धर्म दस्युओं की त्रासिनी'*	: त्रास पहुँचानेवाली, कष्टदायक	1/333	शेरसिंह का श.-स./लहर
त्रिकोण-	*'शक्ति-तरंग प्रलय-पावक का उस त्रिकोण में निखर उठा सा'*	: इच्छा, ज्ञान और क्रिया के तीन कोणों से बना क्षेत्र	2/263	रहस्य/कामायनी
त्रिकोण के मध्य बिंदु-	*'"इस त्रिकोण के मध्य बिंदु तुम शक्ति विपुल क्षमतावाले ये'*	: इच्छा, ज्ञान और क्रिया-जैसी शक्तियों से बने तीन लोकों के तुम (मनु) केंद्र-बिंदु (ज्ञाता) हो	2/255	रहस्य/कामायनी
त्रिगुण तरंगमयी-	*'त्रिबली थी त्रिगुण तरंगमयी, आलोक वसन लिपटा अराल'*	: (त्रिबली मानो) त्रिगुण (सत्, रज, तम) की लहरें उत्पन्न कर रही थीं	2/179	इड़ा/कामायनी
त्रिगुणात्मक-	*'नारी के नयन! त्रिगुणात्मक ये सन्निपात'*	: तीन गुण- सत्, रज, तम	1/343	प्रलय की छाया/लहर
त्रिदिक् विश्व-	*'त्रिदिक् विश्व, आलोक बिंदु भी तीन दिखाई पड़े अलग वे'*	: तीन आयाम (लम्बाई, चौड़ाई, ऊँचाई) वाला ब्रह्माण्ड	2/254	रहस्य/कामायनी
त्रिपुटी-	*'त्रिपुटी में, या कुटी बना ले'*	: त्रिकुटी, ललाट पर भौंहों के बीच का स्थान जहाँ त्रिकूट-चक्र को स्थित माना गया है, ध्यान लगाने के लिए साधक इसी को केंद्र बनाता है	1/130	तुम्हारा स्मरण/कानन-कु.
त्रिपुर-	*'यही त्रिपुर है देखा तुमने तीन बिंदु ज्योतिर्मय इतने'*	: तीन लोकों (इच्छा-लोक, कर्म -लोक, ज्ञान-लोक) का समाहार	2/262	रहस्य/कामायनी

शब्द- काव्य-पंक्ति	: अर्थ	प्र.ग्रं./पृ.सं.	स्रोत/संदर्भ
त्रिबली- *'त्रिबली थी त्रिगुण तरंगमयी, आलोक वसन लिपटा अराल'*	: नाभि के ऊपर पड़नेवाली तीन रेखाएँ (सलवटें), ये सुन्दर मानी जाती हैं	2/179	इड़ा/कामायनी
त्रिभुवन- *'त्रिभुवन के प्रतिनिधि थे मानो वे अनमिल थे किन्तु सजग थे'*	: तीन लोक- धरती, आकाश, पाताल	2/254	रहस्य/कामायनी
त्वदीय- *'तुम्हें अर्पण, औ' वस्तु त्वदीय?'*	: तुम्हारे द्वारा दिया हुआ, तुमसे प्राप्त	1/219	समर्पण/झरना
त्वरा-सी- *'साधारण से कुछ अतिरंजित गति में मधुर त्वरा-सी'*	: तेजी	2/138	कर्म/कामायनी
थाती- *'लौटा लो यह अपनी थाती, मेरी करुणा हा-हा खाती'*	: धरोहर, अमानत	4/141	पंचम अंक/स्कन्दगुप्त
थिर- *'चेतना-लहर न उठेगी जीवन समुद्र थिर होगा;'*	: स्थिर, ठहरा हुआ, निश्चिन्त, आश्वस्त	2/29	आँसू
◆ *'यज्ञ-यज्ञ की कटु पुकार से रह न सके अब थिर वे'*	: शान्त, स्थिर	2/133	कर्म/कामायनी
दंत अवली- *'दंत अवली नील घन की वारिधारा-सी हुई'*	: दांतों की पंक्तियाँ	1/165	कुरुक्षेत्र/कानन-कुसुम
दंभ-स्तूप- *'वसुधा के समतल पर उन्नत चलता फिरता हो दंभ-स्तूप'*	: अहंकार के स्तम्भ की तरह	2/177	इड़ा/कामायनी
दंशनों का त्रास- *'और पीठ पर हो दुरंत दंशनों का त्रास'*	: चुभन का कष्ट (धोखे से पराजित किया जाना)	1/334	शेरसिंह का शस्त्र-समर्पण/लहर
दक्षिण त्रिशूल से- *'वृष-रज्जु वाम कर में था दक्षिण त्रिशूल से शोभित'*	: दाहिने (हाथ में) त्रिशूल (ज्ञान, इच्छा और क्रिया के समन्वय का प्रतीक)	2/267	आनन्द/कामायनी
दक्षिण-पवन-स्पर्श- *'दक्षिण-पवन-स्पर्श सुखद होने लगा'*	: दक्षिण दिशा से चलनेवाली हवा का स्पर्श	3/75	प्रथम दृश्य/कल्याणी परिणय
दक्षिण-पौन- *'बनके दक्षिण-पौन तुम कलियों से भी हो खेलते'*	: दक्षिणी पवन, मलय पवन	1/95	महा-क्रीड़ा/कानन-कुसुम
दक्षिण मलयज सुखकारी- *'बह जाता था उषा-काल में दक्षिण मलयज सुखकारी'*	: दक्षिण दिशा से आनेवाला सुखद मलय पवन	1/190	प्रेमपथिक
दग्ध दावानल करे- *'नाच रे प्रवंचना के काल, दग्ध दावानल करे दिगंत'*	: दावाग्नि (वन की अग्नि की तरह प्रचण्ड) जला देगी(दिशाओं को)	1/148	धर्मनीति/कानन-कुसुम
दग्ध श्वास- *'दग्ध श्वास से आह न निकले सजल कुहू में आज यहाँ!'*	: संताप से भरे उच्छ्वास	2/186	स्वप्न/कामायनी
दत्त-चित्त- *'मनोभाव के काय-कर्म का सम-तोलन में दत्त-चित्त से'*	: मनोयोगपूर्वक लगना	2/261	रहस्य/कामायनी
दधीचि का त्याग- *'सुना है वह दधीचि का त्याग हमारा जातीयता विकास'*	: दधीचि मुनि ने वज्र-निर्माण के लिये अपनी अस्थियों का दान दिया था	4/138	पंचम अंक/स्कन्दगुप्त
दबी-लुकी-सी- *'रात्रि घनी कालिमा पटी में दबी-लुकी-सी'*	: (रात मानो अंधकार में) दुबक कर छिपी हुई थी	2/197	संघर्ष/कामायनी
दबे छवि के भार- *'किन्तु इतने तो न थे तुम दबे छवि के भार!'*	: सुंदरता की अधिकता से युक्त, सौन्दर्य का संभार	2/116	वासना/कामायनी

शब्द- काव्य-पंक्ति	: अर्थ	प्र.ग्रं./पृ.सं.	स्रोत/संदर्भ
दम संयम- *'आने दो कितनी आती हैं बाधाएँ दम संयम बन के'*	: मन तथा इन्द्रियों को नियंत्रण में रखना	2/101	काम/कामायनी
दम्पति- *'जिनमें दम्पति समुद विहरते, प्यार भरे दे गलबाँही'*	: पति-पत्नी के जोड़े	2/191	स्वप्न/कामायनी
दया-जल- *'बरसो सदा दया-जल शीतल'*	: दया की वर्षा	3/261	प्रथम अंक/अजातशत्रु
दयानिधि- *'जो तेरी होवे दया दयानिधि'*	: दया के भंडार, ईश्वर	1/87	प्रभो/कानन-कुसुम
◆ *'कौन? चमेली! अरे दयानिधि, यह क्या! कैसी लीला है'*	: ईश्वर, करुणासागर, दया के भांडार	1/193	प्रेमपथिक
दरिद्र-मिलन- *'यह दरिद्र-मिलन रहा रच एक करुणा लोक'*	: विपन्न स्थिति में मुलाकात	2/112	वासना/कामायनी
दर्पपूर्ण- *'दर्पपूर्ण कैसी सुंदर हैं लग रहीं'*	: आत्माभिमान से भरा हुआ	1/167	वीर बालक/कानन-कुसुम
दर्पोद्धत यवनों- *'उन दर्पोद्धत यवनों के उस वृन्द को'*	: दर्प+उद्धत, अहंकार के कारण उग्र स्वभाववाले मुगल	1/203	महाराणा का महत्त्व
दर्शन का विश्वास- *'नयन में दर्शन का विश्वास'*	: प्रिय को देख पाने का भरोसा	1/305	आह रे, वह अधीर.../लहर
दलअंचल- *'अपना दलअंचल पसारकर'*	: पत्ते-रूपी आँचल	1/347	प्रलय की छाया/लहर
दलवाली- *'विरल मृदुल दलवाली डालों से उलझा समीर जब व्यस्त'*	: पत्तों से युक्त	1/327	मधुर माधवी संध्या में/लहर
दलित- *'किसी स्वार्थी मतवाले हाथी से हा! पद दलित हुई'*	: कुचला हुआ, 'दलित' जाति के अर्थ में नहीं	1/126	दलित-कुमुदिनी/कानन-कुसुम
◆ *'जन्मभूमि दलित विकल अपमान से'*	: दबी-कुचली	1/334	शेरसिंह का श.-स./लहर
◆ *'यहाँ भूख से विकल दलित को पदतल में फिर-फिर गिरवाती'*	: शोषित-पीड़ित (दलित-विमर्श के अर्थ में नहीं)	2/259	रहस्य/कामायनी
◆ *'दलित अपने हृदय को निज हाथ से मलता नहीं'*	: दबा-कुचला	3/77	प्रथम दृश्य/कल्या.परि.
दलित कवरी- *'शिथिल शयन सम्भोग दलित कवरी के कुसुम सदृश कैसे'*	: (प्रिय के समागम से) चोटी का अस्त-व्यस्त हो जाना	1/247	कहो/झरना
◆ *'शिथिल, शमन सम्भोग दलित कवरी के कुसुम सदृश कैसे'*	: (प्रिय के समागम से) चोटी का अस्त-व्यस्त हो जाना	2/334	शिथिल/असंकलित कविताएँ
दलित कुमुदिनी- *'शीर्षक'*	: कुचला हुआ कुमुदिनी का फूल	1/125	दलित-कुमुदिनी/का.-कु.
दलित बिलखाती- *'दारिद्र्य दलित बिलखाती हो यह शस्य श्यामला प्रकृति रमा'*	: दबी-कुचली और विलाप करती हुई (प्रकृति)	2/176	इड़ा/कामायनी
दस्युओं- *'दुर्मद दुरन्त धर्म दस्युओं की त्रासिनी'*	: लुटेरों	1/333	शेरसिंह का श.-स./लहर
दस्युदल- *'हुए दस्युदल, अब न कभी वे रोष से'*	: असुर समाज	3/98	प्रथम दृश्य/करुणालय
दह- *'यह कैसा तेरा दुःख-दुसह, जो बाहर-भीतर देता दह'*	: जलाना	2/234	दर्शन/कामायनी
दांत- *'निभृत था, पर हम दोनों में वृत्तियाँ रह न सकीं फिर दान्त'*	: दमित, शांत	1/266	झील में/झरना
◆ *'तो क्या मैं भ्रम में थी नितांत, संहार-बध्य असहाय दांत'*	: दमित, जिसे बलपूर्वक दबाया गया हो	2/238	दर्शन/कामायनी
दाख- *'सुन्दर दाख'- कहा नवाब ने प्रेम से'*	: मुनक्का	1/208	महाराणा का महत्त्व
दाता- *'बोधन-विवेक-बीज अंकुरित कीजिए दाता सुमति दीजिए'*	: ईश्वर, गौतम बुद्ध	3/296	द्वितीय अंक/अजातशत्रु
दारिद्र्य दलित बिलखाती- *'दारिद्र्य दलित बिलखाती हो यह शस्य श्यामला प्रकृति रमा'*	: दरिद्रता से दबी-कुचली और विलाप करती हुई (प्रकृति)	2/176	इड़ा/कामायनी

शब्द- काव्य-पंक्ति	: अर्थ	प्र.ग्रं./पृ.सं.	स्रोत/संदर्भ
दारुण-दृश्य- *'दारुण-दृश्य! रुधिर के छींटे अस्थि-खंड की माला!'*	: हृदय-विदारक दृश्य	2/138	कर्म/कामायनी
दारुण निराशा- *'दारुण निराशा भरी आँखों से देखकर'*	: करुणा से भरी उदासी	1/333	शेरसिंह का श.-स./लहर
दारुण निर्ममता- *'चुभनेवाला अंतरंग छल अति दारुण निर्ममता'*	: भयानक निर्दयता	2/142	कर्म/कामायनी
दालान- *'नव मालती-कुंज बना दालान, अनोखे सज-धज का'*	: बैठक, आवास का वह हिस्सा जो बैठक का काम करता है	1/184	प्रेमपथिक
दावाग्नि- *'दावाग्नि प्रखर लपटों ने कर दिया सघन वन अस्थिर'*	: वन की अग्नि (की तरह मनु के मार्मिक और व्यापक दु:ख)	2/270	आनन्द/कामायनी
दावानल- *'हरिचंदन दावानल फैलाने लगा'*	: जंगल में स्वत: लगनेवाली आग	1/160	शिल्प-सौन्दर्य्य/का.-कु.
◆ *'वात्याचक्र! उठा प्रतिशोध-दावानल से'*	: जंगल में लगनेवाली प्रचण्ड आग	1/353	प्रलय की छाया/लहर
दाह-सी- *'असंख्य कीर्ति-रश्मियाँ, विकीर्ण दिव्य दाह-सी'*	: अग्नि के समान	4/290	चतुर्थ अंक/चन्द्रगुप्त
दिगंत- *'नाच रे प्रवंचना के काल, दग्ध दावानल करे दिगंत'*	: दिशाएँ, क्षितिज	1/148	धर्मनीति/कानन-कुसुम
◆ *'कहता दिगंत से मलय पवन,'*	: क्षितिज	1/304	आँखों से अलख जगाने को/लहर
◆ *'चंक्रमण करता मधुर दिगंत'*	: क्षितिज	1/307	तुम्हारी आँखों का बचपन/ लहर
◆ *'चिर किशोर-वय, नित्य विलासी, सुरभित जिससे रहा दिगंत;*	: सभी दिशाएँ, सारा परिवेश	2/56	चिंता/कामायनी
◆ *'यौवन मधुवन की कालिंदी बह रही चूम कर सब दिगंत'*	: क्षितिज, दिशाओं की अंतिम सीमा	2/173	इड़ा/कामायनी
दिगंत अंबर में- *'अंकित थी दिगंत अंबर में लिए मलिन शशि-लेखा'*	: आकाश और क्षितिज में	2/139	कर्म/कामायनी
दिगंत बधिर- *'हुए दिगंत बधिर, भीषण रव बार-बार होता था क्रूर'*	: सभी दिशाएँ मानो बहरी हो गयी थीं, इतना शोर था कि कुछ सुनाई नहीं दे रहा था	2/59	चिंता/कामायनी
दिगंत रेखा- *'किस दिगंत रेखा में इतनी संचित कर सिसकी-सी साँस'*	: आकाश के अंतिम छोर पर	2/79	आशा/कामायनी
दिग्दाहों- *'दिग्दाहों से धूम उठे, या जलधर उठे क्षितिज तट के!'*	: दिशाएँ जलती हुई मालूम पड़ती थीं	2/59	चिंता/कामायनी
दिग्ध- *'रक्त दिग्ध धरणी में रूप की विजय में'*	: लिप्त, गन्दा किया हुआ	1/352	प्रलय की छाया/लहर
दिनकर- *'जिस मंदिर के दीप इंदु, दिनकर औ' तारे'*	: सूर्य	1/89	नमस्कार/कानन-कुसुम
◆ *'दिनकर हिमकर तारा के दल'*	: सूर्य	1/311	कितने दिन जीवन.../लहर
दिनकर-कर- *'दिनकर-कर से व्यथित बिताया नीरस वासर'*	: सूरज की गर्म किरणें जो उसके कठोर हाथ की तरह हैं	1/110	रजनीगंधा/कानन-कुसुम
दिननाथ- *'दिननाथ अपने पीत कर से थे सहारा दे रहे'*	: सूर्य, दिन के नाथ	1/107	भक्ति-योग/कानन-कुसुम
◆ *'अस्त हुए दिन-नाथ पीत कर कान्ति को'*	: सूरज	3/83	चतुर्थ दृश्य/कल्याणी परि.
दिनांत निवास- *'अरुण घन की सजल छाया में दिनांत निवास'*	: संध्या का आश्रय	2/114	वासना/कामायनी

शब्द-	काव्य-पंक्ति	: अर्थ	प्र.ग्रं./पृ.सं.	स्रोत/संदर्भ
दिपती-सी-	*'गोधूली के धूमिल पट में दीपक के स्वर में दिपती-सी'*	: टिमटिमाना	2/123	लज्जा/कामायनी
दिल्लीपति-	*'दिल्लीपति का, सैनप हो आया, यहाँ'*	: दिल्ली का बादशाह अकबर	1/207	महाराणा का महत्त्व
दिवाकर-	*'वह रूप पतनोन्मुख दिवाकर का हुआ पीला अहो'*	: सूर्य	1/107	भक्ति-योग/कानन-कु.
दिवाकर-किरणाली-	*'किये संपुटित वदन दिवाकर-किरणाली में'*	: सूरज की किरणें (किरणों की पंक्तियाँ)	1/110	रजनीगंधा/कानन-कुसुम
दिवा-रात्रि-	*'अरी आँधियो! ओ बिजली की दिवा-रात्रि तेरा नर्त्तन;'*	: दिन और रात	2/54	चिंता/कामायनी
♦	*'दिवा रात्रि या - मित्र वरुण की बाला का अक्षय श्रृंगार;'*	: दिन और रात	2/76	आशा/कामायनी
दिवा-श्रांत-	*'दिवा-श्रांत आलोक-रश्मियाँ नील निलय में छिपी कहीं'*	: दिन की थकान, दिन के परिश्रम से थककर	2/189	स्वप्न/कामायनी
दिव्य अनाहत-	*'दिव्य अनाहत पर- निनाद में श्रद्धायुत मनु बस तन्मय थे'*	: ध्वनि का लोकोत्तर रूप, अनाहत (सारे विश्व में व्याप्त ईश्वरीय ध्वनि, जिसे साधना की अवस्था में सुना जा सकता है।)	2/263	रहस्य/कामायनी
दिव्य दाह-सी-	*'असंख्य कीर्ति-रश्मियाँ, विकीर्ण दिव्य दाह-सी'*	: अलौकिक अग्नि के समान	4/290	चतुर्थ अंक/चन्द्रगुप्त
दिव्य देह-मंदिर-	*'जिस पंचतत्त्व से है यह दिव्य देह-मंदिर'*	: यह शरीर आध्यात्मिक(दिव्य) मंदिर की तरह हमें मिला है	1/90	मंदिर/कानन-कुसुम
दिव्य-रागिनी-अभिनव-सी-	*'गूँज उठी तुम विश्व-कुहर में दिव्य-रागिनी-अभिनव-सी!'*	: नयी अलौकिक संगीतमय मधुर ध्वनि की तरह	2/226	निर्वेद/कामायनी
दिशाकाल-	*'स्वर लय होकर दे रहे ताल, थे लुप्त हो रहे दिशाकाल'*	: स्थान और समय, दिक् और काल	2/246	दर्शन/कामायनी
दिशि-दिशि-	*'घुली जा रही है दिशि-दिशि की नभ में मलिन उदासी'*	: चारों ओर, सभी दिशाओं में	2/142	कर्म/कामायनी
दिशि-पल-	*'आते-जाते, सुख-दुःख, दिशि-पल, शिशु सा आता कर खेल अनिल'*	: देशकाल, स्थान और समय, दिक्काल	2/234	दर्शन/कामायनी
दीजे-	*'धरता है वेश वो ही जैसा कि उसको दीजे'*	: दीजिए (ब्रजभाषा के प्रभाव से बना क्रिया-रूप)	1/91	मंदिर/कानन-कुसुम
दीठ-	*'लगी सतृष्ण दीठ थी सबकी, रही बचाये फिरती कबकी'*	: नजर, दृष्टि	4/141	पंचम अंक/स्कन्दगुप्त
दीन-	*'यों ही लगा बीतने उनका जीवन अस्थिर दिन-दिन दीन'*	: दयनीय, दया के पात्र	2/74	आशा/कामायनी
♦	*'मृदु मरुत लहर में फेनोपम तारागण झिलमिल हुए दीन'*	: खिन्न, बेचारे	2/178	इड़ा/कामायनी
दीन अनुग्रह-	*'इस दीन अनुग्रह का मुझ पर तुम बोझ डालने में समर्थ'*	: दया से परिपूर्ण कृपा-भाव	2/168	ईर्ष्या/कामायनी

शब्द-	काव्य-पंक्ति	: अर्थ	प्र.ग्रं./पृ.सं.	स्रोत/संदर्भ
दीन अवसाद-	*'तप नहीं केवल जीवन-सत्य करुण यह क्षणिक दीन अवसाद;'*	: बेचारगी, हीनभाव से उत्पन्न निराशा	2/90	श्रद्धा/कामायनी
दीन के सम्बल-	*'हमारे दीन के सम्बल कहाँ हो'*	: कमजोरों के मददगार, ईश्वर	4/55	प्रथम अंक/स्कन्दगुप्त
दीन जीवन-	*'बढ़ रहा तिमिर गर्भ में नित्य, दीन जीवन का यह संगीत'*	: असहाय जीवन	2/86	श्रद्धा/कामायनी
दीन जीवन-	*'मरण जब दीन जीवन से भला हो'*	: असहाय जिंदगी	3/39	तृतीय अंक/विशाख
दीन त्याग-	*'कुछ ग्रहण कर रहा दीन त्याग, सोया जिसका है भाग्य, जाग'*	: त्याग जो दीन बन गया हो, इड़ा सबको देती थी आज प्रार्थिनी है	2/235	दर्शन/कामायनी
दीन-दुखहारी-	*'उस अनाथ के नाथ दीन-दुखहारी को अपना पाया'*	: ईश्वर, असहाय के दुःख को दूर करनेवाला	1/194	प्रेमपथिक
दीन पोत-	*'महामत्स्य का एक चपेटा दीन पोत का मरण रहा'*	: कमजोर नाव	2/62	चिंता/कामायनी
दीन विभव-	*'जीवन के उस दीन विभव में जैसे बनी उदासी'*	: धन और साधन का अभाव	2/133	कर्म/कामायनी
दीन विश्व-	*'रख रहा है उसे ढोकर दीन विश्व उधार'*	: बेचारा संसार	2/114	वासना/कामायनी
दीन विषाद-	*'काँप रहे हैं आज प्रतिध्वनि बन कर मानो दीन विषाद'*	: दयनीय और दुखद	2/54	चिंता/कामायनी
दीन-सम-	*'बड़े मनुष्यों के पैरों से, दीन-सम'*	: असहाय और निर्बल की तरह	1/201	महाराणा का महत्त्व
दीना-	*'बन आवर्जना-मूर्ति दीना अपनी अतृप्ति-सी संचित हो'*	: दयनीय स्थिति	2/127	लज्जा/कामायनी
दीपमाला-	*'विशाल मंदिर की यामिनी में जिसे निरखना हो दीपमाला'*	: दीपकों की पंक्तियाँ	1/86	प्रभो/कानन-कुसुम
दीपमालिका-	*'दीपमालिका हुई वहीं पर तेरी छवि की, प्राण मिला'*	: दीपों की शृंखला	3/209	द्वितीय अंक/विशाख
♦	*'जली दीपमालिका प्राण की हृदय-कुटी स्वच्छ हो गयी है'*	: दीपकों की पंक्ति	3/285	द्वितीय अंक/अजातशत्रु
दीपाधार-	*'राज-भवन में मणिमय दीपाधार सब'*	: आधार के साथ बने हुये दीपक (ऊँचे दीपक)	1/32	महाराणा का महत्त्व
दुंदुभि-मृदंग-तूर्य-	*'दुन्दुभि-मृदंग-तूर्य शांत स्तब्ध, मौन हैं'*	: दुन्दुभि, मृदंग और तूर्य — युद्ध के वाद्य-यंत्र हैं	1/337	पेशोला की प्रतिध्वनि/लहर
दुःख-कथा-	*'जाकर उससे दुःख-कथा मेरी कहो'*	: तकलीफ से भरी जिंदगी की कहानी (घटनाएँ)	1/102	मर्म-कथा/कानन-कुसुम
दुख का गहन पाठ-	*'दुख का गहन पाठ पढ़कर अब सहानुभूति समझते थे;'*	: प्रलय की घटना ने मनु को दुःख की अनुभूति का गंभीर अध्याय पढ़ा दिया था	2/74	आशा/कामायनी
दुःख का पारावार-	*'उमड़ रहा है इस भूतल पर दुःख का पारावार'*	: दुःख-तकलीफ की अधिकता, दुःख का समुद्र	4/54	प्रथम अंक/स्कन्दगुप्त
दुःख जलधि-	*'उमड़ रहा है देव सुखों पर दुःख जलधि का नाद अपार'*	: दुःख का समुद्र	2/55	चिंता/कामायनी

शब्द-	काव्य-पंक्ति	: अर्थ	प्र.ग्रं./पृ.सं.	स्रोत/संदर्भ
दुख-तटिनी-	*'आकांक्षा लहरी दुख-तटिनी पुलिन अंक में थी ढलती'*	: नदी मानो श्रद्धा के दुःख की तरह क्रमिक और गतिशील थी	2/188	स्वप्न/कामायनी
दुःख-दुसह-	*'यह कैसा तेरा दुःख-दुसह, जो बाहर-भीतर देता दह'*	: मुश्किल से सहे जाने योग्य दुःख	2/234	दर्शन/कामायनी
दुख-द्वंद-	*'काट दो ये सारे दुख-द्वंद'*	: दुःख और उससे जुड़ी दुविधाएँ। 'द्वंद' और 'द्वंद्व' दोनों का प्रयोग मिलता है	1/129	विनय/कानन-कुसुम
दुःख-नीरद-	*'दुःख-नीरद में बन इन्द्रधनुष बदले नर कितने नए रंग'*	: दुःख-रूपी बादल	2/176	इड़ा/कामायनी
दुख पददलिता-	*'एक तापसी भी है बैठी दुख पददलिता छाया-सी'*	: दुःख के पाँवों से कुचली हुई	1/184	प्रेमपथिक
दुःख-परितापित-	*'दुःख-परितापित धरा को स्नेह-जल से सींच'*	: दुःख के तनाव से युक्त, दुःख से दहकता हुआ	3/159	तृतीय अंक/राज्यश्री
दुःख-पिपासा-	*'शांत करेगी हर लेगी कब दुःख-पिपासा?'*	: दुःख और दुःख देनेवाली इच्छाएँ	1/128	निशीथ-नदी/कानन-कु.
दुख भार-	*'तिमिर का हरने को दुख भार, तेज अमिताभ अलौकिक कांत'*	: सांसारिक कष्ट का दबाव	1/295	अरी वरुणा की शांत कछार/लहर
दुःख-मूल-	*'क्षणिक सुखों को स्थायी कहना दुःख-मूल यह भूल महा'*	: जो दुःख का कारण हो	3/265	प्रथम अंक/अजातशत्रु
दुःख-विदूषक-	*'सुख-सहचर दुःख-विदूषक परिहास पूर्ण कर अभिनय'*	: दुःख-रूपी विदूषक, नायक का सहचर होता है विदूषक	2/279	आनन्द/कामायनी
दुग्ध-धाम-	*'वे जीवित हों मांसल बन कर हम अमृत दुहें, वे दुग्ध-धाम'*	: दुधारू	2/163	ईर्ष्या/कामायनी
दुग्ध-फेन-निभ-	*'दुग्ध-फेन-निभ शय्या को यों छोड़ कर'*	: दूध के फेन के समान चमकदार (निभ- समान, चमकदार)	1/30	महाराणा का महत्त्व
दुरंत-	*'निचले स्तर पर छाया दुरंत, आती चुपके, जाती तुरंत'*	: जिसका अंत पाना कठिन हो, अपार	2/242	दर्शन/कामायनी
♦	*'और पीठ पर हो दुरंत दंशनों का त्रास'*	: जिसका अंत मुश्किल हो	1/334	शेरसिंह का श.-स./लहर
♦	*'दुर्मद दुरंत धर्म दस्युओं की त्रासिनी'*	: जिसका अंत मुश्किल हो	1/333	शेरसिंह का श.-स./लहर
दुराशामयी विधवा-	*'एक पुत्र वत्सला दुराशामयी विधवा'*	: बुरी आशंकाओं से घिरी पति-विहीना स्त्री	1/334	शेरसिंह का शस्त्र-समर्पण/लहर
दुर्जेय-	*'प्रकृति रही दुर्जेय, पराजित/हम सब थे भूले मद में'*	: जिसे जीत पाना मुश्किल हो	2/55	चिंता/कामायनी
दुर्दम्य-	*'देखकर दौर्वृत्य यह दुर्दम्य क्षत्रिय-जाति का'*	: जिसे रोक पाना मुश्किल हो	1/163	कुरुक्षेत्र/कानन-कुसुम
दुर्दिन-	*'दुर्दिन में आँसू बनकर/वह आज बरसने आयी'*	: बुरा वक्त, बरसात को भी 'दुर्दिन' कहते हैं	2/7	आँसू
दुर्दिन-जल-धारा-	*'दुर्दिन-जल-धारा न सम्हाल सकी अहो!'*	: दुर्भाग्यकाल के प्रवाह-रूपी जल की धारा	1/160	शिल्प-सौन्दर्य्य/कानन-कुसुम
दुर्दैव-वश-	*'जो पति से भी बिछुड़ रही दुर्दैव-वश'*	: दुर्भाग्यवश, बदनसीबी से	1/159	भरत/कानन-कुसुम
दुर्धर्ष प्रकृति-	*'देखो यह दुर्धर्ष प्रकृति का इतना कंपन'*	: अदम्य प्रकृति	2/202	संघर्ष/कामायनी
दुर्निवार-	*'तू घूम रहा अभिलाषा के नव ज्वलन-धूम-सा दुर्निवार'*	: जिसे रोकना मुश्किल हो	2/173	इड़ा/कामायनी

शब्द-	काव्य-पंक्ति	: अर्थ	प्र.ग्रं./पृ.सं.	स्रोत/संदर्भ
◆	*'दोनों का हठ था दुर्निवार, दोनों ही थे विश्वास-हीन'*	: जिसका निवारण असंभव हो	2/174	इड़ा/कामायनी
◆	*'नियमों से बँधते दुर्निवार'*	: जिसका निवारण मुश्किल हो, अनुल्लंघनीय	2/174	इड़ा/कामायनी
दुर्बल आह-	*'निकल मत बाहर दुर्बल आह, लगेगा तुझे हँसी का शीत'*	: तुम्हारे दुःख को लोग तुम्हारी कमजोरी समझेंगे	4/187	प्रथम अंक/चन्द्रगुप्त
दुर्बल तर्कों के भृत्य-	*'अरे दुर्बल तर्कों के भृत्य'*	: कमजोर तर्कों से जो पराजित हो जाते हैं	1/148	धर्मनीति/कानन-कुसुम
दुर्बलता अपनी बीती-	*'तब भी कहते हो कह डालूँ दुर्बलता अपनी बीती'*	: अपने विगत जीवन की कमियाँ	1/292	मधुप गुनगुना कर कह जाता/लहर
दुर्बलता में नारी हूँ-	*'यह आज समझ तो पायी हूँ मैं दुर्बलता में नारी हूँ'*	: स्त्री-सुलभ भावुकता के कारण दृढ़ न रह पाना	2/128	लज्जा/कामायनी
दुर्बल पद-बल-	*'मैंने निज दुर्बल पद-बल पर, उससे हारी-होड़ लगाई'*	: कमजोर पैरों में जो भी ताकत थी उसके आधार पर	4/141	पंचम अंक/स्कन्दगुप्त
दुर्बोध-	*'ओ नील आवरण जगती के दुर्बोध न तू ही है इतना;'*	: जिसे समझना कठिन हो	2/98	काम/कामायनी
दुर्भर-	*'दुर्भर थी गर्भ मधुर पीड़ा झेलती जिसे जननी सलील'*	: जिस भार को उठाये रखना कठिन हो	2/160	ईर्ष्या/कामायनी
दुर्भेद्य-	*'कौशल यह कोमल कितना है सुषमा दुर्भेद्य बनेगी क्या?'*	: जिसमें प्रवेश मुश्किल हो	2/102	काम/कामायनी
दुर्भेद्य अचल दृढ़ता-	*'उस दुर्भेद्य अचल दृढ़ता का करता चारण सदृश प्रचार'*	: हिमालय की दृढ़ता और अभेद्यता	2/72	आशा/कामायनी
दुर्भेद्य तम-	*'नींद-सी दुर्भेद्य तम की, फेंकती यह दृष्टि'*	: जिस अंधकार को भेद कर देखा न जा सके	2/118	वासना/कामायनी
दुर्मद-	*'दुर्मद दुरन्त धर्म दस्युओं की त्रासिनी'*	: अत्यन्त अहंकारी	1/333	शेरसिंह का श.-स./लहर
दुर्लक्ष्यी धनु-	*'श्वास लिया, टंकार किया दुर्लक्ष्यी धनु ने'*	: कठिन लक्ष्य को बेधनेवाला धनुष	2/208	संघर्ष/कामायनी
दुर्ललित-	*'दुर्ललित हठीले बचपन-सी'*	: शरारत से भरा लालित्य भाव	1/290	उठ उठ री लघु... /लहर
दुर्ललित लालसा-	*'उठती अंतस्तल से सदैव दुर्ललित लालसा जो कि कांत'*	: ऐसी इच्छाएँ जो ललित भाव से वंचित हों, अदम्य और उद्दंड कामनाएँ	2/157	ईर्ष्या/कामायनी
दुष्कर्म-	*'हम मानते, हम हैं अधम, दुष्कर्म के भी छात्र हैं'*	: दुः+कर्म, खराब काम	1/92	करुण-क्रंदन/कानन-कु.
दुष्काव्य-	*'पाद- पूर्ति-सा होता है दुष्काव्य में'*	: खराब दर्जे की कविता	1/209	महाराणा का महत्त्व
दुष्प्राप्य-	*'दुष्प्राप्य की ही प्राप्ति में हाँ बद्ध जीवनमुक्त था'*	: जिसे प्राप्त करना मुश्किल हो	1/108	भक्ति-योग/कानन-कु.
◆	*'दुष्प्राप्य को जो मिल रहा सुख-सूत्र उसको तोड़ दें'*	: जिसे मुश्किल से कुछ प्राप्त होता हो	1/108	भक्ति-योग/कानन-कुसुम
दुस्सह-	*'तव दुस्सह यह विरह रात-दिन जैसे सुख से सहती है'*	: जिसे सह पाना कठिन हो	1/103	हृदय-वेदना/कानन-कुसुम
दूरागत-	*'दूरागत क्रंदन-ध्वनि फिर'*	: दूर से आती हुई (रोने की आवाज)	1/329	अशोक की चिंता/लहर
◆	*'दूरागत वंशी-रव'*	: दूर से आती हुई (बाँसुरी की आवाज)	1/339	प्रलय की छाया/लहर

शब्द-	काव्य-पंक्ति	: अर्थ	प्र.ग्रं./पृ.सं.	स्रोत/संदर्भ
◆	'जीवन भर के बल वैभव से सत्कृत करती दूरागत को'	: दूर से आया हुआ	2/124	लज्जा/कामायनी
◆	' 'माँ' फिर एक किलक दूरागत, गूँज उठी कुटिया सूनी'	: दूर से आयी हुई (ध्वनि)	2/188	स्वप्न/कामायनी
दूरागत वंशी-रव-	'श्वास पवन पर चढ़कर मेरे दूरागत वंशी-रव सी'	: कहीं दूर बजनेवाली बाँसुरी का मधुर स्वर	2/226	निर्वेद/कामायनी
दूर्वादलों-	'है फटी दूर्वादलों की श्याम साड़ी देखिए'	: दूब घास	1/105	जलद-आवाहन/का.-कु.
दृगंचल-	'सरिता भर रही दृगंचल,'	: पलक	1/331	अशोक की चिंता/लहर
दृग के अंजन-	'कुहुकिनि अपलक दृग के अंजन! हँसती तुझमें सुन्दर छलना'	: आँखों का काजल	2/173	इड़ा/कामायनी
दृग कोरों-	'देखती सशंक दृग कोरों से'	: तिरछी निगाहों से	1/352	प्रलय की छाया/लहर
दृग-जल-	'करूँ क्या दृग-जल से छिड़काव, बनाऊँ मैं यह बिछलन राह'	: आँसू, भावनाओं का जल	4/233	द्वितीय अंक/चन्द्रगुप्त
दृग नील-	'निर्निमेष दृग नील देख रहे थे राम के'	: (राम की) नीली आँखें (राजीवनयन राम)	1/154	चित्रकूट/कानन-कुसुम
दृग-पथ-	'भ्रम-कुहेलिका से दृग-पथ भी भ्रान्त है'	: दृष्टि-पथ, नजर, निगाह	1/97	करुणा-कुंज/कानन-कु.
दृग-पुतली-	'दृग-पुतली कुछ नच पाती'	: आँखों का काला गोलक	1/331	अशोक की चिंता/लहर
दृग-युगल-	'वह दृश्य देखने को निज दृग-युगल सराह रही थी'	: (इड़ा के) दोनों नेत्र	2/273	आनन्द/कामायनी
दृग-सीमा-	'प्रियजन दृग-सीमा से जभी दूर होते'	: आँखों के सामने से, दृष्टि-पथ	1/135	विरह/कानन-कुसुम
दृढ़-प्रतिज्ञ-	'अमर्त्य वीरपुत्र हो, दृढ़-प्रतिज्ञ सोच लो'	: अपनी प्रतिज्ञा पर टिके रहना	4/290	चतुर्थ अंक/चन्द्रगुप्त
दृढ़ प्राचीरों-	'दृढ़ प्राचीरों में मंदिर के द्वार दिखाई पड़े घने'	: पक्की मजबूत चहारदीवारी	2/190	स्वप्न/कामायनी
दृप्त-	'दृप्त अत्याचार को-'	: दीप्त, गर्वित	1/334	शेरसिंह का श.-स./लहर
◆	'लूटा था दृप्त अधिकार ने'	: दीप्त, उग्र, प्रचण्ड	1/353	प्रलय की छाया/लहर
दृप्त फूत्कार-	'धूलि सी उड़ेगी किस दृप्त फूत्कार से?'	: गर्व से भरी वीरोचित ललकार	1/338	पेशोला की प्रति./लहर
दृप्त-वासना-	'यह सब क्यों फिर? दृप्त-वासना लगी गरजने ऐंठी'	: प्रबल कामवासना	2/138	कर्म/कामायनी
दृश्यगोचर-	'दृश्यगोचर हो रहे हैं प्रेम से पाले हुए'	: दिखाई पड़ना	1/133	खंजन/कानन-कुसुम
दृष्टि-पथ से ढार-	'सकल संचित-स्नेह देता दृष्टि-पथ से ढार'	: नजरों से (प्रेम) प्रवाहित करना	2/112	वासना/कामायनी
देव-	'देव! बता दो अमर वेदना/लेकर कब मरना होगा?'	: महादेव, ईश्वर	2/71	आशा/कामायनी
देव-असफलताओं का ध्वंस-	'देव-असफलताओं का ध्वंस प्रचुर उपकरण जुटा कर आज'	: देव-सृष्टि के विनाश के बाद टूटे-फूटे रूप में बची हुई चीजें	2/92	श्रद्धा/कामायनी
देव 'आग'-	'देव 'आग' ने उगली त्यों ही अपनी ज्वाला'	: क्रुद्ध देवताओं ने मनु पर आग (क्रोध) से वार किया	2/207	संघर्ष/कामायनी
देव कामिनी-	'देव कामिनी के नयनों से जहाँ नील नलिनों की सृष्टि;'	: देव-कन्याएँ, कामातुर सुर-बालाएँ	2/58	चिंता/कामायनी
देव-दम्भ-	'देव-दम्भ के महा मेध में सब कुछ ही बन गया हविष्य'	: देवताओं का अहंकार	2/54	चिंता/कामायनी

शब्द- काव्य-पंक्ति	: अर्थ	प्र.ग्रं./पृ.सं.	स्रोत/संदर्भ
देवदारु का कानन- ' *"वह अगला समतल जिस पर है देवदारु का कानन'*	: देवदार के वृक्षों का जंगल	2/268	आनन्द/कामायनी
देवदारु निकुञ्ज गह्वर- *'देवदारु निकुञ्ज गह्वर सब सुधा में स्नात'*	: देवदारु के वृक्ष, लताओं के कुंज और घने जंगल	2/116	वासना/कामायनी
देव-दिनकर- *'देव-दिनकर क्या प्रभा-पूरित उदय होने को हैं,'*	: सूर्यदेव, सूरज को देवता माना गया है	1/94	महा-क्रीड़ा/कानन-कुसुम
देव दिवाकर- *'विमल व्योम में देव दिवाकर अग्नि-चक्र से फिरते हैं'*	: देवता तुल्य सूर्य, सूर्य भगवान	1/104	ग्रीष्म का मध्याह्न/कानन-कुसुम
देव-द्वंद्व- *'इस देव-द्वंद्व का वह प्रतीक- मानव कर ले सब भूल ठीक'*	: देव-युग्म, श्रद्धा और मनु	2/245	दर्शन/कामायनी
♦ *'वह देव-द्वंद्व द्युतिमय था फिर क्यों न प्रणति में झुकते'*	: देव-दम्पती मनु और श्रद्धा	2/273	आनन्द/कामायनी
देव न थे हम- *'देव न थे हम और न ये हैं, सब परिवर्त्तन के पुतले;*	: हमलोग 'अमर' नहीं थे, मनु सोच रहे हैं कि हम देवताओं ने भूलवश अपने को कितना शक्तिशाली मान लिया था	2/69	आशा/कामायनी
देवबाला- *'खेलती है यह देवबाला सी'*	: देवताओं की कन्या की तरह	1/270	देवबाला/झरना
देव-मंदिर- *'उनमें से ही बना है यह भी तो देव-मंदिर'*	: देवी-देवताओं के मंदिर (भी उन्हीं पाँच तत्त्वों से बने हैं जिनसे यह शरीर बनता है)	1/90	मंदिर/कानन-कुसुम
देव-यजन- *'देव-यजन के पशु यज्ञों की वह पूर्णाहुति की ज्वाला,'*	: देवताओं के द्वारा किया जानेवाला यज्ञ	2/59	चिंता/कामायनी
♦ *'सजग हुई फिर से सुर-संस्कृति, देव यजन की वर माया,'*	: देवताओं के द्वारा किया जानेवाला यज्ञ-कर्म	2/73	आशा/कामायनी
देव-विलास-वितान- *'विस्तृत जो मोह रहा मेरा वह देव-विलास-वितान तना'*	: देवताओं के विलासी जीवन पर चँदोबे (कपड़े से बनी छत) की तरह तना हुआ	2/103	काम/कामायनी
देव सृष्टि- *'देव सृष्टि की सुख विभावरी ताराओं की कलना थी'*	: देवताओं का संसार	2/55	चिंता/कामायनी
देव सृष्टि का ध्वंस- *'देव सृष्टि का ध्वंस अचानक श्वास लगा लेने फिर से'*	: देवताओं की सभ्यता का नष्टप्राय रूप, देव सृष्टि का अवशेष	2/62	चिंता/कामायनी
देव सृष्टि की रति रानी- *'मैं देव-सृष्टि की रति-रानी निज पंचबाण से वंचित हो'*	: लज्जा देवलोक में रति के रूप में थी	2/127	लज्जा/कामायनी
देवांगना समाज- *'आवें गावें विमल कीर्ति सब देवांगना समाज'*	: अप्सराएँ	3/92	नवम दृश्य/कल्याणी परिणय
देवेश इंद्र- *'देवेश इंद्र की विजय कथा की स्मृति देती थी दुख दूना'*	: देवताओं के राजा इन्द्र	2/173	इड़ा/कामायनी
देवों को अर्पित- *'देवों को अर्पित मधु-मिश्रित सोम अधर से छू लो'*	: देवताओं को चढ़ाया गया प्रसाद	2/148	कर्म/कामायनी

शब्द-	काव्य-पंक्ति	: अर्थ	प्र.ग्रं./पृ.सं.	स्रोत/संदर्भ
देश काल का लाघव-	*'देश काल का लाघव करते वे प्राणी चंचल से हैं'*	: स्थान और समय की कठिनाई को आसान बनाने की कुशलता	2/190	स्वप्न/कामायनी
देह-गेह-	*'यह हिंसा इतनी है प्यारी जो भुलवाती है देह-गेह'*	: अपना शरीर तथा घर-बार	2/160	ईर्ष्या/कामायनी
देह-मंदिर-	*'जिस पंचतत्त्व से है यह दिव्य देह-मंदिर'*	: शरीर मानो मंदिर की तरह पवित्र रूप में हमें प्राप्त होता है	1/90	मंदिर/कानन-कुसुम
दैन्य-	*'दिव्य रथ है बीच में, अर्जुन-हृदय में दैन्य है'*	: बेचारगी, उदासीनता, निराशा	1/165	कुरुक्षेत्र/कानन-कुसुम
दैव-	*'दीन हो दैव को पुकारोगे'*	: ईश्वर, भाग्य	4/136	पंचम अंक/स्कन्दगुप्त
दो काठों की संधि बीच-	*'दो काठों की संधि बीच उस निभृत गुफा में अपने'*	: दो लकड़ियों के बीच जलनेवाली आग (मनु-श्रद्धा के बीच की कामोत्तेजना)	2/154	कर्म/कामायनी
दो बूंदों में-	*'दो बूंदों में जीवन का रस लो बरबस बहता है'*	: सोमरस की थोड़ी मात्रा	2/148	कर्म/कामायनी
दोला-	*'आशा दोला झूल न रे मन!'*	: झूला	4/372	अग्निमित्र (अधूरा नाटक)
दौर्वृत्य-	*'देखकर दौर्वृत्य यह दुर्दम्य क्षत्रिय-जाति का'*	: खराब स्वभाव और व्यवहार	1/163	कुरुक्षेत्र/कानन-कुसुम
द्युति-	*'मद भरी जैसे उठे सलज्ज भोर की तारक द्युति की गोद'*	: तारों की चमक	2/85	श्रद्धा/कामायनी
द्युतिमान-	*'व्यथा से नीली लहरों बीच बिखरते सुख-मणिगण द्युतिमान !'*	: चमकदार और सुन्दर	2/89	श्रद्धा/कामायनी
द्रव-अमल-	*'उस शरद प्रसन्न नदी में जीवन द्रव-अमल भरा हो'*	: निर्मल जीवन की जलधारा	2/36	आँसू
द्रवचंद्रकांत-	*'द्रवचंद्रकांत मनोज्ञ मणि के से बने विकास में'*	: (चाँद के प्रकाश) से पिघलनेवाली चंद्रकांत मणि	1/155	चित्रकूट/कानन-कुसुम
द्रुततर-	*'द्रुततर चक्कर काट पवन भी फिर से वहीं लौट आ जाता'*	: अधिक वेग से	2/251	रहस्य/कामायनी
द्रुमदल-	*'हिलते-द्रुमदल कल किसलय/देती गलबाँही डाली'*	: वृक्षों के पत्ते	2/13	आँसू
द्रुमदल निष्कम्प-	*'कोमल द्रुमदल निष्कम्प रहे'*	: पेड़-पौधों के पत्ते स्थिर थे (मानो सब कुछ ठहर गया था)	4/302	चतुर्थ अंक/चन्द्रगुप्त
द्रुम दल में-	*'सप्त सिंधु के तरल कणों में, द्रुम दल में, आनन्द-विभोर'*	: वृक्षों के समूह, वन-प्रदेश	2/56	चिंता/कामायनी
द्रुम-वृन्द-	*'हरित वन कुसुमित हैं द्रुम-वृन्द'*	: पेड़-पौधों का समूह	1/244	असन्तोष/झरना
द्रोह-	*'वे द्रोह न करने के स्थल हैं जो पाले जा सकते सहेतु'*	: अपकार, हिंसा	2/163	ईर्ष्या/कामायनी
द्वंद्व-	*'जब चला द्वंद्व था असुरों में प्राणों की पूजा का प्रचार'*	: (देवताओं और असुरों के बीच का) संघर्ष	2/174	इड़ा/कामायनी
द्वंद्व सुखद-	*'चिर-परिचित-सा चाह रहा था द्वंद्व सुखद करके अनुमान'*	: स्त्री-पुरुष की काम-क्रीड़ा का सुख	2/76	आशा/कामायनी
द्वन्द्वों का उद्गम-	*'द्वन्द्वों का उद्गम तो सदैव शाश्वत रहता वह एक मंत्र'*	: परस्पर विरोधी भाव का मूल कारण	2/175	इड़ा/कामायनी

शब्द- काव्य-पंक्ति	: अर्थ	प्र.ग्रं./पृ.सं.	स्रोत/संदर्भ
द्वयता- *'द्वयता में लगी निरंतर ही वर्णों की करती रहे वृष्टि'*	: दुविधा, एकता का अभाव	2/176	इड़ा/कामायनी
◆ *'द्वयता का जो भाव सदा मन में रहता है'*	: द्वंद्व, दुविधा, भेद-बुद्धि	2/200	संघर्ष/कामायनी
◆ *'अपना ही अणु अणु कण कण द्वयता ही तो विस्मृति है'*	: अपना-पराया का भाव, भेद-बुद्धि	2/275	आनन्द/कामायनी
द्वयता में विस्मृति में- *'तुम भी नाचो अपनी द्वयता में विस्मृति में'*	: अपना भिन्न अस्तित्व बनाए रखते हुए भी (परम चैतन्य शिव) में सब कुछ भुलाकर लीन हो जाओ	2/201	संघर्ष/कामायनी
द्विजकुल-चातक- *'द्विजकुल-चातक और जरा ललकार दो'*	: चातक-रूपी पुजारी समूह	1/171	श्रीकृष्ण-जयंती/का.-कु.
द्विधा-रहित- *'द्विधा-रहित अपलक नयनों की भूख भरी दर्शन की प्यास'*	: बेबाक, दुविधा से मुक्त	2/58	चिंता/कामायनी
द्विविधा- *'यह द्वैत, अरे यह द्विविधा तो है प्रेम बाँटने का प्रकार'*	: दुविधा, दो विधा, (मनु और जन्म लेनेवाला शिशु)	2/167	ईर्ष्या/कामायनी
द्वीप- *'जलधि के फूटें कितने उत्स/द्वीप, कच्छप डूबें-उतरायँ'*	: टापू (द्वीप-रूपी कछुआ)	2/93	श्रद्धा/कामायनी
द्वैत- *'यह द्वैत, अरे यह द्विविधा तो है प्रेम बाँटने का प्रकार'*	: दो के अस्तित्व को एक साथ मानने का भाव (मनु और जन्म लेनेवाला शिशु)	2/167	ईर्ष्या/कामायनी
धनुर्वैदिक रीति- *'कृष्ण ने दीक्षित किया था धनुर्वैदिक रीति से'*	: धनुष चलाने की विद्या की पद्धति के अनुसार	1/165	कुरुक्षेत्र/कानन-कुसुम
धनुष भग्न- *'धनुष भग्न सब छिन्न जाल है'*	: टूटा हुआ धनुष	1/233	विषाद/झरना
धमनी की तन्त्री- *'धमनी की तन्त्री बजी, तू रहा लगाये कान'*	: रग-रग को झंकृत करनेवाली संवेदना (प्रेम)	4/59	प्रथम अंक/स्कन्दगुप्त
धरती- *'अपना स्वरूप धरती सुन्दर, कमनीय बना था भीषणतर'*	: धारण करती हुई	2/247	दर्शन/कामायनी
धरा की यह सिकुड़न- *'धरा की यह सिकुड़न भयभीत आह कैसी है? क्या है पीर?'*	: धरती मानो भय से सिकुड़ कर हिमालय के रूप में दिखाई पड़ रही हो	2/87	श्रद्धा/कामायनी
धरा दो- *'धरा दो धर्मदेव अब धीर'*	: दिला दो, धारण करा दो	1/129	विनय/कानन-कुसुम
धरा मलिना- *'धूलि-धूसर है धरा मलिना तुम्हारे ही लिए'*	: मलिन (कांतिहीन) दिखाई पड़नेवाली धरती	1/105	जलद-आवाहन/कानन-कुसुम
धरा वधू- *'सिंधु सेज पर धरा वधू अब तनिक संकुचित बैठी सी'*	: धरती-रूपी दुल्हन	2/68	आशा/कामायनी
धरित्री- *'है धरित्री के उरस्थल में जलन तेरे बिना'*	: धरती	1/105	जलद-आवाहन/का.-कु.
धर्म कृषि मर्म के- *'धर्म कृषि मर्म के नवीन घनश्याम तुम'*	: खेती-बारी-रूपी धर्म का असली मर्म (बादलों में निहित है)	1/261	तुम/झरना
धर्म-चक्र- *'जब धर्म-चक्र के सतत-प्रवर्तन की प्रसन्न-ध्वनि छाई थी'*	: बौद्ध धर्म के प्रथम उपदेश की घटना, धर्म की गति	1/297	जगती की मंगलमयी उषा बन/लहर
धर्म-जन्य- *'धर्म-जन्य प्रतिहिंसा ने क्या-क्या नहीं'*	: धर्म से जन्मी हुई साम्प्रदायिकता	1/161	शिल्प-सौन्दर्य्य/का.-कु.
धर्म-तुला- *'यहाँ विभाजन धर्म-तुला का अधिकारों की व्याख्या करता'*	: धर्म या न्याय का तराजू	2/261	रहस्य/कामायनी

शब्द-	काव्य-पंक्ति	: अर्थ	प्र.ग्रं./पृ.सं.	स्रोत/संदर्भ
धर्म दस्युओं-	*'दुर्मद दुरन्त धर्म दस्युओं की त्रासिनी'*	: धर्म को नुकसान पहुँचानेवाले	1/333	शेरसिंह का श.-स./लहर
धर्मदेव-	*'धरा दो धर्मदेव अब धीर'*	: ईश्वर	1/129	विनय/कानन-कुसुम
धर्मांधते-	*'बलि चढ़ गये, धन्य देवि धर्मांधते!'*	: 'धर्मांधता' को संबोधित, धर्म के नाम पर अंधा होकर अत्याचार करना	1/169	वीर बालक/कानन-कुसुम
धर्षिता-	*'वहीं धर्षिता खड़ी इड़ा सारस्वत रानी'*	: अत्याचार या बलात्कार-पीड़िता (इड़ा)	2/209	संघर्ष/कामायनी
धवल-नग-	*'सामने विराट धवल-नग अपनी महिमा से विलसित'*	: सफेद पर्वत, बर्फ से ढँका कैलाश पर्वत	2/271	आनन्द/कामायनी
धवल स्मित-	*'धवल स्मित जैसे शारद घन बीच में'*	: सुन्दर (शुभ्र) मुस्कुराहट	1/226	रूप/झरना
धात्री-	*'मैं उसी चपल की धात्री हूँ गौरव महिमा हूँ सिखलाती'*	: पालन-पोषण करनेवाली धाई, दाई माँ	2/127	लज्जा/कामायनी
धान्य-	*'शस्य, पशु या धान्य का होने लगा संचार'*	: अनाज	2/112	वासना/कामायनी
धिक्कृत-	*'ध्रुव-सा धिक्कृत और सुदामा-सा वह कृश है'*	: जिसकी उपेक्षा की गयी हो	1/151	मकरंद-बिंदु/कानन-कु.
धीर-	*'नहीं कहेंगे, कोप सहेंगे धीर हो'*	: धैर्यवान	1/102	मर्म-कथा/कानन-कुसुम
	♦ *'धरा दो धर्मदेव अब धीर'*	: धैर्य	1/129	विनय/कानन-कुसुम
	♦ *'मनु ने तप में जीवन अपना किया समर्पण होकर धीर'*	: धैर्य के साथ, स्थिर मन से	2/73	आशा/कामायनी
धीर ध्वनि-	*'नीरधर-सी धीर ध्वनि का शंख अब रणभूमि में'*	: गंभीर स्वर(बादलों के)	1/165	कुरुक्षेत्र/कानन-कुसुम
धीर पद-विन्यास-	*'मदिर माधव यामिनी का धीर पद-विन्यास'*	: धीमी गति से आना	2/114	वासना/कामायनी
धीर समीर परस-	*'धीर समीर परस से पुलकित विकल हो चला श्रांत शरीर;'*	: धीमी और सुखद वायु का स्पर्श	2/77	आशा/कामायनी
धीवर-	*'किस धीवर ने यह जाल निराला डाला'*	: मल्लाह, निषाद, मछली पकड़नेवाली एक जाति	1/114	मलिना/कानन-कुसुम
	♦ *'काल धीवर अनन्त में,'*	: नाविक, माँझी, केवट	1/338	पेशोला की प्रतिध्व./लहर
धीवरों-	*'गूँजता था धीवरों की छोटी-छोटी नावों से-'*	: मल्लाह, माँझी	1/339	प्रलय की छाया/लहर
धूनी-	*'निशा-तापसी की जलने को धधक उठी बुझती धूनी!'*	: साधु-तपस्वी आग जलाकर रखते हैं और अपने शरीर को तपाकर कष्ट देते हैं	2/188	स्वप्न/कामायनी
धूप-धूम-सुरभित-गृह-	*'धूप-धूम-सुरभित-गृह, जिनमें थी आलोक-शिखा जलती'*	: चन्दन आदि से बनी धूप के धुएँ से सुगन्धित घर	2/190	स्वप्न/कामायनी
धूप-लपट-	*'स्वेद धूलि-कण धूप-लपट के साथ लिपटकर मिलते हैं'*	: धूप और गर्म हवा (लू)	1/104	ग्रीष्म का मध्याह्न/कानन-कुसुम
धूमकेतु-	*'टूट रहे नभ धूमकेतु अति नीले पीले'*	: पुच्छल तारे, अशुभ के लक्षण	2/207	संघर्ष/कामायनी
धूमकेतु-सा-	*'धूमकेतु-सा चला रुद्र-नाराच भयंकर'*	: पुच्छल तारा के समान	2/209	संघर्ष/कामायनी
धूम-धार-सा-	*'सघन हो रहा अविज्ञात यह देश मलिन है धूम-धार-सा'*	: धुएँ के समूह की भाँति (मैला)	2/257	रहस्य/कामायनी

शब्द- काव्य-पंक्ति	: अर्थ	प्र.ग्रं./पृ.सं.	स्रोत/संदर्भ
धूम पट- *'उधर वह्नि ज्वाला भी अपना लगी धूम पट थी बुनने'*	: धुआँ, धुएँ से लग रहा था मानो कोई बुना हुआ कपड़ा हो	2/73	आशा/कामायनी
धूम-रेखा- *'एक धूम-रेखा मात्र शेष थी,'*	: धुएँ की लकीर	1/351	प्रलय की छाया/लहर
◆ *'अब शेष धूम-रेखा से/चित्रित कर रहा अँधेरा'*	: धुएँ की रेखा	2/16	आँसू
धूम लतिका-सी- *'धूम लतिका-सी गगन तरु पर न चढ़ती दीन'*	: धुआँ-रूपी लता	2/119	वासना/कामायनी
धूम-सा- *'तू घूम रहा अभिलाषा के नव ज्वलन-धूम-सा दुर्निवार'*	: धुएँ की तरह	2/173	इड़ा/कामायनी
धूमिल छायाएँ- *'धूमिल छायाएँ रहीं घूम, लहरी पैरों को रही चूम'*	: (वृक्षों की नदी में पड़ती हुई) अस्पष्ट छाया	2/233	दर्शन/कामायनी
धूमिल पट- *'गोधूली के धूमिल पट में दीपक के स्वर में दिपती-सी'*	: धूल-भरा आवरण	2/123	लज्जा/कामायनी
धूलि-कण- *'स्वेद धूलि-कण धूप-लपट के साथ लिपटकर मिलते हैं'*	: धूल, गर्द	1/104	ग्रीष्म का मध्याह्न/कानन-कुसुम
धूलि-धूसर- *'धूलि-धूसर है धरा मलिना तुम्हारे ही लिए'*	: धूल से सनकर धूल के रंग का हो जाना	1/105	जलद-आवाहन/कानन-कुसुम
धूलि-पटल- *'धूलि-पटल को जलद-जाल-सा काट के'*	: उड़ती हुई धूल से बनी परत	1/204	महाराणा का महत्त्व
धूसर क्षितिज- *'उठ रही थी कालिमा धूसर क्षितिज से दीन'*	: धूमिल आकाश का निचला छोर	2/112	वासना/कामायनी
धूसर छाया- *'सन्ध्या की धूसर छाया में शैलशृंग की रेखा'*	: मटमैली परछाई	2/139	कर्म/कामायनी
धृष्ट मारुत- *'धृष्ट मारुत भी उड़ा अञ्चल तुरत चलता हुआ'*	: ढीठ (उद्दंड) पवन	1/100	नव वसंत/कानन-कुसुम
धेनु-चारण-कार्य्य- *'धेनु-चारण-कार्य्य कालिंदी-मनोहर-कूल'*	: गोचारण का काम	1/163	कुरुक्षेत्र/कानन-कुसुम
धोके- *'मुख चन्द्र चाँदनी जल से /मैं उठता था मुँह धोके'*	: धोकर	2/14	आँसू
ध्यान-निरत- *'मनु बैठे ध्यान-निरत थे उस निर्मल मानस-तट में'*	: ध्यान में लीन, समाधि लगाये हुये	2/273	आनन्द/कामायनी
ध्यानवंचिता- *'कभी-कभी हो ध्यानवंचिता बड़ी विकल हो जाती है'*	: जिसका ख्याल न रखा जा रहा हो, प्रिय के ध्यान से वंचित रहकर	1/103	हृदय-वेदना/कानन-कुसुम
ध्वंस शिल्प- *'हे भारत के ध्वंस शिल्प! स्मृति से भरे'*	: तोड़कर बिखेर दिये गये स्थापत्य	1/162	शिल्प-सौन्दर्य्य/कानन-कुसुम
ध्वंसों में वह झंकार- *'आज कितनी शताब्दियों बाद, उठी ध्वंसों में वह झंकार'*	: सारनाथ के जीर्ण अवशेषों में नयी आवाज उत्पन्न हुई (मूलगंध कुटी की स्थापना से)	1/295	अरी वरुणा की शांत कछार/लहर
ध्वनि गहरी- *'कानों के कान खोलकर के सुनती थी कोई ध्वनि गहरी'*	: धीमी और गंभीर आवाज	2/103	काम/कामायनी
ध्वांत- *'फैला था चारों ओर ध्वांत'*	: अंधकार	2/173	इड़ा/कामायनी
◆ *'सरिता तट तरु का क्षितिज प्रांत, केवल बिखेरता दीन ध्वांत'*	: अंधकार	2/241	दर्शन/कामायनी
◆ *'फैला कोमल ध्वांत'*	: अंधकार	1/273	सुधा में गरल/झरना
◆ *' "है रुद्र-रोष अब तक अशांत", श्रद्धा बोली, 'बन विषम ध्वांत!'*	: अंधकार (अज्ञान)	2/238	दर्शन/कामायनी

शब्द-	काव्य-पंक्ति	: अर्थ	प्र.ग्रं./पृ.सं.	स्रोत/संदर्भ
♦	*'तृप्ति में आशा बढ़ती थी, चन्द्रिका में बढ़ता था ध्वांत'*	: अंधकार	1/266	झील में/झरना
नंदन-	*'नंदन की शत-शत दिव्य कुसुम कुंतला'*	: इन्द्र का उद्यान	1/340	प्रलय की छाया/लहर
नंदन कानन-	*'चला है मन्थर गति में पवन रसीला नन्दन कानन का'*	: 'नन्दन' नामक इन्द्र का उद्यान	3/289	द्वितीय अंक/अजातशत्रु
नंदन तमाल-	*'तुम स्पर्श-हीन अनुभव-सी नन्दन तमाल के तल से;'*	: तमाल वृक्ष का सुन्दर जंगल	2/28	आँसू
नई लजीली-	*'कुछ कृशता नई लजीली थी कंपित लतिका-सी लिये देह'*	: नए प्रकार की लज्जा से युक्त	2/159	ईर्ष्या/कामायनी
नक्षत्र-कुमुद-	*'नक्षत्र-कुमुद की अलस माल'*	: आकाश में खिले तारे मानो श्वेत कमल हैं	1/310	कोमल कुसुमों की मधुर रात/लहर
नक्षत्र निरखते निर्निमेष-	*'नक्षत्र निरखते निर्निमेष वसुधा की यह गति विकल वाम'*	: तारे (सत्ताईस नक्षत्र) अपलक देख रहे थे	2/173	इड़ा/कामायनी
नक्षत्र मालिका-	*'बुलबुले सिन्धु के फूटे नक्षत्र मालिका टूटी'*	: नक्षत्रों (आकाशीय पिंड) की माला, तारों का क्रम	2/5	आँसू
नक्षत्र समाज-	*'हँसता-सा छाया-पथ में नक्षत्र समाज दिखाता'*	: आकाशीय पिंड, तारे	2/24	आँसू
नक्षत्र-लोक-	*'नक्षत्र-लोक फैला है जैसे इस नील निलय में'*	: आकाशीय पिंडों का संसार, सितारों से भरा आकाश	2/4	आँसू
नख छाती छिलने-	*'लीन हो गयी लहर, लगे मेरे ही नख छाती छिलने'*	: प्रेम की पुरानी यादें मानो हृदय को कचोट रही हैं	4/41	प्रथम अंक/स्कन्दगुप्त
नखत-	*'श्रम-सीकर सदृश नखत से/अम्बर-पट भींगा होता'*	: आकाशीय पिंड, तारे	2/14	आँसू
नखत की आशा किरण-	*'नखत की आशा किरण समान हृदय के कोमल कवि की कांत-'*	: नक्षत्रों (सितारों) की आशा-भरी चमक	2/87	श्रद्धा/कामायनी
नखत-कुसुम-	*'राशि-राशि नखत-कुसुम की अर्चना अश्रांत'*	: आकाश के तारे फूलों की तरह हैं	2/117	वासना/कामायनी
नखत पाँत-	*'हो अलस उनींदी नखत पाँत'*	: नक्षत्रों (तारा-ग्रह आदि) की पंक्तियाँ	1/317	अपलक जगती हो एक रात/लहर
नखत-माल-	*'जिसने रचकर फैलाया है ग्रह, तारा, विद्युत्, नखत-माल'*	: आकाशीय पिंडों की माला, नक्षत्र-समूह	2/180	इड़ा/कामायनी
नखदान-	*'श्यामा का नखदान मनोहर मुक्ताओं से ग्रथित रहा'*	: तारे मानो रात्रि के चमकते सुन्दर नाखून का दान हैं	4/41	प्रथम अंक/स्कन्दगुप्त
नग-	*'भुनती वसुधा, तपते नग,'*	: पर्वत	1/332	अशोक की चिंता/लहर
♦	*'नारी! तुम केवल श्रद्धा हो विश्वास-रजत-नग पगतल में'*	: पर्वत	2/130	लज्जा/कामायनी
♦	*'तृण-गुल्मों से रोमांचित नग सुनते उस दुख की गाथा'*	: पर्वत	2/186	स्वप्न/कामायनी
♦	*'मैं अपने मनु को खोज चली, सरिता मरु नग या कुंज-गली'*	: पर्वत	2/240	दर्शन/कामायनी

शब्द-	काव्य-पंक्ति	: अर्थ	प्र.ग्रं./पृ.सं.	स्रोत/संदर्भ
नग तल-	*'एक दिन सहसा सिंधु अपार लगा टकराने नग तल क्षुब्ध;'*	: पर्वत के निचले हिस्से में	2/88	श्रद्धा/कामायनी
नगरोपकण्ठ-	*'गोचरभूमि रही विस्तृत नगरोपकण्ठ में हरी-भरी'*	: नगर के किनारे	1/186	प्रेमपथिक
नटराज-	*'नटराज स्वयं थे नृत्य-निरत, था अंतरिक्ष प्रहसित मुखरित'*	: तांडव-नृत्य के प्रवर्त्तक नटेश्वर शिव	2/246	दर्शन/कामायनी
नटी-सी-	*'नचती है नियति नटी-सी कन्दुक-क्रीड़ा सी करती'*	: नाटक में अभिनय करनेवाली स्त्री	2/26	आँसू
नत निस्तब्ध रात-	*' "प्रियतम! यह नत निस्तब्ध रात, है स्मरण करती विगत बात'*	: खामोश रात मानो सर झुकाये हुये है, अँधेरी स्तब्ध रात	2/245	दर्शन/कामायनी
नत शिर-	*'नत शिर देख मुझे'*	: सर झुकाये हुये	1/340	प्रलय की छाया/लहर
नति-	*'सुरधनु-सा अपना रंग बदल, मृति, संसृति, नति, उन्नति में ढल'*	: पतन	2/235	दर्शन/कामायनी
नदियाँ अबोध-	*'अपनी समाधि में रहे सुखी बह जाती हैं नदियाँ अबोध'*	: भोली-भाली नदियाँ	2/171	इड़ा/कामायनी
नभकुसुमों-	*'जीवन वन की बनी समस्या आशा नभकुसुमों का खिलना'*	: आकाश-कुसुम (काल्पनिक आनन्द)	2/257	रहस्य/कामायनी
नभ नील लता-	*'नभ नील लता की डालों में उलझा अपने सुख से हताश'*	: नीले आकाश-रूपी लता, नीलवल्ली, परगाछा या परगाछी	2/172	इड़ा/कामायनी
नभ मुक्त कुन्तला धरणी-	*'नभ मुक्त कुन्तला धरणी दिखलाई देती लूटी'*	: आकाश मानो धरती के खुले बालों की तरह है	2/5	आँसू
नभ-सागर के अंतस्तल में-	*'नभ-सागर के अंतस्तल में जैसे छिप जाता महा मीन'*	: आकाश-रूपी समुद्र की गहराई में	2/178	इड़ा/कामायनी
नमित-	*'श्रमित नमित सा-'*	: सिर झुकाये हुये	1/337	पेशोला की प्रतिध्व./लहर
नयन की गति-	*'सतत होता जा रहा हो, नयन की गति रोक'*	: देखने की क्षमता	2/111	वासना/कामायनी
नयन-महोत्सव-	*'वह नयन-महोत्सव की प्रतीक अम्लान नलिन की नव-माला'*	: आँखों को सौन्दर्य दिखाने का मानो उत्सव मनाया जा रहा हो	2/178	इड़ा/कामायनी
नयनों का कल्याण-	*'हो नयनों का कल्याण बना आनन्द-सुमन-सा विकसा हो'*	: आँखों को धन्य-धन्य कर देनेवाला सौन्दर्य	2/126	लज्जा/कामायनी
नयनों की नीलम की घाटी-	*'नयनों की नीलम की घाटी जिस रस घन से छा जाती हो'*	: आँखों की कजरारी लकीरें मानो नीलमणि पर्वत की घाटी का आभास दे रही हों	2/126	लज्जा/कामायनी
नर-तरु-	*'भुजलता फँसा कर नर-तरु से झूले-सी झोंके खाती हूँ'*	: पुरुष-रूपी वृक्ष	2/130	लज्जा/कामायनी
नर-पशु-	*'तब तुम प्रजा बनो मत रानी' नर-पशु कर हुंकार उठा'*	: पशु के समान विवेकहीन और उच्छृंखल	2/192	स्वप्न/कामायनी
नरमेध-	*'बलि देने के लिए एक नरमेध में'*	: एक यज्ञ जिसमें मनुष्य की बलि दी जाती है	3/103	तृतीय दृश्य/करुणालय

शब्द-	काव्य-पंक्ति	: अर्थ	प्र.ग्रं./पृ.सं.	स्रोत/संदर्भ
नर्तन में निरत-	*'नर्तन में निरत, प्रकृति गल कर, उस कांति सिंधु में घुल-मिलकर'*	: नृत्य में लीन	2/247	दर्शन/कामायनी
नर्तित नटेश-	*'देखा मनु ने नर्तित नटेश, हत चेत पुकार उठे विशेष'*	: तांडव-नृत्य करते हुए नटराज शिव	2/247	दर्शन/कामायनी
नर्त्तित-	*'नर्त्तित पद-चिह्न बना जाती'*	: नृत्य में रत, नाचता हुआ-सा	1/290	उठ उठ री लघु लघु.../लहर
नलिन-	*'नीरव-मुरली, कलरव चुप अलिकुल थे बन्द नलिन में'*	: कमल का फूल	2/16	आँसू
नलिनाक्ष-	*'पड़ गई माला गले जिसके सरस नलिनाक्ष की'*	: नीलकमल की तरह आँखें, राजीवनयन	3/77	प्रथम दृश्य/ कल्याणी परिणय
नलिनी-	*'पतली मृणालवाली नलिनी हिलती है'*	: कमल के फूल की एक प्रजाति, कमलिनी	1/114	मलिना/कानन-कुसुम
नव-	*'जिसके नव गैरिक अंचल की प्राची में भरी ललाई थी'*	: नया	1/296	जगती की मंगलमयी../लहर
नव-अतीत-	*'नव-अतीत के तुषार-कण में'*	: नया और पुराना, वर्तमान और विगत	4/93	तृतीय अंक/स्कन्दगुप्त
नव उषा-	*'प्राची में नव उषा तमस को जीत रही है'*	: नयी उषा	2/204	संघर्ष/कामायनी
नव एकांत-	*'देखा मनु ने वह अतिरंजित विजन विश्व का नव एकांत'*	: प्रलय के बाद मनु को निर्जन एकांत दिखाई पड़ा जो उन्हें नया-सा महसूस हुआ	2/68	आशा/कामायनी
नव-कलना-	*'धूमिल रेखाओं से सजीव चंचल चित्रों की नव-कलना'*	: नयी कलात्मक रचना	2/173	इड़ा/कामायनी
नव गैरिक अंचल-	*'जिसके नव गैरिक अंचल की प्राची में भरी ललाई थी'*	: नया गेरुआ (रंग) आँचल	1/296	जगती की मंगलमयी उषा बन/लहर
नव घन जल-	*'नव घन जल सींची जा चुकी जो धरा है'*	: नये बादलों की बारिश	3/79	द्वितीय दृश्य/कल्याणी परि.
नव चंद-	*'नव चंद अमंद प्रकाश लहे मतवाली'*	: धवल चन्द्रमा, चमकदार चाँद	1/114	मलिना/कानन-कुसुम
नवचंद्र-	*'घटा से निकले बस नव चंद्र'*	: नया चाँद	1/260	सुधासिंचन/झरना
नव छंद-	*'पशु हो कि पाषाण सब में नृत्य का नव छंद'*	: नयी लय	2/114	वासना/कामायनी
नव-जलद-	*'नदी तट के क्षितिज में नव-जलद, सायंकाल'*	: नया (कांतिमय) बादल	2/111	वासना/कामायनी
नव-जलधर-	*'सुरधनु रंजित नव-जलधर से-'*	: नये बादल	1/312	वे कुछ दिन कितने.../लहर
नव ज्वलन-धूम-सा-	*'तू घूम रहा अभिलाषा के नव ज्वलन-धूम-सा दुर्निवार'*	: सद्यःप्रज्वलित अग्नि के धुएँ की तरह	2/173	इड़ा/कामायनी
नव तमाल-	*'नव तमाल श्यामल नीरद माला भली'*	: नया तमाल वृक्ष, यमुना के किनारे ब्रज में पाया जानेवाला एक वृक्ष जो गहरे हरे रंग (श्याम) का होता है	1/228	पावस प्रवास/झरना
नव तुषार-	*'छायापथ में नव तुषार का सघन मिलन होता जितना'*	: बढ़ता हुआ कुहरा या कुहासा	2/55	चिंता/कामायनी
नव-निधि-	*'सब कुछ देकर नव-निधि अपनी तुमसे ही तो वह छली गयी'*	: (श्रद्धा की) अमूल्य भावनाएँ, कुबेर की नवनिधि- पद्म, महापद्म, शंख, मकर, कच्छप, मुकुंद, कुंद, नील, खर्ब	2/177	इड़ा/कामायनी

शब्द-	काव्य-पंक्ति	: अर्थ	प्र.ग्रं./पृ.सं.	स्रोत/संदर्भ
नवनीत हृदय-	*'जल उठा स्नेह, दीपक-सा नवनीत हृदय था मेरा'*	: मक्खन की तरह कोमल हृदय	2/16	आँसू
नव-नील-	*'नव-नील पयोधर नभ में काले छाये'*	: नीले रंग की नवीनता लिये(बादल)	1/113	मलिना/कानन-कु.
नव पराग-सी-	*'रजत कुसुम के नव पराग-सी उड़ा न दे तू इतनी धूल;'*	: चाँदनी को चाँद-रूपी फूल के पराग-कण के रूप में यहाँ देखा गया है	2/79	आशा/कामायनी
नवमधुमय स्मिति-लतिका-प्रवाल-	*'उसके अधरों में फैलेगा नवमधुमय स्मिति-लतिका-प्रवाल'*	: (बच्चे की) नयी और मधुर मुस्कान लता पर निकले किसलय की तरह होगी	2/167	ईर्ष्या/कामायनी
नव मानवता-	*'मनु! क्या यही तुम्हारी होगी उज्ज्वल नव मानवता?'*	: नूतन मानव संस्कृति	2/149	कर्म/कामायनी
नव-माला-	*'वह नयन-महोत्सव की प्रतीक अम्लान नलिन की नव-माला'*	: कमल के ताजे फूलों से बनी माला	2/178	इड़ा/कामायनी
नव मुकुल-	*'नव मुकुल नीलमणि फलक अमल'*	: नयी कलियाँ	1/326	ओ री मानस की गहराई/लहर
नवरत्न-	*'मिला अब कौन-सा नवरत्न जो पहले न था तुझमें'*	: नया रत्न, नयी अनमोल वस्तु या भावना	4/129	पंचम अंक/स्कन्दगुप्त
नव रस-	*'व्यथित विश्व के सात्त्विक शीतल बिंदु,भरे नव रस सारा'*	: नया आनन्द, काव्यशास्त्र में वर्णित नौ रस-शृंगार, हास्य, करुण, रौद्र, वीर, वीभत्स, भयानक, अद्‌भुत्, शांत	2/78	आशा/कामायनी
♦	*'नव रस भरी अराएँ अविरल चक्रवाल को चकित चूमतीं'*	: भावों के नौ रस, आनन्द के विभिन्न पक्ष	2/256	रहस्य/कामायनी
नवल चंद्रिका-	*'उस नवल चंद्रिका के बिछले जो मानस की लहरों पर से'*	: नवोदित चाँदनी	2/127	लज्जा/कामायनी
नवल चित्र-सी-	*'उस रम्य फलक पर नवल चित्र-सी प्रकट हुई सुन्दर बाला'*	: नये सुन्दर चित्र की तरह, चित्रलिखित की तरह सुन्दर	2/178	इड़ा/कामायनी
नवल नीरद-	*'जब तुम सदय नवल नीरद से मन-पट पर छा जाते हो'*	: नए बादलों के समान	1/103	हृदय-वेदना/कानन-कुसुम
नवल रस-	*'मधु मुकुल नवल रस गागरी'*	: नये पराग से बना पुष्परस	1/303	बीती विभावरी जाग री/लहर
नवल रसाल-	*'विकसे नवल रसाल मिले मदमाते मधुकर'*	: नया आम अर्थात् आम के पेड़ में अभी मंजरी लगी है	1/120	कोकिल/कानन-कुसुम
नवल राग-	*'शून्य हृदय को नवल राग रंजित किया'*	: नया संगीत, नया स्वर, नयापन	1/224	प्रथम प्रभात/झरना
नवल राग-रंजित-	*'शून्य हृदय को नवल राग-रंजित किया'*	: नए (नवल) रंग (राग) से रँगा हुआ (रंजित)	1/98	प्रथम प्रभात/कानन-कुसुम
नवल वसन-	*'कटि में लिपटा था नवल वसन वैसा ही हल्का बुना नील'*	: आकर्षक परिधान	2/160	ईर्ष्या/कामायनी
नवल-सर्ग-	*'उस नवल-सर्ग के कानन में मृदु मलयानिल से फूल चले'*	: नयी सृष्टि	2/105	काम/कामायनी
नवल हिंडोला-	*'हिली आम की डाल, चला ज्यों नवल हिंडोला'*	: नया झूला	1/152	चित्रकूट/कानन-कुसुम

शब्द- काव्य-पंक्ति	: अर्थ	प्र.ग्रं./पृ.सं.	स्रोत/संदर्भ
नव विधान- *'अपने निर्मित नव विधान से स्वयं दंड साकार बना'*	: (सारस्वत नगर के) नये नियम-कानून	2/36	निर्वेद/कामायनी
नव श्रम कन- *'बन कर संसृति के नव श्रम कन'*	: किसी नये काम के लिये हुये परिश्रम से उत्पन्न पसीने की बूँदें	1/326	ओ री मानस की गहराई/ लहर
नव स्वच्छ संध्या- *'नव स्वच्छ संध्या तारका में से अभी उतरी हुई'*	: शाम का दृश्य स्वच्छ, सुंदर और नवीन लग रहा था	1/108	भक्ति-योग/कानन-कुसुम
नवीना कामिनी-*'या नवीना कामिनी की दीखती जोड़ी भली'*	: युवतियाँ	1/116	जल-विहारिणी/का.-कु.
नश्वर-छाया-सी- *'कर्तृत्व सकल बनकर आवे नश्वर-छाया-सी ललित-कला'*	: नश्वरता के प्रतीक की तरह (ललित कला)	2/177	इड़ा/कामायनी
नश्वर-परिणामी- *'दृश्य सकल नश्वर-परिणामी, किसको दु:ख, किसको धन है'*	: जो अंतत: नष्ट होनेवाला हो	3/265	प्रथम अंक/अजातशत्रु
नहिं- *'तैसी कुहू की है निशा, कुछ सूझता नहिं छोर है'*	: नहीं, (ब्रजभाषा का प्रभाव)	1/92	करुण-क्रंदन/कानन-कु.
◆ *'है पग-पग पर ठोकर, फिर नहिं शान्त है'*	: नहीं	1/97	करुणा-कुंज/कानन-कु.
◆ *'नहिं वेग-सहित नलिनी को पवन हिलाओ'*	: नहीं	1/114	मलिना/कानन-कुसुम
'नहीं नहीं'- *'महाशून्य में ज्वाल सुनहली सब को कहती 'नहीं नहीं' सी'*	: निषेध (पार्थक्य का निषेध)	2/263	रहस्य/कामायनी
नाग-केसरों- *'नाग-केसरों की क्यारी में अन्य सुमन भी थे बहुरंग'*	: एक सदाबहार वृक्ष जिसके फूल के केसर नाग की तरह होते हैं	2/191	स्वप्न/कामायनी
नागरी- *'तारा-घट ऊषा नागरी'*	: स्त्री	1/303	बीती विभावरी जाग री/लहर
नाथ- *'कुछ भी दया हो चित्त में तो नाथ रक्षा कीजिए'*	: ईश्वर, स्वामी	1/92	करुण-क्रंदन/कानन-कु.
नाभि-सौरभ- *'निज नाभि-सौरभ भूल फूलों का सुरस पाया यहाँ'*	: नाभि में बसी सुगंध (कस्तूरी मृग का रूपक)	1/136	हाँ, सारथे! रथ रोक दो/ कानन-कुसुम
नाम-मणि- *'अंधकार-भव-बीच नाम-मणि दीपक बाला'*	: राम के नाम की मणि	1/147	महाकवि तुलसी./का.-कु.
नाराच- *'छूट चले नाराच धनुष से तीक्ष्ण नुकीले'*	: लोहे के बाण	2/207	संघर्ष/कामायनी
◆ *'धूमकेतु-सा चला रुद्र-नाराच भयंकर'*	: लोहे के बाण	2/209	संघर्ष/कामायनी
नारीत्व का जो मूल- *'और वह नारीत्व का जो मूल मधु अनुभाव'*	: नारी होने का मूल भाव, स्त्री होने का मूल अहसास (शृंगारिक अर्थ में)	2/119	वासना/कामायनी
नालों- *'अपने नालों पर, वह सरसी श्रद्धा थी, न मधुप आये'*	: कमल की डंडी (रूपी श्रद्धा की देहयष्टि)	2/185	स्वप्न/कामायनी
नाव पर झेल- *'बचाकर बीज-रूप से सृष्टि, नाव पर झेल प्रलय का शीत'*	: जलमग्न धरती पर सब विपदाओं को नाव पर रहकर झेला गया	4/138	पंचम अंक/स्कन्दगुप्त
नाविक- *'मेरे नाविक! धीरे धीरे'*	: नियति, प्रारब्ध, भाग्य	1/298	ले चल वहाँ भुलावा.../लहर
◆ *'नाविक अतीत की उतराई !'*	: नियति, प्रारब्ध	1/326	ओ री मानस की.../लहर
◆ *'नाविक! इस सूने तट पर/किन लहरों में खे लाया'*	: नियति, प्रारब्ध	2/20	आँसू
नाश-विश्लेषण- *'प्रत्येक नाश-विश्लेषण भी संश्लिष्ट हुए, बन सृष्टि रही;'*	: ध्वंस और अलगाव	2/105	काम/कामायनी

शब्द- काव्य-पंक्ति	: अर्थ	प्र.ग्रं./पृ.सं.	स्रोत/संदर्भ
नासिका नुकीली- *'नासिका नुकीली के पतले पुट फरक रहे कर स्मित अमोल'*	: (इड़ा की) नाक नुकीली थी (जो सौन्दर्यवर्द्धक थी)	2/179	इड़ा/कामायनी
नास्ति- *'अस्ति-नास्ति का भेद, निरंकुश करते ये अणु तर्क-युक्ति से'*	: असत्, नहीं है, अविद्यमान (पारमार्थिक प्रश्नों के सन्दर्भ में)	2/260	रहस्य/कामायनी
नाहर- *'लगा खेलने खेल, अरे, नाहर था'*	: शेर	1/272	अतिथि/झरना
नाहर नख- *'नाहर नख से हृदय लड़ाना, और कहूँ, क्या हाय?'*	: शेर के नाखून या पंजा	1/279	बिंदु (1)/झरना
निःशस्त्र- *'नहीं तो कर दूँगा निःशस्त्र'*	: शस्त्रविहीन	1/276	वेदने ठहरो/झरना
निःशेष- *'स्मृति को लिए हुए अंतर में, जीवन कर देंगे निःशेष'*	: समाप्त, जब शेष कुछ न बचे	1/140	प्रियतम/कानन-कुसुम
◆ *'हृदय में क्या है नहीं अधीर, लालसा जीवन की निःशेष?'*	: बचा हुआ	2/88	श्रद्धा/कामायनी
निःश्वास- *'चलते थे सुरभित अञ्चल से जीवन के मधुमय निःश्वास;'*	: निकलनेवाली साँस	2/55	चिंता/कामायनी
◆ *'परिरम्भ कुम्भ की मदिरा, निःश्वास मलय के झोंके,'*	: साँस	2/14	आँसू
निःश्वास-पवन- *'आँसू मरन्द का गिरना मिलना निःश्वास-पवन में'*	: साँसें मानो हवा की तरह गतिशील हैं	2/5	आँसू
निःस्व- *'जिस नेत्र में हों वे नहीं समझो कि वे ही निःस्व हैं'*	: स्व के बिना, आध्यात्मिक दृष्टि से दरिद्र	1/109	भक्ति-योग/कानन-कुसुम
निकर- *'तारकों का निकर अपनी कांति सब खोने को है'*	: समूह	1/94	महा-क्रीड़ा/कानन-कुसुम
◆ *'बनकर तारा निकर मनोहर उदय हुआ वह उसी नियम से'*	: समूह	1/241	बिखरा हुआ प्रेम/झरना
निकष- *'प्रलयोल्का-खंड के निकष पर कस कर'*	: कसौटी	1/338	पेशोला की प्रति./लहर
◆ *'नवल हेम-लेखा सी मेरे हृदय-निकष पर खिंची भला'*	: कसौटी (काले रंग की होती है)	2/224	निर्वेद/कामायनी
◆ *'मलिन पट में मनोहर है निकष पर हेम-रेखा-सी'*	: कसौटी, एक काला पत्थर जिस पर रगड़कर सोने की शुद्धता की जाँच करते हैं	3/181	प्रथम अंक/विशाख
निकुंज- *'अंधकार घना भरा है लता और निकुंज में'*	: कुंज, लता-गुल्मों से घिरा स्थान	1/115,	जल-विहारिणी/कानन-कुसुम
◆ *'विरह डालियों के निकुंज सब ले दुख के निःश्वास रहे'*	: लता-गुल्मों से घिरा सुरम्य स्थान	2/186	स्वप्न/कामायनी
निकुञ्ज गह्वर- *'देवदारु निकुञ्ज गह्वर सब सुधा में स्नात'*	: लताओं के कुंज और घने जंगल	2/116	वासना/कामायनी
निकुरम्ब- *'सुखी सो रहे थे इतने दिन, कैसे हे नीरद निकुरम्ब'*	: समूह	3/319	तृतीय अंक/अजातशत्रु
निखिल-विश्व-गुरु समान- *'निखिल-विश्व-गुरु समान, जिसका गौरव महान्'*	: पूरे विश्व के गुरु के समान (भारतभूमि)	3/81	तृतीय दृश्य/कल्याणी परिणय

शब्द- काव्य-पंक्ति	: अर्थ	प्र.ग्रं./पृ.सं.	स्रोत/संदर्भ
निज अलकों के अन्धकार में- *'निज अलकों के अन्धकार में तुम कैसे छिप आओगे ?'*	: अपनी घनी केश-राशि की छाया में (मानो तुम स्वयं को छिपाना चाहते हो)	1/291	निज अलकों के.../लहर
निज अस्तित्व- *'निज अस्तित्व बना रखने में जीवन आज हुआ था व्यस्त'*	: अपना वजूद, आत्मसत्ता	2/75	आशा/कामायनी
निज उद्गम- *'निज उद्गम का मुख बंद किये कब तक सोएँगे अलस प्राण'*	: अपने आगे बढ़ने का क्रम	2/158	ईर्ष्या/कामायनी
निज कृत्रिम स्वरूप- *'अपने को आवृत किये रहो दिखलाओ निज कृत्रिम स्वरूप'*	: अपना नकली (उज्ज्वल) रूप	2/177	इड़ा/कामायनी
निज-निर्मित-पथ- *'अद्भुत था! निज-निर्मित-पथ का वह पथिक चल रहा निर्विवाद'*	: (नदी) अपने द्वारा निर्मित रास्ते से (बह रही थी)	2/178	इड़ा/कामायनी
निजपद निर्धार- *'पैरों ही से लिपटा लिपटा कर लूँगा निजपद निर्धार'*	: अपनी उचित स्थिति का निर्धारण	1/225	खोलो द्वार/झरना
निज विकृत वक्र रेखाओं से- *'निज विकृत वक्र रेखाओं से, प्राणी का भाग्य बनी अशान्त'*	: अपनी बिगड़ी हुई टेढ़ी-मेढ़ी रेखाओं से, दुर्भाग्य की कुटिल रेखाओं से	2/173	इड़ा/कामायनी
निज-शक्ति-तरंगायित- *'निज-शक्ति-तरंगायित था आनन्द-अम्बु-निधि शोभन'*	: (मानो परमेश्वर की) निजी पराशक्ति हिलोरें ले रही हो	2/273	आनन्द/कामायनी
निज श्रम के उपहार- *'आश्रय की भूखी जनता ने निज श्रम के उपहार दिये!'*	: (जनता ने) अपने परिश्रम से सहयोग दिया	2/189	स्वप्न/कामायनी
निज सुहाग- *'अनुरागिनी उषा लेती थी निज सुहाग मधुमाया में'*	: अपना सौभाग्य और सौन्दर्य	1/292	मधुप गुनगुना कर कह जाता/लहर
निजस्व- *'उत्तमता इनका निजस्व है अम्बुज वाले सर सा देखो'*	: अपने अधिकार की संपत्ति	2/261	रहस्य/कामायनी
निजस्व-सा- *'कुछ निजस्व-सा तुम पर होता भान है'*	: अपने अधिकार का हिस्सा, अपना भाग	1/142	भव-सागर/कानन-कुसुम
निठुर- *'क्रन्दन चुम्बित निठुर निधन की - बनती वनमाला'*	: निष्ठुर, हृदयहीन	3/53	एक घूँट(एकांकी)
नितांत- *'कितना बीहड़ पथ चला और पद रहा कहीं थक कर नितांत'*	: अत्यधिक	2/172	इड़ा/कामायनी
नित्य- *'नित्य समरसता का अधिकार, उमड़ता कारण जलधि समान;'*	: शाश्वत, सदा रहनेवाला	2/89	श्रद्धा/कामायनी
नित्य-किशोर- *'आज भी है क्या नित्य-किशोर'*	: किशोरावस्था के भाव का बना रहना	1/308	तुम्हारी आँखों का बचपन/लहर
नित्यता- *'नित्यता विभाजित हो पल-पल में काल निरंतर चले ढला'*	: काल की सीमा का अतिक्रमण करने की शक्ति	2/177	इड़ा/कामायनी
नित्य-नूतन- *'नित्य-नूतन रूप उसका हो बनाकर देखते'*	: जो प्रतिदिन नया मालूम पड़े	1/95	महा-क्रीड़ा/कानन-कु.
नित्य नूतनता का आनन्द- *'नित्य नूतनता का आनन्द किये है परिवर्तन में टेक'*	: निरन्तर नवीनता का आह्लाद	2/90	श्रद्धा/कामायनी

शब्द-	काव्य-पंक्ति	: अर्थ	प्र.ग्रं./पृ.सं.	स्रोत/संदर्भ
नित्य-विरुद्ध-	*'संघर्ष सदा उर-अंतर में जीवित रह नित्य-विरुद्ध रहा'*	: सदैव प्रतिकूल रहा	2/130	लज्जा/कामायनी
नित्य विलासी-	*'चिर किशोर-वय, नित्य विलासी सुरभित जिससे रहा दिगंत;*	: आमोद-प्रमोद में डूबे रहना	2/56	चिंता/कामायनी
निदय-	*'निदय हृदय में हूक उठी क्या'*	: दयाविहीन, निष्ठुर	1/325	निर्दय तूने ठुकराया तब/लहर
निदाघ मरु-	*'इस निदाघ मरु में, सूखे से स्रोतों के तट जैसे जगते'*	: ग्रीष्म ऋतु का रेगिस्तान (एकदम सूखा-उचाट)	2/261	रहस्य/कामायनी
निधन-	*'क्रन्दन चुम्बित निठुर निधन की - बनती वनमाला'*	: धनहीन	3/53	एक घूँट (एकांकी)
निधि क्षीर-	*'कहाँ जल बिन्दु, कहाँ निधि क्षीर'*	: क्षीर सागर, विराट् और मूल्यवान	1/219	समर्पण/झरना
निनाद-	*'तुम्हारे हँसने की धुन में नदियाँ निनाद करती ही जा रही हैं'*	: ध्वनि, शोर, नदी के बहने से उत्पन्न स्वर	1/86	प्रभो/कानन-कुसुम
♦	*'दिव्य अनाहत पर निनाद में श्रद्धायुत मनु बस तन्मय थे'*	: ध्वनि की आवृत्ति	2/263	रहस्य/कामायनी
♦	*'श्रृंग और डमरू निनाद बस सकल विश्व में बिखर उठा सा'*	: अविराम ध्वनि	2/263	रहस्य/कामायनी
निनादित-	*'कितनी मधु-संगीत-निनादित-'*	: गुंजायमान	1/311	कितने दिन जीवन.../लहर
निपात-	*'कर लिया निश्चित अरिंदम ने निपात अराति का'*	: गिराना	1/163	कुरुक्षेत्र/कानन-कुसुम
निप्रेरित-	*'भीलनाथ का दूत मैं निप्रेरित आया यहाँ'*	: बिना निर्देश के	1/154	चित्रकूट/कानन-कुसुम
निबल-	*'अरे! प्रकृति के शक्ति-चिह्न ये फिर भी कितने निबल रहे!'*	: बलहीन (देवता)	2/68	आशा/कामायनी
निभृत-	*'निभृत था, पर हम दोनों में वृत्तियाँ रह न सकीं फिर दान्त'*	: एकांत, गोपनीय स्थान	1/266	झील में/झरना
निभृत अनंत-	*'इसी निभृत अनंत में बसने लगा अब लोक'*	: एकांत आकाश	2/115	वासना/कामायनी
निभृत गुफा-	*'दो काठों की संधि बीच उस निभृत गुफा में अपने'*	: एकांत कंदरा (जिसमें श्रद्धा रहती थी)	2/154	कर्म/कामायनी
निभृत निर्जन-	*'दूर सुदूर निभृत निर्जन में'*	: अनजाना और सुनसान	1/233	विषाद/झरना
निभृत प्रभात-	*'शीतल निभृत प्रभात में बैठ हृदय के कुंज'*	: एकान्त और रहस्यमय सुबह	3/188	प्रथम अंक/विशाख
निमीलित-	*'इन्हीं निमीलित ताराओं में कितनी शांति पिये हो'*	: मुँदी हुई (आँखें)	2/143	कर्म/कामायनी
निम्न देश-	*'प्रवहमान थे निम्न देश में शीतल शत शत निर्झर ऐसे'*	: (हिमालय के) निचले हिस्से में	2/252	रहस्य/कामायनी
नियति-	*'दो अपरिचित से नियति अब चाहती थी मेल'*	: भाग्य, संयोग, प्रारब्ध	2/111	वासना/कामायनी
♦	*'नियति चलाती कर्म-चक्र यह तृष्णा-जनित ममत्व-वासना'*	: ईश्वर, प्रारब्ध, भाग्य, नियामिका शक्ति	2/258	रहस्य/कामायनी
नियति अवधि-	*'तज कर अपनी यह नियति अवधि'*	: प्रारब्ध और काल की सीमा	1/299	हे सागर संगम अरुण.../लहर
नियति का खेल-	*'मनु चमत्कृत निज नियति का खेल बन्धन-मुक्त'*	: भाग्य-चक्र, भाग्य-लीला	2/112	वासना/कामायनी
नियति-चक्र-	*'अब विकल प्रवर्त्तन हो ऐसा जो नियति-चक्र का बने यंत्र'*	: ईश्वर या प्रकृति की अपनी योजना और गति	2/175	इड़ा/कामायनी

शब्द-	काव्य-पंक्ति	: अर्थ	प्र.ग्रं./पृ.सं.	स्रोत/संदर्भ
नियति-नटी-	*'नियति-नटी थी आई सहसा गगन में'*	: प्रारब्ध मानो नाटकीय तरीके से (अपना खेल खेल गया)	1/342	प्रलय की छाया/लहर
♦	*'इस नियति नटी के अति भीषण अभिनय की छाया नाच रही'*	: प्रारब्ध-रूपी अभिनेत्री, ईश्वरीय शक्ति मानो अभिनय करनेवाली नटी के समान है	2/172	इड़ा/कामायनी
नियति नटी-सी-	*'नचती है नियति नटी-सी कन्दुक-क्रीड़ा सी करती'*	: प्रारब्ध (भाग्य) मानो नर्तक और अभिनेता की तरह है	2/26	आँसू
नियति-प्रेरणा-	*'व्यापकता नियति-प्रेरणा बन अपनी सीमा में रहे बंद'*	: नियति (प्रारब्ध/भाग्य) के रूप में प्रेरक बनकर	2/177	इड़ा/कामायनी
♦	*'कर्म-चक्र सा घूम रहा है यह गोलक, बन नियति-प्रेरणा'*	: नियति (प्रारब्ध या भाग्य) की प्रेरणा से	2/258	रहस्य/कामायनी
नियति विकर्षणमयी-	*'नियति विकर्षणमयी, त्रास से सब व्याकुल थे'*	: नियमानुसार चलनेवाली प्रकृति विघटन की ओर बढ़ रही थी	2/207	संघर्ष/कामायनी
नियति शासन-	*'उस एकांत नियति शासन में चले विवश धीरे-धीरे,'*	: प्रकृति की सत्ता, यह सत्ता मनुष्य की इच्छा के अनुसार नहीं है इसलिए इसे नियति या भाग्य से जोड़ा गया है	2/75	आशा/कामायनी
नियमन-	*'वह शासन का सूत्रधार था नियमन का आधार बना'*	: विधि-विधान, नियम-कानून, व्यवस्था	2/36	निर्वेद/कामायनी
♦	*'सबका नियमन शासन करते बस बढ़ा चलो अपनी क्षमता'*	: नियम-अनुशासन से कोई व्यवस्था बनाना	2/180	इड़ा/कामायनी
♦	*'नियमन एक झुकाव दबा-सा, टूटे या ऊपर उठ जाय'*	: नियम से चलनेवाला शासन	2/193	स्वप्न/कामायनी
नियम-परतंत्र-	*'इड़ा नियम-परतंत्र चाहती मुझे बनाना'*	: नियमों के अधीन बनाना	2/198	संघर्ष/कामायनी
नियममयी उलझन-	*'नियममयी उलझन लतिका का भाव विटपी से आकर मिलना'*	: नियमों से बँधी हुई (उलझन-रूपी लतिका)	2/257	रहस्य/कामायनी
नियामक-	*'वशी नियामक रहे, न ऐसा मैंने माना'*	: नियम बनानेवाला	2/199	संघर्ष/कामायनी
निरखते-	*'नक्षत्र निरखते निर्निमेष वसुधा की यह गति विकल वाम'*	: ध्यान से देखना	2/173	इड़ा/कामायनी
निरखना-	*'तुम्हारा स्मित हो जिसे निरखना'*	: देखना	1/86	प्रभो/कानन-कुसुम
निरखा-	*'मैं अपलक इन नयनों से निरखा करता उस छवि को'*	: ध्यान से टकटकी लगाकर देखना	2/9	आँसू
निरत-	*'उस ओर आत्मविश्वास-निरत सुर वर्ग कह रहा था पुकार'*	: निरंतर लगा हुआ, अनुरक्त	2/174	इड़ा/कामायनी
निरमय-	*'उस मंदिर के नाथ को, निरुपम निरमय स्वास्थ्य को'*	: प्राकृतिक	1/89	नमस्कार/कानन-कुसुम
निरय-	*'नहीं आप होते अनुगामी निरय के'*	: नरक	3/105	चतुर्थ दृश्य/करुणालय
निरवधि-	*'पागल-सी इस पथ निरवधि में'*	: समय की सीमा से परे	1/311	कितने दिन जीवन.../लहर
निरवलंब-	*'पश्चिम के व्योम में है आज निरवलंब सा'*	: असहाय, निराधार	1/337	पेशोला की प्रति.../लहर
♦	*'क्षीण-गंध निरवलंब'*	: बेसहारा, अवलंबविहीन	1/351	प्रलय की छाया/लहर

शब्द– काव्य-पंक्ति	: अर्थ	प्र.ग्रं./पृ.सं.	स्रोत/संदर्भ
निरापद स्थान– *'अभी यहाँ से दूर निरापद स्थान है'*	: सुरक्षित जगह, आपदाविहीन स्थान	1/202	महाराणा का महत्त्व
निरालस– *'होकर निरालस नित्यकृत्य सुधारने में लग गये'*	: आलस्य-विहीन, स्फूर्तिमय	1/155	चित्रकूट/कानन-कुसुम
निराली– *'फूलों का चुम्बन, छिड़ती-/मधुपों की तान निराली'*	: नया और आकर्षक, विशिष्ट	2/13	आँसू
निराले में– *'रहे निराले में जाकर'*	: अकेले में	1/130	तुम्हारा स्मरण/कानन-कु.
निराशा– *'निराशा है जिसका परिणाम सफलता का वह कल्पित गेह!'*	: असफलता से उत्पन्न दुःख और निष्क्रियता	2/90	श्रद्धा/कामायनी
निरीक्षक सा– *'भयमय मौन निरीक्षक सा था सजग सतत चुपचाप खड़ा'*	: (मूक) दर्शक की तरह	2/34	निर्वेद/कामायनी
निरुपम– *'उस मंदिर के नाथ को, निरुपम निरमय स्वास्थ्य को'*	: जिसकी उपमा न मिले, एकमात्र अपनी तरह	1/89	नमस्कार/कानन-कुसुम
निरुपाय– *'किन्तु जीवन कितना निरुपाय! लिया है देख नहीं संदेह,'*	: लाचार, असमर्थ	2/90	श्रद्धा/कामायनी
◆ *'शक्ति के विद्युत्कण, जो व्यस्त विकल बिखरे हैं, हो निरुपाय ;'*	: लाचार, असमर्थ, अनुपयोगी	2/93	श्रद्धा/कामायनी
निरोगिता– *'तब निरोगिता को प्रत्यक्ष विचरते लोग निरखते थे'*	: रोगमुक्तता	1/186	प्रेमपथिक
निर्जन कानन– *'निर्जन कानन में तरुवर जो खड़े प्रेत-से रहते हैं'*	: सुनसान जंगल, जनशून्य वन प्रदेश	1/104	ग्रीष्म का मध्याह्न/कानन-कुसुम
निर्जनता– *'मैं उसे फिराती रहती हूँ अपनी निर्जनता बीच पैठ'*	: अकेलापन	2/165	ईर्ष्या/कामायनी
निर्जनता की उखड़ी साँस– *'पवन पी रहा था शब्दों को निर्जनता की उखड़ी साँस,'*	: जनशून्यता, चारों तरफ वीराना था	2/64	चिंता/कामायनी
निर्जन निलय– *'शोक भर निर्जन निलय से बिछुड़ते थे कोक'*	: सूना आवास	2/112	वासना/कामायनी
निर्जन रजनी– *'कितनी निर्जन रजनी में/तारों के दीप जलाये'*	: सुनसान रात, विरह की रात का अकेलापन	2/8	आँसू
निर्जर– *'निर्जर प्रशांत सुशैल-पथ में गिरी कुसुमों की कली'*	: हमेशा युवा दिखनेवाला (पहाड़ी रास्ता)	1/123	एकान्त में/कानन-कुसुम
निर्दय– *'मूर्ति तुम्हारी सदय और निर्दय दोनों ही भाती है'*	: दयाविहीन, बेदर्द, अपने प्रिय को 'बेदर्दी' कहकर उलाहना देते हैं	1/103	हृदय-वेदना/कानन-कु.
निर्धार– *'उसी के (?) शुभ ज्योति से हो सत्य पथ निर्धार'*	: निर्धारण	2/344	कामना/असं. कविताएँ
निर्धूम– *'वह निर्धूम भस्म रहित ज्वलन पिंड!'*	: धुआँ-रहित (सूरज का गोलक)	1/337	पेशोला की प्रति./लहर
निर्निमेष– *'निर्निमेष यह देख रही है कैसे सुख पर'*	: अपलक, पलक झपकाये बिना	1/111	रजनीगंधा/कानन-कुसुम
◆ *'नक्षत्र निरखते निर्निमेष वसुधा की वह गति विकल वाम'*	: अपलक, पलकों को झपकाए बिना	2/173	इड़ा/कामायनी
◆ *'भूमिका बनी वह स्निग्ध मलिन, थे निर्निमेष मनु के लोचन'*	: अपलक, एकटक	2/245	दर्शन/कामायनी
निर्निमेष ताराओं– *'निर्निमेष ताराओं से वह ओस बूँद भर लाती है'*	: अपलक ताकते तारे	3/252	प्रथम अंक/अजातशत्रु
निर्बलों के बल– *'हमारे निर्बलों के बल कहाँ हो'*	: कमजोर लोगों की ताकत, ईश्वर	4/55	प्रथम अंक/स्कन्दगुप्त

शब्द-	काव्य-पंक्ति	: अर्थ	प्र.ग्रं./पृ.सं.	स्रोत/संदर्भ
निर्बाधित अधिकार-	*'निर्बाधित अधिकार आज तक किसने भोगा?'*	: बन्धनहीन असीमित अधिकार	2/200	संघर्ष/कामायनी
निर्बीज-	*'इक्ष्वाकु-कुल भुजबल से निर्बीज ही'*	: बीज-विहीन हो जाना, समाप्त हो जाना	3/98	प्रथम दृश्य/करुणालय
निर्मम-प्रसन्नता-	*'वेदी की निर्मम-प्रसन्नता, पशु की कातर वाणी'*	: क्रूरता के बावजूद खुश होना	2/138	कर्म/कामायनी
निर्मल विभुता-	*'खेल खिलाती, भुलवाती जो उस निर्मल विभुता को'*	: शुद्ध मनोभाव को धारण करनेवाली व्यापक चेतना	2/153	कर्म/कामायनी
निर्मोक-	*'पुरातनता का यह निर्मोक सहन करती न प्रकृति पल एक'*	: त्याज्य, केंचुल	2/90	श्रद्धा/कामायनी
निर्मोह काल-	*'निर्मोह काल के काले- पट पर कुछ अस्फुट लेखा'*	: काल (समय-चक्र) की गति दया-मोह से परे होती है	2/23	आँसू
निर्लिप्त भाव-सी-	*'बहती थी श्यामल घाटी में निर्लिप्त भाव-सी अप्रमाद'*	: अनासक्त भावबोध के समान	2/178	इड़ा/कामायनी
निर्वसन नग्न-	*'अब वह आगंतुक गुफा बीच पशु-सा न रहे निर्वसन नग्न'*	: वस्त्र के अभाव में नंगा	2/166	ईर्ष्या/कामायनी
निर्वसना प्रकृति-	*'जिसमें निर्वसना प्रकृति सरल ढँक ले प्रकाश से नवल गात'*	: (प्रकाश की किरणें) नग्न प्रकृति को मानो रंगीन वस्त्रों से ढँक देती हैं	2/166	ईर्ष्या/कामायनी
निर्वात मेघ-	*'निर्वात मेघ ज्यों पूरित जल-'*	: मेघ छाये हों और हवा बन्द हो	1/326	ओ री मानस की.../लहर
निर्वाधित-	*'निर्वाधित अधिकार उसी ने एक न माना'*	: बाधा-रहित, बिना अंकुश के	2/198	संघर्ष/कामायनी
निर्वापित-	*'आकर्षण घन सा वितरे जल, निर्वापित हों संताप सकल'*	: बुझाकर शांत कर देना	2/241	दर्शन/कामायनी
निर्वासित-	*'निर्वासित थे राम, राज्य था कानन में भी'*	: अपने मूल स्थान से विस्थापित, राम का वनवास	1/152	चित्रकूट/कानन-कुसुम
♦	*'निर्वासित हम दोनों खोजते शरण थे,'*	: अपने स्थान से बाहर निकाल दिया जाना	1/344	प्रलय की छाया/लहर
♦	*'निर्वासित तुम, क्यों लगे डंक? दो लो प्रसन्न, यह स्पष्ट अंक'*	: किसी भू-भाग से बाहर कर दिया गया हो	2/244	दर्शन/कामायनी
निर्वासित अशांत-	*'उन्मुक्त शिखर हँसते मुझ पर रोता मैं निर्वासित अशांत'*	: निष्कासित और क्षुब्ध	2/172	इड़ा/कामायनी
निर्वासित का उत्साह-	*'सिन्धु-सा विस्तृत और अथाह एक निर्वासित का उत्साह'*	: अपनी अयोध्या से वनवास में भेजे गये राम का हौसला	4/139	पंचम अंक/स्कन्दगुप्त
निर्विकार-	*'निर्विकार लीलामय! तेरी शक्ति न जानी जाती है'*	: विकार से रहित, निर्मल, पवित्र	1/88	वंदना/कानन-कुसुम
निर्वेद-	*'जब कि सब विधियाँ रहें निषिद्ध, और हो लक्ष्मी को निर्वेद'*	: खेदपूर्ण, वैराग्य	1/148	धर्मनीति/कानन-कुसुम
निविड़ निशा-	*'इस निविड़ निशा में संसृति की आलोकमयी रेखा क्या है?'*	: घने अंधकार से भरी रात	2/128	लज्जा/कामायनी
निशाकर-	*'थी देखती रजनी विदा होते निशाकर को भली'*	: चन्द्रमा	1/155	चित्रकूट/कानन-कुसुम

शब्द- काव्य-पंक्ति	: अर्थ	प्र.ग्रं./पृ.सं.	स्रोत/संदर्भ
निशा-तापसी- *'निशा-तापसी की जलने को धधक उठी बुझती धूनी!'*	: रात भर जाग कर तपस्या करनेवाली (की तरह हो गयी है श्रद्धा)	2/188	स्वप्न/कामायनी
निशा-माधवी- *'सुनी बहुत आनन्द-भैरवी विगत हो चुकी निशा-माधवी'*	: वसन्त ऋतु की रात	4/39	प्रथम अंक/स्कन्दगुप्त
निशामुख- *'इस निशामुख की मनोहर सुधामय मुसक्यान,'*	: संध्या, रात की शुरुआत	2/115	वासना/कामायनी
निशा श्याम- *'बहती सरस्वती वेग भरी निस्तब्ध हो रही निशा श्याम'*	: अँधेरी रात	2/173	इड़ा/कामायनी
निशा-सखी- *'निशा-सखी का प्रेम भरा है इसने मन में'*	: रात उसकी सखी की तरह है	1/111	रजनीगंधा/कानन-कुसुम
निशा-सी नारी- *'रूप-चंद्रिका में उज्ज्वल थी आज निशा-सी नारी'*	: श्रद्धा रात की तरह लग रही थी	2/145	कर्म/कामायनी
निशिचारी- *'निशिचारी भीषण विचार के पंख भर रहे सर्राटे'*	: रात में विचरण करनेवाले	2/33	निर्वेद/कामायनी
निशीथ- *'मेरे जीवन के सुख निशीथ!'*	: रात	1/322	शशि-सी वह सुंदर../लहर
◆ *'धवल मनोहर चंद्र बिम्ब से अंकित सुन्दर स्वच्छ निशीथ;'*	: रात	2/76	आशा/कामायनी
◆ *'दबी शिशिर निशीथ में ज्यों ओस भार नवीन'*	: रात	2/119	वासना/कामायनी
◆ *'इस जगती के प्रतिनिधि जिनसे प्रकट निशीथ सवेरा'*	: रात	2/137	कर्म/कामायनी
◆ *'अश्रुमय सुन्दर विरह निशीथ भरे तारे न ढुलकते आह!'*	: रात	4/187	प्रथम अंक/चन्द्रगुप्त
निशीथ-नदी- *'शीर्षक'*	: रात्रि रूपी नदी	1/127	निशीथ-नदी/कानन-कु.
निशीथिनी- *'अंचल लटकाती निशीथिनी अपनी ज्योत्स्ना-शाली'*	: रात	2/140	कर्म/कामायनी
निश्चिंत जाति का जीव- *'मनन करावेगी तू कितना? उस निश्चिंत जाति का जीव;'*	: देव-जाति चिंतामुक्त थी और मनु उसी जाति के एक सदस्य (जीव) थे	2/53	चिंता/कामायनी
निश्चिंत विहार- *'उषा ज्योत्स्ना-सा यौवन-स्मित मधुप सदृश निश्चिंत विहार'*	: स्वच्छन्द प्रेम-क्रीड़ा	2/56	चिंता/कामायनी
निश्छल प्रेम कथा- *'निश्छल प्रेम-कथा कहती हो'*	: छल से मुक्त प्रेम की कथा	1/298	ले चल वहाँ भुलावा../लहर
निषंग- *'खाली न काल का है निषंग'*	: तरकश	1/331	अशोक की चिंता/लहर
निषिद्ध- *'मैं जनपद-कल्याणी प्रसिद्ध, अब अवनति कारण हूँ, निषिद्ध'*	: वर्जित, कुख्यात	2/237	दर्शन/कामायनी
निषेध की व्यवस्था- *'विधि के विरोध हो, निषेध की व्यवस्था तुम'*	: रूढ़ियों को नकारने की व्यवस्था बनानेवाले	1/261	तुम/झरना
निष्कम्प- *'कोमल द्रुमदल निष्कम्प रहे'*	: स्थिर, ठहर जाना	4/302	चतुर्थ अंक/चन्द्रगुप्त
निष्किंचन- *'हाय! मुझे निष्किंचन क्योंकर डाला रे! मेरे अभिमान'*	: तुच्छ, अकिंचन	1/241	बिखरा हुआ प्रेम/झरना
निष्ठुर क्रीड़ा- *'तुम अपनी निष्ठुर क्रीड़ा के विभ्रम से, बहकाने से'*	: प्रेम का उत्तर रूखे व्यवहार से देना	4/41	प्रथम अंक/स्कन्दगुप्त
निष्ठुर जड़ विषाद- *'सब उपल उपेक्षित पड़े रहे जैसे वे निष्ठुर जड़ विषाद'*	: (नदी किनारे के पत्थर मानो) निर्दय, गतिहीन और शोक से युक्त थे	2/178	इड़ा/कामायनी

शब्द-	काव्य-पंक्ति	: अर्थ	प्र.ग्रं./पृ.सं.	स्रोत/संदर्भ
निष्ठुर दंशन-	*'जीवन के वे निष्ठुर दंशन जिनकी आतुर पीड़ा'*	: निर्दय चुभन	2/143	कर्म/कामायनी
निष्ठुर विजय-	*'प्रिय की निष्ठुर विजय हुई, पर यह तो मेरी हार नहीं!'*	: (मनु ने) निर्दयतापूर्वक (श्रद्धा की उपेक्षा करके) विजयभाव को प्राप्त किया	2/187	स्वप्न/कामायनी
निष्फल-	*'एक विराग-पूर्ण संसृति में ज्यों निष्फल आरम्भ नवीन'*	: बेकार, व्यर्थ, परिणामविहीन	2/75	आशा/कामायनी
निष्फल अंधकार-	*'श्रद्धा की अब वह मधुर निशा फैलाती निष्फल अंधकार!'*	: नकारात्मक अँधेरा, घना अँधेरा	2/157	ईर्ष्या/कामायनी
निसर्ग सुन्दरता-	*'जिसमें इतराई फिरती नारी निसर्ग सुन्दरता;'*	: प्राकृतिक सौन्दर्य	2/34	आँसू
निस्तंद्र-	*'कँपैंगे सब सूत्रों के पाद, युक्तियाँ सोवेंगी निस्तंद्र'*	: तन्द्रा-विहीन, आलस्य-विहीन	1/148	धर्मनीति/कानन-कुसुम
निस्तब्ध-	*'बहती सरस्वती वेग भरी निस्तब्ध हो रही निशा श्याम'*	: ठहरी हुई शांत (रात)	2/173	इड़ा/कामायनी
निस्तब्ध अलस-	*'निस्तब्ध अलस बनकर सोयी चलती न रही चंचल बयार'*	: ठहरी हुई और आलस्य से युक्त (वायु)	2/179	इड़ा/कामायनी
निस्तरंग-	*'मूर्च्छित जीवन सर निस्तरंग नीहार घिर रहा था अपार'*	: तरंगहीन, भावशून्य	2/179	इड़ा/कामायनी
निस्तार-	*'ओ यायावर! अब तेरा निस्तार कहाँ है?"*	: बचाव, उद्धार	2/207	संघर्ष/कामायनी
निस्तेज गोलक-	*'गिर रहा निस्तेज गोलक जलधि में असहाय'*	: डूबता हुआ सूरज	2/112	वासना/कामायनी
निस्पंद-	*'उस निस्पंद रंग मंदिर के व्योम में'*	: स्पन्दन-विहीन, निश्चल	1/351	प्रलय की छाया/लहर
निस्पृह न्यायासन-	*'ये निस्पृह न्यायासन वाले चूक न सकते तनिक वित्त से'*	: निष्काम भाववाले न्यायाधीश	2/261	रहस्य/कामायनी
निस्वन-	*'गूँजता किलकारी निस्वन'*	: आवाज	1/307	तुम्हारी आँखों का.../लहर
◆	*'स्वर का मधु-निस्वन रंध्रों में/जैसे कुछ दूर बजे बंसी'*	: नीरव, ध्वनि-रहित	2/101	काम/कामायनी
◆	*'यह क्या तम में करता सनसन? धारा का ही क्या यह निस्वन!'*	: शब्द, ध्वनि से व्यक्त शब्द	2/242	दर्शन/कामायनी
◆	*'जिस मुरली के निस्वन से यह शून्य रागमय होता'*	: ध्वनि से युक्त शब्द	2/277	आनन्द/कामायनी
◆	*'स्वर का मधु निस्वन रंध्रों में'*	: ध्वनि	2/350	आवरण/असं. कविताएँ
निस्वन दिगंत में रहे रुद्ध-	*'निस्वन दिगंत में रहे रुद्ध सहसा बोले मनु 'अरे कौन'*	: नीरव क्षितिज मानो अवरूद्ध था	2/179	इड़ा/कामायनी
निस्संग-	*'ये निस्संग, किन्तु कर लेते कुछ सम्बन्ध-विधान मुक्ति से'*	: अनासक्त	2/260	रहस्य/कामायनी
निस्संबल-	*'निस्संबल होकर तिरती हूँ इस मानस की गहराई में'*	: आधारहीन	2/129	लज्जा/कामायनी
◆	*'जब निस्संबल होकर कोई जोड़ रहा बिखरी कड़ियाँ'*	: असहाय, बेबस	2/187	स्वप्न/कामायनी
निस्सार-	*'यह मूर्च्छित मूर्च्छना आह-सी/निकलेगी निस्सार'*	: सारहीन, निरर्थक	3/272	प्रथम अंक/अजातशत्रु

शब्द-	काव्य-पंक्ति	: अर्थ	प्र.ग्रं./पृ.सं.	स्रोत/संदर्भ
निस्सीम गगन-	*'भावना के निस्सीम गगन'*	: अनन्त आकाश	1/305	आह रे, वह अधीर.../लहर
♦	*'पर समा गये थे, मेरे मन के निस्सीम गगन में'*	: सीमाहीन आकाश की तरह मन है	2/10	आँसू
नीचा हो उठता जो-	*'नीचा हो उठता जो धीमे-धीमे निश्वासों से'*	: (साँसों के आने-जाने से छाती का) उठना-गिरना	2/145	कर्म/कामायनी
नीड़ मनोहर कृतियों का-	*'यह नीड़ मनोहर कृतियों का यह विश्व कर्म रंगस्थल है'*	: मन को सुन्दर लगनेवाली रचनाओं से बना यह संसार मानो घोंसले की तरह आकर्षक है	2/106	काम/कामायनी
नीरद जलधि-	*'नीरद जलधि लुब्ध हो भीमा प्रकृति, हृदय भय भरे हुए'*	: बादल और समुद्र	3/209	द्वितीय अंक/विशाख
नीरद-जाल-	*'स्वच्छ छायापथ-समीप नवीन नीरद-जाल है'*	: मेघमाला, बादल	1/165	कुरुक्षेत्र/कानन-कुसुम
नीरद माला-	*'नव तमाल श्यामल नीरद माला भली'*	: मेघमाला, मेघ-समूह	1/228	पावस प्रवास/झरना
♦	*'झंझा झकोर गर्जन था/बिजली थी, नीरदमाला'*	: बादलों की शृंखला, मेघों का जमावड़ा	2/7	आँसू
♦	*'शरद नीरदमाला के बीच तड़प ले चपला-सी भयभीत'*	: मेघमाला	4/187	प्रथम अंक/चन्द्रगुप्त
नीरद से जल-बिन्दु-	*'नीरद से जल-बिन्दु जहाँ डाले गये'*	: बादलों से बारिश की बूँदें	3/84	चतुर्थ दृश्य/कल्याणी परि.
नीरधर-	*'चिर निराशा नीरधर से, प्रतिच्छायित अश्रु-सर से'*	: बादल	2/23	निर्वेद/कामायनी
नीरधर-सी-	*'नीरधर-सी धीर ध्वनि का शंख अब रणभूमि में'*	: बादल के समान	1/165	कुरुक्षेत्र/कानन-कुसुम
नीर बहा-	*' "आह प्राणप्रिय! यह क्या? तुम यों।" घुला हृदय बन नीर बहा'*	: आँसू बह पड़े	2/39	निर्वेद/कामायनी
नीरव-	*'श्रद्धा नीरव सर सहलाती आँखों में विश्वास भरे'*	: चुपचाप	2/222	निर्वेद/कामायनी
♦	*'चल रही इड़ा भी वृष के दूसरे पार्श्व में नीरव'*	: चुपचाप	2/267	आनन्द/कामायनी
नीरवता की गहराई-	*'नीरवता की गहराई में मग्न अकेले रहते थे'*	: निर्जनता के कारण चारों तरफ खामोशी छाई रहती थी और मनु उस मौन की गहराई में रहने को अभिशप्त थे	2/74	आशा/कामायनी
नीरवते-	*'विस्मृति आ, अवसाद घेर ले, नीरवते! बस चुप कर दे;'*	: खामोशी, ध्वनिविहीनता	2/54	चिंता/कामायनी
नीरव निशीथ-	*'नीरव निशीथ में लतिका-सी तुम कौन आ रही हो बढ़ती?'*	: मौन रात्रि, रात की खामोशी	2/123	लज्जा/कामायनी
नीरव प्रशांति-	*'नीरव प्रशांति का मौन बना'*	: अत्यधिक शांति, ध्वनिविहीन शांत वातावरण	1/317	अपलक जगती हो एक रात/लहर
नीरव-मुरली-	*'नीरव-मुरली, कलरव चुप, अलिकुल थे बन्द नलिन में'*	: बाँसुरी खामोश है	2/16	आँसू
नील-	*'हे सागर संगम अरुण नील'*	: नीले रंग का समुद्र	1/299	हे सागर संगम.../लहर
♦	*'कटि में लिपटा था नवल वसन वैसा ही हल्का बुना नील'*	: नीले रंग का	2/160	ईर्ष्या/कामायनी

शब्द-	काव्य-पंक्ति	: अर्थ	प्र.ग्रं./पृ.सं.	स्रोत/संदर्भ
नील आवरण-	*'ओ नील आवरण जगती के दुर्बोध न तू ही है इतना;'*	: अँधेरा	2/98	काम/कामायनी
नील कुञ्ज-	*'नव नील कुञ्ज हैं झीम रहे, कुसुमों की कथा न बंद हुई;'*	: हरे-भरे लता-वितान	2/99	काम/कामायनी
नील गरल-	*'नील गरल से भरा हुआ यह चंद्र-कपाल लिये हो'*	: काले रंग का कालकूट जहर, हलाहल, हालाहल, काली रात	2/143	कर्म/कामायनी
नील घन-शावक-	*'नील घन-शावक से सुकुमार सुधा भरने को विधु के पास'*	: नीले बादलों के बच्चे, बादल के छोटे-छोटे टुकड़ों की तरह श्रद्धा के घुँघराले बाल लग रहे हैं	2/84	श्रद्धा/कामायनी
नील तनु-	*'नील तनु के पास ऐसी शुभ्र अश्वों की छटा'*	: श्याम शरीर(कृष्ण)	1/165	कुरुक्षेत्र/कानन-कुसुम
नील तमस-	*'ऊर्ध्व देश उस नील तमस में स्तब्ध हो रही अचल हिमानी'*	: गहरा नीला (काला) अंधकार	2/251	रहस्य/कामायनी
नील तुहिन-जलनिधि-	*'तू नील तुहिन-जलनिधि बन कर फैला है कितना वार-पार'*	: गहरे आसमानी रंग का फैला कुहासा समुद्र की तरह है	2/172	इड़ा/कामायनी
नील नयन-	*'नील नयन से ढुलकाती हो,'*	: (आकाश-रूपी) नीली आँखों (से)	1/298	ले चल वहाँ भुलावा देकर/लहर
नील नलिन-	*'नील नलिन से नेत्र चपल मद से भरे'*	: नीले कमल (की तरह आँखें)	1/226	रूप/झरना
नील-नलिन रस-	*'विस्मृति का नील-नलिन रस बरसे अपांग के घन से'*	: मानो नीलकमल से उत्पन्न नीला रस हो	2/28	आँसू
नील नलिनों की सृष्टि-	*'देव कामिनी के नयनों से जहाँ नील नलिनों की सृष्टि;'*	: नीले कमल-पुष्पों की रचना, देव-कन्याएँ नील नयन से मानो इंदीवर के समूह की सृष्टि कर देती थीं	2/58	चिंता/कामायनी
नील निलय-	*'नक्षत्र-लोक फैला है जैसे इस नील निलय में*	: नीला आकाश	2/4	आँसू
◆	*'दिवा-श्रांत आलोक-रश्मियाँ नील निलय में छिपी कहीं'*	: (शाम के बाद रात का) नीला और अँधेरा आकाश	2/189	स्वप्न/कामायनी
नील निशा-	*'किसी नयन की नील निशा में क्या कर चुका क्षणिक विश्राम'*	: रोमानियत से भरी हुई रात	1/327	मधुर माधवी संध्या में/लहर
नील निशा अंचल-	*'जब नील निशा अंचल में हिमकर थक सो जाते हैं;'*	: रात के नीले आँचल में	2/30	आँसू
नीलनीरज-	*'नीलनीरज नेत्र का तब तो मनोज्ञ विकास था'*	: नीलकमल, नीली आँखों की उपमा नीलकमल से दी जाती है, यहाँ नायिका की नीली आँखों का सन्दर्भ है	1/101	नव वसंत/कानन-कुसुम
नील नीरज-	*'नील नीरज इंदु के आलोक में भी खिल रहे'*	: नीलकमल (दिन में खिलता है)	1/116	जल-विहारिणी/का.-कु.
नील-नीरद-	*'यही विरुद क्या तुम्हें सुहाता कि नील-नीरद सदय नहीं है'*	: नीले बादल	3/285	द्वितीय अंक/अजातशत्रु
◆	*'नील नीरद! क्या न बरसोगे कभी'*	: नीले-काले बादल	4/110	चतुर्थ अंक/स्कन्दगुप्त

शब्द- काव्य-पंक्ति	: अर्थ	प्र.ग्रं./पृ.सं.	स्रोत/संदर्भ
नील पट तम का- *'संध्या मनोहर खेलती थी, नील पट तम का गिरा'*	: अंधकार का नीला आवरण	1/123	एकान्त में/कानन-कुसुम
नीलपट परिधान- *'तारक-खचित नीलपट परिधान था'*	: रात मानो नीले वस्त्र पहने हुये थी	1/340	प्रलय की छाया/लहर
नील पटी- *'बरसते हों तारों के फूल छिपे तुम नील पटी में कौन'*	: नीले रंग का आकाश (आवरण)	1/265	होली की रात/झरना
नील परिधान- *'नील परिधान बीच सुकुमार खुल रहा मृदुल अधखुला अंग;'*	: नीले रंग का वस्त्र, श्रद्धा ने भेड़ की खाल से बना नीला वस्त्र पहन रखा था	2/84	श्रद्धा/कामायनी
नील प्रतिध्वनि- *'बन नील प्रतिध्वनि नभ अपार'*	: आकाश से लौटती दुखद अनुगूँज, लौटती ध्वनि	2/173	इड़ा/कामायनी
नीलम- *'तिर रही अतृप्ति जलधि में/नीलम की नाव निराली'*	: एक काला रत्न, काली आँखों को नीलम की नाव की तरह बताया गया है	2/11	आँसू
नीलम की प्याली- *'मानिक मदिरा से भर दी किसने नीलम की प्याली?'*	: काली आँखें मानो नीलम रत्न से बनी प्याली की तरह हैं	2/11	आँसू
नीलमणि- *'नव मुकुल नीलमणि फलक अमल'*	: नीलमणि की तरह नीला आकाश	1/326	ओ री मानस की गहराई/लहर
नील मधुप- *'नील मधुप को देख वहीं उस कंज कली ने'*	: श्यामवर्ण भौरे (-रूपी राम)	1/153	चित्रकूट/कानन-कुसुम
नील लोक- *'शनि का सुदूर वह नील लोक'*	: (शनि का) कष्टदायक रूपाकार	2/180	इड़ा/कामायनी
नील-लोहित ज्वाला- *'यहाँ नील-लोहित ज्वाला कुछ जला-गला कर नित्य ढालती'*	: नीले और लाल रंग की आग की लपट, कष्ट से युक्त कर्म-साधना	2/260	रहस्य/कामायनी
नील वसन- *'फटा हुआ था नील वसन क्या ओ यौवन की मतवाली!'*	: रजनी ने गहरे नीले रंग की साड़ी पहन रखी है, नीला आकाश	2/79	आशा/कामायनी
नीला अंचल- *'आशा का फैल रहा है यह सूना नीला अंचल;'*	: नीला आकाश मानो आँचल है	2/33	आँसू
नीलाकाश- *'नीलाकाश प्रशान्त स्वच्छ होने लगा'*	: (रात का) नीला आकाश	3/75	प्रथम दृश्य/कल्याणी परिणय
नीलिमा- *'इस गंभीर अनन्त नीलिमा में असंख्य जीवन इतिहास'*	: नीला रंग मानो अनन्तता का प्रतीक हो, आकाश और समुद्र अनन्त हैं और नीले हैं	1/292	मधुप गुनगुना कर कह जाता/लहर
◆ *'नीलिमा शयन पर बैठी/अपने नभ के आँगन में'*	: आकाश	2/28	आँसू
नीली किरनों- *'वरदान सदृश हो डाल रही नीली किरनों से बुना हुआ'*	: शृंगार और आनंद का रंग	2/124	लज्जा/कामायनी
नीली लहरों बीच- *'व्यथा से नीली लहरों बीच बिखरते सुख-मणिगण द्युतिमान !'*	: समुद्र की नीली लहरें मानो दु:ख की अभिव्यक्ति हैं	2/89	श्रद्धा/कामायनी
नीले अंचल- *'उस असीम नीले अंचल में देख किसी की मृदु मुसक्यान'*	: नीला आकाश	2/72	आशा/कामायनी
नीलोज्ज्वल युगल- *'कौन नीलोज्ज्वल युगल ये दो यहाँ पर खेलते'*	: काले-सफेद रंग वाली खंजन चिड़िया की जोड़ी	1/133	खंजन/कानन-कुसुम

शब्द- काव्य-पंक्ति	: अर्थ	प्र.ग्रं./पृ.सं.	स्रोत/संदर्भ
नीहार- *'ज्योत्सना-सी निकल आई! पार कर नीहार'*	: कुहासा, ओस का घनीभूत रूप	2/118	वासना/कामायनी
♦ *'मूर्च्छित जीवन सर निस्तरंग नीहार घिर रहा था अपार'*	: कुहासा	2/179	इड़ा/कामायनी
नूपुर- *'कोकिला-कल-रव-समान नवीन नूपुर बज उठा'*	: स्त्री के पैरों में पहना जानेवाला एक आभूषण जिसमें छोटे-छोटे घुँघरू होते हैं	1/101	नव वसंत/कानन-कुसुम
♦ *'कंकण क्वणित, रणित नूपुर थे, हिलते थे छाती पर हार'*	: घुँघरू से युक्त पायल	2/57	चिंता/कामायनी
♦ *'गूँजते मधुर नूपुर से मदमाते होकर मधुकर'*	: स्त्री के पैरों का एक आभूषण जिससे 'रणन' की ध्वनि निकलती है	2/278	आनन्द/कामायनी
नूपुर-सी लिपट मनाती- *'मतवाली सुन्दरता पग में नूपुर-सी लिपट मनाती हूँ'*	: नूपुर की तरह पैरों से लिपट कर अपनी बात मनवाना	2/128	लज्जा/कामायनी
नूपुरों- *'नूपुरों की झनकार घुली-मिली जाती थी'*	: घुँघरू वाली पायल	1/340	प्रलय की छाया/लहर
नृत्य-निरत- *'नटराज स्वयं थे नृत्य-निरत, था अंतरिक्ष प्रहसित मुखरित'*	: तांडव-नृत्य में लीन (शिव)	2/246	दर्शन/कामायनी
नृत्य विकंपित-पद- *'प्रकृति त्रस्त थी, भूतनाथ ने नृत्य विकंपित-पद अपना'*	: तांडव-नृत्य के लिए व्यग्र होते शिव के पैर	2/193	स्वप्न/कामायनी
नृत्य-शिथिल- *'नृत्य-शिथिल बिछली पड़ती है वहन कर रहा उसे समीर'*	: नृत्य के श्रम से थकी हुई (कोकिल की कूक)	1/327	मधुर माधवी संध्या में/ लहर
♦ *'उस नृत्य शिथिल विश्वासों की'*	: नृत्य करने से हुई थकावट	2/348	आवरण/असं. कविताएँ
नृत्यशीला- *'नृत्यशीला शैशव की स्फूर्तियाँ'*	: नृत्य की प्रवृत्ति वाली	1/339	प्रलय की छाया/लहर
नृपचूड़ामणिवर्य- *'नृपचूड़ामणिवर्य राम मुग्ध-से हो रहे'*	: राजाओं में अग्रगण्य और श्रेष्ठ	1/154	चित्रकूट/कानन-कुसुम
नेक- *'प्यारे मधुकर से उसको नेक मिलाओ'*	: जरा, थोड़ा	1/114	मलिना/कानन-कुसुम
नेत्र निमीलन- *'नेत्र निमीलन करती है फिर खोलती'*	: आँखों को मूँद लेना	1/228	पावस प्रवास/झरना
नेत्र निमीलन- *'नेत्र निमीलन करती मानो प्रकृति प्रबुद्ध लगी होने;'*	: आँखें बन्द करना	2/67	आशा/कामायनी
नेत्र-निर्झर- *'नेत्र-निर्झर सुख-सलिल से भरें, दुख सारे भगें'*	: आँखें मानो झरनों की तरह हैं	1/106	जलद-आवाहन/ कानन-कुसुम
नैया मेरे मन की- *'सूखे सिकता सागर में यह नैया मेरे मन की'*	: मन रूपी नौका	2/3	आँसू
नैसर्गिक वेश- *'अहा! कैसा नैसर्गिक वेश !'*	: प्राकृतिक सजधज, प्राकृतिक सौन्दर्य	1/264	प्रार्थना/झरना
नौबतखाने में- *'जो नौबतखाने में बजती थी अपनी गहरी धुन में'*	: ढोल-नगाड़ा बजनेवाली जगह	1/190	प्रेमपथिक
न्याय निर्मम- *'यहाँ न्याय निर्मम, चलता है बुद्धि-चक्र, जिसमें न दीनता'*	: पक्षपात-रहित उचित-अनुचित का निर्णय	2/260	रहस्य/कामायनी
न्याय-निरूपण- *'न्याय-निरूपण किया रत्न से मूल्य निकाला'*	: न्याय के पक्ष को निरूपित करना, अपने काव्य में तुलसी ने न्याय-पक्ष को सिद्ध किया	1/147	महाकवि तुलसीदास/ कानन-कुसुम

शब्द-	काव्य-पंक्ति	: अर्थ	प्र.ग्रं./पृ.सं.	स्रोत/संदर्भ
न्यायासन-	*'ये निस्पृह न्यायासन वाले चूक न सकते तनिक वित्त से'*	: न्यायाधीश का आसन	2/261	रहस्य/कामायनी
पंकज वन-	*'तू भूल न री पंकज वन में,'*	: कमल के फूलों का विस्तृत सरोवर में खिलना	1/290	उठ उठ री लघु लघु/लहर
पंकज वन-	*'खिलती पँखुरी पंकज-वन की'*	: कमल के फूलों का दूर-दूर तक विस्तार	1/296	जगती की मंगलमयी उषा बन/लहर
पँखुरी-	*'खिलती पँखुरी पंकज-वन की'*	: दल, पंखुड़ी	1/296	जगती की मंगल.../लहर
पंगु-	*'यह छल चलने में अब पंगु हुआ सा समझो'*	: जिसके पाँव खराब हो गए हों, जिसकी गति कुंठित हो गयी हो	2/205	संघर्ष/कामायनी
पंचतत्त्व-	*'जिस पंचतत्त्व से है यह दिव्य देह-मंदिर'*	: भारत के आस्तिक दर्शनों के अनुसार यह सृष्टि पाँच तत्त्वों से बनी है- पृथ्वी (मिट्टी), जल, तेज (अग्नि, प्रकाश आदि), वायु, आकाश (दिक्)	1/90	मंदिर/कानन-कुसुम
पंचनद-	*'लालसिंह! जीवित कलुष पंचनद का'*	: पंजाब, पाँच नदियों से सिंचित भूमि- सतलज, झेलम, चनाब, रावी, व्यास	1/333	शेरसिंह का शस्त्र-समर्पण /लहर
पंचबाण-	*'मैं देव-सृष्टि की रति-रानी निज पंचबाण से वंचित हो'*	: कामदेव, कामदेव के पाँच प्रकार के बाण- सम्मोहन, उन्मादन, स्तम्भन, शोषण और तापन	2/127	लज्जा/कामायनी
पंचभूत-	*'पंचभूत का भैरव मिश्रण, शम्पाओं के शकल-निपात,'*	: आस्तिक दर्शन के अनुसार संसार के पाँच मूल तत्त्व- धरती, आकाश, अग्नि, जल, वायु	2/59	चिंता/कामायनी
◆	*'पंचभूत का यह तांडवमय नृत्य हो रहा था कब का'*	: आस्तिक दर्शन के अनुसार संसार के पाँच मूल तत्त्व- धरती, आकाश, अग्नि, जल, वायु	2/61	चिंता/कामायनी
◆	*'पाणि-पादमय पंच-भूत की यहाँ हो रही है उपासना'*	: पाँच मूल भौतिक तत्त्व-आकाश, वायु, तेज, जल, पृथिवी(पृथ्वी)	2/258	रहस्य/कामायनी
पंचभूत की रचना-	*'इस पंचभूत की रचना में मैं रमण करूँ बन एक तत्त्व'*	: पाँच मूल तत्वों से बना भौतिक संसार- पृथ्वी, आकाश, वायु, अग्नि और जल	2/167	ईर्ष्या/कामायनी
पंचभूतों-	*'पंचभूतों को दे आनंद'*	: पाँच मूल भौतिक तत्त्व- आकाश, वायु, तेज, जल और पृथिवी	1/148	धर्मनीति/कानन-कुसुम
पंचम-	*'स्वर उठता है कोमल मध्यम, कभी तीव्र होकर भी पंचम'*	: मूल सात स्वरों में से पाँचवाँ स्वर 'पा' का स्वर। कोयल इसी स्वर में गाती है। ध्यातव्य है कि नर कोयल गाता है मादा नहीं, किन्तु हिन्दी में यही प्रचलित है कि 'कोयल गाती है'	3/230	तृतीय अंक/विशाख

शब्द–	काव्य-पंक्ति	: अर्थ	प्र.ग्रं./पृ.सं.	स्रोत/संदर्भ
पंचम स्वर पिक-सा–	*'वासंती के वन-वैभव में जिसका पंचम स्वर पिक-सा हो'*	: कोयल के पंचम स्वर की तरह	2/126	लज्जा/कामायनी
पंचाग्नि–	*'लहू की पंचाग्नि जो दिन-रात ही हैं तापते'*	: चारों तरफ आग जलाकर तथा ऊपर से सूर्य के ताप को सह कर की जानेवाली तपस्या	1/105	जलद-आवाहन/ कानन-कुसुम
पंथा–	*'उसकी स्मृति पाथेय बनी है थके पथिक की पन्था की'*	: रास्ता	1/292	मधुप गुनगुना कर कह जाता/लहर
पगतल–	*'नारी! तुम केवल श्रद्धा हो विश्वास-रजत-नग पगतल में'*	: तलहटी, शरण में	2/130	लज्जा/कामायनी
पगली–	*'पगली हाँ सम्हाल ले कैसे छूट पड़ा तेरा अंचल;'*	: बावली, अल्हड़, रात के उद्दाम सौन्दर्य को मनु अल्हड़ स्त्री के रूप में देख रहे हैं	2/79	आशा/कामायनी
पगली-सी–	*'पगली-सी कोई अंतर में बैठी जैसे अनुदिन बकती'*	: व्याकुल चेतना	2/129	लज्जा/कामायनी
पगोडा–	*'मस्जिद, पगोडा, गिरजा, किसको बनाया तूने'*	: बौद्धों का पूजा-स्थल	1/91	मंदिर/कानन-कुसुम
पछेड़ा–	*'पतवार पुरानी, पवन प्रलय का, कैसा किये पछेड़ा है'*	: पीछे रखना	3/183	प्रथम अंक/विशाख
पट–	*'किसने यह पट है दिया डाल'*	: पर्दा, आवरण	2/180	इड़ा/कामायनी
पट्टिका–	*'कोमल काले ऊनों की नव पट्टिका बनाती रुचिर साज'*	: चौड़े पट्टे की तरह ऊन से बना वस्त्र	2/159	ईर्ष्या/कामायनी
पण–	*'फिर भी लड़े थे हम निज प्राण पण से'*	: बाजी, शर्त, प्रण, दृढ़ निश्चय	1/335	शेरसिंह का श.-स./लहर
पण प्राणों का–	*'पण प्राणों का लगा हुआ-सा दीखता'*	: जान की बाजी, जोखिम उठाना	1/203	महाराणा का महत्त्व
पण्यवीथिका–	*'नगर-बीच में पण्यवीथिका भरी दिखाई देती थी'*	: बाजार की गलियाँ	1/186	प्रेमपथिक
पतंग–	*'आये जो पतंग तुम्हें देखने जले गये'*	: फतिंगा, परवाना	1/261	तुम/झरना
पतनोन्मुख–	*'वह रूप पतनोन्मुख दिवाकर का हुआ पीला अहो'*	: पतन की ओर उन्मुख, पतनशील, समाप्ति की ओर	1/107	भक्ति-योग/ कानन-कुसुम
पतवार–	*'समर्पण लो सेवा का सार सजल संसृति की यह पतवार,'*	: पार लगाने का साधन, नाव की पतवार	2/91	श्रद्धा/कामायनी
♦	*'पतवार पुरानी, पवन प्रलय का, कैसा किये पछेड़ा है'*	: नाव को दिशा देनेवाली तिकोनी लकड़ी	3/183	प्रथम अंक/विशाख
पतित–	*'पतित हो जन्म से, या कर्म्म ही से क्यों नहीं होवे'*	: पाप में डूबे हुए या दुखी लोग	1/132	पतित-पावन/ कानन-कुसुम
पतित-पावन–	*'शीर्षक'*	: पतितों (पाप में डूबे हुए या दुखी जन) को पवित्र करनेवाले ईश्वर	1/132	पतित-पावन/ कानन-कुसुम
पत्र-कानों–	*'माधवी के पत्र-कानों को सहज मलता हुआ'*	: पत्ते रूपी कानों को, पत्ते मानो माधवी लता के कान हैं	1/100	नव वसंत/कानन-कुसुम
पत्र जीर्ण–	*'इन ढेरों में दुखभरी कुरुचि दब रही अभी बन पत्र जीर्ण'*	: जर्जर पत्ते, सूखे पुराने पत्ते	2/173	इड़ा/कामायनी

शब्द– काव्य-पंक्ति	: अर्थ	प्र.ग्रं./पृ.सं.	स्रोत/संदर्भ
पत्रहीना– *'पत्रहीना वल्लरी जिनकी जटा बिखरी हुई'*	: पत्तों के बिना, जिसके पत्ते झड़ चुके हैं	1/105	जलद-आवाहन /कानन-कुसुम
पथ निरवधि– *'पागल-सी इस पथ निरवधि में'*	: काल (समय) की सीमा में न बँधनेवाले रास्ते में	1/311	कितने दिन जीवन-जलनिधि/लहर
पथ-पीड़ा– *'श्रम, ताप और पथ-पीड़ा क्षण भर में थे अन्तर्हित'*	: यात्रा-मार्ग के कष्ट	2/271	आनन्द/कामायनी
पथ-प्रदर्शिका-सी– *'पथ-प्रदर्शिका-सी चलती धीरे-धीरे डग भरती'*	: मार्ग-दर्शिका, रास्ता दिखानेवाली	2/269	आनन्द/कामायनी
पथिक– *'उसकी स्मृति पाथेय बनी है थके पथिक की पन्था की'*	: यात्री	1/292	मधुप गुनगुना कर कह जाता/लहर
पद दलित– *'किसी स्वार्थी मतवाले हाथी से हा! पद दलित हुई'*	: पैरों से कुचला हुआ	1/126	दलित-कुमुदिनी /कानन-कुसुम
पद-चिह्न– *'प्रत्यावर्तन के पथ में पद-चिह्न न शेष रहा है'*	: पैरों की निशानी	2/20	आँसू
◆ *'युगों की चट्टानों पर सृष्टि डाल पद-चिह्न चली गंभीर;'*	: यादगार निशानियाँ	2/91	श्रद्धा/कामायनी
पदतल– *'पदतल में विजित पड़ा गिर'*	: पैरों के नीचे, पराजित	1/329	अशोक की चिंता/लहर
◆ *'शक्ति रही हाँ शक्ति, प्रकृति थी पद-तल में विनम्र विश्रांत;'*	: (देवताओं के) पैरों तले	2/56	चिंता/कामायनी
◆ *'आज से यह जीवन उत्सर्ग इसी पदतल में विगत विकार'*	: सेवा में	2/91	श्रद्धा/कामायनी
◆ *'यहाँ भूख से विकल दलित को पदतल में फिर-फिर गिरवाती'*	: पैरों के नीचे दबा हुआ	2/259	रहस्य/कामायनी
पद-दलित– *'पद-दलित किया है जिसने भूमंडल को'*	: पैरों से कुचल देना, दलन करके पराधीन बनाना	3/408	तृतीय अंक /जन्मेजय का नाग-यज्ञ
पददलित व्यवस्था– *'बढ़ा विपक्ष समूह मौन पददलित व्यवस्था'*	: सारस्वत प्रदेश की व्यवस्था नष्ट-भ्रष्ट हो गयी थी	2/207	संघर्ष/कामायनी
पददलित-सी– *'पददलित-सी थकी व्रज्या ज्यों सदा आक्रांत'*	: पैरों के नीचे कुचली जाती हुई (पगडंडी)	2/119	वासना/कामायनी
पद-ध्वनि नितांत– *'मैं यहाँ अकेली देख रही पथ, सुनती-सी पद-ध्वनि नितांत'*	: केवल पैरों की आवाज	2/161	ईर्ष्या/कामायनी
पदपद्म– *'पतित पदपद्म में होवे'*	: ईश्वर के चरण-कमल	1/132	पतित-पावन/कानन-कु.
पदरज– *'प्रिय, पदरज मेघाच्छन्न जो हो रहा हो'*	: (प्रिय के) पैरों की धूल (मानो मेघ के रूप में आच्छादित हो रही है)	1/135	विरह/कानन-कुसुम
पद्मपद– *'उस समय भी हम हे प्रभो! तव पद्मपद में लग्न हों'*	: चरण-कमल	1/131	याचना/कानन-कुसुम
पद्म-पलाश– *'दो पद्म-पलाश चषक से दृग देते अनुराग विराग ढाल'*	: कमल के पत्ते	2/179	इड़ा/कामायनी

शब्द–	काव्य-पंक्ति	: अर्थ	प्र.ग्रं./पृ.सं.	स्रोत/संदर्भ
पद्मराग-उद्‌गम–	*'इस मुसक्यान के, पद्मराग-उद्‌गम से'*	: कमल की सुगन्ध का स्रोत (मानो कमला की मुस्कान में था)	1/351	प्रलय की छाया/लहर
पपीहा का पी–	*'पपीहा का पी सुनता कभी! अरे कोकिल की देख दशा न'*	: पपीहा (चातक पक्षी) की पुकार– 'प्रिय कहाँ हो'	4/187	प्रथम अंक/चन्द्रगुप्त
पयोधर–	*'नव-नील पयोधर नभ में काले छाये'*	: बादल, दूध-जैसा पानी धारण करनेवाले बादल	1/113	मलिना/कानन-कुसुम
पयोधर पीन–	*'मातृत्व-बोझ से झुके हुए बँध रहे पयोधर पीन आज'*	: गर्भावस्था के कारण भारी हो गये स्तन	2/159	ईर्ष्या/कामायनी
पयोधि प्रलय का–	*'करता हुआ पयोधि प्रलय का आ रहा'*	: प्रलय का उग्र समुद्र	1/160	शिल्प-सौन्दर्य्य /कानन-कुसुम
पयोनिधि–	*'उत्ताल तरंग पयोनिधि में खिलती है'*	: समुद्र	1/114	मलिना/कानन-कुसुम
परदेसी–	*'किन्तु न आया वह परदेसी युग छिप गया प्रतीक्षा में'*	: किसी दूसरी जगह गये हुए मनु	2/188	स्वप्न/कामायनी
पर निनाद–	*'दिव्य अनाहत पर निनाद में श्रद्धायुत मनु बस तन्मय थे'*	: लोकोत्तर ध्वनि	2/263	रहस्य/कामायनी
परम परीक्षक–	*'जो दुर्बल होकर जाता है, परम परीक्षक देख उसे'*	: ईश्वर, सबसे बड़ा परीक्षक (परीक्षा लेनेवाला)	1/195	प्रेमपथिक
परम प्रकाश–	*'परम प्रकाश हो, स्वयं ही पूर्णकाम हो'*	: आध्यात्मिक प्रकाश	1/261	तुम/झरना
परमाणु–	*'परमाणु भी सब स्तब्ध थे, रोमाञ्च भी था हो रहा'*	: कण-कण, लघुतम इकाई	1/108	भक्ति-योग/कानन-कुसुम
परमाणु पराग–	*'उड़ाती हो परमाणु पराग'*	: मकरन्द के सूक्ष्म कण	1/231	किरण/झरना
परमाणु-पुंज–	*'ले साथ विकल परमाणु-पुंज नभ, अनिल, अनल, क्षिति और नीर'*	: मूलभूत भौतिक-कणों का समूह	2/171	इड़ा/कामायनी
परमाणु बाल–	*'परमाणु बाल सब दौड़ पड़े जिसका सुन्दर अनुराग लिये'*	: बालक-रूपी सूक्ष्मतम कण	2/104	काम/कामायनी
परमाणु विकल–	*'तांडव में भी तीव्र प्रगति, परमाणु विकल थे'*	: सृष्टि का कण-कण व्याकुल था	2/207	संघर्ष/कामायनी
परमात्मा-प्रभुता–	*'विश्व-शरीरी परमात्मा-प्रभुता का केतन'*	: ईश्वर की सत्ता	1/151	मकरंद-बिंदु/कानन-कुसुम
परमानन्द–	*'प्रकृति को देती परमानन्द'*	: परम आनन्द, पारलौकिक आनन्द	1/232	किरण/झरना
परलोक-वंचना–	*'अतिचारी मिथ्या मान इसे परलोक-वंचना से भर जा'*	: स्वर्ग आदि का भ्रम	2/177	इड़ा/कामायनी
परवशता–	*'चुपके से तब मत रो तू/यह कैसी परवशता है?'*	: बेबसी, पराधीनता	2/29	आँसू
♦	*'यह असंख्य चीत्कार और परवशता इतनी'*	: मजबूरी	2/199	संघर्ष/कामायनी
परागमय धूल–	*'सिंची आँसुओं से मृदुल है परागमय धूल'*	: पुष्पकण से युक्त धूल, (प्रेम-प्रकरण में मानो) जीवन की धूल-जैसी नीरसता भी पराग से युक्त होकर मधुर हो जाती है	4/65	द्वितीय अंक/स्कन्दगुप्त
पराग शरीर–	*'रचित परमाणु पराग शरीर खड़ा हो ले मधु का आधार'*	: श्रद्धा मानो फूल के परागकणों से निर्मित थी	2/85	श्रद्धा/कामायनी

शब्द- काव्य-पंक्ति	: अर्थ	प्र.ग्रं./पृ.सं.	स्रोत/संदर्भ
परा प्रकृति- *'परा प्रकृति से परे नहीं जो हिलामिला है'*	: प्रकृति में आध्यात्मिक अनुभूति	1/151	मकरंद-बिंदु/कानन-कुसुम
परिकर कसकर- *'तुम उसका पटल खोलने में परिकर कसकर बन कर्मलीन'*	: कमरबन्द कसकर, किसी काम को करने के लिए अच्छी तरह तैयार हो जाना	2/180	इड़ा/कामायनी
परिचारक- *'परिचारक साधन में इस सत्कार्य से'*	: सेवक, नौकर	1/31	महाराणा का महत्त्व
परिचालित- *'अंध प्रेरणा से परिचालित कर्त्ता में करते निज गिनती'*	: संचालित, नियोजित	2/259	रहस्य/कामायनी
परिणीता- *'उसकी ही परिणीता है यह सुन्दरी'*	: पत्नी	1/207	महाराणा का महत्त्व
परितापित- *'उन हृदयों को शीतल कर दो- जो परितापित हैं दुख से'*	: शोक-संतप्त, दुःख से तनावग्रस्त	1/196	प्रेमपथिक
परितोषों- *'वे संकेत दंभ के चलते भ्रू-चालन मिस परितोषों से'*	: परम संतुष्टि	2/262	रहस्य/कामायनी
परित्राण-पथ- *'वह अतिचारी, दुर्बल नारी परित्राण-पथ नाप उठी!'*	: अपने बचाव का रास्ता	2/192	स्वप्न/कामायनी
परित्राण प्रार्थना विकल थी- *'परित्राण प्रार्थना विकल थी देव क्रोध से बन विद्रोह'*	: प्रजा के द्वारा अपनी रक्षा के लिए की गयी प्रार्थना ठुकरा दी गई थी अतः व्याकुल हो उठी	2/193	स्वप्न/कामायनी
परिधान- *'नील परिधान बीच सुकुमार खुल रहा मृदुल अधखुला अंग;'*	: वस्त्र, पोशाक	2/84	श्रद्धा/कामायनी
परिपूर्ण भक्ति- *'परिपूर्ण भक्ति से वे उसको वहीं बताते'*	: भक्ति के भाव से ओत-प्रोत होकर	1/90	मंदिर/कानन-कुसुम
परिमल-घूँघट- *'परिमल-घूँघट ढँक रहा दंत'*	: पराग की सुगंध मानो घूँघट है	1/310	कोमल कुसुमों की.../लहर
परिमलपूरित- *'परिमलपूरित पवन-कंठ से, लगने की अभिलाषा में'*	: मकरन्द (सुगन्ध) से युक्त (पवन)	1/252	पाईबाग/झरना
परिमल बूँदों- *'अति मधुर गंधवह बहता परिमल बूँदों से सिंचित'*	: मकरन्द के कण, पराग-कण	2/277	आनन्द/कामायनी
परिमल मिलित बूँद श्रम के- *'चला गया है! परिमल मिलित बूँद श्रम के ये बिखरे हैं'*	: पुष्परज और ओसकण (यूँ लग रहे हैं मानो रति-श्रम से उत्पन्न पसीने की बूँदें हों)	1/197	प्रेमपथिक
परिमलवाही- *'परिमलवाही शांत समीरण विमल मधुर मकरंद लिये'*	: सुगन्ध का वहन करनेवाली हवा	1/185	प्रेमपथिक
परिमल से व्याकुल- *'जिसके परिमल से व्याकुल हो श्यामल कलरव सब उठे जाग'*	: सुगंध से बेचैन, गंध की मादकता से उत्तेजित	2/178	इड़ा/कामायनी
परिमित- *'नर हृदय, परिमित, पूरित स्वार्थ'*	: नापा-जोखा हुआ, सीमित	1/244	असन्तोष /झरना
♦ *'उखड़ी साँसें उलझ रही हों धड़कन से कुछ परिमित हो'*	: सीमित, घिरकर	4/134	पंचम अंक/स्कन्दगुप्त
♦ *'किन्तु न परिमित करो प्रेम, सौहार्द विश्वव्यापी कर दो '*	: सीमित, छोटा मानक बना लेना	1/197	प्रेमपथिक
परिमित पात्र- *'अपना परिमित पात्र लिये ये बूँद-बूँद वाले निर्झर से'*	: छोटा-सा भिक्षा-पात्र	2/261	रहस्य/कामायनी

शब्द-	काव्य-पंक्ति	: अर्थ	प्र.ग्रं./पृ.सं.	स्रोत/संदर्भ
परिमिलित-	*'वही कुमुदिनी, ग्रीष्मताप तापित रज में परिमिलित हुई'*	: मिला दिया जाना	1/126	दलित-कुमुदिनी, /कानन-कुसुम
परिरम्भ-	*'परिरम्भ कुम्भ की मदिरा, निःश्वास मलय के झोंके,'*	: आलिंगन	2/14	आँसू
परिरम्भ-मुकुल-	*'मैं आकुल परिरम्भ-मुकुल में बन्दी अलि-सा काँप रहा'*	: कमल के बंद आलिंगन में, बंद कमल-क्रोड़	4/41	प्रथम अंक/स्कन्दगुप्त
परिवर्तन में टेक-	*'नित्य नूतनता का आनन्द किये है परिवर्तन में टेक'*	: बदलाव की निरन्तरता	2/90	श्रद्धा/कामायनी
परिवर्त्तन-	'कल ही यदि परिवर्त्तन होगा तो फिर कौन बचेगा'	: मनोभाव का बदल जाना	2/148	कर्म/कामायनी
परिवर्त्तन का पट-	*'यह विश्व झूलता रहा दोल, परिवर्त्तन का पट रहा खोल'*	: परिवर्तनशील विश्व के नये-नये रूप (दिखायी पड़ने लगे)	2/247	दर्शन/कामायनी
परिवर्त्तन के पुतले-	*'देव न थे हम और न ये हैं, सब परिवर्त्तन के पुतले;*	: सबलोग परिवर्तन के हाथों मजबूर हैं, कोई स्थायी नहीं है। देवताओं ने स्वयं को स्थायी और अमर मान लिया था	2/69	आशा/कामायनी
परिवारी-	*'जिस दिन सुना अकिंचन परिवारी ने'*	: परिवार से जुड़ा हुआ, कुटुम्बी	1/353	प्रलय की छाया/लहर
परिषदें-	*'स्निग्ध तरु की छाया में बैठ परिषदें करती थीं सुविचार-'*	: परिषद्, किसी उद्देश्य से बना आधिकारिक समूह	1/294	अरी वरुणा की शांत कछार/लहर
परिहास-	*'था परिहास एक दो क्षण का, वह रोने का विषय हुआ'*	: मजाक	3/391	द्वितीय अंक/जन्मेजय का नाग-यज्ञ
परिहास गीत-	*'मैं सिमट रही-सी अपने में परिहास गीत सुन पाती हूँ'*	: मजाक उड़ाया जानेवाला गीत, विवाह के अवसर पर गायी जानेवाली गाली	2/124	लज्जा/कामायनी
पर्जन्य-	*'आंतरिक विद्वेष के भी छा गये पर्जन्य थे'*	: बादल	1/164	कुरुक्षेत्र/कानन-कुसुम
पर्णकुटीर-	*'ऊँचे शिखर मैदान पर्णकुटीर, सब निस्तब्ध थे'*	: घास-फूस से बनी कुटिया	1/155	चित्रकूट/कानन-कुसुम
पर्णमय-	*'थे वातायन भी कटे हुए प्राचीर पर्णमय रचित शुभ्र'*	: पत्तों से निर्मित	2/164	ईर्ष्या/कामायनी
पलक-चुलुक-	*'स्मृति-सागर में पलक-चुलुक से बनता नहीं उलीचे'*	: आँखों की पलकें मानो हथेलियों से बनी अंजलि (चुल्लू) हैं	3/437	प्रथम अंक/कामना
पलकें मदिर-	*'पलकें मदिर, भार से थीं झुकी पड़ती'*	: नशीली आँखें	1/340	प्रलय की छाया/लहर
पल्लव सदृश हथेली-	*'जलदागम-मारुत से कम्पित पल्लव सदृश हथेली'*	: नये पत्ते की तरह रक्तिम हथेली	2/147	कर्म/कामायनी
पवन-कंठ-	*'परिमलपूरित पवन-कंठ से, लगने की अभिलाषा में'*	: पवन का स्पर्श पाकर (वृक्ष का झूमना)	1/252	पाईबाग/झरना
पवन-ताड़ित-	*'वे पवन-ताड़ित हो सदा ही दूर को हटती रहीं'*	: हवा के झोंकों की चोट, वायु के थपेड़े	1/107	भक्ति-योग/कानन-कुसुम
पवन-पटल-	*'धरा बह जाती बिम्ब अटल, खुलता था धीरे पवन-पटल'*	: वायु का पर्दा (परत, स्तर)	2/233	दर्शन/कामायनी
पवन प्रेरित सौरभ-	*'कुसुम कानन-अंचल में मन्द पवन प्रेरित सौरभ साकार,'*	: हवा के प्रवाह में मिली सुगंध	2/85	श्रद्धा/कामायनी

शब्द- काव्य-पंक्ति	: अर्थ	प्र.ग्रं./पृ.सं.	स्रोत/संदर्भ
पवन-मार्ग- *'मेघ-वाहना पवन-मार्ग में विचरती'*	: हवा का रास्ता, आकाश	1/97	करुणा-कुंज/कानन-कुसुम
पवन-संसृति- *'पवन-संसृति से इस शून्य में'*	: वायु की सृष्टि अर्थात् हवा अपनी एक सृष्टि रचती है	1/138	गंगा-सागर/कानन-कुसुम
पवन-सुरभि- *'पवन-सुरभि आनन्दपूर्ण सुख शीत था'*	: सुगन्ध से युक्त वायु	3/76	प्रथम दृश्य/कल्याणी परिणय
पवमान- *'नीरवता-सी शिला चरण से टकराता फिरता पवमान'*	: पवन, हवा	2/51	चिंता/कामायनी
◆ 'विश्वदेव, सविता या पूषा सोम, मरुत, चंचल पवमान;'	: पवन देवता, मरुत से भिन्न हवा के एक वैदिक देवता	2/68	आशा/कामायनी
पवि- *'पुरन्दर ने पवि से है लिखा अस्थि युग का मेरा इतिहास'*	: वज्र	4/139	पंचम अंक/स्कन्दगुप्त
पशु यज्ञों- *'देव-यजन के पशु यज्ञों की वह पूर्णाहुति की ज्वाला,'*	: पशुओं की बलि से पूरा होनेवाले यज्ञ	2/59	चिंता/कामायनी
पश्चिम का मारुत- *'चलता है पश्चिम का मारुत, लेकर शीतलता का भार'*	: पछुआ हवा, पश्चिम दिशा से आनेवाली हवा	1/225	खोलो द्वार/झरना
पश्चिम निधि- *'पश्चिम निधि में दिनकर होते अस्त थे'*	: (सूर्यास्त के समय लालिमा के कारण) पश्चिम दिशा खजाने की तरह समृद्ध लग रही थी, पश्चिम के समुद्र में	1/205	महाराणा का महत्त्व
पहल- *'पहल न उसमें था बना, चढ़ा न रहा खराद'*	: पटल, परत	1/267	रत्न/झरना
पहला संचित अग्नि- *'पहला संचित अग्नि जल रहा पास मलिन द्युति रवि कर से;'*	: पहले से बचाकर रखी हुई आग, संस्कृत में 'अग्नि' पुंलिंग है	2/73	आशा/कामायनी
पहली लेखा कांत- *'उषा की पहली लेखा कांत, माधुरी से भींगी भर मोद'*	: (उषाकाल की) पहली चमकती किरण जो तारों की अंतिम उपस्थिति में प्रकट हो जाती है	2/85	श्रद्धा/कामायनी
पांचजन्य- *'पांचजन्य बन बालक-कोमल कंठ ही'*	: कृष्ण का शंख जिससे युद्ध की घोषणा होती थी	1/167	वीर बालक /कानन-कुसुम
पाँति- *'ताराओं की पाँति घनी रे !'*	: पंक्ति	1/298	ले चल वहाँ भुलावा../लहर
पाँवड़े- *'गुज्जरिश पाँवड़े बिछाते रहे पलकों के,'*	: पायंदाज, आदरणीय व्यक्ति के चलने के रास्ते में बिछा कपड़ा	1/341	प्रलय की छाया/लहर
पाईबाग- *'अपना पाईबाग बना लोगे प्रिय! इस मन को आकर'*	: घर के सामने लगा हुआ बाग, नजर बाग	1/252	पाईबाग/झरना
पाकयज्ञ- *'पाकयज्ञ करना निश्चित कर*	: एक यज्ञ जिसमें दही, घी, खीर आदि की आहुति दी जाती है। मनु के पास केवल धान उपलब्ध था, उन्होंने धान से पाकयज्ञ किया	2/73	आशा/कामायनी
पाके- *'श्रम मानो विश्राम कर रहा मृदु आलस को पाके'*	: पा कर	2/140	कर्म/कामायनी
पाखंड- *'मिथ्याभाषी यह राजा पाखंड है'*	: अच्छी बात करना और खराब काम करना	3/99	प्रथम दृश्य/करुणालय
पागल मन का मोह- *'और मधुर विश्वास! अरे वह पागल मन का मोह रहा!'*	: श्रद्धा मनु के प्रति अपने प्रेम को अब अपने 'पागल मन का मोह' समझ रही है	2/187	स्वप्न/कामायनी

शब्द-	काव्य-पंक्ति	: अर्थ	प्र.ग्रं./पृ.सं.	स्रोत/संदर्भ
पागल सुख-	*'वह पागल सुख इस जगती का आज विराट बना था'*	: काम-वासना का उत्तेजक सुख	2/146	कर्म/कामायनी
पाणि-पादमय-	*'पाणि-पादमय पंच-भूत की यहाँ हो रही है उपासना'*	: हाथ और पैर से युक्त, स्थूल शरीर	2/258	रहस्य/कामायनी
पाथेय-	*'उसकी स्मृति पाथेय बनी है थके पथिक की पन्था की'*	: यात्रा के लिये भोजन	1/292	मधुप गुनगुना कर कह जाता/लहर
पाद-पूर्ति-सा-	*'पाद- पूर्ति-सा होता है दुष्काव्य में'*	: कविता के छन्द में मात्रा की अपूर्णता को दूर करने की प्रक्रिया	1/209	महाराणा का महत्त्व
पादाग्र-	*'वह अपलक लोचन अपने पादाग्र विलोकन करती'*	: पैरों का अगला हिस्सा, पैरों की उँगलियाँ	2/269	आनन्द/कामायनी
पारदर्शिका-	*'ओ पारदर्शिका ! चिर चंचल'*	: आर-पार देखने या दिखानेवाली	1/326	ओ री मानस की.../लहर
पारा-	*'चंचल अनिल, अनल, जल थल, सब चंचल जैसे पारा है'*	: एक धातु, मरकरी (अँग्रेजी)	3/265	प्रथम अंक/अजातशत्रु
पारावार-	*'सूने नभ में स्वर तरंग का फैलाकर मधु पारावार?'*	: समुद्र	1/327	मधुर माधवी संध्या में/लहर
♦	*'अंधकार पारावार गहन नियति-सा-'*	: समुद्र	1/338	पेशोला की प्रतिध्वनि/लहर
♦	*'यह पारावार तरल हो/फेनिल हो गरल उगलता'*	: समुद्र	2/3	आँसू
♦	*'वे सब डूबे; डूबा उनका विभव, बन गया पारावार;'*	: समुद्र	2/55	चिंता/कामायनी
पारिजात-	*'पारिजात के शुचि पराग की धूलि है'*	: पाँच देववृक्षों में से एक	1/158	भरत/कानन-कुसुम
पारिजात कानन-	*'स्मिति मधुराका थी, श्वासों से पारिजात कानन खिलता'*	: पारिजात (एक देववृक्ष) का वन, इसकी उत्पत्ति समुद्र-मंथन से हुई थी	2/226	निर्वेद/कामायनी
पार्थ-	*'सख्यस्थापन कर सुभद्रा को विवाहा पार्थ से'*	: अर्जुन, पृथा (कुंती) के पुत्र	1/163	कुरुक्षेत्र/कानन-कुसुम
पार्थिव-	*'छोड़कर पार्थिव भोग विभूति, प्रेयसी का दुर्लभ वह प्यार'*	: भौतिक, ऐंद्रिक	1/294	अरी वरुणा की शांत कछार/लहर
पार्श्व-	*'चल रही इड़ा भी वृष के दूसरे पार्श्व में नीरव'*	: बगल में	2/267	आनन्द/कामायनी
पालना-	*'पालना बनें प्रलय की लहरें'*	: शिशुओं को सुलानेवाला झूला	4/74	द्वितीय अंक/स्कन्दगुप्त
♦	*'किसी का हमने छीना नहीं, प्रकृति का रहा पालना यहीं'*	: शैशव-भूमि	4/139	पंचम अंक/स्कन्दगुप्त
पावक के कण-	*'किरण नहीं, ये पावक के कण जगती-तल पर गिरते हैं'*	: चिंगारी, आग के कण	1/104	ग्रीष्म का मध्याह्न /कानन-कुसुम
पावक पुंज-	*'वह पावक पुंज हुआ अब किरनों की लट बिखराये'*	: अग्नि-पुंज, आग	2/19	आँसू
पावक सरोवर-	*'पावक सरोवर में अवभृथ स्नान था'*	: मानो आग का तालाब हो	1/342	प्रलय की छाया/लहर
पावन आदेश-	*'मिला था वह पावन आदेश, आज भी साक्षी हैं रवि चन्द्र'*	: पवित्र आदेश (बौद्ध धर्म के प्रचारक का आदेश)	1/295	अरी वरुणा की शांत कछार/लहर
पावन उद्‌गीथ-	*'जिसमें शीतल पवन गा रहा पुलकित हो पावन उद्‌गीथ'*	: पवित्र सामवेद के गान	2/76	आशा/कामायनी
पावन-तम-	*'फिर सम्मुख तीर्थ मिलेगा वह अति उज्ज्वल पावन-तम'*	: पवित्रतम, परमपवित्र	2/269	आनन्द/कामायनी

शब्द-	काव्य-पंक्ति	: अर्थ	प्र.ग्रं./पृ.सं.	स्रोत/संदर्भ
पावस प्रवास-	*'शीर्षक'*	: 'पावस प्रभात' शीर्षक भी मिलता है जो ज्यादा ठीक है, बरसात ऋतु की एक सुबह	1/228	पावस प्रवास/झरना
पावस भूप-	*'गज, अश्व, सुरभी दे रही उपहार पावस भूप को'*	: वर्षा ऋतु मानो राजा है	1/123	एकान्त में/कानन-कुसुम
पावस रजनी-	*'पावस रजनी में जुगनू गण को दौड़ पकड़ता मैं निराश'*	: वर्षा ऋतु की रात	2/172	इड़ा/कामायनी
पाश-	*'माया-राज्य! यही परिपाटी पाश बिछा कर जीव फाँसना'*	: (ऐन्द्रिक विषयों का) जाल, फन्दा	2/256	रहस्य/कामायनी
पिंग पराग-	*'सित सरोज पर क्रीड़ा करता जैसे मधुमय पिंग पराग'*	: पीला पुष्प-रज	2/67	आशा/कामायनी
पिंगल-	*'पिंगल किरणों-सी मधु-लेखा'*	: पीला और लाल रंग	1/299	हे सागर संगम अरुण नील/लहर
पिंगल-पराग-	*'पिंगल-पराग से मचले आनन्द-सुधा-रस छलके'*	: पीले और सुनहले रंग के मकरंद (की तरह प्रत्येक कण)	2/277	आनन्द/कामायनी
पिंड-	*'देता पिंड तिलोदक। यह भी समझिये'*	: पिंडदान के लिये बनाया जानेवाला गोलक	3/105	चतुर्थ दृश्य/करुणालय
पिक पुंज-	*'मदमाते पिक पुंज मंजरी चूमते'*	: कोयल के समूह, अनेक कोयल	1/96	करुणा-कुंज/कानन-कुसुम
पिक प्राणों की पुकार-	*'इस चिर प्रवास श्यामल पथ में छाई पिक प्राणों की पुकार'*	: कोयल-रूपी प्राणों की मार्मिक पुकार	2/173	इड़ा/कामायनी
पिच्छल-	*'अविश्वास सी पिच्छल है'*	: फिसलन से भरा	1/271	कसौटी /झरना
पिच्छल-शिला-संलग्न-	*'अरी नीच कृतघ्नते! पिच्छल-शिला-संलग्न'*	: फिसलन वाले चिकने पत्थर से युक्त	2/113	वासना/कामायनी
पिच्छिल-सी-	*'खड़ी हुई जीवन की पिच्छिल-सी भूमि पर'*	: फिसलन से भरी-सी	1/350	प्रलय की छाया/लहर
पिछड़ा-	*'सब में एक अचेतन गति थी, जिससे पिछड़ा रहे समीर'*	: मंद, पीछे रह जाना	2/57	चिंता/कामायनी
पिता का वक्ष भरा वात्सल्य-	*'पिता का वक्ष भरा वात्सल्य, पुत्र का शैशव सुलभ दुलार'*	: पिता के रूप में गौतम का हृदय वात्सल्य भाव से परिपूर्ण था	1/294	अरी वरुणा की शांत कछार/लहर
पिन्हा-	*'क्या उज्ज्वल वस्त्र नवीन इक उसे पिन्हा सकते नहीं'*	: (कपड़े) पहनाना	1/118	ठहरो/कानन-कुसुम
पिय-गोद-	*'मधुर-मधुर आलाप करते ही पिय-गोद में'*	: प्रिय (राम) की गोद में	1/153	चित्रकूट/कानन-कुसुम
पींजरा-	*'यह रंगमहल बना सुवर्ण पींजरा'*	: पिंजड़ा	1/348	प्रलय की छाया/लहर
पी-	*'प्रकृति की यह मदमाती चाल, देख ले दृग भर पी के संग'*	: प्रिय, पिया	3/386	द्वितीय अंक/जन्मेजय का नाग-यज्ञ
♦	*'पपीहा का पी सुनता कभी! अरे कोकिल की देख दशा न'*	: 'प्रिय कहाँ हो', पपीहे की पुकार	4/187	प्रथम अंक/चन्द्रगुप्त
पी! कहाँ?-	*'शीर्षक'*	: पपीहा पक्षी की आवाज, प्रिय तुम कहाँ हो!	1/251	पी! कहाँ?/झरना

शब्द-	काव्य-पंक्ति	: अर्थ	प्र.ग्रं./पृ.सं.	स्रोत/संदर्भ
पीड़नमय-	*'श्रममय कोलाहल, पीड़नमय विकल प्रवर्तन महायंत्र का'*	: व्यथित (कर्म-लोक के लोग)	2/258	रहस्य/कामायनी
पीड़ास्थल-	*'पीड़ास्थल पर शीतल बनकर तब आँसू बरसाते हो'*	: पीड़ावाली जगह, चोटिल अंग, घायल हृदय	1/103	हृदय-वेदना /कानन-कुसुम
पीत कर-	*'दिननाथ अपने पीत कर से थे सहारा दे रहे'*	: पीली किरण, पीले हाथ	1/107	भक्ति-योग/कानन-कुसुम
पीत पराग-	*'कल कपोल था जहाँ बिछलता कल्पवृक्ष का पीत पराग'*	: फूलों के सुनहले पराग-कण	2/57	चिंता/कामायनी
पीत विभा-	*'लगी बनाने सोने का संसार तपन की पीत विभा'*	: पीली आभा (प्रभातकालीन सूरज की किरण)	1/198	प्रेमपथिक
पीता मन मुकुलित कंज आप-	*'पीता मन मुकुलित कंज आप अपनी मधु बूँदें मधुर मौन'*	: (मनु का) मन-रूपी अधमुँदा कमल (अपना पराग) उदासी के मारे स्वयं पीकर खुद में सिमटा था	2/179	इड़ा/कामायनी
पीन-	*'वरुण व्यस्त थे, घनी कालिमा/स्तर-स्तर जमती पीन हुई'*	: मोटा, पुष्ट	2/59	चिंता/कामायनी
पीयूष-वर्षा-	*'चन्द्र-कर पीयूष वर्षा कर रहा'*	: अमृत वर्षा	1/257	मिलन/झरना
पीयूष-सलिल-	*'यह व्यर्थ रिक्त-जीवन-घट पीयूष-सलिल से भरने'*	: अमृत-रूपी जल	2/271	आनन्द/कामायनी
पीयूष-स्रोत-सी-	*'पीयूष-स्रोत-सी बहा करो जीवन के सुन्दर समतल में'*	: अमृत की धारा के समान	2/130	लज्जा/कामायनी
पीर-	*'मिटा दो मन की मेरे पीर'*	: दुःख, पीड़ा	1/129	विनय/कानन-कुसुम
♦	*'धरा की यह सिकुड़न भयभीत आह कैसी है? क्या है पीर?'*	: तकलीफ, दुःख	2/87	श्रद्धा/कामायनी
पीला कपोल-	*'चुम्बन-अंकित प्राची का पीला कपोल दिखलाता'*	: पूरब दिशा प्रातः पीली है	2/16	आँसू
पीलापन-	*'तिस पर यह पीलापन कैसा यह क्यों बुनने का श्रम सखेद?'*	: खराब स्वास्थ्य के कारण त्वचा का पीला हो जाना	2/162	ईर्ष्या/कामायनी
पीवर-	*'कंस को मारा रहा जो दुष्ट पीवर गात का'*	: मोटा, स्थूल (शरीरवाला कंस)	1/163	कुरुक्षेत्र/कानन-कुसुम
पुंजीभूत-	*'रजनी-तम-पुंजीभूत-सदृश मनु श्वास ले रहे थे अशांत'*	: जमकर घना हो जाना, इकठ्ठा हो जाना	2/178	इड़ा/कामायनी
पुंजीभूत रजत-	*'श्रद्धे! वह उज्ज्वल कैसा है जैसे पुंजीभूत रजत है'*	: ढेर के रूप में विद्यमान चाँदी (उज्ज्वल रूप)	2/260	रहस्य/कामायनी
पुआलों-	*'उस गुफा समीप पुआलों की छाजन छोटी-सी शांति-पुंज'*	: अनाज निकाल लिए जाने के बाद धान का पौधा	2/164	ईर्ष्या/कामायनी
पुच्छमर्दिता-	*'पुच्छमर्दिता वेणी भी थर्रा उठी'*	: मोर के पंखों की शोभा को मलिन कर देनेवाली (चोटी)	1/208	महाराणा का महत्त्व
पुच्छल तारा-	*'पुच्छल तारा सदृश, केतु-आकार का'*	: धूमकेतु, आकाशीय पिंडों का टूटा अंश जो जलता हुआ धरती की तरफ गिरता है	1/204	महाराणा का महत्त्व
पुट-	*'नासिका नुकीली के पतले पुट फरक रहे कर स्मित अमोल'*	: नाक के दोनों निचले हिस्से	2/179	इड़ा/कामायनी

शब्द-	काव्य-पंक्ति	: अर्थ	प्र.ग्रं./पृ.सं.	स्रोत/संदर्भ
पुण्य-घोष-	*'यह सत्य यही स्वर्ग यही पुण्य-घोष है'*	: पवित्र उद्‌घोषणा	3/191	प्रथम अंक/विशाख
पुण्य परिमल-	*'पुण्य परिमल अंग से मिलने लगा उल्लास से'*	: हवा में उड़ते स्वच्छ परागकण	1/133	खंजन/कानन-कुसुम
पुण्य-प्राप्य-	*'श्रद्धा! पुण्य-प्राप्य है मेरी वह अनंत अभिलाषा'*	: अच्छे कर्मों से प्राप्त फल	2/136	कर्म/कामायनी
पुण्य प्रेम-	*'जो स्पर्श कर लेता कभी था पुण्य प्रेम अभीष्ट को'*	: पवित्र प्रेम	1/108	भक्ति-योग/कानन-कुसुम
पुतरी-	*'उस भक्त के ही सामने आकर खड़ी पुतरी हुई'*	: पुतली, गुडिया, कपड़े आदि से बनी स्त्री की प्रतिमा	1/108	भक्ति-योग/कानन-कुसुम
पुतलियाँ-	*'शब्द, स्पर्श, रस, रूप, गंध की पारदर्शिनी सुघड़ पुतलियाँ'*	: आकृतियाँ	2/255	रहस्य/कामायनी
पुतली-	*'पुतली बनकर रहें चमकते, प्रियतम! हम दृग में तेरे'*	: आँखों के काले गोल तारक	1/246	प्रियतम/झरना
पुतली प्रणयिनी-	*'पुतली प्रणयिनी का बाहुपाश खोलकर'*	: गुड़िया-जैसी कोमल-सुन्दर प्रेमिका या पत्नी	1/335	शेरसिंह का शस्त्र-समर्पण /लहर
पुतलों के दल-	*'प्रकृति और उसके पुतलों के दल भीषण में'*	: सारस्वत प्रदेश के निवासियों को मनु पुतलों का समूह बताकर तिरस्कृत कर रहे हैं	2/207	संघर्ष/कामायनी
पुत्र का शैशव सुलभ दुलार-	*'पिता का वक्ष भरा वात्सल्य, पुत्र का शैशव सुलभ दुलार'*	: शैशवावस्था के राहुल के प्रति दुलार का भाव	1/294	अरी वरुणा की शांत कछार/लहर
पुत्राधम-	*'रे पुत्राधम! तूने आज्ञा भंग की'*	: अधम पुत्र, नालायक बेटा	3/105	चतुर्थ दृश्य/करुणालय
पुनरावर्तन-	*'कभी-कभी हम वही देखते पुनरावर्तन'*	: दोबारा वही घटित होना, पुनरावृत्ति	2/199	संघर्ष/कामायनी
पुरंदर-	*'पुरन्दर ने पवि से है लिखा अस्थि युग का मेरा इतिहास'*	: इन्द्र	4/139	पंचम अंक/स्कन्दगुप्त
पुरइन-	*'मुख-कमल समीप सजे थे/दो किसलय से पुरइन के'*	: कमल	2/12	आँसू
पुरइन-पत्रों-	*'पुरइन-पत्रों के बीच कमल की माला'*	: कमल के पत्ते	1/114	मलिना/कानन-कुसुम
पुर-लक्ष्मी-	*'पुर-लक्ष्मी खगरव के मिस कुछ कह उठती थी करुण कथा'*	: नगर की लक्ष्मी, सारस्वत नगर की वैभवश्री	2/34	निर्वेद/कामायनी
पुरातन अमृत-	*'अरे पुरातन अमृत! अगतिमय मोहमुग्ध जर्जर अवसाद!'*	: स्वयं को अमर समझने का पुराना विचार (देवताओं के सन्दर्भ में)	2/63	चिंता/कामायनी
पुरातनता-	*'पुरातनता का यह निर्मोक सहन करती न प्रकृति पल एक'*	: जीर्ण-शीर्ण	2/90	श्रद्धा/कामायनी
पुरुष का नर्ममय उपचार-	*'लद गयी पाकर पुरुष का नर्ममय उपचार'*	: पुरुष के द्वारा प्रेम-प्रसंग में किया गया कोमल व्यवहार	2/119	वासना/कामायनी
पुरुषत्व मोह-	*'तुम भूल गये पुरुषत्व मोह में कुछ सत्ता है नारी की'*	: पुरुषवादी वर्चस्व का मोह या आग्रह	2/174	इड़ा/कामायनी
पुरुष पुरातन-	*'वह चन्द्र किरीट रजत नग स्पन्दित-सा पुरुष पुरातन'*	: पुराण-पुरुष शिव	2/280	आनन्द/कामायनी
पुरोडाश-	*'सोम-पात्र भी भरा, धरा था पुरोडाश भी आगे'*	: आहुति की सामग्री, आहुति से बचा हुआ मांस	2/138	कर्म/कामायनी
♦	*'पुरोडाश के साथ सोम का पान लगे मनु करने'*	: आहुति की सामग्री, आहुति से बचा हुआ मांस	2/139	कर्म/कामायनी
पुलक-रोमावलि-	*'सोता, तारक-किरन-पुलक-रोमावलि मलयज वात,'*	: रोमों का सिहरन से भर जाना	1/328	अंतरिक्ष में अभी सो रही/लहर

शब्द-	काव्य-पंक्ति	: अर्थ	प्र.ग्रं./पृ.सं.	स्रोत/संदर्भ
पुलकावलि-	*'मधु संसृति की पुलकावलि जागो, अपने यौवन में'*	: रोमांच	2/33	आँसू
पुलकित-	*'कुसुमित कुञ्जों में वे पुलकित प्रेमालिंगन हुए विलीन;'*	: रोमांच से भरा	2/57	चिंता/कामायनी
पुलकित कदंब-	*'पुलकित कदंब की माला-सी पहना देती हो अंतर में'*	: कदंब के खिले हुए फूल (रोमांच का प्रतीक)	2/124	लज्जा/कामायनी
पुलिन-	*'आ चूम पुलिन के विरस अधर !'*	: तट	1/290	उठ उठ री लघु लघु/लहर
◆	*'हरा भरा पुलिन अलस नींद ले रहा'*	: किनारा	1/341	प्रलय की छाया/लहर
◆	*'हरे शालि के खेत पुलिन में रम्य हैं'*	: तटवर्ती क्षेत्र	3/97	प्रथम दृश्य/करुणालय
पुलिन अंक-	*'आकांक्षा लहरी दुख-तटिनी पुलिन अंक में थी ढलती'*	: (निराशा-रूपी) तटों की गोद में	2/188	स्वप्न/कामायनी
पुष्पलावियाँ-	*'पुष्पलावियाँ चुनती हैं वन-कुसुमों की अध-विकच कली'*	: फूल चुननेवाली स्त्रियाँ	2/190	स्वप्न/कामायनी
पुष्पवती-	*'उस प्रकृति लता के यौवन में उस पुष्पवती के माधव का;'*	: फूलों से भरी, रजस्वला	2/104	काम/कामायनी
पुष्पाधार-	*'पुष्पाधार, सजाये कुसुमित क्यारियाँ'*	: गुलदस्ता, स्तबक	1/32	महाराणा का महत्त्व
पूत-	*'पतित हो 'पूत' हो जाना'*	: पवित्र	1/132	पतित-पावन/कानन-कुसुम
पूरित-	*'हो रहा प्रतिबिम्ब पूरित रम्य यमुना-जल-हरा'*	: भरा हुआ, यमुना के जल में तारों के प्रतिबिम्ब भरे हैं	1/100	नव वसंत/कानन-कुसुम
पूरित जल-	*'निर्वात मेघ ज्यों पूरित जल-'*	: जल से भरे हुये बादल	1/326	ओ री मानस की.../लहर
पूरित ताल-	*'तरल हीरक लहराता शांत सरल आशा सा पूरित ताल'*	: भरा हुआ सरोवर	1/265	होली की रात/झरना
पूरित स्वार्थ-	*'नर हृदय, परिमित, पूरित स्वार्थ'*	: स्वार्थ से भरा हुआ, अपने हित की भावना से भरा हुआ	1/244	असन्तोष/झरना
पूर्णकाम-	*'परम प्रकाश हो, स्वयं ही पूर्णकाम हो'*	: इच्छाओं की अतृप्ति को समाप्त करनेवाले	1/261	तुम/झरना
◆	*'फिर क्यों न हुआ मैं पूर्ण-काम'*	: सफल मनोरथ, जिसकी इच्छाएँ पूरी हो गयी हों	2/175	इड़ा/कामायनी
पूर्ण विरति-	*'सकल कामना स्रोत लीन हो पूर्ण विरति कब पावेगी?'*	: पूरी तरह मुक्त हो जाना	1/242	कब/झरना
पूर्णाहुति-	*'आत्मसम्मान यज्ञ की वह पूर्णाहुति'*	: यज्ञ की अंतिम आहुति जिसमें संपूर्ण हवन-सामग्री को यज्ञ-कुंड में अर्पित कर देते हैं	1/342	प्रलय की छाया/लहर
पूर्णाहुति की ज्वाला-	*'देव-यजन के पशु यज्ञों की वह पूर्णाहुति की ज्वाला,'*	: यज्ञ की अंतिम आहुति जिसमें बची हुई पूरी समिधा एक साथ डाल देते हैं। इससे अग्नि तेज प्रज्ज्वलित हो जाती है	2/59	चिंता/कामायनी
पूर्व प्रीति-	*'क्रोध से, विषाद से, दया से पूर्व प्रीति ही से'*	: पुराना प्रेम, पहले प्रेम था (अब न हो)	1/245	अनुनय/झरना

शब्द- काव्य-पंक्ति	: अर्थ	प्र.ग्रं./पृ.सं.	स्रोत/संदर्भ
पूषा- *'विश्वदेव, सविता या पूषा/सोम, मरुत, चंचल पवमान;'*	: सूरज का एक वैदिक पर्याय	2/68	आशा/कामायनी
पृथासुत- *'कौरवादिक सामने, पीछे पृथासुत सैन्य है'*	: पृथा(कुंती) के पुत्र	1/165	कुरुक्षेत्र/कानन-कुसुम
पेंगों- *'पेंगों में झूले हार-जीत'*	: झूले का ऊपर-नीचे जाने की प्रक्रिया	2/176	इड़ा/कामायनी
पेया- *'राग रञ्जित थी वह पेया'*	: शराब, पेय	1/249	प्यास/झरना
पेशोला- *'शीर्षक'*	: उदयपुर की एक झील, पिछोला झील	1/337	पेशोला की प्रतिध्वनि /लहर
पैठ- *'मैं उसे फिराती रहती हूँ अपनी निर्जनता बीच पैठ'*	: स्थित होकर	2/165	ईर्ष्या/कामायनी
पैतृक-रक्त-प्रवाह-पूर्ण- *'पैतृक-रक्त-प्रवाह-पूर्ण धमनी हुई'*	: पिता (गुरु गोविन्द सिंह) से प्राप्त रक्त के प्रवाह से पूर्ण अर्थात् पिता का खून मानो पुत्रों में खौल उठा	1/168	वीर बालक/कानन-कुसुम
प्यार-पुलक- *'ओ प्यार-पुलक से भरी ढुलक!'*	: प्रेम का रोमांच	1/290	उठ उठ री लघु.../लहर
प्याले में- *'मेरे प्याले में मद बनकर कब तू छली समाया'*	: शरीर-रूपी प्याला	4/343	द्वितीय अंक/ध्रुवस्वामिनी
प्रकंपन- *'सघन गगन में भीम प्रकंपन/झंझा के चलते झटके'*	: काँपना, जोर से हिलना,	2/59	चिंता/कामायनी
प्रकटित- *'सुन्दर चन्द्र अमन्द हुआ प्रकटित सुखदायी'*	: प्रकट हुआ, उदित हुआ	1/110	रजनीगंधा/कानन-कुसुम
प्रकाश-बालिके- *'मैं अतृप्त आलोक-भिखारी ओ प्रकाश-बालिके! बता'*	: उषा के समान कांतियुक्त (इड़ा)	2/192	स्वप्न/कामायनी
प्रकाशानुभव-मूर्ति- *'स्वयं प्रकाशानुभव-मूर्ति'*	: अनुभव के प्रकाश से बनी मूर्ति	1/150	मकरंद-बिंदु/कानन-कुसुम
प्रकृत-शक्ति- *'प्रकृत-शक्ति तुमने यंत्रों से सब की छीनी!'*	: नैसर्गिक सामर्थ्य, स्वाभाविक खुशियाँ	2/206	संघर्ष/कामायनी
प्रकृति-कानन- *'जिसके हैं आराम प्रकृति-कानन ही सारे'*	: वन-प्रकृति, वन की नैसर्गिक भूमि	1/89	नमस्कार/कानन-कुसुम
प्रकृति की क्रीड़ा- *'प्रकृति की क्रीड़ा के सब छंद'*	: प्रकृति की विविध लीलाएँ, प्रकृति की अनेकविध घटनाएँ	1/263	हृदय का सौन्दर्य/झरना
प्रकृति-कृत- *'अत्याचार प्रकृति-कृत हम सब जो सहते हैं'*	: प्रकृति के द्वारा किया गया (अत्याचार)	2/206	संघर्ष/कामायनी
प्रकृति के शक्ति-चिह्न- *'अरे! प्रकृति के शक्ति-चिह्न ये फिर भी कितने निबल रहे!'*	: देवता स्वयं को प्रकृति की विभिन्न शक्तियों का प्रतीक मानते थे	2/68	आशा/कामायनी
प्रकृति-पद्मिनी- *'प्रभो! प्रेममय प्रकाश तुम हो प्रकृति-पद्मिनी के अंशुमाली'*	: प्रकृति मानो कमल के फूल की तरह है	1/87	प्रभो/कानन-कुसुम
प्रकृति प्रबुद्ध- *'नेत्र निमीलन करती मानो प्रकृति प्रबुद्ध लगी होने;'*	: प्रकृति मानो जाग उठी	2/67	आशा/कामायनी
प्रकृति रमा- *'दारिद्र्य दलित बिलखाती हो यह शस्य श्यामला प्रकृति रमा'*	: प्रकृति-रूपी लक्ष्मी	2/176	इड़ा/कामायनी
प्रकृति रही दुर्जेय- *'प्रकृति रही दुर्जेय, पराजित हम सब थे भूले मद में'*	: प्रकृति को जीतना कठिन था, वह दुर्जेय थी और दुर्जेय रही	2/55	चिंता/कामायनी
प्रकृति लता- *'उस प्रकृति लता के यौवन में उस पुष्पवती के माधव का;'*	: प्रकृति मानो लता की तरह थी	2/104	काम/कामायनी
प्रकृति वैभव से भरा- *'एक तुम, यह विस्तृत भूखंड प्रकृति वैभव से भरा अमन्द,'*	: प्रकृति के संसाधन और सौन्दर्य से भरा हुआ	2/91	श्रद्धा/कामायनी

शब्द-	काव्य-पंक्ति	: अर्थ	प्र.ग्रं./पृ.सं.	स्रोत/संदर्भ
प्रकृति संग संघर्ष-	*'प्रकृति संग संघर्ष सिखाया तुमको मैंने'*	: प्रकृति की विषमता का समाधान	2/204	संघर्ष/कामायनी
प्रकृति सकर्मक-	*'अर्ध प्रस्फुटित उत्तर मिलते प्रकृति सकर्मक रही समस्त;'*	: प्रकृति अपने कर्म-चक्र में नियमित हो रही थी	2/75	आशा/कामायनी
प्रखर प्रलय पावस-	*'प्रखर प्रलय पावस में जगमग, ज्योतिरिंगणों से जगते'*	: प्रलय की मूसलाधार बारिश	2/62	चिंता/कामायनी
प्रखर विलासमयी-	*'जीवन की लालसा आज क्यों इतनी प्रखर विलासमयी?'*	: सुख-भोग की तीव्र इच्छा पुनः मनु में जागने लगी, जीवन के प्रति आकर्षण महसूस होने लगा	2/70	आशा/कामायनी
प्रगति-	*'जगत प्रगति से अपने चंचल, मन की चंचल लीला है'*	: आगे बढ़ने की गति, विकास	3/265	प्रथम अंक/अजातशत्रु
प्रगतिशील मन-	*'प्रगतिशील मन रुका एक क्षण करवट लेकर'*	: विशेषरूप से गतिशील मन	2/200	संघर्ष/कामायनी
प्रचुर उपकरण-	*'देव-असफलताओं का ध्वंस प्रचुर उपकरण जुटा कर आज'*	: पर्याप्त सामग्री	2/92	श्रद्धा/कामायनी
प्रच्छन्न-	*'अपने ही प्रच्छन्न विमल मकरन्द से'*	: अन्तर्निहित, छिपा हुआ	1/98	प्रथम प्रभात/कानन-कुसुम
प्रजातंत्र-	*'हो शाप भरा तव प्रजातंत्र'*	: संतति का क्रम, लोकतांत्रिक व्यवस्था, प्रजा के दो अर्थ हैं- संतान और जनता। कामदेव का अभिशाप है कि तुम्हारी संतति अथवा तुम्हारे द्वारा बनाई गयी व्यवस्था दु:खपूर्ण होगी	2/175	इड़ा/कामायनी
प्रजा तरु-पुंज-	*'स्वच्छ दीप था सोम, प्रजा तरु-पुंज खड़े थे'*	: वृक्षों का समूह मानो प्रजा की तरह था	1/152	चित्रकूट/कानन-कुसुम
प्रजापति-	*'प्रजा तुम्हारी, तुम्हें प्रजापति सबका ही गुनती हूँ मैं'*	: पिता, राजा, जिसने रचा हो	2/192	स्वप्न/कामायनी
प्रजा सृष्टि-	*'यह अभिनव मानव प्रजा सृष्टि'*	: संतति या जनता का विस्तार (निर्माण)	2/176	इड़ा/कामायनी
प्रज्ञापारमिता-	*'प्रज्ञापारमिता की गरिमा'*	: पूर्ण ज्ञान, सर्वज्ञता, बौद्ध दर्शन में छह पारमिताएँ (पूर्णताएँ)- दान, शील, शांति, वीर्य, ध्यान और प्रज्ञा	1/297	जगती की मंगलमयी उषा बन/लहर
प्रणत-	*'और थे प्रणत वहीं गुर्जर-महीप भी'*	: झुके हुये	1/340	प्रलय की छाया/लहर
♦	*'कह इड़ा प्रणत ले चरण धूल, पकड़ा कुमार कर मृदुल फूल'*	: झुक कर, प्रणाम करके	2/241	दर्शन/कामायनी
♦	*'जय प्रणत जन सुखधाम'*	: आदर से झुका हुआ	3/165	तृतीय अंक/राज्यश्री
प्रणति-	*'प्रभु! तेरे चरणों में पुलकित होकर प्रणति जनाती है'*	: प्रणाम, नम्रता, विनय	1/88	वंदना/कानन-कुसुम
प्रणति-	*'वह देव-द्वंद्व द्युतिमय था फिर क्यों न प्रणति में झुकते'*	: प्रणाम, नमन	2/273	आनन्द/कामायनी

शब्द-	काव्य-पंक्ति	: अर्थ	प्र.ग्रं./पृ.सं.	स्रोत/संदर्भ
प्रणति भ्रान्त-	*'भय की उपासना! प्रणति भ्रान्त! अनुशासन की छाया अशांत!'*	: भूले-भटके लोगों को विनम्र बनाकर (अनुशासित किया)	2/238	दर्शन/कामायनी
प्रणय अनल-	*'हिम-शीतल प्रणय अनल बन अब लगा विरह से जलने'*	: प्रेम जब संताप देने लगे	2/15	आँसू
प्रणय-अवधि-	*'छायापथ में राह देखती गिनती प्रणय-अवधि की रेख'*	: प्रेम के क्रिया-कलाप में व्यतीत हुआ समय	4/238	द्वितीय अंक/चन्द्रगुप्त
प्रणय की महिमा-	*'प्रणय की महिमा का मधु मोद'*	: प्रेम की महत्ता	1/244	असन्तोष /झरना
प्रणय-पिपासा-	*'किस अतीत की प्रणय-पिपासा, जगती चपला-सी स्मृति से'*	: प्रेम की प्यास	3/319	तृतीय अंक/अजातशत्रु
प्रणय-प्रकाश-	*'तुमने तो प्राणमयी ज्वाला का प्रणय-प्रकाश न ग्रहण किया'*	: प्रेममय ज्योति, प्रेम की पवित्र अग्नि	2/175	इड़ा/कामायनी
प्रणय-प्रभाकर-	*'प्रणय-प्रभाकर कर से चढ़कर इस अनन्त का करते माप'*	: प्रेम-रूपी सूर्य	3/319	तृतीय अंक/अजातशत्रु
प्रणय-रोष-	*'यह लगा पिघलने मानिनियों का हृदय मृदु प्रणय-रोष भरा'*	: प्रेम-प्रसंग से सम्बंधित नाराजगी	4/346	द्वितीय अंक/ध्रुवस्वामिनी
प्रणय विधु-	*'प्रणय विधु है खड़ा नभ में लिये तारक हार'*	: प्रेमी(प्रेम-रूपी) चन्द्रमा	2/118	वासना/कामायनी
प्रणय विहीन-	*'प्रणय विहीन एक वासना की छाया में,'*	: प्रेम की शुद्ध भावना से रहित	1/335	शेरसिंह का श.-स./लहर
प्रणय-शिला-	*'प्रणय-शिला प्रत्यावर्त्तन में उसको लौटा देती'*	: प्रेम-रूपी पर्वत	2/147	कर्म/कामायनी
प्रणय-सिंधु-	*'बाड़वज्वाला सोती थी इस प्रणय-सिंधु के तल में'*	: प्रेम के समुद्र में	2/4	आँसू
प्रणयांकुर-	*'प्रणयांकुर की तरह बालिका, बालक दोनों बढ़ते थे'*	: प्रणय का अंकुर	1/188	प्रेमपथिक
प्रणयानिल-	*'खिलता था नव प्रणयानिल से नंदन कानन का अरविन्द'*	: प्रणय का अनिल, प्रेम से सनी हवा	1/188	प्रेमपथिक
प्रणयिनी-	*'पुतली प्रणयिनी का बाहुपाश खोलकर'*	: प्रेमिका या पत्नी	1/335	शेरसिंह का श.-स./लहर
प्रणयी प्रणत-	*'प्रणयी प्रणत बनूँ मैं क्योंकर, दुर्बलता निज समझ, क्षोभ से'*	: प्रेम-निवेदन में झुका हुआ प्रेमी	1/241	बिखरा हुआ प्रेम/झरना
प्रणयोच्छ्वास-	*'उसी तरह से युवक-युवतियों का होता है प्रणयोच्छ्वास'*	: प्रेम की मार्मिक अनुभूति, प्रेम की भावना का साँसों में बस जाना	1/196	प्रेमपथिक
प्रणव-	*'मधुर प्रणव गुंजरित स्वच्छ होने लगा'*	: आध्यात्मिक ध्वनि	1/169	वीर बालक/कानन-कुसुम
प्रणव मध्य गुंजार-	*' 'तू मैं ही हूँ' इस चेतन का प्रणव मध्य गुंजार किया'*	: परमेश्वर के ओंकार नाम के मध्य एक चेतना का गुंजार करना	3/426	तृतीय अंक/जन्मेजय का नाग-यज्ञ
प्रतारणा-	*'निकल, चली जा तू प्रतारणा के कर से'*	: दमन-शोषण, अत्याचार	1/333	शेरसिंह का श.-स./लहर
♦	*'सो गये, प्रतारणा की थपकी लगी उन्हें'*	: उत्पीड़न, धोखे से दिया गया कष्ट	1/335	शेरसिंह का शस्त्र-समर्पण/लहर
प्रतारित-	*'युग-युग की वह विकल प्रतारित मिटी हुई बन लेख रही'*	: प्रताड़ित, शोषित	2/189	स्वप्न/कामायनी
प्रतिकृति-	*'मैं रति की प्रतिकृति लज्जा हूँ मैं शालीनता सिखाती हूँ'*	: प्रतीक, प्रतिमूर्ति	2/128	लज्जा/कामायनी
♦	*'ढलते सब, स्वभाव प्रतिकृति बन गल ज्वाला से मधुर ताप की'*	: कृति के अनुसार बना रूप, अनुकरण से बना रूप	2/257	रहस्य/कामायनी

शब्द– काव्य-पंक्ति	: अर्थ	प्र.ग्रं./पृ.सं.	स्रोत/संदर्भ
प्रतिकृति-सी– *'पद्मिनी की प्रतिकृति-सी किरणों में बनकर'*	: प्रतिरूप, किसी की तरह का होना, किसी की नकल	1/344	प्रलय की छाया/लहर
प्रति क्षण– *'प्रति-क्षण लहर से बढ़ रहे थे भाव-निधि में वेग से'*	: हर पल	1/108	भक्ति-योग/ कानन-कुसुम
प्रतिघात– *'बाधा-विघ्न-आपदा के तीव्र प्रतिघात का'*	: वार का जवाब वार से देना	1/352	प्रलय की छाया/लहर
♦ *'तरल तिमिर से प्रलय पवन का होता आलिंगन, प्रतिघात'*	: बार-बार प्रहार	2/60	चिंता/कामायनी
प्रतिच्छवि– *'मुकुर चूर्ण बन रहे प्रतिच्छवि कितनी साथ लिये बिखरे'*	: प्रतिबिम्ब	2/188	स्वप्न/कामायनी
प्रतिच्छायित– *'चिर निराशा नीरधर से, प्रतिच्छायित अश्रु-सर से'*	: छाया हुआ, आच्छन्न	2/23	निर्वेद/कामायनी
प्रतिदान– *'तुमने भी प्रतिदान दिया कुछ कह सकती हो?'*	: ली हुई वस्तु के बदले में कुछ देना	2/202	संघर्ष/कामायनी
♦ *'सभी मेरी हैं, सभी करती रहें प्रतिदान'*	: उपकार के बदले किया गया कार्य, दान के बदले दान, वापस करना	2/113	वासना/कामायनी
प्रतिध्वनि– *'प्रतिध्वनि जिसकी सुने दिगंत, विश्ववाणी का बने विहार'*	: गूँजकर दुहराई जाती ध्वनि	1/295	अरी वरुणा की शांत कछार/लहर
प्रतिपद– *'प्रतिपद व्याकुल आज छन्द क्यों होते हैं प्रियतम! ऐसे?'*	: प्रत्येक चरण पर	1/247	कहो/झरना
♦ *'निर्माण और प्रतिपद विनाश में दिखलाता अपनी क्षमता'*	: पग-पग पर	2/171	इड़ा/कामायनी
♦ *'खोखली शून्यता में प्रतिपद असफलता अधिक कुलाँच रही'*	: पग-पग पर	2/172	इड़ा/कामायनी
प्रतिपद शशि– *'एक बाँकपन प्रतिपद शशि का, भरे भाव कुछ रिस के हैं'*	: दूज का चाँद, चन्द्रमा की पहली तिथि को प्रतिपदा कहते हैं	2/192	स्वप्न/कामायनी
प्रतिपर्व– *'प्रतिपर्व सुमन-संकुल थे छिप गयी उन्हीं में डाली'*	: प्रत्येक पोर (पर्व, वृन्त, गाँठ)	2/272	आनन्द/कामायनी
प्रतिवर्तन– *'दोनों का समुचित प्रतिवर्तन जीवन में शुद्ध विकास हुआ;'*	: फिर से आ जाना, वापसी, प्रत्यावर्त्तन	2/107	काम/कामायनी
♦ *'मैं बैठी गाती हूँ तकली के प्रतिवर्तन में स्वर विभोर'*	: घूमने की प्रक्रिया	2/165	ईर्ष्या/कामायनी
प्रतिशोध-दावानल– *'वात्याचक्र! उठा प्रतिशोध-दावानल से'*	: बदला लेने की तीव्र भावना, प्रतिशोध की आग	1/353	प्रलय की छाया/लहर
प्रति श्वास– *'प्रति श्वास आह्वान किया करता रहा उस इष्ट को'*	: प्रत्येक साँस	1/108	भक्ति-योग/ कानन-कुसुम
प्रतिहिंसा– *'धर्म-जन्य प्रतिहिंसा ने क्या-क्या नहीं'*	: बदला लेने की हिंसक भावना	1/161	शिल्प-सौन्दर्य्य/का.-कु.
प्रतिहिंसा-पूरित– *'प्रतिहिंसा-पूरित वीरों की मंडली'*	: बदले की हिंसक भावना से परिपूर्ण	1/160	शिल्प-सौन्दर्य्य/ कानन-कुसुम
प्रतीची– *'पहुँचे प्रमुदित हुए प्रतीची पास सँवर के'*	: पश्चिम दिशा (मानो नायिका है)	1/110	रजनीगंधा/कानन-कुसुम

शब्द-	काव्य-पंक्ति	: अर्थ	प्र.ग्रं./पृ.सं.	स्रोत/संदर्भ
प्रतीप-	*'फाड़ सुनहली साड़ी उसकी तू हँसती क्यों अरी प्रतीप?'*	: विपरीत, रजनी का विपरीत आचरण	2/78	आशा/कामायनी
प्रत्न तत्त्व-	*'प्रत्न तत्त्व में खँडहर खुदवाता फिरता है जहाँ कहीं'*	: पुरातत्त्व, पुरानी चीजें	1/194	प्रेमपथिक
प्रत्यंचा-	*'शिथिल पडी प्रत्यंचा किसकी'*	: धनुष की डोरी	1/233	विषाद/झरना
◆	*'बिखरे थे सब उपकरण वहीं आयुध, प्रत्यंचा, शृंग, तीर'*	: धनुष की डोरी	2/159	ईर्ष्या/कामायनी
प्रत्याख्यान-	*'मिथ्या ही हो, किन्तु प्रेम का प्रत्याख्यान नहीं करते'*	: अस्वीकार, इंकार, उपेक्षा	1/146	नहीं डरते/कानन-कुसुम
प्रत्यावर्तन-	*'प्रत्यावर्तन के पथ में/पद-चिह्न न शेष रहा है'*	: लौटने का क्रम	2/20	आँसू
◆	*'उसी वासना की उपासना, /वह तेरा प्रत्यावर्तन'*	: पुनः आगमन, लौट कर आना	2/54	चिंता/कामायनी
प्रत्यावर्त्तन-	*'तोड़ा गया पुल प्रत्यावर्त्तन के पथ में'*	: लौटना, वापसी	1/334	शेरसिंह का श.-स./लहर
◆	*'गत-प्रत्यागत में और प्रत्यावर्त्तन में'*	: वापस लौटना	1/344	प्रलय की छाया/लहर
◆	*'प्रणय-शिला प्रत्यावर्त्तन में उसको लौटा देती'*	: लौटा देना, प्रत्यावर्तित कर देना	2/147	कर्म/कामायनी
प्रत्याशा-	*'शीर्षक'*	: आशा करते हुये, आशान्वित, उम्मीद रखना	1/253	प्रत्याशा/झरना
◆	*'प्रत्याशा की उत्कंठा में पूर्ण था'*	: आशान्वित	1/255	स्वप्नलोक/झरना
◆	*'धुँधली संध्या प्रत्याशा/हम एक-एक को रोते'*	: उम्मीद	2/15	आँसू
◆	*'प्रत्याशा विरह-निशा की/हम होंगे औ' दुख होगा'*	: उम्मीद	2/19	आँसू
प्रथम कंप सी-	*'ज्वालामुखी स्फोट के भीषण, प्रथम कंप सी मतवाली!'*	: पहली बार भूकंप की अनुभूति की तरह चिंता मनु के जीवन में आयी है	2/52	चिंता/कामायनी
प्रथम कवि-	*'किये मुख नीचा कमल समान प्रथम कवि का ज्यों सुन्दर छंद;'*	: वाल्मीकि को पहला कवि माना गया है, अत्यंत भावुक क्षण में उनके मुख से कविता स्वतः निकली थी	2/83	श्रद्धा/कामायनी
प्रथम किरणों-	*'हिमालय के आँगन में उसे प्रथम किरणों का दे उपहार'*	: ज्ञान का प्रारम्भ	4/138	पंचम अंक/स्कन्दगुप्त
प्रथम पत्र का प्रसार-	*'प्रथम पत्र का प्रसार करके सरोज अलि-गन से मिल रहा है'*	: पहले पत्ते को विकसित करके, कमल ने सुबह-सुबह अपने पत्रों को प्रस्फुटित किया	1/112	सरोज/कानन-कुसुम
प्रथम यौवन-मदिरा-	*'प्रथम यौवन-मदिरा से मत्त, प्रेम करने की थी परवाह'*	: अपने भीतर नवयौवन की मादकता की प्रारम्भिक अनुभूति	4/233	द्वितीय अंक/चन्द्रगुप्त
प्रदोष-प्रभा-	*'कैलास प्रदोष-प्रभा में स्थिर बैठा किसी लगन में'*	: सांध्य-काल की आभा	2/272	आनन्द/कामायनी
प्रपंच-	*'सारा प्रपंच ही हो अशुद्ध'*	: छल-कपट एवं झंझट से भरा कार्य-कलाप	2/177	इड़ा/कामायनी
प्रपूरित-	*'देश समृद्धि प्रपूरित हो - जनता नीरोग'*	: पूरी तरह से भरा हुआ	3/227	तृतीय अंक/विशाख
प्रबल प्रभंजन-	*'प्रबल प्रभंजन मलय- मरुत हो, फहरे प्रेम पताका'*	: शोर करती हुई तेज वायु	1/283	बिंदु (5)/झरना
प्रबुद्ध शुद्ध भारती-	*'हिमाद्रि तुंगशृंग से प्रबुद्ध शुद्ध भारती'*	: जागृत और पवित्र सरस्वती, भारत की प्रबुद्ध-शुद्ध स्वतंत्रता	4/290	चतुर्थ अंक/चन्द्रगुप्त

शब्द-	काव्य-पंक्ति	: अर्थ	प्र.ग्रं./पृ.सं.	स्रोत/संदर्भ
प्रभंजन-	*'धूल उड़ाता प्रबल प्रभंजन उनको साथ उड़ाता है'*	: तेज हवा, आँधी	1/104	ग्रीष्म का मध्याह्न /कानन-कुसुम
◆	*'होकर प्रमत्त खड़ा हुआ है यह प्रभंजन वेग में'*	: तेज आँधी	1/124	एकान्त में/कानन-कुसुम
◆	*'प्रबल प्रभंजन वेगपूर्ण था चल रहा'*	: शोर मचाती तेज हवा	1/201	महाराणा का महत्त्व
◆	*'प्रबल प्रभंजन मलय- मरुत हो, फहरे प्रेम पताका'*	: शोर करती बहनेवाली हवा	1/283	बिंदु (5)/झरना
◆	*'कहीं नहीं उत्पात प्रभंजन का यहाँ'*	: तेज हवा, आँधी	3/98	प्रथम दृश्य/करुणालय
प्रभा की धारा-	*'कर रहे निर्जन का चुपचाप प्रभा की धारा से अभिषेक?'*	: मनु के व्यक्तित्व की चमक	2/83	श्रद्धा/कामायनी
प्रभात की स्वर्ग किरन सी-	*'यह प्रभात की स्वर्ग किरन सी झिलमिल चंचल सी छाया'*	: प्रातः कालीन स्वर्णिम सूर्य-किरणों (की तरह कान्तिमयी श्रद्धा)	2/229	निर्वेद/कामायनी
प्रभात हिमकन-सा-	*'बरसो प्रभात हिमकन-सा आँसू इस विश्व-सदन में'*	: सुबह के ओसकण की तरह	2/41	आँसू
प्रभा-पुंज-	*'लीला का स्पन्दित आह्लाद, वह प्रभा-पुंज चितिमय प्रसाद'*	: (शिव का) ज्योतिर्मय स्वरूप	2/246	दर्शन/कामायनी
प्रभा-पूरित-	*'देव-दिनकर क्या प्रभा-पूरित उदय होने को हैं,'*	: प्रभा से पूर्ण, प्रकाश से भरा हुआ	1/94	महा-क्रीड़ा/कानन-कुसुम
प्रभा मलिना-	*'उस शृंग पर अपनी प्रभा मलिना दिखाते ही रहे'*	: मलिन आभा, निस्तेज कांति	1/107	भक्ति-योग/कानन-कुसुम
प्रमत्त-	*'लता-ललिता से लिपटकर ही महान प्रमत्त है'*	: नशे में बेसुध	1/100	नव वसंत/कानन-कुसुम
◆	*'होकर प्रमत्त खड़ा हुआ है यह प्रभंजन वेग में'*	: जोश में	1/124	एकान्त में/कानन-कुसुम
◆	*'किसको प्रमत्त नहीं करते?'*	: मदहोश कर देना	1/343	प्रलय की छाया/लहर
प्रमदा-	*'कितनी अबला थी और प्रमदा थी रूप को'*	: सुन्दर स्त्री	1/346	प्रलय की छाया/लहर
प्रमाता-	*'प्रमाता अखिल विश्व का सत्य'*	: किसी विषय या ज्ञान का साक्षात्कार करनेवाला	1/268	कुछ नहीं/झरना
प्रमुदित-	*'पहुँचे प्रमुदित हुए प्रतीची पास सँवर के'*	: प्रसन्न	1/110	रजनीगंधा/कानन-कुसुम
◆	*'पूछने से वे प्रमुदित हुए'*	: प्रसन्न, खुश	1/249	प्यास/झरना
◆	*'खेतों में हैं कृषक चलाते हल प्रमुदित श्रम-स्वेद सने'*	: प्रसन्न	2/190	स्वप्न/कामायनी
प्रमोद-	*'निर्जन में क्या एक अकेले, तुम्हें प्रमोद मिलेगा?'*	: आनन्द	2/152	कर्म/कामायनी
प्रमोद उद्यान-	*'नागरिकों के हैं प्रमोद उद्यान ये'*	: आमोद-प्रमोद के उपवन	3/84	चतुर्थ दृश्य/कल्याणी परि.
प्रमोद की वस्तु-	*'नागरिकों के हैं, प्रमोद की वस्तु ये'*	: मनोरंजन और विलास की सामग्री	3/84	चतुर्थ दृश्य/कल्याणी परिणय
प्रमोद-पूरित-	*'तुम्हें हिलावे भी जो समीर न तो पावे परिमल प्रमोद-पूरित'*	: आनन्द से परिपूर्ण	1/112	सरोज/कानन-कुसुम
प्रयत्न-प्रथा-	*'उनकी मिलित प्रयत्न-प्रथा से पुर की श्री दिखती निखरी'*	: (मिल-जुलकर) प्रयास करने की पद्धति से	2/190	स्वप्न/कामायनी
प्रलंब भुज-	*'देवदारु के वे प्रलंब भुज, जिनमें उलझी वायु-तरंग'*	: लंबी बाँहें (देवदारु वृक्ष की शाखाएँ)	2/191	स्वप्न/कामायनी

शब्द-	काव्य-पंक्ति	: अर्थ	प्र.ग्रं./पृ.सं.	स्रोत/संदर्भ
प्रलयंकर-	*'लिये पूँछ में ज्वाला अपनी अति प्रलयंकर'*	: प्रलय उत्पन्न करनेवाला	2/209	संघर्ष/कामायनी
प्रलय-	*'प्रलय की छाया में'*	: मौजूदा सृष्टि को नष्ट कर नयी सृष्टि की सम्भावना बनानेवाली घटना	1/354	प्रलय की छाया/लहर
	♦ *'खड़े देखा, झेला हँसते, प्रलय में पले हुए हम वीर'*	: सृष्टि का अन्त	4/139	पंचम अंक/स्कन्दगुप्त
प्रलय कारिणी-	*'होती थी, अब वहाँ हो रही प्रलय कारिणी भीषण वृष्टि'*	: प्रलय उत्पन्न करनेवाली, सब कुछ नष्ट कर देनेवाली	2/58	चिंता/कामायनी
प्रलय का शीत-	*'बचाकर बीज-रूप से सृष्टि, नाव पर झेल प्रलय का शीत'*	: प्रलयकालीन प्रकृति के कोप	4/138	पंचम अंक/स्कन्दगुप्त
प्रलय घटाएँ-	*'घिर जातीं प्रलय घटाएँ कुटिया पर आकर मेरी'*	: जिन बादलों में प्रलय मचा देनेवाली बारिश की क्षमता हो, हृदय में प्रलय-तुल्य बेचैनी हो	2/8	आँसू
प्रलय-जलधि में संगम-	*'प्रलय-जलधि में संगम जिसका देख हृदय था उठा कराह'*	: प्रलय के कारण समुद्र का जो विकराल रूप सामने आया उसमें विलय हो जाना	2/56	चिंता/कामायनी
प्रलय निशा-	*'सौरचक्र में आवर्तन था प्रलय निशा का होता प्रात!'*	: प्रलय की भयानक रात	2/64	चिंता/कामायनी
प्रलय निशा की हलचल-	*'प्रलय निशा की हलचल स्मृति में मान किये सी ऐंठी सी'*	: प्रलय की रात की उठा-पटक, संकेत शृंगारपरक है कि सुहाग-रात में काम-क्रीड़ा की हलचल को दुल्हन याद कर रही है	2/68	आशा/कामायनी
प्रलय-नृत्य-	*'देखा क्या तुमने कभी नहीं स्वर्गीय सुखों का प्रलय-नृत्य'*	: प्रलय की विध्वंस-लीला	2/163	ईर्ष्या/कामायनी
प्रलय-पयोधर-	*'प्रलय-पयोधर बरस रहे हैं - रक्त-अश्रु की धार'*	: प्रलयकाल के भयानक बादल	4/54	प्रथम अंक/स्कन्दगुप्त
प्रलय-पयोनिधि-	*'प्रलय-पयोनिधि की लहरें भी लौट गयी ही होंगी'*	: प्रलयकालीन समुद्र का रौद्र रूप	2/150	कर्म/कामायनी
प्रलय पवन-	*'तरल तिमिर से प्रलय पवन का होता आलिंगन, प्रतिघात'*	: प्रलय काल में चलनेवाली तेज हवा	2/60	चिंता/कामायनी
प्रलय-पावक-	*'शक्ति-तरंग प्रलय-पावक का उस त्रिकोण में निखर उठा सा'*	: प्रलयंकर ज्वाला, शिव के तीसरे नेत्र से निकली अग्नि	2/263	रहस्य/कामायनी
प्रलय पावस-	*'प्रखर प्रलय पावस में जगमग, ज्योतिरिंगणों से जगते'*	: प्रलय की बरसात	2/62	चिंता/कामायनी
प्रलय प्रवाह-	*'एक पुरुष, भीगे नयनों से, देख रहा था प्रलय प्रवाह!'*	: प्रलय के कारण जलराशि का अथाह प्रवाह	2/51	चिंता/कामायनी
प्रलय बीच भी रक्षित-	*'प्रलय बीच भी रक्षित मनु से वह फैला उत्साह भरा'*	: प्राकृतिक विप्लव के बीच भी बचे हुए (मनु)	2/190	स्वप्न/कामायनी
प्रलय-भीत-	*'हो प्रलय-भीत तन रक्षा में पूजन करने की व्याकुलता'*	: प्रलय की विनाशक घटनाओं से डरा हुआ	2/174	इड़ा/कामायनी
प्रलय शांति-	*'वह प्रलय शांति वह कोलाहल, जब अर्पित कर जीवन सम्बल'*	: प्रलय के बाद की शान्ति	2/245	दर्शन/कामायनी

शब्द-	काव्य-पंक्ति	: अर्थ	प्र.ग्रं./पृ.सं.	स्रोत/संदर्भ
प्रलय-सा-	*'किसका था भ्रू-भंग प्रलय-सा जिसमें ये सब विकल रहे!'*	: प्रलय के समान	2/68	आशा/कामायनी
प्रलय सिंधु-	*'नीचे प्रलय सिंधु लहरों का, होता था सकरुण अवसान'*	: प्रलयकालीन समुद्र का रूप	2/51	चिंता/कामायनी
प्रलयोल्का-खंड-	*'प्रलयोल्का-खंड के निकष पर कस कर'*	: प्रलय के समय आकाश से टूट-टूटकर गिरनेवाले उल्का पिंड	1/338	पेशोला की प्रतिध्वनि/लहर
प्रवंचकों-	*'अपने प्रवंचकों से'*	: धोखेबाजों	1/334	शेरसिंह का श.-स./लहर
प्रवंचना-	*'भूलें अपनी या प्रवंचना औरों की दिखलाऊँ मैं'*	: ठगी, धोखेबाजी	1/292	मधुप गुनगुना कर कह जाता/लहर
♦	*'छल वाणी की वह प्रवंचना हृदयों की शिशुता को'*	: ठगी, धोखा	2/153	कर्म/कामायनी
प्रवंचना के काल-	*'नाच रे प्रवंचना के काल, दग्ध दावानल करे दिगंत'*	: विभ्रमों से भरा हुआ कालखंड	1/148	धर्मनीति/कानन-कुसुम
प्रवर्तन-	*'जब धर्म-चक्र के सतत-प्रवर्तन की प्रसन्न-ध्वनि छाई थी'*	: आरम्भ करना	1/297	जगती की मंगलमयी उषा बन/लहर
♦	*'श्रममय कोलाहल, पीड़नमय विकल प्रवर्तन महायंत्र का'*	: प्रारंभ, शुरू करके गति प्रदान करना	2/258	रहस्य/कामायनी
प्रवर्त्तन-	*'अब विकल प्रवर्त्तन हो ऐसा जो नियति-चक्र का बने यंत्र'*	: शुरुआत, गति का प्रारंभ	2/175	इड़ा/कामायनी
प्रवर्त्तनों-	*'विकल विवर्त्तनों से/विरल प्रवर्त्तनों से'*	: प्रेरित करने की प्रवृत्तियाँ	1/337	पेशोला की प्रतिध्वनि/लहर
प्रवाल-	*'उसके अधरों में फैलेगा नवमधुमय स्मिति-लतिका-प्रवाल'*	: किसलय	2/167	ईर्ष्या/कामायनी
प्रवासी हृदय-	*'बरस पड़े अश्रु-जल, हमारा मान प्रवासी हृदय हुआ'*	: अन्यत्र लगा हुआ मन	3/391	द्वितीय अंक/जन्मेजय का नाग-यज्ञ
प्रवाहिका-	*'मधुर लालसा की लहरों से यह प्रवाहिका स्पन्दित होती'*	: प्रवाह से युक्त, नदी की तरह	2/256	रहस्य/कामायनी
प्रवीर-	*'रहा घूमता जो निर्भीक प्रवीर यह'*	: श्रेष्ठ वीर (भरत)	1/159	भरत/कानन-कुसुम
♦	*'शेर पंचनद का प्रवीर रणजीत सिंह'*	: बहुत वीर	1/336	शेरसिंह का श.-स. /लहर
♦	*'प्रवीर हो जयी बनो - बढ़े चलो, बढ़े चलो'*	: श्रेष्ठ वीर	4/291	चतुर्थ अंक/चन्द्रगुप्त
प्रशस्त-	*'अरुण अभ्युदय से हो मुदित मन प्रशस्त सरसी में खिल रहा है'*	: विस्तृत, फैला हुआ (सरोवर)	1/112	सरोज/कानन-कुसुम
प्रशस्त पुण्य पन्थ-	*'प्रशस्त पुण्य पन्थ है - बढ़े चलो, बढ़े चलो'*	: पुण्य का रास्ता विस्तृत होता है	4/290	चतुर्थ अंक/चन्द्रगुप्त
प्रशांत-	*'या प्रशांत विहायसी में शोभते हैं प्रात के'*	: अत्यधिक शांत	1/116	जल-विहारिणी/का.-कु.
♦	*'श्रद्धा का सुख साधन निवास जब छोड़ चले आये प्रशांत'*	: शांत और आरामदायक (श्रद्धा का निवास)	2/173	इड़ा/कामायनी

शब्द-	काव्य-पंक्ति	: अर्थ	प्र.ग्रं./पृ.सं.	स्रोत/संदर्भ
प्रशांति-	*'नीरव प्रशांति का मौन बना'*	: अत्यधिक शांति	1/317	अपलक जगती हो.../लहर
प्रसव-	*'जो प्रसव करता जगत को, तेज का आकार'*	: जन्म देना, निर्माण करना	2/344	कामना/असं. कविताएँ
प्रस्तार-	*'हृदय-वीणा कर रही प्रस्तार अब,'*	: फैलाव, विस्तार, एक प्रकार का ताल	1/257	मिलन/झरना
प्रस्फुरित-	*'अधर प्रस्फुरित हुआ म्यान असि से खाली है'*	: (क्रोध से) फड़फड़ाते (होंठ)	1/118	ठहरो/कानन-कुसुम
प्रहर-	*'प्रहर, दिवस, रजनी आती थी चल जाती सन्देश-विहीन;*	: पहर, तीन घंटे की अवधि	2/75	आशा/कामायनी
प्रहर दिवस-	*'प्रहर दिवस कितने बीते, अब इसको कौन बता सकता!'*	: पहर और दिन, आठ पहर में चौबीस घंटे को बाँटा गया है अर्थात् एक पहर में तीन घंटे	2/62	चिंता/कामायनी
प्रहरी भील-	*'जैसे प्रहरी भील खड़े जानकी-वदन में'*	: पहरेदार के रूप में खड़े श्यामवर्ण भील जाति के व्यक्ति की तरह राम की नीली आँखें	1/154	चित्रकूट/कानन-कुसुम
प्रहसित मुखरित-	*'नटराज स्वयं थे नृत्य-निरत, था अंतरिक्ष प्रहसित मुखरित'*	: आलोकित-आनन्दित एवं अनुनादित	2/246	दर्शन/कामायनी
प्राकृतिक भूख-	*'नव हो जगी अनादि वासना मधुर प्राकृतिक भूख समान'*	: काम-वासना की स्वाभाविक इच्छा	2/76	आशा/कामायनी
प्राची-	*'अरुण की आभा अभी प्राची में दिखलाई पड़ी,'*	: पूरब दिशा	1/94	महा-क्रीड़ा/कानन-कुसुम
◆	*'उषा का प्राची में आभास'*	: पूरब दिशा	1/220	परिचय/झरना
◆	*'प्राची रज कुंकुम ले चाहे अपना भाल सजावेगी'*	: पूरब दिशा	1/291	निज अलकों के.../लहर
◆	*'जिसके नव गैरिक अंचल की प्राची में भरी ललाई थी'*	: पूरब दिशा	1/296	जगती की मंगलमयी उषा बन/लहर
◆	*'प्राची की लाज भरी चितवन-'*	: पूरब	1/304	आँखों से अलख.../लहर
◆	*'मेरी लघु प्राची में'*	: पूरब दिशा	1/323	अरे आ गई है.../लहर
◆	*'देखा तो सुन्दर प्राची में अरुणोदय का रस-रंग हुआ'*	: पूरब दिशा	2/108	काम/कामायनी
◆	*'प्राची में फैला मधुर राग'*	: पूरब दिशा	2/178	इड़ा/कामायनी
◆	*'प्राची में नव उषा तमस को जीत रही है'*	: पूरब दिशा	2/204	संघर्ष/कामायनी
प्राची की मधुशाला-	*'अरे खुली भी नहीं अभी तो प्राची की मधुशाला'*	: पूरब दिशा अपनी लालिमा के कारण मानो मदिरालय की तरह है	1/328	अंतरिक्ष में अभी सो रही/लहर
प्राची के घर से-	*'हो चकित निकल आई सहसा जो अपने प्राची के घर से'*	: पूरब दिशा-रूपी घर	2/127	लज्जा/कामायनी
प्राची पट-सी-	*'मेरा भाग्य गगन धुँधला-सा, प्राची पट-सी तुम उसमें'*	: पूरब दिशा-रूपी चित्रपट के समान प्रकाशमान	2/192	स्वप्न/कामायनी
प्राची प्रांगण-	*'लगी टहलने प्राची प्रांगण में तभी'*	: पूरब दिशा के आँगन में	1/228	पावस प्रवास/झरना
प्राचीर-	*'थे वातायन भी कटे हुए प्राचीर पर्णमय रचित शुभ्र'*	: दीवार, घेरा	2/164	ईर्ष्या/कामायनी
प्राण-आधार-	*'हा- हा प्राण-आधार शत्रु कैसे हुआ'*	: प्रिय, जो प्राणों को सहारा (आधार) देता हो	1/102	मर्म-कथा/कानन-कुसुम

शब्द-	काव्य-पंक्ति	: अर्थ	प्र.ग्रं./पृ.सं.	स्रोत/संदर्भ
प्राण के रिक्त अंश को-	*'लगे प्राण के रिक्त अंश को मादकता से भरने'*	: मन का सूनापन	2/139	कर्म/कामायनी
प्राण तत्त्व-	*'प्राण तत्त्व की सघन साधना जल, हिम उपल यहाँ है बनता'*	: प्राण तत्त्व (से युक्त शरीर), जीवन	2/260	रहस्य/कामायनी
प्राण दास-	*'क्षण भर भी विश्राम नहीं है प्राण दास है क्रिया-तंत्र का'*	: प्राणी मानो (कर्म-चक्र का) गुलाम बन गया है	2/258	रहस्य/कामायनी
प्राण पण-	*'फिर भी लड़े थे हम निज प्राण पण से'*	: जान की बाजी लगाकर	1/335	शेरसिंह का श.-स./लहर
प्राण पपीहा-	*'प्राण पपीहा बोल उठा आनन्द में'*	: पपीहा पक्षी की तरह अतृप्त मन	1/224	प्रथम प्रभात/झरना
◆	*'प्राण पपीहा के स्वर वाली'*	: प्राण-रूपी चातक पक्षी (जिसे 'प्रिय' की रट लगी है)	1/312	वे कुछ दिन कितने सुन्दर थे/लहर
प्राण प्रदीप-	*'प्राण प्रदीप न करता है आलोक वह'*	: प्राण-रूपी दीपक	1/239	अर्चना/झरना
प्राणप्रिय-	*'सुनो प्राणप्रिय, हृदय-वेदना विकल हुई क्या कहती है'*	: प्राणों की तरह प्यारा प्रेमी को संबोधन	1/103	हृदय-वेदना/कानन-कुसुम
◆	*' "आह प्राणप्रिय! यह क्या? तुम यों।" घुला हृदय बन नीर बहा'*	: प्राणों की तरह प्रिय मनु	2/39	निर्वेद/कामायनी
प्राणमयी ज्वाला-	*'तुमने तो प्राणमयी ज्वाला का प्रणय-प्रकाश न ग्रहण किया'*	: ईश्वरीय ज्योति, शैव-दर्शन के अनुसार शिव महाज्वाला हैं और आत्माएँ उससे निकली चिंगारियाँ हैं	2/175	इड़ा/कामायनी
प्राण-सत्ता-	*'प्राण-सत्ता के मनोहर भेद-सी सुकुमार'*	: प्राणों की सत्ता, जीवन का अस्तित्व	2/117	वासना/कामायनी
प्राण समीर-	*'व्याकुलता सी व्यक्त हो रही आशा बनकर प्राण समीर'*	: साँस, प्राण-वायु	2/70	आशा/कामायनी
प्राणों की पूजा-	*'जब चला द्वंद्व था असुरों में प्राणों की पूजा का प्रचार'*	: असुरों ने देह को प्राण अथवा आत्मा माना और उसे पूजा	2/174	इड़ा/कामायनी
प्राणों के सुख-साधन-	*'प्राणों के सुख-साधन में ही, संलग्न असुर करते सुधार'*	: (असुरों ने शरीर को ही प्राण माना इसलिए वे) भौतिक सुख के साधन (जुटाने में लगे रहे)	2/174	इड़ा/कामायनी
प्रादुर्भाव-	*'देवताओं के प्रादुर्भाव, स्वर्ग के सपनों के संवाद'*	: (देवताओं के) जन्म या अवतरण (पर बहस)	1/294	अरी वरुणा की शांत कछार /लहर
प्रान्तर-	*'निर्जन गोधूलि प्रान्तर में खोले पर्णकुटी के द्वार'*	: लंबा रास्ता, वन	3/302	द्वितीय अंक/अजातशत्रु
प्राप्य-	*'और देते फेंक मेरा प्राप्य तुच्छ विराग'*	: जो मिलना चाहिए	2/113	वासना/कामायनी
प्रारंभ माधुरी छाया-	*'वह आकर्षण, वह मिलन हुआ प्रारम्भ माधुरी छाया में;'*	: सृष्टि का प्रथम माधुर्यपूर्ण मिलन-स्थल	2/104	काम/कामायनी
प्रारंभिक जीवन-	*'जब छोड़ चला आया सुन्दर प्रारम्भिक जीवन का निवास'*	: प्रलय के बाद नये सिरे से शुरू किया गया जीवन	2/172	इड़ा/कामायनी
प्रारब्ध-	*'सब सो रहे; जैसे अभागों के दुखद प्रारब्ध थे'*	: नियति, भाग्य	1/155	चित्रकूट/कानन-कुसुम
प्रालेय हलाहल नीर-	*'व्यस्त बरसने लगा अश्रुमय यह प्रालेय हलाहल नीर!'*	: प्रलयकालीन जहरीली वर्षा	2/59	चिंता/कामायनी
प्रासादावली-	*'शुभ्र प्रासादावली की भी छटा रमणीय है'*	: विशाल भवनों की शृंखला	1/100	नव वसंत/कानन-कुसुम

शब्द-	काव्य-पंक्ति	: अर्थ	प्र.ग्रं./पृ.सं.	स्रोत/संदर्भ
प्रिय-अनुशीलन-	*'प्रिय-अनुशीलन में फिर उठता बैठ न सकता तरु-तल में'*	: अपनी प्रिया 'चमेली' को याद करते हुये	1/190	प्रेमपथिक
प्रियतम-	*'क्रोधित होकर फिर यह हमको प्रियतम! बहुत सताती है'*	: जो सर्वाधिक प्रिय हो, प्रेमी अथवा प्रेमिका	1/103	हृदय-वेदना/कानन-कुसुम
प्रिय-दर्शन-	*'लोग प्रियदर्शन बताते इंदु को'*	: जो देखने में प्रिय लगे, जिसे देखकर लगे कि अपने प्रिय के दर्शन प्राप्त हुये	1/122	सौन्दर्य/कानन-कुसुम
प्रिय-प्रतीति-	*'दुखी हृदय में प्रिय-प्रतीति की विमल विभा-सी'*	: अपने प्रिय को महसूस करना	1/127	निशीथ-नदी/कानन- कुसुम
प्रियवदन-	*'ध्यान में आया मनोहर प्रियवदन सुख-मूल वह'*	: प्यारा मुखड़ा, प्रिय का चेहरा	1/101	नव वसंत/कानन-कुसुम
प्रिय-संगम-	*'प्रिय-संगम से सुखी हुई आनंद मनाती'*	: अपने प्रेमी का साहचर्य पाना, प्रतीची दिनकर के संयोग से प्रसन्न है	1/110	रजनीगंधा/कानन-कुसुम
प्रेत-से-	*'निर्जन कानन में तरुवर जो खड़े प्रेत-से रहते हैं'*	: भूत-प्रेत की तरह (वृक्ष दीखते हैं)	1/104	ग्रीष्म का मध्याह्न/कानन- कुसुम
प्रेम-कंज-किंजल्क-	*'प्रेम-कंज-किंजल्क शुष्क कैसे हुए'*	: प्रेम रूपी कमल के फूल के परागकण	1/102	मर्म-कथा/कानन-कुसुम
प्रेम-कला-	*'यह लीला जिसकी विकस चली वह मूलशक्ति थी प्रेम-कला'*	: कामदेव और रति की चेतना	2/107	काम/कामायनी
प्रेमचन्द्र-प्रतिबिम्ब-	*'प्रेमचन्द्र-प्रतिबिम्ब हृदय में लेकर वह खेला करती'*	: प्रेम के प्रतीक चन्द्रमा की छाया (लेकर नदी बहा करती थी)	1/188	प्रेमपथिक
प्रेम-जलद-माला-	*'शून्य हृदय में प्रेम-जलद-माला कब फिर घिर आवेगी?'*	: प्रेम के बादलों का समूह (क्रम)	1/242	कब/झरना
प्रेम-तरु-तले-	*'घने - प्रेम-तरु-तले'*	: प्रेम-रूपी वृक्ष के नीचे, प्रेम की छाया में	4/65	द्वितीय अंक/स्कन्दगुप्त
प्रेम-धारा-पाश-	*'तब भी प्रभो! यह मन खिंचे तव प्रेम-धारा-पाश में'*	: (आपके) प्रेम की धारा से जुड़ाव	1/131	याचना/कानन-कुसुम
प्रेम-निकेत-	*'किसे दिखलाती प्रेम-निकेत?'*	: प्रेम का संकेत	1/232	किरण/झरना
◆	*'हृदय एक निःश्वास फेंककर खोज रहा था प्रेम-निकेत'*	: प्रेम का घर, प्रेम करनेवाला हृदय	1/236	चिह्न/झरना
प्रेम-निधि-	*'जयति प्रेम-निधि! जिसकी करुणा नौका पार लगाती है'*	: प्रेम के भंडार, ईश्वर	1/88	वंदना/कानन-कुसुम
◆	*'हमारा प्रेमनिधि सुन्दर सरल है'*	: प्रेम-रूपी समुद्र	3/273	प्रथम अंक/अजातशत्रु
प्रेमनिधि-जल-	*'मत-धर्म सबको ही बहाया प्रेमनिधि-जल में घने'*	: प्रेम के समुद्र का जल	1/109	भक्ति-योग/कानन- कुसुम
प्रेमपथिक-	*'शीर्षक'*	: प्रेम-मार्ग का यात्री, व्यक्तिगत प्रेम की विफलता ने जिसे यात्रीभाव से जीवन व्यतीत करने को प्रेरित किया	1/182	प्रेमपथिक
प्रेम-पिपासा-	*'दौड़-दौड़ कर थका हुआ है, पड़कर प्रेम-पिपासा में'*	: प्रेम की प्यास	1/248	निवेदन/झरना

शब्द-	काव्य-पंक्ति	: अर्थ	प्र.ग्रं./पृ.सं.	स्रोत/संदर्भ
प्रेम-पुलकित-गात-	*'हम और वह बैठे हुए हैं प्रेम-पुलकित गात हो'*	: प्रेम की अनुभूति से रोमांचित शरीर	1/109	भक्ति-योग/कानन-कुसुम
प्रेम-प्रलाप-	*'मधु पीकर पागल हुआ, करता प्रेम-प्रलाप'*	: प्रेम की अव्यवस्थित अभिव्यक्ति	4/258	तृतीय अंक/चन्द्रगुप्त
प्रेम प्रशस्ति-	*'स्वीकृति प्रेम प्रशस्ति पर कंचन कर की छाप'*	: प्रेम की प्रशंसा का लिखित या प्रतीकात्मक रूप	3/207	द्वितीय अंक/विशाख
प्रेम बेगुन की-	*'आँसू की धार बहाकर खे चला प्रेम बेगुन की'*	: प्रेम की अदृश्य रस्सी	2/3	आँसू
प्रेम-मतवाले-	*'हम प्रेम-मतवाले बनें अब कौन मत-वाले बनें'*	: प्रेम का विचार रखनेवाले	1/109	भक्ति-योग/कानन-कुसुम
प्रेममय सर्वेश-	*'उस प्रेममय सर्वेश का सारा जगत औ' जाति है'*	: ईश्वर प्रेम से भरा है, जो सबका ईश्वर है वह निश्चित रूप से प्रेममय है	1/109	भक्ति-योग/कानन-कुसुम
प्रेममयी पीड़ा-	*'मैं तो तुमको भूल गया हूँ पाकर प्रेममयी पीड़ा'*	: प्रेम में मिलने वाला दुःख, दर्द-ए-इश्क, गम-ए-इश्क	1/103	हृदय-वेदना/कानन-कुसुम
प्रेममयी रजनी-	*'सखे! वह प्रेममयी रजनी'*	: प्रेम की भावना से भरी हुयी रात	4/302	चतुर्थ अंक/चन्द्रगुप्त
प्रेम-वारि-	*'जल रही छाती, तुम्हारा प्रेम-वारि मिला नहीं'*	: प्रेम रूपी जल	1/106	जलद-आवाहन/कानन-कुसुम
प्रेम-वेणु-	*'प्रेम-वेणु की स्वर-लहरी में जीवन-गीत सुना जाओ'*	: प्रेम-रूपी बाँसुरी	1/314	जग की सजल कालिमा/लहर
प्रेम-सुतीर्थ-	*'सद्यःस्नात हुआ फिर प्रेम-सुतीर्थ में'*	: प्रेम-भाव मानो सुन्दर तीर्थ-स्थल की तरह है	1/99	प्रथम प्रभात/कानन-कुसुम
प्रेम-सुधा-सोता-	*'निर्मल प्रेम-सुधा-सोता'*	: प्रेम के अमृत के स्रोत	1/130	तुम्हारा स्मरण/कानन-कु.
प्रेमानल-	*'ऐसे जले हम प्रेमानल में जैसे नहीं थे पतंगे जले'*	: प्रेम की आग, प्रेम-सम्बन्ध का मानसिक तनाव	3/205	द्वितीय अंक/विशाख
प्रेमालिंगन-	*'कुसुमित कुञ्जों में वे पुलकित प्रेमालिंगन हुए विलीन;'*	: प्रेम से परिपूर्ण आलिंगन	2/57	चिंता/कामायनी
प्रेमास्पद-	*'तब अभिन्न प्रेमास्पद उसमें अपना चित्र बना जाता!'*	: प्रेम का आलंबन, प्रिय (मनु)	2/189	स्वप्न/कामायनी
प्लावित-	*'कर गई प्लावित तन-मन सारा'*	: डुबो देना	1/23	झरना/झरना
♦	*'प्लावित करती मन अजिर रही, था तुच्छ विश्व वैभव सारा'*	: (रस में) डूबा हुआ	2/98	काम/कामायनी
♦	*'प्लावित करती वन कुंजों को लक्ष्य प्राप्ति सरिता बह जाती'*	: बाढ़ के पानी में डुबा देना या बहा देना (अपनी मनोरथ-सिद्धि के लिए विध्वंस)	2/260	रहस्य/कामायनी
फलक अमल-	*'नव मुकुल नीलमणि फलक अमल'*	: स्वच्छ आकाश की तरह	1/326	ओ री मानस की.../लहर
फलभरता के डर में-	*'झुक जाती है मन की डाली अपनी फलभरता के डर में'*	: गर्भ-धारण और उससे संबंधित भय-संकोच	2/124	लज्जा/कामायनी
फलभोक्ता-	*'है वही कर्त्ता, वही फलभोक्ता संसार का'*	: अच्छा-बुरा परिणाम भोगनेवाली(आत्मा)	1/166	कुरुक्षेत्र/कानन-कुसुम

शब्द-	काव्य-पंक्ति	: अर्थ	प्र.ग्रं./पृ.सं.	स्रोत/संदर्भ
फल्गू-	*'फल्गू की है धार हृदय वामा का जैसे'*	: गया (शहर) इस नदी के किनारे बसा है। ऊपर से सूखी हुई दिखनेवाली फल्गू नदी की धारा बालू के नीचे बहती है। इसे 'अन्तःसलिला' भी कहते हैं	1/134	रमणी-हृदय/कानन-कुसुम
फाड़ सुनहली साड़ी-	*'फाड़ सुनहली साड़ी उसकी तू हँसती क्यों अरी प्रतीप?'*	: शाम के सुनहले रंग को समाप्त कर रात ने कालिमा फैला दी, सुनहले रंग को साड़ी के रूप में मनु ने देखा, इसमें उनकी काम-भावना की छाया मिली हुई है	2/78	आशा/कामायनी
फिटकार-	*'और वस्तु से जब तक कुछ फिटकार ही'*	: फटकार, डाँट-डपट	1/142	भव-सागर/कानन-कुसुम
फिर जा-	*'पवन वेग प्रतिकूल उधर था कहता, "फिर जा अरे बटोही!'*	: लौट जाओ	2/251	रहस्य/कामायनी
फीके-	*'उनके कुछ अधिकार नहीं क्या वे सब ही हैं फीके!*	: महत्त्वहीन	2/149	कर्म/कामायनी
फुल्ल कुसुम-	*'जिसमें सौन्दर्य निखर आवे लतिका में फुल्ल कुसुम समान'*	: खिले हुए फूल के समान	2/166	ईर्ष्या/कामायनी
फुल्ल नील तमाल-	*'या खड़ा भागीरथी-तट फुल्ल नील तमाल है'*	: गहरे श्याम रंग के पुष्पित तमाल वृक्ष	1/165	कुरुक्षेत्र/कानन-कुसुम
फुल्ल मल्लिका-	*'फुल्ल मल्लिका सदृश वह भी'*	: फूलों से युक्त मल्लिका की लता	1/250	प्यास/झरना
फूट की बेल-	*'कहाँ रही प्यारी मानवता, बढ़ी फूट की बेल'*	: भेद-भाव-रूपी लताएँ	3/505	तृतीय अंक/कामना
फूत्कार-	*'धूलि सी उड़ेगी किस दृप्त फूत्कार से?'*	: फुँफकार, वीरोचित ललकार	1/338	पेशोला की प्रति./लहर
फूलछड़ी-	*'इंदु किरण की फूलछड़ी जिसका मकरंद गिराती थी'*	: चाँदनी मानो फूल की छड़ी की तरह है	1/125	दलित-कुमुदिनी/कानन-कुसुम
फूलों का चुम्बन-	*'फूलों का चुम्बन, छिड़ती- मधुपों की तान निराली'*	: फूल मानो खिलकर और झूमकर चुंबन के रोमांच को प्रकट कर रहे हों	2/13	आँसू
फेनिल फन-	*'अपना फेनिल फन पटक रहा मणियों का जाल लुटाता-सा;'*	: फेन से भरा फण	2/101	काम/कामायनी
फेनिल लहरों-	*'तुहिन कणों, फेनिल लहरों में, मच जावेगी फिर अंधेर'*	: फेन से भरी लहरें (जैसी प्रलय के समय उठी थीं)	2/79	आशा/कामायनी
फेनोपम-	*'मृदु मरुत लहर में फेनोपम तारागण झिलमिल हुए दीन'*	: फेन (झाग) के बुलबुलों के समान (तारे)	2/178	इड़ा/कामायनी
बंक ग्रीवा-	*'उन्नत हुए भ्रू-युग्म फिर तो बंक ग्रीवा भी हुई'*	: गर्दन अकड़ कर (गर्वपूर्वक)	1/108	भक्ति-योग/कानन-कुसुम
बंकिम भ्रू युगल-	*'ये बंकिम भ्रू युगल, कुटिल कुन्तल घने'*	: दोनों तिरछी भौंहें	1/226	रूप/झरना
बँटा श्रम-	*'चार वर्ण बन गये बँटा श्रम उनका अपना'*	: सारस्वत प्रदेश में- श्रम-विभाजन किया गया और चार वर्ण बनाए गए	2/203	संघर्ष/कामायनी
बटोही-	*'पवन वेग प्रतिकूल उधर था कहता, "फिर जा अरे बटोही!'*	: पथिक (श्रद्धा और मनु)	2/251	रहस्य/कामायनी

शब्द-	काव्य-पंक्ति	: अर्थ	प्र.ग्रं./पृ.सं.	स्रोत/संदर्भ
बड़वानल-	*'मथ डाला किस तृष्णा से तल में बड़वानल जलता'*	: समुद्री आग, मन की दाहक पीड़ा	2/3	आँसू
◆	*'किस मानस-निधि में न बुझा था बड़वानल जिससे बन भाप'*	: समुद्र में लगनेवाली आग	3/319	तृतीय अंक/अजातशत्रु
बद्ध जीवनमुक्त-	*'दुष्प्राप्य की ही प्राप्ति में हाँ बद्ध जीवनमुक्त था'*	: मुक्त भाववाला जीवन मानो बंधन में पड़ा हो	1/108	भक्ति-योग/कानन-कुसुम
बद्ध-पद्मासन-	*'था बद्ध-पद्मासन, हृदय अरविन्द-सा था खिल रहा'*	: पद्मासन में बैठा हुआ, पाल्थी में बैठने का एक तरीका	1/107	भक्ति-योग/कानन-कुसुम
बनजारों-से-	*'थके प्रवासी बनजारों-से लौटे हो मन्थर गति से'*	: एक घुमंतू जाति	3/319	तृतीय अंक/अजातशत्रु
बन-राजी-	*'बन-राजी माँगती है जीवन का बिंदु-बिंदु ओस-सा'*	: वन के वृक्ष-समूह	1/347	प्रलय की छाया/लहर
बरजती-	*'संकेत कर रही रोमाली चुपचाप बरजती खड़ी रही'*	: रोकती हुई, वर्जना करती हुई	2/125	लज्जा/कामायनी
बरजोरी-	*'चली आतीं, कर रहीं अभीत कुमुद पर बरजोरी विश्राम'*	: जबरन	1/265	होली की रात/झरना
◆	*'बरजोरी रस छीन ले गया, करके मीठी बात'*	: जबरदस्ती	3/356	प्र.अं./जन्मेजय का ना.-य.
बरसाती आँखों के बादल-	*'बरसाती आँखों के बादल - बनते जहाँ भरे करुणा जल'*	: करुणा के भाव से भरी हुयी नम आँखें	4/35	द्वितीय अंक/चन्द्रगुप्त
बरुनी-	'आँसू बरुनी से उलझे हों, अधर प्रेम के प्याला से'	: पलक के बाल	4/133	पंचम अंक/स्कन्दगुप्त
बरौनी-	*'कोर बरौनी का न लगे हाँ, इस कोमल मन को मेरे'*	: पलकों का किनारा	1/140	प्रियतम/कानन-कुसुम
◆	*'कोर बरौनी का न लगे हाँ, इस कोमल मन को मेरे'*	: पलकों के बाल	1/246	प्रियतम/झरना
◆	*'अंकित कर क्षितिज पटी को/तूलिका बरौनी तेरी'*	: पलकों के किनारे के बाल	2/11	आँसू
बल खाता जाता-	*'मैं बल खाता जाता था मोहित बेसुध बलिहारी'*	: चलते हुए लहराना, नशे में बहकते हुए चलना	2/7	आँसू
बलने का सम्बल-	*'बलने का सम्बल लेकर दीपक पतंग से मिलता'*	: जलने की क्षमता, कुर्बान हो जाने का हौसला	2/22	आँसू
बलाका-	*'उड़ रहे जैसे बलाका, घिर रही उन पर घटा'*	: बगुले	1/165	कुरुक्षेत्र/कानन-कुसुम
बलि का अन्न-	*'यहाँ देखा कुछ बलि का अन्न भूत-हित-रत किसका यह दान?'*	: यज्ञ के बाद अवशिष्ट अन्न जीव-जंतुओं के खाने के लिए रख दिया जाता था	2/88	श्रद्धा/कामायनी
बलिहारी-	*'सौन्दर्य सुधा बलिहारी/चुगता चकोर अंगारे'*	: न्योछावर	2/22	आँसू
◆	*'बलिहारी मैं, कौन तू है मेरा जीवन-प्रान'*	: (प्रेम में) न्योछावर हो जाना	4/59	प्रथम अंक/स्कन्दगुप्त
बसरा-	*'बसरा के 'गुलाब' से वासित हो रहा'*	: इराक का एक शहर	1/32	महाराणा का महत्त्व
बहिया-	*'आँधी की बहिया बह जाती चिढ़कर चल जाती चपला'*	: बाढ़, प्रवाह	3/493	तृतीय अंक/कामना
बाँकपना-	*'स्मित बन जाती है तरल हँसी नयनों में भरकर बाँकपना'*	: कटाक्ष, कनखियों से देखना	2/124	लज्जा/कामायनी
बाँकी-	*'एक की तो और ही बाँकी अनोखी आन है'*	: बाँकपन, तीक्ष्णता से उत्पन्न सौन्दर्य	1/116	जल-विहारिणी/कानन-कुसुम

शब्द-	काव्य-पंक्ति	: अर्थ	प्र.ग्रं./पृ.सं.	स्रोत/संदर्भ
बाँधता आवेश-	*'वात चक्र समान कुछ था बाँधता आवेश'*	: बेचैनी किसी तरह रोक ली गई हो	2/118	वासना/कामायनी
बाँधा था विधु को-	*'बाँधा था विधु को किसने इन काली जंजीरों से'*	: चाँद को बादलों ने बाँध लिया था, चन्द्रमुख को केश-राशि की लड़ियों ने मानो बाँध रखा था	2/11	आँसू
बाड़व-	'तुम कभी, वह बाड़व रूप की'	: एक आग जो समुद्र में लगती है (कवि-समय)	1/138	गंगा-सागर/कानन-कुसुम
बाड़व-ज्वलन-	*'बाड़व-ज्वलन उसी में जल कर कंचन सा जल रँग देता'*	: समुद्र के भीतर चट्टानों में रहनेवाली आग (इड़ा के हृदय में क्रोध की अग्नि भी थी)	2/35	निर्वेद/कामायनी
बाड़वज्वाला-	*'बाड़वज्वाला सोती थी इस प्रणय-सिंधु के तल में'*	: समुद्री आग	2/4	आँसू
बाड़व ज्वालायें-	*'ज्यों विराट बाड़व ज्वालायें खंड-खंड हो रोती थीं'*	: समुद्री आग	2/61	चिंता/कामायनी
बाड़व लेलिहान-	*'बाड़व लेलिहान जिह्वा का करता है विस्तार'*	: समुद्र में जलनेवाली अग्नि (बाड़व) लालची हो गयी है	4/54	प्रथम अंक/स्कन्दगुप्त
बाधा-विघ्न-आपदा-	*'बाधा-विघ्न-आपदा के तीव्र प्रतिघात का'*	: रुकावटें और विपत्तियाँ	1/352	प्रलय की छाया/लहर
बार्हद्रथ-	*'वीर बार्हद्रथ बली शिशुपाल के सुन संधि को'*	: बृहद्रथ का पुत्र जरासंध	1/163	कुरुक्षेत्र/कानन-कुसुम
बालक-युगल-करस्थ-	*'मान धर्म का बालक-युगल-करस्थ है'*	: गुरु गोविन्द सिंह के बेटे जोरावर सिंह और फतेह सिंह सरहिंद के नवाब वजीद खान के द्वारा 26 दिसम्बर 1704 को दीवार में चुनवा दिये गये थे	1/167	वीर बालक/कानन-कुसुम
बाल-विहंग-	*'मुखरित आभूषण से कलरव करते सुन्दर बाल-विहंग'*	: छोटी-छोटी चिड़ियाँ, पक्षियों के बच्चे	2/191	स्वप्न/कामायनी
बालवृन्द-	*'वास करते, खेलते हैं बालवृन्द विनोद से'*	: बच्चे, बच्चों का समूह	1/105	जलद-आवाहन/का.-कु.
बाला-	*'अंधकार-भव-बीच नाम-मणि दीपक बाला'*	: जलाया (दीपक जलाया)	1/147	महाकवि तुलसी./का.-कु.
♦	*'दिवा रात्रि या - मित्र वरुण की बाला का अक्षय शृंगार;'*	: लड़की, कन्या	2/76	आशा/कामायनी
बाले-	*' "मनु मेरा नाम सुनो बाले! मैं विश्व पथिक सह रहा क्लेश"'*	: बाला, लड़की	2/179	इड़ा/कामायनी
बाल्यसखी-	*' हाँ किशोर, यह वही तुम्हारी बाल्यसखा पुतली ही है'*	: बचपन की दोस्त	1/193	प्रेमपथिक
बावला-	*'बावला - रंगरली का है'*	: प्रेम में दीवाना	4/282	चतुर्थ अंक/चन्द्रगुप्त
बावली-	*'इस ज्योत्स्ना की, अरी बावली! तू इसमें जावेगी भूल'*	: पगली (आत्मीयता और प्यार से कहा जा रहा है)	2/79	आशा/कामायनी
बासी फूल-	*'प्रकृति के यौवन का शृंगार करेंगे कभी न बासी फूल;'*	: मुरझाये हुये फूल प्रकृति की शोभा को नहीं बढ़ा पाते	2/90	श्रद्धा/कामायनी

शब्द-	काव्य-पंक्ति	: अर्थ	प्र.ग्रं./पृ.सं.	स्रोत/संदर्भ
बाहुपाश-	*'पुतली प्रणयिनी का बाहुपाश खोलकर'*	: आलिंगन का घेरा	1/335	शेरसिंह का श.-स./लहर
बाहु-लता-	*'बेला बीत चली है चंचल बाहु-लता से आ जकड़ो'*	: बाँह-रूपी लताएँ	1/291	निज अलकों के.../लहर
बाह्य उदार-	*'हृदय की अनुकृति बाह्य उदार एक लम्बी काया, उन्मुक्त;'*	: लंबी-चौड़ी काया	2/84	श्रद्धा/कामायनी
बिंदी-	*'भाल के कुंकुम-अरुण को दे दिया बिन्दी खरी'*	: ललाट पर स्त्रियाँ बिन्दी लगाती हैं, यहाँ सूर्य का उपमान है	1/95	महा-क्रीड़ा/कानन-कुसुम
बिखरीं अलकें-	*'बिखरीं अलकें ज्यों तर्क जाल'*	: (इड़ा की) घुँघराली केश-राशि	2/179	इड़ा/कामायनी
बिखरी विभूति-	*'मैंने इस बिखरी विभूति पर तुमको स्वामी'*	: विस्तृत विपुल सम्पदा	2/204	संघर्ष/कामायनी
बिछल-	*'उस पर से जो बिछल पड़ा था, वह चपल'*	: फिसल जाना	1/228	पावस प्रवास/झरना
◆	*'बिछल, चल थक जाता जब हार'*	: फिसल जाना	1/307	तुम्हारी आँखों का.../लहर
बिछल छना-	*'चुपके किसलय से बिछल छना'*	: फिसलकर फैल जाना	1/317	अपलक जगती हो एक रात/लहर
बिछलते-	*'चाँदनी धुली हुई है आज बिछलते हैं तितली के पंख'*	: फिसलते	1/265	होली की रात/झरना
बिछलन-	*'तब शिथिल सुरभि से धरणी में बिछलन न हुई थी? सच कहना'*	: फिसलना, चंचल हो उठना	2/97	काम/कामायनी
◆	*'करूँ क्या दृग-जल से छिड़काव, बनाऊँ मैं यह बिछलन राह'*	: फिसलन, कीचड़ से फिसलन	4/233	द्वितीय अंक/चन्द्रगुप्त
बिछली-	*'नृत्य-शिथिल बिछली पड़ती है वहन कर रहा उसे समीर'*	: फिसलना	1/327	मधुर माधवी संध्या में/लहर
बिजली का फूल-	*'खिला हो ज्यों बिजली का फूल मेघ-वन बीच गुलाबी रंग'*	: आकाशीय बिजली-रूपी फूल, आंशिक रूप से अनावृत वक्ष नीले वस्त्रों के बीच ऐसे दिख रहे थे मानो बादलों के बीच बिजली चमक रही हो	2/84	श्रद्धा/कामायनी
बिजली की दिवा-रात्रि-	*'अरी आँधियो! ओ बिजली की दिवा-रात्रि तेरा नर्त्तन;'*	: बिजली के चमकने और लोप होने से दिन और रात का आभास हो रहा था	2/54	चिंता/कामायनी
बिजली की माला सी-	*'उस पर बिजली की माला सी झूम पड़ीं तुम प्रभा भरी'*	: आकाशीय बिजली मानो फूलों की माला लग रही थी	2/227	निर्वेद/कामायनी
बिम्ब अटल-	*'धरा बह जाती बिम्ब अटल, खुलता था धीरे पवन-पटल'*	: तारे अपनी जगह अटल थे	2/233	दर्शन/कामायनी
बिलखाती-	*'टकराती बिलखाती सी/पगली सी देती फेरी'*	: रुलाती हुई	2/3	आँसू
◆	*'और चेतना थी बिलखाती, दृष्टि विकल होती थी क्रुद्ध'*	: बिलख कर रोती	2/62	चिंता/कामायनी
◆	*'दारिद्र्य दलित बिलखाती हो यह शस्य श्यामला प्रकृति रमा'*	: बिलख-बिलखकर रोती हुई प्रकृति	2/176	इड़ा/कामायनी
बिलखायी-	*'एक विरक्ति बोझ-सी ढोती मन ही मन बिलखायी'*	: रोती हुई-सी	2/139	कर्म/कामायनी

शब्द-	काव्य-पंक्ति	: अर्थ	प्र.ग्रं./पृ.सं.	स्रोत/संदर्भ
बिसराया-	*'पहुँची पास और फिर पूछा "तुमको बिसराया किसने?'*	: भुला देना	2/39	निर्वेद/कामायनी
बिहारी-	*'बिहारी कुंज-गली का है'*	: विहार करनेवाला, प्रेमपूर्वक घूमने-टहलनेवाला	4/282	चतुर्थ अंक/चन्द्रगुप्त
बीज-रूप से सृष्टि-	*'बचाकर बीज-रूप से सृष्टि, नाव पर झेल प्रलय का शीत'*	: प्रलय के बाद बीज की तरह बचे हुये सृष्टि के लक्षण	4/138	पंचम अंक/स्कन्दगुप्त
बीते युग को-	*'वह स्पर्श दुलार पुलक से भर बीते युग को उठता पुकार'*	: (मनु का) पूर्व जीवन (सुख से भरा था)	2/179	इड़ा/कामायनी
बीन-	*'गान में कुछ बीन की सुन्दर मिली झनकार है'*	: वीणा	1/115	जल-विहारिणी/का.-कु.
◆	*'स्वच्छंद सुमन जो खिले रहे जीवन वन से हो बीन रही!'*	: फूल चुनना	2/125	लज्जा/कामायनी
◆	*'अपनी रुचि से तुम बिंधे हुए जिसको चाहे ले रहे बीन'*	: चयन करना, चुन लेना	2/175	इड़ा/कामायनी
◆	*'उषा और सन्ध्या-किरनों ने तार बीन के खींचे'*	: वीणा	3/437	प्रथम अंक/कामना
बीन-तार-	*'न छेड़ना उस अतीत स्मृति से खिंचे हुए बीन-तार कोकिल'*	: वीणा के तार	4/38	प्रथम अंक/स्कन्दगुप्त
बीनती-	*'तुम बीज बीनती क्यों? मेरा मृगया का शिथिल हुआ न कर्म'*	: चुनना	2/162	ईर्ष्या/कामायनी
बीहड़ वेला-	*'इस बीहड़ वेला में क्या अब तक था कोई आया'*	: डरावना समय, अकेलेपन ने काल की गति को बीहड़ बना दिया है	2/20	आँसू
बुद-बुद-	*'उस विराट आलोड़न में, ग्रह तारा बुद-बुद से लगते'*	: बुलबुले की तरह	2/62	चिंता/कामायनी
बुद्धि-चक्र-	*'यहाँ न्याय निर्मम, चलता है बुद्धि-चक्र, जिसमें न दीनता'*	: अंत:करण की निश्चयात्मक वृत्ति की क्रमवार गतिमयता	2/260	रहस्य/कामायनी
बुद्धि-चपला-	*'बुद्धि-चपला का क्षण-नर्त्तन'*	: बिजली की तरह चंचल बुद्धि	1/305	आह रे, वह अधीर.../लहर
बुद्धि दैव-बल-	*'बुद्धि दैव-बल से प्रमाण का सतत निरखता सपना'*	: बुद्धि का बल और ईश्वरीय (भाग्य) बल	2/134	कर्म/कामायनी
बुद्धिवाद-	*'अवलम्ब छोड़ कर औरों का जब बुद्धिवाद को अपनाया'*	: बुद्धि के अनुसार विकसित जीवन-दर्शन और कार्य-पद्धति	2/181	इड़ा/कामायनी
बुद्धि विभव-	*'आशाओं में अपने निराश निज बुद्धि विभव से रहे भ्रांत'*	: बौद्धिक समृद्धि	2/177	इड़ा/कामायनी
बुद्बुद-	*'नभ में नखत अधिक, सागर में या बुद्बुद हैं गिन दोगी?'*	: बुलबुले, फेन	2/186	स्वप्न/कामायनी
बुद्बुद-सा रूप-	*'इस ज्योत्स्ना के जलनिधि में बुद्बुद-सा रूप बनाये'*	: पानी के बुलबुलों के रूप में (मानो प्राणी मौजूद हैं)	2/275	आनन्द/कामायनी
बुधजन-	*'घोर सिन्धु में, क्या बुधजन का काम है?'*	: बुद्धिमान व्यक्ति	1/207	महाराणा का महत्त्व
बुलवावेगा-	*'मेरा चुप रहना बुलवावेगा तुम्हें'*	: बुलाएगा (ब्रजभाषा का प्रभाव)	1/102	मर्म-कथा/कानन-कुसुम
बुल्ले-	*'बुल्ले, लहर, हवा के झोंके, मेघ और बिजली के टोंके'*	: बुलबुले	2/346	गाने दो/असंकलित कविताएँ

शब्द- काव्य-पंक्ति	: अर्थ	प्र.ग्रं./पृ.सं.	स्रोत/संदर्भ
◆ *'बुल्ले, लहर, हवा के झोंके'*	: बुलबुले	4/93	तृतीय अंक/स्कन्दगुप्त
बुल्ले का विभव- *'सुरभित लहरों की छाया में बुल्ले का विभव बिखरता ज्यों'*	: बुलबुले का सौन्दर्य	2/123	लज्जा/कामायनी
बेकल- *'जब करता हूँ बेकल चंचल'*	: बेचैन	1/223	अव्यवस्थित/झरना
बेगुन- *'आँसू की धार बहाकर/खे चला प्रेम बेगुन की'*	: बिना रस्सी के	2/3	आँसू
बेपीर- *'दर्द न समझो, क्या इतने बेपीर हो'*	: निर्दय, पीर(दर्द)को न समझनेवाला	1/102	मर्म-कथा/कानन-कुसुम
बेल- *'बनो संसृति के मूल रहस्य/तुम्हीं से फैलेगी वह बेल'*	: लता-रूपी सृष्टि	2/92	श्रद्धा/कामायनी
बेला बीत चली- *'बेला बीत चली है चंचल बाहु-लता से आ जकड़ो'*	: समय बीत चुका है, संकेत है कि प्रेम की पहल करो	1/291	निज अलकों के.../लहर
बेला विभ्रम की- *'बेला विभ्रम की बीत चली रजनीगंधा की कली खिली'*	: युवावस्था की भ्रांतियों की समय-सीमा (बीत चुकी है)	4/186	प्रथम अंक/चन्द्रगुप्त
बेला-सी- *'सिंधु बेला-सी घन मंडली'*	: (समुद्र के) तट के समान	1/305	आह रे, वह अधीर यौवन/लहर
बेली- *'छूते थे मनु और कंटकित होती थी वह बेली'*	: श्रद्धा की लता-रूपी देहयष्टि	2/146	कर्म/कामायनी
बेसुध चैतन्य- *'वह एक अबोध अकिंचन बेसुध चैतन्य हमारा'*	: होश खोना, चेतना का सुध-बुध खो देना	2/5	आँसू
बेसुध बलिहारी- *'मैं बल खाता जाता था मोहित बेसुध बलिहारी'*	: सुध-बुध खोकर न्योछावर हो जाना	2/7	आँसू
बोधन-विवेक-बीज-*'बोधन-विवेक-बीज अंकुरित कीजिए दाता सुमति दीजिए'*	: समझदारी और विवेक-संपन्न होने का आधार	3/296	द्वितीय अंक/अजातशत्रु
बौने जलनिधि- *'देखा बौने जलनिधि का शशि छूने को ललचाना;'*	: समुद्र की लहरें चाँद तक पहुँच नहीं पाती हैं, इसलिए समुद्र को 'बौना' कहा गया है	2/39	आँसू
ब्रह्मवेला- *'थी शांति-देवी-सी खड़ी उस ब्रह्मवेला में भली'*	: बहुत सुबह, ब्रह्ममुहूर्त, चौथा प्रहर	1/155	चित्रकूट/कानन-कुसुम
ब्रह्माण्ड विवर- *'क्षितिज पटी को उठा बढ़ो ब्रह्माण्ड विवर में'*	: विश्व का अनन्त अवकाश (यह मन के भीतर भी है)	2/201	संघर्ष/कामायनी
ब्रीड़ा- 'ब्रीड़ा है यह चंचल कितनी'	: लज्जा का भाव	2/350	आवरण/असंकलित कविताएँ
भँवर पात्र- *'लहरों में प्यास भरी है है भँवर पात्र भी खाली'*	: स्मृतियों में घुमावदार जटिल प्रसंग हैं जो भँवर रूपी पात्र की तरह रिक्तता का एहसास देते हैं	2/14	आँसू
भक्ति-भावना- *'सब भक्ति-भावना के छोटे-बड़े नमूने'*	: भक्ति की भावना को अनेक रूपों में प्रकट किया गया है। इन रूपों में भिन्नताएँ मिलती हैं, मगर भावना की अभिन्नता पर संदेह नहीं किया जा सकता है।	1/91	मंदिर/कानन-कुसुम
भक्ति-योग- शीर्षक	: भक्ति के द्वारा भगवान को पाने की साधना	1/107	भक्ति-योग/कानन-कुसुम
भग रहा- *'भग रहा क्षितिज के अंचल में मुख आवृत कर तुमको निहार'*	: तिरोहित हो रहा, डूब रहा	2/181	इड़ा/कामायनी

शब्द-	काव्य-पंक्ति	: अर्थ	प्र.ग्रं./पृ.सं.	स्रोत/संदर्भ
भगवति-	*'भगवति! वह पवन मधु-धारा! देख अमृत भी ललचाए'*	: अतिशय सम्मान-योग्य स्त्री, भगवती, संबोधन-भगवति	2/225	निर्वेद/कामायनी
◆	*'भगवति, समझी मैं! सचमुच कुछ भी न समझ थी मुझको'*	: सम्मानित स्त्री को संबोधन	2/274	आनन्द/कामायनी
भगा-	*'मैं भगा प्राण जिनसे लेकर, उसकी भी, उन सबको देकर'*	: भाग जाना, पलायन करना	2/243	दर्शन/कामायनी
भगें-	*'नेत्र-निर्झर सुख-सलिल से भरें, दुख सारे भगें'*	: भाग जाएँ (क्षेत्रीय प्रयोग)	1/106	जलद-आवाहन/कानन-कु.
भग्न-मग्न-	*'दे रही अभी दिखाई भग्न-मग्न रत्नाकर में वह राह'*	: (राम के द्वारा समुद्र पर बनाये गये पुल का) टूटा और डूबा हुआ रूप	4/139	पंचम अंक/स्कन्दगुप्त
भग्नाश-	*'साहस छूट गया है मेरा निस्संबल भग्नाश पथिक हूँ'*	: जिसकी आशाएँ भग्न हो गयी हों, निराश	2/252	रहस्य/कामायनी
भयकरी-	*'विक्षत उसके अंग, प्रगट थे भीषण खड्ड भयकरी खाई'*	: डरावनी, भय पैदा करनेवाली	2/251	रहस्य/कामायनी
◆	*'रुधिर भरी वेदियाँ भयकरी उनमें ज्वाला'*	: भय पैदा करनेवाली	2/203	संघर्ष/कामायनी
भय का क्रंदन-	*'आलिंगन! फिर भय का क्रंदन! वसुधा जैसे काँप उठी!'*	: डर के मारे इड़ा का चीत्कार	2/192	स्वप्न/कामायनी
भय की उपासना-	*'भय की उपासना! प्रणति भ्रान्त! अनुशासन की छाया अशांत!'*	: (कानून-व्यवस्था) का अनुशासन मानना	2/238	दर्शन/कामायनी
भय-चकित निशा-	*'भैरव रव से हो व्याप्त दिशा, हो काँप रही भय-चकित निशा'*	: डर से चौंकी हुयी रात	4/341	प्रथम अंक/ध्रुवस्वामिनी
भयमय मौन-	*'भयमय मौन निरीक्षक सा था सजग सतत चुपचाप खड़ा'*	: (युद्ध के बांद) भय से युक्त सन्नाटा	2/34	निर्वेद/कामायनी
भय-संकुल-	*'भय-संकुल रजनी बीत गयी'*	: डर से भरी हुई	1/296	जगती की मंगलमयी.../लहर
भयसंकुल व्यापार-	*'विनिमय प्राणों का यह कितना भयसंकुल व्यापार अरे!'*	: जिस काम में डर और खतरा हमेशा बना रहे	2/187	स्वप्न/कामायनी
भयानक भक्ति-	*'प्राण में भरी भयानक भक्ति'*	: भक्ति का रूढ़ रूप	1/276	वेदने ठहरो/झरना
भरत-भुज-	*'चरण-स्पर्श के लिए भरत-भुज ज्यों बढ़े'*	: भरत की बाँह (चरण-स्पर्श के लिए बढ़ी)	1/157	चित्रकूट/कानन-कुसुम
भरा प्याला-	*'प्रकृति भरा प्याला दिखलाकर व्योम में-'*	: खिला हुआ चाँद (मानो सुधा से भरा हो)	1/256	दर्शन /झरना
भरी वासना-सरिता-	*'भरी वासना-सरिता का वह कैसा था मदमत्त प्रवाह'*	: प्रेम की उद्दाम इच्छा की मानो नदी बह रही थी, वासना का आधिक्य	2/56	चिंता/कामायनी
भव-	*'उन अश्रु कण में एक भी उनमें न इस भव से डरा'*	: संसार	1/107	भक्ति-योग/कानन-कुसुम
◆	*'भव प्रेममयी रजनी'*	: संसार	3/486	तृतीय अंक/कामना
भव-आतप-	*'बैठ छाँह लो भव-आतप से तापित और जले'*	: संसार का ताप (धूप), सांसारिक तनाव	4/65	द्वितीय अंक/स्कन्दगुप्त
भव कानन-	*'भव कानन की धरा हरित हो जिससे शोभा पाती है'*	: संसार रूपी वन	1/88	वंदना/कानन-कुसुम
भव की व्याकुलता-	*'भव की व्याकुलता दूर गई'*	: सांसारिक बेचैनी	1/296	जगती की मंगलमयी.../लहर

शब्द-	काव्य-पंक्ति	: अर्थ	प्र.ग्रं./पृ.सं.	स्रोत/संदर्भ
भव के भविष्य का द्वार-	*'भव के भविष्य का द्वार खोल!'*	: संसार को सुखमय भविष्य की ओर ले जानेवाला द्वार	2/179	इड़ा/कामायनी
भवजन्य-	*'जिसको न था कुछ भय यहाँ भवजन्य आधि-व्याधि का'*	: सांसारिक, भवलोक से संबंधित	1/136	हाँ, सारथे! रथ रोक दो/कानन-कुसुम
भव जलनिधि-	*'पशु से यदि हम कुछ ऊँचे हैं तो भव जलनिधि में बने सेतु'*	: संसार-रूपी समुद्र	2/163	ईर्ष्या/कामायनी
भव-ताप-दग्ध-	*'भव-ताप-दग्ध हिय को चंदन नहीं चढ़ाते'*	: सांसारिक संघर्षों के तनाव (ताप) से जला हुआ	1/90	मंदिर/कानन-कुसुम
भव तृष्णा-	*'भव तृष्णा न मिटेगी तेरी'*	: सांसारिक विषय-वासना की प्यास	4/372	अग्निमित्र(अधूरा नाटक)
भवधाम-	*'तिरस्कृत कर उसको तुम भूल बनाते हो असफल भवधाम'*	: सांसारिक जीवन, संसार	2/89	श्रद्धा/कामायनी
भव-बन्ध-	*'तोड़ सकते जो तुम भव-बन्ध, तुम्हें है यह पूरा अधिकार'*	: सांसारिक दुःख-दर्द के बंधन	1/295	अरी वरुणा की शांत कछार/लहर
भव बेला-	*'गुंजरित होगा शृंगीनाद, धूसरित भव बेला में मंद्र'*	: स्थान और समय, दिक्काल	1/148	धर्मनीति/कानन-कुसुम
भव-रजनी भीमा-	*'आती है रह रह पुकार सी यह भव-रजनी भीमा है'*	: संसार-रूपी भयानक रात	2/33	निर्वेद/कामायनी
♦	*'श्रद्धे, होगी चन्द्रशालिनी यह भव-रजनी भीमा'*	: संसार-रूपी भयानक रात	2/153	कर्म/कामायनी
भव-सागर-	*'शीर्षक'*	: संसार मानो समुद्र की तरह विशाल और वैविध्यपूर्ण है	1/142	भव-सागर/कानन-कुसुम
भविष्यतम-	*'छवि-प्रकाश-किरणें उलझी हों जीवन के भविष्यतम से'*	: भविष्य की अनिश्चितता में	4/133	पंचम अंक/स्कन्दगुप्त
भविष्य-रण-	*'हमें लगाकर भविष्य-रण में'*	: भविष्य की चिंता में किया जानेवाला संघर्ष	4/93	तृतीय अंक/स्कन्दगुप्त
भस्म रहित-	*'वह निर्धूम भस्म रहित ज्वलन पिंड!'*	: बिना राख के (जलता हुआ सूरज)	1/337	पेशोला की प्रतिध्वनि/लहर
भाँवरों-	*'भाँवरों से निज बनाता अतिथि सन्निधि जाल'*	: परिक्रमा करना, श्रद्धा के चारों तरफ वह पशु प्रेमवश चक्कर लगा रहा था	2/112	वासना/कामायनी
भागीरथी-तट-	*'या खड़ा भागीरथी-तट फुल्ल नील तमाल है'*	: गंगा के किनारे	1/165	कुरुक्षेत्र/कानन-कुसुम
भारती-	*'हिमाद्रि तुंगशृंग से प्रबुद्ध शुद्ध भारती'*	: भारतमाता, भारत की सरस्वती	4/290	चतुर्थ अंक/चन्द्रगुप्त
भारतेश्वरी-	*'भारतेश्वरी का पद लेने को'*	: भारत की रानी, अलाउद्दीन खिलजी की बेगम	1/350	प्रलय की छाया/लहर
भारवाही थे भृत्य-	*'आकर्षण विहीन विद्युत्कण बने भारवाही थे भृत्य'*	: भार ढोनेवाले दासों की तरह	2/64	चिंता/कामायनी
भार विचार-	*'कैसे हो? क्या हो? इसका तो भार विचार न सह सकता'*	: विचार मानो इन प्रश्नों के भार को सहने की स्थिति में नहीं है	2/69	आशा/कामायनी
भार्गवादिक मंत्र-	*'वध्य पशु भी था सुयोधन, भार्गवादिक मंत्र थे '*	: धनुर्धारी आदि योद्धा (उस युद्ध-रूपी यज्ञ के) मंत्र थे	1/165	कुरुक्षेत्र/कानन-कुसुम

शब्द-	काव्य-पंक्ति	: अर्थ	प्र.ग्रं./पृ.सं.	स्रोत/संदर्भ
भाल-	*'भाल के कुंकुम-अरुण को दे दिया बिन्दी खरी'*	: ललाट	1/95	महा-क्रीड़ा/कानन-कुसुम
भाल में-	*'सुख-लेख मैं तो पढ़ रही हूँ स्पष्ट तेरे भाल में'*	: ललाट पर, मस्तक पर (भाग्य रेखा)	1/108	भक्ति-योग/कानन-कुसुम
भावचक्र-	*'हाँ भावचक्र में पिस-पिसकर, चलता ही आया हूँ बढ़कर'*	: मनोविकारों की चक्की में	2/244	दर्शन/कामायनी
◆	*'भाव-चक्र यह चला रही है इच्छा की रथ-नाभि घूमती'*	: चित्तवृत्तियों का क्रमवार चलना	2/256	रहस्य/कामायनी
भाव-निधि-	*'प्रति-क्षण लहर से बढ़ रहे थे भाव-निधि में वेग से'*	: भावनाओं के समुद्र में	1/108	भक्ति-योग/कानन-कुसुम
◆	*'भाव-निधि में लहरियाँ उठतीं तभी'*	: भावनाओं का समुद्र	4/110	चतुर्थ अंक/स्कन्दगुप्त
भाव-भूमिका-	*'भाव-भूमिका इसी लोक की जननी है सब पुण्य-पाप की'*	: भावनाएँ पृष्ठभूमि हैं	2/257	रहस्य/कामायनी
भावमयी प्रतिमा-	*'छायामय कमनीय कलेवर भावमयी प्रतिमा का मंदिर'*	: भावना-रूपी प्रतिमा, इच्छा-लोक भावना-निर्मित प्रतिमा की तरह है	2/255	रहस्य/कामायनी
भाव-मानस-	*'स्थिर दृष्टि है जल बिंदु-पूरित, भाव-मानस का भरा'*	: भावनाओं के आवेश से भरा मन	1/107	भक्ति-योग/कानन-कुसुम
भाव-रस-	*'मधुर मिश्रण युग-हृदय का भाव-रस भरने लगा'*	: भावनाओं के रस से	1/101	नव वसंत/कानन-कुसुम
भाव-राज्य-	*'भाव-राज्य के सकल मानसिक सुख यों दुःख में बदल रहे हैं'*	: इच्छा-लोक (मनोजगत्)	2/258	रहस्य/कामायनी
भाव-राष्ट्र-	*'भाव-राष्ट्र के नियम यहाँ पर दण्ड बने हैं, सब कराहते'*	: इच्छा-लोक	2/258	रहस्य/कामायनी
भाव विटपि-	*'नियममयी उलझन लतिका का भाव विटपि से आकर मिलना'*	: भाव-रूपी वृक्ष	2/257	रहस्य/कामायनी
भावी जननी-	*'श्रम-बिंदु बना-सा झलक रहा भावी जननी का सरस गर्व'*	: (गर्भवती) स्त्री जो माँ बननेवाली है	2/160	ईर्ष्या/कामायनी
भावोदधि-	*'भावोदधि से किरणों के मग, स्वाती कन से बन भरते जग'*	: भावनाओं का समुद्र, मन-रूपी समुद्र	2/234	दर्शन/कामायनी
भिक्षु-	*'भिक्षु होकर रहते सम्राट् दया दिखलाते घर-घर घूम'*	: बौद्ध भिक्षु	4/139	पंचम अंक/स्कन्दगुप्त
भींगी पाँखें'-	*'हृदय-कुसुम की खुली अचानक मधु से वे भींगी पाँखें'*	: पराग-कण से भीगी फूल की पंखुड़ियाँ	2/76	आशा/कामायनी
भीगी पलकों-	*'सुख का सपना हो जाना, भीगी पलकों का लगना'*	: आँसू और दुःख से भरी आँखें	2/5	आँसू
भीजिए-	*'छिपिये उसी में मत बाहर हो भीजिए'*	: भीग जाइए, सराबोर हो जाइए	1/245	अनुनय/झरना
भीड़-	*'पर इसमें कलरव करने की आकुल न हो रही अभी भीड़'*	: बाल-बच्चे	2/165	ईर्ष्या/कामायनी
भीत शीत-	*'भीत शीत की भी, न मार्ग की यन्त्रणा'*	: जाड़े का भय	3/76	प्र.दू. /कल्याणी परिणय
भीत-विवश-	*'प्रतिक्षण करते ही जाते हैं भीत-विवश ये सब कम्पित से'*	: भयभीत एवं बेबस	2/258	रहस्य/कामायनी

शब्द-	काव्य-पंक्ति	: अर्थ	प्र.ग्रं./पृ.सं.	स्रोत/संदर्भ
भीति-	*'शीतातप की भीति सता सकती नहीं'*	: भय	1/97	करुणा-कुंज/कानन-कु.
भीति-बंधन-	*'हमें सब भीति-बन्धन से छुड़ा दो'*	: भय के बन्धन, अभय प्रदान करो	4/122	चतुर्थ अंक/स्कन्दगुप्त
भीम प्रकंपन-	*'सघन गगन में भीम प्रकंपन, झंझा के चलते झटके'*	: भयंकर कंपन	2/59	चिंता/कामायनी
भीमा-	*'आती है रह रह पुकार सी यह भव-रजनी भीमा है'*	: भयानक (रात)	2/33	निर्वेद/कामायनी
◆	*'श्रद्धे, होगी चन्द्रशालिनी यह भव-रजनी भीमा'*	: भयंकर	2/153	कर्म/कामायनी
◆	*'देख नहीं सकते तुम दोनों चकित निराशा है भीमा'*	: भयंकर (निराशा)	4/284	चतुर्थ अंक/चन्द्रगुप्त
भीमा प्रकृति-	*'नीरद जलधि लुब्ध हो भीमा प्रकृति, हृदय भय भरे हुए'*	: विराट प्रकृति	3/209	द्वितीय अंक/विशाख
भीमा रजनी-	*'घोर कर्म्म भीमा रजनी के आश्रय में सब होते हैं'*	: भयानक रात	1/184	प्रेमपथिक
भीलनाथ-	*'भीलनाथ का दूत मैं निप्रेरित आया यहाँ'*	: भीलों का राजा	1/154	चित्रकूट/कानन-कुसुम
भीषण चेतनता-	*'जिस क्षण भूल सकें हम अपनी यह भीषण चेतनता'*	: दुखों को याद रखने और महसूस करते रहने की चेतना	2/148	कर्म/कामायनी
भीषण हासों में-	*'लहरों के भीषण हासों में'*	: (समुद्र की लहरें मानो) अट्टहास हैं	1/299	हे सागर संगम अरुण नील/लहर
भुज मूलों-	*'भुज मूलों में, शिथिल वसन की व्यस्त न होती है अब माप'*	: भुजा जहाँ से प्रारम्भ होती है, काँख, कन्धा	2/57	चिंता/कामायनी
◆	*'खुले मसृण भुज-मूलों से वह आमंत्रण था मिलता'*	: बाँहों के मूल से मानो आलिंगन का निमंत्रण था	2/145	कर्म/कामायनी
भुज-लता-	*'भुज-लता पड़ी सरिताओं की शैलों के गले सनाथ हुए;'*	: लताओं की तरह कोमल बाँहें	2/105	काम/कामायनी
◆	*'भुजलता फँसा कर नर-तरु से झूले-सी झोंके खाती हूँ'*	: बाहु-रूपी लता	2/130	लज्जा/कामायनी
भुनती-	*'भुनती वसुधा, तपते नग,'*	: दुःख के ताप से जलती(धरती)	1/332	अशोक की चिंता/लहर
भूत-	*'हृदय द्रवित होता ध्यान में भूत ही के'*	: भूतकाल, बीता हुआ समय	1/135	विरह/कानन-कुसुम
◆	*'विकल हुआ-सा काँप रहा था, सकल भूत चेतन समुदाय;'*	: भौतिक चीजें, पाँच महाभूत माने गए हैं- धरती, आकाश, अग्नि, जल, वायु	2/69	आशा/कामायनी
भूतनाथ-	*'प्रकृति त्रस्त थी, भूतनाथ ने नृत्य विकंपित-पद अपना'*	: महादेव, शिव	2/193	स्वप्न/कामायनी
भूत-सृष्टि-	*'उधर उठाया, भूत-सृष्टि सब होने जाती थी सपना'*	: जड़-चेतन से बनी सृष्टि	2/193	स्वप्न/कामायनी
भूत-हित-रत-	*'यहाँ देखा कुछ बलि का अन्न भूत-हित-रत किसका यह दान?'*	: जीव-जंतुओं की भलाई के लिए	2/88	श्रद्धा/कामायनी
भू-भार-	*'उतारोगे अब कब भू-भार'*	: धरती पर पड़ा अन्याय-अत्याचार का बोझ	4/54	प्रथम अंक/स्कन्दगुप्त
भूमा का मधुमय दान-	*'यही दुख सुख विकास का सत्य यही भूमा का मधुमय दान'*	: ईश्वर के आनन्दमय वरदान की तरह है दुःख	2/89	श्रद्धा/कामायनी

शब्द-	काव्य-पंक्ति	: अर्थ	प्र.ग्रं./पृ.सं.	स्रोत/संदर्भ
भूमि-रंध्र-	*'सुमन-संकुलित भूमि-रंध्र से मधुर गंध उठती रस भीनी'*	: धरातल के रेशे-रेशे से	2/256	रहस्य/कामायनी
भूल-	*'स्खलन चेतना के कौशल का भूल जिसे कहते हैं'*	: चूक	2/143	कर्म/कामायनी
भूल महा-	*'क्षणिक सुखों को स्थायी कहना दु:ख-मूल यह भूल महा'*	: बहुत बड़ी भूल	3/265	प्रथम अंक/अजातशत्रु
भूल-सुधारों-	*'जड़-चेतनता की गाँठ वही सुलझन है भूल-सुधारों की'*	: अपने स्वरूप को न समझ पाने की भूल को (वह श्रद्धा) सुधारती है	2/107	काम/कामायनी
भूले, भोले बालकों-	*'भूले भोले बालकों के इस विश्व खेल में भी'*	: संसार के लोग मूलत: उन बच्चों की तरह हैं जो या तो भूले-भटके हैं या भोले-भाले हैं	1/262	तुम/झरना
भृत्य-	*'आकर्षण विहीन विद्युत्कण/बने भारवाही थे भृत्य'*	: दास, नौकर	2/64	चिंता/कामायनी
भेद-बुद्धि-	*'भेद-बुद्धि निर्मम ममता की समझ, बची ही होगी'*	: अच्छे-बुरे को पहचानने की समझ	2/150	कर्म/कामायनी
भैरव गर्जन-	*'महाकाल का भैरव गर्जन हो रहा'*	: भीषण स्वर में गरजना	1/160	शिल्प-सौन्दर्य्य/का.-कु.
भैरव जल संघात-	*'बढ़ने लगा विलास-वेग-सा वह अति भैरव जल संघात;'*	: भीषण आवाज के साथ आनेवाली बाढ़	2/60	चिंता/कामायनी
भैरव मिश्रण-	*'पंचभूत का भैरव मिश्रण, शम्पाओं के शकल-निपात,'*	: शोर के साथ मिश्रण, पाँचों तत्त्वों (धरती, आकाश, अग्नि, जल, वायु) का मानो प्रचंड शोर के साथ मिश्रण हो रहा था	2/59	चिंता/कामायनी
भैरव रव-	*'भैरव रव से हो व्याप्त दिशा, हो काँप रही भय-चकित निशा'*	: भयंकर ध्वनि	4/341	प्रथम अंक/ध्रुवस्वामिनी
भैरवी-	*'यह आज भैरवी आई है'*	: एक राग, सूर्योदय के पहले भोर में गाया जानेवाला राग, देवीगीत का एक राग	1/304	आँखों से अलख जगाने को/लहर
◆	*'फूलों पर आनन्द भैरवी गाते मधुकर वृन्द'*	: भोर में गाया जानेवाला एक राग	3/289	द्वितीय अंक/अजातशत्रु
भोग का कर्म-	*'कर्म का भोग, भोग का कर्म यही जड़ का चेतन आनन्द'*	: उपभोग के लिए फल की प्राप्ति हो इसलिए कर्म करते हैं, फल-भोग के लिए प्रयत्न	2/91	श्रद्धा/कामायनी
भोग विभूति-	*'छोड़कर पार्थिव भोग विभूति, प्रेयसी का दुर्लभ वह प्यार'*	: सुख-भोग के साधन और ऐश्वर्य	1/294	अरी वरुणा की शांत कछार/लहर
भोर की तारक द्युति-	*'मद भरी जैसे उठे सलज्ज भोर की तारक द्युति की गोद'*	: उषाकाल में तारों की चमक	2/85	श्रद्धा/कामायनी
भौतिक-विप्लव-	*'भौतिक-विप्लव देख विकल वे थे घबराये'*	: प्राकृतिक उथल-पुथल, प्रकृति का भयानक रूप	2/197	संघर्ष/कामायनी
भौतिक सदेह-	*'ये भौतिक सदेह कुछ करके जीवित रहना यहाँ चाहते'*	: भौतिक तत्त्व से बने शरीर (के सहारे)	2/258	रहस्य/कामायनी
भौतिक हलचल-	*'भौतिक हलचल से यह चंचल हो उठा देश ही था मेरा'*	: प्रलय की तबाही	2/179	इड़ा/कामायनी

शब्द- काव्य-पंक्ति	: अर्थ	प्र.ग्रं./पृ.सं.	स्रोत/संदर्भ
भ्रम-अनूप- *'अपने पै आप मर रहा यह भ्रम-अनूप है'*	: विशेष प्रकार का भ्रम, अनुपम भ्रम	3/191	प्रथम अंक/विशाख
भ्रम-कुहेलिका- *'भ्रम-कुहेलिका से दृग-पथ भी भ्रान्त है'*	: भ्रम रूपी कुहासा(कुहेलिका)	1/97	करुणा-कुंज/कानन-कु.
भ्रांत- *'एक उल्का-सा जलता भ्रांत, शून्य में फिरता हूँ असहाय'*	: दुविधा-ग्रस्त, भ्रमित	2/85	श्रद्धा/कामायनी
♦ *'भ्रम-कुहेलिका से दृग-पथ भी भ्रांत है'*	: भ्रम में पड़ा हुआ	1/97	करुणा-कुंज/कानन-कु.
भ्रांत नाविक- *'भ्रांत नाविक ने तुरंत पाया यथेप्सित कूल वह'*	: भटका हुआ नाविक, नायिका का मन मानो भटके नाविक की तरह हो गया था	1/101	नव वसंत/कानन-कु.
भ्रांत निशा- *'मनु! देखो यह भ्रांत निशा अब बीत रही है'*	: भ्रम में डालनेवाली अँधेरी रात	2/204	संघर्ष/कामायनी
भ्रांत साधना- *'बोले मनु- "क्या मैं भ्रांत साधना में ही अब तक लगा रहा'*	: विवेकहीन प्रयत्न	2/175	इड़ा/कामायनी
भ्रू-चालन- *'वे संकेत दंभ के चलते भ्रू-चालन मिस परितोषों से'*	: भौंहों के संचालन (से अपने मनोभावों को छुपाना)	2/262	रहस्य/कामायनी
भ्रू-भंग- *'किसका था भ्रू-भंग प्रलय-सा जिसमें ये सब विकल रहे!'*	: भौंहों का टेढ़ा होना, क्रोध का प्रतीक	2/68	आशा/कामायनी
भ्रू-युग्म- *'उन्नत हुए भ्रू-युग्म फिर तो बंक ग्रीवा भी हुई'*	: दोनों भौंहें	1/108	भक्ति-योग/कानन-कु.
भ्रू-लता थी कान तक- *'भ्रू-लता थी कान तक चढ़ती रही बेरोक'*	: भौंह-रूपी लता मानो कानों तक फैल गयी थी (रतिभाव के अनुभाव)	2/119	वासना/कामायनी
मंगल-कामना-अकेली- *'वह कामायनी जगत की मंगल-कामना-अकेली'*	: कल्याण की अद्वितीय अभिलाषा (की तरह है श्रद्धा)	2/276	आनन्द/कामायनी
मंगल किरणों- *'मंगल किरणों से रंजित/मेरे सुन्दरतम जागो'*	: मंगलमय आभा से युक्त	2/33	आँसू
मंगल की माया- *'किन्तु अधम मैं समझ न पाया उस मंगल की माया को'*	: सर्वमंगला नारी की कल्याणकारिणी शक्ति, शिव की विद्या माया, शिव (मंगल) की शक्तिस्वरूपा माया	2/227	निर्वेद/कामायनी
मंगल कुंकुम- *'छिटका जीवन हरियाली पर - मंगल कुंकुम सारा'*	: शुभ और सौभाग्य के प्रतीक केसर, रोली आदि	4/35	द्वितीय अंक/चन्द्रगुप्त
मंगल के मधुर गान- *'कितने मंगल के मधुर गान उसके कोनों को रहे चूम'*	: कल्याण की भावना से परिपूर्ण मधुर गीत	2/165	ईर्ष्या/कामायनी
मंगल चेतन- *'वह रजत गौर, उज्ज्वल जीवन, आलोक पुरुष! मंगल चेतन!'*	: कल्याण की चेतना से युक्त (शिव)	2/246	दर्शन/कामायनी
मंगलमय वृद्धि- *'डरो मत अरे अमृत संतान अग्रसर है मंगलमय वृद्धि;'*	: मंगल-भाव से भरी हुई सृष्टि का विकास	2/92	श्रद्धा/कामायनी
मंगलमयी- *'जगती की मंगलमयी उषा बन'*	: कल्याण करनेवाली	1/296	जगती की मंगलमयी.../लहर
मंजरित रसाल- *'देख मंजरित रसाल हिला'*	: बौर से भरा आम का पेड़	3/188	प्रथम अंक/विशाख
मंजरी- *'मदमाते पिक पुंज मंजरी चूमते'*	: बौर, आम आदि के वृक्षों के फूल बौर के रूप में निकलते हैं	1/96	करुणा-कुंज/कानन-कु.
♦ *'मंजरी रसमत्त मधुकर-पुञ्ज का क्रम हो गया'*	: आम के बौर	1/101	नव वसंत/कानन-कुसुम

शब्द-	काव्य-पंक्ति	: अर्थ	प्र.ग्रं./पृ.सं.	स्रोत/संदर्भ
मंजरी की ध्वनि-	*'आनंद देती सुन पड़ी मंजरी की ध्वनि कान में'*	: कोंपलों की ध्वनि, नव पल्लवों की मर्मर आवाज	1/108	भक्ति-योग/कानन-कु.
मंजरी सी-	*'मंजरी सी खिल गई सहकार की बाला वही'*	: बौर के समान	1/101	नव वसंत/कानन-कु.
मंजु ममता-	*'मंजु ममता से मिला बन हृदय का सद्‌भाव'*	: सुन्दर ममता का भाव	2/113	वासना/कामायनी
मंजु-मीन-	*'मंजु-मीन केतन अनंग का'*	: सुन्दर मछली	1/352	प्रलय की छाया/लहर
मंजु मुकुल-	*'मधुप क्यों मंजु मुकुल से मिला'*	: सुन्दर कली	3/188	प्रथम अंक/विशाख
मंजुलता-	*'जीवन का कोमल तंतु बढ़े तेरी ही मंजुलता समान'*	: सुंदरता	2/166	ईर्ष्या/कामायनी
मंडप-	*'मंडप के सोपान पड़े थे सूने, कोई अन्य नहीं'*	: यज्ञ-मंडप, यज्ञ-वेदी के पास की जगह	2/34	निर्वेद/कामायनी
मंडल-	*'जिसके मंडल में एक कमल खिल उठा सुनहला भर पराग'*	: परिधि	2/178	इड़ा/कामायनी
मंडली-	*'सिंधु बेला-सी घन मंडली'*	: समूह	1/305	आह रे, वह अधीर.../लहर
मंत्र-	*'द्वन्द्वों का उद्‌गम तो सदैव शाश्वत रहता वह एक मंत्र'*	: मूल सूत्र, शिव, ईश्वर, द्वंद्वरहित मंत्रमूर्ति शिव	2/175	इड़ा/कामायनी
मंथर-	*'पवन में है पुलक मंथर, चल रहा मधु-भार'*	: मंद-मंद	2/116	वासना/कामायनी
मंदाकिनि-	*'जीवन में सुख अधिक या कि दुख, मंदाकिनि कुछ बोलोगी?'*	: मंद गति से बह रही किसी नदी (के किनारे श्रद्धा बैठी है)	2/186	स्वप्न/कामायनी
मंदाकिनी-	*'मंदाकिनी शुभ तरल जल के बीच मिथिलाधिप लली'*	: चित्रकूट के पास की एक नदी	1/155	चित्रकूट/कानन-कुसुम
◆	*'बह चली मंदाकिनी मरन्द'*	: स्वर्ग में बहनेवाली गंगा की एक जलधारा (की तरह पराग की सुगंध फैली)	1/264	प्रार्थना/झरना
◆	*'मन्दाकिनी समीप भरी फिर प्यासी आँखें क्यों नादान'*	: आकाशगंगा की एक धारा	4/238	द्वितीय अंक/चन्द्रगुप्त
मंद्र-	*'गुंजरित होगा शृंगीनाद, धूसरित भव बेला में मंद्र'*	: गम्भीर	1/148	धर्मनीति/कानन-कुसुम
मकरंद-	*'अलि बने मकरंद की मीठी झड़ी हो झेलते'*	: पराग-कण	1/95	महा-क्रीड़ा/कानन-कु.
◆	*'अपने ही प्रच्छन्न विमल मकरंद से'*	: पराग	1/98	प्रथम प्रभात/कानन-क.
◆	*'है अंतरिक्ष आमोद भरा हिम-कणिका ही मकरंद हुई'*	: परागकण	2/99	काम/कामायनी
मकरंद घोल-	*'मेरी पीड़ा पर छिड़केगा जो कुसुम-धूलि मकरंद घोल'*	: परागकण घोलकर अर्थात् राहत प्रदान करना	2/167	ईर्ष्या/कामायनी
मकरंद-जलद-सा-	*'नव कनक-कुसुम-रज धूसर मकरंद-जलद-सा फूला'*	: पराग से युक्त बादल के समान (प्रसन्न)	2/277	आनन्द/कामायनी
मकरंद बिंदु-	*'सरस न हो मकरंद बिंदु से खुलकर तो ये मर लें'*	: परागकण का तरल रूप, पुष्प-रस की बूँदें	2/151	कर्म/कामायनी
मकरंद-भरा-	*'मनो मुकुल मकरंद-भरा कुम्हला रहा'*	: पराग से भरा हुआ	1/96	करुणा-कुंज/कानन-कु.
मकरंद-भार-	*'मकरंद-भार से दब कर श्रवणों में स्वर जा बसते'*	: परागकण मिश्रित होकर	2/14	आँसू

शब्द- काव्य-पंक्ति	: अर्थ	प्र.ग्रं./पृ.सं.	स्रोत/संदर्भ
मकरंद-मनोहर- *'कुसुम सभी खिल रहे भरे मकरंद-मनोहर'*	: मन को वशीभूत करनेवाले पराग-कण	1/110	रजनीगंधा/कानन-कुसुम
मकरंद मेघ-माला-सी- *'मकरंद मेघ-माला-सी वह स्मृति मदमाती आती'*	: पराग से बने मेघों की माला की तरह	2/18	आँसू
मकरंद लुटी सी- *'छिन्नपत्र मकरंद लुटी सी ज्यों मुरझायी हुई कली'*	: रसमयता से वंचित	2/38	निर्वेद/कामायनी
मकरंद वृष्टि- *'तरुणाब्ज अतीत था खिला, करुणा की मकरंद वृष्टि थी'*	: पराग की मानो बारिश हो रही थी	3/179	प्रथम अंक/विशाख
मकरंद-सा अनूप- *'मुकुलों में कौन मकरंद-सा अनूप है'*	: अनुपम पराग की तरह	1/261	तुम/झरना
मकरंदहीन- *'छिन्नपत्र मकरंदहीन हो गई न शोभा प्यारी है'*	: पराग से विहीन	1/126	दलित-कुमुदिनी/का.-कु.
मग- *'जलती सिकता का यह मग,'*	: मार्ग	1/332	अशोक की चिंता/लहर
◆ *'थे केवल जीवन-संगी/कल्याण कलित इस मग के'*	: रास्ता, जीवन की राहें	2/8	आँसू
◆ *'भावोदधि से किरणों के मग, स्वाती कन से बन भरते जग'*	: किरणों के रास्ते, माध्यम	2/234	दर्शन/कामायनी
मगध-शिर- *'है ऊँचा आज मगध-शिर-'*	: (अशोक मौर्य के साम्राज्य) मगध का मस्तक	1/329	अशोक की चिंता/लहर
मगध-सम्राट- *'हारकर भागा मगध-सम्राट कठिन लड़ाइयाँ'*	: मगध का राजा जरासंध	1/163	कुरुक्षेत्र/कानन-कुसुम
मघा की फुहार- *'रही न अब शारदी कैरवी न तो मघा की फुहार कोकिल'*	: मघा नक्षत्र की बारिश	4/39	प्रथम अंक/स्कन्दगुप्त
मजूरों की कल- *'दुखिया की आँखों का आँसू और मजूरों की कल हो'*	: मजदूर वर्ग के लिए राहत प्रदान करनेवाला	1/149	गान/कानन-कुसुम
मणि-दीप- *'मणि-दीप लिए निज कर में पथ दिखलाने को आये'*	: दीपक की तरह प्रकाश देनेवाली मणियाँ	2/19	आँसू
◆ *'मणिदीप विश्व-मन्दिर की पहने किरणों की माला;'*	: चन्द्रमा	2/30	आँसू
◆ *'हिम खंड रश्मि मंडित हो मणि-दीप प्रकाश दिखाता'*	: मणि से बना दीपक, मणि-रूपी दीपक	2/279	आनन्द/कामायनी
मणि-दीपों- *'मणि-दीपों के अंधकारमय अरे निराशापूर्ण भविष्य !'*	: देवता दीपक के रूप में चमकीली मणियों का उपयोग करते थे	2/54	चिंता/कामायनी
मणिबंधों- *'जिन युवकों के मणिबंधों में अबंध बल'*	: मणिबंध, कलाई	1/335	शेरसिंह का श.-स./लहर
मणिमय दीपाधार- *'राज-भवन में मणिमय दीपाधार सब'*	: मणियों से जड़ित दीप जलाने के आधार (स्टैंड)	1/32	महाराणा का महत्त्व
मणि-मेखला- *'मणि-मेखला में रही कठिन कृपाणी जो'*	: मणि-जड़ित कमरबन्द (जिसमें तलवार बाँध सकते हैं)	1/346	प्रलय की छाया/लहर
मणियों का जाल- *'अपना फेनिल फन पटक रहा मणियों का जाल लुटाता-सा;'*	: अनेक मणियाँ	2/101	काम/कामायनी
मणि-रचित- *'वे अम्लान कुसुम सुरभित, मणि-रचित मनोहर मालायें,'*	: मणि-माला, मणियों की माला	2/58	चिंता/कामायनी

शब्द-	काव्य-पंक्ति	: अर्थ	प्र.ग्रं./पृ.सं.	स्रोत/संदर्भ
मणि रत्न निधान-	*'और डूबती सी अचला का अवलम्बन मणि रत्न निधान'*	: अनमोल मणियों और रत्नों का खजाना है हिमालय	2/71	आशा/कामायनी
मणिराजी-	*'देख, बिखरती है मणिराजी अरी उठा बेसुध चंचल'*	: रत्न या मणियाँ, यहाँ आशय तारों से है	2/79	आशा/कामायनी
मणि वाले फणियों-	*'मणि वाले फणियों का मुख क्यों भरा हुआ हीरों से?'*	: मणिवाले नाग, केश-राशि से बनी चोटी मणिधर सर्प की तरह लग रही है, उसके मुख में मणि होनी चाहिए थी मगर यहाँ तो हीरों की तरह सितारे जड़े हैं	2/11	आँसू
मणिशलाक सम-	*'मणिशलाक सम प्रथम किरण का गहरे राग रँगी थी जो'*	: मणि से बनी कूँची(ब्रश) के समान	1/188	प्रेमपथिक
मत कर पसार-	*'मत कर पसार निज पैरों चल, चलने की जिसको रहे झोंक'*	: हाथ मत फैलाओ, भीख मत माँगो	2/180	इड़ा/कामायनी
मत-धर्म-	*'मत-धर्म सबको ही बहाया प्रेमनिधि-जल में घने'*	: विचारविशेष और सम्प्रदायविशेष	1/109	भक्ति-योग/कानन-कु.
मतवाली-	*'जिसको कहते सब सृष्टि, बनी मतवाली अपनी माया में'*	: अपनी लय में गतिशील	2/104	काम/कामायनी
मतवाली सुन्दरता-	*'मतवाली सुन्दरता पग में नूपुर-सी लिपट मनाती हूँ'*	: कामोद्दीप्त सुन्दरी	2/128	लज्जा/कामायनी
मत-वाले-	*'हम प्रेम-मतवाले बनें अब कौन मत-वाले बनें'*	: विचारधाराविशेष वाले	1/109	भक्ति-योग/कानन-कु.
मति धीर-	*'किस कार्य के हैं वे भला पूछो किसी मतिधीर से'*	: विवेकशील, जिसकी मति (बुद्धि) धैर्य से युक्त है	1/124	एकान्त में/कानन-कुसुम
मत्तता-	*'इस रसीली मूर्च्छना की मत्तता'*	: होश छीन लेने की ताकत, मदहोशी	1/257	मिलन/झरना
मत्त पंचनद-	*'खेलता था यौवन-विलासी मत्त-पंचनद'*	: जोशीला पंजाब	1/334	शेरसिंह का श.-स./लहर
मत्त मारुत-	*'मत्त मारुत पर चढ़ उद्‌भ्रांत,'*	: तेज हवा (मानो नशे से उग्र हो)	1/305	आह रे, वह अधीर यौवन/लहर
मदकल-	*'मदकल मलय पवन ले-ले फूलों से'*	: नशे में, मदोन्मत्त	1/341	प्रलय की छाया/लहर
मद भरी-	*'मद भरी जैसे उठे सलज्ज भोर की तारक द्युति की गोद'*	: नशीली, आकर्षक	2/85	श्रद्धा/कामायनी
मदमत्त-	*'मधुर मलयानिल महक की मौज में मदमत्त है'*	: नशे में मस्त	1/100	नव वसंत/कानन-कु.
◆	*'मलयानिल मदमत्त हुआ इस ओर न आया'*	: मद से मत्त, नशे में	1/110	रजनीगंधा/कानन-कुसुम
मदमत्त प्रवाह-	*'भरी वासना-सरिता का वह कैसा था मदमत्त प्रवाह'*	: नशीला वेग	2/56	चिंता/कामायनी
मद विह्वल-	*'हँसी का मद विह्वल प्रतिबिम्ब मधुरिमा खेला सदृश अबाध!'*	: नशीला, जो मादकता देखनेवाले को व्याकुल कर दे	2/85	श्रद्धा/कामायनी
मद से भरे-	*'नील नलिन से नेत्र चपल मद से भरे'*	: नशीले(नेत्र), नशे से भरे हुए	1/226	रूप/झरना
मदिर ऊँघते-	*'मदिर ऊँघते रहते जब - जगकर रजनी भर तारा'*	: (तारे सुबह में मानो) नशे से ऊँघ रहे थे	4/35	द्वितीय अंक/चन्द्रगुप्त

शब्द-	काव्य-पंक्ति	: अर्थ	प्र.ग्रं./पृ.सं.	स्रोत/संदर्भ
मदिर कण-सा-	*'बरसता था मदिर कण-सा स्वच्छ सतत अनन्त'*	: मदिरा की फुहार की तरह	2/117	वासना/कामायनी
मदिर घन-	*'गूँजते सब मदिर घन में वासना के गीत'*	: मादक और मस्त बादल	2/116	वासना/कामायनी
मदिर भाव-	*'मधुकर के मरंद-उत्सव-सा मदिर भाव से आवर्त्तन'*	: नशे में होना	2/57	चिंता/कामायनी
मदिर भीनी-	*'आ रही थी मदिर भीनी माधवी की गंध'*	: मादक और मंद-मंद	2/116	वासना/कामायनी
मदिर माधव यामिनी-	*'मदिर माधव यामिनी का धीर पद-विन्यास'*	: मादक वसंत की रात	2/114	वासना/कामायनी
मदिर विलास-	*'नयनों में मदिर विलास लिये'*	: आमोद-प्रमोद का नशीला प्रभाव	4/302	चतुर्थ अंक/चन्द्रगुप्त
मदिरा अश्रांत-	*'बरसने ज्यों मदिरा अश्रांत'*	: मानो लगातार मदिरा बरसकर नशीला वातावरण बना रही हो	1/305	आह रे, वह अधीर यौवन/लहर
मदिरा-मकरन्द-	*'एक क्षण बैठ हमारे पास, पिला दोगे मदिरा-मकरंद*	: पराग-कण-रूपी (सुगन्धित और मादक) शराब	1/229	वसन्त की प्रतीक्षा/झरना
मदिरा-मोद पराग सने-	*'गूँज रहे थे मधुप रसीले, मदिरा-मोद पराग सने'*	: मकरंद-रूपी शराब के नशे में आनन्दित	2/191	स्वप्न/कामायनी
मदीय-	*'छीन लो छीन ममत्व मदीय'*	: मेरा	1/219	समर्पण/झरना
मदोद्धत-	*'जिसमें मदोद्धत कटाक्ष की अरुणिमा'*	: नशे से उद्दण्ड बना देनेवाला	1/351	प्रलय की छाया/लहर
मद्यप-मण्डली-	*'क्लान्त तारकगण की मद्यप-मण्डली'*	: नशा करनेवालों का समूह (तारा-समूह)	1/228	पावस प्रवास/झरना
मधु-अंध-	*'पवन के घन घिरे पड़ते थे बने मधु-अंध !'*	: पराग के मतवाले	2/116	वासना/कामायनी
मधु अनुभाव-	*'और वह नारीत्व का जो मूल मधु अनुभाव'*	: हृदय में रति(स्थायी भाव) की उत्पत्ति ने श्रद्धा के शरीर में कुछ चिह्न प्रकट किए	2/119	वासना/कामायनी
मधु अभिषेक-	*'मेरी उस क्रीड़ा के मधु अभिषेक में'*	: मीठा और मादक अभिसिंचन	1/340	प्रलय की छाया/लहर
मधु उत्सव-	*'अंतरिक्ष के मधु उत्सव के विद्युत्कण मिले झलकते-से'*	: वसंत का उत्सव, होली	2/104	काम/कामायनी
मधु ऋतु रातें-	*'जब शिरीष की मधुर गंध से मान-भरी मधु ऋतु रातें'*	: वसंत ऋतु की प्रेममयी रातें	2/187	स्वप्न/कामायनी
मधुकर-	*'और भी शतपत्र को मधुकर कहीं गुंजित किये'*	: भौंरा	1/100	नव वसंत/कानन-कुसुम
मधुकर-पुञ्ज-	*'मंजरी रसमत्त मधुकर-पुञ्ज का क्रम हो गया'*	: भौंरों का समूह	1/101	नव वसंत/कानन-कुसुम
मधुकर-सा-	*'मनोवेग मधुकर-सा फिर तो गूँज के'*	: भौंरों की तरह	1/98	प्रथम प्रभात/कानन-कु.
मधुकरियों की भीख-	*'मैंने भ्रमवश जीवन संचित, मधुकरियों की भीख लुटाई'*	: भीख माँगकर मिली चीजें	4/141	पंचम अंक/स्कन्दगुप्त
मधुकरी-	*'विश्व कमल की मृदुल मधुकरी रजनी तू किस कोने से-'*	: भ्रमरी, मादा भौंरा	2/78	आशा/कामायनी
♦	*'सुना यह मनु ने मधु गुंजार मधुकरी का-सा जब सानंद,'*	: मादा भौंरा, भ्रमरी	2/83	श्रद्धा/कामायनी
♦	*'मधुकरी का सुरस-संचय हो चला अब बन्द'*	: मधुमक्खी	2/112	वासना/कामायनी

शब्द-	काव्य-पंक्ति	: अर्थ	प्र.ग्रं./पृ.सं.	स्रोत/संदर्भ
मधु का आधार-	*'रचित परमाणु पराग शरीर खड़ा हो ले मधु का आधार'*	: श्रद्धा मानो पुष्परज का आधार हो अर्थात् श्रद्धा स्वयं पराग-निर्मित-सी है जो पुष्परज का आधार है	2/85	श्रद्धा/कामायनी
मधु कान्ति-	*'उषा सौन्दर्यमयी मधु कान्ति,'*	: कोमल और आकर्षक चमक (सुबह की)	1/264	प्रार्थना/झरना
मधुक्रीड़ा-कूटस्थ-	*'प्रकृति सुप्रांगण में सदा, मधुक्रीड़ा-कूटस्थ को'*	: मधुमय क्रीड़ा में रहस्यमय तरीके से संलग्न	1/150	मकरंद-बिंदु/कानन-कु.
मधुगंध अधीर-	*'आशा की उलझी अलकों से उठी लहर मधुगंध अधीर'*	: धैर्य को समाप्त कर देनेवाली मादक सुगंध	2/77	आशा/कामायनी
मधु गुंजार-	*'सुना यह मनु ने मधु गुंजार मधुकरी का-सा जब सानंद,'*	: श्रद्धा की आवाज भौरों के मधुर गुंजार की तरह मालूम पड़ रही थी	2/83	श्रद्धा/कामायनी
मधु-जलनिधि-	*'मिलन-क्षितिज-तट मधु-जलनिधि में मृदु हिलकोर उठा जाना'*	: मीठे जल के समुद्र की तरह प्रेम की अनन्त मधुर स्मृतियाँ	4/41	प्रथम अंक/स्कन्दगुप्त
मधु धार-	*'सर नीचा कर हो गूँथ रही माला जिससे मधु धार ढरे?'*	: मकरंद की मधुर धारा, प्रेम-प्रवाह	2/123	लज्जा/कामायनी
मधु धारा-	*'सृष्टि ने मधु धारा में स्नान'*	: (नजरों में बसी हुई) मीठी-सी जलधारा हो मानो, मधुर दृष्टि	1/264	प्रार्थना/झरना
मधु-धारा-	*'श्रुतियों में चुपके-चुपके से कोई मधु-धारा घोल रहा;'*	: मीठी ध्वनि की धारा	2/100	काम/कामायनी
♦	*'भगवति! वह पवन मधु-धारा! देख अमृत भी ललचाए'*	: प्रेम का मधुर प्रवाह	2/225	निर्वेद/कामायनी
मधु धाराएँ-	*'महाश्वेत गजराज गंड से बिखरीं मधु धाराएँ जैसे'*	: (मानो ऐरावत के गंडस्थल से) मदजल बह रहा हो	2/252	रहस्य/कामायनी
मधु-निर्झर-ललित-गान-	*'हँस कर बोले, बोलते हुए, निकले मधु-निर्झर-ललित-गान'*	: मीठे झरने की तरह सुन्दर वाणी	2/162	ईर्ष्या/कामायनी
मधु निस्वन-	*'स्वर का मधु निस्वन रंध्रों में जैसे कुछ दूर बजे बंसी'*	: मीठी शब्दहीनता	2/101	काम/कामायनी
मधुप-	*'अपने नालों पर, वह सरसी श्रद्धा थी, न मधुप आये'*	: भौंरा-रूपी मनु	2/185	स्वप्न/कामायनी
♦	*'मधुप कब एक कली का है'*	: भौंरा (अविश्वासी प्रेमी-हृदय)	4/282	चतुर्थ अंक/चन्द्रगुप्त
मधुप मालिका-	*'विकसित हों कमल-वृन्द, मधुप मालिका'*	: भौंरों की पंक्तियाँ	3/403	तृ.अं./जन्मेजय का ना.-य.
मधुप-मुखर-	*'मधुप-मुखर मरंद-मुकुलित, मैं सजल जलजात रे मन!'*	: भौंरों के गुंजार से युक्त, मधुर वाणी से युक्त	2/23	निर्वेद/कामायनी
मधुप रसीले-	*'गूँज रहे थे मधुप रसीले, मदिरा-मोद पराग सने'*	: रस-लोभी भौंरे	2/191	स्वप्न/कामायनी
मधु-पवन-क्रीड़ित-	*'मधु-पवन-क्रीड़ित ज्यों शिशु साल सुशोभित हो सौरभ संयुक्त'*	: बसन्ती हवा से झूमता हुआ	2/84	श्रद्धा/कामायनी
मधुप सदृश निश्चिंत विहार-	*'उषा ज्योत्स्ना-सा यौवन-स्मित मधुप सदृश निश्चिंत विहार'*	: भौंरों की तरह निश्चिन्त होकर प्रेम-क्रीड़ा करना	2/56	चिंता/कामायनी

शब्द-	काव्य-पंक्ति	: अर्थ	प्र.ग्रं./पृ.सं.	स्रोत/संदर्भ
मधुपान-	*'कर चुके मधुर मधुपान भृंग'*	: पुष्परस को पीना (भौंरों के द्वारा)	1/332	अशोक की चिंता/लहर
♦	*'मधुपान कर चुके मधुप, सुमन मुरझाये'*	: पराग या पुष्परस पीना (भौंरा के द्वारा)	3/36	तृतीय अंक/विशाख
मधु पारावार-	*'सूने नभ में स्वर तरंग का फैलाकर मधु पारावार?'*	: मीठे और मादक समुद्र की तरह (आकाश में प्रेम की मधुर यादों के स्वर फैल गये)	1/327	मधुर माधवी संध्या में/लहर
मधु-पिंगल-	*'बन मधु-पिंगल संध्या सुरंग'*	: मीठी और मादक लाल-पीले रंग (की शाम)	1/331	अशोक की चिंता/लहर
♦	*'मधु-पिंगल उस तरल अग्नि में शीतलता संसृति रचती'*	: शहद की तरह नीली-पीली (ज्वाला)	2/35	निर्वेद/कामायनी
मधु पीकर-	*'मधु पीकर पागल हुआ, करता प्रेम-प्रलाप'*	: (कोयल ने मानो)मादकता पी ली है	4/258	तृतीय अंक/चन्द्रगुप्त
मधुपों की तान-	*'फूलों का चुम्बन, छिड़ती- मधुपों की तान निराली'*	: भौंरों का गुंजार	2/13	आँसू
मधुपों मुकुलों-	*'मधुपों मुकुलों के चले घात'*	: भौंरों और कलियों (के प्रेम-व्यापार)	1/320	काली आँखों का अंधकार/लहर
मधुबन-	*'कहाँ छिपा था, ऐसा मधुबन!'*	: प्रेम और श्रद्धा का एकत्र रूप, मधुबन में राधा-कृष्ण का प्रेम	1/302	उस दिन जब जीवन के पथ में/लहर
♦	*'है रात घूम आई मधुबन'*	: राधा-कृष्ण का प्रेम-वन	1/304	आँखों से अलख.../लहर
मधु बरसती-	*'मधु बरसती विधु किरन हैं काँपती सुकुमार'*	: अमृत बरसाती हुई (चाँदनी)	2/116	वासना/कामायनी
मधुबाला-	*'अंतरिक्ष में अभी सो रही है ऊषा मधुबाला,'*	: मदिरा पिलाने का काम करनेवाली, साकी	1/328	अंतरिक्ष में अभी सो रही/लहर
♦	*'सो जाती है मधुबाला'*	: साकी, मदिरा पिलानेवाली	1/330	अशोक की चिंता/लहर
मधु-भार-	*'पवन में है पुलक मंथर, चल रहा मधु-भार'*	: पराग के भार से युक्त (पवन)	2/116	वासना/कामायनी
मधु-भिक्षा-	*'मधु-भिक्षा की रटन अधर में'*	: प्रेम की भीख, प्रणय निवेदन	1/301	उस दिन जब जीवन.../लहर
मधु-मंगल-	*'मधु-मंगल की वर्षा होती'*	: मधुरता और कल्याण की वर्षा	1/302	उस दिन जब जीवन.../लहर
मधु-मंथन-	*'तम जलनिधि का बन मधु-मंथन, ज्योत्सना सरिता का आलिंगन'*	: अमृत के लिए किया गया समुद्र-मंथन	2/246	दर्शन/कामायनी
मधुमत्त-	*'मधुमत्त मिलिन्द माधुरी'*	: पराग के नशे में मदहोश	3/194	प्रथम अंक/विशाख
मधु-मन्दिर-सा-	*'मधु-मन्दिर-सा वह विश्व बना'*	: मधुशाला की तरह, मधुरता के वास-स्थान की तरह	4/303	चतुर्थ अंक/चन्द्रगुप्त
मधुमय-	*'कुसुमित मधुमय जहाँ सुखद अलिपुञ्ज है'*	: परागयुक्त, मकरंद से परिपूर्ण, मद से भरा	1/97	करुणा-कुंज/कानन-कु.
♦	*'रति, उनके मन को सुलझाती वह राग भरी थी, मधुमय थी'*	: मधुर और आकर्षक	2/105	काम/कामायनी
मधुमय अभिशाप-	*'अरी व्याधि की सूत्र-धारिणी! अरी आधि, मधुमय अभिशाप!'*	: किसी की नशीली बद्दुआ की तरह चिंता हमें बेचैन रखती है	2/53	चिंता/कामायनी
मधुमय चुंबन-	*'मधुमय चुंबन कातरतायें आज न मुख को सता रहीं'*	: नशीला चुंबन	2/58	चिंता/कामायनी

शब्द-	काव्य-पंक्ति	: अर्थ	प्र.ग्रं./पृ.सं.	स्रोत/संदर्भ
मधुमय तान-	*'स्मिति की लहरों सी उठती है नाच रही ज्यों मधुमय तान*	: मधुर आलाप या गायन	2/70	आशा/कामायनी
मधुमय देश-	*'अरुण यह मधुमय देश हमारा'*	: आर्यावर्त मानो प्रेम की मधुरता से भरा देश है	4/35	द्वितीय अंक/चन्द्रगुप्त
मधुमय निःश्वास-	*'चलते थे सुरभित अञ्चल से जीवन के मधुमय निःश्वास;'*	: मधुर-मादक साँसों का संचार	2/55	चिंता/कामायनी
मधुमय पिंग पराग-	*'सित सरोज पर क्रीड़ा करता जैसे मधुमय पिंग पराग'*	: मकरंद-युक्त पीला पराग	2/67	आशा/कामायनी
मधुमय रचना-	*'तब एक झलक! वह कितनी मधुमय रचना हो सुलझी'*	: मधुर सृष्टि की तरह	2/34	आँसू
मधुमय विश्व-	*'मेरा सुन्दर विश्राम बना सृजता हो मधुमय विश्व एक'*	: सुन्दर और प्रिय संसार	2/164	ईर्ष्या/कामायनी
मधु मरन्द-	*'हँस, बिखरें मधु मरंद के कन,'*	: मीठा मादक पराग	1/326	ओ री मानस की.../लहर
मधुमाया-	*'अनुरागिनी उषा लेती थी निज सुहाग मधुमाया में'*	: मधुर और सुन्दर जादुई दृश्य	1/292	मधुप गुनगुना कर कह जाता/लहर
मधु मालतियाँ-	*'मधु मालतियाँ सोती हैं/कोमल उपधान सहारे'*	: मालती के मधुर फूल	2/18	आँसू
मधु-मिश्रित-	*'देवों को अर्पित मधु-मिश्रित सोम अधर से छू लो'*	: शहद मिला हुआ	2/148	कर्म/कामायनी
मधु मुकुल-	-*'मधु मुकुल नवल रस गागरी'*	: मिठास से भरी कली	1/303	बीती विभावरी जाग री/लहर
मधुमुख-	*'सुहृद, सदय सज्जन मधुमुख थे मुझको अब तक मिले कई'*	: मीठी वाणी में बात करनेवाला	1/146	नहीं डरते/कानन-कुसुम
मधु मोद-	*'प्रणय की महिमा का मधु मोद'*	: मीठा आनन्द, मधुर सुख	1/244	असन्तोष/झरना
मधु यामिनी-	*'उस मधु यामिनी में'*	: मीठी मादक रात	1/341	प्रलय की छाया/लहर
मधुर अतीत-	*'पूर्व-जन्म कहूँ कि था स्पृहणीय मधुर अतीत'*	: बीता हुआ अच्छा समय	2/116	वासना/कामायनी
मधुर अधर-	*'हरित कूल युग मधुर अधर थे'*	: प्रेम की मादक मिठास से भरे दोनों होंठ	1/312	वे कुछ दिन कितने सुन्दर थे/लहर
मधुर-अधरों-	*'मधुर-अधरों में मनोहर मंद-मृदु मुसक्यान है'*	: जिसके होंठों पर मधुरता की छवि बसती हो	1/116	जल-विहारिणी/कानन-कुसुम
मधुर अभय अवलम्ब-	*'दूसरा विचारों के नभ को था मधुर अभय अवलम्ब दिये'*	: सुखद और निर्भीक सहारा	2/179	इड़ा/कामायनी
मधुर आलाप कथा-सा-	*'दिवस मधुर आलाप कथा-सा कहता छा जाता नभ में'*	: प्रेमियों के सरस संवाद की कथा, प्रेमी की मीठी बातें	2/187	स्वप्न/कामायनी
मधुर इंगित-	*'अपने एक मधुर इंगित से बदल सके जो छल में'*	: प्रेमपूर्ण इशारा, आकर्षक संकेत	2/153	कर्म/कामायनी
मधुर चाँदनी रातों की-	*'उज्ज्वल गाथा कैसे गाऊँ मधुर चाँदनी रातों की'*	: प्रेम से उज्ज्वल जीवन-प्रसंग	1/292	मधुप गुनगुना कर कह जाता/लहर
मधुर छाया-	*'वासना की मधुर छाया, स्वास्थ्य बल विश्राम'*	: मनोरम प्रतिबिम्ब	2/115	वासना/कामायनी
मधुरतम सुर बालाओं-	*'गया, सभी कुछ गया, मधुरतम सुर बालाओं का शृंगार;'*	: सुन्दर और मधुर स्वभाववाली देव-कन्याएँ	2/56	चिंता/कामायनी
मधुर नाद-	*'करती सरस्वती मधुर नाद'*	: मीठी ध्वनि से बहती नदी	2/178	इड़ा/कामायनी

शब्द-	काव्य-पंक्ति	: अर्थ	प्र.ग्रं./पृ.सं.	स्रोत/संदर्भ
मधुर माधव ऋतु-	*'मधुर माधव ऋतु में अनुकूल'*	: मधुर वसंत ऋतु	3/404	तृ.अं./जन्मेजय का ना.-य.
मधुर माधव ऋतु-	*'मधुर माधव ऋतु की रजनी, रसीली सुन कोकिल की तान'*	: मधुर वसन्त ऋतु	3/386	द्वितीय अंक/जन्मेजय का नाग-यज्ञ
मधुर मिश्रण-	*'मधुर मिश्रण युग-हृदय का भाव-रस भरने लगा'*	: सुंदर मेल	1/101	नव वसंत/कानन-कुसुम
मधुर मूर्ति-	*'हृदय-वेदना मधुर मूर्ति तब सदा नवीन बनाती है'*	: प्रिय की सुंदर छवि	1/103	हृदय-वेदना/कानन-कु.
मधुर रहस्य-	*'एक अतीन्द्रिय स्वप्न लोक का मधुर रहस्य उलझता था;'*	: इन्द्रियों के परे का सुख मधुर तो था मगर स्पष्ट आलंबन के बिना मनु को रहस्यमय लगता था	2/76	आशा/कामायनी
मधुर राग-	*'प्राची में फैला मधुर राग'*	: (सुबह की) सुखद लालिमा	2/178	इड़ा/कामायनी
मधुर विरक्ति-	*'मधुर विरक्ति भरी आकुलता, घिरती हृदय-गगन में'*	: राग और विराग का मिश्रित भाव	2/141	कर्म/कामायनी
मधुर विश्रांत-	*'मधुर विश्रांत और एकांत– जगत का सुलझा हुआ रहस्य,'*	: प्रिय और शान्त, मनु का व्यक्तित्व श्रद्धा को प्यारा और शान्त स्वभाव का लगा	2/83	श्रद्धा/कामायनी
मधुर विश्वास-	*'और मधुर विश्वास! अरे वह पागल मन का मोह रहा!'*	: प्रेम की भावना के कारण उत्पन्न मधुर विश्वास	2/187	स्वप्न/कामायनी
मधुर व्यथा-सा-	*'तू मधुर व्यथा-सा शून्य चीर'*	: प्रेम की मधुर पीड़ा के समान	1/320	काली आँखों का.../लहर
मधुर व्रीड़ा-मिश्र चिंता-	*'मधुर व्रीड़ा-मिश्र चिंता साथ ले उल्लास'*	: मधुर-कोमल लज्जा के साथ मिली हुई चिंता	2/119	वासना/कामायनी
मधुर स्वप्न-सी झिलमिल-	*'यह क्या मधुर स्वप्न-सी झिलमिल सदय हृदय में अधिक अधीर;'*	: मनमोहक सपनों की तरह आभासित	2/70	आशा/कामायनी
मधु राका-	*'कभी मधु राका देख इसे, करेगी इठलाती मधुहास'*	: वसंत ऋतु की रात	1/229	वसन्त की प्रतीक्षा/झरना
◆	*'मधुराका मुसक्याती थी/पहले देखा जब तुमको*	: मधुर रात	2/9	आँसू
◆	*'और पड़ती हो उस पर शुभ्र नवल मधु-राका मन की साध;'*	: वसंत की रात, चैत्र पूर्णिमा की रात	2/85	श्रद्धा/कामायनी
◆	*'स्मिति मधुराका थी, श्वासों से पारिजात कानन खिलता'*	: वसंत पूर्णिमा की रात	2/226	निर्वेद/कामायनी
◆	*'मधुराका जग कर बिता चुके'*	: वसन्त की रात	3/194	प्रथम अंक/विशाख
◆	*'मधुराका आगमन कलरवों के मिस – कहला दो'*	: मधुर रातें	4/275	चतुर्थ अंक/चन्द्रगुप्त
मधुरिमा-	*'हँसी का मद विह्वल प्रतिबिम्ब मधुरिमा खेला सदृश अबाध!'*	: रमणीय, आकर्षक	2/85	श्रद्धा/कामायनी
◆	*'मधुरिमा में अपनी ही मौन, एक सोया संदेश महान,'*	: मिठास से भरा सौन्दर्य	2/87	श्रद्धा/कामायनी
◆	*'दया, माया, ममता लो आज, मधुरिमा लो, अगाध विश्वास;'*	: प्रेम, मधुर भावनाएँ	2/91	श्रद्धा/कामायनी
मधुरिमा जाल-	*'खेलता ज्यों दो बिजलियों से मधुरिमा जाल'*	: मनोहर जादू की तरह	2/111	वासना/कामायनी

शब्द- काव्य-पंक्ति	: अर्थ	प्र.ग्रं./पृ.सं.	स्रोत/संदर्भ
मधुरिमामय साज- *'देखता हूँ दूसरा कुछ मधुरिमामय साज'*	: माधुर्य और सौन्दर्य से भरा सिंगार	2/118	वासना/कामायनी
मधु-लीला- *'छाया-पथ में तारक-द्युति-सी झिलमिल करने की मधु-लीला'*	: सुखद प्रेममयी क्रीड़ा	2/129	लज्जा/कामायनी
मधु-लेखा- *'पिंगल किरणों-सी मधु-लेखा'*	: मधुरता से परिपूर्ण किरणें	1/299	हे सागर संगम.../लहर
◆ *'जिसमें अंकित हो मधु लेखा'*	: मधुर (मुस्कान) की रेखा	1/313	मेरी आँखों की.../लहर
मधुवन- *'वह मेरे प्रेम विहँसते/जागो मेरे मधुवन में'*	: हृदय रूपी मधुर वन में	2/32	आँसू
मधुवन की कालिंदी- *'यौवन मधुवन की कालिंदी बह रही चूम कर सब दिगन्त'*	: कृष्ण यमुना के तट पर स्थित 'मधुवन' नामक जंगल में गोचारण, रास आदि लीलाएँ करते थे	2/173	इड़ा/कामायनी
मधु वर्षा- *'है हृदय शिशिरकण पूरित/मधु वर्षा से शशि! तेरी'*	: प्रेम की बारिश	2/18	आँसू
मधुव्रत- *'बनते हो क्यों मधुव्रत आनंद-मोद भरके'*	: भौंरा	1/90	मंदिर/कानन-कुसुम
◆ *'लोल अलकावलि हुई मानो मधुव्रत मिल गये'*	: भौंरा	1/101	नव वसंत/कानन-कुसुम
◆ *'तुम्हारे केशर से हो सुगंधित परागमय हो रहे मधुव्रत'*	: भौंरा	1/112	सरोज/कानन-कुसुम
मधुशाला- *'अरे खुली भी नहीं अभी तो प्राची की मधुशाला'*	: मदिरालय	1/328	अंतरिक्ष में अभी.../लहर
मधु-संगीत-निनादित- *'कितनी मधु-संगीत-निनादित-'*	: मीठे गीत-संगीत से गुंजायमान	1/311	कितने दिन जीवन.../लहर
मधु संसृति- *'मधु संसृति की पुलकावलि जागो, अपने यौवन में'*	: मधुरता से निर्मित सृष्टि	2/33	आँसू
मधु सरिता- *'मधु सरिता उफनी अकुलाई,'*	: कोमलता-मधुरता की नदी	1/301	उस दिन जब जीवन.../लहर
◆ *'मधुसरिता-सी यह हँसी तरल अपनी पीते रहते हो क्यों?'*	: मधुर और सुन्दर नदी	4/186	प्रथम अंक/चन्द्रगुप्त
मधु-सौरभ- *'व्याकुल उस मधु-सौरभ से मलयानिल धीरे-धीरे'*	: पराग की सुगंध	2/16	आँसू
मधुहास-*'कभी मधु राका देख इसे, करेगी इठलाती मधुहास'*	: मीठी हँसी(चाँदनी)	1/229	वसन्त की प्रतीक्षा/झरना
◆ *'मधु-हास हुआ था वह पहला दो रूप मधुर जो ढाल सका'*	: परस्पर प्रेम से भरी हुई मधुर हँसी	2/104	काम/कामायनी
मधूक- *'देख ललाई स्वच्छ मधूक कपोल में'*	: महुए (की तरह नशीला)	1/208	महाराणा का महत्त्व
मध्य पथ- *'छोड़कर जीवन के अतिवाद, मध्य पथ से लो सुगति सुधार'*	: मध्यम प्रतिपदा, मध्य-मार्ग, अतिवाद को छोड़कर बीच का रास्ता अपनाना	1/295	अरी वरुणा की शांत कछार/लहर
मध्यभूमि- *'यह जीवन की मध्यभूमि है रस धारा से सिंचित होती'*	: (इच्छा-लोक जीवन का) केन्द्रीय आधार है	2/256	रहस्य/कामायनी
मध्यम सुत- *'तो मध्यम सुत दे देना स्वीकार है'*	: मँझला बेटा	3/103	तृतीय दृश्य/करुणालय
मध्याह्न- शीर्षक- *'ग्रीष्म का मध्याह्न'*	: मध्य+अह्न(दिन), दिन का मध्य, दोपहर	1/104	ग्रीष्म का मध्याह्न/कानन-कुसुम
मध्याह्न-किरण- *'तपती थी मध्याह्न-किरण सी प्राणों की गति लोम विलोम'*	: दोपहर की धूप	1/236	चिह्न/झरना
मध्याह्न निखरता- *'जागरण प्रात-सा हँसता हो जिसमें मध्याह्न निखरता हो'*	: दोपहर की तरह का ओज	2/126	लज्जा/कामायनी
मनका- *'वाह्य वियोग, मिलन या मनका, इसका कारण कौन कहो?'*	: मानसिक	2/334	शिथिल/असंकलित कविताएँ

शब्द-	काव्य-पंक्ति	: अर्थ	प्र.ग्रं./पृ.सं.	स्रोत/संदर्भ
मन का उपकार-	*'इतना न चमत्कृत हो बाले! अपने मन का उपकार करो'*	: प्रेम के वशीभूत मन का परिष्कार करो	2/125	लज्जा/कामायनी
मन की डाली-	*'झुक जाती है मन की डाली अपनी फलभरता के डर में'*	: मन रूपी डाली	2/124	लज्जा/कामायनी
मन की परवशता-	*'मन की परवशता महा-दुःख' मैं यही जपूँगा महामन्त्र'*	: मन से किसी के अधीन हो जाना	2/168	ईर्ष्या/कामायनी
मन की प्यास-	*'है वहाँ महानद निर्मल जो मन की प्यास बुझाता'*	: मानसिक विषय-तृष्णा	2/270	आनन्द/कामायनी
मन की मरोर-	*'कुंचित अलकों-सी घुँघराली मन की मरोर बन कर जगती'*	: मन की चंचलता	2/128	लज्जा/कामायनी
मन की साध-	*'और पड़ती हो उस पर शुभ्र नवल मधु-राका मन की साध;'*	: चाँदनी श्रद्धा पर ऐसे पड़ रही थी मानो किसी के मन की साध(इच्छा) पूरी हो रही हो	2/85	श्रद्धा/कामायनी
मन-कुरंग-	*'उलझा है चंचल मन-कुरंग'*	: मन-रूपी हिरण	1/331	अशोक की चिंता/लहर
मन-पट-	*'जब तुम सदय नवल नीरद से मन-पट पर छा जाते हो'*	: मन के द्वार	1/103	हृदय-वेदना/कानन-कु.
मन-मधुप-	*'मन-मधुप हो विश्वस्त-प्रमुदित तव चरण-अरविन्द में'*	: मन रूपी भौंरा	1/131	याचना/कानन-कुसुम
मन-मृग-	*'मन-मृग रुका गर्दन झुकाकर छोड़कर तेजी बड़ी'*	: मन रूपी हिरण	1/136	हाँ, सारथे! रथ रोक दो/कानन-कुसुम
मन में रूप-	*'भरा नैनों में मन में रूप'*	: मन में किसी की छवि का बस जाना, किसी से प्रेम हो जाना	4/58	प्रथम अंक/स्कन्दगुप्त
मनमोहन-	*'बजा दो वेणु मनमोहन! बजा दो'*	: मन को मोहनेवाले, ईश्वर	4/122	चतुर्थ अंक/स्कन्दगुप्त
मन-रसाल-	*'मन-रसाल की मुकुल माल 'जीवनधन' कैसी आज'*	: मन-रूपी आम का पेड़	1/284	बिंदु(6)/झरना
मनवाली-	*'खिलती है उसको करने दो मनवाली'*	: मनमुताबिक	1/114	मलिना/कानन-कुसुम
मनस्ताप-	*'मनस्ताप से सब के भीतर रोष भरा था'*	: मानसिक तनाव	2/197	संघर्ष/कामायनी
मनहर-	*'विकसित हुआ प्रकाश किया निज दल मनहर का'*	: मन को हर लेनेवाला, अपने वश में कर लेनेवाला	1/111	रजनीगंधा/कानन-कुसुम
मनहर-वसुधा-	*'आँसू के कन मनहर-वसुधा के अंचल पर'*	: मन को अपनी तरफ आकर्षित करनेवाली सुन्दर धरती	1/316	वसुधा के अंचल पर/लहर
मनहारी-	*'कमल-कली का नृत्य हो रहा था मनहारी'*	: मन को हर लेनेवाला सौन्दर्य	1/152	चित्रकूट/कानन-कुसुम
मनीषा-	*'बुद्धि, मनीषा, मति, आशा, चिंता तेरे हैं कितने नाम!'*	: मानसिक क्षमता, बुद्धि, मन की गति	2/53	चिंता/कामायनी
मनुहार-	*'यह मनुहार! रुकेगा प्याला पीने से फिर मुख क्या?'*	: रूठे हुए को मनाने की कोशिश में अपनायी गई निवेदन भरी भाषा	2/152	कर्म/कामायनी
मनो-	*'सुशीतलकारी शशि आया, सुधा की मनो बड़ी-सी बूँद'*	: मानो, ऐसा लगा	1/227	दो बूँदें/झरना

शब्द-	काव्य-पंक्ति	: अर्थ	प्र.ग्रं./पृ.सं.	स्रोत/संदर्भ
मनोगत-भाव-फूल-	*'इसलिए उसका मनोगत-भाव-फूल खिला नहीं'*	: मन में स्थित भावनाओं के फूल	1/106	जलद-आवाहन/कानन-कुसुम
मनोज्ञ-	*'कुसुम-वाहना प्रकृति मनोज्ञ वसन्त है'*	: मनोहर, सुन्दर	1/96	करुणा-कुंज/कानन-कु.
◆	*'नीलनीरज नेत्र का तब तो मनोज्ञ विकास था'*	: मनोहर, सुंदर	1/101	नव वसंत/कानन-कु.
◆	*'लज्जावती मनोज्ञ लता का दृश्य दिखाती'*	: सुन्दर, मनोहर	1/110	रजनीगंधा/कानन-कु.
मनोभाव-	*'मनोभाव के काय-कर्म का सम-तोलन में दत्त-चित्त से'*	: मन के भाव, अंतर्वृत्ति	2/261	रहस्य/कामायनी
मनोभाव आकार-	*'मनोभाव आकार स्वयं ही रहा बिगड़ता बनता'*	: मन के भाव का चेहरे पर व्यक्त होना	2/146	कर्म/कामायनी
मनोभाव सोये विहंग-	*'कलरव कर जाग पड़े मेरे ये मनोभाव सोये विहंग'*	: मन के सुप्त भाव-रूपी पक्षी	2/181	इड़ा/कामायनी
मनोमय विश्व-	*'यहाँ मनोमय विश्व कर रहा रागारुण चेतन उपासना'*	: पाँच ज्ञानेन्द्रियों (नाक, कान, जीभ, त्वचा, कान) के साथ मन को 'मनोमय कोश' कहते हैं। मनोमय कोश में स्थित संसार	2/256	रहस्य/कामायनी
मनो मुकुल-	*'मनो मुकुल मकरंद-भरा कुम्हला रहा'*	: मन रूपी अधखिली कली	1/96	करुणा-कुंज/कानन-कु.
मनोवृत्तियाँ-	*'मनोवृत्तियाँ खग-कुल-सी थीं सो रही'*	: मन की मूल प्रवृत्तियाँ- काम, क्रोध, प्रेम, ममता, मोह आदि	1/98	प्रथम प्रभात/कानन-कु.
मनोवेग-	*'मनोवेग मधुकर-सा फिर तो गूँज के'*	: मन की आवेशित स्थिति	1/98	प्रथम प्रभात/कानन-कु.
मनोहर ध्यान-	*'कुछ काल तक वह जब रहा ऐसे मनोहर ध्यान में'*	: आकर्षक मन:स्थिति	1/108	भक्ति-योग/कानन-कुसुम
मनोहर भेद-सी-	*'प्राण-सत्ता के मनोहर भेद-सी सुकुमार'*	: सुन्दर रहस्य के समान	2/117	वासना/कामायनी
मनोहर मुक्ताओं-	*'श्यामा का नखदान मनोहर मुक्ताओं से ग्रथित रहा'*	: मन को हर लेनेवाले मोती की तरह सितारे	4/41	प्रथम अंक/स्कन्दगुप्त
मनोहर राग-	*'बैठ गुलाबी विजन उषा में गाते कौन मनोहर राग?'*	: मन को अपनी तरफ आकर्षित कर लेनेवाला संगीत	4/283	चतुर्थ अंक/चन्द्रगुप्त
ममत्व-	*'छीन लो छीन ममत्व मदीय'*	: 'मेरा' होने का भाव	1/219	समर्पण/झरना
ममत्वमय आत्ममोह-	*'मुझमें ममत्वमय आत्ममोह स्वातंत्र्यमयी उच्छृंखलता'*	: अपना अधिकार सिद्ध करने का मोह, मोह और अज्ञान से उत्पन्न अधिकार-भाव	2/174	इड़ा/कामायनी
ममत्व मोह-	*'सबको ममत्व मोह का आसव पिला दिया'*	: स्वयं के होने का आकर्षण या भ्रम	3/191	प्रथम अंक/विशाख
ममत्व-वासना-	*'नियति चलाती कर्म-चक्र यह तृष्णा-जनित ममत्व-वासना'*	: अपना अधिकार जमाने की भावना	2/258	रहस्य/कामायनी
ममाखियों-	*'जीवन-मधु एकत्र कर रहीं उन ममाखियों-सा बस लेखो'*	: मधुमक्खियों	2/261	रहस्य/कामायनी
मरंद-	*'बह चली मंदाकिनी मरंद'*	: पराग, फूलों की सुगन्ध	1/264	प्रार्थना /झरना
◆	*'गुर्ज्जर के थाले में मरंद वर्षा करती मैं'*	: पराग	1/341	प्रलय की छाया/लहर
◆	*'ऋतुपति के घर कुसुमोत्सव था, मादक मरंद की वृष्टि रही'*	: पराग	2/105	काम/कामायनी

शब्द-	काव्य-पंक्ति	: अर्थ	प्र.ग्रं./पृ.सं.	स्रोत/संदर्भ
♦	*'करता प्रभात का मधुर पवन सब ओर वितरने को मरंद'*	: किरण-रूपी मकरंद	2/178	इड़ा/कामायनी
♦	*'मानस का स्मृति शतदल खिलता, झरते बिंदु मरंद घने'*	: (आँसू-रूपी) पराग-कण	2/188	स्वप्न/कामायनी
मरंद-उत्सव-सा-	*'मधुकर के मरंद-उत्सव-सा मदिर भाव से आवर्त्तन'*	: पराग पीने का उत्सव, मदपान का उत्सव	2/57	चिंता/कामायनी
मरंद-उद्गम-	*'फिर से मरंद-उद्गम हो कोमल कुसुमों के वन में'*	: परागकणों की उत्पत्ति, खुशी का संचार	2/33	आँसू
मरंद-बिन्दु-	*'मधुर मरंद-बिन्दु उसमें मिलाता था'*	: परागकण	1/341	प्रलय की छाया/लहर
मरंद-मन्थर-	*'गति मरंद-मन्थर मलयज सी स्वर में वेणु कहाँ मिलता!'*	: फूलों के रस (पराग) से भारी हो जाने के कारण धीमी गति से (बहती वायु)	2/226	निर्वेद/कामायनी
मरंद-मुकुलित-	*'मधुप-मुखर मरंद-मुकुलित, मैं सजल जलजात रे मन!'*	: पराग से भरी कलियाँ (अधखिले फूल)	2/23	निर्वेद/कामायनी
मरंद-स्रोत-	*'जिसका मधुर मरंद-स्रोत भी उछल-उछल मिलता जल में'*	: पराग के स्रोत	1/125	दलित-कुमुदिनी/ कानन-कुसुम
मरकत की वेदी-	*'मरकत की वेदी पर ज्यों रक्खा हीरे का पानी'*	: (हरे रंग की) मरकत-मणि (पन्ना) से निर्मित चबूतरे (वेदी) की तरह मानसरोवर की बनावट थी	2/272	आनन्द/कामायनी
मरण-पर्व-	*'मरण-पर्व था; नेता आकुलि औ' किलात थे'*	: युद्ध मानो मृत्यु का उत्सव था	2/208	संघर्ष/कामायनी
मराल-	*'अवकाश-सरोवर का मराल, कितना सुन्दर कितना विशाल'*	: हंस(-रूपी सूरज)	2/235	दर्शन/कामायनी
मराली-	*'मधुर मराली! कहो 'प्रणय के मोती अब चुनती हूँ मैं'*	: हंसिनी	2/192	स्वप्न/कामायनी
मरीचिका-	*'यहाँ राशिकृत विपुल विभव सब मरीचिका से दीख पड़ रहे'*	: मृगतृष्णा, भ्रम	2/259	रहस्य/कामायनी
मरु अंचल-	*'वन, गुहा, कुंज, मरु अंचल में हूँ खोज रहा अपना विकास'*	: जलहीन पर्वतीय प्रदेश	2/172	इड़ा/कामायनी
♦	*'क्या हो सूने मरु-अंचल में अन्त:सलिला की धारा-सी'*	: रेगिस्तान	2/100	काम/कामायनी
मरुत-	*'विश्वदेव, सविता या पूषा सोम, मरुत, चंचल पवमान;'*	: एक गणदेवता, रुद्र के पुत्र, पवमान से भिन्न गतिशील हवा के देवता का एक वैदिक रूप	2/68	आशा/कामायनी
मरु-धरणी-	*'मरु-धरणी सम तुमने सब शोषित किया'*	: रेगिस्तान, बंजर भूमि	1/243	स्व-भाव/झरना
मरुभूमि-निराशा-	*'देती थी संतोष हृदय को उस मरुभूमि-निराशा में'*	: रेगिस्तान-रूपी निराश परिस्थिति में	1/191	प्रेमपथिक
मरुमय जीवन-	*'मेरे मरुमय जीवन के हे सुधा-स्रोत! दिखला जाओ'*	: नीरस जिंदगी	1/248	निवेदन/झरना
मरु मरीचिका-	*'ओ जीवन की मरु मरीचिका, कायरता के अलस विषाद!'*	: मृग-तृष्णा, रेगिस्तान में जल का भ्रम	2/63	चिंता/कामायनी

शब्द-	काव्य-पंक्ति	: अर्थ	प्र.ग्रं./पृ.सं.	स्रोत/संदर्भ
मरु-मरीचिका-वन-	*'इस मरु-मरीचिका-वन में'*	: मरुस्थल में फैली मरीचिका (जल का भ्रम) का जंगल	1/331	अशोक की चिंता/लहर
मर्म-कथा-	*शीर्षक*	: मार्मिकता के भाव से भरी कथा, हृदयस्पर्शी कथा	1/102,	मर्म-कथा/कानन-कुसुम
मर्मर की दीवाल-	*'मर्मर की दीवाल, अलग टुकड़ा हुआ'*	: संगमरमर पत्थर से बनी दीवार	1/161	शिल्प-सौन्दर्य्य/का.-कु.
मर्मर रव-	*'कोमल किसलय मर्मर रव से जिसका जयघोष सुनाते हों'*	: कोमल ध्वनि	2/127	लज्जा/कामायनी
मर्म-वेदना-	*'कहें मर्म-वेदना दूसरे से अहो -'*	: हृदयस्पर्शी दुःख	1/102	मर्म-कथा/कानन-कु.
मर्यादा बाहर-	*'फिर भी जलनिधि उछल बहे मर्यादा बाहर'*	: सीमा का अतिक्रमण करना	2/203	संघर्ष/कामायनी
मर्य्यादा हीन-	*'उदधि डुबाकर अखिल धरा को बस मर्य्यादा हीन हुआ'*	: अपनी सीमा का अतिक्रमण	2/60	चिंता/कामायनी
मलय की वात-	*'चेतना थक सी रही तब मैं मलय की वात रे मन!'*	: मलय पवन (की तरह शीतल-मंद-सुगन्धित)	2/23	निर्वेद/कामायनी
मलय के झोंके-	*'परिरम्भ कुम्भ की मदिरा, निःश्वास मलय के झोंके, '*	: साँसों के सुगन्धित झोंके	2/14	आँसू
मलयज-	*'छिप गयीं कहाँ छूकर वे मलयज की मृदुल हिलोरें'*	: सुगन्धित, मादक स्मृतियाँ	2/15	आँसू
मलयज आवास-	*'अचानक फूल खिल उठेंगे, कुंज होगा मलयज आवास'*	: सुगन्ध का बसेरा	1/229	वसन्त की प्रतीक्षा/झरना
मलयज का स्पर्श-	*'लहलहाते कर मलयज का स्पर्श'*	: सुगन्धित दक्षिणी पवन का स्पर्श	3/404	तृतीय अंक/जन्मेजय का नाग-यज्ञ
मलयज बंद किये-	*'अलकों में मलयज बंद किये'*	: सुगन्धित पदार्थ (इत्र आदि बालों में मानो कैद हैं)	1/303	बीती विभावरी जाग री/लहर
मलयज मारुत-	*'मलयज मारुत प्रेम-भरा छविवन्त है'*	: मलय पवन; मलयज (चन्दन) के वन से आनेवाली हवा जो शीतल, मंद और सुगन्धित होती है	1/96	करुणा-कुंज/कानन-कु.
मलयज वात-	*'सोता, तारक-किरन-पुलक-रोमावलि मलयज वात,'*	: सुगन्धित वायु	1/328	अंतरिक्ष में अभी सो रही/लहर
मलय ताड़ित किसलय-	*'मलय ताड़ित किसलय कोमल हिल उठी ऊँगली, देखा; भ्रांत'*	: दक्षिणी पवन से हिलता पल्लव	1/266	झील में/झरना
मलय-बालिका-सी-	*'श्रद्धा उस आश्चर्य-लोक में मलय-बालिका-सी चलती'*	: मलय पवन की बालिका की तरह श्रद्धा (स्वप्न में निर्बाध गति से संचरणशील थी)	2/190	स्वप्न/कामायनी
मलय-मरुत-	*'प्रबल प्रभंजन मलय- मरुत हो, फहरे प्रेम पताका'*	: मलय पवन, दक्षिणी हवा	1/283	बिंदु(5)/झरना
मलय-मारुत-	*'मलय-मारुत भी चला जाता है हरने को व्यथा'*	: मलय पवन; दक्षिणी हवा जो शीतल, मंद और सुगन्धित होती है	1/94	महा-क्रीड़ा/कानन-कु.
मलय-वात-	*'थकता हो पंथी मलय-वात'*	: दक्षिणी (सुगन्धित) पवन	1/317	अपलक जगती हो.../लहर

शब्द-	काव्य-पंक्ति	: अर्थ	प्र.ग्रं./पृ.सं.	स्रोत/संदर्भ
मलय-हिल्लोल-	*'मंजु मलय-हिल्लोल हिलाता है डाली को'*	: सुगन्धित वायु हिलकोर पैदा कर रही है	1/120,	कोकिल/कानन-कुसुम
मलयानिल-	*'अहा! अचानक किस मलयानिल ने तभी'*	: मलय+अनिल, दक्षिणी हवा	1/98	प्रथम प्रभात/कानन-कु.
♦	*'मधुर मलयानिल महक की मौज में मदमत्त है'*	: मलय पवन	1/100	नव वसंत/कानन-कुसुम
♦	*'मन में मलयानिल चन्दन हो'*	: दक्षिणी पवन (सुगन्धित)	1/313	मेरी आँखों की पुतली.../लहर
♦	*'व्याकुल उस मधु-सौरभ से/मलयानिल धीरे-धीरे'*	: सुगन्धित वायु, मलय पवन	2/16	आँसू
मलयानिल की परछाईं-सी-	*'मलयानिल की परछाईं-सी'*	: शीतल और सुगन्धित प्रभाव, दक्षिणी पवन की छाया की तरह	1/290	उठ उठ री लघु लघु/लहर
मलयानिल की लहर-	*'मलयानिल की लहर उठ रही उल्लासों की माया थी!'*	: सुगन्धित वायु का प्रवाह, देवबालाओं की सुरभित साँसें	2/223	निर्वेद/कामायनी
मलयानिल-ताड़ित-	*'मलयानिल-ताड़ित लहरों में प्रेम से'*	: सुगन्धित दक्षिणी पवन से आन्दोलित (लहर)	3/97	प्रथम दृश्य/करुणालय
मलिन उदासी-	*'घुली जा रही है दिशि-दिशि की नभ में मलिन उदासी'*	: उदासी का मटमैला रंग	2/142	कर्म/कामायनी
मलिन कालिमा के कर से-	*'क्षितिज भाल का कुंकुम मिटता मलिन कालिमा के कर से'*	: मलिन आभावाले अंधकार ने मानो अपने हाथ से (लालिमा को पोंछ दिया)	2/185	स्वप्न/कामायनी
मलिन द्युति रवि कर-	*'पहला संचित अग्नि जल रहा पास मलिन द्युति रवि-कर से;'*	: धूप (रवि कर) के कारण वह आग मंद दिखाई पड़ रही थी	2/73	आशा/कामायनी
मलिन मित्र-	*'अंधकार में मलिन मित्र की धुँधली आभा लीन हुई;'*	: प्रलय के बादलों के कारण सूर्य (मित्र) की आभा मंद पड़ गयी	2/59	चिंता/कामायनी
मलिना-	*'शीर्षक'*	: विरह के कारण बुझा हुआ चेहरा	1/113	मलिना/कानन-कुसुम
मलिनाञ्चल-	*'गोधूली के मलिनाञ्चल में'*	: मलिन आँचल (शाम का झुटपुटा)	1/233	विषाद/झरना
मलिन्द-	*'मलिन्द से प्रेम भरा मिला जो'*	: भौंरा	3/79	द्वि. दृश्य/कल्याणी परिणय
मलीन अवकाश-	*'विह्वल सी थी दीन वेदना, मुँह खोले मलीन अवकाश'*	: उदास आकाश, धुँधला आकाश	1/236	चिह्न/झरना
मल्लिका-	*'खिली स्वर्ण मल्लिका की सुरभित वल्लरी-सी'*	: एक लता	1/341	प्रलय की छाया/लहर
♦	*'हो मल्लिका, सरोजिनी, या यूथी का पुंज'*	: सुगन्धित फूलों की एक लता	4/282	चतुर्थ अंक/चन्द्रगुप्त
मल्लिका-पुंज-	*'सींचता दृग-जल से सानंद, खिलेगा कभी मल्लिका-पुंज'*	: मल्लिका (एक लता) का झुरमुट	1/229	वसन्त की प्रतीक्षा/झरना
मल्लिका महँकी-	*'मल्लिका महँकी, अली-अवली, मधुर-मधु से छकी'*	: एक सुगन्धित फूल	1/133	खंजन/कानन-कुसुम
मल्ली-	*'चाहे होय कुमोदिनी या मल्ली का पुंज'*	: मल्लिका की लता	3/90	नवम दृ./कल्याणी परिणय
मसृण-	*'मसृण गांधार देश के, नील/रोम वाले मेषों के चर्म,'*	: कोमल और चिकना	2/84	श्रद्धा/कामायनी
♦	*'खुले मसृण भुज-मूलों से वह आमंत्रण था मिलता'*	: कोमल और चिकना	2/145	कर्म/कामायनी
मसृण बाल-	*'वह आवेगा मृदु मलयज-सा लहराता अपने मसृण बाल'*	: चिकने सुन्दर बाल	2/167	ईर्ष्या/कामायनी
मस्जिद-	*'मस्जिद, पगोडा, गिरजा, किसको बनाया तूने'*	: नमाज पढने की जगह, इस्लामी पूजा-स्थल	1/91	मंदिर/कानन-कुसुम

शब्द-	काव्य-पंक्ति	: अर्थ	प्र.ग्रं./पृ.सं.	स्रोत/संदर्भ
महती-	*'हे सर्वमंगले! तुम महती, सबका दु:ख अपने पर सहती'*	: महिमाशालिनी (श्रद्धा)	2/244	दर्शन/कामायनी
महा-अभिसंधि-	*'और भी साम्राज्य-स्थापन की महा-अभिसंधि को'*	: बड़े-बड़े राजनीतिक समझौते	1/163	कुरुक्षेत्र/कानन-कुसुम
महा ओक-	*'उसके भी परे सुना जाता कोई प्रकाश का महा ओक'*	: विशाल आश्रय या घर	2/180	इड़ा/कामायनी
महाकच्छप-सी-	*'व्यस्त महाकच्छप-सी धरणी ऊभ-चूभ थी विकलित सी'*	: विशाल कछुआ, दशावतार में विष्णु का एक अवतार कछुए का भी है	2/60	चिंता/कामायनी
महाकमनीय-	*'कूल पर का कुसुम-कानन भी महाकमनीय है'*	: अत्यधिक कोमल और सुन्दर	1/100	नव वसंत/कानन-कुसुम
महाकाल-	*'महाकाल का भैरव गर्जन हो रहा'*	: शिव का एक भयानक रूप	1/160	शिल्प-सौन्दर्य्य/का.-कु.
♦	*'रखवाली आप करता है- महाकाल ही,'*	: भगवान शंकर, महादेव	1/336	शेरसिंह का श.-स./लहर
♦	*'सागर की भीषणतम तरंग सा खेल रहा वह महाकाल'*	: शिव, ईश्वर, शैव दर्शन में ईश्वर की अवधारणा	2/180	इड़ा/कामायनी
♦	*'चितिमय चिता धधकती अविरल महाकाल का विषम नृत्य था'*	: शिव का रुद्र रूप	2/263	रहस्य/कामायनी
महा-क्रीड़ा-	*शीर्षक*	: प्रकृति के नियमित क्रिया-व्यापार, सौन्दर्य, परिवर्तन आदि को महाक्रीडा कहा गया है, बड़ा खेल	1/94	महा-क्रीड़ा/कानन-कु.
महा चषक-	*'इंद्रनील मणि महा चषक था सोम-रहित उल्टा लटका;'*	: बहुत बड़ा प्याला, जाम	2/68	आशा/कामायनी
महाचिति-	*'कर रही लीलामय आनन्द, महाचिति सजग हुई सी व्यक्त;'*	: सृष्टि की महाचेतना	2/89	श्रद्धा/कामायनी
महाज्योति-रेखा-सी-	*'महाज्योति-रेखा-सी बनकर श्रद्धा की स्मिति दौड़ी उनमें'*	: ईश्वरीय प्रकाश की रेखा के समान (श्रद्धा की मुस्कान)	2/263	रहस्य/कामायनी
महादंभ का दानव-	*'यह महादंभ का दानव'*	: अत्यधिक अहंकार मानो दानव की तरह है	1/330	अशोक की चिंता/लहर
महादेश-	*'निराधार उस महादेश में उदित सचेतनता नवीन सी'*	: (भौतिक आधार से रहित उस) परम व्योम में	2/254	रहस्य/कामायनी
महान विलास-	*'अंग-परिमल-मधुर मारुत का महान विलास था'*	: मत्त भाव से सुन्दरता के साथ गतिशील होना	1/101	नव वसंत/कानन-कुसुम
महानील-	*'महानील इस परम व्योम में, अंतरिक्ष में ज्योतिर्मान,'*	: नीले रंग का विशाल आकाश	2/69	आशा/कामायनी
महानील-लोहित-ज्वाला-	*'महानील-लोहित-ज्वाला का नृत्य सभी से उधर परे'*	: शिव की तीसरी आँख से निकली नीली और लाल ज्वाला	2/193	स्वप्न/कामायनी
महानीला अंजन-	*'बाहर भीतर उन्मुक्त सघन, था अचल महानीला अंजन'*	: नीलगिरि पर्वत या काजल की घनी कालिमा के समान, सृष्टि के पूर्व शिव या ब्रह्म असत् रूप में मौजूद थे जो अंधकारमय था	2/245	दर्शन/कामायनी

शब्द-	काव्य-पंक्ति	: अर्थ	प्र.ग्रं./पृ.सं.	स्रोत/संदर्भ
महानृत्य का विषम सम-	*'महानृत्य का विषम सम, अरी अखिल स्पन्दनों की तू माप,'*	: शिव के ताण्डव नृत्य का 'विषम सम' है मृत्यु, 'विषम सम' पर पहुँचकर नृत्य की गति समाप्त हो जाती है उसी तरह मृत्यु भी गति को समाप्त करती है	2/63	चिंता/कामायनी
महाप्राण-	*'हम सब हैं महाप्राण, भारत के शिरस्त्राण'*	: अधिक बलवाला, मुक्त आत्मावाला	3/81	तृतीय दृश्य/कल्याणी परिणय
महा-बट-	*'बँधी महा-बट से नौका थी सूखे में अब पड़ी रही;'*	: बरगद का विशाल वृक्ष	2/52	चिंता/कामायनी
महा-भयावह-	*'देखो वृक्ष शाल्मली का यह महा-भयावह कैसा है'*	: अत्यधिक भय प्रदान करनेवाला	1/104	ग्रीष्म का मध्याह्न/का.-कु.
महामत्स्य-	*'महामत्स्य का एक चपेटा/दीन पोत का मरण रहा'*	: बहुत बड़ी कोई मछली	2/62	चिंता/कामायनी
महामानियों-	*'मान तुम्हारा महामानियों से भारी है'*	: बहुत गुरूर में रहनेवाला	1/119	बाल-क्रीड़ा/कानन-कु.
महा मिलन-	*'कुछ शेष चिह्न हैं केवल मेरे उस महा मिलन के'*	: ईश्वर से जीव का मिलन 'महामिलन' है। शैव-दर्शन के अनुसार ईश्वर ज्योति-पुंज हैं और जीव उससे उत्पन्न चिंगारी। यह चिंगारी मृत्यु के बाद उसी ज्योति-पुंज से महामिलन करती है	2/4	आँसू
महा मीन-	*'नभ-सागर के अंतस्तल में जैसे छिप जाता महा मीन'*	: विशाल मछली, तिमिंगिल मछली	2/178	इड़ा/कामायनी
महा मेध-	*'देव-दम्भ के महा मेध में सब कुछ ही बन गया हविष्य'*	: बड़े पैमाने पर होनेवाले यज्ञ जिनमें पशुओं की बलि दी जाती थी	2/54	चिंता/कामायनी
महामोदमय धाम-	*'रमणीय आप महामोदमय धाम तो भी'*	: अत्यन्त आनन्द के आधारस्वरूप	1/261	तुम/झरना
महायंत्र-	*'श्रममय कोलाहल, पीड़नमय विकल प्रवर्तन महायंत्र का'*	: (कर्म-लोक मानो) विशाल मशीन (की तरह निरंतर चलायमान है)	2/258	रहस्य/कामायनी
महारण-अग्नि-	*'उस महारण-अग्नि में सब तेज-बल ही घी हुवा'*	: महाभारत के युद्ध-रूपी अग्नि में	1/164	कुरुक्षेत्र/कानन-कुसुम
महाशिशु-खेल-	*'कल्पना कहती है कंदुक है महाशिशु-खेल का,'*	: बच्चों के खेल का विराट रूप। प्रकृति के नियमित क्रिया-व्यापार को यहाँ बच्चों के खेल के महारूप में देखा गया है	1/95	महा-क्रीड़ा/का.-कु.
महाशून्य-	*'महाशून्य में ज्वाल सुनहली सब को कहती 'नहीं नहीं' सी'*	: असीम अनन्त आकाश	2/263	रहस्य/कामायनी
♦	*'महाशून्य के पट में पहला चित्रकार क्यों आता है'*	: महाकाश, आकाश	3/377	द्वितीय अंक/जन्मेजय का नाग-यज्ञ
महाश्वेत गजराज गंड-	*'महाश्वेत गजराज गंड से बिखरीं मधु धाराएँ जैसे'*	: अतिशुभ्रवर्ण गजेन्द्र ऐरावत की कनपटी (हस्तिकपोल)	2/252	रहस्य/कामायनी
महासंगीत-	*'जयति महासंगीत ! विश्व-वीणा जिसकी ध्वनि गाती है'*	: प्रकृति में घुलामिला संगीत मानो ईश्वरीय संगीत है	1/88	वंदना/कानन-कुसुम
महा संघर्षण-	*'नहीं; महा संघर्षण से होकर व्यथित'*	: अत्यधिक टकराव के कारण	1/160	शिल्प-सौन्दर्य्य/का.-कु.
महासक्ति-	*'या कभी अपूर्ण अहंता में हो रागमयी-सी महासक्ति'*	: अत्यधिक आसक्ति	2/177	इड़ा/कामायनी

शब्द- काव्य-पंक्ति	: अर्थ	प्र.ग्रं./पृ.सं.	स्रोत/संदर्भ
महाह्रद निर्मल- *'है वहाँ महाह्रद निर्मल जो मन की प्यास बुझाता'*	: स्वच्छ विशाल सरोवर	2/270	आनन्द/कामायनी
मही- *'सुधा से सींची जाय मही'*	: धरती	1/260	सुधासिंचन/झरना
मांसल परमाणु किरण- *'वे मांसल परमाणु किरण से विद्युत् थे बिखराते'*	: श्रद्धा का अंग-सौन्दर्य किरणों के सूक्ष्म परमाणुओं की तरह प्रभावशाली था	2/146	कर्म/कामायनी
मांसल-सी- *'मांसल-सी आज हुई थी हिमवती प्रकृति पाषाणी'*	: जीवंत-सी हो गयी (थी हिमालय की प्रकृति)	2/279	आनन्द/कामायनी
माझी- *'माझी? साहस है? खे लोगे?'*	: नाविक, कोई भी व्यक्ति	4/99	तृतीय अंक/स्कन्दगुप्त
माती- *'मादकता माती नींद लिये/ सोऊँ मन में अवसाद भरे'*	: मतवाली, नशे में	2/102	काम/कामायनी
मातृत्व-बोझ- *'मातृत्व-बोझ से झुके हुए बँध रहे पयोधर पीन आज'*	: गर्भावस्था का भार	2/159	ईर्ष्या/कामायनी
मातृ-मूर्ति- *'मनु ने देखा इतना विचित्र! वह मातृ-मूर्ति थी विश्व-मित्र'*	: मातृत्व की सजीव प्रतिमा (श्रद्धा), वात्सल्य से परिपूर्ण	2/243	दर्शन/कामायनी
♦ *' "तुम देवि! आह कितनी उदार, यह मातृ-मूर्ति है निर्विकार'*	: वात्सल्य से परिपक्व श्रद्धा का व्यक्तित्व	2/244	दर्शन/कामायनी
मादकता- *'मादकता से आये तुम/संज्ञा से चले गये थे'*	: नशे की तरह, होश उड़ाते हुए	2/17	आँसू
मादकता दोला- *'मादकता दोला पर प्रेयसि! आओ मिलकर झूलो'*	: मस्ती का झूला	2/148	कर्म/कामायनी
मादकता माती- *'मादकता माती नींद लिये सोऊँ मन में अवसाद भरे'*	: नशे के कारण मतवाली	2/102	काम/कामायनी
मादक मरंद- *'ऋतुपति के घर कुसुमोत्सव था, मादक मरंद की वृष्टि रही'*	: उन्माद पैदा करनेवाले पराग	2/105	काम/कामायनी
मादन- *'या मादन मृदुतम कंपन छायी सम्पूर्ण सृजन पर'*	: मादक, नशीला	2/278	आनन्द/कामायनी
मादन-विकास- *'जैसे असंख्य मुकुलों का मादन-विकास कर आया'*	: मादक विकास	2/277	आनन्द/कामायनी
माधव- *'उस प्रकृति लता के यौवन में उस पुष्पवती के माधव का;'*	: वसंत ऋतु	2/104	काम/कामायनी
♦ *'माधव सुमनों में गूँथ रहा'*	: वसन्त (ऋतु)	4/302	चतुर्थ अंक/चन्द्रगुप्त
माधव के सरस कुतूहल का- *'माधव के सरस कुतूहल का आँखों में पानी भरे हुए'*	: प्रियतम के प्रति आनन्दपूर्ण उत्सुकता का	2/123	लज्जा/कामायनी
माधविका- *'मधुप माधविका कुसुम से कुञ्ज में'*	: माधवी लता	1/257	मिलन/झरना
माधवी- *'माधवी के पत्र-कानों को सहज मलता हुआ'*	: एक लता जिसमें सुगन्धित फूल निकलते हैं	1/100	नव वसंत/कानन-कु.
माधवी की गंध- *'आ रही थी मदिर भीनी माधवी की गंध'*	: माधवी नामक लता के फूलों की गंध	2/116	वासना/कामायनी
माधवी-कुंज- *'निर्झर-सा झिर-झिर करता माधवी-कुंज छाया में'*	: माधवी की लताओं से बना सुन्दर कुंज	2/9	आँसू
♦ *'आज इस यौवन के माधवी कुंज में कोकिल बोल रहा!'*	: सुगन्ध की मादकता और सौन्दर्य से परिपूर्ण लता-गुल्मों से बना सुन्दर स्थान	4/258	तृतीय अंक/चन्द्रगुप्त

शब्द-	काव्य-पंक्ति	: अर्थ	प्र.ग्रं./पृ.सं.	स्रोत/संदर्भ
माधवी निशा-	*'माधवी निशा की अलसाई अलकों में लुकते तारा-सी'*	: वसंत ऋतु की रात	2/100	काम/कामायनी
♦	*'माधवी निशा की अलसाई'*	: वसंत ऋतु की रात	2/349	आवरण/असं. कविताएँ
माधवी रजनी-	*'एक लघु ज्वालामुखी अचेत माधवी रजनी में अश्रांत'*	: वसंत की रात	2/84	श्रद्धा/कामायनी
माधवी संध्या-	*'मधुर माधवी संध्या में जब रागारुण रवि होता अस्त'*	: मीठी और मादक शाम	1/327	मधुर माधवी संध्या में/लहर
माधुरी छाया-	*'वह आकर्षण, वह मिलन हुआ प्रारम्भ माधुरी छाया में;'*	: माधुर्यपूर्ण मिलन-स्थल	2/104	काम/कामायनी
माधुरी से भींगी-	*'उषा की पहली लेखा कांत, माधुरी से भींगी भर मोद'*	: माधुर्य-भाव से युक्त, सुमधुर	2/85	श्रद्धा/कामायनी
मानदंड-समान-	*'मानदंड-समान जो संसार को हैं मापते'*	: मानक की तरह, पर्वत मानो धरती को मापनेवाले मानक की तरह हैं	1/105	जलद-आवाहन/का.-कु.
मान-भरी-	*'जब शिरीष की मधुर गंध से मान-भरी मधु ऋतु रातें'*	: प्रणय-कोप, अपने प्रिय के प्रति सकारण या अकारण रोष	2/187	स्वप्न/कामायनी
मान-मोचन-	*'कुछ अनुरोध मान-मोचन का करता आँखों में संकेत'*	: मनुहार कर रूठे को मनाना	2/192	स्वप्न/कामायनी
मानव-	*'मानव था साथ उसी के मुख पर था तेज अपरिमित'*	: मनु और श्रद्धा का पुत्र	2/267	आनन्द/कामायनी
मानवता की कीर्ति-	*'आज से मानवता की कीर्ति अनिल, भू, जल में रहे न बंद'*	: मनुष्य का यश	2/93	श्रद्धा/कामायनी
मानवती की माया-	*'कहने लगे – 'अरे यह कैसी मानवती की माया'*	: रूठनेवाली का रहस्यमय खेल	2/147	कर्म/कामायनी
मानव-संतति-	*'मानव-संतति ग्रह-रश्मि-रज्जु से भाग्य बाँध पीटे लकीर'*	: मानव-जाति, मानव सभ्यता	2/177	इड़ा/कामायनी
मानव-संपत्ति-	*'पड़ा है बन मानव-संपत्ति पूर्ण हो मन का चेतन-राज'*	: मनुष्य जाति की संपत्ति	2/92	श्रद्धा/कामायनी
मानव-हृदय-भूमि-	*'मानव-हृदय-भूमि करुणा से सींचकर'*	: मनुष्य के मन-रूपी भूमि को	3/296	द्वितीय अंक/अजातशत्रु
मानस-	*'मानस उसको कहते हैं सुख पाता जो है जाता'*	: मानसरोवर	2/270	आनन्द/कामायनी
मानस का दृश्य-	*'यात्री दल ने रुक देखा मानस का दृश्य निराला'*	: मानसरोवर की छवियाँ	2/272	आनन्द/कामायनी
मानस का सब रस-	*'मानस का सब रस पीकर लुढ़का दी तुमने प्याली'*	: मन के लगाव और प्रेम	2/14	आँसू
मानस का स्मृति शतदल-	*'मानस का स्मृति शतदल खिलता, झरते बिंदु मरंद घने'*	: श्रद्धा के मन-रूपी मानसरोवर में अनेक स्मृति-रूपी सौ पंखुड़ियों वाले कमल खिलते हैं	2/188	स्वप्न/कामायनी
मानस की आशा-	*'इसी विपिन में मानस की आशा का कुसुम खिलेगा'*	: मन की इच्छाएँ	2/136	कर्म/कामायनी
मानस की गहराई में-	*'निस्संबल होकर तिरती हूँ इस मानस की गहराई में'*	: प्रेम में डूबे हुए मन की परतों में	2/129	लज्जा/कामायनी

शब्द-	काव्य-पंक्ति	: अर्थ	प्र.ग्रं./पृ.सं.	स्रोत/संदर्भ
मानस की लहरों-	*'उस नवल चंद्रिका के बिछले जो मानस की लहरों पर से'*	: सरोवर की लहरें या मन की अनुभूतियाँ	2/127	लज्जा/कामायनी
मानस-चित्र-	*'मेरा मानस-चित्र खींचना सुन्दर-सा सपना हो'*	: मन में खींचा गया आदर्श चित्र	2/141	कर्म/कामायनी
मानस जलधि-	*'मानस जलधि रहे चिर चुम्बित- '*	: मन-रूपी समुद्र	1/291	निज अलकों के.../लहर
मानस-जलनिधि-	*'मानस-जलनिधि का क्षुद्र-यान'*	: हृदय-रूपी समुद्र, विराट मन	2/175	इड़ा/कामायनी
मानस-तट-	*'मनु बैठे ध्यान-निरत थे उस निर्मल मानस-तट में'*	: मानसरोवर के किनारे	2/273	आनन्द/कामायनी
◆	*'थी ज्योतिष्मती प्रफुल्लित मानस-तट की वन बेली'*	: मन-रूपी मानसरोवर का क्षेत्र	2/276	आनन्द/कामायनी
मानस-तरी-	*'मानस-तरी भरी करुना-जल होती ऊपर-नीचे'*	: मन-रूपी-नाव	3/437	प्रथम अंक/कामना
मानस-देश-	*'देश बसाया पर उजड़ा है सूना मानस-देश यहाँ'*	: मन या हृदय का पक्ष	2/191	स्वप्न/कामायनी
मानस-निधि-	*'किस मानस-निधि में न बुझा था बड़वानल जिससे बन भाप'*	: मानसरोवर-रूपी जल का भांडार या मन-रूपी विराट कोश	3/319	तृतीय अंक/अजातशत्रु
मानस युद्ध -	*'हे नाथ, मेरे सारथी बन जाव मानस युद्ध में'*	: मनोविकारों से लड़ा जानेवाला युद्ध	1/93	करुण-क्रंदन/का.-कु.
मानस-शतदल-	*'मानस-शतदल झूम उठा जब तुम उसमें मकरंद बनीं'*	: मन-रूपी मानसरोवर का कमल	2/225	निर्वेद/कामायनी
मानस सागर-	*'मानस सागर के तट पर क्यों लोल लहर की घातें'*	: मन मानो समुद्र की तरह विशाल है	2/3	आँसू
मानसी गौरी-	*'देखता मानसी गौरी लहरों का कोमल नर्तन'*	: मानसरोवर-सी उज्ज्वल पार्वती	2/280	आनन्द/कामायनी
मानिक-	*'मानिक युवक अब'*	: एक युवक का नाम, जो बाद में खुसरो खाँ के नाम से 1320 में सुल्तान बना था	1/348	प्रलय की छाया/लहर
मानिक मदिरा-	*'मानिक मदिरा से भर दी किसने नीलम की प्याली?'*	: लाल रंग की शराब, आँखों की लाली नशीली है	2/11	आँसू
◆	*'लो, मानिक मदिरा की धारा अब बहने लगी निराली है'*	: लाल शराब (शाम की लाल किरणें)	4/346	द्वितीय अंक/ध्रुवस्वामिनी
मानिनियों-	*'यह लगा पिघलने मानिनियों का हृदय मृदु प्रणय-रोष भरा'*	: रूठ कर मान प्रकट करनेवाली प्रेमिकाएँ या स्त्रियाँ	4/346	द्वि. अंक/ध्रुवस्वामिनी
माया-	*'सरिता बनी माया उसे कहती कि 'तुम अनुरक्त हो'*	: आसक्ति, मोह, अनुरक्ति	1/107	भक्ति-योग/कानन-कु.
◆	*'विश्व चित्रपट चल माया में-'*	: सत्य को समझने में जो भ्रम उत्पन्न करे	1/298	ले चल वहाँ भुलावा देकर/लहर
◆	*'जिसको कहते सब सृष्टि, बनी मतवाली अपनी माया में'*	: सृष्टि का रहस्यपूर्ण रचाव	2/104	काम/कामायनी
माया पट-	*'एक यवनिका हटी, पवन से प्रेरित माया पट जैसी;'*	: माया का आवरण	2/71	आशा/कामायनी
माया में लिपटी-	*'वैसी ही माया में लिपटी अधरों पर ऊँगली धरे हुए'*	: मोहक रूप धारण करके	2/123	लज्जा/कामायनी
माया-राज्य-	*'माया-राज्य! यही परिपाटी पाश बिछा कर जीव फाँसना'*	: माया के द्वारा शासित लोक (है इच्छा लोक)	2/256	रहस्य/कामायनी

शब्द-	काव्य-पंक्ति	: अर्थ	प्र.ग्रं./पृ.सं.	स्रोत/संदर्भ
मायारानी-	*'मायारानी के केशभार'*	: विश्व को अपने इशारों पर नचानेवाली माया-रूपी सुन्दरी	2/172	इड़ा/कामायनी
मायाविनि-	*'मायाविनि! मैं न उसे लूँगा वरदान समझ कर जानु टेक'*	: माया फैलानेवाली	2/168	ईर्ष्या/कामायनी
♦	*'मायाविनि! बस पा ली तुमने ऐसी छुट्टी'*	: जादू का-सा मोहक प्रभाव डालनेवाली	2/203	संघर्ष/कामायनी
माया-स्तूप-सा-	*'एक माया-स्तूप-सा हो रहा है लोप इन आँखों के सामने'*	: माया के स्तूप (एक स्थापत्य-विशेष) के समान, भ्रम के जाल-सा	1/353	प्रलय की छाया/लहर
मारुत-	*'धृष्ट मारुत भी उड़ा अञ्चल तुरत चलता हुआ'*	: हवा, पवन	1/100	नव वसंत/कानन-कुसुम
♦	*'अंग-परिमल-मधुर मारुत का महान विलास था'*	: पवन (मानो नायिका से सुगंध प्राप्त कर विलास कर रहा था)	1/101	नव वसंत/कानन-कुसुम
♦	*'देखो मंथर गति से मारुत मचल रहा है'*	: हवा	1/110	रजनीगंधा/कानन-कुसुम
♦	*'मत्त मारुत पर चढ़ उद्भ्रांत,'*	: हवा	1/305	आह रे, वह अधीर.../लहर
♦	*'वे खुले पलक मारुत से क्रीड़ा करते'*	: हवा	3/80	द्वि. दृ./कल्याणी परिणय
♦	*'जल-थल, मारुत; व्योम में, जो - छाया है सब ओर'*	: हवा	4/58	प्रथम अंक/स्कन्दगुप्त
मारुत-वश-	*'लहराते जब वे मारुत-वश झूम के'*	: हवा के प्रभाव से	3/97	प्रथम दृश्य/करुणालय
मालती-मुकुल-	*'रस जलकन मालती-मुकुल से-'*	: मालती लता की कलियाँ	1/312	वे कुछ दिन कितने.../लहर
♦	*'मेरे उस यौवन के मालती-मुकुल में'*	: मालती की कली	1/339	प्रलय की छाया/लहर
मालाकार-से-	*'मौन खड़े थे सुन्दर मालाकार-से'*	: माली की तरह	1/32	महाराणा का महत्त्व
मालिका-	*'स्निग्ध कामना कुसुम रचित यह मालिका'*	: माला	1/239	अर्चना/झरना
मालिनी-	*'जिसे कि प्रकृति मालिनी बनकर अपने हाथ सजाती है'*	: माली की स्त्री, फुलवारी की देखभाल करनेवाली स्त्री	1/182	प्रेमपथिक
मित्र-	*'अंधकार में मलिन मित्र की/धुँधली आभा लीन हुई;'*	: सूर्य	2/59	चिंता/कामायनी
मित्र वरुण-	*'दिवा रात्रि या - मित्र वरुण की बाला का अक्षय शृंगार;'*	: सूर्य और जलदेवता	2/76	आशा/कामायनी
'मित्र वरुण'-	*' 'मित्र वरुण' जिनकी छाया है यह आलोक-अँधेरा'*	: सूर्य (मित्र) और जल के देवता, पश्चिम दिशा के दिक्पाल भी वरुण हैं, संतान प्राप्ति के लिए 'मैत्रावरुण' यज्ञ का प्रावधान है	2/137	कर्म/कामायनी
मिथिलाधिप लली-	*'मंदाकिनी शुभ तरल जल के बीच मिथिलाधिप लली'*	: मिथिला के राजा जनक की पुत्री सीता	1/155	चित्रकूट/कानन-कुसुम
मिथ्याभाषी-	*'मिथ्याभाषी यह राजा पाखंड है'*	: झूठ बोलनेवाला	3/99	प्रथम दृश्य/करुणालय
मिलन-	*'मिलन लगा हँसने जीवन के उर्मिल सागर के उस पार'*	: वह व्यक्ति जिससे मिलने की कल्पना जगी है, मनु कामोद्रेक की मन:स्थिति में किसी प्रेयसी की कल्पना कर ले रहे हैं	2/76	आशा/कामायनी
मिलन-कुंज-	*'सोयेगी कभी न वैसी फिर मिलन-कुंज में मेरे'*	: तरु-गुल्मों के बीच बना मिलन-स्थल	2/14	आँसू

शब्द- काव्य-पंक्ति	: अर्थ	प्र.ग्रं./पृ.सं.	स्रोत/संदर्भ
मिलन-क्षितिज-तट- *'मिलन-क्षितिज-तट मधु-जलनिधि में मृदु हिलकोर उठा जाना'*	: समुद्र और आकाश मानो क्षितिज के तट पर मिल रहे हों	4/41	प्रथम अंक/स्कन्दगुप्त
मिलिंद- *'रहे रजनी में कहाँ मिलिन्द?'*	: भौंरा	1/220	परिचय/झरना
◆ *'चेतना बने अधीर मिलिन्द, आह वह आवे विमल वसंत'*	: भौंरा	1/229	वसन्त की प्रतीक्षा/झरना
◆ *'मधुमत्त मिलिन्द माधुरी'*	: भौंरा	3/194	प्रथम अंक/विशाख
◆ *'देते मिलिन्द, कुसुमाकर की दुहाई'*	: भौंरा	3/203	द्वितीय अंक/विशाख
मिस- *'अथवा तोपों के मिस से हुंकार यह'*	: बहाने, माध्यम से	1/160	शिल्प-सौन्दर्य/का.-कु.
◆ *'दुख की निर्ममता निरख कुसुम-रस के मिस जो भर आई थी'*	: बहाने, ब्याज	1/296	जगती की मंगलमयी उषा बन/लहर
◆ *'पुर-लक्ष्मी खगरव के मिस कुछ कह उठती थी करुण कथा'*	: बहाने से	2/34	निर्वेद/कामायनी
◆ *'यों समीर मिस हाँफ रही-सी चली जा रही किसके पास'*	: बहाना, ब्याज	2/79	आशा/कामायनी
◆ *'शीतल प्राण धधक उठता है तृषा-तृप्ति के मिस से'*	: बहाने, जरिए	2/154	कर्म/कामायनी
◆ *'वे संकेत दंभ के चलते भ्रू-चालन मिस परितोषों से'*	: बहाना	2/262	रहस्य/कामायनी
◆ *'मधुराका आगमन कलरवों के मिस - कहला दो'*	: के बहाने, ब्याज रूप में	4/275	चतुर्थ अंक/चन्द्रगुप्त
मींच- *'छिपने पर स्वयं मृदुल कर से क्यों मेरी आँखें मींच रही!'*	: बंद करना, ढँकना	2/100	काम/कामायनी
मींड़- *'प्राणों की व्याकुल पुकार पर एक मींड़ ठहरा जाओ'*	: सुन्दर राग में उतरना	1/314	जग की सजल कालिमा/लहर
◆ *'यों अधीरता से न मींड़ लो अभी हुए हैं पुलकित प्रान!'*	: राग बदलना	4/284	चतुर्थ अंक/चन्द्रगुप्त
मीठी पीर- *'पड़ रहे पावन प्रेम-फुहार, जलन कुछ-कुछ, है मीठी पीर'*	: मीठा-मीठा दर्द, प्रेम का गहरा दर्द	4/187	प्रथम अंक/चन्द्रगुप्त
मीड़- *'मीड़ मत खिंचे बीन के तार'*	: मसलना, तार पर आघात करना	3/272	प्रथम अंक/अजातशत्रु
◆ *'कौन कल्पना करके उसमें मीड़ लगाकर गाता है'*	: संगीत के एक सुर से दूसरे में उतरने का क्रम	3/377	द्वितीय अंक/जन्मेजय का नाग-यज्ञ
मीड़ों- *'आने दो मीठी मीड़ों से नूपुर की झनकार, रहो'*	: संगीत के स्वर का बदलना	1/235	बालू की वेला/झरना
◆ *'मीठी मीड़ों को आने दो'*	: एक स्वर से दूसरे स्वर में उतरना	4/93	तृतीय अंक/स्कन्दगुप्त
मीन दृगों- *'इन्हीं मीन दृगों का चपल संकेत बन'*	: मछली-जैसी आँखें	1/351	प्रलय की छाया/लहर
मुकुर- *'देखकर मुकुर, पवित्र चित्र पद्मिनी का'*	: दर्पण	1/343	प्रलय की छाया/लहर
◆ *'विश्व-माधुरी जिसके सम्मुख मुकुर बनी रहती हो'*	: छाया, दर्पण	2/150	कर्म/कामायनी
◆ *'मेरा मानस का मुकुर रहे, प्रतिबिंबित तुमसे ही अनन्य'*	: दर्पण	2/163	ईर्ष्या/कामायनी
मुकुर चूर्ण- *'मुकुर चूर्ण बन रहे प्रतिच्छवि कितनी साथ लिये बिखरे'*	: (श्रद्धा का हृदय-रूपी) दर्पण चूर-चूर हो गया था	2/188	स्वप्न/कामायनी
मुकुर प्रकृति का- *'छोटा सा मुकुर प्रकृति का या सोयी राका रानी'*	: (मानसरोवर मानो)प्रकृति-सुंदरी का दर्पण हो	2/272	आनन्द/कामायनी

शब्द-	काव्य-पंक्ति	: अर्थ	प्र.ग्रं./पृ.सं.	स्रोत/संदर्भ
मुकुर वक्ष-	*'इसके मुकुर वक्ष में निर्मल'*	: दर्पण की तरह जिसका हृदय हो	1/311	कितने दिन जीवन.../लहर
मुकुल-	*'स्पन्दन-हीन नवीन मुकुल मन तुष्ट था'*	: अधखिली कली	1/98	प्रथम प्रभात/कानन-कु.
♦	*'मधु मुकुल नवल रस गागरी'*	: कलियाँ	1/303	बीती विभावरी जाग री/लहर
♦	*'नव मुकुल नीलमणि फलक अमल'*	: कली	1/326,	ओ री मानस की.../लहर
मुकुल माल-	*'मन-रसाल की मुकुल माल 'जीवनधन' कैसी आज'*	: मंजरियों की माला	1/284	बिंदु(6)/झरना
मुकुल सदृश-	*'गुंजरित मधुप से मुकुल सदृश वह आनन जिसमें भरा गान'*	: (कमल की) कली के समान	2/179	इड़ा/कामायनी
मुकुलित-	*'मधुप-मुखर मरंद-मुकुलित, मैं सजल जलजात रे मन!'*	: कलियों (अधखिले फूलों) से युक्त	2/23	निर्वेद/कामायनी
मुकुलों-	*'जैसे असंख्य मुकुलों का मादन-विकास कर आया'*	: अधखिला फूल	2/277	आनन्द/कामायनी
मुकुलों के अधर-	*'मुरली मुखरित होती थी मुकुलों के अधर विहँसते'*	: कलियों के होंठों पर मानो मुस्कुराहट आ जाती थी	2/14	आँसू
मुक्त उदास गगन-	*'मुक्त उदास गगन के उर में छाले बनकर जा छलके'*	: खुले आकाश का सूनापन	2/189	स्वप्न/कामायनी
मुक्त जाल से-	*'मुझको भी अब मुक्त जाल से अपने समझो'*	: इंद्रजाल अथवा सम्बन्ध-सूत्र से स्वतंत्र	2/205	संघर्ष/कामायनी
मुक्त नील नभ-	*'मुक्त नील नभ के नीचे या कहीं गुहा में रह लेंगे'*	: खुला नीला आकाश, स्वतन्त्र जगह	2/223	निर्वेद/कामायनी
मुक्ता-	*'जीवन-जलनिधि के तल से जो मुक्ता थे वे निकल पड़े'*	: मोती, सद्‌भाव	2/226	निर्वेद/कामायनी
♦	*'मिले नहीं जो वांछित मुक्ता अपना कंठ सजाने को'*	: मोती	1/252	पाईबाग/झरना
मुक्ता की ढेरी-	*'मन मन्दिर पर बरसाता/ कोई मुक्ता की ढेरी'*	: ओस मानो मोती की ढेर लगा दे रहे हैं	2/18	आँसू
मुक्तागण-	*'मुक्तागण हैं लिपटे कोमल कम्बु में'*	: मोती (माला)	1/226	रूप/झरना
मुक्ताफलशालिनी-	*'मुक्ताफलशालिनी बनाता था वहाँ'*	: मुक्ताफल (मोती) की शोभा से युक्त	1/32	महाराणा का महत्त्व
मुक्तामय उपहार-	*'तुम्हारा मुक्तामय उपहार, हो रहा अश्रुकणों का हार'*	: मोतियों से बना उपहार (आँसू से बना उपहार), मुक्तभाव प्रदान करनेवाला उपहार	1/244	असन्तोष/झरना
मुक्तामयी-	*'मुँह खोले मुक्तामयी सीपी स्वाती आस'*	: मोती से युक्त रहनेवाली सीपी	4/129	पंचम अंक/स्कन्दगुप्त
मुक्ति-	*'अपराध तुम्हारा वह बंधन- लो बना मुक्ति, अब छोड़ स्वजन'*	: (इड़ा के पास मानव को छोड़कर)मनु को अपराध-बोध से मुक्ति मिल गयी	2/244	दर्शन/कामायनी
♦	*'ये निस्संग, किन्तु कर लेते कुछ सम्बन्ध-विधान मुक्ति से'*	: मोक्ष, आवागमन के चक्र से छुटकारा	2/260	रहस्य/कामायनी
मुक्ति जल-	*'मुक्ति जल की वह शीतल बाढ़, जगत की ज्वाला करती शांत'*	: (बुद्ध के उपदेश मानो) मुक्ति के जल-प्रवाह की तरह थे	1/295	अरी वरुणा की शांत कछार/लहर
मुख आवृत कर-	*'भग रहा क्षितिज के अंचल में मुख आवृत कर तुमको निहार'*	: मुँह ढँककर (रात का अँधेरा भाग रहा है)	2/181	इड़ा/कामायनी

शब्द-	काव्य-पंक्ति	: अर्थ	प्र.ग्रं./पृ.सं.	स्रोत/संदर्भ
मुख की सुरभित भाप-	*'अब न कपोलों पर छाया-सी पड़ती मुख की सुरभित भाप;'*	: मुख से निकली सुगन्धित और गर्म साँस	2/57	चिंता/कामायनी
मुख-चन्द्र-	*'थक जाती थी सुख-रजनी मुख-चन्द्र हृदय में होता'*	: प्रिय का चाँद-जैसा चेहरा	2/14	आँसू
मुख-चन्द्र-किरण-	*'मुख-चन्द्र-किरण से खिंचकर आती समीप हो धरणी'*	: प्रिया का चन्द्रमुख, उम्मीद का आधार	2/3	आँसू
मुख चन्द्र चाँदनी जल-	*'मुख चन्द्र चाँदनी जल से मैं उठता था मुँह धोके'*	: चन्द्रमुख की चाँदनी मानो जल की तरह थी जिसमें मैं स्वयं को स्वच्छ महसूस करने लगता था	2/14	आँसू
मुखचन्द्र-विभा-	*'फैले नव प्रकाश जीवनधन! तव मुखचन्द्र-विभा का'*	: मुख-रूपी चन्द्रमा की चमक	1/283	बिंदु(5)/झरना
मुखरित-	*'मुरली मुखरित होती थी मुकुलों के अधर विहँसते'*	: ध्वनियुक्त होना	2/14	आँसू
मुखरूप-सिंधु-	*'मुखरूप-सिंधु में लहरों को अनुहरते'*	: चेहरे का सौन्दर्य-रूपी समुद्र, अतिशय सुन्दर चेहरा	3/80	द्वि.दृश्य/कल्याणी परिणय
मुगल-अदृष्टाकार-मध्य-	*'मुगल-अदृष्टाकार-मध्य अति तेज से'*	: मुगलों के दुर्भाग्य/प्रारब्ध के बीच	1/160	शिल्प-सौन्दर्य्य/ कानन-कुसुम
मुगल-महीपति-	*'मुगल-महीपति के अत्याचारी, अबल'*	: मुगल बादशाह (औरंगजेब)	1/160	शिल्प-सौन्दर्य्य/का.-कु.
मुगल-महीपों-	*'मुगल-महीपों के आवासादिक बहुत'*	: मुगल खानदान के राजवंशीय लोग	1/161	शिल्प-सौन्दर्य्य/का.-कु.
मुग्ध-माधुरी-	*'अरुणाचल मन मंदिर की वह मुग्ध-माधुरी नव प्रतिमा'*	: मोहक और मधुर (श्रद्धा)	2/224	निर्वेद/कामायनी
मुदित मन-	*'अरुण अभ्युदय से हो मुदित मन प्रशस्त सरसी में खिल रहा है'*	: प्रसन्नता से भरा मन	1/112	सरोज/कानन-कुसुम
मुद्रित कलियाँ दल में-	*'ये मुद्रित कलियाँ दल में सब सौरभ बन्दी कर लें'*	: मुँदी हुई कलियों की पंखुड़ियों में	2/151	कर्म/कामायनी
मुद्रिता-	*'भयी मुद्रिता तब तुरंत अली चमेली पास'*	: रति-चिह्नों से युक्त	3/90	नवम दृ./कल्याणी परिणय
मुमूर्ष-	*'अलाउद्दीन का मुमूर्षु सुल्तान का'*	: मरने की इच्छा रखनेवाला, जो मर रहा हो	1/352	प्रलय की छाया/लहर
◆	*'आज पड़ा है वह मुमूर्षु सा वह अतीत सब सपना था'*	: मृतप्राय, मरणासन्न	2/36	निर्वेद/कामायनी
◆	*'और गिरी मनु पर, मुमूर्षु वे गिरे वहीं पर'*	: मरणासन्न, लगभग मृत	2/209	संघर्ष/कामायनी
मुरली मुखरित-	*'मुरली मुखरित होती थी मुकुलों के अधर विहँसते'*	: वंशी की मधुर ध्वनि	2/14	आँसू
मुसक्याय-	*'चुप रहे जीवनधन मुसक्याय'*	: मुस्कुरा कर	1/250	प्यास/झरना
मूढ़ चित्त-	*'फिर मूढ़ चित्त को यह क्यों नहीं सुहाता?'*	: मूर्ख मन, मूर्खतापूर्ण विचार रखनेवाला मन	1/90	मंदिर/कानन-कुसुम
मूर्च्छना-	*'जो गूँज उठे फिर नस-नस में मूर्च्छना समान मचलता-सा'*	: संगीत का सुर-ताल के साथ लय में उठना गिरना	2/126	लज्जा/कामायनी

शब्द-	काव्य-पंक्ति	: अर्थ	प्र.ग्रं./पृ.सं.	स्रोत/संदर्भ
मूर्च्छित तानें-	*'मौन हुई हैं मूर्च्छित तानें और न सुन पड़ती अब बीन'*	: सुर की लहरियाँ अब होश खो बैठी हैं	2/57	चिंता/कामायनी
मूर्च्छित नीरवता-	*'उस मूर्च्छित नीरवता में कुछ हलके से स्पन्दन आये'*	: बेहोशी के कारण मौन	2/220	निर्वेद/कामायनी
मूर्ति-	*'मूर्ति तुम्हारी सदय और निर्दय दोनों ही भाती है'*	: छवि, रूपाकार	1/103	हृदय-वेदना/कानन-कु.
मूर्ति करुणा की-	*'यह सुन हँसी वह मूर्ति करुणा की हुई कादंबिनी'*	: करुणा की ईश्वरीय प्रतिमा, वह मानो करुणा की साक्षात् प्रतिमा हो	1/109	भक्ति-योग/कानन-कुसुम
मूर्तिमती अभिशाप-	*'मूर्तिमती अभिशाप बनी सी सम्मुख आयी'*	: अमंगल की साक्षात् प्रतिमा	2/203	संघर्ष/कामायनी
मूल रहस्य-	*'बनो संसृति के मूल रहस्य तुम्हीं से फैलेगी वह बेल'*	: मूल कारण	2/92	श्रद्धा/कामायनी
मूल शक्ति-	*'वह मूल शक्ति उठ खड़ी हुई अपने आलस का त्याग किये;'*	: काम-शक्ति, मूल प्रकृति	2/104	काम/कामायनी
◆	*'यह लीला जिसकी विकस चली वह मूलशक्ति थी प्रेम-कला'*	: परम कारण, सृष्टि का मूल कारण	2/107	काम/कामायनी
मूल-स्वत्व-	*'मूल-स्वत्व कुछ और बताते इच्छाओं को झुठलाते हैं'*	: जीवन का असली लक्ष्य, परम पुरुषार्थ	2/262	रहस्य/कामायनी
मृग-	*'मृग डाल दिया, फिर धनु को भी मनु बैठ गये शिथिलित शरीर'*	: पशु	2/159	ईर्ष्या/कामायनी
मृग जुतते-	*'धीरे-धीरे खिलते तारे मृग जुतते विधुरथ में'*	: चन्द्रमा के रथ से जुते हुए हिरण-रूपी तारे	2/140	कर्म/कामायनी
मृगनैन-	*'हुए चपल मृगनैन मोह-वश बजी विपंची काम की'*	: हिरण-जैसी चंचल आँखें	4/283	चतुर्थ अंक/चन्द्रगुप्त
मृग-मरीचिका-	*'मृग-मरीचिका तुम्हें दिखाती छोर को'*	: भ्रम, छल, मरुभूमि में भीषण गर्मी में बहुत दूरी पर दिखनेवाले जल का भ्रम जिसे पाने के लिए मृग (पशु) दौड़ कर जाता है किन्तु वहाँ जल नहीं मिलता	1/96	करुणा-कुंज/कानन-कु.
◆	*'हृदय खूब ही भटक चुका है, मृग-मरीचिका आशा में'*	: गर्मी में कुछ दूरी पर पानी होने का भ्रम	1/248	निवेदन/झरना
मृग-मरीचिका-मयी-	*'कल-कल नाद सुनाती है यह मृग-मरीचिका-मयी'*	: मृग-मरीचिका की तरह, भ्रांतिपूर्ण माहौल से युक्त	3/82	चतुर्थ दृश्य/कल्याणी परि.
मृगया-	*'मृगया, डर से दबी शृंगाली-वृन्द की'*	: शिकार करना	1/208	महाराणा का महत्त्व
◆	*'मनु को अब मृगया छोड़ नहीं रह गया और था अधिक काम'*	: शिकार खेलना	2/157	ईर्ष्या/कामायनी
◆	*'लौटे थे मृगया से थक कर दिखलाई पड़ता गुफा-द्वार'*	: शिकार खेलकर	2/159	ईर्ष्या/कामायनी
◆	*'मृगया से आहार, जीव सहचर सभी'*	: शिकार करना	3/100	द्वितीय दृश्य/करुणालय
मृगया के उपहार-	*'कहीं साहसी ले आते हैं मृगया के उपहार नये'*	: शिकार से जुड़ी भेंट	2/190	स्वप्न/कामायनी

शब्द-	काव्य-पंक्ति	: अर्थ	प्र.ग्रं./पृ.सं.	स्रोत/संदर्भ
मृणालवाली-	*'पतली मृणालवाली नलिनी हिलती है'*	: कमल का डंठल	1/114	मलिना/कानन-कुसुम
मृति-	*'सुरधनु-सा अपना रंग बदल, मृति, संसृति, नति, उन्नति में ढल'*	: मृत्यु, संहार	2/235	दर्शन/कामायनी
मृत्यु-सीमा-उल्लंघन-	*'मैं चिर-बंधन-हीन मृत्यु-सीमा-उल्लंघन'*	: मृत्यु के बंधन को भी तोड़ देना	2/199	संघर्ष/कामायनी
मृदंग-	*'जिनसे समीर टकराकर अति मधुर मृदंग बजाता'*	: ढोलक का एक रूप	2/279	आनन्द/कामायनी
मृदु आलस-	*'श्रम मानो विश्राम कर रहा मृदु आलस को पाके'*	: कोमल शिथिलता	2/140	कर्म/कामायनी
मृदु गात-	*'लेते अँगड़ाई नीदों में अलस विहग मृदु गात'*	: कोमल शरीरवाले (पक्षी)	1/328	अंतरिक्ष में अभी सो रही/लहर
मृदु मरुत लहर में फेनोपम-	*'मृदु मरुत लहर में फेनोपम तारागण झिलमिल हुए दीन'*	: धीमी वायु की तरंगों से उत्पन्न फेन के बुदबुदों की तरह (तारे)	2/178	इड़ा/कामायनी
मृदु मलयज-सा-	*'वह आवेगा मृदु मलयज-सा लहराता अपने मसृण बाल'*	: कोमल और सुगन्धित वायु के समान	2/167	ईर्ष्या/कामायनी
मृदु मलयानिल-	*'उस नवल-सर्ग के कानन में मृदु मलयानिल से फूल चले'*	: कोमल वसंती हवा (मलय पवन)	2/105	काम/कामायनी
मृदुल-	*'विरल मृदुल दलवाली डालों से उलझा समीर जब व्यस्त'*	: कोमल (डाली)	1/327	मधुर माधवी संध्या में/लहर
मृदुल अधखुला अंग-	*'नील परिधान बीच सुकुमार खुल रहा मृदुल अधखुला अंग;'*	: थोड़ा-थोड़ा दिखता हुआ कोमल अंग, श्रद्धा के वस्त्र की बनावट ऐसी थी कि आंशिक रूप से अनावृत वक्षस्थल सुन्दर मालूम पड़ रहे थे	2/84	श्रद्धा/कामायनी
मृदुल अनी-	*'अलकों की मृदुल अनी'*	: कोमल नोक	4/302	चतुर्थ अंक/चन्द्रगुप्त
मृदुल कर-	*'छिपने पर स्वयं मृदुल कर से क्यों मेरी आँखें मींच रही!'*	: कोमल हाथ	2/100	काम/कामायनी
मृदुल चर्म-	*'यह क्यों क्या मिलते नहीं तुम्हें शावक के सुन्दर मृदुल चर्म'*	: कोमल खाल	2/162	ईर्ष्या/कामायनी
मृदुल मधुकरी-	*'विश्व कमल की मृदुल मधुकरी रजनी तू किस कोने से-'*	: सुकुमार भ्रमरी	2/78	आशा/कामायनी
मृदु हास-	*'आँसू औ' तम घोल लिख रही तू सहसा करती मृदु हास'*	: मंद हँसी, व्यंग्यात्मक हँसी	2/78	आशा/कामायनी
मृदु होली-	*'इस व्यथित विश्व पतझड़ की तुम जलती हो मृदु होली'*	: होलिका की तरह पतझड़ को जलानेवाली	2/31	आँसू
मृषा-	*'बस इतना ही भाग तुम्हारा तृषा! मृषा, वंचित होने दो'*	: मिथ्या, व्यर्थ	2/262	रहस्य/कामायनी
मेखला-	*'ज्यों वीर वारिद की प्रभामय रत्नवाली मेखला'*	: कमरधनी, कमर का आभूषण	1/123	एकान्त में/कानन-कुसुम
मेघ-गर्जन-मृदंग-	*'मधुर मेघ-गर्जन-मृदंग है बज रहा'*	: मृदंग के समान बादलों की ध्वनि	1/170	श्रीकृष्ण-जयंती/का.-कु.
मेघज्योति-सा-	*'अथक अबाध और तीव्र मेघज्योति-सा'*	: बादलों में चमकती बिजली के समान	1/352	प्रलय की छाया/लहर

शब्द-	काव्य-पंक्ति	: अर्थ	प्र.ग्रं./पृ.सं.	स्रोत/संदर्भ
मेघ-पट-	*'नील मेघ-पट पर वह विरला'*	: बादल-रूपी आवरण या वस्त्र	1/312	वे कुछ दिन कितने.../लहर
मेघ-वन-	*'खिला हो ज्यों बिजली का फूल मेघ-वन बीच गुलाबी रंग'*	: बादल मानो जंगल की तरह घने हो गये हों	2/84	श्रद्धा/कामायनी
मेघ-वाहना-	*'मेघ-वाहना पवन-मार्ग में विचरती'*	: मेघों की सेना(वाहना), बादल मानो सेना की तरह सजे-जुटे हैं	1/97	करुणा-कुंज/का.-कु.
मेघाडंबर-	*'वह क्या है? क्या तुम देख रहे वर्णों के मेघाडंबर में?'*	: बादल का रूप निर्धारित नहीं होता है, इसलिए उसके एकत्र होने को आडम्बर कहा गया है	2/106	काम/कामायनी
मेदिनी-	*'स्वर्ग आकर मेदिनी से मिल रहा'*	: धरती	1/257	मिलन/झरना
मेरी ज्वाला-	*'तुम एक अकेली तब भी जलती हो मेरी ज्वाला'*	: मेरी पीड़ा, अकेले उगनेवाला तारा मानो अपनी जलन के साथ उदित होता है और रहता है	2/30	आँसू
मेरी ज्वाला-	*'किरणों के केसर-रज से भव भर दो मेरी ज्वाला'*	: मेरी पीड़ा	2/31	आँसू
♦	*'तब भी तुम सतत अकेली जलती हो मेरी ज्वाला !'*	: मेरी पीड़ा, छायावादी कविता अपनी पीड़ा को शक्ति भी मानती है	2/31	आँसू
मेरे क्षितिज-	*'मेरे क्षितिज! उदार बनो'*	: मन का विस्तार	1/291	निज अलकों के.../लहर
मेरे नाविक-	*'मेरे नाविक! धीरे धीरे'*	: मेरी नियति (प्रारब्ध), प्रसाद 'नियतिवादी' कहे गये हैं	1/298	ले चल वहाँ भुलावा देकर/लहर
मेरे शशि-	*'रतनाकर बनी चमकती/मेरे शशि की परछाईं'*	: मेरी प्रिया चाँद की तरह थी	2/17	आँसू
मैं एक पकड़ हूँ-	*'मैं एक पकड़ हूँ जो कहती ठहरो कुछ सोच-विचार करो'*	: 'लज्जा' एक अनुशासन की तरह है	2/125	लज्जा/कामायनी
'मैं रहूँ'-	*'मैं भी कहने लगा, 'मैं रहूँ' शाश्वत नभ के गानों में'*	: मुझे संसार में रहने का आत्मविश्वास उत्पन्न करना चाहिए	2/70	आशा/कामायनी
मैं हूँ-	*'मैं हूँ, यह वरदान सदृश क्यों/लगा गूँजने कानों में'*	: अपने अस्तित्व का बोध	2/70	आशा/कामायनी
मोती-मस्जिद-	*'मोती-मस्जिद के प्रांगण में हैं खड़े'*	: औरंगजेब के द्वारा लालकिले के अन्दर बनवाई गई एक मस्जिद	1/161	शिल्प-सौन्दर्य्य/का.-कु.
मोदमय-	*'चक्र के जोड़े कहो क्या मोदमय होने को है'*	: प्रसन्न, मोद से भरा हुआ	1/94	महा-क्रीड़ा/कानन-कु.
मोह-जलद-छाया-	*'रे चिरनिवास विश्राम प्राण के मोह-जलद-छाया उदार'*	: मोह-रूपी बादल की छाया	2/172	इड़ा/कामायनी
मोहन-	*'अपने सुप्रेम-रस का प्याला पिला दे मोहन'*	: मोहनेवाले श्रीकृष्ण	1/141	मोहन/कानन-कुसुम
♦	*'उस मोहन मुख का दर्शन होने लगा'*	: मोह लेने में सक्षम	1/256	दर्शन /झरना
♦	*'हिंसा धूल उड़ रही मोहन, सूखी क्यारी को भर दो'*	: ईश्वर, आकर्षक, मोहने की क्षमता रखनेवाला	3/418	तृतीय अंक/जन्मेजय का नाग-यज्ञ
मोहनी वंशी-	*'मोहन वंशी नहीं है कंज कर में माधुरी'*	: अपनी ध्वनि से मन को मोह लेनेवाली बाँसुरी	1/165	कुरुक्षेत्र/कानन-कुसुम
मोहित-सम-	*'राजहंस भी जिस सुंदरता पर मोहित-सम मत्त हुआ'*	: मानो मोह से भरकर	1/125	दलित-कुमुदिनी/का.-कु.

शब्द-	काव्य-पंक्ति	: अर्थ	प्र.ग्रं./पृ.सं.	स्रोत/संदर्भ
मौन व्यथा-	*'अभी समय भी नहीं थकी सोई है मेरी मौन व्यथा'*	: खामोश दर्द, दु:ख मानो नीरव हो चुका है	1/293	मधुप गुनगुना कर कह जाता/लहर
म्लान कुसुम की माला-	*'रजनी रानी की बिखरी है म्लान कुसुम की माला'*	: मुरझाये हुये फूलों (तारों) की माला (पंक्ति)	1/328	अंतरिक्ष में अभी सो रही/लहर
म्लान वदन-	*'म्लान वदन विकसाया इस रजनी ने आकर'*	: उदास चेहरा	1/111	रजनीगंधा/कानन-कुसुम
यंत्र-	*'अब विकल प्रवर्त्तन हो ऐसा जो नियति-चक्र का बने यंत्र'*	: उपकरण, उपाय	2/175	इड़ा/कामायनी
यक्ष-	*'गुप्त निधियों का रक्षक यक्ष'*	: एक पौराणिक प्रजाति	1/268	कुछ नहीं/झरना
यजन-	*'सजग हुई फिर से सुर-संस्कृति, देव यजन की वर माया,'*	: यज्ञ	2/73	आशा/कामायनी
◆	*'अकेले तुम कैसे असहाय यजन कर सकते? तुच्छ विचार!'*	: यज्ञ	2/91	श्रद्धा/कामायनी
◆	*'यजन करोगे क्या तुम? फिर यह किसको खोज रहे हो'*	: यज्ञ का अनुष्ठान	2/137	कर्म/कामायनी
यज्ञ-पुरुष-	*'रचना-मूलक सृष्टि-यज्ञ यह यज्ञ-पुरुष का जो है'*	: यज्ञ-रूपी पुरुष अर्थात् ईश्वर	2/151	कर्म/कामायनी
यज्ञ-यज्ञ की कटु पुकार-	*'यज्ञ-यज्ञ की कटु पुकार से रह न सके अब थिर वे'*	: यज्ञ करने की प्रेरणा मन में बलवती होने लगी	2/133	कर्म/कामायनी
यथार्थ-	*'बात जँचती कुछ नहीं यथार्थ'*	: वास्तव में, बुनियादी तौर पर	1/244	असन्तोष/झरना
यथाविहित-	*'प्रियदर्शन होकर जब मंत्री यथाविहित सब सुनता है'*	: शास्त्रानुमोदित, विधि-विधान के अनुसार	1/185	प्रेमपथिक
यथेप्सित-	*'बढ़ सकते हैं नहीं यथेप्सित अस्तु ये'*	: जैसी इच्छा हुई हो, अपनी इच्छा के अनुसार	3/84	चतुर्थ दृ./कल्याणी परि.
◆	*'भ्रान्त नाविक ने तुरंत पाया यथेप्सित कूल वह'*	: यथा +ईप्सित, इच्छा के अनुसार, मनोनुकूल	1/101	नव वसंत/कानन-कु.
यदपि-	*'जागृत था सौंदर्य्य यदपि वह सोती थी सुकुमारी'*	: यद्यपि, हालाँकि	2/145	कर्म/कामायनी
यमुना-कूल-	*'नील यमुना-कूल में तब गोप-बालक-वेश था'*	: यमुना के तटवर्ती क्षेत्र में	1/163	कुरुक्षेत्र/कानन-कुसुम
यमुना-जल-हरा-	*'हो रहा प्रतिबिम्ब पूरित रम्य यमुना-जल-हरा'*	: यमुना का नीला जल चाँदनी में हरे रंग की छवि दे रहा है	1/100	नव वसंत/कानन-कु.
यवन-	*'यवन को दिया दया का दान चीन को मिली धर्म की दृष्टि'*	: यूनानी	4/139	पंचम अंक/स्कन्दगुप्त
यवनिका-	*'एक यवनिका हटी, पवन से प्रेरित माया पट जैसी;'*	: नाटक का पर्दा	2/71	आशा/कामायनी
यवनीगण-	*'यवनीगण से नहीं हमारा द्वेष है'*	: मुसलमान स्त्रियाँ	1/208	महाराणा का महत्त्व
यांत्रिक जीवन-	*'इस यांत्रिक जीवन में क्या ऐसी थी कोई क्षमता'*	: आधुनिक मशीनी जिन्दगी, जीवन जब यंत्रवत चलता हो, संवेदनशून्य गतिशील जीवन	2/22	आँसू
याचना-	*'शीर्षक'*	: ईश्वर से प्रार्थना	1/131	याचना/कानन-कुसुम
याज्ञिक-	*'यह विजयी याज्ञिक अश्व चला है आगे'*	: यज्ञ-संबंधी	3/408	तृ.अं./जन्मेजय का ना.-य.

शब्द-	काव्य-पंक्ति	: अर्थ	प्र.ग्रं./पृ.सं.	स्रोत/संदर्भ
यामिनी-	*'विशाल मंदिर की यामिनी में जिसे निरखना हो दीपमाला'*	: रात (में विशाल मंदिर में दीपों की सजावट को जिसे स्नेहपूर्वक देखना हो)	1/86	प्रभो/कानन-कुसुम
♦	*'मदिर माधव यामिनी का धीर पद-विन्यास'*	: रात	2/114	वासना/कामायनी
यामिनी का रूप-	*'मनु निरखने लगे ज्यों-ज्यों यामिनी का रूप'*	: रात का सुन्दर रूप	2/117	वासना/कामायनी
यायावर-	*'ओ यायावर! अब तेरा निस्तार कहाँ है?"*	: भटकता व्यक्ति, बिना घर-बार वाला	2/207	संघर्ष/कामायनी
युग छिप गया-	*'किन्तु न आया वह परदेसी युग छिप गया प्रतीक्षा में'*	: काफी समय व्यतीत हो गया	2/188	स्वप्न/कामायनी
युग मधुर अधर-	*'हरित कूल युग मधुर अधर थे'*	: प्रेम की मादक मिठास से भरे दोनों होंठ	1/312	वे कुछ दिन कितने सुन्दर थे/लहर
युगल-	*'लड़ रहे अविरत युगल थे चेतना के पाश'*	: मनु और श्रद्धा	2/111	वासना/कामायनी
युगल पाद-	*'संहार सृजन से युगल पाद, गतिशील, अनाहत हुआ नाद'*	: (शिव के) दोनों पैर, चरण-युग्म	2/246	दर्शन/कामायनी
युगल-मूर्ति की बलिहारी-	*'कैसा है यह प्रेम तुम्हारा युगल-मूर्ति की बलिहारी'*	: स्मृति और अनुराग का संयुक्त रूप और उस पर न्योछावर हो जाना	4/284	चतुर्थ अंक/चन्द्रगुप्त
युग-हृदय-	*'मधुर मिश्रण युग-हृदय का भाव-रस भरने लगा'*	: दो हृदय(नायक-नायिका)	1/101	नव वसंत/कानन-कुसुम
युगों की चट्टानों-	*'युगों की चट्टानों पर सृष्टि डाल पद-चिह्न चली गंभीर;'*	: समय की शिला पर, समय रूपी चट्टान पर सृष्टि अमिट छाप छोड़ जाती है	2/91	श्रद्धा/कामायनी
युग्म याम-	*'युग्म याम व्यतीत है आकाश तारों से भरा'*	: दो याम (प्रहर), एक याम तीन घंटे का होता है, शाम से रात्रि के दो याम (6 घंटे)	1/100	नव वसंत/कानन-कुसुम
युद्धानन्द-	*'युद्धानन्द विनोद एक ही कर्म था'*	: युद्ध को भी आनन्द-भाव से ग्रहण करना	3/76	प्रथम दृश्य/कल्याणी परि.
यूथिका-	*'इस गगन-यूथिका-वन में/तारे जूही से खिलते'*	: जूही का फूल	2/22	आँसू
यूथी का पुंज-	*'हो मल्लिका, सरोजिनी, या यूथी का पुंज'*	: जूही के पुष्पों का समूह	4/282	चतुर्थ अंक/चन्द्रगुप्त
योग-	*'वर्त्तमान जीवन के सुख से योग जहाँ होता है'*	: संयोग, मेल	2/150	कर्म/कामायनी
योग-क्षेम-	*'तुमने योग-क्षेम से अधिक संचय वाला'*	: अप्राप्त को प्राप्त करना 'योग' है और प्राप्त की रक्षा करना 'क्षेम' है, प्राप्ति और उसकी रक्षा	2/206	संघर्ष/कामायनी
योग-मग्न-	*'पर शांत था वह शैल जैसे योग-मग्न विरक्त हो'*	: योग-साधना में लीन, तपस्या में तल्लीन	1/107	भक्ति-योग/कानन-कु.
'योग्य बनो'-	*'उसके पाने की इच्छा हो तो 'योग्य बनो' कहती-कहती;'*	: उसके लायक होना	2/107	काम/कामायनी
यौवन की मतवाली-	*'फटा हुआ था नील वसन क्या ओ यौवन की मतवाली!'*	: यौवन के उन्माद में बहकी हुई	2/79	आशा/कामायनी
यौवन के घन-	*'नत मस्तक गर्व वहन करते यौवन के घन, रस कन ढरते'*	: यौवन-रूपी बादल	4/186	प्रथम अंक/चन्द्रगुप्त
यौवन मधुवन की कालिंदी-	*'यौवन मधुवन की कालिंदी बह रही चूम कर सब दिगन्त'*	: यौवन-रूपी मधुवन की यमुना नदी	2/173	इड़ा/कामायनी

शब्द-	काव्य-पंक्ति	: अर्थ	प्र.ग्रं./पृ.सं.	स्रोत/संदर्भ
यौवन-विलासी-	*'खेलता था यौवन-विलासी मत्त-पंचनद'*	: युवावस्था के जोश से भरा	1/334	शेरसिंह का श.-स./लहर
यौवन-स्मित-	*'उषा ज्योत्स्ना-सा यौवन-स्मित मधुप सदृश निश्चिंत विहार'*	: यौवन की मुस्कुराहट	2/56	चिंता/कामायनी
रंक-नरेश-	*'जिस मंदिर में रंक-नरेश समान रहा है'*	: गरीब और राजा (समान समझे गए हैं)	1/89	नमस्कार/कानन-कुसुम
रंगमहल-	*'यह रंगमहल बना सुवर्ण पींजरा'*	: अन्तःपुर, भोग-विलास का स्थान	1/348	प्रलय की छाया/लहर
रंग-रली-	*'दिव्य तुम्हारी अमर अमिट छवि लगी खेलने रंग-रली'*	: आमोद-प्रमोद	2/224	निर्वेद/कामायनी
◆	*'बावला - रंगरली का है'*	: प्रेम की आनन्दपूर्ण क्रीड़ा	4/282	चतुर्थ अंक/चन्द्रगुप्त
◆	*'सुप्रेमी रँगरली का है'*	: प्रेम की कामुक क्रीड़ाएँ	3/90	नवम दृश्य/कल्या. परि.
रंगस्थल-	*'तब कूक हूक-सी बन तुम/आ जाती रंगस्थल में'*	: सक्रियता के मंच पर, संसार	2/39	आँसू
◆	*'यह नीड़ मनोहर कृतियों का यह विश्व कर्म रंगस्थल है'*	: रंगमंच, अनायास या सायास अभिनय और नाट्य करने की जगह	2/106	काम/कामायनी
रंगीन ज्वाला-	*'चेतना रंगीन ज्वाला परिधि में सानन्द,'*	: प्रेम की रोमानी जलन, वासना की मोहक आग	2/117	वासना/कामायनी
रँगेगा-	*'राग रँगेगा दिन को'*	: रंग से रँग देगा	1/323	अरे आ गई है भूली.../लहर
रंजक उपकरण-	*'रजनी के रंजक उपकरण बिखर गये'*	: रंग प्रदान करनेवाले साधन	1/228	पावस प्रवास/झरना
रंजित-	*'दिनकर अपनी किरण-स्वर्ण से रंजित करके'*	: रँगना, रंग से रँग देना	1/110	रजनीगंधा/कानन-कुसुम
◆	*'सुरधनु रंजित नव-जलधर से-'*	: रँगे हुये	1/312	वे कुछ दिन कितने.../लहर
रंजित किरण से-	*'दूसरा रंजित किरण से श्री-कलित घनश्याम'*	: किरणों से रँगा हुआ	2/111	वासना/कामायनी
रंजित तारा-	*'तम के सुन्दरतम रहस्य, हे कांति किरण रंजित तारा!'*	: प्रकाश से रँगे हुए सितारे	2/78	आशा/कामायनी
रंध्र-	*'रंध्र खोजती थीं, रजनी की नीली किरणें'*	: जगह, छेद (मौका)	1/339	प्रलय की छाया/लहर
रंध्रों-	*'स्वर का मधु निस्वन रंध्रों में/जैसे कुछ दूर बजे बंसी'*	: छिद्र, कर्ण-छिद्र	2/101	काम/कामायनी
रक्त, अग्नि की वर्षा में-	*'उस रक्त, अग्नि की वर्षा में बह जाँय सभी जो भाव शुद्ध'*	: युद्धोन्माद, रक्तपात और विध्वंस	2/177	इड़ा/कामायनी
रक्त-अश्रु-	*'प्रलय-पयोधर बरस रहे हैं - रक्त-अश्रु की धार'*	: खून के आँसू (की तरह बादल बरसकर विध्वंस ला रहे हैं)	4/54	प्रथम अंक/स्कन्दगुप्त
रक्त किसलय-	*'और उस मुख पर वह मुसक्यान ! रक्त किसलय पर ले विश्राम'*	: लाल रंग के कोंपल	2/85	श्रद्धा/कामायनी
रक्त खौलता-	*'और एक फिर व्याकुल चुम्बन रक्त खौलता जिससे'*	: कामोत्तेजना के कारण रक्तप्रवाह का तेज हो जाना	2/154	कर्म/कामायनी
रक्त दिग्ध धरणी-	*'रक्त दिग्ध धरणी में रूप की विजय में'*	: खून से लथ-पथ धरती	1/352	प्रलय की छाया/लहर
रक्त-दुःशासन -	*'रक्त-दुःशासन बना था सोमरस शुचि प्रीति से'*	: दुःशासन का खून(सोमरस था)	1/165	कुरुक्षेत्र/कानन-कुसुम
रक्तारुण-	*'ढल गया दिवस पीला-पीला तुम रक्तारुण बन रहे घूम'*	: शिकार के कारण खून से सने हुए	2/161	ईर्ष्या/कामायनी

शब्द-	काव्य-पंक्ति	: अर्थ	प्र.ग्रं./पृ.सं.	स्रोत/संदर्भ
रक्तिम-उन्माद-	*'वह रक्तिम-उन्माद नाचता कर निर्मम में'*	: खून बहाने का पागलपन	2/207	संघर्ष/कामायनी
रक्तिम-मुख-	*'रूठ चली जातीं रक्तिम-मुख, न सह जागरण की घातें'*	: जिसका मुख लाल हो गया हो	2/187	स्वप्न/कामायनी
रक्तिम यौवन-	*'दिखलाती रक्तिम यौवन'*	: युवावस्था की लाली (मानो उद्दाम इच्छाओं की अग्निशिखा है)	1/329	अशोक की चिंता/लहर
रक्तोन्मद-	*'रक्तोन्मद मनु का न हाथ अब भी रुकता था'*	: रक्तपात करने के लिए उन्मत्त (मनु)	2/208	संघर्ष/कामायनी
रचना-मूलक-	*'रचना-मूलक सृष्टि-यज्ञ यह यज्ञ-पुरुष का जो है'*	: निर्माण की प्रवृत्तिवाला	2/151	कर्म/कामायनी
रचित परमाणु-	*'रचित परमाणु पराग शरीर खड़ा हो ले मधु का आधार'*	: फूलों के सूक्ष्म परागकण से निर्मित	2/85	श्रद्धा/कामायनी
रज कुंकुम-	*'प्राची रज कुंकुम ले चाहे अपना भाल सजावेगी'*	: धूल-रूपी रोली	1/291	निज अलकों के/लहर
रजत-	*'श्रद्धे! वह उज्ज्वल कैसा है जैसे पुंजीभूत रजत है'*	: चाँदी (उज्ज्वल प्रकाश)	2/260	रहस्य/कामायनी
रजत कुसुम-	*'रजत कुसुम के नव पराग-सी उड़ा न दे तू इतनी धूल;'*	: चाँदी से बना फूल अर्थात् चन्द्रमा	2/79	आशा/कामायनी
रजत गौर-	*'वह रजत गौर, उज्ज्वल जीवन, आलोक पुरुष! मंगल चेतन!'*	: चाँदी या चाँदनी के समान श्वेतवर्ण (का दिव्य पुरुष)	2/246	दर्शन/कामायनी
रजत चित्र-सी-	*'समय-विहग के कृष्णपक्ष में रजत चित्र-सी अंकित कौन'*	: सफेद चाँदी से बने चित्र के समान	4/238	द्वितीय अंक/चन्द्रगुप्त
रजत-नग-	*'नारी! तुम केवल श्रद्धा हो विश्वास-रजत-नग पगतल में'*	: चाँदी का पहाड़, कैलाश पर्वत जो बर्फ (और चाँदनी) से ढँककर चाँदी का पहाड़ लगता है	2/130	लज्जा/कामायनी
◆	*'वह चन्द्र किरीट रजत नग स्पन्दित-सा पुरुष पुरातन'*	: चाँदी के समान शुभ्र कैलाश पर्वत	2/280	आनन्द/कामायनी
रजत-बिम्ब-	*'चंद्रदेव का रजत-बिम्ब ही दीप था'*	: चाँदी से बना गोलक (चन्द्रमा)	3/76	प्रथम दृश्य/कल्या.परि.
रजताभ-	*'क्षुद्र तरल तरंग को रजताभ करता है छली'*	: चाँदी या चाँदनी की आभा से युक्त	1/116	जल-विहारिणी/का.-कु.
रज-धूसर-	*'लुटरी खुली अलक, रज-धूसर बाँहें आकर लिपट गयीं'*	: धूल से धूसरित	2/188	स्वप्न/कामायनी
रजनी-	*'भय-संकुल रजनी बीत गयी'*	: रात	1/296	जगती की मंगलमयी.../लहर
◆	*'एक लघु ज्वालामुखी अचेत माधवी रजनी में अश्रांत'*	: रात	2/84	श्रद्धा/कामायनी
रजनी की भींगी पलकों से-	*'रजनी की भींगी पलकों से तुहिन बिंदु कण-कण बरसे'*	: ओस-कण से रात का वातावरण आँसुओं में डूबा-सा मालूम पड़ रहा था	2/188	स्वप्न/कामायनी
रजनी की लाज-	*'रजनी की लाज समेटो तो'*	: रात्रि-रूपी स्त्री लज्जा के प्रतीकों को (सुबह में समेट रही है)	1/309	अब जागो जीवन के प्रभात/लहर
रजनी-तम-पुंजीभूत-सदृश-	*'रजनी-तम-पुंजीभूत-सदृश मनु श्वास ले रहे थे अशांत'*	: रात का अँधेरा मानो जमकर घना हो गया था	2/178	इड़ा/कामायनी
रजनी रानी-	*'रजनी रानी की बिखरी है म्लान कुसुम की माला'*	: रात मानो रानी है	1/328	अंतरिक्ष में अभी सो रही/लहर

शब्द-	काव्य-पंक्ति	: अर्थ	प्र.ग्रं./पृ.सं.	स्रोत/संदर्भ
रजलिप्त-	*'रजलिप्त स्वच्छ शरीर होता था सरोज-पराग से'*	: पराग-कण से युक्त (सीता का शरीर)	1/155	चित्रकूट/कानन-कुसुम
रज से रंजित-	*'सुख-स्पर्श कमल-केसर का कर आया रज से रंजित'*	: पराग-कण के रंग में रँगा हुआ	2/277	आनन्द/कामायनी
रटन-	*'मधु-भिक्षा की रटन अधर में'*	: पुकार	1/301	उस दिन जब जीवन.../लहर
रण रंगिनी-	*'अरी रण रंगिनी!'*	: युद्ध को रंग से रँग देनेवाली तलवार	1/333	शेरसिंह का शस्त्र-स./लहर
रणांगण-	*'देख चिर संगिनी रणांगण में, रंग में,'*	: युद्ध-भूमि	1/344	प्रलय की छाया/लहर
रणित नूपुर-	*'कंकण क्वणित, रणित नूपुर थे, हिलते थे छाती पर हार'*	: नूपुर की ध्वनि	2/57	चिंता/कामायनी
रतनाकर-	*'रतनाकर बनी चमकती/मेरे शशि की परछाईं'*	: समुद्र	2/17	आँसू
रति-	*'जो आकर्षण बन हँसती थी रति थी अनादि वासना वही'*	: कामदेव की पत्नी, स्त्री के मोहक आकर्षण की देवी	2/104	काम/कामायनी
रति-काम-	*'रति-काम बने उस रचना में जो रही नित्य यौवन वय में'*	: रति और कामदेव, कामदेव तृष्णा को जगाता है और रति भोग-विलास से उसकी पूर्ति करती है	2/105	काम/कामायनी
रति की प्रतिकृति-	*'मैं रति की प्रतिकृति लज्जा हूँ मैं शालीनता सिखाती हूँ'*	: रति की प्रतिमूर्ति	2/128	लज्जा/कामायनी
रति-रानी-	*'मैं देव-सृष्टि की रति-रानी निज पंचबाण से वंचित हो'*	: कामदेव की पत्नी रति	2/127	लज्जा/कामायनी
रत्नमयी प्याली-	*'भर ली पहाड़ियों ने अपनी झीलों की रत्नमयी प्याली'*	: (पहाड़ी झील मानो) रत्न से बनी हुयी प्याली है	4/346	द्वितीय अंक/ध्रुवस्वामिनी
रत्न राजि-	*'रत्न राजि, सींची जाती सुमन-मरन्द से'*	: अमूल्य रत्नों का ढेर	1/351	प्रलय की छाया/लहर
रत्न शील-	*'मिला था स्वर्ण-भूमि को रत्न शील की सिंहल को थी सृष्टि'*	: बौद्ध धर्म से जुड़े हैं- रत्न और शील	4/139	पंचम अंक/स्कन्दगुप्त
रत्न सौध-	*'रत्न सौध के वातायन, जिनमें आता मधु-मदिर समीर;'*	: रत्नों से सुसज्जित महल	2/58	चिंता/कामायनी
रत्नाकर-	*'शांत रत्नाकर का नाविक'*	: समुद्र	1/268	कुछ नहीं/झरना
◆	*'इस छोटी-सी सीपी में/रत्नाकर खेल रहा हो'*	: समुद्र	2/37	आँसू
◆	*'दे रही अभी दिखाई भग्न-मग्न रत्नाकर में वह राह'*	: समुद्र, हिन्द महासागर	4/139	पंचम अंक/स्कन्दगुप्त
रत्नाकर हृदय-	*'निठुर इन्हीं चरणों में मैं रत्नाकर हृदय उलीच रहा'*	: हृदय-रूपी समुद्र (रत्नों की खान)	1/235	बालू की वेला/झरना
रथ-नाभि-	*'भाव-चक्र यह चला रही है इच्छा की रथ-नाभि घूमती'*	: (इच्छा-रूपी) रथ की धुरी (केन्द्रीय स्थान)	2/256	रहस्य/कामायनी
रमणीय-	*'शुभ्र प्रासादावली की भी छटा रमणीय है'*	: सुंदर एवं आकर्षक, रमण करने योग्य	1/100	नव वसंत/कानन-कुसुम
◆	*'थी अनन्त की गोद सदृश जो विस्तृत गुहा वहाँ रमणीय;'*	: मन को भानेवाला	2/73	आशा/कामायनी
रमणीय रूप बन-	*'आँखों के साँचे में आकर रमणीय रूप बन ढलता-सा'*	: सुन्दर रूप धारण करके	2/126	लज्जा/कामायनी

शब्द- काव्य-पंक्ति	: अर्थ	प्र.ग्रं./पृ.सं.	स्रोत/संदर्भ
रमणी-हृदय- *'शीर्षक'*	: स्त्री का अंतर्मन	1/134	रमणी-हृदय/कानन-कु.
रम रहे- *'रोम रोम में रम रहे कैसे तुम राम हो'*	: तल्लीन हो रहे	1/261	तुम/झरना
रमा- *'दारिद्र्य दलित बिलखाती हो यह शस्य श्यामला प्रकृति रमा'*	: लक्ष्मी	2/176	इड़ा/कामायनी
रम्य- *'हो रहा प्रतिबिम्ब पूरित रम्य यमुना-जल-हरा'*	: सुंदर, आकर्षक	1/100	नव वसंत/कानन-कुसुम
रम्य कानन- *'रम्य कानन की छटा तट पर अनोखी देख लो'*	: सुन्दर वन	1/115	जल-विहारिणी/का.-कु.
रम्य प्रासाद- *'ऊँचे स्तम्भों पर वलभी-युत बने रम्य प्रासाद वहाँ'*	: सुन्दर महल	2/190	स्वप्न/कामायनी
रम्य फलक- *'उस रम्य फलक पर नवल चित्र-सी प्रकट हुई सुन्दर बाला'*	: सुन्दर परिदृश्य	2/178	इड़ा/कामायनी
रम्य सौन्दर्य-शैल से- *'बही, रम्य सौन्दर्य-शैल से जिसमें जीवन घुल जाए'*	: रमणीयता और सुंदरता के पर्वत की तरह (श्रद्धा)	2/225	निर्वेद/कामायनी
रवि कर- *'पहला संचित अग्नि जल रहा पास मलिन द्युति रवि-कर से;'*	: धूप	2/73	आशा/कामायनी
◆ *'रवि कर हिम खण्डों पर पड़कर हिमकर कितने नये बनाता'*	: सूरज की किरण(-रूपी हाथ)	2/251	रहस्य/कामायनी
रविकरोज्ज्वल-दाम- *'ऊषा अभी निकली नहीं थी रविकरोज्ज्वल-दाम से'*	: सूरज की (प्रभातकालीन) उज्ज्वल किरणों की माला	1/155	चित्रकूट/कानन-कुसुम
रश्मि मंडित- *'हिम खंड रश्मि मंडित हो मणि-द्वीप प्रकाश दिखाता'*	: किरणों से सुशोभित	2/279	आनन्द/कामायनी
रश्मियाँ- *'जिन पत्तियों पर रश्मियाँ आश्रय ग्रहण करती रहीं'*	: सूरज की किरणें	1/107	भक्ति-योग/कानन-कुसुम
रस कन- *'नत मस्तक गर्व वहन करते यौवन के घन, रस कन ढरते'*	: श्रृंगार रस के जलकण	4/186	प्रथम अंक/चन्द्रगुप्त
रस गागरी- *'मधु मुकुल नवल रस गागरी'*	: (कलियाँ मानो) रस की गगरी हैं	1/303	बीती विभावरी जाग री/लहर
रसघन- *'नयनों की नीलम की घाटी जिस रसघन से छा जाती हो'*	: श्रृंगार रस से भरे बादल, आँखों में अनुराग झलकना	2/126	लज्जा/कामायनी
रस जलकन- *'रस जलकन मालती-मुकुल से-'*	: पराग से मिले ओसकण, पुष्परस	1/312	वे कुछ दिन कितने.../लहर
रस भार प्रफुल्ल सुमन- *'रस भार प्रफुल्ल सुमन सब धीरे-धीरे से बरसे'*	: पराग के रस से युक्त विकसित फूल	2/279	आनन्द/कामायनी
रसना- *'रस हुआ रसना में उससे बोलकर'*	: जीभ	1/13	सौन्दर्य/कानन-कुसुम
◆ *'उनकी आमिष लोलुप रसना आँखों से कुछ कहती'*	: जीभ	2/135	कर्म/कामायनी
◆ *'अपनी मीठी रसना से वह बोलेगा ऐसे मधुर बोल'*	: जीभ	2/167	ईर्ष्या/कामायनी
◆ *'तारों से अलक गुँथी थी पहने कदंब की रसना'*	: करधनी, कमरधनी	2/272	आनन्द/कामायनी
रस-निधि- *'रस-निधि में जीवन रहा, मिटी न फिर भी प्यास'*	: रस का समुद्र, प्रेमी	4/129	पंचम अंक/स्कन्दगुप्त
रसमत्त- *'मंजरी रसमत्त मधुकर-पुञ्ज का क्रम हो गया'*	: रस पीकर बेसुध, नशे में, भौंरे मानो मंजर रस पीकर लड़खड़ा रहे हों	1/101	नव वसंत/कानन-कुसुम
रस-रंग- *'देखा तो सुन्दर प्राची में अरुणोदय का रस-रंग हुआ'*	: सूर्योदय के प्रकाश में रंग और रस के सम्मिलन का एहसास हुआ	2/108	काम/कामायनी

शब्द- काव्य-पंक्ति	: अर्थ	प्र.ग्रं./पृ.सं.	स्रोत/संदर्भ
रस-सरवर- *'उस रस-सरवर में क्यों चिंता की लहरी'*	: रस के सरोवर में	1/114	मलिना/कानन-कुसुम
रसाल- *'विकसे नवल रसाल मिले मदमाते मधुकर'*	: रस से युक्त फल, आम का फल	1/120	कोकिल/कानन-कुसुम
रसाल-कुंज- *'चारणभूमि, रसाल-कुंज से- जो शैशव के परिचित थे'*	: आमों का बगीचा	1/190	प्रेमपथिक
रसीला- *'चला है मन्थर गति में पवन रसीला नन्दन कानन का'*	: रस से भरा हुआ (पवन)	3/289	द्वितीय अंक/अजातशत्रु
रहस्य निरुपाय- *'कहा मनु ने, "नभ धरणी बीच बना जीवन रहस्य निरुपाय;'*	: वैसा रहस्य जो बेबस कर दे	2/85	श्रद्धा/कामायनी
रहस्य वरदान- *'ईश का यह रहस्य वरदान कभी मत इसको जाओ भूल;'*	: दुःख ईश्वर का रहस्यमय वरदान है, इसे अभिशाप नहीं समझना चाहिए	2/89	श्रद्धा/कामायनी
रहीमखाँ- *'जो रहीमखाँ अकबर का चिर-मित्र है'*	: अब्दुल रहीम खानखाना, अकबर के सामंत और कवि	1/207	महाराणा का महत्त्व
राई-सा- *'लावण्य-शैल राई-सा/जिस पर वारी-बलिहारी'*	: सरसों का दाना, सरसों का दाना पीला होता है और राई का लालिमा से युक्त कालापन लिये हुये	2/10	आँसू
राका- *'सब कह दें 'वह राका आई!'*	: रात	1/326	ओ री मानस की.../लहर
राका जलनिधि- *'परिचय राका जलनिधि का/ जैसे होता हिमकर से'*	: रात और समुद्र	2/9	आँसू
राका रानी- *'छोटा सा मुकुर प्रकृति का या सोयी राका रानी'*	: रात मानो रानी (की तरह मानसरोवर की श्वेत शय्या पर सोयी हो)	2/272	आनन्द/कामायनी
राका वसन्त-सा मधुर- *'राका वसन्त-सा मधुर, तीक्ष्ण दिनकर-सा'*	: वसन्त ऋतु की मधुर रात के समान	3/80	द्वितीय दृश्य/कल्या. परि.
राक्षसत्व- *'मानवता में राक्षसत्व का अब है पूर्ण प्रचार'*	: राक्षसी-भाव, अमानवीय भाव	4/54	प्रथम अंक/स्कन्दगुप्त
राग- *'अधरों में राग अमंद पिये'*	: रंग (लिप्स्टिक)	1/303	बीती विभावरी जाग री/लहर
राग-पटल- *'गोधूली के राग-पटल में स्नेहांचल फहराती है'*	: लाल रंग का आकाश (शाम में)	3/252	प्रथम अंक/अजातशत्रु
राग-भाव- *' 'कुछ मेरा हो' यह राग-भाव संकुचित पूर्णता है अजान'*	: आसक्ति का भाव	2/175	इड़ा/कामायनी
रागमयी संध्या- *'पश्चिम की रागमयी संध्या अब काली थी हो चली, किन्तु'*	: शाम की रंगीन प्रकृति	2/159	ईर्ष्या/कामायनी
रागमयी-सी- *'या कभी अपूर्ण अहंता में हो रागमयी-सी महासक्ति'*	: आसक्ति से परिपूर्ण	2/177	इड़ा/कामायनी
राग-रंजित चंद्रिका- *'राग-रंजित चंद्रिका थी, उड़ा सुमन-पराग'*	: प्रेम की भावनाओं से रँगी हुई चाँदनी	2/115	वासना/कामायनी
राग-रक्त- *'राग-रक्त होते कपोल हैं'*	: प्रेम की लाली	3/478	द्वितीय अंक/कामना
◆ *'व्यथित विश्व का राग-रक्त क्षत हूँ मुझको पहचानो तो'*	: प्रेम की लालिमा	3/493	तृतीय अंक/कामना
राग-विराग- *'तुम राग-विराग करो सबसे अपने को कर शतशः विभक्त'*	: (किसी से) प्रेम तथा (किसी से) घृणा-द्वेष	2/176	इड़ा/कामायनी

शब्द-	काव्य-पंक्ति	: अर्थ	प्र.ग्रं./पृ.सं.	स्रोत/संदर्भ
रागारुण-	-*'मधुर माधवी संध्या में जब रागारुण रवि होता अस्त'*	: लाल रंग का, प्रेम की भावना से मुँह का लाल हो जाना	1/327	मधुर माधवी संध्या में/लहर
◆	*'वह देखो रागारुण है जो ऊषा के कंदुक-सा सुन्दर'*	: अनुराग के लाल रंग का (आलोक-बिन्दु), 'राग' नामक माया-कंचुक, इच्छा-लोक	2/255	रहस्य/कामायनी
रागारुण किरण-कला-सी-	*'रागारुण किरण-कला-सी विकसीं बन स्मिति लेखाएँ'*	: (प्रभातकालीन सूर्य) की लाल किरणों के सौन्दर्य के समान, रागरंजित रश्मियों की ज्योति (के समान श्रद्धा की मुस्कान)	2/276	आनन्द/कामायनी
रागारुण चेतन-	*'यहाँ मनोमय विश्व कर रहा रागारुण चेतन उपासना'*	: 'राग' नामक माया-कंचुक से आवृत्त प्राणी, विषयासक्त जीव	2/256	रहस्य/कामायनी
रागिनी-	*'रागिनी गावे तुंग तरंग'*	: लय-युक्त गीत	1/260	सुधासिंचन/झरना
राघव-	*'राघव बोले देख जानकी के आनन को'*	: रघुवंशी राम	1/153	चित्रकूट/कानन-कुसुम
राजचिह्नों-	*'शून्य राजचिह्नों से मंदिर बस समाधि सा रहा खड़ा'*	: राजसी प्रतीक (ठाट-बाट, वैभव)	2/34	निर्वेद/कामायनी
राजदंड-	*'सजग हुए मनु वज्र-खचित ले राजदंड तब'*	: राजसत्ता का प्रतीक दंड या छड़ी	2/206	संघर्ष/कामायनी
राजदंड को वज्र बनाकर-	*'राजदंड को वज्र बनाकर सचमुच देखें'*	: राजदंड का दमन के लिए उपयोग करना	2/207	संघर्ष/कामायनी
राजन्य-	*'केंद्रच्युत नक्षत्र-मंडल-से हुए राजन्य थे'*	: राजा लोग	1/164	कुरुक्षेत्र/कानन-कुसुम
राजसूय-	*'सुप्रभात किया अनुष्ठित राजसूय सुरीति से'*	: एक यज्ञ, पांडवों ने यह यज्ञ करवाया था	1/164	कुरुक्षेत्र/कानन-कुसुम
राजहंस-	*'राजहंस भी जिस सुंदरता पर मोहित-सम मत्त हुआ'*	: श्रेष्ठ हंस	1/125	दलित-कुमुदिनी/का.-कु.
राजि-	*'रत्न राजि, सींची जाती सुमन-मरन्द से'*	: ढेर, भांडार	1/351	प्रलय की छाया/लहर
राशिकृत-	*'यहाँ राशिकृत विपुल विभव सब मरीचिका से दीख पड़ रहे'*	: विशाल भांडार	2/259	रहस्य/कामायनी
राष्ट्र-नीति-	*'तुम दोनों देखो राष्ट्र-नीति, शासक बन फैलाओ न भीति'*	: सारस्वत प्रदेश की राज्य-व्यवस्था	2/240	दर्शन/कामायनी
राष्ट्र-स्वामिनी-	*'राष्ट्र-स्वामिनी! यह लो सब कुछ वैभव अपना'*	: सारस्वत प्रदेश की स्वामिनी या रानी	2/204	संघर्ष/कामायनी
रास की राका-	*'रास की राका रुकी थी देख मुख ब्रजभूमि में'*	: (शरद् पूर्णिमा की वह) रात जिसमें रास-लीला का नृत्य हुआ था	1/163	कुरुक्षेत्र/कानन-कुसुम
राहुग्रस्त-सी-	*'ज्यों राहुग्रस्त-सी शशि-लेखा, जिस पर विषाद की विष-रेखा'*	: मानो राहु ने ग्रस लिया हो	2/235	दर्शन/कामायनी
रिक्त-	*'अट्टहास कर उठा रिक्त का वह अधीर-तम, सूना राज'*	: निर्जन स्थान	2/77	आशा/कामायनी
रिक्त चषक-	*'रिक्त चषक सा चन्द्र लुढ़ककर है गिरा'*	: खाली प्याला (जाम, मधुपात्र)	1/228	पावस प्रवास/झरना
रिक्त-जीवन-घट-	*'यह व्यर्थ रिक्त-जीवन-घट पीयूष-सलिल से भरने'*	: जीवन के खाली पड़े घड़े को	2/271	आनन्द/कामायनी

शब्द-	काव्य-पंक्ति	: अर्थ	प्र.ग्रं./पृ.सं.	स्रोत/संदर्भ
रिस-	*'एक बाँकपन प्रतिपद शशि का, भरे भाव कुछ रिस के हैं'*	: (प्रणय का) कोप या रोष	2/192	स्वप्न/कामायनी
रीती-	*'तुम सुनकर सुख पाओगे देखोगे यह गागर रीती'*	: खाली, रिक्त	1/292	मधुप गुनगुना कर.../लहर
रुचिर साज-	*'कोमल काले ऊनों की नव पट्टिका बनाती रुचिर साज'*	: सुन्दर सजावट	2/159	ईर्ष्या/कामायनी
रुद्ध-	*'हो वर्त्तमान से वंचित तुम अपने भविष्य में रहो रुद्ध'*	: उलझा हुआ	2/177	इड़ा/कामायनी
रुद्र-	*'व्यथित बैठा है उसके तीर- और क्या विष पी लेगा रुद्र'*	: शिव का एक भीषण रूप	1/148	धर्मनीति/कानन-कुसुम
रुद्र-नयन-	*'रुद्र-नयन खुल गया अचानक, व्याकुल काँप रही नगरी'*	: शिव की तीसरी आँख	2/192	स्वप्न/कामायनी
रुद्र-नाराच-	*'धूमकेतु-सा चला रुद्र-नाराच भयंकर'*	: शिव का बाण	2/209	संघर्ष/कामायनी
रुद्र-रोष-	*' "है रुद्र-रोष अब तक अशांत", श्रद्धा बोली, 'बन विषम ध्वान्त!'*	: महादेव (भगवान् शंकर) का रोष	2/238	दर्शन/कामायनी
रुद्र-हुंकार-	*'अंतरिक्ष में हुआ रुद्र-हुंकार भयानक हलचल थी'*	: क्रोधित शिव की भयंकर गर्जना	2/192	स्वप्न/कामायनी
रुधिर-फुहारा-पूर्ण-यवन-कर-	*'रुधिर-फुहारा-पूर्ण-यवन-कर कट गया'*	: खून के फव्वारे से युक्त मुगल (योद्धा) का (कटा हुआ) हाथ	1/204	महाराणा का महत्त्व
रूखी सिकता-	*'बढ़ उमंग-सरिता आवेगी आर्द्र किये रूखी सिकता'*	: रुखाई-रूपी बालू	1/242	कब/झरना
रूप की ज्वाला-	*'कैसी कड़ी रूप की ज्वाला'*	: सुन्दरता का दाहक प्रभाव	3/87	सप्तम दृश्य/कल्या.परि.
रूप के जल में-	*'प्यासी मछली-सी आँखें थीं विकल रूप के जल में'*	: तरल सौन्दर्य, नित-नूतन सौन्दर्य	2/4	आँसू
रूप-चंद्रिका-	*'रूप-चंद्रिका में उज्ज्वल थी आज निशा-सी नारी'*	: उज्ज्वल सौन्दर्य मानो चाँदनी की तरह है	2/145	कर्म/कामायनी
रूपजन्य-	*'यह जो केवल रूपजन्य है मोह न उसका स्पर्धी है'*	: रूप से उत्पन्न	1/192	प्रेमपथिक
रूप जलधि-	*'रूप जलधि में लोल लहरिया उठ रहीं'*	: सौन्दर्य-रूपी समुद्र	1/226	रूप/झरना
रूप-निशा-	*'रूप-निशा की ऊषा में फिर कौन सुनेगा तेरा गान'*	: सौन्दर्य-रूपी रात	4/238	द्वितीय अंक/चन्द्रगुप्त
रूप-माधुरी-	*'निज रूप-माधुरी की चसकी लगा दे मुझको'*	: रूप की मिठास	1/141	मोहन/कानन-कुसुम
रूप-रत्नाकर-	*'और दुर्लभ होगी पहचान, रूप-रत्नाकर भरा अथाह'*	: (प्रिय के) सौन्दर्य का अथाह सागर	4/233	द्वितीय अंक/चन्द्रगुप्त
रूप-राशि-	*'रूप-राशि इस व्यथित हृदय सागर को - बहला दो'*	: अत्यधिक सुन्दर, जिसके पास सौन्दर्य का भांडार हो	4/275	चतुर्थ अंक/चन्द्रगुप्त
रूपविभा-	*'शशि-सी वह सुंदर रूपविभा'*	: रूप की सुंदरता का प्रकाश	1/322	शशि-सी वह सुंदर रूपविभा/लहर
रूपसागर-मध्य-	*'रूपसागर-मध्य रेखा- वलित कंबु कमाल है'*	: सौन्दर्य के समुद्र के बीच (दोनों युवतियाँ मानो रूप का सागर हैं)	1/116	जल-विहारिणी/का.-कु.
रूप-सीमा-	*'माना कि रूप-सीमा है सुन्दर ! तव चिर यौवन में'*	: सौन्दर्य का अंतिम रूप, प्रिय का रूप सौन्दर्य का चरम है	2/10	आँसू

शब्द-	काव्य-पंक्ति	: अर्थ	प्र.ग्रं./पृ.सं.	स्रोत/संदर्भ
रूप-सुषमा-	*'देखकर वह रूप-सुषमा मनु हुए कुछ शांत'*	: सुंदरता की शोभा	2/114	वासना/कामायनी
रेख-	*'छायापथ में राह देखती गिनती प्रणय-अवधि की रेख'*	: निशानियाँ, संकेत	4/238	द्वितीय अंक/चन्द्रगुप्त
रेखा-वलित-	*'रूपसागर-मध्य रेखा-वलित कंबु कमाल है'*	: वलय (गोल, वृत्ताकार) के आकार की रेखा (गर्दन में)	1/116	जल-विहारिणी/का.-कु.
रेला-	*'कहाँ मिलोगे? किसी विजन में- न हो भीड़ का जब रेला'*	: प्रवाह, बहाव, अधिकता	1/235	बालू की वेला/झरना
रोमराजी-	*'कभी पुलकित रोमराजी से शरीर उछाल'*	: रोओं की पंक्ति	2/112	वासना/कामायनी
रोमाञ्च-	*'परमाणु भी सब स्तब्ध थे, रोमाञ्च भी था हो रहा'*	: सिहरन, आवेग	1/108	भक्ति-योग/कानन-कु.
रोमाली-	*'संकेत कर रही रोमाली चुपचाप बरजती खड़ी रही'*	: रोओं की पंक्ति	2/125	लज्जा/कामायनी
रोमावलि-	*'सोता, तारक-किरन-पुलक-रोमावलि मलयज वात,'*	: रोमों (रोओं) की पंक्तियाँ	1/328	अंतरिक्ष में अभी सो रही/लहर
रोली-	*'हे अरुणे ! सदा सुहागिनि/मानवता सिर की रोली'*	: ललाट का लाल टीका	2/31	आँसू
रोषानल-	*'रोषानल से ज्वलित नेत्र भी लाल हैं'*	: क्रोध की अग्नि	1/161	शिल्प-सौन्दर्य्य/का.-कु.
लक्षहार-	*'पूरा कर देता लक्षहार,'*	: लाखों की कीमतवाली माला	1/319	मुझको न मिला.../लहर
लक्ष्मी को निर्वेद-	*'जब कि सब विधियाँ रहें निषिद्ध, और हो लक्ष्मी को निर्वेद'*	: धन-धान्य मानो खेदपूर्ण हो (वैराग्यभाव से युक्त)	1/148	धर्मनीति/कानन-कु.
लख लाली-	*'लख लाली प्रकृति कपोलों में गिरता तारा दल मतवाला'*	: (प्रकृति-सुन्दरी के कपोलों पर) फैली लाली देखकर	2/181	इड़ा/कामायनी
लखाई-	*'वह प्रकट न वैसी आर्द्र देती लखाई'*	: दिखायी	3/79	द्वितीय दृश्य/कल्या.परि.
लगे जगाने विश्व-	*'जगे हम, लगे जगाने विश्व लोक में फैला फिर आलोक'*	: विश्व को ज्ञान भारत ने दिया	4/138	पंचम अंक/स्कन्दगुप्त
लघिमा का व्यापार-	*'हुआ वह लघिमा का व्यापार'*	: छोटेपन (तुच्छता) का प्रतीक, तुच्छ कार्य	1/244	असन्तोष/झरना
लघु क्षण-	*'जीवन कितना? अति लघु क्षण,'*	: क्षणिक, अस्थायी, भंगुर, नश्वर	1/329	अशोक की चिंता/लहर
लघु जलधर-	*'लघु जलधर का सृजन हुआ था जिसको शशि-लेखा घेरे'*	: बादलों (भावनाओं) से निर्मित छोटी-सी (दुनिया)	2/226	निर्वेद/कामायनी
लघुता-	*'लघुता मत देखो वक्ष चीर, जिसमें अनुशय बन घुसा तीर'*	: तुच्छता, क्षुद्रता	2/244	दर्शन/कामायनी
लघु त्राण-	*'जगत नश्वरता से लघु त्राण, लता, पादप, सुमनों के पुंज'*	: मुक्ति की सीमित अनुभूति	1/294	अरी वरुणा की शांत कछार/लहर
लघु भव-	*'मेरे किसलय का लघु भव यह'*	: छोटा संसार	1/323	अरे आ गई है भूली.../लहर
लघु भार-	*'हृदय में है काँपती धड़कन, लिए लघु भार !'*	: मन पर हल्का बोझ महसूस करना	2/116	वासना/कामायनी
लघु लहरी-	*'इस ग्रह कक्षा की हलचल! री तरल गरल की लघु लहरी!'*	: छोटी लहर, धीरे-धीरे प्रभाव डालती है चिंता	2/53	चिंता/कामायनी
लघु विचार-	*'मैं भूला हूँ तुमको निहार, नारी सा ही! वह लघु विचार'*	: तुच्छ विचार	2/244	दर्शन/कामायनी
लघु विश्व-	*'सूना न रहेगा यह मेरा लघु विश्व कभी जब रहोगे न'*	: छोटा-सा अपना घर-संसार	2/166	ईर्ष्या/कामायनी

शब्द- काव्य-पंक्ति	: अर्थ	प्र.ग्रं./पृ.सं.	स्रोत/संदर्भ
लघु शृंग- *'या कि, नव इन्द्रनील लघुशृंग फोड़ कर धधक रही हो कांत;'*	: छोटे पर्वत की चोटी	2/84	श्रद्धा/कामायनी
लघु सुरधनु- *'लघु सुरधनु से पंख पसारे - शीतल मलय समीर सहारे'*	: छोटे-छोटे इन्द्रधनुष (के समान रंगीन पक्षी)	4/35	द्वितीय अंक/चन्द्रगुप्त
लज्जा- *'मैं रति की प्रतिकृति लज्जा हूँ मैं शालीनता सिखाती हूँ'*	: कामक्रीड़ा के प्रति संकोच का भाव	2/128	लज्जा/कामायनी
लज्जाकर- *'किया अधम इस लज्जाकर दुष्कर्म को'*	: शर्मनाक	1/207	महाराणा का महत्त्व
लज्जावती- *'लज्जावती मनोज्ञ लता का दृश्य दिखाती'*	: शर्मीली, जिसमें स्वाभाविक संकोच हो	1/110	रजनीगंधा/कानन-कुसुम
लता कलित- *'अचल हिमालय का शोभनतम लता कलित शुचि सानु शरीर,'*	: लताओं से युक्त होकर सुन्दर	2/71	आशा/कामायनी
लता-ललिता- *'लता-ललिता से लिपटकर ही महान प्रमत्त है'*	: सुंदर कलात्मक लताएँ	1/100	नव वसंत/कानन-कुसुम
लता-वीरुध- *'लता-वीरुध दिया करते जिसे छाया दान'*	: पेड़-पौधे और लताएँ	2/114	वासना/कामायनी
लतावृत- *'ना, गुहा लतावृत एक पास, कोई जीवित ले रहा साँस'*	: लताओं से घिरी हुई (गुफा)	2/242	दर्शन/कामायनी
लतिका- *'लो यह लतिका भी भर लाई'*	: लता	1/303	बीती विभावरी जाग री/लहर
लतिका घूँघट- *'लतिका घूँघट से चितवन की वह कुसुम दुग्ध-सी मधु-धारा,'*	: लता-रूपी घूँघट	2/98	काम/कामायनी
लतिका-प्रवाल- *'उसके अधरों में फैलेगा नवमधुमय स्मिति-लतिका-प्रवाल'*	: लता पर निकले किसलय की तरह	2/167	ईर्ष्या/कामायनी
लतिका-लास- *'देखता हूँ चकित जैसे ललित लतिका-लास'*	: लताओं का लास्य भाव से झूमना	2/114	वासना/कामायनी
लथेड़ता- *'हरे-हरे द्रुमदल को खूब लथेड़ता'*	: लथाड़ना, घसीटना या चोट पहुँचाना	1/201	महाराणा का महत्त्व
लब्धि- *'गत निधि फिर आती पूर्ण की लब्धि ही में'*	: प्राप्ति	1/135	विरह/कानन-कुसुम
लय- *'स्वप्न, स्वाप, जागरण भस्म हो इच्छा क्रिया ज्ञान मिल लय थे'*	: लीन (पराशक्तियों का मिल जाना)	2/263	रहस्य/कामायनी
लय-सीमा- *'लय-सीमा में यह कंपन,'*	: लय की सीमा, मानो दु:ख भी क्रमबद्ध हो	1/331	अशोक की चिंता/लहर
ललकों- *'सुख की प्यासी ललकों में'*	: व्यग्र इच्छाएँ, ललक	1/330	अशोक की चिंता/लहर
ललाई- *'मादकता भरी ललाई है'*	: लालिमा	1/304	आँखों से अलख.../लहर
ललाट की खल लेखा- *'हे अभाव की चपल बालिके, री ललाट की खल लेखा!'*	: चिंता ललाट की दुर्भाग्य-रेखा है, मस्तक पर दुर्भाग्य की रेखाएँ, रेखा-ज्योतिष के अनुसार मस्तक पर भाग्य-दुर्भाग्य की रेखाएँ होती हैं	2/53	चिंता/कामायनी
ललाम- *'जय अखिल लोक ललाम'*	: सुन्दर और श्रेष्ठ	3/165	तृतीय अंक/राज्यश्री
ललित कर्ण कपोल- *'स्पर्श करने लगी लज्जा ललित कर्ण कपोल'*	: (श्रद्धा के) लालित्यपूर्ण (सुन्दर) कान और गाल	2/119	वासना/कामायनी
ललित लतिका-लास- *'देखता हूँ चकित जैसे ललित लतिका-लास'*	: सुन्दर लताओं का लास्य भाव से झूमना	2/114	वासना/कामायनी

शब्द-	काव्य-पंक्ति	: अर्थ	प्र.ग्रं./पृ.सं.	स्रोत/संदर्भ
ललित लालसा-	*'ललक रही थी ललित लालसा सोम-पान की प्यासी'*	: मन को खींच लेनेवाली उत्कट इच्छा	2/133	कर्म/कामायनी
ललिता-	*'लहराती ललिता लता सुबाल लजीली'*	: सुन्दर, ललित-भाव के कारण सुन्दर	1/113	मलिना/कानन-कुसुम
ललिता लता-सी-	*'संचारिणी ललिता लता-सी हो गई घन-कुंज में'*	: सुन्दर और कोमल लता के समान (सीता)	1/156	चित्रकूट/कानन-कुसुम
लवलीन-	*'लालिमा में लय हो लवलीन'*	: प्रेम में मग्न, लीन हो जाना	4/89	तृतीय अंक/स्कन्दगुप्त
लहरियों की माला-	*'जलनिधि में बन जलती कैसी आज लहरियों की माला'*	: तरंगों का क्रमबद्ध उठना-गिरना	2/59	चिंता/कामायनी
लहरी-	*'लहरी, कूल चूमने चल कर'*	: छोटी लहरें	1/311	कितने दिन जीवन.../लहर
लहरों में प्यास-	*'लहरों में प्यास भरी है है भँवर पात्र भी खाली'*	: स्मृति-रूपी लहरों में अतीत की अतृप्ति भरी है	2/14	आँसू
लहि संग-	*'लहि संग तरुन के सुन्दर बनी सजीली'*	: साथ प्राप्त करके	1/113	मलिना/कानन-कुसुम
लहे-	*'नव चंद अमंद प्रकाश लहे मतवाली'*	: ग्रहण करना	1/114	मलिना/कानन-कुसुम
लाघव-	*'देश काल का लाघव करते वे प्राणी चंचल से हैं'*	: लघु बना देना, आसान बना देना, कुशलता	2/190	स्वप्न/कामायनी
लाज भरे सौन्दर्य-	*'हे लाज भरे सौन्दर्य! बता दो मौन बने रहते हो क्यों?'*	: लज्जाभाव से भरी (स्त्री-सुलभ) सुन्दरता	4/186	प्रथम अंक/चन्द्रगुप्त
लाज-शृंखला-	*'जकड़ी हुई थी अपनी ही लाज-शृंखला में'*	: लज्जा के बंधन में	1/349	प्रलय की छाया/लहर
लालसा-	*'हृदय में क्या है नहीं अधीर, लालसा जीवन की निःशेष?'*	: उत्कट इच्छा	2/88	श्रद्धा/कामायनी
लालिमा-	*'फिर चढ़ गई आपादमस्तक लालिमा दौड़ी हुई'*	: त्वचा पर लाल रंग (रक्तप्रवाह के कारण)	1/108	भक्ति-योग/कानन-कु.
लाली के डोरे-	*'मादकता लाली के डोरे इधर फँसे हों पलकों से'*	: आँखों में प्रेम की लाल लकीरें	4/133	पंचम अंक/स्कन्दगुप्त
लाली से ललाम-	*'लग गया रक्त था उस मुख में हिंसा-सुख लाली से ललाम!'*	: शिकार के रक्त की लाली में सौन्दर्य की अनुभूति	2/157	ईर्ष्या/कामायनी
लावण्य-शैल-	*'लावण्य-शैल राई-सा जिस पर वारी-बलिहारी'*	: लावण्य का विराट रूप, यदि लुनाई को पर्वत की तरह मान लिया जाए	2/10	आँसू
लास रास-	*'लास रास कर रहे लटकते हुए अधर में'*	: लास्यभाव से रास-नृत्य करना	2/199	संघर्ष/कामायनी
लास-रास-	*'उस लास-रास में विह्वल थी हँसती सी कल्याणी'*	: कोमल मधुमय नृत्य की आनंदमयी क्रीड़ा	2/279	आनन्द/कामायनी
लिप्सा-	*'फूलों का रस लेने की लिप्सा नहीं'*	: तीव्र आकर्षण-सहित इच्छा	1/144	मिल जाओ गले/का.-कु.
लीजे-	*'इस भाव को हमारे उसको तो देख लीजे'*	: लीजिए (ब्रजभाषा के प्रभाव से बना क्रिया-रूप)	1/91	मंदिर/कानन-कुसुम
लीला निष्ठुर-	*'कब रुकती लीला निष्ठुर'*	: (प्रकृति के) क्रिया-व्यापार किसी की परवाह किये बगैर संपन्न होते रहते हैं	1/315	वसुधा के अंचल पर/लहर
लीलामय-	*'निर्विकार लीलामय! तेरी शक्ति न जानी जाती है'*	: ईश्वर, लीला से परिपूर्ण, ईश्वर अवतार लेकर जो काम करते हैं उन्हें प्रायः लीला ही कहा जाता है	1/88	वंदना/कानन-कुसुम

शब्द- काव्य-पंक्ति	: अर्थ	प्र.ग्रं./पृ.सं.	स्रोत/संदर्भ
लीलामय आनन्द- *'कर रही लीलामय आनन्द, महाचिति सजग हुई सी व्यक्त;'*	: सृष्टि की महाचेतना आनन्द और क्रीड़ा-कौतुक से परिपूर्ण है	2/89	श्रद्धा/कामायनी
लीला विलास- *'लीला विलास की खेद भरी अवसादमयी श्रम-दलिता-सी'*	: कामक्रीड़ा की विलासमयी लीला	2/128	लज्जा/कामायनी
लीला-हिलोर- *'आती है वाणी में न कभी वह चाव भरी लीला-हिलोर'*	: क्रीड़ा-भाव से भरी हुई लहरें	2/158	ईर्ष्या/कामायनी
लुकते- *'माधवी निशा की अलसाई अलकों में लुकते तारा-सी'*	: छिपते	2/100	काम/कामायनी
लुक रहना- *'जब लीला से तुम सीख रहे कोरक-कोने में लुक रहना;'*	: छिप जाना	2/97	काम/कामायनी
लुटरी खुली अलक- *'लुटरी खुली अलक, रज-धूसर बाँहें आकर लिपट गयीं'*	: मुख पर लटकते हुए घुँघराले बाल	2/188	स्वप्न/कामायनी
लुटे-से- *'एक झिटका-सा लगा सहर्ष, निरखने लगे लुटे-से, कौन- '*	: मोहित हो जाना, बलिहारी हो जाना	2/83	श्रद्धा/कामायनी
लुब्ध- *'नीरद जलधि लुब्ध हो भीमा प्रकृति, हृदय भय भरे हुए'*	: लोभ करना, मुग्ध होना	3/209	द्वितीय अंक/विशाख
लेख- *'युग-युग की वह विकल प्रतारित मिटी हुई बन लेख रही'*	: लिखावट	2/189	स्वप्न/कामायनी
लेखो- *'जीवन-मधु एकत्र कर रहीं उन ममाखियों-सा बस लेखो'*	: निश्चित रूप से समझो	2/261	रहस्य/कामायनी
लेलिहान- *'बाड़व लेलिहान जिह्वा का करता है विस्तार'*	: लालची, लुब्ध	4/54	प्रथम अंक/स्कन्दगुप्त
लेश- *'धैर्य का कुछ भी न मनु के हृदय में था लेश'*	: निशानी, चिह्न	2/118	वासना/कामायनी
लोक-अग्नि- *'मैं लोक-अग्नि में तप नितांत, आहुति प्रसन्न देती प्रशांत'*	: सांसारिक जीवन की ज्वाला (कष्ट)	2/239	दर्शन/कामायनी
◆ *'वह लोक-अग्नि में तप-गलकर, थी ढली स्वर्ण प्रतिमा बनकर'*	: सांसारिक जीवन के संतापों की ज्वाला	2/243	दर्शन/कामायनी
लोक-पथिक- *'चले आ रहे छायापथ में लोक-पथिक जो थकते'*	: संसार के लोग मानो यात्री हैं	2/144	कर्म/कामायनी
लोक- ललाम- *'बने मति सुंदर लोक-ललाम'*	: संसार के लिए सुन्दर	1/129	विनय/कानन-कुसुम
लोचन-गोचर-सकल-लोक- *'यह लोचन-गोचर-सकल-लोक, संसृति के कल्पित हर्ष शोक;'*	: आँख (इन्द्रिय) से दिखनेवाला सारा संसार	2/234	दर्शन/कामायनी
लोध्र कुसुम रज- *'गंध चूर्ण था लोध्र कुसुम रज, जुटे नवीन प्रसाधन थे'*	: लोध नामक फूल के पराग-कण	2/190	स्वप्न/कामायनी
लोम विलोम- *'तपती थी मध्याह्न-किरण सी प्राणों की गति लोम विलोम'*	: क्रम और व्यतिक्रम, सीधा क्रम और उल्टा क्रम	1/236	चिह्न/झरना
लोल- *'लोल अलकावलि हुई मानो मधुव्रत मिल गये'*	: चंचल	1/101	नव वसंत/कानन-कुसुम
लोल लहर- *'उठ उठ री लघु लघु लोल लहर!'*	: चंचल लहरें (स्मृतियाँ)	1/290	उठ उठ री लघु.../लहर
◆ *'मानस सागर के तट पर क्यों लोल लहर की घातें'*	: स्मृतियाँ मानो चंचल लहरें हैं	2/3	आँसू

शब्द-	काव्य-पंक्ति	: अर्थ	प्र.ग्रं./पृ.सं.	स्रोत/संदर्भ
♦	*'बहती माया सरिता ऊपर, उठती किरणों की लोल लहर'*	: चंचल लहर (की तरह किरणें)	2/242	दर्शन/कामायनी
लोल लहरियाँ-	*'रूप जलधि में लोल लहरिया उठ रहीं'*	: चंचल लहरें	1/226	रूप/झरना
लोलुप रसना-	*'उनकी आमिष लोलुप रसना आँखों से कुछ कहती'*	: स्वादिष्ट भोजन के लिए लालायित जीभ	2/135	कर्म/कामायनी
लौह-हिय-	*'लौह-हिय को आँच इसकी ही कड़ी'*	: लोहे की तरह कठोर दिलवाला	1/13	सौन्दर्य/कानन-कुसुम
वंचकता-	*'वंचकता, पीड़ा, घृणा, मोह'*	: धोखाधड़ी, फरेब	1/319	मुझको न मिला रे.../लहर
वंचना-	*'अतिचारी मिथ्या मान इसे परलोक-वंचना से भर जा'*	: भ्रम, धोखा	2/177	इड़ा/कामायनी
वंचित-	*'वंचित रे! यह किस अतीत की विकल कल्पना का परिणाम'*	: (जिसे प्रेम का) अभाव हो	1/327	मधुर माधवी संध्या में/लहर
वंचित जीवन-	*'वंचित जीवन बना समर्पण यह अभिमान अकिंचन का'*	: अभावमय जीवन	2/187	स्वप्न/कामायनी
वंशी नीरव-	*'वंशी नीरव पड़ी धूल में'*	: मौन बाँसुरी	1/233	विषाद/झरना
वंशी-रव-	*'दूरागत वंशी-रव'*	: बाँसुरी की आवाज	1/339	प्रलय की छाया/लहर
♦	*'श्वास पवन पर चढ़कर मेरे दूरागत वंशी-रव सी'*	: बाँसुरी की मधुर ध्वनि	2/226	निर्वेद/कामायनी
वक्ष विकल अशांत-	*'धधकती ज्वाला मधुर, था वक्ष विकल अशांत'*	: (काम की उत्तेजना के कारण) मन की व्याकुलता और बेचैनी	2/118	वासना/कामायनी
वक्षस्थल-	*'वक्षस्थल पर एकत्र धरे संसृति के सब विज्ञान ज्ञान'*	: छाती, स्तन	2/179	इड़ा/कामायनी
वज्र-खचित-	*'सजग हुए मनु वज्र-खचित ले राजदंड तब'*	: वज्र की ताकत से युक्त(राजदंड)	2/206	संघर्ष/कामायनी
वज्र-निर्घोष-सा-	*'वज्र-निर्घोष-सा सुनाई पड़ा भीषणतम-'*	: वज्र गिरने की गम्भीर आवाज के समान	1/349	प्रलय की छाया/लहर
वज्र प्रगति-	*'फिर झंझा हो वज्र प्रगति से भीतर बाहर'*	: आकाशीय बिजली की तीव्र गति से	2/203	संघर्ष/कामायनी
वत्स-	*'लक्ष्मण! आओ वत्स, कहाँ तुम चढ़ रहे'*	: अपने से छोटे के प्रति स्नेह से किया गया संबोधन	1/156	चित्रकूट/कानन-कुसुम
वत्सला-	*'एक पुत्र वत्सला दुराशामयी विधवा'*	: वात्सल्य-भाव से युक्त	1/334	शेरसिंह का श.-स./लहर
वदन-	*'तुम्हारा विकसित वदन बताता, हँसे मित्र को निरख के कैसे'*	: मुख, चेहरा	1/112	सरोज/कानन-कुसुम
वदन अरुण-	*'सुरा सुरभिमय वदन अरुण वे नयन भरे आलस अनुराग;'*	: गोरा चेहरा	2/57	चिंता/कामायनी
वदन निहार-	*'कभी निज भोले नयन से अतिथि वदन निहार'*	: श्रद्धा का चेहरा	2/112	वासना/कामायनी
वदान्यता-	*'तेज ओज बल जो वदान्यता कदम्ब- सा'*	: उदारता, वाणी से संतुष्ट करना	1/337	पेशोला की प्रति./लहर
वध्य पशु-	*'वध्य पशु भी था सुयोधन, भार्गवादिक मंत्र थे'*	: बलि चढ़ाया जानेवाला पशु	1/165	कुरुक्षेत्र/कानन-कुसुम
वनचर-मृग-	*'चंचल तू, वनचर-मृग बन कर भरता है चौकड़ी कहीं'*	: जंगली हिरण	2/188	स्वप्न/कामायनी
वन-पथ-	*'दूर, जैसे सघन वन-पथ अंत का आलोक'*	: जंगल का अगम्य रास्ता	2/111	वासना/कामायनी
वन बालाओं-	*'वन बालाओं के निकुंज सब भरे वेणु के मधु स्वर से'*	: वन की देवियाँ, वन मानो कुछ देवियों के नियंत्रण में हैं	2/188	स्वप्न/कामायनी

शब्द-	काव्य-पंक्ति	: अर्थ	प्र.ग्रं./पृ.सं.	स्रोत/संदर्भ
वन बेली-	*'थी ज्योतिष्मती प्रफुल्लित मानस-तट की वन बेली'*	: वनलता ('ज्योतिष्मती' नाम की)	2/276	आनन्द/कामायनी
वन-वल्लरियों-	*'सघन वन-वल्लरियों के नीचे'*	: वन की लताएँ	3/437	प्रथम अंक/कामना
वनस्थली-	*'और जलद वह रिमझिम बरसा मन वनस्थली हुई हरी'*	: वन प्रदेश (मन-रूपी)	2/227	निर्वेद/कामायनी
वनस्पतियाँ अलसाई-	*'जगीं वनस्पतियाँ अलसाई मुख धोती शीतल जल से'*	: बर्फ के कारण पेड़-पौधे कुम्हला गये थे	2/67	आशा/कामायनी
वनिता-	*'ध्यान कीजिए, वह वनिता है शत्रु की'*	: स्त्री	1/207	महाराणा का महत्त्व
वनिताओं-	*'क्योंकि हृदय कोमल होता है वनिताओं का, बातों में'*	: स्त्रियों, वनिता	1/185	प्रेमपथिक
वन्य वीरुध-	*'वे वन्य वीरुध कुसुम परिपूरित भले थे खिल रहे'*	: जंगल के पेड़-पौधे	1/107	भक्ति-योग/कानन-कु.
वन्या-	*'प्रणय वन्या ने किया पसारा'*	: बाढ़, जल-प्लावन	1/222	झरना/झरना
वपु कांत-	*'ढँक रहे थे उसका वपु कांत बन रहा था वह कोमल वर्म'*	: कांतिमय शरीर	2/84	श्रद्धा/कामायनी
वरणीय-	*'उसमें मनु ने स्थान बनाया सुन्दर, स्वच्छ और वरणीय'*	: वरण करने योग्य, अपनाने के लायक	2/73	आशा/कामायनी
वर भूमि-	*'भारत' संज्ञा पडी इसी वर भूमि की'*	: (भारत की) श्रेष्ठ भूमि	1/159	भरत/कानन-कुसुम
वर माया-	*'सजग हुई फिर से सुर-संस्कृति, देव यजन की वर माया,'*	: (मनु के मन को) सुर-संस्कृति का आकर्षक मोह माया की तरह घेरने लगा	2/73	आशा/कामायनी
वरुण-	*'वरुण आदि सब घूम रहे हैं किसके शासन में अम्लान?'*	: जल के देवता	2/68	आशा/कामायनी
◆	*'दिवा रात्रि या - मित्र वरुण की बाला का अक्षय शृंगार;'*	: जलदेवता	2/76	आशा/कामायनी
◆	*'चल-चक्र वरुण का ज्योति भरा व्याकुल तू क्यों देता फेरी?'*	: जल के देवता (वैदिक मान्यता है कि वरुण के प्रभाव से चन्द्रमा रात में विचरण करता है)	2/98	काम/कामायनी
वरुण पथ-	*'अरुण-केतन लेकर निज हाथ वरुण पथ में हम बढ़े अभीत'*	: जलमार्ग	4/138	पंचम अंक/स्कन्दगुप्त
वरुणा-	*'अरी वरुणा की शांत कछार'*	: सारनाथ के पास की एक नदी	1/294	अरी वरुणा की शांत.../लहर
वरुणा द्रव होकर-	*'वरुणा द्रव होकर शांति-वारि शीतलता-सी भर ली थी'*	: वरुणा नदी मानो दयाभाव से पिघलकर	1/296	जगती की मंगलमयी उषा बन/लहर
वरुणालय-	*'वरुणालय चित्त शान्त था, अरुणा की पहली नयी उषा'*	: समुद्र	3/179	प्रथम अंक/विशाख
वरुणी-	*'हैं पलक परदे खिंचे वरुणी मधुर आधार से'*	: आँखों की बरौनी	2/335	मिलन/असं. कविताएँ
वर्ग बनाया-	*'मैंने ही श्रम-भाग किया फिर वर्ग बनाया'*	: चार वर्ग बनाया- ब्राह्मण, क्षत्रिय, वैश्य, शूद्र	2/206	संघर्ष/कामायनी
वर्जित मादकता-	*'धरणी की वर्जित मादकता, संचित तम की छाया'*	: जिस मधुर आनंद को निषिद्ध कर दिया गया हो	2/143	कर्म/कामायनी

शब्द-	काव्य-पंक्ति	: अर्थ	प्र.ग्रं./पृ.सं.	स्रोत/संदर्भ
वर्ण गंध-	*'ये अशरीरी रूप, सुमन से केवल वर्ण गंध में फूले'*	: रंग और सुगंध (के रूप में इच्छा-लोक के प्राणी मौजूद हैं)	2/257	रहस्य/कामायनी
वर्णों-	*'द्वयता में लगी निरंतर ही वर्णों की करती रहे वृष्टि'*	: चार वर्णों में बँटा समाज- ब्राह्मण, क्षत्रिय, वैश्य, शूद्र	2/176	इड़ा/कामायनी
वर्धित-	*'उस वर्धित तरुवृन्द प्रफुल्ल सुवास से'*	: विकसित, (पौधे का) विकास	3/84	चतुर्थ दृश्य/कल्याणी परि.
वर्म-	*'ढँक रहे थे उसका वपु कांत बन रहा था वह कोमल वर्म'*	: कवच, आवरण	2/84	श्रद्धा/कामायनी
♦	*'वर्म बना बहुमूल्य बताता विभव को'*	: कवच	3/103	तृतीय दृश्य/करुणालय
वर्य-	*'सब जगह इसकी प्रभा ही वर्य है'*	: वरण करने योग्य, श्रेष्ठ	1/122	सौन्दर्य/कानन-कुसुम
वर्षा-कानन-सा-	*'वर्षा-कानन-सा निर्मल हुआ हरा था'*	: वर्षा ऋतु के जंगल की तरह हरा-भरा	3/80	द्वि.दृश्य/कल्याणी परि.
वर्षा धूप शिशिर-	*'वर्षा धूप शिशिर में छाया के साधन संपन्न हुए'*	: गर्मी, बरसात और जाड़ा	2/190	स्वप्न/कामायनी
वर्षा विरह कुहू-	*'वर्षा विरह कुहू में जलाते स्मृति के जुगुनू डरे डरे'*	: वर्षा ऋतु की अमावस्या के समान वियोग की रातें	2/188	स्वप्न/कामायनी
वलभी-युत-	*'ऊँचे स्तम्भों पर वलभी-युत बने रम्य प्रासाद वहाँ'*	: अटारी या छत से युक्त	2/190	स्वप्न/कामायनी
वल्कल-वसना-	*'संध्या समीप आयी थी उस सर के, वल्कल-वसना'*	: (संध्या-सुन्दरी) लालिमा और सुनहला रंग लिये आयी (मानो वल्कल वस्त्र पहने हो)	2/272	आनन्द/कामायनी
वल्लरी-	*'पत्रहीना वल्लरी जिनकी जटा बिखरी हुई'*	: लता, रस्सी की तरह बढ़नेवाला पौधा	1/105	जलद-आवाहन/का.-कु.
वशी नियामक-	*'वशी नियामक रहे, न ऐसा मैंने माना'*	: नियम बनानेवाले को वश में रखना	2/199	संघर्ष/कामायनी
वसंत के दूत-	*"कौन हो तुम वसंत के दूत विरस पतझड़ में अति सुकुमार!'*	: वसंत के आने की सूचना देनेवाला, आशा का संचार करनेवाला	2/86	श्रद्धा/कामायनी
वसंत-राका-	*'शान्त हृदयाकाश स्वच्छ वसंत-राका से भरा'*	: वसंत की सुंदर रात	1/101	नव वसंत/कानन-कुसुम
वसंत-विलास-	*'आंतरिक औ' बाह्य सबमें नव वसंत-विलास था'*	: वसंत ऋतु की सुंदर, आकर्षक और मत्त कर देने वाली गतिविधियाँ	1/101	नव वसंत/कानन-कुसुम
वसन विशृंखल-	*'शिथिल शरीर वसन विशृंखल कबरी अधिक अधीर खुली'*	: (श्रद्धा के) कपड़े परेशानी के कारण अस्त-व्यस्त थे	2/38	निर्वेद/कामायनी
वसुधा की वह गति-	*'नक्षत्र निरखते निर्निमेष वसुधा की वह गति विकल वाम'*	: (सारस्वत प्रदेश) की धरती की दुर्गति	2/173	इड़ा/कामायनी
वसुधा चरण-चिह्न-सी-	*'वसुधा चरण-चिह्न-सी बनकर यहीं पड़ी रह जावेगी'*	: धरती तुम्हारे पैरों के निशान को धरोहर समझकर सँजो लेगी	1/291	निज अलकों के.../लहर
वसुधा-जीवन-रस-सार-	*'था एक हाथ में कर्म-कलश वसुधा-जीवन-रस-सार लिये'*	: धरती पर जीवन का रस-सार है- पानी	2/179	इड़ा/कामायनी
वसुधा विस्मृत थी-	*'वसुधा विस्मृत थी सकल शोक'*	: धरती (मानो विषाद को) भूल गयी थी	2/181	इड़ा/कामायनी

शब्द-	काव्य-पंक्ति	: अर्थ	प्र.ग्रं./पृ.सं.	स्रोत/संदर्भ
वह अस्तित्व-	*'सदा मौन हो प्रवचन करते जिसका, वह अस्तित्व कहाँ?'*	: वह ईश्वर, अस्तित्व की अवधारणा से परे	2/69	आशा/कामायनी
वह आकर्षण-	*'वह आकर्षण, वह मिलन हुआ प्रारम्भ माधुरी छाया में;'*	: विपरीत आवेश के कणों के बीच खिंचाव	2/104	काम/कामायनी
वहन कर रहा-	*'नृत्य-शिथिल बिछली पड़ती है वहन कर रहा उसे समीर'*	: (समीर कोयल की कूक को) ढो रहा है	1/327	मधुर माधवी संध्या में/लहर
वह मिलन-	*'वह आकर्षण, वह मिलन हुआ प्रारम्भ माधुरी छाया में;'*	: विपरीत आवेश के कणों का संयोग	2/104	काम/कामायनी
वह्नि ज्वाला-	*'उधर वह्नि ज्वाला भी अपना लगी धूम पट थी बुनने'*	: यज्ञ की आग की लपटें	2/73	आशा/कामायनी
वह्नि शिखा-	*'चली इड़ा के साथ जहाँ पर वह्नि शिखा प्रज्वलित रही'*	: आग की लौ	2/39	निर्वेद/कामायनी
वाडव-वह्नि-	*'यही तो, मैं ज्वलित वाडव-वह्नि नित्य अशांत'*	: समुद्र में लगनेवाली कल्पित आग	2/113	वासना/कामायनी
वाडवाग्नि-	*'सिंधु कभी क्या वाडवाग्नि को यों सह लेता'*	: वाडव+अग्नि, समुद्र में लगनेवाली आग (काव्य-रूढ़ि)	1/134	रमणी-हृदय/कानन-कु.
वाणी-	*'छल वाणी की वह प्रवंचना हृदयों की शिशुता को'*	: भाषा	2/153	कर्म/कामायनी
वात चक्र-	*'वात चक्र समान कुछ था बाँधता आवेश'*	: चक्करदार हवा (बवंडर) के समान	2/118	वासना/कामायनी
◆	*'लौट चलो, इस वात-चक्र से मैं दुर्बल अब लड़ न सकूँगा'*	: चक्रवात, प्रचण्ड बवंडर	2/252	रहस्य/कामायनी
वातायन-	*'रत्न सौध के वातायन, जिनमें आता मधु-मदिर समीर;'*	: खिड़की, गवाक्ष, झरोखा	2/58	चिंता/कामायनी
◆	*'थे वातायन भी कटे हुए प्राचीर पर्णमय रचित शुभ्र'*	: खिड़की, झरोखा	2/164	ईर्ष्या/कामायनी
वात्या उद्‌गम-	*'आरम्भिक वात्या उद्‌गम में अब प्रगति बन रहा संसृति का;'*	: (वासना की) आँधी का उठना	2/106	काम/कामायनी
वात्याचक्र-	*'वात्याचक्र! उठा प्रतिशोध-दावानल से'*	: बवंडर, अंधड़	1/353	प्रलय की छाया/लहर
वाद-	*'तुम्हारे कुंजों में तल्लीन, दर्शनों के होते थे वाद'*	: सिद्धान्तों की पक्षधरता	1/294	अरी वरुणा की शांत.../लहर
वाम-	*'नक्षत्र निरखते निर्निमेष वसुधा की वह गति विकल वाम'*	: प्रतिकूल	2/173	इड़ा/कामायनी
वाम कर-	*'वृष-रज्जु वाम कर में था दक्षिण त्रिशूल से शोभित'*	: बायाँ हाथ (मानव का)	2/267	आनन्द/कामायनी
वाम कर से-	*'लिखता अदृष्ट था विधाता वाम कर से'*	: बायें हाथ से (विपरीत भाग्य लिखना)	1/334	शेरसिंह का श.-स./लहर
वामलोचने-	*'वामलोचने! कर्मयोग-रत वीर को'*	: सुन्दर आँखोंवाली स्त्री	1/31	महाराणा का महत्त्व
वामा-	*'फल्गू की है धार हृदय वामा का जैसे'*	: स्त्री	1/134	रमणी-हृदय/का.-कु.
वायु-ताड़ित नीर-	*'वायु-ताड़ित नीर के तरलित तरंगों में हिले'*	: हवा के दबाव से तरंगित सरोवर का पानी	1/115	जल-विहारिणी/का.-कु.

शब्द-	काव्य-पंक्ति	: अर्थ	प्र.ग्रं./पृ.सं.	स्रोत/संदर्भ
वारण-	*'किन्तु क्रूर मनु वारण करते उन बाणों को'*	: प्रतिकार रोकना	2/207	संघर्ष/कामायनी
वार-पार-	*'तू नील तुहिन-जलनिधि बन कर फैला है कितना वार-पार'*	: इस छोर से उस छोर तक	2/172	इड़ा/कामायनी
वारिद-	*'ज्यों वीर वारिद की प्रभामय रत्नवाली मेखला'*	: (वारि देनेवाला) बादल	1/123	एकान्त में/कानन-कुसुम
वारिद-पुंज-	*'छिप रहे थे सूर्य से जो वीर वारिद-पुंज से'*	: बादलों का समूह, मेघमाला	1/164	कुरुक्षेत्र/कानन-कुसुम
वारिधारा-सी-	*'दंत अवली नील घन की वारिधारा-सी हुई'*	: जल की धारा के समान	1/165	कुरुक्षेत्र/कानन-कुसुम
वारी-बलिहारी-	*'लावण्य-शैल राई-सा जिस पर वारी-बलिहारी'*	: न्योछावर हो जाना	2/10	आँसू
वारुणी-	*'कँपी सुराही कर की, छलकी वारुणी'*	: शराब	1/208	महाराणा का महत्त्व
वासंती-	*'वासंती के वन-वैभव में जिसका पंचम स्वर पिक-सा हो'*	: वसंत के माहौल में	2/126	लज्जा/कामायनी
वासना के गीत-	*'गूँजते सब मदिर घन में वासना के गीत'*	: कामभावना से युक्त स्वर	2/116	वासना/कामायनी
वासना-सरिता-	*'भरी वासना-सरिता का वह कैसा था मदमत्त प्रवाह'*	: वासना की नदी	2/56	चिंता/कामायनी
वासर-	*'दिनकर-कर से व्यथित बिताया नीरस वासर'*	: दिन	1/110	रजनीगंधा/कानन-कुसुम
♦	*'कुलबाला-सी लजा रही थी जो वासर में'*	: दिन	1/111	रजनीगंधा/कानन-कुसुम
वासित-	*'बसरा के 'गुलाब' से वासित हो रहा'*	: सुगन्धित	1/32	महाराणा का महत्त्व
वाह-गुरु-	*'वाह-गुरु की शिक्षा मेरी पूर्ण है'*	: आदरणीय गुरु पिता गुरु गोविन्द सिंह	1/168	वीर बालक/कानन-कुसुम
वाहन साज-	*'सरल हँसमुख विधु जलद लघु खण्ड वाहन साज!'*	: सवारी सजाकर	2/115	वासना/कामायनी
वाह्य वियोग-	*'वाह्य वियोग, मिलन या मनका, इसका कारण कौन कहो?'*	: केवल भौतिक बिछुड़न	2/334	शिथिल/असं. कविताएँ
विकंपित-	*'प्रकृति सतत आतंक विकंपित घड़ी घड़ी है'*	: काँपती हुई (प्रकृति)	2/203	संघर्ष/कामायनी
विकर्षणमयी-	*'नियति विकर्षणमयी, त्रास से सब व्याकुल थे'*	: विघटन की ओर बढ़ना	2/207	संघर्ष/कामायनी
विकल-	*'सुनो प्राणप्रिय, हृदय-वेदना विकल हुई क्या कहती है'*	: व्याकुल, बेचैन	1/103	हृदय-वेदना/कानन-कु.
♦	*'कभी-कभी हो ध्यानवंचिता बड़ी विकल हो जाती है'*	: व्याकुल, बेचैन	1/103	हृदय-वेदना/कानन-कु.
♦	*'किसी अज्ञात विश्व की विकल'*	: व्याकुल	1/231	किरण/झरना
♦	*'धीर समीर परस से पुलकित विकल हो चला श्रांत शरीर;'*	: व्याकुल, उद्दीप्त	2/77	आशा/कामायनी
♦	*'मनु का मन था विकल हो उठा संवेदन से खा कर चोट;'*	: व्याकुल, बेचैन	2/77	आशा/कामायनी
विकल अकूल-	*'रही विस्मृति सिंधु में स्मृति नाव विकल अकूल'*	: किनारा न मिलने से व्याकुल	2/118	वासना/कामायनी
विकल अनिल-	*'विकल अनिल से प्रेरित होकर'*	: व्याकुल पवन	1/311	कितने दिन जीवन.../लहर
विकल कल्पना-	*'वंचित रे! यह किस अतीत की विकल कल्पना का परिणाम'*	: व्याकुल भावनात्मक उड़ान	1/327	मधुर माधवी संध्या में/लहर

शब्द- काव्य-पंक्ति	: अर्थ	प्र.ग्रं./पृ.सं.	स्रोत/संदर्भ
विकल खिलखिलाती है क्यों- *'विकल खिलखिलाती है क्यों तू? इतनी हँसी न व्यर्थ बिखेर';*	: उन्मत्त होकर जोर से हँसना, मनु पूछ रहे हैं कि हे रजनी तू उन्मादिनी की तरह हँसती क्यों है	2/79	आशा/कामायनी
विकल दलित- *'यहाँ भूख से विकल दलित को पदतल में फिर-फिर गिरवाती'*	: व्याकुल और शोषित-पीड़ित	2/259	रहस्य/कामायनी
विकल प्रवर्तन- *'श्रममय कोलाहल, पीड़नमय विकल प्रवर्तन महायंत्र का'*	: बेचैन गतिशीलता (कर्म-लोक में), बेचैनी को जन्म देना	2/258	रहस्य/कामायनी
♦ *'अब विकल प्रवर्त्तन हो ऐसा जो नियति-चक्र का बने यंत्र'*	: व्याकुल कर देनेवाला घटनाक्रम, विक्षोभ की चक्राकार गति	2/175	इड़ा/कामायनी
विकल बिखरे हैं- *'शक्ति के विद्युत्कण, जो व्यस्त विकल बिखरे हैं, हो निरुपाय ;'*	: तितर-बितर होकर फैले हुए	2/93	श्रद्धा/कामायनी
विकल रंग- *'नारी जीवन का चित्र यही क्या? विकल रंग भर देती हो'*	: अधूरा रूप	2/129	लज्जा/कामायनी
विकल रागिनी- *'इस करुणा कलित हृदय में अब विकल रागिनी बजती'*	: व्याकुल मनःस्थिति, रुदन मानो संगीत की तरह बज रहा हो	2/3	आँसू
विकल वाम- *'नक्षत्र निरखते निर्निमेष वसुधा की वह गति विकल वाम'*	: व्याकुल और प्रतिकूल (परिस्थिति)	2/173	इड़ा/कामायनी
विकल वासना के प्रतिनिधि- *'विकल वासना के प्रतिनिधि वे सब मुरझाये चले गये;'*	: देवता व्याकुलता की हद तक पहुँची वासना के प्रतिनिधि बनकर रह गए	2/58	चिंता/कामायनी
विकल विरहिणी- *'अलका की किस विकल विरहिणी की पलकों का ले अवलम्ब'*	: विरह में डूबी व्याकुल स्त्री	3/319	तृतीय अंक/अजातशत्रु
विकल विलासमयी- *'ज्योतिमयी, हासमयी, विकल विलासमयी'*	: विलास की व्याकुलता से युक्त	1/341	प्रलय की छाया/लहर
विकल विवर्त्तनों- *'विकल विवर्त्तनों से विरल प्रवर्त्तनों से'*	: (सूरज मानो) व्याकुल होकर परिक्रमा लगाता है	1/337	पेशोला की प्रतिध्वनि /लहर
विकल विश्रांत- *'दिवाकर दिन या परिश्रम का विकल विश्रांत'*	: व्याकुल और अथक (बेचैन)	2/118	वासना/कामायनी
विकल वेदना- *'इस विकल वेदना को ले किसने सुख को ललकारा'*	: दुःख की व्याकुलता	2/5	आँसू
विकस- *'यह लीला जिसकी विकस चली वह मूलशक्ति थी प्रेम-कला'*	: विकसित हुई, फैली	2/107	काम/कामायनी
विकसने-सी- *'कुछ विकसने-सी लगी है कंज की कोमल कली'*	: विकसित होने, बढ़ने	1/94	महा-क्रीड़ा/कानन-कु.
विकसे- *'विकसे नवल रसाल मिले मदमाते मधुकर'*	: विकसित हुये	1/120	कोकिल/कानन-कुसुम
विकार- *'आज से यह जीवन उत्सर्ग इसी पदतल में विगत विकार'*	: असमंजस, उलझन	2/91	श्रद्धा/कामायनी
विकास का सत्य- *'यही दुख सुख विकास का सत्य यही भूमा का मधुमय दान'*	: विकास का सत्य यही है कि दुःख से सुख का जन्म होता है	2/89	श्रद्धा/कामायनी

शब्द-	काव्य-पंक्ति	: अर्थ	प्र.ग्रं./पृ.सं.	स्रोत/संदर्भ
विकीर्ण-	*'कितनी सुखमय स्मृतियाँ, अपूर्ण रुचि बन कर मँडरातीं विकीर्ण'*	: बिखर कर फैली हुई (स्मृतियाँ)	2/173	इड़ा/कामायनी
विकीर्ण दिव्य दाह-सी-	*'असंख्य कीर्ति-रश्मियाँ, विकीर्ण दिव्य दाह-सी'*	: अलौकिक अग्नि के समान फैली हुयी	4/290	चतुर्थ अंक/चन्द्रगुप्त
विकृत वक्र रेखाओं से-	*'निज विकृत वक्र रेखाओं से, प्राणी का भाग्य बनी अशान्त'*	: बिगड़ी हुई टेढ़ी-मेढ़ी (दुर्भाग्य की) रेखाओं से	2/173	इड़ा/कामायनी
विक्षत -	*'संसृति के विक्षत पग रे!'*	: आहत, चोटिल	1/332	अशोक की चिंता/लहर
♦	*'विक्षत उसके अंग, प्रगट थे भीषण खड्ड भयकरी खाई'*	: (पर्वत के खड्ड और खाई मानो) उसके बुरी तरह घायल अंग थे	2/251	रहस्य/कामायनी
विक्षुब्ध-	*'देव कर से पीड़ित विक्षुब्ध, प्राणियों से कह उठा पुकार-'*	: क्षोभ से भरा हुआ, दुःख और क्रोध से युक्त	1/295	अरी वरुणा की शांत कछार/लहर
विक्षुब्ध महासमीर-	*'झंझा प्रवाह-सा निकला यह जीवन विक्षुब्ध महासमीर'*	: व्याकुल तेज गति वायु के समान	2/171	इड़ा/कामायनी
विगत कर्म-	*'जिसके ऊपर विगत कर्म का विष-विषाद-आवरण तना'*	: पिछले कार्य-कलाप, सारस्वत नगर में मनु का जनता से संघर्ष हो चुका था	2/33	निर्वेद/कामायनी
विगत बात-	*' "प्रियतम! यह नत निस्तब्ध रात, है स्मरण करती विगत बात'*	: बीती हुई बातें, श्रद्धा-मनु के जीवन की बीती बातें	2/245	दर्शन/कामायनी
विगत विकार-	*'आज से यह जीवन उत्सर्ग इसी पदतल में विगत विकार'*	: खुशी के साथ, निर्विकार भाव से	2/91	श्रद्धा/कामायनी
♦	*'एक गृहपति, दूसरा था अतिथि विगत-विकार'*	: विकारों से मुक्त	2/111	वासना/कामायनी
विगत विचारों-	*'विगत विचारों के श्रम-सीकर बने हुए थे मोती'*	: पहले किये गये विचार या चिंता	2/146	कर्म/कामायनी
विचरण-भूमि-	*'क्योंकि महाराणा की विचरण-भूमि है'*	: विचरण(घूमने-टहलने, आने-जाने) का क्षेत्र, अधिकार क्षेत्र	1/202	महाराणा का महत्त्व
विचारों के नभ को-	*'दूसरा विचारों के नभ को था मधुर अभय अवलम्ब दिये'*	: अनन्त ज्ञान, उच्च विचार	2/179	इड़ा/कामायनी
विच्छेद-	*'विच्छेद बाह्य, था आलिंगन- वह हृदयों का, अति मधुर-मिलन'*	: अलगाव, बिछुड़ना	2/241	दर्शन/कामायनी
विजड़ित-	*'चरण हुए थे विजड़ित मधु भार से'*	: जम जाना, ठहर जाना	1/339	प्रलय की छाया/लहर
विजन-	*'कहाँ मिलोगे? किसी विजन में- न हो भीड़ का जब रेला'*	: सुनसान स्थान, जनशून्य स्थान	1/235	बालू की वेला/झरना
विजन उषा-	*'बैठ गुलाबी विजन उषा में गाते कौन मनोहर राग?'*	: एकाकी सुबह, सुबह का अकेलापन	4/283	चतुर्थ अंक/चन्द्रगुप्त
विजन गगन-	*'विजन गगन में किसी भूल-सी किसको स्मृति-पथ में लाती?'*	: सुनसान आकाश	2/79	आशा/कामायनी
विजन जगत-	*'विजन जगत की तंद्रा में तब चलता था सूना सपना;'*	: निर्जन संसार, आबादी से शून्य स्थान	2/75	आशा/कामायनी
विजन-पथ-	*'चल रहा था विजन-पथ पर मधुर जीवन-खेल'*	: निर्जन रास्ता	2/111	वासना/कामायनी

शब्द-	काव्य-पंक्ति	: अर्थ	प्र.ग्रं./पृ.सं.	स्रोत/संदर्भ
विजन प्रांत-	*'इस विजन प्रांत में बिलख रही मेरी पुकार उत्तर न मिला'*	: सुनसान इलाका	2/172	इड़ा/कामायनी
◆	*'निस्तब्ध मौन था अखिल लोक तंद्रालस था वह विजन प्रांत'*	: सुनसान इलाका	2/178	इड़ा/कामायनी
विजन विश्व-	*'देखा मनु ने वह अतिरंजित विजन विश्व का नव एकांत'*	: जन-शून्य विश्व	2/68	आशा/कामायनी
विजयिनी तारा-	*'मनु की सतत सफलता की वह उदय विजयिनी तारा थी'*	: सौभाग्य का प्रतीक और विजय दिलानेवाली तारिका के समान (थी इड़ा)	2/189	स्वप्न/कामायनी
विजयिनी मानवता-	*'समन्वय उसका करे समस्त विजयिनी मानवता हो जाय!'*	: मनुष्यता की जीत हो, मानव जाति को नयी सृष्टि बनाने में सफलता मिले	2/93	श्रद्धा/कामायनी
विजित-	*'पदतल में विजित पड़ा गिर'*	: जिसे जीत लिया गया हो, पराजित	1/329	अशोक की चिंता/लहर
विज्ञान ज्ञान-	*'वक्षस्थल पर एकत्र धरे संसृति के सब विज्ञान ज्ञान'*	: विज्ञान और ज्ञान का जानकार भी इन सबको भूलकर इड़ा के सौन्दर्य से आकर्षित हो जाए	2/179	इड़ा/कामायनी
विज्ञान भरे अनुशासन-	*'ये विज्ञान भरे अनुशासन क्षण-क्षण परिवर्त्तन में ढलते'*	: विशिष्ट ज्ञान से भरी हुई विद्या, विशिष्ट ज्ञान के निरूपक शास्त्र	2/262	रहस्य/कामायनी
विटप-	*'क्यारी में हैं कुसुम विटप मन भावने'*	: पेड़-पौधे	3/84	चतुर्थ दृश्य/कल्याणी परि.
विटप-बाहु-	*'विटप-बाहु सुपाणि-पल्लव मधुर प्रेम जता छुआ'*	: वृक्ष मानो भुजाएँ हों	1/101	नव वसंत/कानन-कुसुम
विटपि-	*'नियममयी उलझन लतिका का भाव विटपि से आकर मिलना'*	: वृक्ष	2/257	रहस्य/कामायनी
वितरती-	*'सुन्दर श्रम-लव-बिन्दु धरा को वितरती'*	: वितरण करना, बाँटना (ब्रजभाषा का प्रभाव)	1/97	करुणा-कुंज/कानन-कु.
वितरने को मरंद-	*'करता प्रभात का मधुर पवन सब ओर वितरने को मरंद'*	: (सूर्य-रूपी कमल के किरण-रूपी) मकरंद को बिखेरने का क्रम	2/178	इड़ा/कामायनी
वितरित-	*'मैं सबको वितरित करता ही सतत रहूँ क्या?'*	: दान देना	2/202	संघर्ष/कामायनी
वितरो न बिंदु-	*'तुम दानशीलता से अपनी बन सजल जलद वितरो न बिंदु'*	: अंश वितरित करना अर्थात् मनु और शिशु में प्यार का बँटवारा	2/168	ईर्ष्या/कामायनी
वितान तना-	*'विस्तृत जो मोह रहा मेरा वह देव-विलास-वितान तना'*	: चँदोबे(कपड़े से बनी छत) की तरह तना हुआ	2/103	काम/कामायनी
वित्त-	*'प्रकृति को रोके नियति, किसमें भला यह वित्त है'*	: शक्ति, अधिकार	1/166	कुरुक्षेत्र/कानन-कुसुम
◆	*'ये निस्पृह न्यायासन वाले चूक न सकते तनिक वित्त से'*	: धन (का लोभ)	2/261	रहस्य/कामायनी
विथुरी अलक-	*'विथुरी अलक पकड़ लेती है'*	: बिखरी हुयी केश-राशि	3/478	द्वितीय अंक/कामना
विदग्धता-	*'जगती का कलुष अपावन/तेरी विदग्धता पावे'*	: कुशलता, वैदुष्य, प्रतिभा का सौन्दर्य	2/38	आँसू
विदाई-	*'आह! वेदना मिली विदाई'*	: विदा होते समय उपहारस्वरूप मिलनेवाली वस्तु	4/141	पंचम अंक/स्कन्दगुप्त
विदारित -	*'कठिन गिरि कहाँ विदारित करना'*	: फोड़ना	1/221	झरना/झरना

शब्द-	काव्य-पंक्ति	: अर्थ	प्र.ग्रं./पृ.सं.	स्रोत/संदर्भ
विद्याधरों की बालिका-	*'जल-विहार विचारकर विद्याधरों की बालिका'*	: जादूगरों की बेटियाँ	1/116	जल-विहारिणी/ कानन-कुसुम
विद्युत् कटाक्ष-	*'विद्युत् कटाक्ष चल गया जिधर, कम्पित संसृति बन रही उधर'*	: (शिव की) बिजली-सी दीप्तिमती एवं तीव्र दृष्टि	2/247	दर्शन/कामायनी
विद्युत्कण-	*'ग्रह, नक्षत्र और विद्युत्कण किसका करते थे संधान!'*	: आवेशित कण	2/69	आशा/कामायनी
♦	*'अंतरिक्ष के मधु उत्सव के विद्युत्कण मिले झलकते-से'*	: आवेशित कण	2/104	काम/कामायनी
विद्युत्-विलास-	*'हीरक-गिरि पर विद्युत्-विलास, उल्लसित महा हिम धवल हास'*	: बिजली की क्रीड़ा(की तरह शिव की हँसी)	2/247	दर्शन/कामायनी
विद्युत्वृंद-	*'जब शैल के सब श्रृंग विद्युत्वृंद के आघात से'*	: आकाशीय बिजली का समूह	1/131	याचना/कानन-कुसुम
विद्रुम सीपी-	*'बिना स्वाती बिंदु विद्रुम सीप में मोती रहे'*	: प्रवाल और सीप, समुद्री जीवाश्म जिनमें मोती पलता है	1/116	जल-विहारिणी /कानन-कुसुम
♦	*'विद्रुम सीपी सम्पुट में/मोती के दाने कैसे'*	: प्रवाल और सीप	2/12	आँसू
विधाता-	*'लिखता अदृष्ट था विधाता वाम कर से'*	: ईश्वर	1/334	शेरसिंह का श.-स./लहर
♦	*'विधाता की कल्याणी सृष्टि सफल हो इस भूतल पर पूर्ण;'*	: ईश्वर	2/92	श्रद्धा/कामायनी
विधान-	*'किस विधान से करूँ यज्ञ यह पथ किस ओर गया है!'*	: विधि, रीति	2/136	कर्म/कामायनी
विधि के विरोध-	*'विधि के विरोध हो, निषेध की व्यवस्था तुम'*	: रूढ़िग्रस्त विधि-विधान से मुक्ति दिलानेवाले	1/261	तुम/झरना
विधियाँ रहें निषिद्ध-	*'जब कि सब विधियाँ रहें निषिद्ध, और हो लक्ष्मी को निर्वेद'*	: नीतिसंगत प्रणालियाँ जब अवैध मान ली जाएँ	1/148	धर्मनीति/कानन-कुसुम
विधु-कर-	*'स्पर्श हुआ उस लता लजीली से विधु-कर का'*	: चाँदनी, चाँद के हाथ की तरह हैं किरणें जिसके स्पर्श से लता लजा गयी	1/111	रजनीगंधा/कानन-कुसुम
विधु-कांत-	*'है चंद्रमा-सा दीखता आसन बिछा विधु-कांत है'*	: विधु की आभा, चाँदनी	1/107	भक्ति-योग/कानन-कु.
♦	*'सिताबी छिड़क रहा विधु कांत बिछा है सेज कमलिनी जाल'*	: चाँद की आभा	1/265	होली की रात/झरना
विधु किरन-	*'मधु बरसती विधु किरन हैं काँपती सुकुमार'*	: चाँदनी	2/116	वासना/कामायनी
विधु बिम्ब-	*'सरिता का निर्मल विधु बिम्ब विकास है'*	: चाँद का गोलक	3/97	प्रथम दृश्य/करुणालय
विधुयुत नभ के नीचे-	*'इस निर्जन में ज्योत्सना-पुलकित विधुयुत नभ के नीचे'*	: चन्द्रमा से युक्त आकाश के तले	2/147	कर्म/कामायनी
विधुर-	*'जो मदमाते गंध विधुर थे'*	: वियोगी	1/312	वे कुछ दिन कितने.../लहर
♦	*'चिर तृषित कंठ से तृप्ति विधुर'*	: वियोगी	1/318	मुझको न मिला रे.../लहर
विधुरथ-	*'धीरे-धीरे खिलते तारे मृग जुतते विधुरथ में'*	: चन्द्रमा का रथ	2/140	कर्म/कामायनी
विध्वस्त-	*'जिसमें सुख-दु:ख की परिभाषा विध्वस्त शिल्प-सी हो नितांत'*	: नष्ट हो जाना, टूट-फूट जाना	2/173	इड़ा/कामायनी

शब्द– काव्य–पंक्ति	: अर्थ	प्र.ग्रं./पृ.सं.	स्रोत/संदर्भ
विनम्र अभिमान– *'बनकर विनम्र अभिमान मुझे'*	: आत्मगौरव का अटूट भाव जो प्रत्यक्षत: विनय से झुका मालूम पड़े	4/329	प्रथम अंक/ध्रुवस्वामिनी
विनम्र विश्रांत– *'शक्ति रही हाँ शक्ति, प्रकृति थी पद–तल में विनम्र विश्रांत;'*	: झुकी और थकी हुई (धरती)	2/56	चिंता/कामायनी
विनयन– *'विनयन का उपचार तुम्हीं से सीख निकाला'*	: अनुशासन की कार्य–विधि	2/203	संघर्ष/कामायनी
विनष्टि– *'अनजान समस्याएँ गढ़ती रचती हो अपनी ही विनष्टि'*	: विनाश, बर्बादी	2/176	इड़ा/कामायनी
विनिमय– *'रह सौम्य! यहीं; हो सुखद प्रांत, विनिमय कर देते कर्म कांत'*	: आदान–प्रदान, प्रतिदान	2/239	दर्शन/कामायनी
◆ *'यह विनिमय है या परिवर्त्तन बन रहा तुम्हारा ऋण अब धन'*	: आदान–प्रदान	2/244	दर्शन/कामायनी
विनिमय प्राणों– *'विनिमय प्राणों का यह कितना भयसंकुल व्यापार अरे!'*	: हृदय की लेन–देन, प्रेम करना	2/187	स्वप्न/कामायनी
विनियुक्त– *'ईश से विनियुक्त जीव सुयंत्र-सा अश्रान्त है'*	: जुड़ा हुआ	1/166	कुरुक्षेत्र/कानन–कुसुम
विनोद का साधन– *'मैं काम रहा सहचर उनका, उनके विनोद का साधन था'*	: आमोद–प्रमोद का माध्यम	2/103	काम/कामायनी
विपंची– *'ज्यों ऊँगली के छू जाने से सस्वर तार विपंची के'*	: वीणा	1/188	प्रेमपथिक
◆ *'कोकिलों का स्वर विपंची नाद भी'*	: वीणा का एक रूप	1/257	मिलन/झरना
◆ *'हुए चपल मृग नैन मोहवश बजी विपंची काम की'*	: वीणा	3/88	सप्तम दृ./कल्याणी परि.
◆ *'बीती बेला, नील गगन तुम, छिन्न विपंची, भूला प्यार'*	: वीणा	3/302	द्वितीय अंक/अजातशत्रु
◆ *'खोल दे मुख–मंडल सुख पुंज, बोल दे बजे विपंची वृन्द'*	: वीणा	3/386	द्वितीय अंक/जन्मेजय का नाग–यज्ञ
विपंची काम की– *'हुए चपल मृगनैन मोह–वश बजी विपंची काम की'*	: कामदेव की वीणा	4/283	चतुर्थ अंक/चन्द्रगुप्त
विपद–नदी– *'मनु का पथ आलोकित करती विपद–नदी में बनी तरी'*	: विपत्ति–रूपी नदी	2/189	स्वप्न/कामायनी
विपदा– *'विपदा से पूछ रहे किसकी पदध्वनि सुनने में आई थी'*	: दु:ख, तकलीफ	1/296	जगती की मंगलमयी उषा बन/लहर
विपुल विभव– *'यहाँ राशिकृत विपुल विभव सब मरीचिका से दीख पड़ रहे'*	: अपार ऐश्वर्य	2/259	रहस्य/कामायनी
विपुला धरणी– *'नीचे विपुला धरणी है दु:ख भार वहन–सी करती'*	: विशाल धरती, धैर्यवान पृथ्वी	2/25	आँसू
विप्रयोग– *'रही विप्रयोग में न विरक्ति'*	: वियोग	1/276	वेदने ठहरो/झरना
विभव– *'विभव चरण का रेणु तुम्हारा ही है जिसका'*	: वैभव, ऐश्वर्य	1/153	चित्रकूट/कानन–कुसुम
◆ *'कन कन बिखरा विभव दान कर अपना यश ले लेना'*	: ऐश्वर्य	1/328	अंतरिक्ष में अभी सो रही/लहर

शब्द-	काव्य-पंक्ति	: अर्थ	प्र.ग्रं./पृ.सं.	स्रोत/संदर्भ
◆	*'जितना विभव, रूप, शील और गौरव को'*	: ऐश्वर्य	1/353	प्रलय की छाया/लहर
◆	*'वे सब डूबे; डूबा उनका/विभव, बन गया पारावार;'*	: वैभव, ऐश्वर्य	2/55	चिंता/कामायनी
◆	*'ऐसे अतुल अनंत विभव में जाग पड़ा क्यों तीव्र विराग?'*	: सौन्दर्य का वैभव	2/80	आशा/कामायनी
◆	*'आशाओं में अपने निराश निज बुद्धि विभव से रहे भ्रांत'*	: समृद्धि, ऐश्वर्य	2/177	इड़ा/कामायनी
विभव मतवाली-	*'विभव मतवाली प्रकृति का आवरण वह नील'*	: ऐश्वर्य के मद से भरी(प्रकृति)	2/117	वासना/कामायनी
विभा-	*'सरस तामरस गर्भ विभा पर नाच रही तरुशिखा मनोहर'*	: वैभव, सौन्दर्य	4/35	द्वितीय अंक/चन्द्रगुप्त
विभावरी-	*'बीती विभावरी जाग री'*	: रात	1/303	बीती विभावरी जाग री/लहर
◆	*'देव सृष्टि की सुख विभावरी ताराओं की कलना थी'*	: रात	2/55	चिंता/कामायनी
विभुता-	*'अनुभव था संपूर्ण जिसे उनकी विभुता का'*	: ऐश्वर्य से परिपूर्ण, प्रभावशाली	1/147	महाकवि तुलसी./का.-कु.
◆	*'विस्तृत वसुधा की विभुता को'*	: ऐश्वर्य	1/297	जगती की मंगलमयी.../लहर
◆	*'विभुता विभु-सी पड़े दिखाई'*	: ऐश्वर्य (ईश्वरीय, प्राकृतिक)	1/298	ले चल वहाँ भुलावा.../लहर
◆	*'खेल खिलाती, भुलवाती जो उस निर्मल विभुता को'*	: व्यापक चेतना, ईश्वर, वैभव	2/153	कर्म/कामायनी
विभु-सी-	*'विभुता विभु-सी पड़े दिखाई'*	: प्रभु के समान, ऐश्वर्य को धारण करनेवाले ईश्वर के समान	1/298	ले चल वहाँ भुलावा देकर/लहर
विभूति-	*'छोड़कर पार्थिव भोग विभूति, प्रेयसी का दुर्लभ वह प्यार'*	: ऐश्वर्य से परिपूर्ण	1/294	अरी वरुणा की शांत कछार/लहर
◆	*'उड़ती है धूल हृदय में/किसकी विभूति है ऐसी?'*	: वैभव	2/6	आँसू
विभ्रम-	*'व्रीड़ा है यह चंचल कितनी विभ्रम से घूँघट खींच रही;'*	: भ्रम, चित्त की अस्थिरता	2/100	काम/कामायनी
◆	*'यह भी अपनी बिजली के से विभ्रम से संकेत किया'*	: लालित्यपूर्ण प्रेम-संकेत	2/227	निर्वेद/कामायनी
◆	*'विभ्रम से घूँघट खींच रही'*	: मन का भ्रमित होना	2/350	आवरण/असं. कविताएँ
◆	*'तुम अपनी निष्ठुर क्रीड़ा के विभ्रम से, बहकाने से'*	: जो भ्रान्तियों से भरा हो	4/41	प्रथम अंक/स्कन्दगुप्त
विभ्रम मदिरा-	*'विभ्रम मदिरा से उठकर आओ तममय अन्तर में;'*	: शराब की तरह नशीला भ्रम	2/27	आँसू
विमल-	*'अपने ही प्रच्छन्न विमल मकरन्द से'*	: स्वच्छ, अमल	1/98	प्रथम प्रभात/कानन-कु.
विमल उषा-	*'सुन्दरि प्राची, विमल उषा से अपना मुख धोने को है,'*	: उज्ज्वल प्रभात , स्वच्छ उषा मानो सुन्दर प्राची के मुख को प्रच्छालित कर रही है	1/94	महा-क्रीड़ा/कानन-कु.
विमल प्रचार-	*'तुम्हारा वह अभिनन्दन दिव्य और उस यश का विमल प्रचार'*	: शुद्ध और निर्मल विचारों का प्रचार-प्रसार	1/295	अरी वरुणा की शांत कछार/लहर
विमल राका-	*'विमल राका मूर्ति बन कर स्तब्ध बैठा कौन!'*	: ज्योति से परिपूर्ण रात का व्यक्तित्व	2/117	वासना/कामायनी
विमल वाणी-	*'विमल वाणी ने वीणा ली कमल-कोमल कर में सप्रीत'*	: पवित्र सरस्वती	4/138	पंचम अंक/स्कन्दगुप्त

शब्द-	काव्य-पंक्ति	: अर्थ	प्र.ग्रं./पृ.सं.	स्रोत/संदर्भ
विमल व्योम-	*'विमल व्योम में देव दिवाकर अग्नि-चक्र से फिरते हैं'*	: स्वच्छ आकाश, खुला आसमान	1/104	ग्रीष्म का मध्याह्न /कानन-कुसुम
विमुक्ति-	*'शत-शत प्राण विमुक्ति खोजते ललक रहे हैं'*	: मोक्ष, दु:ख से निवृत्ति का उपाय	2/199	संघर्ष/कामायनी
विरक्त-	*'पर शांत था वह शैल जैसे योग-मग्न विरक्त हो'*	: जो आसक्त न हो, वैराग्य से युक्त	1/107	भक्ति-योग/कानन-कुसुम
♦	*'कहिए उसे हम क्या कहें, अनुरक्त था कि विरक्त था'*	: मोह या लगाव से मुक्त, जुड़ा न होना	1/108	भक्ति-योग/कानन-कु.
विरक्ति-	*'रही विप्रयोग में न विरक्ति'*	: अनासक्ति	1/276	वेदने ठहरो/झरना
विरक्ति बोझ-सी-	*'एक विरक्ति बोझ-सी ढोती मन ही मन बिलखायी'*	: उदासीनता का भार	2/139	कर्म/कामायनी
विरचित-	*'कलियों की माला विरचित की थी कि, हाँ'*	: बनाना, रचना करना	1/255	स्वप्नलोक/झरना
♦	*'कलियों की माला विरचित की थी कि हाँ'*	: निर्माण करना, बनाना	2/343	सुख भरी नींद/असं. कवि.
विरज विशोक-	*'बना दोगी क्या विरज विशोक'*	: धूलि और शोक से मुक्त, सुन्दर और सुखद	1/232	किरण/झरना
विरति-	*'सकल कामना स्रोत लीन हो पूर्ण विरति कब पावेगी?'*	: मुक्ति	1/242	कब/झरना
विरथ-	*'दुर्गम पथ में विरथ दौड़कर खेल न था मैंने खेला'*	: रथविहीन, साधनहीन	1/235	बालू की वेला/झरना
विरल-	*'विरल मृदुल दलवाली डालों से उलझा समीर जब व्यस्त'*	: जो सघन न हो, हल्की (डाली)	1/327	मधुर माधवी संध्या में/लहर
विरल डालियों के निकुंज-	*'विरल डालियों के निकुंज सब ले दुख के नि:श्वास रहे'*	: लता-गुल्मों की शाखाओं पर फूल-पत्तियाँ नहीं हैं	2/186	स्वप्न/कामायनी
विरल दशन पंक्ति-	*'खोलकर ताराओं की विरल दशन पंक्ति'*	: आकाश में तारे (विरल दन्त-पंक्ति की तरह)	1/345	प्रलय की छाया/लहर
विरल प्रवर्त्तनों-	*'विकल विवर्त्तनों से/विरल प्रवर्त्तनों से'*	: आंशिक रूप से प्रेरित करने की प्रवृत्ति (मानो सूरज में बची है)	1/337	पेशोला की प्रतिध्वनि/लहर
विरला-	*'नील मेघ-पट पर वह विरला'*	: जो कभी-कभार हो (चपला कभी-कभी चमकती है)	1/312	वे कुछ दिन कितने सुन्दर थे/लहर
विरस पतझड़-	*"कौन हो तुम वसंत के दूत विरस पतझड़ में अति सुकुमार!'*	: नीरस शिशिर ऋतु जिसमें पत्ते सूख कर गिरने लगते हैं	2/86	श्रद्धा/कामायनी
विरस वदन-	*'बिखरी किरन अलक व्याकुल हो विरस वदन पर चिन्ता लेख'*	: उदास चेहरा	4/238	द्वितीय अंक/चन्द्रगुप्त
विरह कोक-	*'कितने हृदयों के मधुर मिलन क्रंदन करते बन विरह कोक'*	: विरह से विह्वल चक्रवाक पक्षी	2/181	इड़ा/कामायनी
विरह-तरंगिनि-तीरे-	*'नि:श्वास छोड़ जाता है अब विरह-तरंगिनि-तीरे'*	: विरह की तरंगायमान नदी के किनारे	2/16	आँसू
विरह-निशा-	*'प्रत्याशा विरह-निशा की हम होंगे औ' दुख होगा'*	: विरह की रात	2/19	आँसू
विरह निशीथ-	*'अश्रुमय सुन्दर विरह निशीथ भरे तारे न ढुलकते आह!'*	: वियोगमय रात	4/187	प्रथम अंक/चन्द्रगुप्त
विरह-वह्नि-	*'विरह-वह्नि शीतल होती थी जब आँसू बह जाते थे'*	: विरह की आग, वियोग का दु:ख	1/191	प्रेमपथिक

शब्द-	काव्य-पंक्ति	: अर्थ	प्र.ग्रं./पृ.सं.	स्रोत/संदर्भ
विराग-	*'ऐसे अतुल अनंत विभव में जाग पड़ा क्यों तीव्र विराग?'*	: संन्यास की भावना	2/80	आशा/कामायनी
♦	*'संघर्ष कर रहा-सा सब से, सब से विराग सब पर ममता'*	: उदासीनता	2/171	इड़ा/कामायनी
♦	*'सोया जीवन का तम विराग'*	: विरक्ति, नैराश्य	2/178	इड़ा/कामायनी
विराग की प्यार-	*'तपस्वी के विराग की प्यार'*	: वैराग्य-भाव में जिससे प्रेम किया गया हो, बुद्ध ने सारनाथ में पहला उपदेश देकर मानो अपना प्रेम प्रकट किया था	1/294	अरी वरुणा की शांत कछार/लहर
विराग-पूर्ण-	*'एक विराग-पूर्ण संसृति में ज्यों निष्फल आरम्भ नवीन'*	: वैराग्य (संसार के प्रति उदासीनता का भाव) से भरा हुआ	2/75	आशा/कामायनी
विराग-भूमि-	*'यह शैल-शृंग विराग-भूमि बना सुवारिद-वृंद की'*	: वैराग्य का स्थान, तपश्चर्या का स्थान	1/123	एकान्त में/कानन-कुसुम
विराग-विभूति-	*'वह विराग-विभूति ईर्षा-पवन से हो व्यस्त'*	: वैराग्य और तप से प्राप्त ऐश्वर्य (राख), सांसारिक आकर्षण से मुक्त	2/113,	वासना/कामायनी
विराट-	*'वह विराट था हेम घोलता/नया रंग भरने को आज;'*	: ईश्वर, सर्वशक्तिमान	2/68	आशा/कामायनी
♦	*'हे विराट ! हे विश्वदेव! तुम कुछ हो, ऐसा होता भान'*	: सर्वव्यापक, जो सबसे विस्तृत है, ईश्वर	2/70	आशा/कामायनी
विराट आलोड़न-	*'उस विराट आलोड़न में, ग्रह तारा बुद- बुद से लगते'*	: बड़े पैमाने पर प्रकृति द्वारा समुद्र आदि का मंथन चल रहा था	2/62	चिंता/कामायनी
विरुद-	*'यही विरुद क्या तुम्हें सुहाता कि नील-नीरद सदय नहीं है'*	: प्रशंसा से भरी बात	3/285	द्वितीय अंक/अजातशत्रु
विलसती-	*'चेतनता एक विलसती आनन्द अखंड घना था'*	: (चित् सत्ता) आनंदमयी क्रीड़ा कर रही थी	2/280	आनन्द/कामायनी
विलसित-	*'सामने विराट धवल-नग अपनी महिमा से विलसित'*	: शोभायमान	2/271	आनन्द/कामायनी
विलास-वेग-सा-	*'बढ़ने लगा विलास-वेग-सा वह अति भैरव जल संघात;'*	: भोग-विलास की तेज गति के समान	2/60	चिंता/कामायनी
विलासिनी-	*'जहाँ हृदय की तृप्ति विलासिनी मधुर-मधुर कुछ गावे'*	: विलास के भाव से परिपूर्ण स्त्री को संबोधन	2/149	कर्म/कामायनी
विलोकन-	*'सरल विलोकन जनकसुता से सीख रही थी'*	: देखने की कला	1/152	चित्रकूट/कानन-कुसुम
♦	*'वह अपलक लोचन अपने पादाग्र विलोकन करती'*	: देखना, ध्यान से देखना	2/269	आनन्द/कामायनी
विलोड़ित गृह-	*'हुआ विलोड़ित गृह, तब प्राणी कौन कहाँ कब! सुख पाते?'*	: घर का हिल-हिलकर टूट जाना, प्रलय ने समुद्र-रूपी घर को पूरी तरह से हिला-डुला दिया है	2/61	चिंता/कामायनी
विवर-	*'क्या कहूँ, क्या हूँ मैं उद्भ्रांत? विवर में नील गगन के आज'*	: गुफा	2/86	श्रद्धा/कामायनी
विवर में नील गगन के-	*'क्या कहूँ, क्या हूँ मैं उद्भ्रांत? विवर में नील गगन के आज'*	: विस्तृत नीला आकाश भी जिसके लिए गुफा की तरह हो गया है	2/86	श्रद्धा/कामायनी
विवर्ण मुख-	*'वह विवर्ण मुख त्रस्त प्रकृति का आज लगा हँसने फिर से;'*	: जिस चेहरे का रंग उड़ गया हो, आभाहीन मुखड़ा	2/67	आशा/कामायनी

शब्द- काव्य-पंक्ति	: अर्थ	प्र.ग्रं./पृ.सं.	स्रोत/संदर्भ
विवर्त्तनों- *'विकल विवर्त्तनों से/विरल प्रवर्त्तनों से'*	: विवर्त्तन, घूमना, परिक्रमा लगाना (सूरज परिक्रमा करता है)	1/337	पेशोला की प्रति./लहर
विवाहा- *'सख्यस्थापन कर सुभद्रा को विवाहा पार्थ से'*	: विवाह कराया	1/163	कुरुक्षेत्र/कानन-कुसुम
विशृंखल- *'शिथिल शरीर वसन विशृंखल कबरी अधिक अधीर खुली'*	: अव्यवस्थित	2/38	निर्वेद/कामायनी
◆ *'स्वयं देव थे हम सब, तो फिर क्यों न विशृंखल होती सृष्टि'*	: अस्त-व्यस्त और अनियमित	2/56	चिंता/कामायनी
विशोक- *'बना दोगी क्या विरज विशोक'*	: शोक से मुक्त, सुखद	1/232	किरण/झरना
विश्रंभ-कथा- *'सुख रजनी की विश्रंभ-कथा सुनती'*	: आत्मीयता और प्रेम की कहानी	1/340	प्रलय की छाया/लहर
विश्रब्ध- *'अकेला यह जीवन निरुपाय आज तक घूम रहा विश्रब्ध'*	: आत्मबल के सहारे	2/88	श्रद्धा/कामायनी
विश्रांत- *'एकांत में विश्रांत मन पाता सुशीतल नीर है'*	: थका हुआ	1/124	एकान्त में/कानन-कुसुम
◆ *'दिन भर के विश्रांत विहग-कुल नीड़ से'*	: थके हुये	1/205	महाराणा का महत्त्व
◆ *'शक्ति रही हाँ शक्ति, प्रकृति थी पद-तल में विनम्र विश्रांत;'*	: थकी हुई (धरती)	2/56	चिंता/कामायनी
◆ *'मधुर विश्रांत और एकांत- जगत का सुलझा हुआ रहस्य,'*	: थकावट से शान्त, शिथिल	2/83	श्रद्धा/कामायनी
◆ *'सो रही थी शिशिर-कण की सेज पर विश्रांत'*	: थककर	2/116	वासना/कामायनी
विश्रांत चरण- *'करुणा का विश्रांत चरण है'*	: विशेष रूप से थकी हुई अवस्था	1/234	विषाद/झरना
विश्राम- *'और उस मुख पर वह मुसक्यान! रक्त किसलय पर ले विश्राम'*	: अवलम्ब प्राप्त करना, मुस्कुराहट होंठों पर विश्राम कर रही है जैसे किसलय पर अरुण-किरण	2/85	श्रद्धा/कामायनी
विश्राम प्राण- *'रे चिरनिवास विश्राम प्राण के मोह-जलद-छाया उदार'*	: प्राणों को आराम प्रदान करनेवाला, मन को राहत देनेवाला	2/172	इड़ा/कामायनी
विश्राम राका- *'चन्द्र की विश्राम राका बालिका-सी कांत'*	: आराम देनेवाली रात	2/119	वासना/कामायनी
विश्राल-*'यह विश्राल सँभल जायेगा सहज व्यथा के सोने में'*	: (यहाँ 'विश्राव' होना चाहिए- बहाव, प्रवाह)	3/302	द्वितीय अंक/अजातशत्रु
विश्व अभिमानी- *'आज विश्व अभिमानी जैसे रूठ रहा अपराध बिना'*	: घमंडी संसार, कारुणिक स्थिति में पड़े व्यक्ति की उपेक्षा यह संसार करता है	2/186	स्वप्न/कामायनी
विश्व कमल- *'विश्व कमल की मृदुल मधुकरी रजनी तू किस कोने से-'*	: संसार मानो कमल के फूल की तरह है	2/78	आशा/कामायनी
विश्व कर्म रंगस्थल है- *'यह नीड़ मनोहर कृतियों का यह विश्व कर्म रंगस्थल है'*	: यह विश्व कर्मठ लोगों की कर्मभूमि है	2/106	काम/कामायनी
विश्व-कल्पना-सा ऊँचा- *'विश्व-कल्पना-सा ऊँचा वह सुख शीतल संतोष निदान;'*	: विश्व में ऊँचाई की जो अधिकतम कल्पना की जा सकती है वह हिमालय है	2/71	आशा/कामायनी
विश्व का आनंदमंदिर- *'क्यों विश्व का आनंदमंदिर आह! तू यों खो रहा?'*	: संसार सुख का स्रोत है, संसार का सुखभोग	1/108	भक्ति-योग/कानन-कु.
विश्व की दुर्बलता- *'विश्व की दुर्बलता बल बने, पराजय का बढ़ता व्यापार'*	: नयी सृष्टि में दुर्बलता (बल बन जाये)	2/93	श्रद्धा/कामायनी

शब्द-	काव्य-पंक्ति	: अर्थ	प्र.ग्रं./पृ.सं.	स्रोत/संदर्भ
विश्व-कुहर-	*'इस विश्व-कुहर में इंद्रजाल'*	: संसार-रूपी गुफा-लोक, संसार मानो गुफा की तरह रहस्यमय है	2/180	इड़ा/कामायनी
♦	*'गुंजारित घननाद सुनो इस विश्व कुहर में'*	: ब्रह्माण्ड की रहस्यमय गुफा (यह मन के भीतर भी है)	2/201	संघर्ष/कामायनी
♦	*'गूँज उठी तुम विश्व-कुहर में दिव्य-रागिनी-अभिनव-सी!'*	: अंतरिक्ष, हृदय	2/226	निर्वेद/कामायनी
विश्व कोश-	*'सत्कर्म कर्मयोग यही विश्व कोश है'*	: वह भांडार जिसमें विश्व की सारी वस्तुएँ संगृहीत हों	3/191	प्रथम अंक/विशाख
विश्व-क्रीड़ा-क्षेत्र-	*'विश्व-क्रीड़ा-क्षेत्र है विश्वेश हृदय-उदार का'*	: यह संसार खेल के मैदान की तरह है	1/166	कुरुक्षेत्र/कानन-कुसुम
विश्व गरिमा-	*'विश्व गरिमा का जो था सार'*	: संसार के गौरव का आधार	1/244	असन्तोष/झरना
विश्व-गृहस्थ-	*'नमस्कार मेरा सदा पूरे विश्व-गृहस्थ को'*	: विश्व मानो एक गृहस्थ की तरह समस्त संयोजन करता है	1/89	नमस्कार/कानन-कुसुम
♦	*'नमस्कार मेरा सदा, पूरे विश्व गृहस्थ को'*	: विश्व मानो एक अच्छे गृहस्थ की तरह है	1/150	मकरंद-बिंदु/कानन-कु.
विश्व चित्रपट-	*'विश्व चित्रपट चल माया में- '*	: विश्व-रूपी चित्र-संग्रह (एलबम)	1/298	ले चल वहाँ भुलावा देकर/लहर
विश्व-जनता-	*'खड़े विश्व-जनता में प्यारे'*	: जन-जन	1/130	तुम्हारा स्मरण/कानन-कु.
विश्वदेव-	*'विश्वदेव, सविता या पूषा सोम, मरुत, चंचल पवमान;'*	: सभी देवताओं के समूह के अर्थ में इस शब्द का प्रयोग होता है	2/68	आशा/कामायनी
♦	*'हे विराट! हे विश्वदेव! तुम कुछ हो, ऐसा होता भान'*	: संसार के मालिक, पूरे विश्व के देवता, ईश्वर	2/70	आशा/कामायनी
विश्व पतझड़-	*'इस व्यथित विश्व पतझड़ की तुम जलती हो मृदु होली'*	: दुःख का वैश्विक विस्तार	2/31	आँसू
विश्व पथिक-	*' "मनु मेरा नाम सुनो बाले! मैं विश्व पथिक सह रहा क्लेश"*	: लोक-यात्री, भटकते हुए मनु	2/179	इड़ा/कामायनी
विश्वबोध-	*'विश्वबोध हो जाता है'*	: संसार को समझ लेने का बोध, विश्व-दृष्टि, जगतबोध	1/130	तुम्हारा स्मरण/ कानन-कुसुम
विश्व भर-	*'विश्व भर सौरभ से भर जाय सुमन से खेलो सुन्दर खेल'*	: पूरे विश्व भर में	2/92	श्रद्धा/कामायनी
विश्व-मधु-ऋतु-	*'विश्व-मधु-ऋतु के कुसुम-विलास'*	: (यौवन मानो) वसंत ऋतु से बनी दुनिया की तरह है	1/306	आह रे, वह अधीर यौवन/लहर
विश्व-मन्दिर-	*'मणिदीप विश्व-मन्दिर की पहने किरणों की माला;'*	: आकाश मानो विश्व के मंदिर की तरह है	2/30	आँसू
विश्व-माधुरी-	*'विश्व-माधुरी जिसके सम्मुख मुकुर बनी रहती हो'*	: संसार की सुन्दरता	2/150	कर्म/कामायनी
विश्व-मानवता-	*'विश्व-मानवता का जय घोष, यहीं पर हुआ जलद-स्वर-मन्द्र'*	: मानवता का वैश्विक रूप, मनुष्य-मात्र को आधार बनाना	1/295	अरी वरुणा की शांत कछार/लहर
विश्व-माया-कुहक-सी-	*'कौन हो तुम विश्व-माया-कुहक-सी साकार,'*	: अपने जादू से संसार को प्रभावित करनेवाली माया के समान (श्रद्धा है)	2/117	वासना/कामायनी

शब्द-	काव्य-पंक्ति	: अर्थ	प्र.ग्रं./पृ.सं.	स्रोत/संदर्भ
विश्व-मित्र-	*'मनु ने देखा इतना विचित्र! वह मातृ-मूर्ति थी विश्व-मित्र'*	: संसार की मित्र (श्रद्धा), लोकहितैषी	2/243	दर्शन/कामायनी
विश्व मुकुट-सा उज्ज्वलतम-	*'वह विश्व मुकुट-सा उज्ज्वलतम शशिखंड सदृश था स्पष्ट भाल'*	: (इड़ा का ललाट मानो) विश्व के मुकुट की तरह तेजोद्दीप्त था	2/179	इड़ा/कामायनी
विश्व रंध्र-	*'विश्व रंध्र ज्वाला से भरकर करता अपना विषम कृत्य था'*	: ब्रह्माण्ड-रूपी विवर, पूरा अंतरिक्ष	2/263	रहस्य/कामायनी
विश्व रानी-	*'विश्व रानी! सुंदरी नारी! जगत की मान !'*	: वैश्विक स्तर पर (पुरुष के मन पर) शासन करनेवाली	2/119	वासना/कामायनी
विश्व-रूप-	*'जय हो उसकी, जिसने अपना विश्व-रूप विस्तार किया'*	: संसार के रूप में मानो ईश्वर ने स्वयं को प्रकट किया है	3/426	तृतीय अंक/जन्मेजय का नाग-यज्ञ
विश्व वन की व्याली-	*'ओ चिंता की पहली रेखा, अरी विश्व वन की व्याली;'*	: संसार रूपी वन की सर्पिणी की तरह है चिंता	2/52	चिंता/कामायनी
विश्ववर्षा-	*'है यही क्या विश्ववर्षा का शरद साकार ही'*	: सर्वत्र ओस का गिरना मानो पूरे विश्व में होनेवाली वर्षा है	1/133	खंजन/कानन-कुसुम
विश्व-वीणा-	*'जयति महासंगीत! विश्व-वीणा जिसकी ध्वनि गाती है'*	: विश्व रूपी वीणा, विश्व मानो वीणा की तरह है जिससे लौकिक संगीत निकलता है। यह लौकिक संगीत ईश्वरीय संगीत से ध्वनि प्राप्त करता है	1/88	वंदना/कानन-कुसुम
विश्व वेद-	*'जीवन जगत के, विकास विश्व वेद के हो,'*	: विश्व को उसके मूल रूप में जानने की विद्या	1/261	तुम /झरना
विश्व-वेदना-	*'विश्व-वेदना का जो सुख से करता है आह्वान'*	: वेदना का वैश्विक रूप, संसार दुखमय है	3/31	द्वितीय अंक/विशाख
विश्व-वेदना-बाला-	*'वह ज्वालामुखी जगत की वह विश्व-वेदना-बाला;'*	: संसार के दु:ख का प्रतिनिधित्व करनेवाली एक स्त्री का रूपक	2/31	आँसू
विश्व-शरीरी-	*'विश्व-शरीरी परमात्मा-प्रभुता का केतन'*	: विश्व मानो एक शरीरधारी की तरह है	1/151	मकरंद-बिंदु/कानन-कु.
विश्व-सदन-	*'बरसो प्रभात हिमकन-सा आँसू इस विश्व-सदन में'*	: विश्व-रूपी विस्तृत निवास-स्थल पर	2/41	आँसू
विश्व-सुन्दरी-	*'सिकुड़न कौशेय वसन की थी विश्व-सुन्दरी तन पर'*	: सृष्टि या प्रकृति-रूपी सुन्दरी	2/278	आनन्द/कामायनी
विश्वस्त-प्रमुदित-	'मन-मधुप हो विश्वस्त-प्रमुदित तव चरण-अरविन्द में'	: निश्चिन्त और प्रसन्न	1/131	याचना/कानन-कुसुम
विश्वात्मा-	*'आत्मसमर्पण करो उसी विश्वात्मा को पुलकित होकर'*	: ईश्वर, जो विश्व की आत्मा के रूप में अदृश्य-भाव से मौजूद हो	1/197	प्रेमपथिक
विश्वासमयी-	*'श्रद्धा इस संसृति की रहस्य व्यापक विशुद्ध विश्वासमयी'*	: आस्था; विश्वास और श्रद्धा से भरी हुई	2/177	इड़ा/कामायनी
विश्वास-महा-तरु-छाया में-	*'सर्वस्व-समर्पण करने की विश्वास-महा-तरु-छाया में'*	: विश्वास-रूपी विशाल वृक्ष की छाया में	2/129	लज्जा/कामायनी

शब्द-	काव्य-पंक्ति	: अर्थ	प्र.ग्रं./पृ.सं.	स्रोत/संदर्भ
विश्वास मूल-	*' "अति मधुर वचन विश्वास मूल, मुझको न कभी ये जायँ भूल'*	: विश्वास से परिपूर्ण	2/241	दर्शन/कामायनी
विश्वास-रजत-नग-	*'नारी! तुम केवल श्रद्धा हो विश्वास-रजत-नग पगतल में'*	: विश्वास-रूपी कैलाश पर्वत जो बर्फ (और चाँदनी) से ढँककर चाँदी का पहाड़ लगता है, यहाँ मनु 'विश्वास' के प्रतीक हैं	2/130	लज्जा/कामायनी
विश्वेश-	*'त्रस्त पथिक, देखो करुणा विश्वेश की'*	: विश्व +ईश, विश्व का स्वामी, ईश्वर	1/97	करुणा-कुंज/कानन-कु.
♦	*' 'प्रसाद' विश्वेश का हो तुम पर यही हृदय से निकल रहा है'*	: विश्व के ईश्वर	1/112	सरोज/कानन-कुसुम
♦	*'विश्व-क्रीड़ा-क्षेत्र है विश्वेश हृदय-उदार का'*	: ईश्वर	1/166	कुरुक्षेत्र/कानन-कुसुम
♦	*'क्योंकि विश्वमय है विश्वेश रहस्य प्रेम के ये उसके'*	: विश्व का ईश्वर, शिव	1/196	प्रेमपथिक
विषम कृत्य-	*'विश्व रंध्र ज्वाला से भरकर करता अपना विषम कृत्य था'*	: विनाशकारी भीषण कार्य	2/263	रहस्य/कामायनी
विषमता की पीड़ा-	'विषमता की पीड़ा से व्यस्त हो रहा स्पन्दित विश्व महान;'	: असंतुलन का दर्द, प्रकृति तीन गुणों (सत्, रज, तम) के सामंजस्य से बनी है जिनके वैषम्य से इसे पीड़ा होती है	2/89	श्रद्धा/कामायनी
विषम तीर-	*'अस्तित्व-चिरंतन-धनु से कब, यह छूट पड़ा है विषम तीर'*	: दुखद पक्ष, कष्टदायक वाण	2/171	इड़ा/कामायनी
विषम नृत्य-	*'चितिमय चिता धधकती अविरल महाकाल का विषम नृत्य था'*	: तांडव का विध्वंसक नृत्य	2/263	रहस्य/कामायनी
विषमयी विषमता-	*'जगती-तल का सारा क्रंदन यह विषमयी विषमता'*	: जहरीला भेदभाव	2/142	कर्म/कामायनी
विषम वायु-	*'नीचे ऊपर लचकीली वह विषम वायु में धधक रही सी'*	: प्रचण्ड पवन	2/263	रहस्य/कामायनी
विषय-शून्य-	*'विषय-शून्य जिसकी चितवन है'*	: भाव-शून्य (निगाहें), उदास	1/234	विषाद/झरना
विष-रेखा-	*'ज्यों राहुग्रस्त-सी शशि-लेखा, जिस पर विषाद की विष-रेखा'*	: विष की निशानी, (दु:ख की) जहरीली रेखा	2/235	दर्शन/कामायनी
विष-विषाद-आवरण-	*'जिसके ऊपर विगत कर्म का विष-विषाद-आवरण तना'*	: जहरीले शोक का आवरण	2/33	निर्वेद/कामायनी
विषाद के नद-	*'एक बिंदु, जिसमें विषाद के नद उमड़े रहते हैं'*	: निराशा-रूपी विशाल नदी	2/143	कर्म/कामायनी
विषाद-विष-	*'अपने विषाद-विष में मूर्च्छित'*	: मानसिक दु:ख-रूपी जहर	1/319	मुझको न मिला रे.../लहर
विष्कंभ-	*'आह सर्ग के प्रथम अंक का अधम-पात्र मय सा विष्कंभ'*	: विष्कंभक, सूच्य विषय-वस्तु को दर्शकों तक प्रेषित करनेवाला नाटक का मध्यम कोटि का पात्र, मगर हीनभाव के कारण मनु स्वयं को सृष्टि के इस नाटक का अधम पात्र कह रहे हैं	2/62	चिंता/कामायनी

शब्द-	काव्य-पंक्ति	: अर्थ	प्र.ग्रं./पृ.सं.	स्रोत/संदर्भ
विस्तीर्ण-	*'खड़े रहो मत, कर्म्म-मार्ग विस्तीर्ण है'*	: विस्तृत, फैला हुआ	3/100	द्वितीय दृश्य/करुणालय
विस्तृत गुहा-	*'थी अनन्त की गोद सदृश जो विस्तृत गुहा वहाँ रमणीय;'*	: बड़ी और फैली हुई गुफा	2/73	आशा/कामायनी
विस्तृत भूखंड-	*'एक तुम, यह विस्तृत भूखंड प्रकृति वैभव से भरा अमन्द,'*	: हिमालय के पास का विशाल क्षेत्र	2/91	श्रद्धा/कामायनी
विस्तृत वेला-	*'नदी की विस्तृत वेला शांत'*	: फैला हुआ तट	1/263	हृदय का सौन्दर्य/झरना
विस्मृत-	*'विस्मृत हों वे बीती बातें, अब उनमें कुछ सार नहीं!'*	: भुला दिया जाना	2/187	स्वप्न/कामायनी
विस्मृति-	*'ढले और विस्मृति के प्याले,'*	: भूल जाना, बेख्याली	1/325	निर्दय तूने ठुकराया तब/लहर
♦	*'विस्मृति है, मादकता है/मूर्च्छना भरी है मन में'*	: स्मृति-विहीनता, भुलावा	2/15	आँसू
♦	*'विस्मृति का नील-नलिन रस बरसे अपांग के घन से'*	: भुलावा, याद न रहना	2/28	आँसू
♦	*'विस्मृति आ, अवसाद घेर ले, नीरवते! बस चुप कर दे;'*	: अचेतनता, मानसिक भुलावा, स्मृति-लोप	2/54	चिंता/कामायनी
♦	*'अपना ही अणु अणु कण कण द्वयता ही तो विस्मृति है'*	: विस्मरण, भूल जाना	2/276	आनन्द/कामायनी
विस्मृति का मार्ग-	*'बताता है विस्मृति का मार्ग चल रहा हूँ बनकर अनजान'*	: बेखुदी का रास्ता, चेतना की सजगता का कम हो जाना	2/86	श्रद्धा/कामायनी
विस्मृति का स्तूप अचेत-	*'एक विस्मृति का स्तूप अचेत, ज्योति का धुँधला-सा प्रतिबिम्ब;'*	: मनु स्वयं को बेखुदी के मजार की तरह बता रहे हैं, वे देव-सृष्टि की स्मृतियों को अपने भीतर वैसे ही समेटे हुए हैं जैसे स्तूप के भीतर बुद्ध आदि के पावन अवशेषों को सुरक्षित रखा जाता था	2/86	श्रद्धा/कामायनी
विस्मृति के पट-	*'सब की विस्मृति के पट में छिप बैठा था अब निर्भय'*	: विस्मृति-रूपी पर्दा, नाटक में पर्दा मानो भूल जाने का आधार प्रदान करते हैं	2/279	आनन्द/कामायनी
विस्मृति-समाधि-	*'विस्मृति-समाधि पर होगी वर्षा कल्याण-जलद की;'*	: सबकुछ भूलकर स्मृतियों की समाधि बना लेना, यादें तकलीफ देती हैं; इसलिए चेतना-शून्यता लाभप्रद है	2/28	आँसू
विस्मृति सिंधु-	*'रही विस्मृति सिंधु में स्मृति नाव विकल अकूल'*	: विस्मृति(भूल जाना) रूपी समुद्र	2/118	वासना/कामायनी
विहंगम-	*'गा रहे हैं ये विहंगम किसके आने की कथा'*	: पक्षी	1/94	महा-क्रीड़ा/कानन-कु.
♦	*'वही हुए अति मुदित विहंगम अवसर पाकर'*	: पक्षी, चिड़ियाँ	1/110	रजनीगंधा/कानन-कुसुम
♦	*'पंख फैलाकर विहंगम उड़ रहा आकाश है'*	: पक्षी, छोटी-सी नौका मानो पक्षी की तरह सन्तरण कर रही थी	1/115	जल-विहारिणी/का.-कु.
विहंगम-कुल-	*'आतप-भीत विहंगम-कुल का क्रन्दन इस पर कैसा है'*	: पक्षियों का समूह	1/104	ग्रीष्म का मध्याह्न/का.-कु.
विहँसते-	*'मुरली मुखरित होती थी/मुकुलों के अधर विहँसते'*	: हँसते, मुस्कुराते	2/14	आँसू
विहग-	*'लेते अँगड़ाई नीदों में अलस विहग मृदु गात'*	: पक्षी	1/328	अंतरिक्ष में अभी.../लहर
विहग-युगल-	*'देखो नीड़ों में विहग-युगल अपने शिशुओं को रहे चूम'*	: पक्षी का जोड़ा	2/161	ईर्ष्या/कामायनी

शब्द-	काव्य-पंक्ति	: अर्थ	प्र.ग्रं./पृ.सं.	स्रोत/संदर्भ
विहरणशील-	*'जिनमें विहरणशील रसिक अलिपुंज थे'*	: विहार करनेवाले, आनंदपूर्वक घूमने-टहलनेवाले (भौंरे)	3/76	प्रथम दृश्य/कल्याणी परि.
विहाग-	*'आँखों में भरे विहाग री'*	: रात्रि के तीसरे प्रहर (12 से 3 बजे) में गाया जानेवाला वियोग का राग	1/303	बीती विभावरी जाग री/लहर
विहाग की तान-	*'पथिक उनींदी श्रुति में किसने- यह विहाग की तान उठाई'*	: रात्रि के तीसरे पहर में गाये जानेवाले वियोग के एक राग का आलाप	4/141	पंचम अंक/स्कन्दगुप्त
विहायसी-	*'या प्रशांत विहायसी में शोभते हैं प्रात के'*	: आकाश	1/116	जल-विहारिणी/का.-कु.
वीचियाँ-	*'नाचेंगी अनुरक्त वीचियाँ रंजित प्रभा सुनहरी में'*	: लहरें	1/238	दीप/झरना
◆	*'वीचियाँ नचतीं बार-बार'*	: तरंगें, लहरें	2/179	इड़ा/कामायनी
वीणा-	*'मेरे क्रन्दन में बजती/क्या वीणा? जो सुनते हो'*	: मेरे रोदन में वीणा की ध्वनि थोड़े ही है	2/7	आँसू
वीणा-अनुकारी-	*'नया कंठ कमनीय, वाणि वीणा-अनुकारी'*	: वीणा की ध्वनि का अनुकरण करने वाली (कोयल की आवाज)	1/120	कोकिल/कानन-कुसुम
वीरुध-	*'लता-वीरुध दिया करते जिसे छाया दान'*	: पेड़-पौधे	2/114	वासना/कामायनी
◆	*'उसकी तलहटी मनोहर श्यामल तृण-वीरुध वाली'*	: लता की प्रजाति के पौधे	2/271	आनन्द/कामायनी
वीर्य्य-	*'अवयव की दृढ़ मांस-पेशियाँ, ऊर्जस्वित था वीर्य्य अपार;'*	: ओज, स्वास्थ्य की चमक	2/52	चिंता/कामायनी
वृत्त आकृत-	*'वृत्त आकृत कुंकुमारुण कञ्ज-कानन-मित्र है ,'*	: गोल (वृत्त) आकार का	1/94,	महा-क्रीड़ा/ कानन-कुसुम
वृत्रघ्नी-	*'वृत्रघ्नी का वह जनाकीर्ण उपकूल आज कितना सूना'*	: सरस्वती नदी, वृत्र आदि असुरों का संहार देवासुर-संग्राम में सरस्वती नदी के किनारे हुआ था	2/173	इड़ा/कामायनी
वृथा-	*'कोकिल की काकली वृथा ही अब कलियों पर मँडराती'*	: व्यर्थ, निरर्थक	2/185	स्वप्न/कामायनी
◆	*'मानो कहती "तुम मेरे हो अब क्यों कोई वृथा डरे?"'*	: व्यर्थ, अकारण	2/222	निर्वेद/कामायनी
वृश्चिकों-	*'सैकड़ों ही वृश्चिकों का डंक लगा एक साथ'*	: बिच्छुओं	1/353	प्रलय की छाया/लहर
वृष-	*'तो यह वृष क्यों तू यों ही वैसे ही चला रही है'*	: साँड़	2/271	आनन्द/कामायनी
वृष धवल-	*'था सोम लता से आवृत वृष धवल, धर्म का प्रतिनिधि'*	: सफेद रंग का साँड़, धर्म का प्रतीक, बसहा बैल	2/267	आनन्द/कामायनी
वृषभ धर्म-प्रतिनिधि-	*'इस वृषभ धर्म-प्रतिनिधि को उत्सर्ग करेंगे जाकर'*	: यह साँड़ धर्म का प्रतीक है	2/271	आनन्द/कामायनी
वृष-रज्जु-	*'वृष-रज्जु वाम कर में था दक्षिण त्रिशूल से शोभित'*	: साँड़ के गले से बँधी रस्सी	2/267	आनन्द/कामायनी
वेणु-	*'बजा दो वेणु मनमोहन! बजा दो'*	: बाँसुरी	4/122	चतुर्थ अंक/स्कन्दगुप्त
वेणु के मधु स्वर-	*'वन बालाओं के निकुंज सब भरे वेणु के मधु स्वर से'*	: जंगल के बाँस के छिद्रों से वायु-प्रवाह के कारण मधुर-ध्वनि निकलने लगी थी	2/188	स्वप्न/कामायनी
वेणु-रंध्र-	*'फिर वेणु-रंध्र से उठकर मूर्च्छना कहाँ अब ठहरे'*	: बाँस के छिद्रों (से हवा गुजरती है तो मधुर ध्वनि निकलती है)	2/278	आनन्द/कामायनी

शब्द- काव्य-पंक्ति	: अर्थ	प्र.ग्रं./पृ.सं.	स्रोत/संदर्भ
वेणुवादन-कुंज- *'वेणुवादन-कुंज में, जो छिप रहा था फूल में'*	: तरु-गुल्मों से घिरी सुन्दर जगह में बाँसुरी बजाते (कृष्ण)	1/163	कुरुक्षेत्र/कानन-कुसुम
वेतनभुक्त- *'हाँ किशोर, मैं भी सब देकर वेतनभुक्त पुजारी-सी'*	: वेतनभोगी, निर्धारित मासिक राशि पर काम करनेवाला	1/194	प्रेमपथिक
वेतसी लता- *'उसमें था झूला पड़ा हुआ वेतसी लता का सुरुचिपूर्ण'*	: बेंत की बेल	2/165	ईर्ष्या/कामायनी
वेदना- *'आह! वेदना मिली विदाई'*	: गहरी पीड़ा	4/141	पंचम अंक/स्कन्दगुप्त
वेदना असीम- *'क्यों हाहाकार स्वरों में वेदना असीम गरजती'*	: गहरी पीड़ा	2/3	आँसू
वेदना-छद्म-मय- *'जीवन का लोभ नहीं, वह वेदना-छद्म-मय छल में'*	: दुःख का छद्म-रूप है जीवन	2/20	आँसू
वेदना जलद- *'चढ़ जाय अनन्त गगन पर वेदना जलद की माला'*	: दुःख-रूपी बादल	2/26	आँसू
वेदना-दूती- *'वेदना-दूती सी तुम कौन?'*	: दुःख का सन्देश ले जानेवाली सन्देशवाहिका	1/231	किरण/झरना
वेदनामय डाह- *'कौन देता है हृदय में वेदनामय डाह?'*	: दुखद संताप	2/113	वासना/कामायनी
वेदना विकल- *'वेदना विकल फिर आई मेरी चौदहों भुवन में;'*	: व्याकुल दुःख	2/27	आँसू
वेदना-विलोल-वीचि-मय- *'यह वेदना-विलोल-वीचि-मय समुद्र है'*	: वेदना की चंचल लहरों से युक्त	3/300	द्वितीय अंक/अजातशत्रु
वेदने- *'वेदने ठहरो! कलह तुम न करो'*	: वेदना को संबोधन	1/276	वेदने ठहरो/झरना
वेदियाँ- *'रुधिर भरी वेदियाँ भयकरी उनमें ज्वाला'*	: यज्ञ के लिए ऊँची जगह	2/203	संघर्ष/कामायनी
वेदी- *'चलो आज फिर से वेदी पर हो ज्वाला की फेरी'*	: यज्ञ हेतु कुण्ड आदि तैयार करने के लिए साफ-सुथरी की गई जगह	2/137	कर्म/कामायनी
वेदी ज्वाला- *'किन्तु सुन रहा कौन! धधकती वेदी ज्वाला'*	: यज्ञ की वेदी पर आग की लपटें थीं	2/208	संघर्ष/कामायनी
वेला- *'पुलकित, प्लावित रहे, बनो मत सूखी बालू की वेला'*	: तट, किनारा	1/235	बालू की वेला/झरना
♦ *'श्रम विश्राम क्षितिज वेला से-'*	: किनारा	1/298	ले चल वहाँ भुलावा देकर/लहर
♦ *'वेला क्षण-क्षण निकट आ रही क्षितिज क्षीण, फिर लीन हुआ;'*	: समुद्र-तट, तरंगों का समूह	2/60	चिंता/कामायनी
वैध क्रम- *'वैध क्रम संयम को धिक्कार'*	: उचित तौर-तरीका	1/148	धर्मनीति/कानन-कुसुम
वैश्वानर-*'वह वैश्वानर की ज्वाला-सी, मंच वेदिका पर बैठी'*	: यज्ञ की अग्नि	2/191	स्वप्न/कामायनी
व्यंग-मलिन उपहास- *'देखो करते ही रहते हैं अपना व्यंग-मलिन उपहास'*	: व्यंग्य से मलिन उपहास, मजाक उड़ाकर बदनाम करना	1/292	मधुप गुनगुना कर कह जाता/लहर
व्यक्त- *'कर रही लीलामय आनन्द, महाचिति सजग हुई सी व्यक्त;'*	: अप्रकट रहनेवाला स्वयं को प्रकट कर रहा है	2/89	श्रद्धा/कामायनी
व्यक्त नील- *'व्यक्त नील में चल प्रकाश का कंपन सुख बन बजता था;'*	: खुले और विस्तृत आकाश में	2/76	आशा/कामायनी

शब्द- काव्य-पंक्ति	: अर्थ	प्र.ग्रं./पृ.सं.	स्रोत/संदर्भ
व्यक्त नील घन-माला- *'जीवन तेरा क्षुद्र अंश है व्यक्त नील घन-माला में,'*	: काले बादलों के बीच प्रकट (होनेवाली बिजली)	2/63	चिंता/कामायनी
व्यक्ति चेतना- *'व्यक्ति चेतना इसीलिए परतंत्र बनी थी'*	: चेतना-संपन्न मनुष्य	2/201	संघर्ष/कामायनी
व्यजन- *'जलनिधि का अंचल व्यजन बना धरणी का, दो-दो साथ हुए'*	: पंखा	2/105	काम/कामायनी
♦ *'थके पथिक समान करता व्यजन ग्लानि विनाश'*	: पंखा	2/117	वासना/कामायनी
♦ *'पङ्ख तितलियों के करते हैं व्यजन से'*	: पंखा	1/226	रूप/झरना
व्यथा भार- *'हे सौम्य! इड़ा का शुचि दुलार हर लेगा तेरा व्यथा भार'*	: मार्मिक वेदना	2/240	दर्शन/कामायनी
व्यथा-साथिन- *'नयी व्यथा-साथिन को'*	: दुःख में साथ देनेवाली (वसंत ऋतु)	1/323	अरे आ गई है भूली-सी/लहर
व्यथित अधीर- *'नीचे दूर-दूर विस्तृत था उर्मिल सागर व्यथित अधीर;'*	: दुखी और बेचैन (समुद्र)	2/76,	आशा/कामायनी
व्यथित बसेरा- *'यह अनंत अवकाश नीड़-सा जिसका व्यथित बसेरा'*	: दुःख को आश्रय प्रदान करनेवाला	2/141	कर्म/कामायनी
व्यथित विश्व- *'व्यथित विश्व के सात्त्विक शीतल बिंदु, भरे नव रस सारा'*	: दुखी संसार	2/78	आशा/कामायनी
व्यथित विश्व पतझड़- *'इस व्यथित विश्व पतझड़ की तुम जलती हो मृदु होली'*	: विश्वस्तरीय पतझड़ की पीड़ा, दुःख ने पूरे विश्व को अपनी चपेट में ले रखा है	2/31	आँसू
व्यथित व्योम-गंगा- *'क्यों व्यथित व्योम-गंगा सी छिटका कर दोनों छोरें'*	: मन में मानो आकाश-गंगा की तरह अमूर्त रूप में दुःख प्रवाहित हो रहा है	2/4	आँसू
व्यथिता रजनी- *'कुछ शून्य बिंदु उर के ऊपर, व्यथिता रजनी के श्रम-सीकर'*	: दुखियारी रात, दुःख की अनुभूति के साथ बीतती रात	2/241	दर्शन/कामायनी
व्यस्त- *'विरल मृदुल दलवाली डालों से उलझा समीर जब व्यस्त'*	: जुड़ जाना, अत्यधिक संलग्न हो जाना	1/327	मधुर माधवी संध्या में/लहर
♦ *'अंतरिक्ष में व्यस्त उसी-सा/रहा चंद्रिका-निधि गंभीर'*	: व्याकुल, बेचैन	2/76	आशा/कामायनी
♦ *'पहेली-सा जीवन है व्यस्त/उसे सुलझाने का अभिमान,'*	: अव्यवस्थित	2/86	श्रद्धा/कामायनी
♦ *'विषमता की पीड़ा से व्यस्त हो रहा स्पन्दित विश्व महान;'*	: परेशान	2/89	श्रद्धा/कामायनी
♦ *'शक्ति के विद्युत्कण, जो व्यस्त विकल बिखरे हैं, हो निरुपाय ;'*	: बिखरे हुए, इधर-उधर फैले हुए	2/93	श्रद्धा/कामायनी
♦ *'वह विराग-विभूति ईर्षा-पवन से हो व्यस्त'*	: बिखर जाना	2/113	वासना/कामायनी
व्यस्त महाकच्छप-सी- *'व्यस्त महाकच्छप-सी धरणी ऊभ-चूभ थी विकलित सी'*	: विशाल कछुआ मानो परेशान हो; प्रलय के समय धरती कुछ ऐसी ही लग रही थी	2/60	चिंता/कामायनी
व्याकुल आलिंगन- *'जिसमें व्याकुल आलिंगन का अस्तित्व न तो है कुशल सूक्ति'*	: प्रेम की उत्तेजना से भरा आलिंगन	2/158	ईर्ष्या/कामायनी

शब्द-	काव्य-पंक्ति	: अर्थ	प्र.ग्रं./पृ.सं.	स्रोत/संदर्भ
व्याकुल चुम्बन-	*'और एक फिर व्याकुल चुम्बन रक्त खौलता जिससे'*	: कामोत्तेजना से युक्त चुंबन	2/154	कर्म/कामायनी
व्याघात-	*'हों गिर रहे भीषण मचाते विश्व में व्याघात-से'*	: तेज चोट करते हुए	1/131	याचना/कानन-कुसुम
व्याधि की सूत्र-धारिणी-	*'अरी व्याधि की सूत्र-धारिणी! अरी आधि, मधुमय अभिशाप!'*	: (चिंता) शारीरिक बीमारियों को जन्म देती है, वह बीमारियों को मानो शरीर में जाने के लिए निर्देशित करती है	2/53	चिंता/कामायनी
व्यापकता-	*'व्यापकता नियति-प्रेरणा बन अपनी सीमा में रहे बंद'*	: विराट दृष्टि, स्वतंत्रता का भाव, विश्व-दृष्टि	2/177	इड़ा/कामायनी
व्यापी-	*'जब मानते हैं व्यापी जलभूमि में अनिल में'*	: जो व्याप्त हो, मौजूद	1/90	मंदिर/कानन-कुसुम
व्यालों सी-	*'चली आ रहीं फेन उगलती फन फैलाये व्यालों सी'*	: साँपों के समान	2/60	चिंता/कामायनी
व्योम अष्टमी-	*'व्योम अष्टमी का जो तारों से रहता था भरा हुआ'*	: चन्द्रमा की अष्टमी तिथि का आकाश	1/188	प्रेमपथिक
व्योम-चुंबन-व्यस्त-	*'देख लो, ऊँचे शिखर का व्योम-चुंबन-व्यस्त'*	: आकाश को चूमने में व्यस्त (है शिखर)	2/115	वासना/कामायनी
व्योम-तम पुंज-	*'व्योम-तम पुंज हुआ तब नष्ट, अखिल संसृति हो उठी अशोक'*	: आकाशव्यापी अँधेरा, विश्व का अज्ञान	4/138	पंचम अंक/स्कन्दगुप्त
व्रज्या-	*'पददलित-सी थकी व्रज्या ज्यों सदा आक्रांत'*	: पगडंडी, पतला कच्चा रास्ता	2/119	वासना/कामायनी
व्रीड़ा-	*'छिपकर चारों ओर व्रीड़ा की अँगुलियाँ'*	: लज्जा	1/354	प्रलय की छाया/लहर
	◆ *'व्रीड़ा है यह चंचल कितनी/विभ्रम से घूँघट खींच रही;'*	: लज्जा, शर्मीली नायिका	2/100	काम/कामायनी
	◆ *'जीवन की उद्दाम लालसा उलझी जिससे व्रीड़ा'*	: लज्जा, संकोच	2/141	कर्म/कामायनी
व्रीड़ा-सी-	*'नव अलम्बुषा की व्रीड़ा-सी खुल जाती है, फिर जा मुँदती'*	: लज्जा की तरह	2/255	रहस्य/कामायनी
शकल-निपात-	*'पंचभूत का भैरव मिश्रण, शम्पाओं के शकल-निपात,'*	: (बिजली के) टुकड़ों का गिरना, आकाशीय बिजली टूट-टूटकर गिरती है	2/59	चिंता/कामायनी
शक्ति-	*'शक्ति रही हाँ शक्ति, प्रकृति थी पद-तल में विनम्र विश्रांत;'*	: देवताओं की असीमित शक्ति	2/56	चिंता/कामायनी
शक्ति का खेल-	*'आज शक्ति का खेल खेलने में आतुर नर'*	: वैज्ञानिक प्रगति से प्राप्त शक्ति का उपयोग	2/204	संघर्ष/कामायनी
शक्ति के विद्युत्कण-	*'शक्ति के विद्युत्कण, जो व्यस्त विकल बिखरे हैं, हो निरुपाय ;'*	: सृष्टि में शक्ति के विभिन्न स्रोत (आवेशित कण), नयी सृष्टि के निर्माण के लिए बिखरी हुई प्राकृतिक शक्तियों को एकत्र करने की जरूरत	2/93	श्रद्धा/कामायनी
शक्ति-तरंगों में आन्दोलन-	*'शक्ति-तरंगों में आन्दोलन, रुद्र क्रोध भीषणतम था'*	: शक्ति के सभी स्रोत आंदोलित हो उठे, प्रजा की मानवीय शक्ति तथा शिव की मानवेतर शक्ति	2/193	स्वप्न/कामायनी

शब्द-	काव्य-पंक्ति	: अर्थ	प्र.ग्रं./पृ.सं.	स्रोत/संदर्भ
शक्ति-शरीरी-	*'उस शक्ति-शरीरी का प्रकाश, सब शाप पाप का कर विनाश-'*	: (शिव का) शक्ति-युक्त विश्व-रूप, शक्ति का शरीरी रूप	2/247	दर्शन/कामायनी
शक्तिशील-	*'शक्तिशील होना अहोभाग्य है'*	: जिसके स्वभाव में शक्ति का भाव हो, शक्तिशाली	1/352	प्रलय की छाया/लहर
शक्ति-सुधा-	*'शक्ति-सुधा से सिंचा, शांति से सदा हरा वन'*	: (परमात्मा का शरीरी-रूप यह प्रकृति) अमरत्व की शक्ति से परिपूर्ण है	1/151	मकरंद-बिंदु/कानन-कुसुम
शतघ्नियों-	*'जो उलटता शतघ्नियों को !'*	: एक बार में सौ शत्रुओं (बड़ी संख्या में) को मार गिरानेवाला हथियार	1/335	शेरसिंह का शस्त्र-समर्पण/लहर
शत-दल-	*'सित शत-दल से शशि तुम क्यों उनमें जाकर हो मिलते?'*	: सौ पंखुड़ियाँ	2/22	आँसू
शतद्रु-	*'कहेगी शतद्रु शत-संगरों की साक्षिणी,'*	: सतलज नदी	1/335	शेरसिंह का श.-स./लहर
शतपत्र-	*'और भी शतपत्र को मधुकर कहीं गुंजित किये'*	: सौ दलों वाला कमल का फूल	1/100	नव वसंत/कानन-कुसुम
शतशः विभक्त-	*'तुम राग-विराग करो सबसे अपने को कर शतशः विभक्त'*	: (स्वयं को) सैकड़ों टुकड़ों में तोड़कर	2/176	इड़ा/कामायनी
शत-संगरों-	*'कहेगी शतद्रु शत-संगरों की साक्षिणी,'*	: सैकड़ों युद्ध (मोर्चा)	1/335	शेरसिंह का श.-स./लहर
शनि-	*'शनि का सुदूर वह नील लोक'*	: सौरमंडल का सातवाँ ग्रह जो अशुभ और कष्टप्रद माना जाता है	2/180	इड़ा/कामायनी
शब्द, स्पर्श, रस, रूप, गंध-	*'शब्द, स्पर्श, रस, रूप, गंध की पारदर्शिनी सुघड़ पुतलियाँ'*	: पाँच भौतिक तत्त्वों (आकाश, वायु, अग्नि, जल, पृथ्वी) के कारण तत्त्व हैं क्रमशः शब्द, स्पर्श, रूप, रस, गंध। इन्हें अनुभूत करनेवाली इन्द्रियाँ हैं क्रमशः कान, त्वचा, नेत्र, जीभ और नाक	2/255	रहस्य/कामायनी
शमन सम्भोग-	*'शिथिल, शमन सम्भोग दलित कवरी के कुसुम सदृश कैसे'*	: समान रूप से भोग के द्वारा निदान करना	2/334	शिथिल/असंकलित कविताएँ
शम्पाओं-	*'पंचभूत का भैरव मिश्रण, शम्पाओं के शकल-निपात,'*	: आकाशीय बिजली	2/59	चिंता/कामायनी
शयन-गुहा-	*'श्रद्धा अपनी शयन-गुहा में दुखी लौट कर आयी'*	: जिस गुफा में श्रद्धा सोती थी	2/139	कर्म/कामायनी
शरद इंदिरा-	*'शरद इंदिरा के मंदिर की/मानो कोई गैल रही'*	: शरद ऋतु की लक्ष्मी, शरद ऋतु लहलहाती फसल की लक्ष्मी लेकर आती है	2/71	आशा/कामायनी
शरद-इंदु-	*'इस सुख-नभ में मैं विचरूँगा बन सकल कलाधर शरद-इंदु'*	: सभी सोलह कलाओं को धारण करनेवाला शरद ऋतु का चन्द्रमा	2/168	ईर्ष्या/कामायनी
शरद नीरदमाला-	*'शरद नीरदमाला के बीच तड़प ले चपला-सी भयभीत'*	: शरद् ऋतु में घिरी बादलों की शृंखला	4/187	प्रथम अंक/चन्द्रगुप्त

शब्द-	काव्य-पंक्ति	: अर्थ	प्र.ग्रं./पृ.सं.	स्रोत/संदर्भ
शरद प्रसन्न नदी-	*'उस शरद प्रसन्न नदी में जीवन द्रव-अमल भरा हो'*	: शरद ऋतु की जलपूरित स्वच्छ नदी	2/36	आँसू
शरद प्रात की शेफाली-	*'ले मकरन्द नया चू पड़ती शरद प्रात की शेफाली'*	: शरद ऋतु की सुबह शेफाली के फूलों से भरी होती थी	2/224	निर्वेद/कामायनी
शरद-ललाट-	*'वह स्वच्छ शरद-ललाट चिंतित-सा दिखाई दे रहा'*	: शरद ऋतु के ललाट की तरह	1/107	भक्ति-योग/कानन-कुसुम
शरद-विकास-	*'वर्षा बीती, हुआ सृष्टि में शरद-विकास नये सिर से'*	: वर्षा-ऋतु के बाद शरद-ऋतु का विकास अर्थात् रस और रंग से परिपूर्ण प्रकृति	2/67	आशा/कामायनी
शरद-शर्वरी-	*'शरद-शर्वरी शिशिर-प्रभंजन-वेग में'*	: शरद ऋतु की रात (शर्वरी)	1/97	करुणा-कुंज/कानन-कु.
शरधनु-	*'असि शरधनु धारी'*	: तीर-धनुष	3/81	तृतीय दृश्य/कल्याणी परि.
शरभ-	*'अंतक शरभ के'*	: टिड्डे	1/354	प्रलय की छाया/लहर
शर संधान-	*'मैंने शर संधान किया जानकर शत्रु को'*	: तीर को धनुष पर चढ़ाकर निशाना साध लेना	1/154	चित्रकूट/कानन-कुसुम
शलभ पुंज-	*'ये शलभ पुंज से कण-कण'*	: फतिंगों का समूह	1/329	अशोक की चिंता/लहर
शल्य-	*'अपमान शल्य से छिदी हुई है छाती'*	: बरछी, काँटा	3/406	तृ.अं./जन्मेजय का ना.-य.
शवता-	*'जिसमें सब कुछ ले लेना हो हंत! बची क्या शवता !'*	: मृत्यु, विनाश, शव का भाव	2/149	कर्म/कामायनी
शवलित चाव-	*'और वह पुचकारने का स्नेह शवलित चाव'*	: चाह से युक्त	2/113	वासना/कामायनी
शशांक-	*'तुम्हें न पाकर शशांक मेरे बना शून्य यह, हृदय नहीं है'*	: चन्द्रमा	3/284	द्वितीय अंक/अजातशत्रु
शशिखंड सदृश-	*'वह विश्व मुकुट-सा उज्ज्वलतम शशिखंड सदृश था स्पष्ट भाल'*	: (इड़ा का ललाट मानो) चाँद के टुकड़े की तरह था	2/179	इड़ा/कामायनी
शशि-मुख-	*'शशि-मुख पर घूँघट डाले अंचल में दीप छिपाये'*	: चाँद की तरह सुन्दर चेहरा	2/10	आँसू
शशि-लेखा-	*'अंकित थी दिगंत अंबर में लिए मलिन शशि-लेखा'*	: चन्द्रमा की किरणें, चाँदनी	2/139	कर्म/कामायनी
♦	*'लघु जलधर का सृजन हुआ था जिसको शशि-लेखा घेरे'*	: चाँदनी, चन्द्रकला	2/226	निर्वेद/कामायनी
♦	*'ज्यों राहुग्रस्त-सी शशि-लेखा, जिस पर विषाद की विष-रेखा'*	: चाँद की कला, चाँदनी	2/235	दर्शन/कामायनी
शशि-शतदल-	*'शशि-शतदल का यह सुख विकास'*	: चाँद-रूपी श्वेत कमल (सौ पंखुड़ियोंवाला)	1/310	कोमल कुसुमों की मधुर रात/लहर
शस्त्र यंत्र बन चले-	*'शस्त्र यंत्र बन चले, न देखा जिनका सपना'*	: हथियारों को यंत्र बनाने की तकनीक का विकास किया	2/203	संघर्ष/कामायनी
शस्त्र शास्त्र-रक्षा में पलते-	*'स्वयं व्यस्त पर शांत बने-से शस्त्र शास्त्र-रक्षा में पलते'*	: शास्त्र की रक्षा के लिए शस्त्र को बढ़ावा देना, बलप्रयोग से अपनी बात मनवाना	2/262	रहस्य/कामायनी
शस्य-	*'शस्य, पशु या धान्य का होने लगा संचार'*	: फसल	2/112	वासना/कामायनी
शस्य श्यामल भूमि-	*'शस्य श्यामल भूमि में होती समाप्त अशांत'*	: हरी-भरी भूमि	2/119	वासना/कामायनी

शब्द-	काव्य-पंक्ति	: अर्थ	प्र.ग्रं./पृ.सं.	स्रोत/संदर्भ
शस्य श्यामला-	*'दारिद्र्य दलित बिलखाती हो यह शस्य श्यामला प्रकृति रमा'*	: हरी फसलों से भरी हुई	2/176	इड़ा/कामायनी
शांत-संगीत-	*'गम्भीर शांत-संगीत सुधामय स्वर-सा'*	: शांतिपूर्ण तल्लीनता प्रदान करने वाला संगीत	3/80	द्वितीय दृश्य/कल्याणी परिणय
शांत हृदयाकाश-	*'शांत हृदयाकाश स्वच्छ वसंत-राका से भरा'*	: हृदय मानो शांत आकाश की तरह था	1/101	नव वसंत/कानन-कुसुम
शांति-चित्त-	*'शांति-चित्त को अपने शीतल लहरों से कब'*	: मन की शांति	1/128	निशीथ-नदी/कानन-कु.
शांति जलद-	*'नाथ, स्नेह की लता सींच दो, शांति जलद वर्षा कर दो'*	: शान्ति के जल से युक्त बादल	3/418	तृतीय अंक/जन्मेजय का नाग-यज्ञ
शांति-पुंज-	*'उस गुफा समीप पुआलों की छाजन छोटी-सी शांति-पुंज'*	: अत्यंत शांत स्थान	2/164	ईर्ष्या/कामायनी
शांति-राज्य-आसन-	*'रजनी अपने शांति-राज्य-आसन पर आकर बैठ गई'*	: शांति के राजसिंहासन (पर रात बैठ गयी)	1/185	प्रेमपथिक
शांति-वारि-	*'शांति-वारि से सिंचित हो, फलवती हो'*	: शांति-रूपी जल (युद्ध की उपेक्षा)	1/35	महाराणा का महत्त्व
◆	*'वरुणा द्रव होकर शांति-वारि शीतलता-सी भर ली थी'*	: शांति-रूपी जल	1/296	जगती की मंगलमयी उषा बन/लहर
शांति-संगीत-	*'नव वसन्त का राग शांति-संगीत था'*	: मूलतः शांति प्रदान करनेवाली राग-रागिनी	3/76	प्रथम दृश्य/कल्याणी परिणय
शांति-सरोरुह-	*'पूर्ण काम के मानस में बस, शांति-सरोरुह खिलता है'*	: शान्ति-रूपी कमल का फूल	3/206	द्वितीय अंक/विशाख
शांति-हेतु-	*'शांति-हेतु वह देखो* 'करुणा-कुञ्ज' *है '*	: शांति की स्थापना के लिए, मानसिक संतोष के लिए	1/97	करुणा-कुंज/कानन-कुसुम
शाखावली-	*'शाखावली भी है महा सुखमा सुपुष्प-समाज है'*	: (वृक्ष की) डालों की शृंखला	1/124	एकान्त में/कानन-कुसुम
शापित-	*'शापित न यहाँ है कोई तापित पापी न यहाँ है'*	: अभिशप्त, दुर्दशा को प्राप्त	2/275	आनन्द/कामायनी
शारद घन-	*'धवल स्मित जैसे शारद घन बीच में'*	: शरद् ऋतु के सफेद बादल	1/226	रूप/झरना
शारदशशि-	*'तारिका तरल झलकती थी, अष्टमी के शारदशशि प्रान्त'*	: शरद् ऋतु का चाँद	1/266	झील में/झरना
शारदी कैरवी-	*'रही न अब शारदी कैरवी न तो मघा की फुहार कोकिल'*	: शरद् ऋतु की चाँदनी	4/39	प्रथम अंक/स्कन्दगुप्त
शालि-	*'हरे शालि के खेत पुलिन में रम्य हैं'*	: धान	3/97	प्रथम दृश्य/करुणालय
शालियाँ बीन कर-	*'जब देखो बैठी हुई वहीं शालियाँ बीन कर नहीं श्रांत!'*	: धान चुन कर	2/158	ईर्ष्या/कामायनी
शालियों-	*'पाकयज्ञ करना निश्चित कर लगे शालियों को चुनने'*	: धान के दाने	2/73	आशा/कामायनी
शालीनता-	*'मैं रति की प्रतिकृति लज्जा हूँ मैं शालीनता सिखाती हूँ'*	: संकोच और विनम्रता	2/128	लज्जा/कामायनी
शाल्मली-	*'देखो वृक्ष शाल्मली का यह महा-भयावह कैसा है'*	: सेमल का वृक्ष	1/104	ग्रीष्म का मध्याह्न/कानन-कुसुम

शब्द-	काव्य-पंक्ति	: अर्थ	प्र.ग्रं./पृ.सं.	स्रोत/संदर्भ
शावक-	*'यह क्यों क्या मिलते नहीं तुम्हें शावक के सुन्दर मृदुल चर्म'*	: पशु का बच्चा	2/162	ईर्ष्या/कामायनी
शाश्वत-	*'द्वन्द्वों का उद्गम तो सदैव शाश्वत रहता वह एक मंत्र'*	: चिरस्थायी, सदैव रहनेवाला, रूप भले बदला हो मगर मूल वही रहे	2/175	इड़ा/कामायनी
शाश्वत नभ के गानों-	*'मैं भी कहने लगा, 'मैं रहूँ' शाश्वत नभ के गानों में'*	: आकाश स्थायी है, मनु को अब लग रहा है कि उसके शब्द-गुण में मैं भी स्वयं को शामिल कर लूँ, इससे जीवन के अमरत्व की इच्छा का एक सकारात्मक रूप भी प्रकट हो रहा है	2/70	आशा/कामायनी
शासन की यह प्रगति-	*'शासन की यह प्रगति सहज ही अभी रुकेगी'*	: राज्य का प्रशासनिक विकास-कार्य	2/205	संघर्ष/कामायनी
शासनादेश घोषणा-	*'यहाँ शासनादेश घोषणा विजयों की हुंकार सुनाती'*	: राजकीय आदेशों की घोषणा	2/259	रहस्य/कामायनी
शास्ति-	*'नहीं, शास्ति इसकी केवल वह मृत्यु है'*	: शासन (की न्यायिक-प्रक्रिया) का आदेश/विधान	1/168	वीर बालक/कानन-कुसुम
शिंजिनी-	*'थी किस अनंग के धनु की वह शिथिल शिंजिनी दुहरी'*	: प्रत्यंचा, धनुष की डोरी	2/12	आँसू
◆	*'नहीं, इसी से चढ़ी शिंजिनी अजगव पर प्रतिरोध भरी'*	: धनुष की डोरी, प्रत्यंचा	2/192	स्वप्न/कामायनी
शिंजिनी-सी-	*'चढ़ी शिंजिनी-सी, खींचा फिर उसने जीवन-धनु को'*	: धनुष की डोरी के समान	2/133	कर्म/कामायनी
शिखिगण-	*'तूर्य्यनाद भी शिखिगण कैसे कर रहे'*	: मोरों का झुण्ड	1/170	श्रीकृष्ण-जयंती/का.-कु.
शिथिल आह-	*'इस शिथिल आह से खिंचकर तुम आओगे-आओगे;'*	: दर्द से थकी साँस की ध्वनि	2/27	आँसू
शिथिल मृदुल अंचल-	*'सिहर भरे निज शिथिल मृदुल अंचल को अधरों से पकड़ो'*	: आँचल शिथिल और मृदुल है, इसमें संकेत उरोजों की तरफ है	1/291	निज अलकों के.../लहर
शिथिल वसन-	*'भुज मूलों में, शिथिल वसन की व्यस्त न होती है अब माप'*	: अस्त-व्यस्त वस्त्र, रति-कर्म में वस्त्रों का खुल जाना	2/57	चिंता/कामायनी
शिथिल शयन-	*'शिथिल शयन सम्भोग दलित कवरी के कुसुम सदृश कैसे'*	: रति के आलस्य से शयन करना	1/247	कहो/झरना
शिथिल शिंजिनी दुहरी-	*'थी किस अनंग के धनु की वह शिथिल शिंजिनी दुहरी'*	: ढीली लेकिन दुहरी प्रत्यंचा	2/12	आँसू
शिथिल सुरभि-	*'तब शिथिल सुरभि से धरणी में बिछलन न हुई थी? सच कहना'*	: मकरन्द की धीमी मादक सुगन्ध, सुरा-सुरभित साँसें	2/97	काम/कामायनी
शिथिल हँसी-	*'वह शिथिल हँसी की सजल जाल'*	: स्थिर भाव से टिकी मुस्कुराहट	1/310	कोमल कुसुमों की.../लहर
शिथिलित शरीर-	*'मृग डाल दिया, फिर धनु को भी मनु बैठ गये शिथिलित शरीर'*	: थके शरीर को ढीला छोड़ देना	2/159	ईर्ष्या/कामायनी

शब्द- काव्य-पंक्ति	: अर्थ	प्र.ग्रं./पृ.सं.	स्रोत/संदर्भ
शिर- *'किन्तु उसी ने ला टकराया/इस उत्तर-गिरि के शिर से,'*	: चोटी, शिखर	2/62	चिंता/कामायनी
शिररुण्ड- *'अभी देर भी हुई नहीं शिररुण्ड से'*	: सर और धड़	1/204	महाराणा का महत्त्व
शिरस्त्राण- *'हम सब हैं महाप्राण, भारत के शिरस्त्राण'*	: युद्ध में पहना जानेवाला लोहे का टोप	3/81	तृतीय दृश्य/कल्याणी परिणय
♦ *'स्वर्णखचित यह शिरस्त्राण है कह रहा'*	: मुकुट	3/103	तृतीय दृश्य/करुणालय
शिरीष- *'जब शिरीष की मधुर गंध से मान-भरी मधु ऋतु रातें'*	: सिरस के फूल, अतिशय सुकुमार और मीठी सुगंध से युक्त होते हैं ये फूल	2/187	स्वप्न/कामायनी
शिरीष-कोमल- *'हीरे-सा हृदय हमारा कुचला शिरीष-कोमल ने'*	: शिरीष का फूल सर्वाधिक कोमल माना जाता है	2/15	आँसू
शिरीष सुमन-सा- *'उस मृदुल शिरीष सुमन-सा मैं प्रात धूल में मिलता'*	: शिरीष के फूल की तरह	2/16	आँसू
शिला- *'देखो, वहाँ वह कौन बैठा है शिला पर, शांत है'*	: चट्टान, पत्थर	1/107	भक्ति-योग/कानन-कुसुम
शिला की शीतल छाँह- *'हिम गिरि के उत्तुंग शिखर पर, बैठ शिला की शीतल छाँह,'*	: चट्टान की शीतल छाया अर्थात् आश्रय प्राप्त हुआ	2/51	चिंता/कामायनी
शिला चरण- *'नीरवता-सी शिला चरण से टकराता फिरता पवमान'*	: पर्वत के निचले हिस्से से	2/51	चिंता/कामायनी
शिलालग्न- *'थे चमक रहे दो खुले नयन, ज्यों शिलालग्न अनगढ़े रतन'*	: पत्थर में जड़े हुए	2/242	दर्शन/कामायनी
शिला-सन्धियों- *'शिला-सन्धियों में टकराकर पवन भर रहा था गुंजार,'*	: चट्टानों के बीच की जगह से हवा का गुजरना संगीत उत्पन्न करता है	2/72	आशा/कामायनी
शिविका- *'शिविका को घेरे थे वे सैनिक सभी'*	: डोली, पालकी	1/202	महाराणा का महत्त्व
शिशिर-कण की सेज- *'सो रही थी शिशिर-कण की सेज पर विश्रांत'*	: बिखरी हुई ओस, ओस की बूँदों से बनी शय्या	2/116	वासना/कामायनी
शिशिरकण पूरित- *'है हृदय शिशिरकण पूरित मधु वर्षा से शशि! तेरी'*	: ओस (प्रेमानुभव) की बूँदों से भरा	2/18	आँसू
शिशिर-कणों- *'शिशिर-कणों से लदी हुई, कमली के भींगे हैं सब तार'*	: ओसकण	1/225	खोलो द्वार/झरना
शिशिर-काल- *'शिशिर-काल की क्षीण-स्रोत वह जो हिमतल में जम जाये'*	: शीत ऋतु, माघ-फाल्गुन का महीना	2/185	स्वप्न/कामायनी
शिशिर निशीथ- *'दबी शिशिर निशीथ में ज्यों ओस भार नवीन'*	: जाड़े की रात	2/119	वासना/कामायनी
शिशिर-प्रभंजन-वेग- *'शरद-शर्वरी शिशिर-प्रभंजन-वेग में'*	: शिशिर (जाड़ा) ऋतु में तेज हवा का वेग	1/97	करुणा-कुंज/कानन-कुसुम
शिशिर-सुगंध-नीर- *'गिरते वन शिशिर-सुगंध-नीर'*	: शिशिर ऋतु के सुवासित जलकण, ओसकण	1/310	कोमल कुसुमों की मधुर रात/लहर
शिशु चित्रकार- *'शिशु चित्रकार चंचलता में कितनी आशा चित्रित करते!'*	: मन-रूपी बालक चित्रकार	2/98	काम/कामायनी
शिशु साल- *'मधु-पवन-क्रीड़ित ज्यों शिशु साल सुशोभित हो सौरभ संयुक्त'*	: साल का छोटा पेड़	2/84	श्रद्धा/कामायनी

शब्द– काव्य-पंक्ति	: अर्थ	प्र.ग्रं./पृ.सं.	स्रोत/संदर्भ
शीतकर– *'शीतकर शत शत उदय होने लगे'*	: चन्द्रमा, शीतल किरणों (हाथों) वाला	1/257	मिलन/झरना
शीतल किरण– *'है चन्द्र हृदय में बैठा उस शीतल किरण सहारे'*	: प्रिया की स्मृति के सहारे	2/22	आँसू
शीतल खेल– *'विश्व में ऐसा शीतल खेल हृदय में जलन रहे, क्या बात'*	: (होली का खेल) मानो मन को ठंडक पहुँचाता है (इसे पानी से खेलते भी हैं)	1/265	होली की रात/झरना
शीतल छाँह– *'हिम गिरि के उत्तुंग शिखर पर, बैठ शिला की शीतल छाँह,'*	: शीतल छाया, सहारा	2/51	चिंता/कामायनी
शीतल ज्वाला– *'शीतल ज्वाला जलती है ईंधन होता दृग जल का'*	: प्रेम की पीड़ा की ठंडी आग	2/4	आँसू
शीतलता का भार– *'चलता है पश्चिम का मारुत, लेकर शीतलता का भार'*	: ठण्ड का भार (लिये पछुआ हवा)	1/225	खोलो द्वार/झरना
शीतलता ठंडक पाती हो– *'वह कौंध कि जिसमें अंतर की शीतलता ठंडक पाती हो'*	: शान्ति को और निश्चिन्तता मिलती हो	2/126	लज्जा/कामायनी
शीतल दाह– *'जीवन! जीवन! की पुकार है खेल रहा है शीतल दाह;'*	: ठण्डी ज्वाला, प्रलय ने प्राणलेवा संताप दिया है जो अभी भी मनु के मन में मौजूद है	2/70	आशा/कामायनी
शीतल पवन– *'जिसमें शीतल पवन गा रहा पुलकित हो पावन उद्‌गीथ'*	: सुखद वायु	2/76	आशा/कामायनी
शीतल प्यार– *'वह जलती छाती न रही अब वैसा शीतल प्यार नहीं'*	: सुखद एवं शीतल प्रेम की भावना	2/187	स्वप्न/कामायनी
शीतल प्राण– *'शीतल प्राण धधक उठता है तृषा-तृप्ति के मिस से'*	: शांत मन, कामोत्तेजना से रहित मन	2/154	कर्म/कामायनी
शीतल शोक– *'किस समाधि पर बरसे आँसू, किसका है यह शीतल शोक'*	: गहरा दु:ख	3/319	तृतीय अंक/अजातशत्रु
शीतातप– *'शीतातप की भीति सता सकती नहीं'*	: शीत +आतप, ठण्ड और धूप (गर्मी)	1/97	करुणा-कुंज/कानन-कुसुम
♦ *'सुख-दु:ख शीतातप भुलाकर प्राण की आराधना'*	: शीत+आतप, ठण्ड और धूप (गर्मी)	1/137	हाँ, सारथे! रथ रोक दो/कानन-कुसुम
♦ *'कितनी वर्षा शीतातप तुम सह चुके'*	: जाड़ा और गर्मी, शीत+आतप, मौसम के थपेड़े	1/162	शिल्प-सौन्दर्य्य/कानन-कुसुम
शील– *'मिला था स्वर्ण-भूमि को रत्न शील की सिंहल को थी सृष्टि'*	: आचरण का बृहत्तर रूप	4/139	पंचम अंक/स्कन्दगुप्त
शील निधि– *'शील निधि का यह सुढर मोती है'*	: अच्छे स्वभाव-व्यवहार का खजाना	1/270	देवबाला/झरना
शुक्र– *'इस उदित शुक्र की छाया में'*	: शुक्र ग्रह जो तारा की तरह शाम में ठगा हुआ दिखता है	2/350	आवरण/असंकलित कविताएँ
शुक्र की छाया में– *'उद्‌बुद्ध क्षितिज की श्याम छटा इस उदित शुक्र की छाया में;'*	: उगे हुए शुक्र तारा (ग्रह) के प्रकाश में	2/101	काम/कामायनी

शब्द-	काव्य-पंक्ति	: अर्थ	प्र.ग्रं./पृ.सं.	स्रोत/संदर्भ
'शुक्र की शोभा'-	*'साथ ही में 'शुक्र की शोभा' अनूठी ही रही'*	: शक्र ग्रह जो तारा की तरह शाम में चाँद के साथ शोभायमान हो रहा है	1/115	जल-विहारिणी/कानन-कुसुम
शुचिता-	*'शुचिता से इस कुहक-जाल को तोड़ना'*	: पवित्रता	3/195	प्रथम अंक/विशाख
शुचि दुलार-	*'हे सौम्य! इड़ा का शुचि दुलार हर लेगा तेरा व्यथा भार'*	: पावन और स्नेहपूर्ण व्यवहार	2/240	दर्शन/कामायनी
शुचि पराग-	*'पारिजात के शुचि पराग की धूलि है'*	: पवित्र पुष्परज	1/158	भरत/कानन-कुसुम
शुचि प्रीति-	*'रक्त-दुःशासन बना था सोमरस शुचि प्रीति से'*	: पवित्र अनुराग (के कारण)	1/165	कुरुक्षेत्र/कानन-कुसुम
शुचि भाव-	*'अंतरिक्ष में सोने को शुचि भाव से'*	: शुद्ध भाव	3/75	प्रथम दृश्य/कल्याणी परि.
शुचिसंधि-	*'स्वर्ग की वसुधा से शुचिसंधि, गूँजता था जिससे संसार'*	: पवित्र गठजोड़, आध्यात्मिक भावों का आदान-प्रदान	1/294	अरी वरुणा की शांत कछार/लहर
शुचि सानु शरीर-	*'अचल हिमालय का शोभनतम लता कलित शुचि सानु शरीर,'*	: पर्वत का सुन्दर सानु प्रदेश, पर्वत की ऊँचाई पर समतल स्थान को 'सानु' कहते हैं	2/71	आशा/कामायनी
शुचि स्रोत सलिल-	*'स्निग्ध उपल शुचि स्रोत सलिल से धो गये'*	: पवित्र स्रोत का पानी	1/205	महाराणा का महत्त्व
शुद्ध नाद-	*'शुद्ध नाद था बड़ा सुरीला, कोई विकृति न थी उसमें'*	: ईश्वरीय विषय	3/377	द्वितीय अंक/जन्मेजय का नाग-यज्ञ
शुद्ध सम्मोहन-	*'शुद्ध सम्मोहन बजाया वेणु से ब्रजभूमि में'*	: अपने जादुई प्रभाव में पूरी तरह ले लेना	1/165	कुरुक्षेत्र/कानन-कुसुम
शुभ इच्छा-	*'तुम समझ न सको, बुराई से शुभ इच्छा की है बड़ी शक्ति'*	: मंगल कामना (एक बड़ी शक्ति है)	2/177	इड़ा/कामायनी
शुभ सत्ता-	*'इस शुभ सत्ता को जिसने अनुभूत किया था'*	: ईश्वर की कल्याणकारी सत्ता	1/147	महाकवि तुलसीदास/कानन-कुसुम
शुभाकांक्षिणी-	*'सावधान! मैं शुभाकांक्षिणी और कहूँ क्या'*	: भलाई चाहनेवाली (इड़ा)	2/203	संघर्ष/कामायनी
शुभ्र-	*'शुभ्र प्रासादावली की भी छटा रमणीय है'*	: स्वच्छ, सफेद	1/100	नव वसंत/कानन-कुसुम
शुभ्र अभ्र-	*'शुभ्र अभ्र की छाया उस पर से होकर चल जाती है'*	: सफेद बादल	1/191	प्रेमपथिक
शुभ्र अश्वों की छटा-	*'नील तनु के पास ऐसी शुभ्र अश्वों की छटा'*	: सफेद घोड़ों का सौन्दर्य	1/165	कुरुक्षेत्र/कानन-कुसुम
शुभ्र जलधर-	*'शुभ्र जलधर एक-दो कोई कहीं दिखला गये'*	: सफेद बादल	1/133	खंजन/कानन-कुसुम
शून्य क्षितिज-	*'आती है शून्य क्षितिज से क्यों लौट प्रतिध्वनि मेरी'*	: मन का सूनापन क्षितिज में आभासित हो रहा है	2/3	आँसू
शून्य चीर-	*'किस लक्ष्य-भेद को शून्य चीर'*	: आकाश को चीरकर, अमूर्त को चीरकर	2/171	इड़ा/कामायनी
शून्यता का उजड़ा-सा राज'-	*'वायु की भटकी एक तरंग शून्यता का उजड़ा-सा राज'*	: मनु स्वयं को सन्नाटे के उजड़े हुए साम्राज्य की तरह बता रहे हैं	2/86	श्रद्धा/कामायनी
शून्यते-	*'आह शून्यते! चुप होने में/क्यों अब इतनी चतुर हुई;'*	: अपने जीवन के सूनेपन से मनु बात कर रहे हैं, शून्य को संबोधन	2/78	आशा/कामायनी

शब्द-	काव्य-पंक्ति	: अर्थ	प्र.ग्रं./पृ.सं.	स्रोत/संदर्भ
शून्य था आकाश-	*'शून्य था आकाश तेरे ही जलद! घेरे बिना'*	: आसमान मानो शून्य की तरह खाली था	1/105	जलद-आवाहन/कानन-कुसुम
शून्य प्रांत-	*'कह, ज्वलनशील अंतर लेकर मनु चले गये, था शून्य प्रांत'*	: उदासी से भरा स्थान	2/168	ईर्ष्या/कामायनी
शून्य बना-	*'इनके विकार सा ही बनकर, मैं शून्य बना सत्ता खोकर'*	: खोखला हो जाना, अस्तित्वविहीन हो जाना	2/244	दर्शन/कामायनी
शून्य-भेदिनी-	*'अंतर्निनाद ध्वनि से पूरित, थी शून्य-भेदिनी सत्ता चित्'*	: शून्यता (अंधकार या असत्) को भेद डालनेवाली (शिव की सत्ता)	2/246	दर्शन/कामायनी
शून्य रागमय-	*'जिस मुरली के निस्वन से यह शून्य रागमय होता'*	: रागमय ध्वनि से युक्त आकाश (सूना मन)	2/277	आनन्द/कामायनी
शून्य लोक-	*'हँस पड़ा गगन वह शून्य लोक'*	: उजड़ा हुआ सुनसान सारस्वत प्रदेश	2/181	इड़ा/कामायनी
शून्य-सार-	*'इतना अनंत था शून्य-सार, दीखता न जिसके परे पार'*	: रिक्तता का प्रसार	2/245	दर्शन/कामायनी
शून्य हृदय-	*'शून्य हृदय को नवल राग रंजित किया'*	: सूना और उदास मन	1/224	प्रथम प्रभात/झरना
♦	*'पाकर इस शून्य हृदय को/सबने आ डेरा डाला'*	: हृदय मानो सूने आकाश की तरह खाली हो गया था	2/7	आँसू
शृंग-	*'उस शृंग पर अपनी प्रभा मलिना दिखाते ही रहे'*	: चोटी, शिखर	1/107	भक्ति-योग/कानन-कुसुम
♦	*'या कि, नव इन्द्रनील लघुशृंग फोड़ कर धधक रही हो कांत;'*	: पर्वत की चोटी	2/84	श्रद्धा/कामायनी
♦	*'बिखरे थे सब उपकरण वहीं आयुध, प्रत्यंचा, शृंग, तीर'*	: सींग, नुकीली सींगों का उपयोग हथियार की तरह किया जाता था	2/159	ईर्ष्या/कामायनी
♦	*'शृंग और डमरू निनाद बस सकल विश्व में बिखर उठा सा'*	: सींग से निर्मित बाजा, सिंगी, सींगी, यह बाजा शिव को प्रिय है	2/263	रहस्य/कामायनी
♦	*'हिमाद्रि तुंगशृंग से प्रबुद्ध शुद्ध भारती'*	: चोटी	4/290	चतुर्थ अंक/चन्द्रगुप्त
शृंगनाद-	*'सूने गिरि-पथ में गुंजारित शृंगनाद की ध्वनि चलती'*	: सींग से निर्मित बाजे की ध्वनि (के समान ध्वनि करती नदी बह रही थी)	2/188	स्वप्न/कामायनी
शृंगाली-वृन्द-	*'मृगया, डर से दबी शृंगाली-वृन्द की'*	: मादा सियार का समूह	1/208	महाराणा का महत्त्व
शृंगीनाद-	*'गुंजरित होगा शृंगीनाद, धूसरित भव बेला में मंद्र'*	: सींगी नामक बाजा से निकली ध्वनि, युद्ध के वाद्य की ध्वनि	1/148	धर्मनीति/कानन-कुसुम
शेफाली-	*'ले मकरन्द नया चू पड़ती शरद प्रात की शेफाली'*	: शेफालि, शेफालिका, गुलाबी घुंडी और सफेद दलोंवाला एक फूल जो सुबह वृन्त को छोड़कर चू पड़ता है	2/224	निर्वेद/कामायनी
शैल-	*'पर शांत था वह शैल जैसे योग-मग्न विरक्त हो'*	: पर्वत	1/107	भक्ति-योग/कानन-कुसुम
♦	*'शैल निर्झर न बना हतभाग्य, गल नहीं सका जो कि हिम-खंड'*	: पर्वत	2/86	श्रद्धा/कामायनी
♦	*'संचित जल ले शैल का, हुई नदी में बाढ़'*	: पर्वत (में एकत्र जलराशि, झील या कुंड आदि रूप में)	3/36	तृतीय अंक/विशाख

शब्द-	काव्य-पंक्ति	: अर्थ	प्र.ग्रं./पृ.सं.	स्रोत/संदर्भ
शैल घाटियों के अंचल को-	*'शैल घाटियों के अंचल को वे धीरे से भरते थे'*	: पर्वतीय घाटियों के प्रदेश	2/186	स्वप्न/कामायनी
शैल-मालाएँ-	*'देखी अतीत के युग की चिर-मौन शैल-मालाएँ'*	: पर्वतों की श्रृंखलाएँ	2/40	आँसू
शैल वे साधक-	*'शैल वे साधक अचल जीवन-सुधा को चाहते'*	: पर्वत (शैल) मानो साधना करनेवाले (तपस्वी)की तरह हैं	1/105	जलद-आवाहन/कानन-कुसुम
शैल-श्रृंग-	*'यह शैल-श्रृंग विराग-भूमि बना सुवारिद-वृंद की'*	: पर्वत की चोटी	1/123	एकान्त में/कानन-कुसुम
♦	*'देखे मैंने वे शैल-श्रृंग'*	: हिमालय पर्वत की ऊँची चोटियाँ	2/171	इड़ा/कामायनी
शैल श्रृंग की रेखा-	*'सन्ध्या की धूसर छाया में शैल श्रृंग की रेखा'*	: हिमालय पर्वत की चोटियों का क्रम	2/139	कर्म/कामायनी
शैल-श्रेणियाँ-	*'गगन चुम्बिनी शैल-श्रेणियाँ पहने हुए तुषार किरीट'*	: पर्वत की चोटियाँ	2/72	आशा/कामायनी
शैलेय-	*'आती है शैलेय अगरु की धूम-गंध आमोद भरी'*	: धूप (हवन-सामग्री)	2/191	स्वप्न/कामायनी
शैलों के गले-	*'भुज-लता पड़ी सरिताओं की शैलों के गले सनाथ हुए;'*	: पर्वतों की ऊँची चोटियों के निचले हिस्से मानो गले की तरह हैं, जहाँ से उतरती नदियाँ गले से लिपटी बाँहों की तरह लग रही हैं	2/105	काम/कामायनी
शैवाल जाल-	*'जल में ये शैवाल जाल हैं झूमते'*	: शैवाल (काई) का जाल फैला है, काई की प्रजाति का एक पौधा	3/97	प्रथम दृश्य/करुणालय
शैशव-	*'पिता का वक्ष भरा वात्सल्य, पुत्र का शैशव सुलभ दुलार'*	: शिशु की अवस्था से सम्बंधित	1/294	अरी वरुणा की शांत कछार/लहर
शोच-	*'कहीं नहीं है शोच, कहाँ संकोच हैं'*	: चिंता	1/158	भरत/कानन-कुसुम
शोण कोण-	*'अरुण जलज के शोण कोण थे नव तुषार के बिंदु भरे'*	: लाल कोने (श्रद्धा की आँखों का सफेद हिस्सा रो-रोकर लाल हो गया था)	2/188	स्वप्न/कामायनी
शोधक विहीन-	*'यह प्रकृति परम रमणीय अखिल ऐश्वर्य भरी शोधक विहीन'*	: खोज करनेवालों (अनुसंधाताओं) से रहित	2/180	इड़ा/कामायनी
शोभन-	*'निज-शक्ति-तरंगायित था आनन्द-अम्बु-निधि शोभन'*	: शोभायमान हो रहा हो	2/273	आनन्द/कामायनी
शोभनतम-	*'अचल हिमालय का शोभनतम लता कलित शुचि सानु शरीर,'*	: अत्यंत सुन्दर	2/71	आशा/कामायनी
शोभन विस्तार-	*'नील नभ में शोभन विस्तार'*	: सौन्दर्य का विस्तृत रूप	1/244	असन्तोष/झरना
शोभाधाम-	*'अनुपम शोभाधाम आभूषण सी तारिका'*	: शोभा और सौन्दर्य के घर की तरह	1/153	चित्रकूट/कानन-कुसुम
शोषण कर-	*'शोषण कर जीवनी बना दी जर्जर झीनी!'*	: किसी की कमाई को छलपूर्वक छीन लेने की व्यवस्था बनाना	2/206	संघर्ष/कामायनी
श्याम अमा-	*'फैलेगा स्वजनों का विरोध बन कर तम वाली श्याम अमा'*	: काली अमावस्या की रात, दुखद	2/176	इड़ा/कामायनी
श्याम छटा-	*'उद्बुद्ध क्षितिज की श्याम छटा इस उदित शुक्र की छाया में;'*	: रात का साँवला सौन्दर्य	2/101	काम/कामायनी

शब्द-	काव्य-पंक्ति	: अर्थ	प्र.ग्रं./पृ.सं.	स्रोत/संदर्भ
श्याम झलक-सी-	*'आँखों में काली पुतली पुतली में श्याम झलक-सी'*	: आँखों की काली पुतली में प्रिय की गहरी छवि	2/10	आँसू
श्याम पराग बिखरते थे-	*'संध्या नील सरोरुह से जो श्याम पराग बिखरते थे'*	: (संध्या-रूपी नीलकमल से मानो) पुष्परज-रूपी काले कण बिखर रहे थे	2/186	स्वप्न/कामायनी
श्यामल-	*'वे सीमा के खेत शस्य से श्यामल हो लहराते थे'*	: हरे-भरे	1/186	प्रेमपथिक
श्यामल अंचल-	*'श्यामल अंचल धरणी का भर मुक्ता आँसू कन से'*	: अत्यधिक हरा आँचल, हरियाली से भरी धरती 'श्यामल' कही जाती है	2/17	आँसू
श्यामल अंबर-	*'प्यार भरे श्यामल अंबर में जब कोकिल की कूक अधीर'*	: बादलों से भरा आकाश	1/327	मधुर माधवी संध्या में/लहर
श्यामल कर्मलोक-	*' "मनु यह श्यामल कर्मलोक है धुँधला कुछ कुछ अंधकार सा'*	: काले रंग का कर्म-जगत् (तमोगुण से युक्त)	2/257	रहस्य/कामायनी
श्यामल कलरव-	*'जिसके परिमल से व्याकुल हो श्यामल कलरव सब उठे जाग'*	: भौंरों का गुंजार	2/178	इड़ा/कामायनी
श्यामल घाटी-	*'बहती थी श्यामल घाटी में निर्लिप्त भाव- सी अप्रमाद'*	: पर्वत की श्रेणियों के बीच की हरी-भरी भूमि	2/178	इड़ा/कामायनी
श्यामलता-	*'वह जलधर जिसमें चपला या श्यामलता का नाम नहीं'*	: जल से युक्त घटा की श्यामलता-रूपी सजलता	2/185	स्वप्न/कामायनी
श्याम-लता-सी-	*'जग छा दो श्याम-लता-सी तन्द्रा-पल्लव विह्वल से'*	: गहरे हरे रंग की घनी लताएँ, अँधेरा	2/28	आँसू
श्यामल तृण-वीरुध-	*'उसकी तलहटी मनोहर श्यामल तृण-वीरुध वाली'*	: हरी-भरी घास और लताएँ	2/271	आनन्द/कामायनी
श्यामल पथ-	*'इस चिर प्रवास श्यामल पथ में छाई पिक प्राणों की पुकार'*	: दुःख और निराशा से भरा रास्ता	2/173	इड़ा/कामायनी
श्यामल पुलकों-	*'पृथ्वी की श्यामल पुलकों में सात्त्विक स्वेद-बिन्दु रंगीन'*	: हरी-भरी फसल या घास मानो धरती की पुलक है	3/493	तृतीय अंक/कामना
श्याम लहरियाँ-	*'अगुरु-धूम की श्याम लहरियाँ उलझी हों इन अलकों से'*	: श्यामल धुएँ की लकीरें	4/133	पंचम अंक/स्कन्दगुप्त
श्यामलोज्ज्वल-	*'जल भी रँगा था श्यामलोज्ज्वल राम के अनुराग से'*	: श्यामल और उज्ज्वल (राम का अनुराग)	1/155	चित्रकूट/कानन-कुसुम
श्याम-वनशाली-	*'झील में झाई पड़ती थी, श्याम-वनशाली तट की कान्त'*	: हरे-भरे वन की शोभा से युक्त (तट प्रदेश)	1/266	झील में /झरना
श्याम साड़ी-	*'है फटी दूर्वादलों की श्याम साड़ी देखिए'*	: गहरे हरे रंग की साड़ी	1/105	जलद-आवाहन/का.-कु.
श्याम सिवार-	*'जैसे श्याम सिवार आस-पास हो कमल के'*	: गहरे हरे रंग की काई	1/153	चित्रकूट/कानन-कुसुम
श्यामा-	*'गा रहे श्यामा के स्वर में कुछ रसीले राग से'*	: अँधेरी रात, एक चिड़िया	1/95	महा-क्रीड़ा/कानन-कुसुम
श्यामा-	*'श्यामा का संगीत नवीन सकंप सुना करती थी जो'*	: रात	1/125	दलित-कुमुदिनी/का.-कु.
श्यामा का नखदान-	*'श्यामा का नखदान मनोहर मुक्ताओं से ग्रथित रहा'*	: तारे मानो रात्रि के चमकते सुन्दर नाखून थे	4/41	प्रथम अंक/स्कन्दगुप्त

शब्द-	काव्य-पंक्ति	: अर्थ	प्र.ग्रं./पृ.सं.	स्रोत/संदर्भ
श्यामा ध्वनि-	*'चातक की चकित पुकारें श्यामा ध्वनि सरल रसीली'*	: कोयल की मीठी आवाज	2/6	आँसू
श्यामा रजनी-	*'उस खल-हृदय से कहीं अच्छी होती है श्यामा रजनी'*	: काली रात	1/184	प्रेमपथिक
श्यामा सृष्टि-	*'श्यामा सृष्टि युवती थी'*	: रात के अँधेरे में संसार का रूप	1/340	प्रलय की छाया/लहर
श्रद्धा-	*'नारी! तुम केवल श्रद्धा हो विश्वास-रजत-नग पगतल में'*	: आस्था और प्रेम की प्रतीक (स्त्री)	2/130	लज्जा/कामायनी
श्रद्धा की स्मिति-	*'महाज्योति-रेखा-सी बनकर श्रद्धा की स्मिति दौड़ी उनमें'*	: श्रद्धा की मुस्कान (में ईश्वरीय ज्योति का आभास)	2/263	रहस्य/कामायनी
श्रद्धायुत मनु-	*'दिव्य अनाहत पर-निनाद में श्रद्धायुत मनु बस तन्मय थे'*	: श्रद्धा-भाव से युक्त मनु, श्रद्धा का साहचर्य-प्राप्त मनु	2/263	रहस्य/कामायनी
श्रद्धा-रहस्य-	*' 'कल्याण भूमि यह लोक' यही श्रद्धा-रहस्य जाने न प्रजा'*	: श्रद्धा से जुड़ी मूल चेतना, श्रद्धा द्वारा ज्ञापित गूढ़ सत्य	2/177	इड़ा/कामायनी
श्रद्धा-वंचक-	*'दुखमय चिर चिंतन के प्रतीक! श्रद्धा-वंचक बनकर अधीर'*	: श्रद्धा को धोखा देनेवाले (मनु), श्रद्धा-भाव से रहित	2/177	इड़ा/कामायनी
श्रद्धा-विहीन-	*'सचमुच मैं हूँ श्रद्धा-विहीन'*	: आस्था और विश्वास-जैसी भावनाओं से वंचित, श्रद्धा से दूर हुए मनु	2/174	इड़ा/कामायनी
श्रद्धा-सरिता-कूल-	*'छाया है विश्वास की श्रद्धा-सरिता-कूल'*	: श्रद्धा-रूपी नदी का सुरम्य तट, प्रेम में श्रद्धा से राहत मिलती है	4/65	द्वितीय अंक/स्कन्दगुप्त
श्रम कन-	*'बन कर संसृति के नव श्रम कन'*	: पसीने की बूँदें	1/326	ओ री मानस की.../लहर
श्रम-दलिता-सी-	*'लीला विलास की खेद भरी अवसादमयी श्रम-दलिता-सी'*	: कामक्रीड़ा के श्रम के कारण निढाल-सी	2/128	लज्जा/कामायनी
श्रम-बिंदु-	*'श्रम-बिंदु बना-सा झलक रहा भावी जननी का सरस गर्व'*	: पसीने की बूँदें	2/160	ईर्ष्या/कामायनी
श्रम-भाग-	*'मैंने ही श्रम-भाग किया फिर वर्ग बनाया'*	: श्रम-विभाजन, कार्य-विभाजन	2/206	संघर्ष/कामायनी
♦	*'श्रम-भाग वर्ग बन गया जिन्हें, अपने बल का है गर्व उन्हें'*	: श्रम-विभाजन, कार्य का बँटवारा	2/237	दर्शन/कामायनी
श्रममय कोलाहल-	*'श्रममय कोलाहल, पीड़नमय विकल प्रवर्तन महायंत्र का'*	: श्रम करने के क्रम में उत्पन्न कोलाहल (कर्म-लोक में)	2/258	रहस्य/कामायनी
श्रम-लव-बिन्दु-	*'सुन्दर श्रम-लव-बिन्दु धरा को वितरती'*	: श्रम की कुछ (लव) बूँदें, बादल अपने परिश्रम से उत्पन्न कुछ बूँदों को बारिश के रूप में देते हैं	1/97	करुणा-कुंज/कानन-कुसुम
श्रम विश्राम-	*'श्रम विश्राम क्षितिज वेला से-'*	: काम और आराम	1/298	ले चल वहाँ भुलावा.../लहर
श्रमशीला-	*'अभिनय करती क्यों इस मन में कोमल निरीहता श्रमशीला?'*	: रति-श्रम की ओर प्रवृत्त	2/129	लज्जा/कामायनी
श्रम सखेद-	*'तिस पर यह पीलापन कैसा यह क्यों बुनने का श्रम सखेद?'*	: थकानेवाला परिश्रम	2/162	ईर्ष्या/कामायनी
श्रम-सन्ताप-	*'जहाँ खो गया जगत का, सारा श्रम-सन्ताप'*	: परिश्रम की थकावट	3/534	एक घूँट (एकांकी)

शब्द- काव्य-पंक्ति	: अर्थ	प्र.ग्रं./पृ.सं.	स्रोत/संदर्भ
श्रम-सीकर- *'मुख पर श्रम-सीकर का भी उन्मेष है'*	: परिश्रम करने से उत्पन्न पसीना	1/96	करुणा-कुंज/कानन-कु.
♦ *'श्रम-सीकर सदृश नखत से अम्बर-पट भींगा होता'*	: पसीना	2/14	आँसू
♦ *'विगत विचारों के श्रम-सीकर बने हुए थे मोती'*	: पसीने की बूँदें	2/146	कर्म/कामायनी
♦ *'कुछ शून्य बिंदु उर के ऊपर, व्यथिता रजनी के श्रम-सीकर'*	: पसीने की बूँदें	2/241	दर्शन/कामायनी
श्रम-स्वेद सने- *'खेतों में हैं कृषक चलाते हल प्रमुदित श्रम-स्वेद सने'*	: पसीने से युक्त	2/190	स्वप्न/कामायनी
श्रमित नमित- *'श्रमित नमित सा-'*	: परिश्रम से थककर सिर झुकाये हुये	1/337	पेशोला की प्रतिध्वनि/लहर
श्रमित स्वप्न- *'श्रमित स्वप्न की मधुमाया में, गहन-विपिन की तरु-छाया में'*	: जिन सपनों ने बहुत परिश्रम किया हो	4/141	पंचम अंक/स्कन्दगुप्त
श्रमी जीवों- *'थके श्रमी जीवों के पसीने भरे सीने लग,'*	: श्रम करनेवाले लोग	1/262	तुम/झरना
श्रवणों में स्वर- *'मकरन्द-भार से दब कर श्रवणों में स्वर जा बसते'*	: कानों में ध्वनि का बस जाना	2/14	आँसू
श्रांत- *'श्रद्धा रुकी कुमार श्रांत था मिलता है विश्राम यहीं'*	: थका हुआ	2/39	निर्वेद/कामायनी
♦ *'जैसे कोलाहल सोया हो/हिम-शीतल-जड़ता-सा श्रांत'*	: थका हुआ	2/68	आशा/कामायनी
♦ *'रुक जा, सुन ले ओ निर्मोही!' वह कहती रही अधीर श्रांत!'*	: थकी हुई	2/168	ईर्ष्या/कामायनी
♦ *'वह चलता रहे सदैव श्रांत!'*	: थका और परेशान	2/177	इड़ा/कामायनी
श्रांत पक्ष- *'श्रांत पक्ष, कर नेत्र बंद बस विहग युगल से आज हम रहें'*	: थके हुए पंख (पक्षी के डैने)	2/254	रहस्य/कामायनी
श्रांत शरीर- *'धीर समीर परस से पुलकित विकल हो चला श्रांत शरीर;'*	: थका हुआ शरीर	2/77	आशा/कामायनी
श्रांति- *'उन्नति का आरोहण, महिमा शैल-शृंग सी श्रांति नहीं'*	: थकावट	2/189	स्वप्न/कामायनी
श्रावण की राका- *'श्रावण की राका रजनी में घिर चुकी'*	: सावन महीने की रात	1/228	पावस प्रवास/झरना
श्री-कलित घनश्याम- *'दूसरा रंजित किरण से श्री-कलित घनश्याम'*	: किरणों की शोभा से सुन्दर बने हुए बादल	2/111	वासना/कामायनी
श्रीमंत- *'समय सुहाया कैसा भाया सुन्दर-तर श्रीमंत'*	: श्रीमान, आदरणीय व्यक्ति	1/284	बिंदु (6)/झरना
♦ *'मिलन का संगीत होने लगा था श्रीमंत'*	: घनीभूत	2/117	वासना/कामायनी
श्रीमान- *'सच ही हैं श्रीमान भोगते सुख वन में भी'*	: अच्छे लोग, शोभाशाली व्यक्ति	1/152	चित्रकूट/कानन-कुसुम
श्रीसंपन्न- *'आकाश श्रीसंपन्न था, नव नीरदों से था घिरा'*	: शोभा और सौन्दर्य से युक्त	1/123	एकान्त में/कानन-कुसुम
श्रुति- *'पथिक उनींदी श्रुति में किसने- यह विहाग की तान उठाई'*	: कान	4/141	पंचम अंक/स्कन्दगुप्त
श्रुति सुखकारी- *'नया तुम्हारा राग मनोहर श्रुति सुखकारी'*	: कानों को सुख पहुँचानेवाला, सुनने में सुखद	1/120	कोकिल/कानन-कुसुम
श्रुतियों- *'श्रुतियों में चुपके-चुपके से कोई मधु-धारा घोल रहा;'*	: कान	2/100	काम/कामायनी
♦ *'श्रुतियों में चुपके-चुपके से*	: कानों में	2/349	आवरण/असं. कविताएँ

शब्द-	काव्य-पंक्ति	: अर्थ	प्र.ग्रं./पृ.सं.	स्रोत/संदर्भ
श्रेय-उद्‌गम-	*'हे देवि! तुम्हारा स्नेह प्रबल, बन दिव्य श्रेय-उद्‌गम अविरल'*	: कल्याण का स्रोत	2/241	दर्शन/कामायनी
श्लथ माला-	*'नीरव नूपुर श्लथ माला'*	: ढीली हो चुकी मालाएँ, आमोद-प्रमोद का पूरा होना	1/330	अशोक की चिंता/लहर
श्वापद-	*'क्रोध और शंका के श्वापद नोच रहे थे'*	: हिंसक पशु	2/197	संघर्ष/कामायनी
♦	*'ये श्वापद से हिंसक अधीर, कोमल शावक वह बाल वीर'*	: हिंसक पशु	2/243	दर्शन/कामायनी
श्वास-मलयज-	*'श्वास-मलयज पवन-सा आनन्दमय करने लगा'*	: सुगंधित साँसें (नायक-नायिका की)	1/101	नव वसंत/कानन-कुसुम
श्वास रुद्ध-	*'श्वास रुद्ध करनेवाले इस शीत पवन से अड़ न सकूँगा'*	: दम घोंटनेवाली (ठण्डी हवा)	2/252	रहस्य/कामायनी
श्वासों की गति-	*'घनीभूत हो उठे पवन, फिर श्वासों की गति होती रुद्ध ;'*	: हवा की सघनता के कारण साँस लेने में कठिनाई होने लगी	2/62	चिंता/कामायनी
षड् रिपु-	*'जब क्रूर षड् रिपु के कुचक्रों में पड़े यह मन कभी'*	: मनुष्य के छह विकार- काम, क्रोध, लोभ, मद, मोह और मत्सर (द्वेष)	1/131	याचना/कानन-कुसुम
संकुचित वदन-	*'गगन में संध्या की लालिमा से किया संकुचित वदन था जिसने'*	: (कमल ने) अपनी पंखुड़ियों को शाम में बंद कर लिया था मानो अपना चेहरा ढँक लिया था	1/112	सरोज/कानन-कुसुम
संकुल-	*'प्रतिपर्व सुमन-संकुल थे छिप गयी उन्हीं में डाली'*	: भरा हुआ, युक्त	2/272	आनन्द/कामायनी
संकेत नियति का-	*'संकेत नियति का पाकर तम से जीवन उलझाये;'*	: प्रारब्ध का इशारा, अदृश्य का संकेत	2/31	आँसू
संगम-	*'प्रलय-जलधि में संगम जिसका देख हृदय था उठा कराह'*	: मिलन, विलय, मिलकर एक हो जाना	2/56	चिंता/कामायनी
संगरों-	*'कहेगी शतद्रु शत-संगरों की साक्षिणी,'*	: युद्ध, मोर्चा	1/335	शेरसिंह का श.-स./लहर
संग्रह मूल नहीं-	*'सुख अपने संतोष के लिए संग्रह मूल नहीं है'*	: (सुख) मूलतः संग्रह की वस्तु नहीं है	2/152	कर्म/कामायनी
संघर्ष-	*'संघर्ष कर रहा-सा सब से, सब से विराग सब पर ममता'*	: प्रतिद्वंद्विता	2/171	इड़ा/कामायनी
संचारिणी-	*'संचारिणी ललिता लता-सी हो गई घन-कुंज में'*	: चंचल गति (वाली सीता)	1/156	चित्रकूट/कानन-कुसुम
संचित अग्नि-	*'पहला संचित अग्नि जल रहा पास मलिन द्युति रवि कर से;'*	: बचाकर रखी हुई आग, संस्कृत में 'अग्नि' पुंलिंग है	2/73	आशा/कामायनी
संचित तम-	*'धरणी की वर्जित मादकता, संचित तम की छाया'*	: बुराइयों का प्रभाव, घनीभूत अँधेरा	2/143	कर्म/कामायनी
संचित-स्नेह-	*'सकल संचित-स्नेह देता दृष्टि-पथ से ढार'*	: अपना संपूर्ण प्रेम	2/112	वासना/कामायनी
संजीवन रस-	*'उस स्वर लहरी के अक्षर सब संजीवन रस से बने घुले'*	: संजीवनी बूटी के रस की तरह जीवनदायी	2/23	निर्वेद/कामायनी

शब्द- काव्य-पंक्ति	: अर्थ	प्र.ग्रं./पृ.सं.	स्रोत/संदर्भ
संज्ञा- *'मादकता से आये तुम/संज्ञा से चले गये थे'*	: चेतना, सुध-बुध	2/17	आँसू
◆ *'है स्पर्श मलय के झिलमिल सा संज्ञा को और सुलाता है;'*	: चेतना	2/100	काम/कामायनी
◆ *'संज्ञा को और सुलाता है'*	: चेतना	2/349	आवरण/असं. कविताएँ
संतप्त मन- *'ग्रीष्म से संतप्त मन के ताप को कुछ कम करें'*	: तनाव (ताप) से भरा मन, गर्मी से उकताया मन	1/105	जलद-आवाहन/कानन-कुसुम
संतरण- *'इस विश्व दयासिन्धु बीच सन्तरण करो'*	: तैर कर पार करना	3/191	प्रथम अंक/विशाख
संदेह- *'किन्तु जीवन कितना निरुपाय! लिया है देख नहीं संदेह,'*	: भ्रम, शक, दुविधा	2/90	श्रद्धा/कामायनी
संधान- *'ग्रह, नक्षत्र और विद्युत्कण/किसका करते थे संधान!'*	: खोज, तलाश	2/69	आशा/कामायनी
संध्या का तारा दीप- *'जब कामना सिंधु तट आयी ले संध्या का तारा दीप,'*	: शाम में निकलनेवाला तारा मानो उम्मीद के दीये की तरह है	2/78	आशा/कामायनी
संध्या नील सरोरुह- *'संध्या नील सरोरुह से जो श्याम पराग बिखरते थे'*	: संध्या-रूपी नीलकमल	2/186	स्वप्न/कामायनी
संपुट- *'विद्रुम सीपी सम्पुट में/मोती के दाने कैसे'*	: अंजलि की तरह गोलाकार	2/12	आँसू
संपुटित वदन- *'किये संपुटित वदन दिवाकर-किरणाली में'*	: चेहरे को मानो दोनों हाथों की अँजुरी से गोल करके छिपाया हो	1/110	रजनीगंधा/कानन-कुसुम
संबद्ध- *'वे सम्बद्ध हुए फिर सहसा जाग उठी थी ज्वाला जिनमें'*	: परस्पर मिलकर एकाकार हो गये	2/263	रहस्य/कामायनी
संबन्ध-विधान- *'ये निस्संग, किन्तु कर लेते कुछ सम्बन्ध-विधान मुक्ति से'*	: प्रेमपूर्ण सम्बन्धों की योजना	2/260	रहस्य/कामायनी
संबर्धना- *'हाँ हाँ औरों की भी हो सम्बर्धना'*	: समृद्धि का बढ़ना, बरक्कत	2/338	हमारा हृदय/असं. कवि.
संबल- *'बलने का सम्बल लेकर/दीपक पतंग से मिलता'*	: क्षमता, ताकत, हौसला	2/22	आँसू
संभार- *'आँख की भूख मिटी यह देख आह कितना सुन्दर सम्भार!'*	: अपार सौन्दर्य	2/88	श्रद्धा/कामायनी
संभोग- *'शिथिल शयन सम्भोग दलित कवरी के कुसुम सदृश कैसे'*	: समान रूप से भोग करना	1/247	कहो/झरना
◆ *'शिथिल, शमन सम्भोग दलित कवरी के कुसुम सदृश कैसे'*	: समान रूप से भोग करना	2/334	शिथिल/असंकलित कविताएँ
संभोग-सेज- *'किसकी यह सम्भोग-सेज थी सजी? अभी उठ कर जैसे'*	: (फूलों से लदी प्रकृति मानो) रति सेज की तरह आकर्षक है	1/197	प्रेमपथिक
संयम का संचित बल- *'तप में संयम का संचित बल तृषित और व्याकुल था आज;'*	: मनु ने तप आदि के द्वारा संयमपूर्वक शारीरिक और मानसिक बल प्राप्त कर लिया था	2/77	आशा/कामायनी
संयुत- *'मन्द्र गँभीर धीर स्वर संयुत/यही कर रहा सागर गान'*	: से युक्त	2/70	आशा/कामायनी
सँवर- *'पहुँचे प्रमुदित हुए प्रतीची पास सँवर के'*	: सज-धज कर	1/110	रजनीगंधा/कानन-कुसुम
सँवरता-सा- *'चाँदनी सदृश खुल जाय कहीं अवगुंठन आज सँवरता-सा;'*	: सुन्दर लगता हुआ	2/101	काम/कामायनी
संवाद- *'सुनाने आरण्यक संवाद, तथागत आया तेरे द्वार'*	: उपदेश	1/294	अरी वरुणा की.../लहर

शब्द-	काव्य-पंक्ति	: अर्थ	प्र.ग्रं./पृ.सं.	स्रोत/संदर्भ
संवेदन-	*'मनु का मन था विकल हो उठा संवेदन से खा कर चोट;'*	भावना, संवेदना, भावुकता	2/77	आशा/कामायनी
◆	*'संवेदन! जीवन जगती को, /जो कटुता से देता घोंट'*	भावना, संवेदना, भावुकता	2/77	आशा/कामायनी
संवेदन-भार-पुंज-	*'लो चला आज मैं छोड़ यहीं संचित संवेदन-भार-पुंज'*	सभी संवेदनाओं (श्रद्धा के प्रति प्रेम आदि) के समूह का बोझ	2/168	ईर्ष्या/कामायनी
संवेदनमय हृदय-	*'कितना आभारी हूँ, इतना संवेदनमय हृदय हुआ'*	मन का भावुक हो जाना	2/227	निर्वेद/कामायनी
संश्लिष्ट-	*'प्रत्येक नाश-विश्लेषण भी संश्लिष्ट हुए, बन सृष्टि रही;'*	आपस में मिल जाना	2/105	काम/कामायनी
संसृति-	*'बन कर संसृति के नव श्रम कन'*	सृष्टि, संसार	1/326	ओ री मानस की.../लहर
◆	*'संसृति के विक्षत पग रे!'*	सृष्टि, सभ्यता	1/332	अशोक की चिंता/लहर
◆	*'गरल जलद की खड़ी झड़ी में बूँदें निज संसृति रचतीं'*	संसार, सृष्टि	2/61	चिंता/कामायनी
◆	*'एक विराग-पूर्ण संसृति में ज्यों निष्फल आरम्भ नवीन'*	संसार, सृष्टि	2/75	आशा/कामायनी
◆	*'समर्पण लो सेवा का सार सजल संसृति की यह पतवार,'*	सृष्टि	2/91	श्रद्धा/कामायनी
◆	*'जिससे संसृति का बनता है आकार रूप के नर्तन-सा'*	सृष्टि	2/104	काम/कामायनी
◆	*'आरम्भिक वात्या उद्गम मैं अब प्रगति बन रहा संसृति का;'*	सृष्टि	2/106	काम/कामायनी
◆	*'उसका संदेश सुनाने को/संसृति में आई वह अमला'*	सृष्टि	2/107	काम/कामायनी
◆	*'इस निविड़ निशा में संसृति की आलोकमयी रेखा क्या है?'*	सांसारिक जीवन	2/128	लज्जा/कामायनी
◆	*'श्रद्धा इस संसृति की रहस्य व्यापक विशुद्ध विश्वासमयी'*	सृष्टि	2/177	इड़ा/कामायनी
◆	*'सुषमा का मंडल सुस्मित-सा बिखराता संसृति पर सुराग'*	सृष्टि	2/178	इड़ा/कामायनी
◆	*'वक्षस्थल पर एकत्र धरे संसृति के सब विज्ञान ज्ञान'*	सृष्टि	2/179	इड़ा/कामायनी
◆	*'यह लोचन-गोचर-सकल-लोक, संसृति के कल्पित हर्ष शोक'*	सृष्टि	2/234	दर्शन/कामायनी
◆	*'सुरधनु-सा अपना रंग बदल, मृति, संसृति, नति, उन्नति में ढल'*	सृजन, जन्म	2/235	दर्शन/कामायनी
◆	*'संसृति के वे सुन्दरतम क्षण यों ही भूल नहीं जाना'*	प्रकृति की गोद में (व्यतीत जीवन का अंश)	4/41	प्रथम अंक/स्कन्दगुप्त
संसृति के मूल रहस्य-	*'बनो संसृति के मूल रहस्य तुम्हीं से फैलेगी वह बेल'*	सृष्टि का प्रवर्तक, प्रलय के बाद बननेवाली नयी सृष्टि का मूल कारण	2/92	श्रद्धा/कामायनी
संसृति छाया-	*'घूम रही है यहाँ चतुर्दिक् चलचित्रों सी संसृति छाया'*	(इच्छा-लोक की) सृष्टि के छायामय प्राणियों की झलक	2/256	रहस्य/कामायनी

शब्द-	काव्य-पंक्ति	: अर्थ	प्र.ग्रं./पृ.सं.	स्रोत/संदर्भ
संसृति-जलनिधि-	*'कौन तुम? संसृति-जलनिधि तीर तरंगों से फेंकी मणि एक,'*	: संसार-रूपी समुद्र	2/83	श्रद्धा/कामायनी
संसृति-सेवा-	*'संसृति-सेवा भाग हमारा उसे विकसने को है!'*	: संसार की सेवा	2/151	कर्म/कामायनी
संस्थानों-	*'अप्रतिहत गति, संस्थानों से रहता था जो सदा बढ़ा'*	: मंजिल, लक्ष्य	2/36	निर्वेद/कामायनी
संहार-बध्य-	*'तो क्या मैं भ्रम में थी नितांत, संहार-बध्य असहाय दांत'*	: सामूहिक रूप से बलि के योग्य, संहार और बलि के योग्य	2/238	दर्शन/कामायनी
संहार सृजन-	*'संहार सृजन से युगल पाद, गतिशील, अनाहत हुआ नाद'*	: विनाश और सृष्टि	2/246	दर्शन/कामायनी
सकंप-	*'श्यामा का संगीत नवीन सकंप सुना करती थी जो'*	: रोमांच के साथ	1/125	दलित-कुमुदिनी/का.-कु.
सकरुण अवसान-	*'नीचे प्रलय सिंधु लहरों का, होता था सकरुण अवसान'*	: करुणा उत्पन्न करनेवाला अवसान (क्रमशः समाप्ति)	2/51	चिंता/कामायनी
सकर्मक-	*'अर्ध प्रस्फुटित उत्तर मिलते प्रकृति सकर्मक रही समस्त;'*	: कर्म में लीन	2/75	आशा/कामायनी
सकल कमाई-	*'मेरी आशा आह! बावली, तूने खो दी सकल कमाई'*	: जो भी कमाया था सब	4/141	पंचम अंक/स्कन्दगुप्त
सकल कलाधर शरद-इंदु-	*'इस सुख-नभ में मैं विचरूँगा बन सकल कलाधर शरद-इंदु'*	: सभी सोलह कलाओं को धारण करनेवाला शरद ऋतु का चन्द्रमा	2/168	ईर्ष्या/कामायनी
सकल कुतूहल-	*'सकल कुतूहल और कल्पना उन चरणों से उलझ पड़ी'*	: समस्त जिज्ञासाएँ (बेचैनियाँ)	2/226	निर्वेद/कामायनी
सकल चराचर-	*'सकल चराचर जिसका क्रीड़ापूर्ण पसारा'*	: समस्त चेतन और जड़ जगत्	1/147	महाकवि तुलसी./का.-कु.
सकल भूत चेतन समुदाय-	*'विकल हुआ-सा काँप रहा था, सकल भूत चेतन समुदाय;'*	: सभी भौतिक और चेतनायुक्त जीव, भौतिक और जीवित का समुदाय	2/69	आशा/कामायनी
सकल वसुधा-	*'सकल वसुधा को दे सन्देश, धन्य होता है बारम्बार'*	: संपूर्ण धरती या संसार	1/295	अरी वरुणा की शांत कछार/लहर
सकल वेदना-	*'सकल वेदना विस्मृत होती'*	: तमाम दुःख-दर्द	1/130	तुम्हारा स्मरण/का.-कु.
सकल शोक-	*'वसुधा विस्मृत थी सकल शोक'*	: समस्त दुःख-पीड़ा	2/181	इड़ा/कामायनी
सख्यस्थापन-	*'सख्यस्थापन कर सुभद्रा को विवाहा पार्थ से'*	: मित्रता स्थापित करके	1/163	कुरुक्षेत्र/कानन-कुसुम
सघन गगन-	*'सघन गगन में भीम प्रकंपन, झंझा के चलते झटके'*	: आकाश बादलों से भरा था	2/59	चिंता/कामायनी
सघन मिलन-	*'छायापथ में नव तुषार का सघन मिलन होता जितना'*	: मिलकर घनाकार हो जाना	2/55	चिंता/कामायनी
सघन वन अस्थिर-	*'दावाग्नि प्रखर लपटों ने कर दिया सघन वन अस्थिर'*	: जीव-जंतुओं सहित घने जंगल को विचलित कर दिया	2/270	आनन्द/कामायनी
सघन सुनहली छाया-	*'मैं था, सुन्दर कुसुमों की वह सघन सुनहली छाया थी'*	: गहरी सुन्दर सुखद छाया, देवांगनाओं का साहचर्य खिले फूलों की सुखद छाया की तरह था	2/223	निर्वेद/कामायनी
सच्चिदानन्द-	*'जयति सच्चिदानन्द जगत है जिसकी लीला'*	: ईश्वर	2/342	रमेश-वन्दना/असं.क.

शब्द- काव्य-पंक्ति	: अर्थ	प्र.ग्रं./पृ.सं.	स्रोत/संदर्भ
सजग कुतूहल- *'इतना सजग कुतूहल! ठहरो, यह न कभी बन पाओगे !'*	: सचेत कौतुक भाव	1/291	निज अलकों के.../लहर
सजग पलक- *'वही वेदना सजग पलक में भर कर अलस सबेरा'*	: नींद के बाद जगी हुई आँखें	2/141	कर्म/कामायनी
सजग व्यथाएँ- *'चुन-चुन ले रे कन-कन से जगती की सजग व्यथाएँ;'*	: दुःख मानो सजीव हों	2/30	आँसू
सजल अभिलाषा कलित अतीत- *'भूलता ही जाता दिन रात/सजल अभिलाषा कलित अतीत;'*	: मनु का बीता हुआ देव-जीवन मधुर और रसमय था	2/86	श्रद्धा/कामायनी
सजल कुहू- *'दग्ध श्वास से आह न निकले सजल कुहू में आज यहाँ!'*	: बरसात की अँधेरी रात (आँसुओं से भरा निराश जीवन)	2/186	स्वप्न/कामायनी
सजल गुलाली- *'ऊषा की सजल गुलाली जो घुलती है नीले अंबर में;'*	: सुबह की लालिमा को 'सजल' (तरल) बताया गया है	2/106	काम/कामायनी
सजल छाया- *'अरुण घन की सजल छाया में दिनांत निवास'*	: शीतल छाँह, प्रेममय आश्रय	2/114	वासना/कामायनी
सजल जलजात- *'मधुप-मुखर मरंद-मुकुलित, मैं सजल जलजात रे मन!'*	: सरस कमल, करुणामय और आनन्ददायी	2/23	निर्वेद/कामायनी
सजल जलद- *'तुम दानशीलता से अपनी बन सजल जलद वितरो न बिंदु'*	: बारिश से युक्त बादल	2/168	ईर्ष्या/कामायनी
सजल जाल- *'वह शिथिल हँसी की सजल जाल'*	: प्रेम और करुणा (सजल) का ताना-बाना	1/310	कोमल कुसुमों की मधुर रात/लहर
सजल भार- *'वह बोली "नील गगन अपार, जिसमें अवनत घन सजल भार'*	: जल के बोझ (से युक्त बादल)	2/234	दर्शन/कामायनी
सजल संसृति- *'समर्पण लो सेवा का सार सजल संसृति की यह पतवार,'*	: दुःख और करुणा से भरी हुई सृष्टि	2/91	श्रद्धा/कामायनी
सजीव- *'सिक्ख थे सजीव-'*	: सच्चे अर्थों में जीवित (स्वाभिमानी)	1/335	शेरसिंह का शस्त्र-समर्पण/लहर
सजीव तपस्या- *'एक सजीव तपस्या जैसे पतझड़ में कर वास रहा'*	: मनु मानो तपस्या के साक्षात् जीवंत रूप हो गए थे	2/74	आशा/कामायनी
सजीवता ममता- *'जगती थी ज्योति भरी-सी तेरी सजीवता ममता'*	: जीवन के लक्षणों से युक्त और ममतामयी	2/22	आँसू
सतत अटकाव- *'थी प्रगति, पर अड़ा रहता था सतत अटकाव'*	: निरंतर रुकावट	2/111	वासना/कामायनी
सतत आराध्य- *'मैं स्वयं सतत आराध्य, आत्म-मंगल-उपासना में विभोर'*	: (देवताओं ने स्वयं को) सदैव पूज्य माना	2/174	इड़ा/कामायनी
सतत प्रवर्तन- *'जब धर्म-चक्र के सतत-प्रवर्तन की प्रसन्न-ध्वनि छाई थी'*	: निरंतर गतिशीलता (धर्म की)	1/297	जगती की मंगलमयी उषा बन/लहर
सतत व्याकुलता के विश्राम- *'सतत व्याकुलता के विश्राम, अरे ऋषियों के कानन कुंज'*	: निरंतर बेचैन रहनेवाले बुद्ध को मानो यहीं आराम मिला था	1/294	अरी वरुणा की शांत कछार/लहर

शब्द-	काव्य-पंक्ति	: अर्थ	प्र.ग्रं./पृ.सं.	स्रोत/संदर्भ
सतत संघर्ष-	*'यहाँ सतत संघर्ष, विफलता कोलाहल का यहाँ राज है'*	: लगातार टकराव होना	2/259	रहस्य/कामायनी
सती-छाया-	*'चंड दिवाकर देख सती-छाया भी छिपती फिरती है'*	: साधु या साध्वी की छाया	1/104	ग्रीष्म का मध्याह्न/कानन-कुसुम
सत्कृत-	*'जीवन भर के बल वैभव से सत्कृत करती दूरागत को'*	: जिसका स्वागत-सत्कार किया जाए	2/124	लज्जा/कामायनी
सत्ता का स्पन्दन-	*'सत्ता का स्पन्दन चला डोल, आवरण पटल की ग्रंथि खोल'*	: परमसत्ता शिव (सृजन या कल्याण) की गतिमयता	2/246	दर्शन/कामायनी
सत्ता खोकर-	*'इनके विकार सा ही बनकर, मैं शून्य बना सत्ता खोकर'*	: अधिकार गँवाकर	2/244	दर्शन/कामायनी
सत्ता चित्-	*'अंतर्निनाद ध्वनि से पूरित, थी शून्य-भेदिनी सत्ता चित्'*	: सत्ता के रूप चैतन्यस्वरूप शिव की अनुभूति	2/246	दर्शन/कामायनी
सत्त्व-	*'एक पुत्र अपना, उस पर सब सत्त्व हो'*	: अधिकार	3/103	तृतीय दृश्य/करुणालय
सत्य-	*'वही एक जो सत्य बना था चिर सुंदरता में अपनी'*	: श्रद्धा के जीवन में एकमात्र 'सत्य' की तरह मनु आए थे	2/187	स्वप्न/कामायनी
सत्य निदान-	*'दु:ख का करके सत्य निदान, प्राणियों का करने उद्धार'*	: सच्चा समाधान	1/294	अरी वरुणा की शांत कछार/लहर
सत्य-सुंदर-	*'सत्य-सुंदर तब प्रकट हो जायगा'*	: सच्चा और मनोहर	1/122	सौन्दर्य/कानन-कुसुम
सदनत-	*'नमस्कार सदनत को ऐसे बारंबार है'*	: जो सदैव विनम्र है(धर्म)	1/151	मकरंद-बिंदु/कानन-कु.
सदय-	*'जब तुम सदय नवल नीरद से मन-पट पर छा जाते हो'*	: दयापूर्वक	1/103	हृदय-वेदना/कानन-कुसुम
◆	*'मूर्ति तुम्हारी सदय और निर्दय दोनों ही भाती है'*	: दयालु	1/103	हृदय-वेदना /कानन-कुसुम
◆	*'पागल मैं, किस पर सदय रहा? क्या मैंने ममता ली न तोड़'*	: कृपालु	2/172	इड़ा/कामायनी
◆	*'यही विरुद क्या तुम्हें सुहाता कि नील-नीरद सदय नहीं है'*	: दया से युक्त	3/285	द्वितीय अंक/अजातशत्रु
सदय राम-	*'मानवता को सदय राम का रूप दिया था'*	: दया से परिपूर्ण राम का चरित्र	1/147	महाकवि तुलसी./का.-कु.
सदय हृदय-	*'यह क्या मधुर स्वप्न-सी झिलमिल सदय हृदय में अधिक अधीर;'*	: संवेदनशील हृदय	2/70	आशा/कामायनी
सदर्प-	*'उन्हें चिनगारी सदृश सदर्प कुचलती रहे खड़ी सानन्द;'*	: गर्व और विश्वास के साथ	2/93	श्रद्धा/कामायनी
सद्य:स्नात-	*'सद्य:स्नात हुआ फिर प्रेम-सुतीर्थ में'*	: जिसने अभी तुरंत स्नान किया हो, स्फूर्तिमय	1/99	प्रथम प्रभात/कानन-कुसुम
सनसन-	*'यह क्या तम में करता सनसन? धारा का ही क्या यह निस्वन!'*	: 'सन सन' की ध्वनि	2/242	दर्शन/कामायनी
सनाथ-	*'भुज-लता पड़ी सरिताओं की शैलों के गले सनाथ हुए;'*	: सहारा, नाथ से युक्त, कृतकृत्य, आभारी	2/105	काम/कामायनी

शब्द- काव्य-पंक्ति	: अर्थ	प्र.ग्रं./पृ.सं.	स्रोत/संदर्भ
सन्धि-पत्र- *'तुमको अपनी स्मित-रेखा से यह सन्धि-पत्र लिखना होगा'*	: समझौते का दस्तावेज, मनु और श्रद्धा के बीच के सम्बन्ध को उस सन्धि-पत्र की तरह कहा गया है जिसे मुस्कुराहट से लिखा गया हो	2/130	लज्जा/कामायनी
सन्ध्या-कुहुकिनि-अंचल- 'सन्ध्या-कुहुकिनि-अंचल में कौतुक अपना कर जाता'	: शाम के जादुई वातावरण (आँचल) में	2/17	आँसू
सन्ध्या के श्रमकण- *'छलछल थे सन्ध्या के श्रमकण, आँसू-से गिरते थे प्रतिक्षण'*	: दिन भर के परिश्रम का परिणाम, शाम को पसीने की बूँदें हासिल हुयीं	4/141	पंचम अंक/स्कन्दगुप्त
सन्नद्ध- *'सदा मिला सन्नद्ध, लिए तलवार ही'*	: युद्ध के लिये तैयार	1/30	महाराणा का महत्त्व
♦ *'हो गया सन्नद्ध तब शिशुपाल लड़ने के लिए'*	: तैयार, अड़ जाना	1/164	कुरुक्षेत्र/कानन-कुसुम
♦ *'हुए सभी सन्नद्ध, युद्ध आरम्भ था-'*	: कटिबद्ध, युद्ध के लिये तैयार	1/203	महाराणा का महत्त्व
सन्निधि जाल- *'भाँवरों से निज बनाता अतिथि सन्निधि जाल'*	: चारों तरफ(प्रेम का) जाल फैलाना	2/112	वासना/कामायनी
सन्निपात- *'नारी के नयन! त्रिगुणात्मक ये सन्निपात'*	: एक प्रकार का बुखार (कफ, वात, पित्तजन्य), गिरना	1/343	प्रलय की छाया/लहर
सन्मानस- *'सन्मानस के बीच कमल-सा नित्य खिला है'*	: विराट मानसिक चेतना	1/151	मकरंद-बिंदु/का.-कु.
सन्मित्र- *'जब छोड़ दे प्रेमी तथा सन्मित्र सब संसार में'*	: अच्छे दोस्त	1/131	याचना/कानन-कुसुम
सन्मुख- *'किंतु न कोई भी सैनिक सन्मुख हुआ'*	: सामने आना	1/161	शिल्प-सौन्दर्य्य/का.-कु.
♦ *'विधु का आलोक-तरल पथ/सन्मुख देखा करता है'*	: सामने, प्रत्यक्ष	2/37	आँसू
सपनों की सोनजुही- *'सपनों की सोनजुही सब बिखरें, ये बन कर तारा;*	: सोनजुही के सुन्दर फूल की तरह के सपने	2/28	आँसू
सप्तक- *'पद-पद पर तांडव नर्तन हो, स्वर सप्तक होवें लय सारे'*	: संगीत के सात मूल स्वर- षड्ज, ऋषभ, गांधार, मध्यम, पंचम, धैवत, निषाद	4/341	प्रथम अंक/ध्रुवस्वामिनी
सप्त सिंधु- *'सप्त सिंधु के तरल कणों में, द्रुम दल में, आनन्द-विभोर'*	: सातों समुद्र	2/56	चिंता/कामायनी
सप्तसिंधु- *'सप्तस्वर सप्तसिंधु में उठे, छिड़ा तब मधुर साम-संगीत'*	: सातों समुद्र	4/138	पंचम अंक/स्कन्दगुप्त
सप्तस्वर- *'सप्तस्वर सप्तसिन्धु में उठे, छिड़ा तब मधुर साम-संगीत'*	: शास्त्रीय संगीत के मूल सात स्वर- सा, रे, गा, मा, पा, धा, नी	4/138	पंचम अंक/स्कन्दगुप्त
सप्रीत- *'यदि दोगे उसको सांत्वना, होगा मुदित सप्रीत वह'*	: प्रेम सहित	1/117	ठहरो/कानन-कुसुम
♦ *'विमल वाणी ने वीणा ली कमल-कोमल कर में सप्रीत'*	: प्रेमपूर्वक	4/138	पंचम अंक/स्कन्दगुप्त
सफरी- *'साँस, सफरी सी अटकी है किसी आशा में'*	: एक प्रकार की छोटी चमकीली मछली	1/338	पेशोला की प्रतिध्वनि/लहर
सफलता का संकलित विलम्ब- *'और जड़ता की जीवन-राशि/सफलता का संकलित विलम्ब'*	: सफलता में हुए विलम्ब का पुंजीभूत रूप, असफलता का प्रतिरूप	2/86	श्रद्धा/कामायनी
सबल तरंगाघातों- *'सबल तरंगाघातों से उस क्रुद्ध सिंधु के, विचलित सी'*	: प्रचण्ड लहरों की चोट से	2/60	चिंता/कामायनी

शब्द- काव्य-पंक्ति	: अर्थ	प्र.ग्रं./पृ.सं.	स्रोत/संदर्भ
सभीत- *'तब क्या इस वसुधा के लघु-लघु प्राणी को करने को सभीत'*	: भयभीत, त्रस्त	2/180	इड़ा/कामायनी
सम- *'ये लायेंगी रंग सुलालित होने दो कम्पन सम से'*	: द्रुत या विलम्बित न होकर मध्यम (सम) गति पर	4/133	पंचम अंक/स्कन्दगुप्त
समकण्ठ- *'जिसकी महिमा गाते हैं समकण्ठ से'*	: समान स्वर में, एक कंठ से	1/30	महाराणा का महत्त्व
समतल- *'पीयूष-स्रोत-सी बहा करो जीवन के सुन्दर समतल में'*	: मैदानी जीवन की तरह सरल	2/130	लज्जा/कामायनी
समता- *'वही भाव भर लेगी जनता, भूल जायगी समता'*	: बराबरी का भाव, अपने समान समझने का भाव	3/505	तृतीय अंक/कामना
समता की घोषणा- *'समता की घोषणा विश्व में, मन्द्र मेघ गर्जन कर दो'*	: सबके समान होने की घोषणा, बराबरी	3/418	तृतीय अंक/जन्मेजय का नाग-यज्ञ
सम-तोलन- *'मनोभाव के काय-कर्म का सम-तोलन में दत्त-चित्त से'*	: सामंजस्य	2/261	रहस्य/कामायनी
समन्वय- *'समन्वय उसका करे समस्त विजयिनी मानवता हो जाय!'*	: तालमेल, एकसूत्रता में पिरोना	2/93	श्रद्धा/कामायनी
◆ *'हम भूख-प्यास से जाग उठे, आकांक्षा-तृप्ति समन्वय में;'*	: सामंजस्य	2/105	काम/कामायनी
समय-विहग- *'समय-विहग के कृष्णपक्ष में रजत चित्र-सी अंकित कौन'*	: समय-रूपी पक्षी	4/238	द्वितीय अंक/चन्द्रगुप्त
समर-वीर-कर- *'उनके समर-वीर-कर में तू नाचती'*	: युद्धवीर योद्धा के हाथ में (तलवार)	1/333	शेरसिंह का शस्त्र-समर्पण/लहर
समरस- *'मिटते असत्य-से ज्ञान-लेश, समरस, अखंड, आनन्द-वेश!'*	: एकात्म और अभिन्नतया स्थित, शक्ति के साथ एकरस	2/247	दर्शन/कामायनी
◆ *'जीवन-वसुधा समतल है समरस है जो कि जहाँ है'*	: समभाव से युक्त, आनन्दमग्न	2/275	आनन्द/कामायनी
◆ *'समरस थे जड़ या चेतन सुन्दर साकार बना था'*	: सभी द्वन्द्वों की समाप्ति, एकात्म	2/280	आनन्द/कामायनी
समरसता- *'समरसता है सम्बन्ध बनी अधिकार और अधिकारी की*	: भेदभाव को भुलाकर समानता का बोध उत्पन्न करना	2/174	इड़ा/कामायनी
समरसता का अधिकार- *'नित्य समरसता का अधिकार उमड़ता कारण जलधि समान;'*	: शिव और शक्ति का संतुलन शैव दर्शन में 'समरसता' कहलाता है, प्रकृति के पास समरस होने की स्वतंत्रता रही है इसलिए उस पर मनमाना अधिकार किसी का भी नहीं हो सकता	2/89	श्रद्धा/कामायनी
समर्पण लो- *'समर्पण लो सेवा का सार सजल संसृति की यह पतवार,'*	: श्रद्धा मनु के प्रति अपना सम्पूर्ण समर्पण व्यक्त करती है	2/91	श्रद्धा/कामायनी
समष्टि- *'शिव समष्टि का होता, इच्छा उसकी पूरी होती है'*	: समग्रता, सम्पूर्णता	1/196	प्रेमपथिक
समसत्ता का भान- *'तृण से त्रयस्त्रिंश तक जिसको समसत्ता का भान'*	: ईश्वर की सत्ता को समान रूप से महसूस करना	3/31	द्वितीय अंक/विशाख
समागम- *'प्रकृति और वसंत का सुखमय समागम हो गया'*	: समभाव से मिलन, दोनों पक्ष में मिलने का समान उत्साह हो	1/101	नव वसंत/कानन-कुसुम

शब्द-	काव्य-पंक्ति	: अर्थ	प्र.ग्रं./पृ.सं.	स्रोत/संदर्भ
समिद्ध-	*'यह ज्वाला इतनी है समिद्ध, आहुति बस चाह रही समृद्ध'*	: धधकती हुई	2/237	दर्शन/कामायनी
समीर मिस-	*'यों समीर मिस हाँफ रही-सी चली जा रही किसके पास'*	: हवा के बहाने	2/79	आशा/कामायनी
समुचित प्रतिवर्तन-	*'दोनों का समुचित प्रतिवर्तन जीवन में शुद्ध विकास हुआ;'*	: सर्वथा उचित वापसी	2/107	काम/कामायनी
समुज्ज्वला-	*'स्वयंप्रभा समुज्ज्वला स्वतन्त्रता पुकारती'*	: ज्ञान की उज्ज्वलता से परिपूर्ण	4/290	चतुर्थ अंक/चन्द्रगुप्त
समुदय-	*'दु:ख को समुदय उसका नाश, तुम्हारे कर्मों का व्यापार'*	: समुदाय, समूह	1/295	अरी वरुणा की शांत कछार/लहर
समुद विहरते-	*'जिनमें दम्पति समुद विहरते, प्यार भरे दे गलबाँही'*	: प्रसन्नतापूर्वक घूमते-फिरते	2/191	स्वप्न/कामायनी
सम्मोहन वेणु-	*'छायानट! छवि-परदे में सम्मोहन वेणु बजाता'*	: सम्मोहित कर देने वाली बाँसुरी की तान	2/17	आँसू
सम्वर्धना-	*'हाँ-हाँ, औरों की भी तो सम्वर्धना'*	: बढ़ोत्तरी, विकास करना	1/253	प्रत्याशा/झरना
सर-	*'संध्या समीप आयी थी उस सर के, वल्कल-वसना'*	: मानसरोवर	2/272	आनन्द/कामायनी
सरज पीत केसर-	*'सरज पीत केसर भी खिलकर भव्य भाव भर देता था'*	: पराग और पीला केसर	1/126	दलित-कुमुदिनी/कानन-कुसुम
सरल कपोलों में-	*'लाली बन सरल कपोलों में आँखों में अंजन-सी लगती'*	: युवतियों के सुन्दर गालों पर	2/128	लज्जा/कामायनी
सरल-निष्पाप-	*'सुमन खिल रहे हों, जहाँ, सुखद सरल-निष्पाप'*	: पाप से मुक्त और सरल भाववाले	3/534	एक घूँट(एकांकी)
सरल विकास-मयी-	*'यह संकेत कर रही सत्ता किसकी सरल विकास-मयी;'*	: प्राकृतिक विकास का सहज-सामान्य रूप मानो ईश्वर की सत्ता का आभास है	2/70	आशा/कामायनी
सरल विनोद-	*'श्रद्धा का सरल विनोद नहीं रुचता अब था बन रहा दीन'*	: सहज हँसी-मजाक	2/157	ईर्ष्या/कामायनी
सरल शासनयुक्त-	*'चल रहा था सरल शासनयुक्त सुरुचि समेत'*	: सहजता से मिला हुआ अधिकार भाव	2/112	वासना/कामायनी
सरस गर्व-	*'श्रम-बिंदु बना-सा झलक रहा भावी जननी का सरस गर्व'*	: आनन्द से युक्त गर्व की भावना	2/160	ईर्ष्या/कामायनी
सरस तामरस-	*'सरस तामरस गर्भ विभा पर नाच रही तरुशिखा मनोहर'*	: पुष्परस से युक्त सुन्दर ताजा कमल का फूल	4/35	द्वितीय अंक/चन्द्रगुप्त
सरस वसंत-	*'साथ ले सहचर सरस वसंत'*	: प्रेम की भावना से युक्त वसंत ऋतु	1/307	तुम्हारी आँखों का बचपन/लहर
सरसिज कानन-	*'बरस पड़े क्यों आज अचानक सरसिज कानन का संकोच'*	: कमल वन	3/319	तृतीय अंक/अजातशत्रु
सरसिज युगल-	*'सौरभित सरसिज युगल एकत्र होकर खिल गये'*	: दोनों कमल (नायक-नायिका)	1/101	नव वसंत/कानन-कुसुम
सरसिज-सी आँखें-	*'अभिलाषा के मानस में सरसिज-सी आँखें खोलो'*	: कमल-नयन	2/33	आँसू

शब्द- काव्य-पंक्ति	: अर्थ	प्र.ग्रं./पृ.सं.	स्रोत/संदर्भ
सरसी- *'अरुण अभ्युदय से हो मुदित मन प्रशस्त सरसी में खिल रहा है'*	: सरोवर, बड़ा तालाब	1/112	सरोज/कानन-कुसुम
सरसीरुह- *'कृष्ण केसर से भरे नव नील सरसीरुह अहो'*	: कमल	3/77	प्रथम दृश्य/कल्याणी परिणय
सरसी श्रद्धा- *'अपने नालों पर, वह सरसी श्रद्धा थी, न मधुप आये'*	: सरोवर-रूपी श्रद्धा	2/185	स्वप्न/कामायनी
सरस्वती- *'करती सरस्वती मधुर नाद'*	: सरस्वती नदी, प्रसादजी अफगानिस्तान की हिलमंद नदी को ऋग्वेद की सरस्वती नदी मानते हैं	2/178	इड़ा/कामायनी
सरस्वती-सा- *'तब सरस्वती-सा फेंक साँस, श्रद्धा ने देखा आस-पास'*	: सरस्वती नदी की तरह (प्रवाहित धारा-सी साँस छोड़कर)	2/242	दर्शन/कामायनी
सरहिंद- *'भारत का सर आज इसी सरहिंद में'*	: पंजाब, यमुना और सतलज के बीच की भूमि	1/167	वीर बालक/कानन-कुसुम
सरोज- *शीर्षक*	: सरोवर में उगनेवाला कमल का फूल	1/112	सरोज/कानन-कुसुम
सरोज-पराग- *'रजलिप्त स्वच्छ शरीर होता था सरोज-पराग से'*	: कमल का मकरंद	1/155	चित्रकूट/कानन-कुसुम
सरोजिनी- *'हो मल्लिका, सरोजिनी, या यूथी का पुंज'*	: कमलिनी	4/282	चतुर्थ अंक/चन्द्रगुप्त
सरोरुह- *'सरोरुह का सर बीच विकास'*	: कमल का फूल	1/220	परिचय/झरना
सर्ग- *'काम मंगल से मंडित श्रेय सर्ग, इच्छा का है परिणाम;'*	: संसार, सृष्टि	2/89	श्रद्धा/कामायनी
सर्ग-अंकुर- *'अरे सर्ग-अंकुर के दोनों पल्लव हैं ये भले बुरे'*	: सृष्टि के उद्‌भव और विकास में	2/36	निर्वेद/कामायनी
सर्ग के अग्रदूत- *'आह सर्ग के अग्रदूत! तुम असफल हुए, विलीन हुए;'*	: देवता सृष्टि के अग्रदूत थे क्योंकि वे इस सृष्टि में सबसे पहले आये थे	2/54	चिंता/कामायनी
सर्ग के प्रथम अंक- *'आह सर्ग के प्रथम अंक का अधम-पात्र मय सा विष्कंभ'*	: नयी सृष्टि रूपी नाटक का पहला अंक अर्थात् प्रारम्भ	2/62	चिंता/कामायनी
सर्ग प्रलय- *'सन्ध्या हो सर्ग प्रलय की विच्छेद मिलन फिर होगा'*	: सृष्टि में प्रलय	2/29	आँसू
सर्राटे- *'निशिचारी भीषण विचार के पंख भर रहे सर्राटे'*	: तेजी से इधर-उधर जाना	2/33	निर्वेद/कामायनी
सर्वज्ञ-ज्ञान- *'सर्वज्ञ-ज्ञान का क्षुद्र-अंश विद्या बनकर कुछ रचे छंद'*	: (मनुष्य की) सर्वज्ञता, सब कुछ जान लेने की शक्ति	2/177	इड़ा/कामायनी
सर्वमंगले- *'हे सर्वमंगले! तुम महती, सबका दुःख अपने पर सहती'*	: पार्वती-स्वरूपा विश्वकल्याण-विधायिनी	2/244	दर्शन/कामायनी
सर्वस्व-समर्पण- *'सर्वस्व-समर्पण करने की विश्वास-महा-तरु-छाया में'*	: अपना सम्पूर्ण विश्वास प्रकट करना	2/129	लज्जा/कामायनी
सर्वांग ज्योतिमय- *'बन गया तमस था अलक जाल, सर्वांग ज्योतिमय था विशाल'*	: (शिव के विराट शरीर) का अंग-अंग प्रकाशमय था	2/246	दर्शन/कामायनी
सर्वेश- *'उस प्रेममय सर्वेश का सारा जगत औ' जाति है'*	: सबका ईश्वर (सर्व+ईश)	1/109	भक्ति-योग/कानन-कुसुम
सलिल अभिषेक- *'जीवनधन! क्या अश्रु सलिल अभिषेक भी'*	: (आँसुओं से) जलाभिषेक	1/239	अर्चना/झरना

शब्द- काव्य-पंक्ति	: अर्थ	प्र.ग्रं./पृ.सं.	स्रोत/संदर्भ
सलील- *'अरुणज्योति की झील बनेगी कब सलील?'*	: लीला या चंचलता से युक्त	1/300	हे सागर संगम.../लहर
◆ *'दुर्भर थी गर्भ मधुर पीड़ा झेलती जिसे जननी सलील'*	: आनन्द और उल्लास सहित	2/160	ईर्ष्या/कामायनी
सविता-*'विश्वदेव, सविता या पूषा/सोम, मरुत, चंचल पवमान;'*	: सूरज का एक वैदिक पर्याय	2/68	आशा/कामायनी
सविलास- *'अरुण शिशु के मुख पर सविलास'*	: शोभायमान, विलास-सहित	1/231	किरण/झरना
◆ *'अधिक उत्साह तरंग अबाध उठाते मानस में सविलास'*	: विशेष लास्य भाव से युक्त	2/90	श्रद्धा/कामायनी
सविशेष- *'लगा कहने आगंतुक व्यक्ति मिटाता उत्कंठा सविशेष ;'*	: उत्कट, बहुत खास	2/87	श्रद्धा/कामायनी
सव्यसाची- *'सव्यसाची का मनोरथ भी चलाते थे वहाँ'*	: अर्जुन, दोनों हाथों से समान वेग से तीर चलानेवाला	1/165	कुरुक्षेत्र/कानन-कुसुम
सव्रीड़- *'वही कुछ सव्रीड़, सस्मित कर रहा संकेत'*	: लज्जा या संकोच के साथ	2/116	वासना/कामायनी
◆ *'झुक चली सव्रीड़ वह सुकुमारता के भार'*	: लज्जा से युक्त	2/119	वासना/कामायनी
सस्मित- *'वही कुछ सव्रीड़, सस्मित कर रहा संकेत'*	: मुस्कुराहट के साथ	2/116	वासना/कामायनी
सह-अनुराग- *'अली उसी ही कली से मिलता सह-अनुराग'*	: अन्य को भी प्रेम करना	3/90	नवम दृश्य/कल्याणी परि.
सहकार- *'है कहीं कोकिल सघन सहकार को कूजित किये'*	: आम की सघन मंजरी	1/100	नव वसंत/कानन-कुसुम
सहकार की बाला- *'मंजरी सी खिल गई सहकार की बाला वही'*	: सुगंध से परिपूर्ण स्त्री	1/101	नव वसंत/कानन-कुसुम
सहचर- *'साथ ले सहचर सरस वसंत'*	: साथ-साथ चलनेवाला	1/307	तुम्हारी आँखों का.../लहर
◆ *'तुम्हारा सहचर बनकर क्या न उऋण होऊँ मैं बिना विलंब?'*	: सहयोगी, पत्नी का भाव	2/91	श्रद्धा/कामायनी
◆ *'मैं काम रहा सहचर उनका उनके विनोद का साधन था'*	: साथ-साथ रहनेवाला	2/103	काम/कामायनी
सहचर-सुखक्रीड़ा- *'सहचर-सुखक्रीड़ा नेत्र के सामने ही'*	: स्मृति-रूप में साथ-साथ रहनेवाली विगत सुखद गतिविधियाँ	1/135	विरह/कानन-कुसुम
सहचरी- *'दे के ऊषा-पट प्रकृति को ही बनाते सहचरी'*	: सखी, मित्र, साथ-साथ चलनेवाली	1/95	महा-क्रीड़ा/कानन-कुसुम
सहज खेद से भरा रूप- *'मनु ने देखा जब श्रद्धा का वह सहज खेद से भरा रूप'*	: गर्भावस्था की स्वाभाविक थकान से भरा व्यक्तित्व	2/160	ईर्ष्या/कामायनी
सहस्र मुख- *'कहकर सहस्रमुख से जब है वही बताता'*	: लोगों के हजारों मुख से मानो ईश्वर अपने होने को स्वयं बताता है	1/90	मंदिर/कानन-कुसुम
सहस्रों वक्तृता- *'जिसे न करती कभी सहस्रों वक्तृता'*	: हजारों भाषण	1/161	शिल्प-सौन्दर्य्य/कानन-कुसुम
सहेतु- *'वे द्रोह न करने के स्थल हैं जो पाले जा सकते सहेतु'*	: हेतु के साथ, निश्चित उद्देश्य के लिए	2/163	ईर्ष्या/कामायनी
सांध्य-मलय- *'अब सान्ध्य-मलय आकुलित दुकूल-कलित हो, यों छिपते हो क्यों?'*	: शाम की सुगन्धित दक्षिणी वायु	4/186	प्रथम अंक/चन्द्रगुप्त
साक्षिणी- *'कहेगी शतद्रु शत-संगरों की साक्षिणी,'*	: गवाह बननेवाली, 'साक्षी' का स्त्रीलिंग रूप	1/335	शेरसिंह का शस्त्र-समर्पण/लहर

शब्द- काव्य-पंक्ति	: अर्थ	प्र.ग्रं./पृ.सं.	स्रोत/संदर्भ
साक्षी- *'मिला था वह पावन आदेश, आज भी साक्षी हैं रवि चन्द्र'*	: गवाह	1/295	अरी वरुणा की शांत कछार/लहर
साख- *'तुम्हें कुछ पहचानने की खो गयी-सी साख'*	: प्रामाणिक सामर्थ्य	2/114	वासना/कामायनी
सागर संगम- *'हे सागर संगम अरुण नील'*	: बंगाल की खाड़ी में गंगा का संगम, समुद्र में नदी का मिलना	1/299	हे सागर संगम अरुण नील/लहर
सात्त्विक शीतल- *'व्यथित विश्व के सात्त्विक शीतल बिंदु, भरे नव रस सारा'*	: सात्त्विक गुणों से परिपूर्ण और शांति प्रदान करनेवाला	2/78	आशा/कामायनी
साथी- *'कोरक अंकुर-सा जन्म रहा, हम दोनों साथी झूल चले'*	: कामदेव और रति, हमसफर	2/105	काम/कामायनी
◆ *'क्या जाने कोई साथी बन नूतन यज्ञ रचेगा'*	: किलात और आकुलि जैसा संगी, सहचर	2/148	कर्म/कामायनी
साध- *'जब जीवन में साध भरी थी उच्छृंखल अनुरोध भरा'*	: उत्कट अभिलाषा	2/223	निर्वेद/कामायनी
साधना प्रदेश- *'साधना प्रदेश किसी का शीतल अति शांत तपोवन'*	: सिद्धि-प्राप्ति की प्रक्रिया जिस स्थान पर संपन्न हुई हो	2/269	आनन्द/कामायनी
साधिकार- *'वे कुछ भी बोले नहीं, रहे चुपचाप देखते साधिकार'*	: स्वामित्व की भावना के साथ	2/160	ईर्ष्या/कामायनी
सानन्द- *'उन्हें चिनगारी सदृश सदर्प कुचलती रहे खड़ी सानन्द;*	: आनन्द के साथ	2/93	श्रद्धा/कामायनी
सानु- *'अचल हिमालय का शोभनतम लता कलित शुचि सानु शरीर,'*	: पर्वत की ऊँचाई पर समतल स्थान	2/71	आशा/कामायनी
सानुराग- *'यह संचित क्यों हो रहा स्नेह किस पर इतना हो सानुराग'*	: प्रेम से मोहित	2/164	ईर्ष्या/कामायनी
◆ *'अम्बे फिर क्यों इतना विराग, मुझ पर न हुई क्यों सानुराग'*	: अनुराग सहित, स्नेह और प्रेम की कृपा	2/235	दर्शन/कामायनी
साभिमान- *'पर कुछ अच्छा-सा नहीं लगा 'यह क्यों? किसका सुख साभिमान'*	: अभिमान सहित, ईर्ष्या के कारण मनु को सारी तैयारी गर्व से भरी हुई लगी	2/165	ईर्ष्या/कामायनी
साम-संगीत- *'सप्तस्वर सप्तसिन्धु में उठे, छिड़ा तब मधुर साम-संगीत'*	: सामवेद की संगीतात्मक ऋचाएँ	4/138	पंचम अंक/स्कन्दगुप्त
सामूहिक बलि- *'सामूहिक बलि का निकला था पंथ निराला'*	: युद्ध मानो यज्ञ की वेदी पर दी जानेवाली सामूहिक बलि के समान था	2/208	संघर्ष/कामायनी
सारथी- *'चित्र हैं जिसके चरित, वह कृष्ण रथ के सारथी'*	: रथ चलानेवाला	1/165	कुरुक्षेत्र/कानन-कुसुम
सारथे- *'शीर्षक'*	: 'सारथि' को संबोधन	1/136	हाँ, सारथे! रथ.../का.-कु.
सारल्य- *'प्रेम के सारल्य ही का राग गाते थे सभी'*	: सरलता	1/163	कुरुक्षेत्र/कानन-कुसुम
सारस्वत देश- *'यह सारस्वत देश या कि फिर ध्वंस हुआ सा'*	: इड़ा का देश	2/204	संघर्ष/कामायनी
सारस्वत प्रदेश- *'वह पावन सारस्वत प्रदेश दु:स्वप्न देखता पड़ा क्लांत'*	: सरस्वती नदी के किनारे का स्थान जहाँ देवता निवास करते थे, प्रसाद के अनुसार वर्तमान अफगानिस्तान	2/173	इड़ा/कामायनी
◆ *' "स्वागत! पर देख रहे हो तुम यह उजड़ा सारस्वत प्रदेश"*	: वर्तमान अफगानिस्तान में हिलमंद नदी के किनारे स्थित	2/179	इड़ा/कामायनी

शब्द-	काव्य-पंक्ति	: अर्थ	प्र.ग्रं./पृ.सं.	स्रोत/संदर्भ
सारस्वत-नगर-निवासी-	*'सारस्वत-नगर-निवासी हम आये यात्रा करने'*	: सारस्वत प्रदेश के नागरिक	2/271	आनन्द/कामायनी
साल-	*'मधु-पवन-क्रीड़ित ज्यों शिशु साल सुशोभित हो सौरभ संयुक्त'*	: साल का वृक्ष	2/84	श्रद्धा/कामायनी
सालती-	*'चोट सहन कर रुकनेवाली धातु, न जिसको मृत्यु सालती'*	: रह-रहकर कष्ट महसूस करना	2/260	रहस्य/कामायनी
सालुम्ब्रापति-	*'सालुम्ब्रापति आये, अभिवादन किया'*	: सलूम्बर (मेवाड़ का दक्षिणी हिस्सा) के सामंत या सरदार कृष्ण सिंह	1/206	महाराणा का महत्त्व
सावन-घन-	*'जब सावन-घन सघन बरसते'*	: सावन महीने के बादल	1/312	वे कुछ दिन कितने.../लहर
साहसी-	*'कहीं साहसी ले आते हैं मृगया के उपहार नये'*	: शिकारी	2/190	स्वप्न/कामायनी
सिंचन-हेतु-	*'उसके सिंचन-हेतु न यह उद्योग है'*	: तृप्त करने के लिए	1/96	करुणा-कुंज/कानन-कु.
सिंचाव-	*'तुम्हारी आशालता सिंचाव'*	: पोषण (प्रेम से प्राप्त)	1/259	आशालता/झरना
सिंधु तट-	*'जब कामना सिंधु तट आयी ले संध्या का तारा दीप,'*	: आकाश-रूपी समुद्र के किनारे	2/78	आशा/कामायनी
सिंधु सेज पर धरा वधू-	*'सिंधु सेज पर धरा वधू अब तनिक संकुचित बैठी सी'*	: मानो समुद्र-रूपी शय्या पर धरती-रूपी दुल्हन बैठी है	2/68	आशा/कामायनी
सिंहद्वार-	*'सिंहद्वार अरराया जनता भीतर आयी'*	: महल का विशाल मुख्य द्वार	2/205	संघर्ष/कामायनी
सिकता-	*'बढ़ उमंग-सरिता आवेगी आर्द्र किये रूखी सिकता'*	: बालू (रुखाई-रूपी)	1/242	कब/झरना
◆	*'जलती सिकता का यह मग,'*	: बालू	1/332	अशोक की चिंता/लहर
◆	*'सोने की सिकता में मानो कालिंदी बहती भर उसास'*	: बालू	2/160	ईर्ष्या/कामायनी
सिकता की रेखाएँ-	*'सिकता की रेखाएँ उभार-'*	: बालू में निशान छोड़ना	1/290	उठ उठ री लघु.../लहर
सिकता सागर-	*'सूखे सिकता सागर में/यह नैया मेरे मन की'*	: बालू का समुद्र, जीवन का विकट दौर	2/3	आँसू
सिकता-सी-	*'बुद्धि, विभूति सकल सिकता-सी प्यास लगी है ओस चाटती'*	: बालू के समान (है सारा ऐश्वर्य)	2/261	रहस्य/कामायनी
सित शतदल-	*'जहाँ तामरस इंदीवर या सित शतदल हैं मुरझाये'*	: श्वेत कमल (रूपी श्रद्धा का गोरा रंग)	2/185	स्वप्न/कामायनी
सित शत-दल से शशि-	*'सित शत-दल से शशि तुम क्यों उनमें जाकर हो मिलते?'*	: सौ पंखुड़ियों वाले श्वेत कमल की तरह चाँद लग रहा है	2/22	आँसू
सित-सरसिज-	*'सित-सरसिज से भर जावे वह स्वर्गंगा की धारा'*	: श्वेत कमल	2/28	आँसू
सित सरोज-	*'सित सरोज पर क्रीड़ा करता जैसे मधुमय पिंग पराग'*	: श्वेत कमल	2/67	आशा/कामायनी
सिताबी-	*'सिताबी छिड़क रहा विधु कांत बिछा है सेज कमलिनी जाल'*	: चाँदनी	1/265	होली की रात/झरना
सिरताज-	*'भारत की यह कथा विजयिनी रहे सदा सिरताज'*	: सबसे महत्त्वपूर्ण, सिर का एक गहना, मालिक	3/92	नवम दृश्य/कल्याणी परिणय
सिसकी-सी साँस-	*'किस दिगंत रेखा में इतनी संचित कर सिसकी-सी साँस'*	: कामोत्तेजना से उत्पन्न स्त्री की साँस	2/79	आशा/कामायनी

शब्द–	काव्य-पंक्ति	: अर्थ	प्र.ग्रं./पृ.सं.	स्रोत/संदर्भ
सिहर भरे–	*'सिहर भरे निज शिथिल मृदुल अंचल को अधरों से पकड़ो'*	: रोमांचित (लहराता आँचल)	1/291	निज अलकों के.../लहर
सीकर-से–	*'सरस सीकर-से जीवन-कन,'*	: पसीने की बूँद के समान	1/306	आह रे, वह अधीर.../लहर
सीठी में सार–	*'चंचल मानव! क्यों भूला तू, इस सीठी में सार कहाँ'*	: जिसका सारा रस निचोड़ लिया गया हो उसमें भला सारतत्त्व कैसे होगा	3/265	प्रथम अंक/अजातशत्रु
सीपी स्वाती आस–	*'मुँह खोले मुक्तामयी सीपी स्वाती आस'*	: स्वाती नक्षत्र की बारिश की बूँद की आशा में सीपी मुँह खोले रहती है	4/129	पंचम अंक/स्कन्दगुप्त
सीमा–	*'उषा में सीमा पर के खेत'*	: क्षितिज	3/404	तृ.अं./जन्मेजय का ना.-य.
सीवन–	*'सीवन को उधेड़ कर देखोगे क्यों मेरी कन्था की'*	: सिलाई	1/292	मधुप गुनगुना कर.../लहर
सुंदर अनुराग–	*'परमाणु बाल सब दौड़ पड़े जिसका सुन्दर अनुराग लिये'*	: प्रेम का सुन्दर रूप	2/104	काम/कामायनी
सुंदर खेल–	*'विश्व-भर सौरभ से भर जाय सुमन से खेलो सुन्दर खेल'*	: सृष्टि को आगे बढ़ाने का सुन्दर कार्य, वंश-वृद्धि	2/92	श्रद्धा/कामायनी
सुंदर छलना–	*'कुहुकिनि अपलक दृग के अंजन! हँसती तुझमें सुन्दर छलना'*	: आकर्षक धोखा	2/173	इड़ा/कामायनी
सुंदर-तर–	*'समय सुहाया कैसा भाया सुन्दर-तर श्रीमंत'*	: अधिक सुन्दर	1/284	बिंदु(6)/झरना
सुंदर पाप–	*'हृदय-गगन में धूमकेतु-सी, पुण्य सृष्टि में सुन्दर पाप'*	: अपने आकर्षण में बाँधे रहनेवाले पाप की तरह है चिंता	2/53	चिंता/कामायनी
सुंदर बाला–	*'उस रम्य फलक पर नवल चित्र-सी प्रकट हुई सुन्दर बाला'*	: सुन्दर लड़की (इड़ा)	2/178	इड़ा/कामायनी
सुंदर वितान–	*'सुन्दर वितान कैसा आकाश भी तना है'*	: सुन्दर चँदोबा, आकाश मानो सुन्दर शामियाने की तरह तना है	1/91	मंदिर/कानन-कुसुम
सुंदर विश्राम–	*'मेरा सुन्दर विश्राम बना सृजता हो मधुमय विश्व एक'*	: आकर्षक और आरामदायक स्थान	2/164	ईर्ष्या/कामायनी
सुंदर वेश–	*'कर रहा वंचित कहीं न त्याग तुम्हें, मन में धर सुन्दर वेश!'*	: वैराग्य का सुन्दर वेश तुम्हीं को छल रहा है	2/88	श्रद्धा/कामायनी
सुंदर समतल–	*'पीयूष-स्रोत-सी बहा करो जीवन के सुन्दर समतल में'*	: मैदानी जीवन की तरह सरल और सुन्दर	2/130	लज्जा/कामायनी
सुंदरि प्राची–	*'सुन्दरि प्राची, विमल उषा से अपना मुख धोने को है,'*	: पूरब दिशा (प्राची) सुन्दर स्त्री की तरह (भोर में) लग रही है	1/94	महा-क्रीड़ा/कानन-कुसुम
सुआ–	*'मेधा के क्रीड़ा-पंजर का पाला हुआ सुआ है'*	: तोता	2/134	कर्म/कामायनी
सुकवि–	*'प्रतिभा डाली भर लाता कर देता दान सुकवि को'*	: अपने भीतर के सुन्दर कवि-मन को	2/9	आँसू
सुकृत-फल–	*'अपने सुकृत-फल के समान मिले उन्हें फल ढेर से'*	: अच्छे कर्मों के अच्छे परिणाम (की तरह सीता को सुस्वादु फल मिले)	1/156	चित्रकूट/कानन-कुसुम
सुकेतु–	*'महाप्राण जीवों के कीर्ति सुकेतु से'*	: सुन्दर पताका (झंडा)	1/205	महाराणा का महत्त्व
सुख आहत–	*'सुख आहत शान्त उमंगें/बेगार साँस ढोने में'*	: जिसकी खुशी पर चोट पहुँची हो	2/6	आँसू

शब्द-	काव्य-पंक्ति	: अर्थ	प्र.ग्रं./पृ.सं.	स्रोत/संदर्भ
सुखकन्द-	*'जय जय जय सुखकन्द दोष से सदा रहित है'*	: सुख का मूल कारण	2/342	रमेश-वन्दना/असं. क.
सुख गात-	*'एक परदा यह झीना नील छिपाये है जिसमें सुख गात'*	: सुख-रूपी शरीर	2/89	श्रद्धा/कामायनी
सुखदायी-	*'सुन्दर चन्द्र अमन्द हुआ प्रकटित सुखदायी'*	: सुख प्रदान करनेवाला	1/110	रजनीगंधा/कानन-कुसुम
सुखदा सुंदरी-	*'सुंदर सुहृद संपत्ति सुखदा सुंदरी ले साथ में'*	: सुख देनेवाली सुंदर स्त्री	1/108	भक्ति-योग/कानन-कु.
सुख निशीथ-	*'मेरे जीवन के सुख निशीथ!'*	: सुखद रात	1/322	शशि-सी वह सुंदर.../लहर
सुख-परिरम्भ-	*'तुम्हारा शीतल सुख-परिरम्भ'*	: सुख का आलिंगन, सुख की अनुभूति	1/260	सुधासिंचन/झरना
सुख-पुञ्ज-	*'थी जहाँ इक सुंदरी बैठी महा सुख-पुञ्ज में'*	: सुख और प्रसन्नता की एकत्र राशि	1/100	नव वसंत/कानन-कुसुम
सुख-पुलक-गात-	*'सो रहा विश्व सुख-पुलक-गात'*	: सुख के रोमांच से भरा शरीर	1/310	कोमल कुसुमों की मधुर रात/लहर
सुख-मणिगण-	*'व्यथा से नीली लहरों बीच बिखरते सुख-मणिगण द्युतिमान !'*	: सुख-रूपी मणियाँ	2/89	श्रद्धा/कामायनी
सुखमा-	*'शाखावली भी है महा सुखमा सुपुष्प-समाज है'*	: सुषमा, शोभा	1/124	एकान्त में/कानन-कुसुम
सुख-मूल-	*'ध्यान में आया मनोहर प्रियवदन सुख-मूल वह'*	: सुख या प्रसन्नता का असली कारण	1/101	नव वसंत/कानन-कुसुम
सुख-रजनी-	*'थक जाती थी सुख-रजनी मुख-चन्द्र हृदय में होता'*	: मिलन की सुखद रात	2/14	आँसू
सुख-राशी-	*'ऐसे युवक चिरंजीवी हों, देश बना सुख-राशी हो'*	: पर्याप्त सुख से संपन्न	1/149	गान/कानन-कुसुम
सुखला-	*'गिरा दिये वृक्षों ने सारे पत्ते अपने सुखला कर'*	: सूखने के बाद	1/252	पाईबाग/झरना
सुख-लेख-	*'सुख-लेख मैं तो पढ़ रही हूँ स्पष्ट तेरे भाल में'*	: अच्छा भाग्य, सुख-समृद्धि की भाग्य-रेखा	1/108	भक्ति-योग/कानन-कुसुम
सुख विकास-	*'शशि-शतदल का यह सुख विकास'*	: सुख का विस्तार	1/310	कोमल कुसुमों की.../लहर
सुख विभावरी-	*'देव सृष्टि की सुख विभावरी ताराओं की कलना थी'*	: सुखद रात	2/55	चिंता/कामायनी
सुख-विराम-	*'जिसने इस भ्रम में डाला छीना जीवन का सुख-विराम'*	: सुख-शान्ति और आराम	2/175	इड़ा/कामायनी
सुख-संचार-	*'जागरण-लोक था भूल चला स्वप्नों का सुख-संचार हुआ;'*	: खुशी महसूस करना	2/103	काम/कामायनी
सुख-संसृति-	*'सब की सेवा न पराई वह अपनी सुख-संसृति है'*	: सुख का विस्तार	2/275	आनन्द/कामायनी
सुख सपने-	*'अग्नि-शिखा बुझ गई, जागने पर जैसे सुख सपने'*	: आनन्ददायक स्वप्न	2/154	कर्म/कामायनी
सुख-सर-	*'रूप अनूपम सजा रही है वह सुख सर में'*	: सुख मानो सरोवर की तरह विस्तृत है	1/111	रजनीगंधा/कानन-कुसुम
सुख-सरवर-	*'खेल रही थी सुख-सरवर में तरी पवन अनुकूल लिये'*	: सुख का सरोवर, सुख-रूपी सरोवर	1/188	प्रेमपथिक

शब्द-	काव्य-पंक्ति	: अर्थ	प्र.ग्रं./पृ.सं.	स्रोत/संदर्भ
सुख-सलिल-	*'नेत्र-निर्झर सुख-सलिल से भरें, दुख सारे भगें'*	: सुख रूपी जल	1/106	, जलद-आवाहन/कानन-कुसुम
सुख-सहचर-	*'सुख-सहचर दु:ख-विदूषक परिहास पूर्ण कर अभिनय'*	: सुख-रूपी नायक का साथी (दु:ख-रूपी विदूषक)	2/279	आनन्द/कामायनी
सुख सहज लब्ध-	*'मैं यह तो मान नहीं सकता सुख सहज लब्ध यों छूट जायँ'*	: आसानी से उपलब्ध सुख	2/163	ईर्ष्या/कामायनी
सुख-सूत्र-	*'दुष्प्राप्य को जो मिल रहा सुख-सूत्र उसको तोड़ दें'*	: सुख के सूत्र, खुशी प्राप्त करने के माध्यम	1/108	भक्ति-योग/कानन-कुसुम
सुख सौरभ तरंग-	*'तुम फूल उठोगी लतिका-सी कम्पित कर सुख सौरभ तरंग'*	: सुखद सुगंध की हिलोरें	2/167	ईर्ष्या/कामायनी
सुगति-	*'छोड़कर जीवन के अतिवाद, मध्य पथ से लो सुगति सुधार'*	: सद्गति, अच्छी स्थिति	1/295	अरी वरुणा की शांत कछार/लहर
सुघड़ पुतलियाँ-	*'शब्द, स्पर्श, रस, रूप, गंध की पारदर्शिनी सुघड़ पुतलियाँ'*	: सुडौल आकृतियाँ	2/255	रहस्य/कामायनी
सुघर-	*'तुम्हें सुघर ये दृश्य दिखाते हैं नहीं'*	: सुन्दर, सुगढ़, जिसकी गढ़न अच्छी हो	1/97	करुणा-कुंज/कानन-कुसुम
सुघराई-	*'सत्य यह तेरी सुघराई में'*	: सौन्दर्य	1/222	झरना/झरना
◆	*'तू हँस जीवन की सुघराई !'*	: सौन्दर्य	1/326	ओ री मानस की.../लहर
◆	*'चाहती नहीं जागरण कभी सपने की इस सुघराई में'*	: सुन्दरता	2/129	लज्जा/कामायनी
सुछवि-	*'प्रतिमा में सजीवता-सी/बस गयी सुछवि आँखों में'*	: सुन्दर व्यक्तित्व	2/10	आँसू
सुढर उठान-	*'मानो तुंग तरंग विश्व की हिमगिरि की वह सुढर उठान'*	: सुगढ़-सुडौल तरीके से उठा हुआ	2/73	आशा/कामायनी
सुढर नासा-	*'सुन्दर गोल कपोल, सुढर नासा बनी'*	: सुन्दर बनावट वाली नाक	1/226	रूप/झरना
सुढर मोती-	*'शील निधि का यह सुढर मोती है'*	: सुन्दर आकार का मोती	1/270	देवबाला/झरना
सुत बलि-	*'इसने सुत बलि देना निश्चित था किया'*	: पुत्र को यज्ञ में बलि चढ़ाना (मार देना)	3/99	प्रथम दृश्य/करुणालय
सुतीर्थ-	*'सद्यः स्नात हुआ फिर प्रेम सुतीर्थ में'*	: सुन्दर और पवित्र स्थान	1/224	प्रथम प्रभात/झरना
सुदिनमणि-वलय-	*'सुदिनमणि-वलय विभूषित उषा'*	: सुन्दर सूर्य का वृत्त (गोल रूप)	1/232	किरण/झरना
सुधा कन्द-	*'सुधा कन्द के बीज विमल बोने लगे'*	: अमृत-तुल्य कन्दमूल (अमर सौन्दर्य)	3/83	चतुर्थ दृश्य/कल्याणी परिणय
सुधा की धार-	*'इंदु की किरणें सुधा की धार बरसाती रहीं'*	: अमृत की धार, चन्द्रमा की किरणों को अमृत-वर्षा की तरह बताया गया है	1/100	नव वसंत/कानन-कुसुम
सुधा छवि-	*'भर-नैन सुधा छवि चाख गयी'*	: अमृत-जैसी सुन्दरता	3/486	तृतीय अंक/कामना
सुधा में स्नात-	*'देवदारु निकुञ्ज गह्वर सब सुधा में स्नात'*	: चाँदनी से नहाए हुए	2/116	वासना/कामायनी
सुधानीर-	*'कादंबिनी कृपा की जिसकी सुधा-नीर बरसाती है'*	: अमृत-वर्षा, आवश्यकतानुसार होनेवाली बारिश अमृत की तरह जीवनदायी होती है	1/88	वंदना/कानन-कुसुम

शब्द-	काव्य-पंक्ति	: अर्थ	प्र.ग्रं./पृ.सं.	स्रोत/संदर्भ
सुधा-मंदाकिनी-	*'आनंदासन पर सुधा-मंदाकिनी में स्नात हो'*	: अमृत-जैसे जल से युक्त गंगा नदी	1/109	भक्ति-योग/कानन-कुसुम
सुधा-सलिल-	*'सुधा-सलिल से मानस, जिसका पूरित प्रेम-विभोर'*	: अमृत-रूपी जल	3/322	तृतीय अंक/अजातशत्रु
सुधा-सिंधु-	*'नारी का वह हृदय! हृदय में सुधा-सिंधु लहरें लेता'*	: अमृत का समुद्र (इड़ा के हृदय में था), सकरुण होना	2/35	निर्वेद/कामायनी
सुधा-सीकर-	*'सुधा-सीकर से नहला दो'*	: श्रम से उत्पन्न मधुर फल, अमृत-रूपी श्रमजल	2/347	अनुनय/असंकलित कविताएँ
♦	*'सुधा-सीकर से नहला दो!'*	: (प्रेम-रूपी) अमृत की बूँदों से	4/275	चतुर्थ अंक/चन्द्रगुप्त
सुधा-स्रोत-	*'मेरे मरुमय जीवन के हे सुधा-स्रोत! दिखला जाओ'*	: अमृत-धारा (जीवन की उम्मीद)	1/248	निवेदन/झरना
सुनहला भर पराग-	*'जिसके मंडल में एक कमल खिल उठा सुनहला भर पराग'*	: सुनहला सूर्य मानो प्रभात की सुगंध के साथ उगा	2/178	इड़ा/कामायनी
सुनहला मद्य-	*'उषा सुनहला मद्य पिलाती, प्रकृति बरसाती फूल'*	: (प्रभात की किरणें) सुनहले रंग के मद्य (शराब) के समान नशा बिखेर रही हैं	3/289	द्वितीय अंक/अजातशत्रु
सुनहली लट-	*'सुनहली लट घुँघराली कान्त'*	: सुनहले बाल के (समान किरणें)	1/231	किरण/झरना
सुनहली साड़ी-	*'फाड़ सुनहली साड़ी उसकी तू हँसती क्यों अरी प्रतीप?'*	: शाम के सुनहले रंग को सुनहली साड़ी की तरह मनु देख रहे हैं	2/78	आशा/कामायनी
सुनहले तीर-	*'उषा सुनहले तीर बरसती जय लक्ष्मी-सी उदित हुई; '*	: सूरज की स्वर्णिम किरणें	2/67	आशा/कामायनी
सु-नाव-	*'कर्णधार-रक्षित दृढ़-हृदय सु-नाव को'*	: अच्छी नाव	1/207	महाराणा का महत्त्व
सुनिहित भाव-	*'था समर्पण में ग्रहण का एक सुनिहित भाव'*	: अंतर्भुक्त भाव, अन्दर ही अन्दर अच्छी तरह मौजूद भाव	2/111	वासना/कामायनी
सुपाठ-	*'सुपाठ तुमसे ये मिल रहा है'*	: सीख, अच्छी सलाह	1/112	सरोज/कानन-कुसुम
सुपाणि-पल्लव-	*'विटप-बाहु सुपाणि-पल्लव मधुर प्रेम जता छुआ'*	: नए पत्ते मानो सुन्दर हथेली हों	1/101	नव वसंत/कानन-कुसुम
सुपुष्प-समाज-	*'शाखावली भी है महा सुखमा सुपुष्प-समाज है'*	: फूलों से लदा हुआ	1/124	एकान्त में/कानन-कुसुम
सुप्त खगों-	*'सुप्त खगों की नीरव स्मृति क्या उसको गान सुनावेगी'*	: सोये पक्षियों (की तरह खामोश यादें)	1/238	दीप/झरना
सुप्त भाव-	*'श्रद्धा वहाँ न थी मनु के तब सुप्त भाव सब जागे'*	: सोयी हुई कामवासना	2/138	कर्म/कामायनी
सुप्त व्यथा-	*'अभिलाषाओं की करवट फिर सुप्त व्यथा का जगना'*	: दबी हुई वेदना, भुलाया हुआ दुःख	2/5	आँसू
सुप्त सौन्दर्य-	*'सजग सुप्त सौन्दर्य हुआ, हो चपल चलीं, भौंहें मिलने'*	: सोयी हुयी सौन्दर्य-चेतना	4/41	प्रथम अंक/स्कन्दगुप्त
सुप्रांगण-	*'प्रकृति सुप्रांगण में सदा, मधुक्रीड़ा-कूटस्थ को'*	: (प्रकृति मानो एक) सुन्दर रम्य क्रीड़ा-भूमि है	1/150	मकरंद-बिंदु/कानन-कुसुम

शब्द-	काव्य-पंक्ति	: अर्थ	प्र.ग्रं./पृ.सं.	स्रोत/संदर्भ
सुप्रेम-रस-	*'अपने सुप्रेम-रस का प्याला पिला दे मोहन'*	: सुन्दर प्रेम का रस	1/141	मोहन/कानन-कुसुम
सुबजाती-	*'कामिनी बैठी सितार सुधार सुबजाती हुई'*	: सुन्दर वादन करती हुई	1/116	जल-विहारिणी/का.-कु.
सुबाल-	*'लहराती ललिता लता सुबाल लजीली'*	: अच्छी-सुन्दर लड़की	1/113	मलिना/कानन-कुसुम
सुभीता-	*'टिकने को कब मिला किसी को यहाँ सुभीता?'*	: सुविधा	2/198	संघर्ष/कामायनी
सुभ्रातृस्नेह-	*'बढ़ा प्रकाश सुभ्रातृस्नेह के दीप में'*	: सुन्दर और सुखद भ्रातृत्व के प्रेम (-रूपी तेल से मानो भाईचारा-रूपी दीपक का प्रकाश बढ़ गया)	1/157	चित्रकूट/कानन-कुसुम
सुमंगल-मूल-	*'जिसमें लिपटा ही आया है सकल सुमंगल-मूल'*	: सुन्दर और कल्याणकारी का असली कारण	1/151	मकरंद-बिंदु/कानन-कुसुम
सुमति-	*'बोधन-विवेक-बीज अंकुरित कीजिए दाता सुमति दीजिए'*	: अच्छी मति (बुद्धि-विवेक)	3/296	द्वितीय अंक/अजातशत्रु
सुमन नोचते सुनते-	*'तुम सुमन नोचते सुनते करते जानी अनजानी'*	: फूल की पंखुड़ियों को नोचते हुए मेरे दुःख को तुम सुनते हो; वह 'सुमन' मानो मेरा सु-मन है जिसे तुमने तार-तार नोच दिया	2/7	आँसू
सुमन-पराग-	*'राग-रंजित चंद्रिका थी, उड़ा सुमन-पराग'*	: सुन्दर मन की भावनाएँ पराग की तरह हैं	2/115	वासना/कामायनी
सुमन मनोरथ अंजलि-	*'सब सुमन मनोरथ अंजलि बिखरा दो इन चरणों में'*	: फूल के समान कोमल आकांक्षाओं को अँजुरी में लेकर	2/23	आँसू
सुमनमन्दिर-	*'सुमनमन्दिर के खोलो द्वार'*	: फूल-रूपी सुन्दर वासस्थान	1/232	किरण/झरना
सुमन-मरन्द-	*'रत्न राजि, सींची जाती सुमन-मरन्द से'*	: फूलों का पराग	1/351	प्रलय की छाया/लहर
सुमन-संकुल-	*'प्रतिपर्व सुमन-संकुल थे छिप गयी उन्हीं में डाली'*	: फूलों से भरे हुए	2/272	आनन्द/कामायनी
सुमन-संकुलित-	*'सुमन-संकुलित भूमि-रंध्र से मधुर गंध उठती रस भीनी'*	: फूलों से भरी हुई (भावलोक की भूमि)	2/256	रहस्य/कामायनी
सुमिलिंद की माला-	*'अलक-अवली हो गई सुमिलिंद की माला वही'*	: सुंदर भौंरों का ऐसा क्रम कि माला की तरह लगे। नायिका की केश-राशि भौंरों की माला लग रही थी, काली और गतिशील	1/101	नव वसंत/कानन-कुसुम
सुयंत्र-सा-	*'ईश से विनियुक्त जीव सुयंत्र-सा अश्रान्त है'*	: सुव्यवस्थित उपकरण की तरह	1/166	कुरुक्षेत्र/कानन-कुसुम
सुयश-	*'बड़ी लालसा यहाँ सुयश की अपराधों की स्वीकृति बनती'*	: कीर्ति, प्रशंसा	2/259	रहस्य/कामायनी
सुयश-लता-	*'सुयश-लता का बीज उर्वरा-भूमि में'*	: सुन्दर कीर्ति-रूपी लता	1/35	महाराणा का महत्त्व
सुरधनु-	*'लघु सुरधनु से पंख पसारे - शीतल मलय समीर सहारे'*	: इन्द्रधनुष (के समान रंगीन पक्षी)	4/35	द्वितीय अंक/चन्द्रगुप्त
सुरधनु पट-	*'उनमें कितने रंग भरे जो सुरधनु पट से छनते हैं'*	: इन्द्रधनुष-रूपी वस्त्र	2/186	स्वप्न/कामायनी
सुर-धनु माला-	*'नीचे जलधर दौड़ रहे थे सुन्दर सुर-धनु माला पहने'*	: इन्द्रधनुष-रूपी माला या हार	2/252	रहस्य/कामायनी

शब्द-	काव्य-पंक्ति	: अर्थ	प्र.ग्रं./पृ.सं.	स्रोत/संदर्भ
सुरधनु रंजित-	*'सुरधनु रंजित नव-जलधर से-'*	: इन्द्रधनुष के रंग में रँगे हुये	1/312	वे कुछ दिन कितने.../लहर
सुरधनु-सा-	*'सुरधनु-सा अपना रंग बदल, मृति, संसृति, नति, उन्नति में ढल'*	: इन्द्रधनुष के समान	2/235	दर्शन/कामायनी
सुर बालाओं-	*'गया, सभी कुछ गया, मधुरतम सुर बालाओं का श्रृंगार;'*	: देव-कन्याएँ, देवांगनाएँ	2/56	चिंता/कामायनी
सुरबालाओं की सखी-	*'सुरबालाओं की सखी रही उनकी हृतंत्री की लय थी;'*	: रति देवकन्याओं की सखी की तरह थी	2/105	काम/कामायनी
सुरभि चूर्ण-	*'बिछ रहा धरातल पर चिकना सुमनों का कोमल सुरभि चूर्ण'*	: पुष्प-पराग	2/165	ईर्ष्या/कामायनी
सुरभित अञ्चल-	*'चलते थे सुरभित अञ्चल से जीवन के मधुमय निःश्वास;'*	: (अप्सराओं के) सुगन्धित और मादक आँचल	2/55	चिंता/कामायनी
सुरभित भाप-	*'अब न कपोलों पर छाया-सी पड़ती मुख की सुरभित भाप;'*	: सुगन्धित और गर्म साँस	2/57	चिंता/कामायनी
सुरभित लहरों की छाया-	*'सुरभित लहरों की छाया में बुल्ले का विभव बिखरता ज्यों'*	: सुगन्धित लहरों के आश्रय में	2/123	लज्जा/कामायनी
सुरभि पूरित सरोज मकरन्द-	*'कलित है कोमल किसलय कुंज, सुरभि पूरित सरोज मकरन्द'*	: कमल पराग और सुगंध से परिपूर्ण है	3/386	द्वितीय अंक/जन्मेजय का नाग-यज्ञ
सुरभि-पूर्ण-	*'मधुमय कोमल सुरभि-पूर्ण उपवन जिससे है'*	: सुगंध से भरा हुआ	1/111	रजनीगंधा/कानन-कुसुम
सुरभिमयी जयमाला-	*'जगद्वन्द्वों के परिणय की हे सुरभिमयी जयमाला'*	: सुगन्धित जयमाला, पीड़ा मानो सांसारिक दुविधाओं से मुक्ति का मार्ग दिखलाती है	2/31	आँसू
सुरभि-संचय-कोश-सा-	*'सुरभि-संचय-कोश-सा आनंद से पूरित हुआ'*	: सुगन्ध का जमा किया हुआ खजाना	1/133	खंजन/कानन-कुसुम
सुरभी-	*'गज, अश्व, सुरभी दे रही उपहार पावस भूप को'*	: गाय	1/123	एकान्त में/कानन-कुसुम
सुर-श्मशान-	*'तरुण तपस्वी-सा वह बैठा, साधन करता सुर-श्मशान;'*	: देवताओं का श्मशान, प्रलय में मनु को छोड़कर सभी देवता मारे गए थे	2/51	चिंता/कामायनी
सुर-संस्कृति-	*'सजग हुई फिर से सुर-संस्कृति, देव यजन की वर माया,'*	: देवताओं की संस्कृति जो मनु की अपनी थी	2/73	आशा/कामायनी
सुरसरी-	*'शान्ति सुरसरी की शीतल जल लहरी की देता आलोक'*	: गंगा	1/237	चिह्न/झरना
♦	*'सुरसरी की यह विमल धारा है'*	: गंगा	1/270	देवबाला/झरना
सुरस-संचय-	*'मधुकरी का सुरस-संचय हो चला अब बन्द'*	: पराग कणों को जमा करना	2/112	वासना/कामायनी
सुर-सुंदरी-वृंद-	*'सुर-सुंदरी-वृंद भी हैं कुछ ताक में'*	: देवी-देवताओं का समूह	1/170	श्रीकृष्ण-जयंती/का.-कु.
सुराग-	*'सुषमा का मंडल सुस्मित-सा बिखराता संसृति पर सुराग'*	: सु-राग, (चेहरे की) सुन्दर लालिमा	2/178	इड़ा/कामायनी
सुरा सुरभिमय-	*'सुरा सुरभिमय वदन अरुण वे नयन भरे आलस अनुराग;'*	: मदिरा की सुगंध से युक्त	2/57	चिंता/कामायनी
सुरीति-	*'सुप्रभात किया अनुष्ठित राजसूय सुरीति से'*	: अच्छी तरह से	1/164	कुरुक्षेत्र/कानन-कुसुम

शब्द–	काव्य-पंक्ति	: अर्थ	प्र.ग्रं./पृ.सं.	स्रोत/संदर्भ
सुलझा हुआ रहस्य–	*'मधुर विश्रांत और एकांत– जगत का सुलझा हुआ रहस्य,'*	: जो रहस्य का सुलझा हुआ रूप लगे, रहस्य उलझा होता है मगर प्रसादजी विशेषण–विपर्यय करके नया अर्थ–सौन्दर्य उत्पन्न करते हैं	2/83	श्रद्धा/कामायनी
सुलभ भविष्य–	*'किसी सुलभ भविष्य की, क्यों आज अधिक अधीर'*	: सहज प्राप्त होनेवाला सुन्दर भविष्य	2/114	वासना/कामायनी
सुलालित–	*'ये लायेंगी रंग सुलालित होने दो कम्पन सम से'*	: अच्छी तरह प्यार–दुलार किया हुआ	4/133	पंचम अंक/स्कन्दगुप्त
सुवदन कुमार–	*'आलोकित हो गया सुवदन कुमार का'*	: सुन्दर चेहरा	1/168	वीर बालक/कानन–कुसुम
सुवर्ण पींजरा–	*'यह रंगमहल बना सुवर्ण पींजरा'*	: सोने का पिंजड़ा	1/348	प्रलय की छाया/लहर
सुवाडवाग्नि–	*'अराति सैन्य सिन्धु में – सुवाडवाग्नि से जलो'*	: समुद्र में जलनेवाली 'वाडव' नामक सुन्दर अग्नि	4/291	चतुर्थ अंक/चन्द्रगुप्त
सुवारिद–वृंद–	*'यह शैल–शृंग विराग–भूमि बना सुवारिद–वृंद की'*	: सुन्दर मेघों का समूह	1/123	एकान्त में/कानन–कुसुम
सुवास–	*'उस वर्धित तरुवृन्द प्रफुल्ल सुवास से'*	: (फूलों की) सुगन्ध	3/84	चतुर्थ दृश्य/कल्याणी परिणय
सुविचार–	*'स्निग्ध तरु की छाया में बैठ परिषदें करती थीं सुविचार–'*	: सुन्दर और व्यवस्थित विचार–विमर्श	1/294	अरी वरुणा की शांत कछार/लहर
सुविभाजन–	*'मेरे सुविभाजन हुए विषम, टूटते, नित्य बन रहे नियम'*	: समाज के विकास के लिए किया गया श्रम–विभाजन और वर्ण–विभाजन	2/237	दर्शन/कामायनी
सुशीतलकारी–	*'सुशीतलकारी शशि आया, सुधा की मनो बड़ी–सी बूँद'*	: शांति और ठंडक प्रदान करनेवाला (चन्द्रमा)	1/227	दो बूँदें/झरना
सुशैल–	*'तरुश्रेणी में सौध सुशैल समान ये'*	: सुन्दर पर्वत	3/84	चतुर्थ दृश्य/कल्याणी परिणय
सुशैल–पथ–	*'निर्जर प्रशांत सुशैल–पथ में गिरी कुसुमों की कली'*	: सुन्दर पहाड़ी के रास्ते	1/123	एकान्त में/कानन–कुसुम
सुषमा–	*'पूर्णिमा की रात्रि सुषमा स्वच्छ सरसाती रही'*	: प्राकृतिक सौन्दर्य	1/100	नव वसंत/कानन–कुसुम
सुषमा का मंडल–	*'सुषमा का मंडल सुस्मित–सा बिखरता संसृति पर सुराग'*	: सौन्दर्य से परिपूर्ण मुखमंडल	2/178	इड़ा/कामायनी
सुषमा मूल–	*'दिया करते अर्घ में मकरन्द, सुषमा मूल'*	: (फूलों की) शोभा का मूल (कारण मकरंद हैं)	2/118	वासना/कामायनी
सुषुप्ति–	*'जहाँ सुख मिला न उससे तृप्ति, स्वप्न सी आशा मिली सुषुप्ति'*	: सोया हुआ–सा, चेतनता का अभाव	1/244	असन्तोष/झरना
◆	*'जीवन में जागरण सत्य है या सुषुप्ति की सीमा है'*	: सो जाना (मृत्यु)	2/213	निर्वेद/कामायनी
सु–संवाद–	*'कहता जाता कुछ सु–संवाद'*	: सुन्दर और प्रिय सन्देश कहती हुई	2/178	इड़ा/कामायनी

शब्द-	काव्य-पंक्ति	: अर्थ	प्र.ग्रं./पृ.सं.	स्रोत/संदर्भ
सुस्मित-सा-	*'सुषमा का मंडल सुस्मित-सा बिखराता संसृति पर सुराग'*	: मुस्कुराता हुआ-सा	2/178	इड़ा/कामायनी
सुहाग-कण राग भरे-	*'किन इंद्रजाल के फूलों से लेकर सुहाग-कण राग भरे'*	: सौभाग्य के प्रेममय कण, सिन्दूर के कण, मकरंद के कण	2/123	लज्जा/कामायनी
सुहास-	*'सुमन समूहों में सुहास करता है कौन,'*	: सुन्दर मुस्कुराहट	1/261	तुम/झरना
सुहृद-	*'सुंदर सुहृद संपत्ति सुखदा सुंदरी ले साथ में'*	: अच्छा हृदयवाला, जो मन से अच्छा हो	1/108	भक्ति-योग/कानन-कुसुम
◆	*'सुहृद, सदय सज्जन मधुमुख थे मुझको अब तक मिले कई'*	: हृदय में अच्छी भावना रखनेवाले	1/146	नहीं डरते/कानन-कुसुम
सूखे तट पर-	*'इस सूखे तट पर छिटक छहर!'*	: नीरस किनारा, उदास मन-रूपी तट	1/290	उठ उठ री लघु.../लहर
सूचक उपकरणों-	*'इनके सूचक उपकरणों का चिह्न न कोई पा सकता'*	: बोध करानेवाले साधन	2/62	चिंता/कामायनी
सूत्रधार-	*'वह शासन का सूत्रधार था नियमन का आधार बना'*	: संचालन करनेवाला, शासक	2/36	निर्वेद/कामायनी
सूत्रों के पाद-	*'कँपैंगे सब सूत्रों के पाद, युक्तियाँ सोवेंगी निस्तंद्र'*	: स्थापित विचारों (सूत्रों) के आधार	1/148	धर्मनीति/कानन-कुसुम
सूना-	*'और चाहता इतना सूना कोई भी न पास होता?'*	: एकांत	1/327	मधुर माधवी संध्या में/लहर
सूना नीला अंचल-	*'आशा का फैल रहा है यह सूना नीला अंचल;'*	: नीले आँचल की तरह सूना आकाश	2/33	आँसू
सूना राज-	*'अट्टहास कर उठा रिक्त का वह अधीर-तम, सूना राज'*	: चारों ओर की निर्जनता	2/77	आशा/कामायनी
सूनी साँसों-	*'श्रद्धा की सूनी साँसों से मिल कर जो स्वर भरते थे'*	: उदासी तथा निराशा से भरी साँसें	2/186	स्वप्न/कामायनी
सूने तट-	*'नाविक! इस सूने तट पर/किन लहरों में खे लाया'*	: निर्जन तट, जीवन का अकेलापन	2/20	आँसू
सूने तम में-	*'सूने तम में हो ज्योति बना, अपनी प्रतिमा को गढ़ता हो'*	: सन्नाटे की तरह फैला हुआ अंधकार	4/341	प्रथम अंक/ध्रुवस्वामिनी
सूर्यमल्ल-	*'धूमकेतु-से सूर्यमल्ल समुदित हुए'*	: सूरजमल जाट, जाट और सतनामी विद्रोह का एक नेता	1/160	शिल्प-सौन्दर्य्य/कानन-कुसुम
◆	*'सूर्यमल्ल मध्याह्न सूर्य-सम चंड हो'*	: सूरजमल जाट	1/161	शिल्प-सौन्दर्य्य/का.-कु.
सूर्य-सम-	*'सूर्यमल्ल मध्याह्न सूर्य-सम चंड हो'*	: सूरज के समान तेजस्वी	1/161	शिल्प-सौन्दर्य्य/का.-कु.
सृजता-	*'मेरा सुन्दर विश्राम बना सृजता हो मधुमय विश्व एक'*	: निर्मित करता हो	2/164	ईर्ष्या/कामायनी
सृजन करते मेला-	*'जहाँ सृजन करते मेला से-'*	: संसार के विविध रूपों का जमावड़ा	1/298	ले चल वहाँ भुलावा देकर/लहर

शब्द-	काव्य-पंक्ति	: अर्थ	प्र.ग्रं./पृ.सं.	स्रोत/संदर्भ
सृष्टि-	*'विधाता की कल्याणी सृष्टि सफल हो इस भूतल पर पूर्ण;'*	: संसार	2/92	श्रद्धा/कामायनी
◆	*'जिसको कहते सब सृष्टि, बनी मतवाली अपनी माया में'*	: संसार की रचना	2/104	काम/कामायनी
सृष्टि-कुंज-	*'इस विनाश में सृष्टि-कुंज हो रहा हरा है'*	: विश्व एक हरे-भरे कुंज की तरह है	2/199	संघर्ष/कामायनी
सृष्टि-क्रम-	*'वैसे अभेद सागर में प्राणों का सृष्टि-क्रम है'*	: बनने और बिगड़ने की प्रक्रिया, आविर्भाव और तिरोभाव का क्रम	2/275	आनन्द/कामायनी
सृष्टि-बीज अंकुरित-	*'सृष्टि-बीज अंकुरित, प्रफुल्लित, सफल हो रहा हरा-भरा'*	: (सारस्वत नगर में) सृष्टि-बीज की तरह बचे मनु से नयी सृष्टि शुरू हुई थी	2/190	स्वप्न/कामायनी
सृष्टि-यज्ञ-	*'रचना-मूलक सृष्टि-यज्ञ यह यज्ञ-पुरुष का जो है'*	: सृष्टि-रूपी यज्ञ, यह यज्ञ संसार की तरह निर्माणकारी है	2/151	कर्म/कामायनी
सेतु-	*'पशु से यदि हम कुछ ऊँचे हैं तो भव जलनिधि में बने सेतु'*	: जोड़ने (पार लगाने) का काम करनेवाला	2/163	ईर्ष्या/कामायनी
सेवा का सार-	*'समर्पण लो सेवा का सार सजल संसृति की यह पतवार,'*	: सेवा का सर्वोत्तम रूप	2/91	श्रद्धा/कामायनी
सैनप-	*'क्या न होंगे और आगे वीर ये सैनप सभी'*	: सेनापति	1/166	कुरुक्षेत्र/कानन-कुसुम
◆	*'दिल्लीपति का, सैनप हो आया, यहाँ'*	: सेनापति	1/207	महाराणा का महत्त्व
सैनप-पद-	*'किन्तु न सैनप-पद अब मेरे योग्य है'*	: सेनापति का पद	1/31	महाराणा का महत्त्व
सोने की सिकता-	*'सोने की सिकता में मानो कालिंदी बहती भर उसास'*	: स्वर्ण से बनी बालुका-राशि	2/160	ईर्ष्या/कामायनी
सोने-से-	*'तुम दान कर चुकी पहले ही जीवन के सोने-से सपने'*	: स्वर्ण के समान, सुनहले	2/130	लज्जा/कामायनी
सोपान-	*'मंडप के सोपान पड़े थे सूने, कोई अन्य नहीं'*	: सीढ़ी	2/34	निर्वेद/कामायनी
सोम-	*'स्वच्छ दीप था सोम, प्रजा तरु-पुंज खड़े थे'*	: चन्द्रमा	1/152	चित्रकूट/कानन-कुसुम
◆	*'विश्वदेव, सविता या पूषा सोम, मरुत, चंचल पवमान;'*	: चन्द्रमा	2/68	आशा/कामायनी
◆	*'देवों को अर्पित मधु-मिश्रित सोम अधर से छू लो'*	: सोमरस	2/148	कर्म/कामायनी
सोम-पात्र-	*'सोम-पात्र भी भरा, धरा था पुरोडाश भी आगे'*	: सोमरस पीने का प्याला	2/138	कर्म/कामायनी
सोम-पान-	*'ललक रही थी ललित लालसा सोम-पान की प्यासी'*	: नशीले सोमरस को पीने (की इच्छा)	2/133	कर्म/कामायनी
सोमरस-	*'रक्त-दु:शासन बना था सोमरस शुचि प्रीति से'*	: सोमरस (की तरह दु:शासन का रक्त था)	1/165	कुरुक्षेत्र/कानन-कुसुम
सोम-रहित-	*'इंद्रनील मणि महा चषक था सोम-रहित उल्टा लटका;'*	: सोमरस के बिना, मदिरा के बिना	2/68	आशा/कामायनी
सोमलता-	*'कर्म-सूत्र-संकेत सदृश थी सोमलता तब मनु को'*	: एक लता जिससे नशीला सोमरस बनता था	2/133	कर्म/कामायनी
सोम-वाही-	*'तब वृषभ सोम-वाही भी अपनी घंटा-ध्वनि करता'*	: सोम लता को ढोकर लानेवाला (वृष, साँड़)	2/273	आनन्द/कामायनी

शब्द-	काव्य-पंक्ति	: अर्थ	प्र.ग्रं./पृ.सं.	स्रोत/संदर्भ
सोम-सुधा-रस-	*'देवों के सोम-सुधा-रस की मनु के हाथों में बेल रही'*	: अमृत की तरह का सोमरस, चन्द्रमा के अमृत की तरह का रस	2/108	काम/कामायनी
सोया संदेश-	*'मधुरिमा में अपनी ही मौन, एक सोया संदेश महान,'*	: हिमालय मानो एक महान सन्देश का प्रतीक हो जो अपने मौन में सोया हुआ मालूम पड़ता हो	2/87	श्रद्धा/कामायनी
सोहाग-	*'कितना सोहाग था, कैसा अनुराग था?'*	: सौभाग्य	1/341	प्रलय की छाया/लहर
♦	*'पाया जिसमें प्रेम-रस, सौरभ और सोहाग'*	: सौभाग्य	3/90	नवम दृश्य/कल्याणी परिणय
सौंदर्य्य-	*'उज्ज्वल वरदान चेतना का सौंदर्य्य जिसे सब कहते हैं'*	: सुन्दरता	2/127	लज्जा/कामायनी
सौंदर्य्य जलधि-	*'सौंदर्य्य जलधि से भर लाये केवल तुम अपना गरल पात्र'*	: (श्रद्धा मानो) सुंदरता का समुद्र (है)	2/175	इड़ा/कामायनी
सौदामिनी-संधि-सा-	*'सौदामिनी-संधि-सा सुन्दर क्षण भर रहा उजाला में'*	: आकाशीय बिजली का संयोग की तरह चमकना	2/63	चिंता/कामायनी
सौध-	*'मन्थर गति से उतर रही हो सौध से'*	: महल	1/32	महाराणा का महत्त्व
♦	*'तरुश्रेणी में सौध सुशैल समान ये'*	: महल	3/84	चतुर्थ दृश्य/कल्याणी परिणय
सौन्दर्य-पलक-प्याले-	*'सौन्दर्य-पलक-प्याले का अब प्रेम बना जीवन में'*	: सौन्दर्य को पलकों के प्याले में रखा था	2/17	आँसू
सौन्दर्य सुधा-	*'सौन्दर्य सुधा बलिहारी/चुगता चकोर अंगारे'*	: वह सुंदरता मानो अमृत की तरह जीवनदायी थी	2/22	आँसू
सौमनस्य-	*'सौमनस्य बिखराती शीतल, जड़ता का कुछ भास नहीं'*	: शांति और आनंद का भाव	2/191	स्वप्न/कामायनी
सौमित्र-	*'सीता ने फिर देख लिया सौमित्र को'*	: सुमित्रा के पुत्र लक्ष्मण	1/156	चित्रकूट/कानन-कुसुम
सौम्य-	*'रह सौम्य! यहीं; हो सुखद प्रांत, विनिमय कर देते कर्म कांत'*	: सुन्दर और मोहक (श्रद्धा का पुत्र मानव)	2/239	दर्शन/कामायनी
सौरचक्र-	*'सौरचक्र में आवर्तन था प्रलय निशा का होता प्रात!'*	: ग्रहों सहित सूर्य की नियमित गतिशीलता	2/64	चिंता/कामायनी
सौरभ की धूल-	*'उड़ रही है सौरभ की धूल कोकिला कैसे रहती मौन'*	: परागकण का वातावरण में बिखरना	1/265	होली की रात/झरना
सौरभ बन्दी कर लें-	*'ये मुद्रित कलियाँ दल में सब सौरभ बन्दी कर लें'*	: (यदि) सुगंध को अपने में बाँध लें	2/151	कर्म/कामायनी
सौरभ संयुक्त-	*'मधु-पवन-क्रीड़ित ज्यों शिशु साल सुशोभित हो सौरभ संयुक्त'*	: सुगंध से परिपूर्ण	2/84	श्रद्धा/कामायनी
सौरभ साकार-	*'कुसुम कानन-अंचल में मन्द पवन प्रेरित सौरभ साकार,'*	: श्रद्धा मानो सुगंध का साकार रूप लग रही थी	2/85	श्रद्धा/कामायनी
सौरभित-	*'सौरभित सरसिज युगल एकत्र होकर खिल गये'*	: पराग की सुगंध (सौरभ) से युक्त	1/101	नव वसंत/कानन-कुसुम
स्खलन-	*'स्खलन चेतना के कौशल का भूल जिसे कहते हैं'*	: फिसलन, चूक	2/143	कर्म/कामायनी
स्खलन विकंपित पद-	*'स्खलन विकंपित पद वे अब भी काँप रहे थे'*	: मर्यादा से भ्रष्ट होने के कारण (मनु के) पाँव काँप रहे थे	2/206	संघर्ष/कामायनी

शब्द-	काव्य-पंक्ति	: अर्थ	प्र.ग्रं./पृ.सं.	स्रोत/संदर्भ
स्तब्ध-	*'परमाणु भी सब स्तब्ध थे, रोमाञ्च भी था हो रहा'*	: खामोश, ठिठका हुआ	1/108	भक्ति-योग/कानन-कुसुम
स्तवक-	*'शत-शत तारा मंडित अनंत, कुसुमों का स्तवक खिला वसंत'*	: गुच्छा, गुलदस्ता	2/242	दर्शन/कामायनी
स्तिमित-नयन-	*'कुछ स्वेद-बिंदु उसके लेकर वह स्तिमित-नयन गत शोक-क्रोध'*	: निष्पन्द नेत्र	2/171	इड़ा/कामायनी
स्तूप अचेत-	*'एक विस्मृति का स्तूप अचेत, ज्योति का धुँधला-सा प्रतिबिम्ब;'*	: चेतना-विहीन स्मृति-स्थल, अपनी सुध-बुध खोकर जीवन व्यतीत करना	2/86	श्रद्धा/कामायनी
स्थल-पद्म-	*'ऐसे दो स्थल-पद्म खिले सानंद हैं'*	: जमीन पर खिलनेवाले (यश) कमल	1/169	वीर बालक/कानन-कुसुम
स्थिर-मुक्ति-	*'स्थिर-मुक्ति, प्रतिष्ठा मैं वैसी चाहता नहीं इस जीवन की'*	: जड़ता से ग्रस्त मुक्ति	2/171	इड़ा/कामायनी
स्नात-	*'आनंदासन पर सुधा-मंदाकिनी में स्नात हो'*	: नहाया हुआ	1/109	भक्ति-योग/का.-कु.
स्निग्ध उपल-	*'स्निग्ध उपल शुचि स्रोत सलिल से धो गये'*	: चिकने पत्थर (पवित्र विचारों के प्रतीक)	1/205	महाराणा का महत्त्व
स्निग्ध उषा-	*'स्निग्ध उषा के शुभ्र गगन में हास-विलास दिखाती है'*	: कोमल और प्रिय प्रभात	3/252	प्रथम अंक/अजातशत्रु
स्निग्ध मलिन-	*'भूमिका बनी वह स्निग्ध मलिन, थे निर्निमेष मनु के लोचन'*	: स्नेहमय और अंधकारमय	2/245	दर्शन/कामायनी
स्निग्धालोक-	*'रहा केवल मधु स्निग्धालोक'*	: कोमल चमक	1/267	रत्न/झरना
स्नेह की मधु रजनी-	*'तुम अजस्र वर्षा सुहाग की और स्नेह की मधु रजनी'*	: प्रेम की वसंत रात्रि	2/227	निर्वेद/कामायनी
स्नेह शवलित चाव-	*'और वह पुचकारने का स्नेह शवलित चाव'*	: प्रेम के अतिशय उत्साह से युक्त	2/113	वासना/कामायनी
स्नेह-संबल-	*'चले दोनों, स्वप्न-पथ में स्नेह-संबल साथ'*	: परस्पर के प्रेम के सहारे	2/115	वासना/कामायनी
स्नेह-सरोज-	*'है स्नेह-सरोज हमारा/विकसा, मानस में सूखा'*	: प्रेम रूपी कमल	2/15	आँसू
स्नेहांचल-	*'गोधूली के राग-पटल में स्नेहांचल फहराती है'*	: स्नेह का आँचल	3/252	प्रथम अंक/अजातशत्रु
स्नेहालिंगन-	*'स्नेहालिंगन की लतिकाओं की झुरमुट छा जाने दो'*	: प्रेम से युक्त मिलन	1/314	जग की सजल कालिमा/लहर
स्पन्दन-हीन-	*'स्पन्दन-हीन नवीन मुकुल मन तुष्ट था'*	: शांत, स्थिर, गतिहीन	1/98	प्रथम प्रभात/कानन-कुसुम
स्पन्दित आह्लाद-	*'लीला का स्पन्दित आह्लाद, वह प्रभा-पुंज चितिमय प्रसाद'*	: शिव के स्वगत आनन्द का उच्छलन	2/246	दर्शन/कामायनी
स्पन्दित विश्व-	*'विषमता की पीड़ा से व्यस्त हो रहा स्पन्दित विश्व महान;'*	: गतिशील संसार	2/89	श्रद्धा/कामायनी
स्पर्धा में जो उत्तम-	*'स्पर्धा में जो उत्तम ठहरें वे रह जावें'*	: संघर्ष के क्रम में जो श्रेष्ठ सिद्ध हुआ, सर्वाइवल ऑफ द फिटेस्ट (स्पेंसर)	2/200	संघर्ष/कामायनी
स्पर्धी-	*'यह जो केवल रूपजन्य है मोह न उसका स्पर्धी है'*	: स्पर्धा करनेवाला, होड़ लगानेवाला	1/192	प्रेमपथिक

शब्द-	काव्य-पंक्ति	: अर्थ	प्र.ग्रं./पृ.सं.	स्रोत/संदर्भ
स्पर्श-हीन अनुभव-सी-	*'तुम स्पर्श-हीन अनुभव-सी नन्दन तमाल के तल से;'*	: स्पर्श के आभास से स्पर्श का अनुभव	2/28	आँसू
स्पष्ट भाल-	*'वह विश्व मुकुट-सा उज्ज्वलतम शशिखंड सदृश था स्पष्ट भाल'*	: तेजोद्दीप्त ललाट	2/179	इड़ा/कामायनी
स्पृहणीय-	*'प्राणों के कण-कण, दयनीय- स्पृहणीय'*	: स्पृहा करने योग्य, इच्छा रखने योग्य, जिससे रस्क हो जाये	1/346	प्रलय की छाया/लहर
स्पृहणीय-	*'यह कितनी स्पृहणीय बन गई मधुर जागरण-सी छविमान;'*	: जिसकी कामना की जाए, काम्य	2/70	आशा/कामायनी
◆	*'पूर्व-जन्म कहूँ कि था स्पृहणीय मधुर अतीत'*	: जिसे चाहा जाए, काम्य	2/116	वासना/कामायनी
स्फटिक-शिला-आसीन-	*'स्फटिक-शिला-आसीन राम-वैदेही ऐसे'*	: स्फटिक (एक प्रकार की सुन्दर चट्टान) की चट्टान पर बैठे (राम-सीता)	1/152	चित्रकूट/कानन-कुसुम
स्फीत वक्षस्थल-	*'कर स्फीत वक्षस्थल कहो तब, भक्त ने खुलकर कहा'*	: छाती चौड़ी कर अर्थात् उत्साह एवं आत्मविश्वास के साथ (बोलना)	1/108	भक्ति-योग/कानन-कुसुम
◆	*'वह स्फीत वक्षस्थल किसी के ध्यान में होता रहा'*	: भावनात्मक उत्साह की अभिव्यक्ति मानो छाती के फूलने से हो रही है	1/108	भक्ति-योग/कानन-कुसुम
स्फीत शिरायें-	*'स्फीत शिरायें, स्वस्थ रक्त का होता था जिनमें संचार'*	: उभरी हुई मांसपेशियाँ	2/52	चिंता/कामायनी
स्फुट-	*'स्फुट हो उठी मूक कविता फिर कितनों ने दृग मींचे'*	: प्रकट या प्रस्फुटित होना	3/437	प्रथम अंक/कामना
स्फुलिंग-	*'ये सब स्फुलिंग हैं, मेरी-/इस ज्वालामयी जलन के'*	: चिंगारी, अग्निकण	2/4	आँसू
स्फुलिंग का नृत्य-	*'यह स्फुलिंग का नृत्य एक पल आया बीता'*	: चिंगारियों का नृत्य, जीवात्मा चिंगारी है और शिव महाज्वाला हैं जिससे जन्म लेकर जीवन की क्षणिक क्रीड़ाएँ चलती हैं	2/198	संघर्ष/कामायनी
स्फोट-	*'ज्वालामुखी स्फोट के भीषण, प्रथम कंप सी मतवाली!'*	: विस्फोट, फूट कर तेजी से निकलना	2/52	चिंता/कामायनी
स्मर शशि किरणें-	*'स्मर शशि किरणें, /स्पर्श करती थीं इस चंद्रकान्त मणि को'*	: चाँद की कामुक किरणें	1/341	प्रलय की छाया/लहर
स्मित-	*'तुम्हारा स्मित हो जिसे निरखना'*	: मुस्कुराहट	1/86	प्रभो/कानन-कुसुम
स्मित अमोल-	*'नासिका नुकीली के पतले पुट फरक रहे कर स्मित अमोल'*	: अनुपम मुस्कान	2/179	इड़ा/कामायनी
स्मित-रेखा-	*'तुमको अपनी स्मित-रेखा से यह सन्धि-पत्र लिखना होगा'*	: मुस्कुराहट	2/130	लज्जा/कामायनी
◆	*'भावनामयी वह स्फूर्ति नहीं नव-नव स्मित रेखा में विलीन'*	: मुस्कुराहट	2/158	ईर्ष्या/कामायनी
स्मिति की माया-	*'फैल गयी जब स्मिति की माया, किरन कली की क्रीड़ा से'*	: प्रसन्नता का जादू	2/187	स्वप्न/कामायनी
स्मिति की लहरों-	*'स्मिति की लहरों सी उठती है नाच रही ज्यों मधुमय तान'*	: प्रेयसी की मुस्कुराहटों की स्मृति	2/70	आशा/कामायनी

शब्द-	काव्य-पंक्ति	: अर्थ	प्र.ग्रं./पृ.सं.	स्रोत/संदर्भ
स्मिति चपला-	*'वे आलिंगन एक पाश थे, स्मिति चपला थी, आज कहाँ?'*	: मनु की मुस्कराहट बिजली की तरह चंचल, मगर अस्थायी थी	2/187	स्वप्न/कामायनी
स्मिति-चेतनता-	*'आलोकमयी स्मिति-चेतनता आयी यह हेमवती छाया'*	: मुस्कान से युक्त चेतना (का प्रतीक लगी इड़ा)	2/179	इड़ा/कामायनी
स्मिति मधुराका-	*'स्मिति मधुराका थी, श्वासों से पारिजात कानन खिलता'*	: वसंत की चाँदनी रातें (मानो श्रद्धा की) मुस्कान थीं	2/226	निर्वेद/कामायनी
स्मितिमय-	*'केवल स्मितिमय चाँदनी रात'*	: मुस्कुराती हुई (रात)	1/320	काली आँखों का.../लहर
स्मिति-लतिका-प्रवाल-	*'उसके अधरों में फैलेगा नवमधुमय स्मिति-लतिका-प्रवाल'*	: मुस्कान लता पर निकले किसलय की तरह होगी	2/167	ईर्ष्या/कामायनी
स्मृति का समाधिस्थान-	*'हे सारथे! रथ रोक दो, स्मृति का समाधिस्थान है'*	: जहाँ यादें सुरक्षित हों	1/137	हाँ, सारथे! रथ रोक दो/कानन-कुसुम
स्मृति का समीर-	*'उस स्मृति का समीर चलता है मिलन कथा फिर कौन कहे?'*	: स्मृति-रूपी वायु, पुरानी यादें हवा की तरह आती हैं	2/186	स्वप्न/कामायनी
स्मृति किरणों-	*'क्या झंकृत हो जाते हैं उन स्मृति किरणों के टूटे तार'*	: यादें जो रोशनी बनकर मन में बसी हैं	1/327	मधुर माधवी संध्या में/लहर
स्मृति-चिह्नों-	*'स्मृति-चिह्नों की जर्जरता में'*	: यादगार निशानियाँ	1/297	जगती की मंगलमयी.../लहर
स्मृति नाव-	*'रही विस्मृति सिंधु में स्मृति नाव विकल अकूल'*	: स्मृति (याददाश्त) की नौका	2/118	वासना/कामायनी
स्मृति-पथ-	*'विजन गगन में किसी भूल-सी किसको स्मृति-पथ में लाती?'*	: अपनी यादों में लाना	2/79	आशा/कामायनी
स्मृति पाथेय बनी है-	*'उसकी स्मृति पाथेय बनी है थके पथिक की पन्था की'*	: सुन्दर यादें यात्रा की ऊर्जा बन जाएँ	1/292	मधुप गुनगुना कर कह जाता/लहर
स्मृतियों का स्वप्न-	*'देखता है स्मृतियों का स्वप्न हृदय पर मत कर अत्याचार'*	: पुरानी मीठी यादों के सपने	4/187	प्रथम अंक/चन्द्रगुप्त
स्मृति शतदल-	*'मानस का स्मृति शतदल खिलता, झरते बिंदु मरंद घने'*	: अनेक प्रकार की यादों की उपमा सौ पंखुड़ियों के कमल से दी गयी है	2/188	स्वप्न/कामायनी
स्मृति-सागर-	*'स्मृति-सागर में पलक-चुलुक से बनता नहीं उलीचे'*	: पुरानी यादों का सागर	3/437	प्रथम अंक/कामना
स्मृति-सौरभ-	*'उसी स्मृति-सौरभ में मृगमन मस्त रहे'*	: कोई प्रेमपूर्ण मधुर याद (जो सुगंध की तरह मन में बसी हो)	1/245	अनुनय/झरना
स्रुवा-	*'धनुष की डोरी बनी उस यज्ञ में सच्ची स्रुवा'*	: आहुति में घी डालनेवाली लकड़ी की करछी	1/164	कुरुक्षेत्र/कानन-कुसुम
स्रोतस्विनी-	*'स्रोतस्विनी हरियालियों में कर रही कलरव महा'*	: नदी, पहाड़ी नदी, झरना	1/123	एकान्त में/कानन-कुसुम
स्वकीय शिकार-	*'गिरि-कन्दर से देख स्वकीय शिकार को'*	: अपना शिकार	1/30	महाराणा का महत्त्व
स्वगत-	*'सब बाहर होता जाता है स्वगत उसे मैं कर न सका'*	: अपने में समाहित, आत्मसात्	2/228	निर्वेद/कामायनी
स्वच्छन्द-	*'वह होकर स्वच्छन्द तुम्हारे साथ किया करती क्रीड़ा'*	: बंधनों से मुक्त, अपनी लय में	1/103	हृदय-वेदना/कानन-कुसुम
स्वच्छ प्रेममय नीर-	*'पिला दो स्वच्छ प्रेममय नीर'*	: निष्कलुष प्रेम का जल (पिला दो)	1/129	विनय/कानन-कुसुम

शब्द-	काव्य-पंक्ति	: अर्थ	प्र.ग्रं./पृ.सं.	स्रोत/संदर्भ
स्वतन्त्रता पुकारती-	*'स्वयंप्रभा समुज्ज्वला स्वतन्त्रता पुकारती'*	: स्वातंत्र्य की भावना पुकार लगा रही है	4/290	चतुर्थ अंक/चन्द्रगुप्त
स्वत्व-	*' "मनु सब शासन स्वत्व तुम्हारा सतत निबाहें'*	: अधिकार, आधिपत्य	2/200	संघर्ष/कामायनी
♦	*'नहीं, नहीं, 'वह मेरा' है, यह स्वत्व है'*	: अपना अधिकार	3/100	द्वितीय दृश्य/करुणालय
स्वत्व रक्षा-	*'स्वत्व रक्षा में प्रबुद्ध थे'*	: अपने हक की हिफाजत में, अपने अधिकारों की रक्षा में	1/335	शेरसिंह का शस्त्र-समर्पण /लहर
स्वत्वों-	*'अपने स्वत्वों से स्वयं हाथ धोते हो'*	: स्वत्व, अधिकार, हक	3/406	तृ. अं./जन्मेजय का ना.-य.
स्वप्न-	*'स्वप्न, स्वाप, जागरण भस्म हो इच्छा क्रिया ज्ञान मिल लय थे'*	: सुप्तावस्था की अचेतन जागृति	2/263	रहस्य/कामायनी
स्वप्न-पथ-	*'चले दोनों, स्वप्न-पथ में स्नेह-संबल साथ'*	: मनोवांछित राह	2/115	वासना/कामायनी
स्वप्नमयी संसृति-	*'इस स्वप्नमयी संसृति के सच्चे जीवन तुम जागो;'*	: सपनों से बनी सुन्दर सृष्टि	2/33	आँसू
स्व-भाव-	*'शीर्षक'*	: अपना प्राकृतिक भावबोध	1/243	स्व-भाव/झरना
स्वयं दंड साकार-	*'अपने निर्मित नव विधान से स्वयं दंड साकार बना'*	: (मनु अपने बनाए नये नियमों के द्वारा) स्वयं दंड के पात्र बने	2/36	निर्वेद/कामायनी
स्वयंप्रभा-	*'स्वयंप्रभा समुज्ज्वला स्वतन्त्रता पुकारती'*	: अपनी आभा से युक्त	4/290	चतुर्थ अंक/चन्द्रगुप्त
स्वर का मधु निस्वन-	*'स्वर का मधु निस्वन रंध्रों में जैसे कुछ दूर बजे बंसी'*	: स्वर की मीठी खामोशी	2/101	काम/कामायनी
स्वर तरंग-	*'सूने नभ में स्वर तरंग का फैलाकर मधु पारावार?'*	: स्वर की लहरें (आकाश में मानो गूँज रही हों)	1/327	मधुर माधवी संध्या में/लहर
स्वर-लहरी-	*'प्रेम-वेणु की स्वर-लहरी में जीवन-गीत सुना जाओ'*	: संगीत का उतार-चढ़ाव	1/314	जग की सजल कालिमा/लहर
स्वर विभोर-	*'मैं बैठी गाती हूँ तकली के प्रतिवर्तन में स्वर विभोर'*	: मुग्ध स्वर से	2/165	ईर्ष्या/कामायनी
स्वर्गंगा-	*'स्वर्गंगा का कमल मिला कैसे कानन को'*	: स्वर्ग में बहनेवाली गंगा की धारा	1/153	चित्रकूट/कानन-कुसुम
♦	*'नक्षत्र डूब जाते हैं/स्वर्गंगा की धारा में;'*	: आकाश में प्रवाहित होनेवाली कल्पित गंगा, यद्यपि 'गैलेक्सी' की अवधारणा खगोल-विज्ञान में मौजूद है	2/30	आँसू
♦	*'स्वर्गंगा में इंदीवर की या एक पंक्ति कर रही हास'*	: आकाशगंगा	2/160	ईर्ष्या/कामायनी
स्वर्गंगा की धारा-	*'स्वर्गंगा की धारा में उज्ज्वल उपहार चढ़ाये'*	: कवि-कल्पित आकाश-गंगा की जलधारा	2/8	आँसू
♦	*'सित-सरसिज से भर जावे वह स्वर्गंगा की धारा'*	: कल्पित आकाश-गंगा की अदृश्य जलधारा	2/28	आँसू
स्वर्ग-	*'स्वर्ग बनाया है जो मैंने उसे न विफल बनाओ'*	: आनन्द से भरा जीवन	2/147	कर्म/कामायनी
स्वर्ग के सूत्र सदृश-	*'स्वर्ग के सूत्र सदृश तुम कौन'*	: स्वर्ग से सम्बन्ध जोड़नेवाले के समान (हैं किरणें)	1/232	किरण/झरना
स्वर्गीय किरण-	*'घन-तिमिर-भार के लिए तड़ित स्वर्गीय किरण बन आई थी'*	: दिव्य प्रकाश	1/296	जगती की मंगलमयी उषा बन/लहर

शब्द–	काव्य-पंक्ति	: अर्थ	प्र.ग्रं./पृ.सं.	स्रोत/संदर्भ
स्वर्गीय गान–	*'मधुर मधुर स्वर्गीय गान गाने लगा'*	: आकर्षक सुन्दर गीत	1/224	प्रथम प्रभात/झरना
स्वर्ण-कलश-शोभित–	*'स्वर्ण-कलश-शोभित भवनों में लगे हुए उद्यान बने'*	: मकान सोने के कंगूरों से शोभायमान थे	2/191	स्वप्न/कामायनी
स्वर्णखचित–	*'स्वर्णखचित यह शिरस्त्राण है कह रहा'*	: सोने से निर्मित	3/103	तृतीय दृश्य/करुणालय
स्वर्ण-जल–	*'स्वर्ण-जल से अरुण भी आकाश-तट धोने को है'*	: सुबह की सुनहली किरणें मानो सोने के पानी की तरह हैं	1/94	महा-क्रीड़ा/कानन-कुसुम
स्वर्ण-भूमि–	*'मिला था स्वर्ण-भूमि को रत्न शील की सिंहल को थी सृष्टि'*	: श्रीलंका	4/139	पंचम अंक/स्कन्दगुप्त
स्वर्ण शतदल–	*'झरता अनन्त यौवन मधु अम्लान स्वर्ण शतदल हो'*	: स्वर्णिम रंग का सौ पंखुड़ियों वाला कमल	2/35	आँसू
स्वर्ण शालियों–	*'स्वर्ण शालियों की कलमें थीं दूर-दूर तक फैल रहीं;'*	: सोने के रंग के पके हुए धान के पौधे	2/71	आशा/कामायनी
स्वर्ण सरसिज किंजल्क–	*'स्वर्ण सरसिज किंजल्क समान'*	: स्वर्ण कमल के केसर (की तरह)	1/231	किरण/झरना
स्वर्ण सृष्टि-सी नाचे–	*'फिर स्वर्ण सृष्टि-सी नाचे उसमें करुणा हो चंचल'*	: स्वर्ण के रंग से बनी सृष्टि, सूरज की किरणों से रँगी प्रकृति	2/33	आँसू
स्ववश–	*'थी कर्म निरंतरता प्रतीक चलता था स्ववश अनन्त ज्ञान'*	: स्वाधीन	2/178	इड़ा/कामायनी
♦	*'क्या सब साधन स्ववश हो चुके?" "नहीं अभी मैं रिक्त रहा–'*	: अपने अधिकार में आ जाना	2/191	स्वप्न/कामायनी
स्वस्थ-व्यथा–	*'स्वस्थ-व्यथा की लहरों-सी जो अंगलता थी फैली'*	: काम-पीड़ा को 'स्वस्थ' कहा गया है	2/146	कर्म/कामायनी
स्वाँग बहुरुपिए के–	*'छलने के लिए तो स्वाँग बहुरुपिए के'*	: लीला के उद्देश्य से धारण किये गये अनेक रूप	1/261	तुम/झरना
स्वातंत्र्यमयी उच्छृंखलता–	*'मुझमें ममत्वमय आत्ममोह स्वातंत्र्यमयी उच्छृंखलता'*	: किसी का भी नियंत्रण न मानने की उग्र इच्छा-शक्ति	2/174,	इड़ा/कामायनी
स्वाती–	*'न मिला स्वाती का एक बिंदु'*	: स्वाति नक्षत्र (की वर्षा की बूँद सीप में जाकर मोती बनती है)	1/319	मुझको न मिला रे कभी प्यार/लहर
स्वाती आस–	*'मुँह खोले मुक्तामयी सीपी स्वाती आस'*	: स्वाती नक्षत्र की बारिश की बूँद की आशा	4/129	पंचम अंक/स्कन्दगुप्त
स्वाती कन–	*'भावोदधि से किरणों के मग, स्वाती कन से बन भरते जग'*	: स्वाती नक्षत्र की बारिश के जलकण	2/234	दर्शन/कामायनी
स्वाती की बूँद–	*'हृदय बन रहा था सीपी सा तुम स्वाती की बूँद बनीं'*	: स्वाती नक्षत्र की वर्षा की बूँद	2/225	निर्वेद/कामायनी
स्वाती बिंदु–	*'बिना स्वाती बिंदु विद्रुम सीप में मोती रहे'*	: स्वाति (27 नक्षत्रों में 15 वाँ) नक्षत्र में हुई वर्षा की बूँद	1/116	जल-विहारिणी /कानन-कुसुम
स्वाप–	*'स्वप्न, स्वाप, जागरण भस्म हो इच्छा क्रिया ज्ञान मिल लय थे'*	: गहरी नींद	2/263	रहस्य/कामायनी
स्वायत्त–	*'सब कुछ थे स्वायत्त, विश्व के बल, वैभव, आनन्द अपार;'*	: स्वतंत्र और अपने अधिकार में	2/55	चिंता/कामायनी

शब्द-	काव्य-पंक्ति	: अर्थ	प्र.ग्रं./पृ.सं.	स्रोत/संदर्भ
स्वेद-	*'स्वेद धूलि-कण धूप-लपट के साथ लिपटकर मिलते हैं'*	: पसीना	1/104	ग्रीष्म का मध्याह्न/कानन-कुसुम
स्वेद-बिंदु-	*'कुछ स्वेद-बिंदु उसके लेकर वह स्तिमित-नयन गत शोक-क्रोध'*	: (हिमालय के) पसीने की बूँदें	2/171	इड़ा/कामायनी
हंत-	*'जिसमें सब कुछ ले लेना हो हंत! बची क्या शवता!'*	: हाय!, अफसोस प्रकट करना	2/149	कर्म/कामायनी
हंस मानस का-	*'हंस मानस का हँसा कुछ बोलकर आवास से'*	: सरोवर में तैरता हंस पक्षी	1/133	खंजन/कानन-कुसुम
हंसमाला-	*'अन्धकार उजाला हो जाये, हँसी हंसमाला मँडराये'*	: हंसों की पंक्ति	4/275	चतुर्थ अंक/चन्द्रगुप्त
हँसी-	*'चपला-सी है, ग्रीवा हँसी से बढ़ी'*	: हँसने का उल्लास	1/226	रूप/झरना
हँसी तरल-	*'मधुसरिता-सी यह हँसी तरल अपनी पीते रहते हो क्यों?'*	: तरल वस्तु की तरह छलकती हुयी हँसी	4/186	प्रथम अंक/चन्द्रगुप्त
हँसी हिमालय की-	*'मानो हँसी हिमालय की है फूट चली करती कल गान'*	: हिमालय की हँसी मानो झरनों के रूप में फूट रही हो	2/72	आशा/कामायनी
हठीला मान-	*'सुखी कर साजन को सजनी, छबीली छोड़ हठीला मान'*	: रूठी हुयी प्रिया का जिद्दी अभिमान	3/386	द्वितीय अंक/जन्मेजय का नाग-यज्ञ
हत चेत-	*'देखा मनु ने नर्तित नटेश, हत चेत पुकार उठे विशेष'*	: (मनु) आत्मविस्मृत हो गये	2/247	दर्शन/कामायनी
हत-चेतन-	*'यह प्रभापूर्ण तव मुख निहार, मनु हत-चेतन थे एक बार'*	: विवेक-शून्य	2/236	दर्शन/कामायनी
हतभाग्य-	*'शैल निर्झर न बना हतभाग्य, गल नहीं सका जो कि हिम-खंड'*	: दुर्भाग्य, बदनसीबी	2/86	श्रद्धा/कामायनी
'हम'-	*'इसी 'हम' को तुम ले लो नाथ'*	: 'अहम्' या 'मैं' का भाव, ममत्व	3/404	तृतीय अंक/जन्मेजय का नाग-यज्ञ
हमने छीना नहीं-	*'किसी का हमने छीना नहीं, प्रकृति का रहा पालना यहीं'*	: भारत ने अन्य देशों पर अधिकार नहीं किया	4/139	पंचम अंक/स्कन्दगुप्त
हय-	*'निज हय पर, कर में भी असि उन्मुक्त है'*	: घोड़ा, अश्व	1/204	महाराणा का महत्त्व
हय-पद-वज्र-	*'जो कुचले जाते थे, हय-पद-वज्र से'*	: घोड़ों के कठोर खुरों से	1/201	महाराणा का महत्त्व
हरने-	*'मलय-मारुत भी चला जाता है हरने को व्यथा'*	: दूर करना, समस्या का समाधान करना	1/94	महा-क्रीड़ा/कानन-कुसुम
हरम-	*'रक्षा करते थे स्वामी के 'हरम' की'*	: अन्तःपुर, महल का वह हिस्सा जिसमें केवल स्त्रियाँ रहती थीं	1/202	महाराणा का महत्त्व
हरमें-	*'हरमें सुल्तान की'*	: हरम, अन्तःपुर, केवल स्त्रियों के रहने का महल	1/352	प्रलय की छाया/लहर
हरिचंदन-	*'हरिचंदन दावानल फैलाने लगा'*	: पाँच देववृक्षों में एक	1/160	शिल्प-सौन्दर्य्य/का.-कु.
हरित कूल-	*'हरित कूल युग मधुर अधर थे'*	: हरे-भरे तट (नदी का किनारा)	1/312	वे कुछ दिन कितने.../लहर
हरी-भरी सी दौड़-धूप-	*'हरी-भरी सी दौड़-धूप, ओ जल-माया की चल रेखा !'*	: आशा के साथ की गयी दौड़-धूप, चिंता ऐसी सक्रियता बनाती है भले परिणाम निराशाजनक हो	2/53	चिंता/कामायनी

शब्द-	काव्य-पंक्ति	: अर्थ	प्र.ग्रं./पृ.सं.	स्रोत/संदर्भ
हरे पल्लवों-	*'गौर अंग को हरे पल्लवों बीच छिपाती'*	: रजनीगंधा के हरे पत्ते	1/110	रजनीगंधा/कानन-कुसुम
हरे हुए-	*'हरे हुए वे गान जिन्हें मैंने आँसू से सींचे'*	: ताजा नया हो जाना	3/437	प्रथम अंक/कामना
हलकी-सी मसलन-	*'मैं वह हलकी-सी मसलन हूँ जो बनती कानों की लाली'*	: स्नेह से मसल (ऐंठ) देना	2/128	लज्जा/कामायनी
हलके-	*'उस मूर्च्छित नीरवता में कुछ हलके से स्पन्दन आये'*	: थोड़ा-थोड़ा	2/220	निर्वेद/कामायनी
हलचल स्मृति में-	*'प्रलय निशा की हलचल स्मृति में मान किये सी ऐंठी सी'*	: रति-कर्म की हलचल दुल्हन की स्मृति में है	2/68	आशा/कामायनी
हविष्य-	*'देव-दम्भ के महा मेध में सब कुछ ही बन गया हविष्य'*	: आहुति, यज्ञ की अग्नि में जलायी जानेवाली सामग्री	2/54	चिंता/कामायनी
हारी-होड़ लगाई-	*'मैंने निज दुर्बल पद-बल पर, उससे हारी-होड़ लगाई'*	: जिस प्रतियोगिता को मैं हार चुकी थी उसमें फिर से जोरदार प्रयास शुरू किया है	4/141	पंचम अंक/स्कन्दगुप्त
हाला-	*'कैसी हाला ने किया उसे मतवाला'*	: शराब, नशीली चीज	1/114	मलिना/कानन-कुसुम
हासमयी-	*'ज्योतिमयी, हासमयी, विकल विलासमयी'*	: मुस्कुराती हुयी	1/341	प्रलय की छाया/लहर
हास-विलास-	*'स्निग्ध उषा के शुभ्र गगन में हास-विलास दिखाती है'*	: हँसी का सौन्दर्य	3/252	प्रथम अंक/अजातशत्रु
हासों में-	*'लहरों के भीषण हासों में'*	: अट्टहास	1/299	हे सागर संगम अरुण नील/लहर
हा-हा खाती-	*'लौटा लो यह अपनी थाती, मेरी करुणा हा-हा खाती'*	: दुःख से हाहाकार करती हुयी	4/141	पंचम अंक/स्कन्दगुप्त
हिंसा गर्वोन्नत हारों-	*'हिंसा गर्वोन्नत हारों में ये अकड़े अणु टहल रहे हैं'*	: हिंसा करने के बावजूद गर्व से सिर उठाये और गले में 'हार'(जो 'माला' नहीं 'पराजय' है) पहने	2/258	रहस्य/कामायनी
हिंसा-सुख-	*'लग गया रक्त था उस मुख में हिंसा-सुख लाली से ललाम!'*	: हिंसा करने में सुख की अनुभूति	2/157	ईर्ष्या/कामायनी
हिचकी आह-	*'किन्तु यह क्या? एक तीखी घूँट, हिचकी आह !'*	: (तीखी घूँट ने) हिचकी पैदा कर दी	2/113	वासना/कामायनी
हिम आच्छादन-	*'धीरे-धीरे हिम आच्छादन हटने लगा धरातल से;'*	: बर्फ की परतें	2/67	आशा/कामायनी
हिम उपल-	*'प्राण तत्त्व की सघन साधना जल, हिम उपल यहाँ है बनता'*	: बर्फ और ओला	2/260	रहस्य/कामायनी
हिम-कणिका-	*'है अंतरिक्ष आमोद भरा हिम-कणिका ही मकरंद हुई'*	: ओस की बूँद	2/99	काम/कामायनी
हिमकन-	*'हिमकन आँसू जो क्षोभ भरे'*	: ओसकण	1/309	अब जागो जीवन के.../लहर
◆	*'घन अपनी प्याली भरते ले जिसके दल से हिमकन'*	: ओस की बूँद	2/268	आनन्द/कामायनी

शब्द-	काव्य-पंक्ति	: अर्थ	प्र.ग्रं./पृ.सं.	स्रोत/संदर्भ
हिमकर-	*'दिनकर हिमकर तारा के दल'*	: चाँद, बर्फ की किरणोंवाला	1/311	कितने दिन जीवन.../लहर
♦	*'अन्तिम किरणें बिखरा कर हिमकर भी छिप जाएगा'*	: चाँद	2/3	आँसू
♦	*'परिचय राका जलनिधि का/जैसे होता हिमकर से'*	: चाँद	2/9	आँसू
♦	*'रवि कर हिम खण्डों पर पड़कर हिमकर कितने नये बनाता'*	: बर्फ की तरह शीतल किरणोंवाला चन्द्रमा	2/251	रहस्य/कामायनी
हिमकर के हासों से-	*'जीवन का ज्यों ज्वार उठ रहा हिमकर के हासों से'*	: चन्द्रमा की हँसी, चाँदनी	2/145	कर्म/कामायनी
हिमकाल-	*'स्पर्श करता है हिमकाल में ज्यों धूप है'*	: जाड़े की ऋतु	1/261	तुम/झरना
हिम गिरि-	*'हिम गिरि के उत्तुंग शिखर पर, बैठ शिला की शीतल छाँह,'*	: हिमालय पर्वत	2/51	चिंता/कामायनी
♦	*'मानो तुंग तरंग विश्व की हिमगिरि की वह सुढर उठान'*	: हिमालय	2/72	आशा/कामायनी
हिमगिरि सम धीर-	*'हिमगिरि सम धीर धरें, सिन्धु सम गम्भीर रहें'*	: हिमालय के समान धैर्यवान	3/81	तृतीय दृश्य/कल्याणी परिणय
हिमजल-	*'या हेमकूट हिमजल में झलकाता परछाई निज'*	: पिघली हुई बर्फ का पानी	2/278	आनन्द/कामायनी
हिमतल-	*'शिशिर-काल की क्षीण-स्रोत वह जो हिमतल में जम जाये'*	: बर्फीली भूमि (रूपी मन में जमा अवसाद)	2/185	स्वप्न/कामायनी
हिम-धवल-	*'हुए हिम-धवल, जैसे पत्थर बनकर ठिठुरे रहे अड़े'*	: बर्फ के कारण सफेद दिखना	2/52	चिंता/कामायनी
हिम धवल हास-	*'हीरक-गिरि पर विद्युत्-विलास, उल्लसित महा हिम धवल हास'*	: (शिव की) बर्फ की तरह उज्ज्वल हँसी	2/247	दर्शन/कामायनी
हिम-नग-	*'गल कर बहते हिम-नग सरिता लीला रच कर'*	: बर्फीले पर्वत	2/198	संघर्ष/कामायनी
हिम-बिंदु-	*'शरद के हिम-बिंदु मानो एक में ढाले हुए'*	: ओसकण	1/133	खंजन/कानन-कुसुम
हिम-लता-	*'बनती हैं हिम-लता कुसुम-मणि के खिले'*	: (सूरज की किरणों से मिलकर) बर्फ की आकृतियाँ लता की तरह दिखने लगती हैं	1/158	भरत/कानन-कुसुम
हिमवती प्रकृति पाषाणी-	*'मांसल-सी आज हुई थी हिमवती प्रकृति पाषाणी'*	: हिमालय की पथरीली-बर्फीली प्रकृति	2/279	आनन्द/कामायनी
हिम-शीतल-	*'हिम-शीतल प्रणय अनल बन अब लगा विरह से जलने'*	: बर्फ की तरह ठंडा	2/15	आँसू
हिम-शीतल-जड़ता-सा-	*'जैसे कोलाहल सोया हो हिम-शीतल-जड़ता-सा श्रांत'*	: बर्फ की ठण्डक मानो जड़ता और निष्क्रियता का प्रतीक हो	2/68	आशा/कामायनी
हिम-शैल बालिका-	*'हिम-शैल बालिका को तूने कब देखा !'*	: बर्फीले पर्वतों की बालिका की तरह है नदी (गंगा)	1/299	हे सागर संगम अरुण नील/लहर
हिम-संसृति-	*'नव कोमल आलोक बिखरता हिम-संसृति पर भर अनुराग;'*	: बर्फ की सृष्टि, हिमालय पर चारों तरफ बर्फ ही बर्फ होने के कारण कवि उसे 'हिम-संसृति' कहता है	2/67	आशा/कामायनी

शब्द- काव्य-पंक्ति	: अर्थ	प्र.ग्रं./पृ.सं.	स्रोत/संदर्भ
हिम-सर- *'हिम-सर में भी खिले विमल अरविंद हैं'*	: बर्फीली झील	1/158	भरत/कानन-कुसुम
हिम हास- *'अरे यह सुख नींद कैसी, हो रहा हिम हास'*	: चाँदनी, बर्फ की तरह की हँसी	2/115	वासना/कामायनी
हिमांशु- *'क्यों हिमांशु कपूर-सा है तारिका-अवली लिये ?'*	: चन्द्रमा, हिम+अंशु, जिसकी किरणें बर्फ की तरह सफेद हों	1/94	महा-क्रीड़ा /कानन-कुसुम
हिमाद्रि- *'हिमाद्रि तुंग श्रृंग से प्रबुद्ध शुद्ध भारती'*	: हिमालय, हिम+अद्रि	4/290	चतुर्थ अंक/चन्द्रगुप्त
हिमानी-सा शीतल- *'मृत्यु, अरी चिर-निद्रे! तेरा अंक हिमानी-सा शीतल,'*	: बर्फ की नदी या अपार राशि की तरह ठण्डी है मृत्यु	2/63	चिंता/कामायनी
हिमालय के आँगन में- *'हिमालय के आँगन में उसे प्रथम किरणों का दे उपहार'*	: भारत का उत्तरापथ मानो हिमालय के आँगन में बसा है	4/138	पंचम अंक/स्कन्दगुप्त
हिमावृत श्रृंग- *'सतत हिमावृत श्रृंग बहाते इसमें सरिता धारा हैं'*	: बर्फ से ढँकी हुयी पर्वतों की चोटियाँ	3/83	चतुर्थ दृश्य/कल्याणी परिणय
हिये- *'हिये में चुभ गयी, हाँ, ऐसी मधुर मुसकान'*	: हृदय	3/200	द्वितीय अंक/विशाख
♦ *'आओ हिये में अहो प्राण प्यारे!'*	: हृदय	3/263	प्रथम अंक/अजातशत्रु
हिरण्यमय वर्म- *'जब वह पहिनेगा हिरण्यमय वर्म को'*	: स्वर्णमय कवच, सोने से बना कवच	3/99	प्रथम दृश्य/करुणालय
हिलाकर धड़कन से- *'हिलाकर धड़कन से अविनीत जगा मत सोया है सुकुमार'*	: अपनी धड़कनों की गति से भी उसकी नींद में विघ्न मत डालो	4/187	प्रथम अंक/चन्द्रगुप्त
हिल्लोल- *'हिल्लोल भरा हो ऋतुपति का गोधूली की-सी ममता हो'*	: तरंग	2/126	लज्जा/कामायनी
हीनकला शशि- *'वह प्रभात का हीनकला शशि, किरण कहाँ चाँदनी रही'*	: शोभाहीन निस्तेज चन्द्रमा	2/185	स्वप्न/कामायनी
हीरक-गिरि- *'हीरक-गिरि पर विद्युत्-विलास, उल्लसित महा हिम धवल हास'*	: हीरे के पर्वत (की तरह शिव का आभामय मुखमंडल)	2/247	दर्शन/कामायनी
हीरक-पात्र- *'बनी सुधा, रख दी है हीरक-पात्र में'*	: हीरे से बना हुआ पात्र (हृदय)	1/254	प्रत्याशा/झरना
हीरक हार- *'उषा ने हँस अभिनन्दन किया और पहनाया हीरक हार'*	: हीरे की माला, सूर्य-रूपी हीरे का हार	4/138	पंचम अंक/स्कन्दगुप्त
हीर के कील- *'प्रकृति ढाल में जड़े हीर के कील हैं'*	: हीरा, वज्र	3/84	चतुर्थ दृश्य/कल्याणी परिणय
हीरे का पानी- *'मरकत की वेदी पर ज्यों रक्खा हीरे का पानी'*	: (मानसरोवर का पानी) द्रवीभूत श्वेत हीरे के जल की तरह लग रहा था	2/272	आनन्द/कामायनी
हीरे-सा हृदय- *'हीरे-सा हृदय हमारा कुचला शिरीष-कोमल ने'*	: हीरे की तरह कठोर हृदय	2/15	आँसू
हुवा- *'उस महारण-अग्नि में सब तेज-बल ही घी हुवा'*	: हुआ	1/164	कुरुक्षेत्र/कानन-कुसुम
हृतंत्री की लय- *'सुरबालाओं की सखी रही उनकी हृतंत्री की लय थी;'*	: हृदय-रूपी वीणा की लय की तरह, रति देवकन्याओं के कोमल भावों की गति-यति को खूब समझती थी	2/105	काम/कामायनी
हृत्तल- *'कैसा कठोर है तव हृत्तल? वह इड़ा कर गयी फिर भी छल'*	: अंतर्मन	2/243	दर्शन/कामायनी
♦ *'किस निष्ठुर ठण्डे हृत्तल में जमे रहे तुम बर्फ समान'*	: हृदय के तल में, अंतर्मन में	3/319	तृतीय अंक/अजातशत्रु

शब्द-	काव्य-पंक्ति	: अर्थ	प्र.ग्रं./पृ.सं.	स्रोत/संदर्भ
हृत्पटल-	*'उनके चरणों की आभा हृत्पटल पर'*	: हृदय की भूमि पर	1/168	वीर बालक/कानन-कुसुम
हृत्पथ में धूल-	*'उड़ रही है हृत्पथ में धूल, आ रहे हो तुम बेपरवाह'*	: हृदय मानो धूल से भरा हुआ रास्ता हो, उदास मन	4/233	द्वितीय अंक/चन्द्रगुप्त
हृत्सर-	*'मेरे खौल रहे हृत्सर में तुम भी आकर अवगाहो'*	: हृदय रूपी सरोवर	1/146	नहीं डरते/कानन-कुसुम
हृदय का कुसुम-	*'वह तू कौन? परे हट, श्रद्धे ! आ कि हृदय का कुसुम खिले"*	: हृदय-रूपी फूल (मनु मर्माहत हैं)	2/222	निर्वेद/कामायनी
हृदय का राजस्व-	*'हृदय का राजस्व अपहृत, कर अधम अपराध'*	: हृदय की अच्छी भावनाएँ	2/113	वासना/कामायनी
हृदय का स्वाधिकार-	*'पल भर की उस चंचलता ने खो दिया हृदय का स्वाधिकार!'*	: मन पर अपना अधिकार, मानसिक स्वतंत्रता	2/157	ईर्ष्या/कामायनी
हृदय की अनुकृति-	*'हृदय की अनुकृति बाह्य उदार एक लम्बी काया, उन्मुक्त;'*	: मन की बनावट के अनुसार, हृदय की नकल	2/84	श्रद्धा/कामायनी
हृदय की अनुकृति बाह्य उदार-	*'हृदय की अनुकृति बाह्य उदार एक लम्बी काया, उन्मुक्त;*	: हृदय की विराटता का अनुकरण मानो श्रद्धा का शारीरिक विन्यास कर रहा था, श्रद्धा की सुन्दर और लम्बी काया मानो उसके मन की उदारता के अनुकरण पर बनी हो	2/84	श्रद्धा/कामायनी
हृदय की चिर खोज-	*'कौन हो तुम, इसी भूले हृदय की चिर खोज !'*	: जिसे मन लम्बे समय से खोज रहा हो	2/115	वासना/कामायनी
हृदय की तृप्ति-	*'जहाँ हृदय की तृप्ति विलासिनी मधुर-मधुर कुछ गावे'*	: मन की संतुष्टि	2/149	कर्म/कामायनी
हृदय की परवशता-	*'तुम कौन? हृदय की परवशता? सारी स्वतंत्रता छीन रही'*	: मन का दूसरे के अधीन होना	2/125	लज्जा/कामायनी
हृदय की सौन्दर्य-प्रतिमा-	*'हृदय की सौन्दर्य-प्रतिमा! कौन तुम छविधाम!'*	: हृदय में प्रतिष्ठित सुंदरता की मूर्ति	2/115	वासना/कामायनी
हृदय-कुसुम-	*'हृदय-कुसुम की खुली अचानक मधु से वे भींगी पाँखें'*	: हृदय मानो फूल हो	2/76	आशा/कामायनी
हृदय-क्षत-	*'हृदय-क्षत मलयज से खिल जाय,'*	: आहत हृदय	1/260	सुधासिंचन/झरना
हृदय दो-	*'चल पड़े कब से हृदय दो, पथिक-से अश्रांत'*	: श्रद्धा और मनु	2/111	वासना/कामायनी
हृदय-दौर्बल्य-	*'सव्यसाची ने हृदय-दौर्बल्य क्यों धारण किया'*	: मन की कमजोरी	1/165	कुरुक्षेत्र/कानन-कुसुम
हृदय-निःसृता-	*'गद्‌गद हृदय-निःसृता यह भी वाणी दौड़ी जाती है'*	: हृदय से निकली हुई (वाणी)	1/88	वंदना/कानन-कुसुम
हृदय-निकष-	*'नवल हेम-लेखा सी मेरे हृदय-निकष पर खिंची भला'*	: हृदय-रूपी कसौटी	2/224	निर्वेद/कामायनी
हृदयपयोधि-	*'लहर सी, हृदयपयोधि यही'*	: हृदय-रूपी समुद्र	1/260	सुधासिंचन/झरना
हृदय-पुलिन-	*'कालिन्दी बही प्रणय की इस तममय हृदय-पुलिन में'*	: हृदय की सीमा में	2/16	आँसू

शब्द-	काव्य-पंक्ति	: अर्थ	प्र.ग्रं./पृ.सं.	स्रोत/संदर्भ
हृदय भेदिनी दृष्टि-	*'वह सुन्दर आलोक किरन-सी हृदय भेदिनी दृष्टि लिए'*	: अंतरतम में प्रवेश कर मन के भाव को समझनेवाली दृष्टि	2/189	स्वप्न/कामायनी
हृदय मरुस्थल-	*'डूबा है हृदय मरुस्थल आँसू नद उमड़ रहा है'*	: हृदय रूपी मरुभूमि	2/20,	आँसू
हृदय मूर्च्छना-	*'तो रमणी के मधुर कंठ से हृदय मूर्च्छना उधर ढरी'*	: हृदय को मदहोश करने की हद तक आकर्षित करनेवाली मधुर तानें	2/190	स्वप्न/कामायनी
हृदय-रत्न-निधि-	*'हमारा हृदय-रत्न-निधि स्वच्छ तुम्हारे लिए खुला है पास'*	: हृदय-रूपी समुद्र जिसमें ऊँची भावनाओं के रत्न भरे हैं	2/91	श्रद्धा/कामायनी
हृदय रुद्र कपाट-	*'क्यों न वैसे ही खुला यह हृदय रुद्र कपाट?'*	: हृदय का कठोर दरवाजा	2/115	वासना/कामायनी
हृदय विपिन की कलिका-	*'इस हृदय विपिन की कलिका जिसके रस से मुसक्याती'*	: मन के बीहड़ वन की कली	2/18	आँसू
हृदय-वेदना-	*शीर्षक*	: भावनात्मक पीड़ा	1/103	हृदय-वेदना/कानन-कुसुम
◆	*'सुनो प्राणप्रिय, हृदय-वेदना विकल हुई क्या कहती है'*	: भावनात्मक पीड़ा	1/103	हृदय-वेदना/कानन-कुसुम
हृदय-सर्वस्व-	*'उस ध्यान के दो बूँद आँसू ही हृदय-सर्वस्व हैं'*	: मन की सबसे बड़ी संपत्ति, जो हृदय के लिए सब कुछ हो	1/109	भक्ति-योग/कानन-कुसुम
हृदय है पास-	*'हृदय है पास, साँस की राह चले आना-जाना चुपचाप'*	: बस अपने हृदय का ही सहारा है	4/187	प्रथम अंक/चन्द्रगुप्त
हृदयाब्धि-	*'भर रही हृदयाब्धि गंभीर में'*	: हृदय मानो समुद्र की तरह विराट है	1/138	गंगा-सागर/कानन-कुसुम
◆	*'आज इस हृदयाब्धि में, बस क्या कहूँ'*	: हृदय-रूपी समुद्र	1/257	मिलन/झरना
हृदयारण्य-	*'खिला हुआ है हृदयारण्य; बसंत का'*	: हृदय-रूपी वन	2/339	बसंत राका/असं.कविताएँ
हृदयेश-	*'खड़ी दिलाती तुम्हें याद हृदयेश की'*	: हृदय+ईश, हृदय का स्वामी, प्रेमी	1/97	करुणा-कुंज/कानन-कु.
हृदयों की शिशुता-	*'छल वाणी की वह प्रवंचना हृदयों की शिशुता को'*	: सरल स्वभाव के लोग, मन की सरलता	2/153	कर्म/कामायनी
हृद्यंत्र-	*'ईश प्रेरक-शक्ति है हृद्यंत्र में सब जीव के'*	: हृदय-रूपी यंत्र	1/166	कुरुक्षेत्र/कानन-कुसुम
हेम-कुम्भ-	*'हेम-कुम्भ ले उषा सवेरे - भरती ढुलकाती सुख मेरे'*	: सूर्य-रूपी सोने का कलश	4/35	द्वितीय अंक/चन्द्रगुप्त
हेमकूट-	*'या हेमकूट हिमजल में झलकाता परछाई निज'*	: एक पर्वत जिसके शिखर सुनहले हैं	2/278	आनन्द/कामायनी
हेम घोलता-	*'वह विराट था हेम घोलता नया रंग भरने को आज;'*	: सोने के रंग की किरणों को मानो ईश्वर प्रकृति में घोल रहा था	2/68	आशा/कामायनी
हेम जाल-	*'जब शान्त मिलन सन्ध्या को हम हेम जाल पहनाते'*	: स्वर्णिम किरणों की माला	2/19	आँसू
हेम पान पात्र प्रकृति-	*'हेम पान पात्र प्रकृति, सुधा सिन्धु से'*	: प्रकृति सूर्य-रूपी स्वर्णिम प्याले (में सुधा-सिंधु को भरकर सुबह प्रकट हुई)	3/404	तृतीय अंक/जन्मेजय का नाग-यज्ञ

शब्द- काव्य-पंक्ति	: अर्थ	प्र.ग्रं./पृ.सं.	स्रोत/संदर्भ
हेम-रेखा-सी- *'मलिन पट में मनोहर है निकष पर हेम-रेखा-सी'*	: सोने की लकीर के समान	3/181	प्रथम अंक/विशाख
हेम-लेखा- *'नवल हेम-लेखा सी मेरे हृदय-निकष पर खिंची भला'*	: कंचन (स्वर्ण) की रेखा	2/224	निर्वेद/कामायनी
हेमवती छाया- *'आलोकमयी स्मिति-चेतनता आयी यह हेमवती छाया'*	: गोरी इड़ा की प्रभावमयता	2/179	इड़ा/कामायनी
हेमाभ- *'रविकर-सदृश हेमाभ उंगली से चरण-सरसिज हुआ'*	: सोने की चमक से युक्त (सीता की उँगलियाँ)	1/155	चित्रकूट/कानन-कुसुम
♦ *'सन्ध्या की, हेमाभ तपन की, किरणें जिसको छूती हैं'*	: हेम+आभ, स्वर्णिम किरणें, सूरज का प्रकाश	1/182	प्रेमपथिक
हेमाभरश्मि- *'उस लता-कुंज की झिल-मिल से हेमाभरश्मि थी खेल रही;'*	: सुनहली किरणें, हेम (स्वर्ण) की आभा से युक्त किरणें	2/108	काम/कामायनी
हेषा- *'निज हेषा से चौंकाता आखंडल को'*	: घोड़े की हिनहिनाहट	3/408	तृ.अं./जन्मेजय का ना.-य.
ह्रद- *'नव कुंज, गुहा-गृह सुन्दर ह्रद से भर रही निराली'*	: झील (मानसरोवर)	2/271	आनन्द/कामायनी

प्रसाद काव्य-कोश (ब्रजभाषा खंड)

जयशंकर प्रसाद ने अपने काव्य-लेखन की शुरुआत ब्रजभाषा में की थी। 1918 में 'चित्राधार' का पहला संस्करण प्रकाशित हुआ, जिसमें ब्रजभाषा के साथ खड़ी बोली की भी रचनाएँ थीं। 1928 में 'चित्राधार' का दूसरा संस्करण आया, जिसमें केवल ब्रजभाषा की 29 कविताएँ थीं। 'प्रेमपथिक' मूल रूप से ब्रजभाषा में लिखी गई एक लम्बी प्रबंधात्मक कविता थी, जिसका प्रकाशन 1909 में हुआ था। आगे चलकर 1914 में इसका विस्तृत रूप खड़ी बोली हिन्दी में प्रकाशित हुआ। इन दोनों कविताओं के आकार में काफी अंतर है। प्रसाद के प्रारम्भिक तीन नाटकों के गीत/कविता की भाषा ब्रजभाषा है– 'उर्वशी' (1909), 'सज्जन' (1910) तथा 'वभ्रुवाहन' (1911)। प्रस्तुत 'ब्रजभाषा खंड' में 'चित्राधार', 'प्रेमपथिक', 'उर्वशी', 'सज्जन' तथा 'वभ्रुवाहन' की कविताओं से 729 प्रविष्टियाँ ली गई हैं।

शब्द-संक्षेप का अर्थ :

प्र.ग्रं.	–	जयशंकर प्रसाद ग्रंथावली का खंड
पृ.सं.	–	प्र.ग्रं. की पृष्ठ संख्या
स्रोत/संदर्भ	–	■ कविता का शीर्षक/काव्य-संग्रह
		■ नाटक का अंक या दृश्य/नाटक का नाम
		■ प्रेमपथिक
प्रेम-राज्य(पू.)	–	प्रेम-राज्य (पूर्वार्द्ध)
प्रेम-राज्य(उ.)	–	प्रेम-राज्य (पूर्वार्द्ध)
शारदीय महा.	–	शारदीय महापूजन
भारतेन्दु-प्र.	–	भारतेन्दु-प्रकाश

शब्द-	काव्य-पंक्ति	: अर्थ	प्र.ग्रं./पृ.सं.	स्रोत/संदर्भ
अंशुमाली-	*'अंशुमाली प्रखर कर को, /सही सक्यो नहि ताप'*	: सूर्य	1/175	प्रेमपथिक
अक्षौहिणी –	*'आहुति अक्षौहिणी, भई सुनु साँच'*	: सेना की गिनती का एक मानक	1/26	प्रेम-राज्य(पू.)/चित्राधार
अगन्य –	*'मरी जहाँ चतुरंगिनि सैन अगन्य'*	: अनगिनत	1/26	प्रेम-राज्य(पू.)/चित्राधार
अगार –	*'सौरभ अगार बिहरत वरबास है'*	: भांडार	3/12	प्रथम परिच्छेद/उर्वशी
अगारु –	*'नील नभ उज्ज्वल अनन्त, गम्भीर तासु अगारु'*	: भांडार	3/58	प्रथम परिच्छेद/वभ्रुवाहन
अटैना –	*'अति उमगित भइ अंग आनंद अटैना'*	: न अँट पाना, समाहित न हो पाना	1/23	प्रेम-राज्य(पू.)/चित्राधार
अतिसै –	*'भ्रमरावली दौरि लूरै अतिसै'*	: अतिशय	3/26	तृतीय परिच्छेद/उर्वशी
अथवत –	*'रवि अथवत सम्पुटित भो उड़ि न सक्यो परि फन्द'*	: अस्त होना	3/16	प्रथम परिच्छेद/उर्वशी
अदाय –	*'लाग्यो कहन विलखिकै "अरे अदाय'*	: जो प्राप्त करने का अधिकार न रखता हो	1/179	प्रेमपथिक
अधरात –	*'प्रकृति सुमन बरसत रही, भली रही अधरात'*	: आधी रात, मध्य रात्रि	1/53	विदाई/चित्राधार
अधराति –	*'सुख भरी विमला अधराति है'*	: आधी रात	1/68	विस्मृत प्रेम/चित्राधार
अधरानहि-बीच –	*'अधरानहि-बीच खेलई'*	: दोनों होंठों के बीच	1/5	अयोध्योद्धार/चित्राधार
अधित्यकान –	*'हिम शैल अधित्यकान लौं'*	: अधित्यका, पहाड़ के ऊपर की समतल भूमि	1/6	अयोध्योद्धार/चित्राधार
अधिदेवता –	*'सुनगरि की अधिदेवता'*	: अधिकृत देवता, नगर देवता के रूप में अधिकृत	1/8	अयोध्योद्धार/चित्राधार
अनखाय –	*'भौंह को नचाइबो चढ़ाय अनखाय के'*	: नाराज होकर	3/29	चतुर्थ परिच्छेद/उर्वशी
अनखि –	*'बोली 'अनुसूया' यों-अनखि- 'तोहिं का सूझी'*	: नाराज होकर	1/15	वन-मिलन/चित्राधार
अनखे –	*'तुम रहो अनखे अनोखे! हे निठुर मम मीत'*	: रुष्ट, नाराज	1/81	मकरंद बिन्दु/चित्राधार
अनरण्य –	*'अनरण्य दिलीप आदि ने'*	: जिनके समान किसी नर का श्रेष्ठ होना संभव न हो	1/6	अयोध्योद्धार/चित्राधार
अनराजकता –	*'अनराजकता तरंग में'*	: राजा के न होने से उत्पन्न अव्यवस्था	1/6	अयोध्योद्धार/चित्राधार
अनरीत –	*'अब ही जो तुम जात हौ करत यहै अनरीत'*	: परम्परा-विरूद्ध काम, असहमत होने लायक काम	1/53	विदाई/चित्राधार
अनलादिक –	*'अम्बर अवनि अनिल अनलादिक कौन भूमि नहिं भायो'*	: अनल आदि, अग्नि इत्यादि	1/80	मकरंद बिन्दु/चित्राधार
अनियारे –	*'नैन अनियारे अरुनारे जनि कीजिए'*	: नुकीले	1/74	मकरंद बिन्दु/चित्राधार
अनिलहु –	*'अनिलहु अन्तरिच्छ ह्वै कै खोलै घूँघट को'*	: पवन भी	1/78	मकरंद बिन्दु/चित्राधार
अनी –	*'नितु संगर करौ लै कै अनी'*	: सेना	1/10	अयोध्योद्धार/चित्राधार
अनुतापहि –	*'लहि इकन्त हम कर्म हेतु अनुतापहि जरिहैं'*	: पश्चात्ताप	1/34	प्रेम-राज्य(उ.)/चित्राधार
अनुहान्यो –	*'अनुहान्यो उदधि वहै भजै'*	: अनुकरण करना, किसी के समान होने की कोशिश करना	1/6	अयोध्योद्धार/चित्राधार
अनुहारत–	*'नवल चितेरो सब रंगन को लिखि अनुहारत'*	: अनुकरण करना	1/63	इन्द्र-धनुष/चित्राधार
अपमानित-हिय –	*'दलित कुसुम अपमानित-हिय, बाला बेचारी'*	: अपमानित हृदय	1/16	वन-मिलन/चित्राधार
अपरूप –	*'गहहु चन्द चकोर गति, अपरूप छवि सर न्हाय'*	: अपूर्व रूप	1/81	मकरंद बिन्दु/चित्राधार
अभिनवेन्दु –	*'अभिनवेन्दु कला दरसाती है'*	: अभिनव इन्दु, उज्ज्वल चन्द्रमा	1/68	विस्मृत प्रेम/चित्राधार
अभिलाखै –	*'मुरि मुसुक्यान मनोहर कलियन को अभिलाखै'*	: अभिलाषा रखना, इच्छा रखना	1/14	वन-मिलन/चित्राधार

शब्द- काव्य-पंक्ति	: अर्थ	प्र.ग्रं./पृ.सं.	स्रोत/संदर्भ
अमिय -'*गूँजि गूँजि उठत सने हैं जे अमिय में*'	: अमृत	3/28	चतुर्थ परिच्छेद/उर्वशी
अम्बर-अवनिहि -'*अम्बर-अवनिहि एक कीन्ह*'	: आकाश और धरती	1/11	अयोध्योद्धार/चित्राधार
अम्बर-पथ-आरूढ़ -'*अम्बर-पथ-आरूढ़ कृषक-गन को हरखावत*'	: आकाश मार्ग पर सवार होकर (बादल आकाश-मार्ग में भर जाते हैं)	1/55	नीरद/चित्राधार
अम्भोजिनी -'*कहूँ भृंग गुंजार अम्भोजिनी में*'	: कमल के फूलों का समूह	3/25	तृतीय परिच्छेद/उर्वशी
अरतीं -'*कुसुम चूनिबो और अहैं, क्यों बरसत अरतीं*'	: क्रोध	1/15	वन-मिलन/चित्राधार
अरसोहैं -'*तोरति अंग किये अरसोहैं*'	: अलसाया हुआ	3/14	प्रथम परिच्छेद/उर्वशी
अरिदर्प -'*भये भीष्म रणभीष्म, हरण अरिदर्प*'	: दुश्मन के अहंकार को छीन लिया	1/25	प्रेम-राज्य(पू.)/चित्राधार
अरिशिर -'*अरिशिर मुकुटमणिन को सहै न भार*'	: दुश्मन के मस्तक पर (मुकुट टिक नहीं पाता है)	1/25	प्रेम-राज्य(पू.)/चित्राधार
अरुण-विभा-'*अरुण-विभा विलसित-हिम-शृंग मुकुटवर छाजत*'	: प्रभात की रक्तिम किरणें	1/13	वन-मिलन/चित्राधार
अरुणांचित -'*सम लखात प्राची में तरणि-विश्व अरुणांचित*'	: अरुण वर्ण से आवेशित(संसार)	3/62	द्वि.परिच्छेद/वभ्रुवाहन
अरुनारे -'*नैन अनियारे अरुनारे जनि कीजिए*'	: लालिमा से युक्त (प्रेम या मद की लालिमा)	1/74	मकरंद बिन्दु/चित्राधार
अलक-पाश -'*अलक-पाश सों बाँधि चहै राखि तो रहि सकै*'	: केश के बन्धन में, रूप के बन्धन में	3/61	प्रथम परिच्छेद/वभ्रुवाहन
अलकाहु -'*लखत जाहि अलकाहु मोहती*'	: अलकानगरी भी	1/8	अयोध्योद्धार/चित्राधार
अलिन -'*अलिन में तुरतै मिल जात हौ*'	: भौंरे	1/67	नीरव प्रेम/चित्राधार
अलिवन्दन -'*यथा उचित अलिवन्दन सब ही कियो परस्पर*'	: भौंरों के मधुर गुंजार की तरह परस्पर अभिवादन	1/20	वन-मिलन/चित्राधार
अल्पना -'*जब धरै प्रतिमा छवि अल्पना*'	: रंगोली	1/66	नीरव प्रेम/चित्राधार
अवचय करन -'*लागी अवचय करन, कुसुम सुकुमार निजहिं कर*'	: (फूल) चुनने लगना	1/29	प्रेम-राज्य(उ.)/चित्राधार
अवराधि -'*किधौं रखैं अवराधि नतु हम बन्धन योगु नहिं*'	: अवरूद्ध, कैद	3/61	प्रथम परिच्छेद/वभ्रुवाहन
अवरेखो -'*निज सुत औ सुत पत्नी को कृपया अवरेखो*'	: देखिये	1/34	प्रेम-राज्य(उ.)/चित्राधार
अवली -'*अलक लुलित अलि अवली समान बनि*'	: शृंखला	1/74	मकरंद बिन्दु/चित्राधार
♦ '*बाल विभाकर सोहत, अरुण किरण अवली सों*'	: समूह	1/21	प्रेम-राज्य(पू.)/चित्राधार
♦ '*भयो विमल जल लोल नलिनि की अवली फूली*'	: पंक्ति, शृंखला	3/42	नान्दी/सज्जन
♦ '*भरे विमल जल झलकत नील नलिन अवली सों*'	: शृंखला, क्रम	1/55	नीरद/चित्राधार
♦ '*भील बालकन की अवली, नीरद की पाँती*'	: पंक्ति, समूह	1/30	प्रेम-राज्य(उ.)/चित्राधार
अवलीन -'*सारस करत कलोल, सारस की अवलीन में*'	: पंक्तियाँ, 'अवली' का बहुवचन	3/45	द्वितीय दृश्य/सज्जन
अशोक -'*साज ही सब शील संयुत धारि हृदय अशोक*'	: शोक-मुक्ति	1/51,	शारदीय महा./चित्राधार
अष्टमूर्ति - *शीर्षक*	: आठ रूपों वाले शिव - पृथ्वी, जल, अग्नि, वायु, आकाश, सूर्य, चन्द्र, ऋत्विक (यज्ञ करानेवाला)	1/35	अष्टमूर्ति/चित्राधार
असवारी -'*धर्म्म-वृषभ की असवारी, मन महँ शुचिभावत*'	: सवारी करना	1/31	प्रेम-राज्य(उ.)/चित्राधार
असि युगल -'*विज्जुलता सी असि युगल, लपटि लपटि छुटि जात*'	: दोनों तलवारें	3/27	तृतीय परिच्छेद/उर्वशी

शब्द-	काव्य-पंक्ति	: अर्थ	प्र.ग्रं./पृ.सं.	स्रोत/संदर्भ
असित	–*'लखहु नील सित असित पीत आरक्तिम शोभा'*	: काला	1/62	इन्द्र-धनुष/चित्राधार
आगरी	–*'वनिता वर रूप आगरी'*	: भांडार	1/5	अयोध्योद्धार/चित्राधार
आधेहु	–*'सो तो आधेहु दृग तोकौ देखन में सकुचान'*	: आधा ही	1/82	मकरंद बिन्दु/चित्राधार
आनँद-दिनकर-किरण-कलाते	–*'आनँद-दिनकर-किरण-कलाते जहाँ सदा उजियारा'*	: आनन्द-रूपी सूरज की किरणों की सुन्दरता से	1/81	मकरंद बिन्दु/चित्राधार
आयत	–*'आयत उज्ज्वल भाल, करिकर गंजन कर युगल'*	: चौड़ा, विस्तृत	3/57	प्रथम परिच्छेद/वभ्रुवाहन
आरक्तिम	–*'लखहु नील सित असित पीत आरक्तिम शोभा'*	: लाल रंग का	1/62	इन्द्र-धनुष/चित्राधार
आरत	–*'आरत अधर्मी अति कूर जो पतित होत'*	: किसी कष्ट-पीड़ा से बेचैन	1/76	मकरंद बिन्दु/चित्राधार
आल	–*'मालति! माधविलता! बता दे, विधुवल्लरि को आल रे'*	: विस्तृत	3/33	चतुर्थ परिच्छेद/उर्वशी
आलस वलित नैन	–*'आलस वलित नैन नील अरविन्द की'*	: विलासपूर्ण आलस्य से युक्त आँखें	3/29	चतुर्थ परिच्छेद/उर्वशी
आलिमा	–*'लै लै पराग उड़ै लगे आलिमा'*	: भौंरे	3/18	द्वितीय परिच्छेद/उर्वशी
आशुतोष	–*'आशुतोष तब आशु-शांति अभिनव तेहि दीन्हों'*	: शीघ्र प्रसन्न होनेवाला, शिव	1/24	प्रेम-राज्य(पू.)/चित्राधार
आशु-शांति	–*'आशुतोष तब आशु-शांति अभिनव तेहि दीन्हों'*	: तुरन्त शान्ति प्रदान करनेवाला	1/24,	प्रेम-राज्य(पू.)/चित्राधार
आस गुन	–*'ये तो सब आप ही फिरेंगे तेरे आस गुन'*	: आशा की डोर से	1/76	मकरंद बिन्दु/चित्राधार
आसु	–*'तेरे तीरथ में करि मज्जन आसु'*	: आशु, तेज, शीघ्र	3/30	चतुर्थ परिच्छेद/उर्वशी
इकन्त	–*'लहि इकन्त हम कर्म हेतु अनुतापहि जरिहैं'*	: एकान्त	1/34	प्रेम-राज्य(उ.)/चित्राधार
इकलो	–*'हरिचन्द ने दिन रात में इकलो प्रकाश कियो तहाँ'*	: अकेले	1/64	भारतेन्दु-प्र./चित्राधार
इक्ष्वाकु	–*'भये नृपति जहँ इक्ष्वाकु बलवान'*	: भगवान् राम का वंश	1/25	प्रेम-राज्य(पू.)/चित्राधार
इन्द्रबधूटी	–*'तिन महँ विहरत इत उत इन्द्रबधूटी गन घन'*	: लाल रंग का एक बरसाती कीड़ा, बीरबहूटी	1/55	नीरद/चित्राधार
इमि	–*'अहौ इमि राजत फूल सचैन'*	: इसमें	1/49	प्रभात-कुसुम/चित्राधार
इमिलोल	–*'पवन विचलित जल लहरि, लीला धरति इमिलोल'*	: चंचल तरीके से	3/58	प्रथम परिच्छेद/वभ्रुवाहन
ईशान	–*'ईशान नाम तव, नाथ अनाथ के हौ'*	: शिव, ऐश्वर्य से युक्त	1/52	विभो/चित्राधार
उडुगन	–*'केहि कुल उडुगन के अहौ, कहौ मनोहर चन्द'*	: नक्षत्रगण	3/64	द्वि.परिच्छेद/वभ्रुवाहन
उडुराज	–*'उडुराज किधौं नलिनीगन में'*	: चन्द्रमा, नक्षत्रों के स्वामी	1/43	चन्द्र/चित्राधार
उडूगन	–*'मद छाड़ि उडूगन भूमि परै'*	: तारागण	3/25	तृतीय परिच्छेद/उर्वशी
उताली	–*'वल्कल-वसन समेटि चली लै कुसुम उताली'*	: शीघ्रता से	1/16	वन-मिलन/चित्राधार
उत्तुंग	–*'रक्षित सुरेन्द्र सों उत्तुंग सौधमयी जहाँ'*	: ऊँचा	3/12	प्रथम परिच्छेद/उर्वशी
उरदू सुतीछन किरन	–*'उरदू सुतीछन किरन में कुम्हिलाय चाहि कराहती'*	: उर्दू की तीखी किरणों से	1/65	भारतेन्दु-प्र./चित्राधार
उरबसी	–*'रस-सिंगार को सारु, सोइ 'उर-वशी'! उरबसी'*	: हृदय में बसी हुयी (उर्वशी)	3/20	द्वितीय परिच्छेद/उर्वशी
उर-वशी	–*'रस-सिंगार को सारु, सोइ 'उर-वशी'! उरबसी'*	: उर्वशी, 'उर' को वश में कर लेनेवाली	3/20	द्वितीय परिच्छेद/उर्वशी
ऊनी	–*'लजै है चमू इन्द्र की होय ऊनी'*	: अपेक्षाकृत छोटी, कमतर	3/9	कथामुख/उर्वशी
ऋतुनायक	–*'ऋतुनायक के कृपा दृष्टि ते यह अति लोनी'*	: वसन्त ऋतु, ऋतुओं का नायक	1/44	रसाल-मंजरी/चित्राधार
एकतती	–*'वारि सूत्र सो बाँध दियो है एकतती में'*	: एकसूत्रता	1/55	नीरद/चित्राधार
एला	–*'एला ललित-लवंग-लता ! हे कनक-यूथिका जाल रे'*	: इलायची का पौधा	3/33	चतुर्थ परिच्छेद/उर्वशी
◆	*'ललित लवंग एला लवली लतान लोनी'*	: इलायची	3/26	तृतीय परिच्छेद/उर्वशी

शब्द- काव्य-पंक्ति	: अर्थ	प्र.ग्रं./पृ.सं.	स्रोत/संदर्भ
♦ *'सोनजुही एला औ ललित लवंगलता री'*	: एक कँटीली लता, इलायची का पौधा	1/45	रसाल-मंजरी/चित्राधार
ओछे उरोज –*'ओछे उरोज पै चम्पई कंचुकी!'*	: छोटे स्तन	3/14	प्रथम परिच्छेद/उर्वशी
ओप –*'बढ़ी ओप दूनी दिपै चारु औरै'*	: चमक, आभा	3/9	कथामुख/उर्वशी
ओपदार –*'निज अनूप अति ओपदार आभा दिखरावत'*	: चमकदार	1/20	वन-मिलन/चित्राधार
औषधीश –*'भई औषधीश प्रसन्न कर में लालिता आनन्द सों'*	: औषधि के देवता, चन्द्रमा	1/65	भारतेन्दु-प्र./चित्राधार
कंज मुखी –*'कंज मुखी लखि कंज संकोच'*	: कमल की तरह सुन्दर मुखवाली	3/20	द्वितीय परिच्छेद/उर्वशी
कंज-कोश –*'कढ़ी कंज-कोश ते कलोलिनी के सीकर सों'*	: कमल-क्रोड़	1/78	मकरंद बिन्दु/चित्राधार
कंज-नाल –*'सूक्ष्म अति तव कंज-नाल को तन्तु'*	: कमल का डंठल	1/40	मानस/चित्राधार
कंधर –*'भृकुटी विकट विलोल, केश कंधर पै छाजै'*	: कंधा	3/70	च.परिच्छेद/वभ्रुवाहन
कचबीच –*'मनु कामिनि कचबीच, नीलम की बेंदी लसै'*	: बालों के बीच	3/45	द्वितीय दृश्य/सज्जन
कटक –*'और कटक सजि, अवध नगर*	: सेना	1/10	अयोध्योद्धार/चित्राधार
कटाको –*'कोउ तीखे कटाक्ष कटाको करैं'*	: (कटाक्ष से) मारकाट करना	3/14	प्रथम परिच्छेद/उर्वशी
कटि तट –*'तेहि कटि तट महँ कण्व-महर्षि तपोवन सोहैं'*	: (पर्वत के) कटि-प्रदेश में, निचले हिस्से में	1/13	वन-मिलन/चित्राधार
कणहिं –*'जाके कृपा कणहिं पाइ तरंगशाली'*	: जलकण, बूँद	1/50	विनय/चित्राधार
कदली पात –*'कदली पात बिछाइ जतन-सों धरि ता ऊपर'*	: केले का पत्ता	1/29	प्रेम-राज्य(उ.)/चित्राधार
कनक-यूथिका –*'एला ललित-लवंग-लता ! हे कनक-यूथिका जाल रे'*	: यूथी (जूही) की स्वर्णिम लता	3/33	चतुर्थ परिच्छेद/उर्वशी
कनी –*'विस्तृत कुन्तल भार पूर श्रम अम्बु कनी के'*	: छोटे कण	3/62	द्वि. परिच्छेद/वभ्रुवाहन
कपोल-कला –*'सुरनारि कपोल-कला हुलसी'*	: गालों का कलात्मक सौन्दर्य	1/43	चन्द्र/चित्राधार
कबन्ध –*'नाचौं कबन्ध सिर परै लोटि'*	: धड़, सिरविहीन शरीर	3/71	च.परिच्छेद/वभ्रुवाहन
कमाँ –*'चढ़ी मोछ पै ताव दै दै कमाँ सी'*	: कमान, धनुष (प्रत्यंचा के बिना)	3/9	कथामुख/उर्वशी
करतनचेट –*'तन मन धन सर्बस जेहि सौप्यो, सो अब करतनचेट'*	: मेरे तन को दास बना लिया है	3/66	तृ.परिच्छेद/वभ्रुवाहन
करालिका-सी –*'क्रोधानलज्वलित भीम करालिका-सी'*	: दुर्गा के समान	3/47	द्वितीय दृश्य/सज्जन
करिकर –*'आयत उज्ज्वल भाल, करिकर गंजन कर युगल'*	: हाथी की सूँढ़	3/57	प्रथम परिच्छेद/वभ्रुवाहन
करेरे –*'चञ्चल दृढ़ कोदण्ड और नाराच करेरे'*	: तीखे, सधे हुये	3/46	द्वितीय दृश्य/सज्जन
कर्णिकार –*'कर्णिकार के कर्नफूल विसवलय विसाला'*	: अमलतास का एक रूप, कनियार	1/13	वन-मिलन/चित्राधार
कर्पूर-नीराजन –*'चन्द्र का कर्पूर-नीराजन विमल आलोक'*	: कपूर से आरती करना	1/51	शारदीय महा./चित्राधार
कल-किंकिनी –*'जहँ कामिनी कल-किंकिनी'*	: किंकिणी की मधुर ध्वनि	1/9	अयोध्योद्धार/चित्राधार
कलकिशोर वय –*'कलकिशोर वय चारु, नवल यौवन के रँग सों'*	: तरुणावस्था की सुन्दरता	1/29	प्रेम-राज्य(उ.)/चित्राधार
कलबानी –*'कहूँ निकुंजन में कूजत कोकिल कलबानी'*	: सुन्दर वाणी	3/12	प्रथम परिच्छेद/उर्वशी
कलभ –*'देखत जग हरषाहिं, कलित कलेवर कलभ सम'*	: हाथी का बच्चा	3/57	प्रथम परिच्छेद/वभ्रुवाहन
कलाधर –*'काम कलाधर! कामिनी को है?'*	: चन्द्रमा	3/14	प्रथम परिच्छेद/उर्वशी
कलाप-गंध –*'जेहि कीर्ति कलाप-गंध सों'*	: सुगन्ध के समूह (की तरह)	1/6	अयोध्योद्धार/चित्राधार
कलापी –*'कोकिला कलरव कलापी, कीर कूजत कुंज'*	: मोर	3/58	प्रथम परिच्छेद/वभ्रुवाहन
कलिका –*'भरी सुरुचि सुकुमार अंग-अंगन मों कलिका'*	: कलियाँ	1/14	वन-मिलन/चित्राधार

शब्द- काव्य-पंक्ति	: अर्थ	प्र.ग्रं./पृ.सं.	स्रोत/संदर्भ
कलिकान –'कोउ मल्लिका की कलिकान सों माला'	: कलियाँ	3/14	प्रथम परिच्छेद/उर्वशी
कलित –'जिन दिन देखत हौ गुलाब को कलियाँ कलित नई'	: सुन्दर	3/67	तृ.परिच्छेद/वभ्रुवाहन
कली-निकर –'विकसहु कमलिनि कली-निकर निज सौरभ सो भरी'	: कलियों का समूह	3/59	प्रथम परिच्छेद/वभ्रुवाहन
कलोलिनी –'कढ़ी कंज-कोश ते कलोलिनी के सीकर सों'	: नदी	1/78	मकरंद बिन्दु/चित्राधार
कल्पना-मराल –'चुँगत मौज भरि तेहि कल्पना-मराल'	: कल्पना-रूपी हंस	1/39	मानस/चित्राधार
कल्पना-सुखदान –'हे कल्पना-सुखदान । तुम मनुज जीवन प्रान'	: कल्पना करने की शक्ति मनुष्य के लिये सुखद दान की तरह है	1/37	कल्पना-सुख/चित्राधार
कल्लोल –'कहूँ मान कल्लोल शैवालिनी में'	: आनन्द के स्वर	3/25	तृतीय परिच्छेद/उर्वशी
कवि वचन विमला सुधा –'कवि वचन विमला सुधा के तब धार में सब ही बहे'	: कवियों के वचन-रूपी निर्मल अमृत, 'कविवचनसुधा' पत्रिका	1/64	भारतेन्दु-प्र./चित्राधार
काकन –'सो सुनि सकत नहिं कान, काकन'	: काक, कौए	1/9	अयोध्योद्धार/चित्राधार
काकली –'नगर बनाली कोकिला की काकली सों भर्यो'	: कोयल की बोली	1/72	मकरंद बिन्दु/चित्राधार
काचे ताग –'तोरो न मनोमुकुल माल काचे ताग सों'	: कच्चे धागे	1/77	मकरंद बिन्दु/चित्राधार
काट-पेंच –'खैंचि मनमोहन ते काट-पेंच कौन करै'	: (पतंग की तरह) पेंच लड़ाना और एक-दूसरे को काटना	1/78	मकरंद बिन्दु/चित्राधार
कादम्बिनि –'विज्जुलि मालिनि नव कादम्बिनि सुन्दर रूप सुधारि'	: मेघमाला	1/47	वर्षा में नदी.../चित्राधार
कादरता –'करि कादरता कछुक, यवन जे रन सों भागे'	: कायरता	1/24	प्रेम-राज्य(पू.)/चित्राधार
♦ 'वीरकर्म अरु कादरता, को दृश्य दिखायो'	: कायरता	1/21	प्रेम-राज्य(पू.)/चित्राधार
कान फुकावै –'कान फुकावै कौन, हम कि तुम? रुचे करो तुम तैसो'	: चुगली सुनना	1/80	मकरंद बिन्दु/चित्राधार
कालिन्दी –'कालिन्दी जल नील में कै अरविन्द विकास'	: यमुना, कलिन्द पर्वत से निकली नदी	3/57	प्रथम परिच्छेद/वभ्रुवाहन
किंकिनि –'कंचन कंकन किंकिनि को कलनाद सुनावत'	: किंकिणी, एक आभूषण	1/19	वन-मिलन/चित्राधार
♦ –'कल किंकिनि झनक में रह्यो है नरमाय के'	: किंकिणी, एक आभूषण	3/29	चतुर्थ परिच्छेद/उर्वशी
किंसुक –'किंसुक बिसेखि कचनार को निरेखि तेहि'	: किंशुक, पलाश	1/73	मकरंद बिन्दु/चित्राधार
किधौं –'किधौं मेघ-वाहन वाहन पै धरे धनुष यह'	: अथवा	1/63	इन्द्र-धनुष/चित्राधार
किरातहिं –'अजय किरातहिं देख चकित ह्वै के निज मन मैं'	: किरात को, एक जाति	3/41	नान्दी/सज्जन
कीर –'कोकिला कलरव कलापी, कीर कूजत कुंज'	: तोता	3/58	प्रथम परिच्छेद/वभ्रुवाहन
कीरन –'कल कोकिल कीरन को कलनाद विपंची सुचारु बजी-सी करै'	: कीर, तोते	3/58	प्रथम परिच्छेद/वभ्रुवाहन
कीरहिं –'कीरहिं, मृगछौनहिं, सिखिहि, यथा उचित पहिरावहीं'	: तोते को	1/29,	प्रेम-राज्य(उ.)/चित्राधार
कीलाल –'प्रसन्न 'कीलाल' सुविश्व मूर है'	: देवताओं का अमृत-जैसा एक पेय पदार्थ	1/35	अष्टमूर्ति/चित्राधार
कुन्तल जाल –'विलुलित कुन्तल जाल, वृषभ-कन्ध राजीव चरू'	: केश-राशि	3/57	प्रथम परिच्छेद/वभ्रुवाहन
कुमुद्वती –'कुमुद्वती सम सुन्दरी'	: कुश की पत्नी 'कुमुद्वती' जो नागराज कुमुद की छोटी बहन थी	1/9	अयोध्योद्धार/चित्राधार

शब्द- काव्य-पंक्ति	: अर्थ	प्र.ग्रं./पृ.सं.	स्रोत/संदर्भ
कुम्हिलाय चाहि -'*उरदू सुतीछन किरन में कुम्हिलाय चाहि कराहती*'	: मुरझा जाना चाहती थी	1/65	भारतेन्दु-प्र./चित्राधार
कुरंगे -'चलैं चाल तेजै लजावैं कुरंगे'	: हिरण	3/9	कथामुख/उर्वशी
कुवलयावलि -'कुवलयावलि को विकास, लख्यो जहाँ भरि पूर'	: नीलकमल का समूह	1/176	प्रेमपथिक
कुसुम जुहा -'*वह कुसुम जुहा के भूषनों को सुधारें*'	: इकट्ठे फूल	3/48	तृतीय दृश्य/सज्जन
कुसुमाकर -'*रञ्जित कियो है कुसुमाकर ने कानन को*'	: वसन्त ऋतु	1/74	मकरंद बिन्दु/चित्राधार
कुसुमासव -'*कुसुमासव को पान कीजिये तासु तहाँ लौ*'	: फूलों का मादक पराग-सा	1/45	रसाल-मंजरी/चित्राधार
कूल-तरुस्रेनी -'*कूल-तरुस्रेनी अति सुख देनी सुन्दर रूप विराजै*'	: तट पर के वृक्षों की शृंखला	1/47	वर्षा में नदी.../चित्राधार
कूलहि -'*छाड़िके कूलहि मातु को अंक, सबै भवसिंधु में होत खेवैया*'	: तट को	1/78	मकरंद बिन्दु/चित्राधार
कृष्णा -'*कृष्णा के संग लख्यो हम, कियो प्रतिज्ञाहीन*'	: द्रौपदी, कृष्ण की मुँहबोली बहन	3/64	द्वि.परिच्छेद/वभ्रुवाहन
केश-अवली -'*कुंदकली-सों कलित केश-अवली भाल राजत*'	: घने केश	1/13	वन-मिलन/चित्राधार
कैधों -'*कैधों खुली सीपी माँहि मुक्ता दरस है*'	: अथवा	1/78	मकरंद बिन्दु/चित्राधार
कोदण्ड -'*चञ्चल दृढ़ कोदण्ड और नाराच करेरे*'	: धनुष	3/46	द्वितीय दृश्य/सज्जन
कोयन -'चितवत चहुँदिशि चकित ह्वै, लोयन, कोयन लाल'	: आँख का सफेद हिस्सा	3/10	कथामुख/उर्वशी
कोर फिरी -'नेकु कृपा करि कोर फिरी इतै'	: आँखों का किनारा फेरना, दृष्टि डालना	3/22	द्वितीय परिच्छेद/उर्वशी
कौड़ी के तीन -'*जात समय नीलाम कर, किय कौड़ी के तीन*'	: मूल्यहीन कर देना, महत्त्व न देना	1/53	विदाई/चित्राधार
क्रोधानलज्वलित -'क्रोधानलज्वलित भीम करालिका-सी'	: क्रोध की आग में जलता हुआ	3/47	द्वितीय दृश्य/सज्जन
क्वैलिया -'*कूकिकै क्वैलिया कूर कुरूप री*'	: कोयल	3/28	चतुर्थ परिच्छेद/उर्वशी
खंज-गंजन-'*अमल चन्द्र-मुख चारु, नैन खंज-गंजन कुटिल*'	: खंजन पक्षी से श्रेष्ठ	3/20	द्वितीय परिच्छेद/उर्वशी
खबरस -'*यह वह नवरस अहै जो खबरस छीन*'	: संदेशवाहक	1/178	प्रेमपथिक
खरसान -'*छूटत बान धरे खरसान*	: अधिक तेज	3/15	प्रथम परिच्छेद/उर्वशी
खर्बा-खर्ब -'*नर, किन्नर, यक्षादिक, खर्बा-खर्ब*'	: खरबों खरब, बहुत बड़ी संख्या, सौ या दस अरब की संख्या	3/30	चतुर्थ परिच्छेद/उर्वशी
खर्वाखर्ब -'*नर किन्नर यक्षादिक खर्वाखर्ब*'	: कई खरब, बहुत बड़ी संख्या	1/179	प्रेमपथिक
खसी-सी -'*मकरन्द सों पूरि रही पुहुमी सुख सौरभ सीखी खसी-सी परै*'	: खिसकी हुयी-सी, गिरी हुयी-सी	3/58	प्रथम परिच्छेद/वभ्रुवाहन
गम्भीराशय -'*जान परत नहिं है गम्भीराशय तव मन को*'	: गम्भीर और गहरा अभिप्राय	1/56	नीरद/चित्राधार
गर -'*हीरन के ज्यों हार, निशा रानी के गर में*'	: गले में	1/29	प्रेम-राज्य(उ.)/चित्राधार
गल भुज -'*बढ्यो अधिक आवेग माहिं, नहिं गल भुज त्यागै*'	: आलिंगन	1/17	वन-मिलन/चित्राधार
गुण-ग्रंथिहिं -'*ताके महान गुण-ग्रंथिहिं कौन खोलै*'	: गुणों की ग्रंथियाँ	1/50	विनय/चित्राधार
गेरि -'*इन पुतरिन पै आपने चरनन के रज गेरि*'	: गिराकर, ऊँडेल कर	1/53	विदाई/चित्राधार
गोय -'*धरत धातुहिं ज्यों गिरि गोय के*'	: छिपाना	1/67	नीरव प्रेम/चित्राधार
गोरोचन -'*गोरोचन को तिलक भाल मंगलमय दैके*'	: दही, अक्षत आदि का टीका	3/69	तृ.परिच्छेद/वभ्रुवाहन
गोवती -'*मलयानिल ते मुख गोवती है*'	: गोपन करना, छिपाना	3/21	द्वितीय परिच्छेद/उर्वशी
गौन -'*तुरत त्यागत हो भ्रम गौन को*'	: गमन	1/67	नीरव प्रेम/चित्राधार

शब्द-	काव्य-पंक्ति	: अर्थ	प्र.ग्रं./पृ.सं.	स्रोत/संदर्भ
घनेरै	–*'जिमि शुभ फल आवें सज्जनों पै घनेरै'*	: घनीभूत रूप से, अधिक मात्रा में	3/53	पंचम दृश्य/सज्जन
घोरि	–*'घोरि के सुरभित करो जल कौन हित चित चाही??'*	: घोलकर, मिलाकर	1/70	विसर्जन/चित्राधार
चंडकर	–*'सह्यो चण्डकर ताप तदपि संध्या में तैसो'*	: प्रचण्ड	3/67	तृ.परिच्छेद/वभ्रुवाहन
चंद्रकेतु	–*'चन्द्रकेतु ललिता, सेवत समीर सुख आकर'*	: सूर्यकेतु का पुत्र	1/30	प्रेम-राज्य(उ.)/चित्राधार
चंद्रमणी	–*'विधु लखि चन्द्रमणी द्रवै, काँच ध्यान नहीं देत'*	: चन्द्रमणि, चन्द्रमा की किरणों से द्रवित होनेवाली मणि	3/41	नान्दी/सज्जन
चख चंचल	–*'वेई चख चंचल की चलनि चितौनि चारु'*	: चंचल नेत्र	3/28	चतुर्थ परिच्छेद/उर्वशी
चखजल	–*'लग्यो निरखन व्यथित हियते, /भरे चखजल हाल'*	: आँसू	1/175	प्रेमपथिक
चमू	–*'लजै है चमू इन्द्र की होय ऊनी'*	: सेना	3/9	कथामुख/उर्वशी
चरू	–*'विलुलित कुन्तल जाल, वृषभ-कन्ध राजीव चरू'*	: चारागाह, विस्तृत भूमि	3/57	प्रथम परिच्छेद/वभ्रुवाहन
चाखन हारु	–*'मंजुमधुकर पुंजगुंजित मधुहि चाखन हारु'*	: चखने का शौकीन, जो स्वाद लेने की इच्छा रखता हो	3/15	प्रथम परिच्छेद/उर्वशी
चाय	–*'लजीली चितवन ते चितैबो चारु चाय के'*	: चाह, चाव	3/29	चतुर्थ परिच्छेद/उर्वशी
चारिनी	–*'मदकल निज पीके संग जे चारिनी है'*	: चलनेवाली, टहलनेवाली	1/4	अयोध्योद्धार/चित्राधार
चावते	–*'करि करुणा कटाक्ष हँसि हेरो तिन्हें चावते'*	: चाव से, शौक से	1/77	मकरंद बिन्दु/चित्राधार
चिकुर	–*'कामिनी चिकुर भार अति घन नील'*	: लंबे बाल, कुंतल	1/58	सन्ध्या तारा /चित्राधार
चित-मराल	–*'खेलत जामहँ चित-मराल सुख चाहि'*	: मन-रूपी हंस	1/40	मानस/चित्राधार
चितलाई	–*'देव गोप जन मह्यो मही सम छीर सिन्धु चितलाई'*	: संचित किया हुआ	1/60	चन्द्रोदय/चित्राधार
चितेरो	–*'नवल चितेरो सब रंगन को लिखि अनुहारत'*	: चित्रकार	1/63	इन्द्र-धनुष/चित्राधार
चितौन	– *'सूधी बिमल चितौन मृगन से नैन लजोहैं'*	: चितवन, नजर	1/14	वन-मिलन/चित्राधार
चितौनि चारु	–*'वेई चख चंचल की चलनि चितौनि चारु'*	: सुन्दर चितवन (दृष्टि)	3/28	चतुर्थ परिच्छेद/उर्वशी
चित्तरंजन	–*'चित्तरंजन करत ताको काज नहिं अब मन्द'*	: चित्त को आनन्दित कर देना	1/71	विसर्जन/चित्राधार
♦	*'चित्तरंजन करति आनन्द भरति है धरि स्फूर्ति'*	: मन को प्रसन्न कर देनेवाला	1/51	शारदीय महा./चित्राधार
चित्र-लिखे-से	–*'चित्र-लिखे-से चुप ह्वै देखत खड़े एक मन'*	: बनी हुयी तस्वीर की तरह	1/17	वन-मिलन/चित्राधार
चीनांशुक	–*'चंचल चीनांशुक अंचल को चलत उड़ावत'*	: रेशमी वस्त्र	1/20	वन-मिलन/चित्राधार
चुपधीर	–*'तिमि कहौ तुमहूँ चुपधीर सों'*	: धैर्यपूर्वक चुपचाप रहना	1/66	नीरव प्रेम/चित्राधार
चूड़ामणि	–*'नृप कुल चूड़ामणि तहाँ, धर्मराज आसीन'*	: अग्रगण्य, सबसे श्रेष्ठ (युधिष्ठिर)	3/64	द्वि.परिच्छेद/वभ्रुवाहन
चेतिहै	–*'तदपि भूलहिं चेतिहै चित चेति पूरब साथ'*	: चेत जाना, सावधान हो जाना	1/71	विसर्जन/चित्राधार
छदाम	–*'लौह दाम गल पड़े लहै न छदाम'*	: टुकड़ा, पुराने पैसे का चौथा भाग	1/178	प्रेमपथिक
♦	*'लौह दाम गल पड़े लहै न छदाम'*	: पुराने पैसे का चौथाई हिस्सा	3/32	चतुर्थ परिच्छेद/उर्वशी
छाजी	–*'हिमगिर धवल उतुंग, सुछाया जल महँ छाजी'*	: छा जाना	1/28	प्रेम-राज्य(उ.)/चित्राधार
छिरकि	–*'प्रकृति-लीला को हँसावत छिरकि रजत सुचूर'*	: छिड़ककर	3/59	प्रथम परिच्छेद/वभ्रुवाहन
छीर पय	–*'जो पुण्य छीर पय पावन को विचारै'*	: दूध की तरह पवित्र पानी	1/50	विनय/चित्राधार
छोह छरि	–*'छोह छरि लीने मन औरै करि दीने'*	: प्रेम में छल	1/72	मकरंद बिन्दु/चित्राधार
जक	–*'हाय! हाय! जक लागी कहुँ न सुहाय'*	: रट लग जाना, निरन्तर पुकार	1/177	प्रेमपथिक
जम्बीर जम्बू	–*'चहूँ ओर कादम्ब जम्बीर जम्बू'*	: नींबू और जामुन	3/25	तृतीय परिच्छेद/उर्वशी
जम्बूद्वीपहिं	–*'जम्बूद्वीपहिं बाँट्यो, करि नवखण्ड'*	: जम्बूद्वीप, भारतवर्ष का एक पुराना नाम	1/25	प्रेम-राज्य(पू.)/चित्राधार

शब्द- काव्य-पंक्ति	: अर्थ	प्र.ग्रं./पृ.सं.	स्रोत/संदर्भ
जलजात-पात –*'आवै इठलात जलजात-पात को सो बिन्दु'*	: कमल के पत्ते	1/78	मकरंद बिन्दु/चित्राधार
जलद-जुग –*'भरे क्रोध-जल जलद-जुग, भिरत करत आघात'*	: बादल-युग्म, बादलों का जोड़ा	3/27	तृतीय परिच्छेद/उर्वशी
जल्पना –*'पन्नगहू मन मारि, करत नहिं कछुक जल्पना'*	: बोलना	1/32	प्रेम-राज्य(उ.)/चित्राधार
जामदग्नि –*'जामदग्नि ते रच्यो समर करि दर्प'*	: जमदग्नि ऋषि के पुत्र परशुराम	1/25	प्रेम-राज्य(पू.)/चित्राधार
जाहिरहि –*'जगमगात जाहिरहि जवाहिर को चमकावत'*	: प्रकट या प्रत्यक्ष रूप से	1/19	वन-मिलन/चित्राधार
जुन्हाइ –*'बरसैकि जुन्हाइ सुचन्द मनो'*	: चाँदनी	1/43	चन्द्र/चित्राधार
जुलखै –*'मदनहु बदन जुलखै, रहै ठाढ़ो वहि जोहत'*	: जो भी (व्यक्ति) देख ले	1/29	प्रेम-राज्य(उ.)/चित्राधार
जुहा –*'वह कुसुम जुहा के भूषनों को सुधारें'*	: इकट्ठा करना	3/48	तृतीय दृश्य/सज्जन
जृम्भन –*'कंपन, जृम्भन, आलस, क्लेश अपार'*	: जम्हाई लेना	1/180	प्रेमपथिक
ज्वालावलि –*'विशाल ज्वालावलि सों प्रभा भरी'*	: अग्नि-समूह	1/35	अष्टमूर्ति/चित्राधार
झला –*'बिलसै चहुँ ओर लखात झला'*	: चमकना	1/43	चन्द्र/चित्राधार
टालीकोट –*'टालीकोट सुयुद्धभूमि में प्रबल दुहूँ दल'*	: तालीकोट (कर्नाटक) के मैदान में 26 जनवरी 1565 को विजय नगर और दक्कन में युद्ध हुआ था	1/21	प्रेम-राज्य(पू.)/चित्राधार
टेरि –*'कह टेरि सारथी सों कुमार'*	: पुकार कर	3/71	चतुर्थ परिच्छेद/वभ्रुवाहन
◆ *'पुनि कहो टेरि सुपांडवहिं, सन्नद्ध संगर को रहौ'*	: पुकार कर, ललकार कर	3/71	चतुर्थ परिच्छेद/वभ्रुवाहन
ठाम –*'सबको अहो तुम ठाम। तव मधुर ध्यान ललाम'*	: स्थान, आधार	1/37	कल्पना-सुख/चित्राधार
तऊ –*'जो सर्व व्यापक तऊ सबसे परे हैं'*	: वह तो	1/50	विनय/चित्राधार
तपमाल –*'नव तपमाल कल कुंज सों घने'*	: तपस्या का क्रम	1/3	अयोध्योद्धार/चित्राधार
तमालन –*'सरस रसाल, कदम्ब, तमालन की सुचि पाँती'*	: तमाल के वृक्ष	1/13	वन-मिलन/चित्राधार
तमालावली –*'रसालौ तमालावली चारु निम्बू'*	: तमाल के वृक्षों का समूह	3/25	तृतीय परिच्छेद/उर्वशी
तमावृत –*'घन तमावृत शून्य अकाश सों'*	: अँधेरे से ढँका हुआ	1/69	विस्मृत प्रेम/चित्राधार
तरणि-किरण –*'तरणि-किरण करि करि प्रवेश सम्पुट सरोज में'*	: सूरज की किरणें	3/62	द्वि.परिच्छेद/वभ्रुवाहन
तरणि-विश्व –*'सम लखात प्राची में तरणि-विश्व अरुणांचित'*	: सूर्य का संसार, सूर्य के उदय के बाद प्रकाशित संसार	3/62	द्वि.परिच्छेद/वभ्रुवाहन
तरुओटन –*'आवत है पग चाँपिके, तरुओटन में छिपतही'*	: वृक्ष की आड़ में	1/29	प्रेम-राज्य(उ.)/चित्राधार
तरुस्रेनी –*'कूल-तरुस्रेनी अति सुख देनी सुन्दर रूप विराजै'*	: वृक्षों की शृंखला	1/47	वर्षा में नदी.../चित्राधार
तातो-तातो –*'तातो-तातो कढ़ि रूखे मन को हरित करै'*	: उस-उस को	1/78	मकरंद बिन्दु/चित्राधार
तापर –*'तापर शांत विहंगम-सँग'*	: उस पर	1/42	रजनी/चित्राधार
तामें –*'तामें मणिसम तारा सोहत सलील'*	: उस में	1/58	सन्ध्या तारा/चित्राधार
तारकस –*'किधौं गगन तारकस तानि बहु रंग तार को'*	: तार खींचनेवाला	1/62	इन्द्र-धनुष/चित्राधार
तारा-निकर –*'तारा-निकर व्योम-मुक्ता-सम'*	: सितारों का समूह या झुण्ड	1/42	रजनी/चित्राधार
तारानिकर –*'शैशव तारानिकर मलिनता धाय लई है'*	: तारों का समूह	3/67	तृ.परिच्छेद/वभ्रुवाहन
ताराहरा –*'ताराहरा की सुमेरु-मणी है'*	: तारों की पंक्तियाँ	3/18	द्वितीय परिच्छेद/उर्वशी
तासु –*'नील नभ उज्ज्वल अनन्त, गम्भीर तासु अगारु'*	: उसके समान	3/58	प्रथम परिच्छेद/वभ्रुवाहन
तितनो –*'तितनो यह रूख निहारति हौ'*	: उसी अनुपात में	1/48	उद्यान-लता/चित्राधार
तिमिजन –*'संसार तरंग लखि भीत तिमिजन'*	: तिमि-समूह, तिमि (एक समुद्री मछली), तिमि-रूपी मनुष्य	1/59	सन्ध्या तारा/चित्राधार
तियान –*'सुरभि, ब्राह्मण औ' तियान के'*	: स्त्रियाँ	1/7	अयोध्योद्धार/चित्राधार

शब्द- काव्य-पंक्ति	: अर्थ	प्र.ग्रं./पृ.सं.	स्रोत/संदर्भ
तीछन –*'तीछन दिवाकर ते दुखित दवार ते'*	: तीक्ष्ण, तीखी (धूप)	1/73	मकरंद बिन्दु/चित्राधार
तीछनता –*'मुख की तीछनता को त्यागत है नहिं तौ लौं'*	: तीखापन	3/51	चतुर्थ दृश्य/सज्जन
तूणीर –*'लसै चारु नाराच तूणीर में ले'*	: तरकश	3/9	कथामुख/उर्वशी
तृण-सबिन्दु –*'लहि तृण-सबिन्दु तुषार। गुहि देत मुक्ताहार'*	: घास पर टिकी ओस की बूँद	1/38	कल्पना-सुख/चित्राधार
तेरोई –*'तेरोई प्रतिबिम्ब लखै चित्त लोल'*	: तुम्हारा ही	1/179	प्रेमपथिक
तोखै –*'स्वारथ रत परपीर नहीं जानत किमि तोखै'*	: तुष्ट करना, संतुष्ट करना	1/15	वन-मिलन/चित्राधार
तोरति अंग –*'तोरति अंग किये अरसोहैं'*	: अँगड़ाई लेना	3/14	प्रथम परिच्छेद/उर्वशी
त्रिपुरारि –*'दियो पाशुपत व्योमकेश त्रिपुरारि'*	: कृष्ण या विष्णु	1/26	प्रेम-राज्य(पू.)/चित्राधार
थान –*'पथिक कह्यौ "हौ कौन रहौ केहि थान'*	: स्थान, जगह	1/179	प्रेमपथिक
थापिके –*'निज शांति सुराज्य थापिके'*	: स्थापित करके	1/3	अयोध्योद्धार/चित्राधार
दलित कुसुम –*'दलित कुसुम अपमानित-हिय, बाला बेचारी'*	: कुचला हुआ फूल	1/16	वन-मिलन/चित्राधार
दवार –*'तीछन दिवाकर ते दुखित दवार ते'*	: गर्मी	1/73	मकरंद बिन्दु/चित्राधार
दिपै –*'बढ़ी ओप दूनी दिपै चारु ओरै'*	: दीप्त होना	3/9	कथामुख/उर्वशी
दिलीप –*'अनरण्य दिलीप आदि ने'*	: राम के पूर्वज, रघु के पिता	1/6	अयोध्योद्धार/चित्राधार
दीपांकुराली –*'विशद भवन माहीं रत्न दीपांकुराली'*	: अनेक दीपक की लौ	1/4	अयोध्योद्धार/चित्राधार
दीसत –*'कि चन्द्रमा सी यह दीसत को है?'*	: दिखायी पड़ना	3/14	प्रथम परिच्छेद/उर्वशी
दु:खनिकेत –*'फिरहु 'पथिक' यह मग अति दु:खनिकेत'*	: दु:ख का घर, जहाँ दु:ख का वास हो	1/178	प्रेमपथिक
दुकूली –*'हरी-पत्रिका कुंज सोहै दुकूली'*	: दुकूल से युक्त, दुपट्टा, चुनरी	3/25	तृतीय परिच्छेद/उर्वशी
दुधारे –*'सजे सूर धारे दुधारे सुधारे'*	: दोधारी (तलवार आदि)	3/9	कथामुख/उर्वशी
दुराई –*'बन्दन करि बैठीं वे, मनकी मनहिं दुराई'*	: छिपाना, गोपन करना	1/16	वन-मिलन/चित्राधार
दृग-कुम्भ –*'सींचत युगल दृग-कुम्भ सुधा-धारन ते'*	: आँखें मानो कलश हैं	1/75	मकरंद बिन्दु/चित्राधार
दृग-चाप –*'दृग-चाप चढ़े गुण के बिन'*	: नेत्र-रूपी धनुष	3/15	प्रथम परिच्छेद/उर्वशी
दृगविलोल –*'तद्यपि हाँसी उछलि रही है दृगविलोल में'*	: चंचल नेत्र	1/29	प्रेम-राज्य(उ.)/चित्राधार
दोखै –*'इनको कुटिल स्वभाव कोऊ इनको का दोखै'*	: दोष देना	1/15	वन-मिलन/चित्राधार
द्विजकुल –*'द्विजकुल तरुशाखा में कबौं मंद बोलै'*	: पक्षी-समूह, अंडज पक्षी	1/4	अयोध्योद्धार/चित्राधार
धनंजयादि –*'बसुन्धरा अम्बु धनंजयादि में'*	: अग्नि आदि	1/36	अष्टमूर्ति/चित्राधार
धरिगति –*'उठी बाल धरिगति मराल-सी चली बकुलतर'*	: वेगपूर्वक	1/29	प्रेम-राज्य(उ.)/चित्राधार
धरितीछन –*'पुनि धरितीछन किरन बरसि बिरहागिनि ज्वाला'*	: तीक्ष्ण रूप धारण करके	3/67	तृ. परिच्छेद/बभ्रुवाहन
धरैया –*'भ्रमण विनोद में धरैया नव नेम के'*	: धारण करनेवाले	1/73	मकरंद बिन्दु/चित्राधार
धर्म्म-वृषभ –*'धर्म्म-वृषभ की असवारी, मन महँ शुचिभावत'*	: शिव का वृषभ मानो धर्म का प्रतीक है	1/31	प्रेम-राज्य(उ.)/चित्राधार
धव –*'धव, अशोक, अरु देवदारु तरुगन बहुभाँती'*	: एक जंगली वृक्ष जिसके ज्यादातर हिस्से औषधि के काम आते हैं	1/13	वन-मिलन/चित्राधार
नंदन-कानन-कुसुमदाम –*'नन्दन-कानन-कुसुमदाम सौरभ सो छावत'*	: इन्द्र के उद्यान 'नन्दन-कानन' के फूलों की माला	1/19	वन-मिलन/चित्राधार
नक्र-कुलाकुल –*'बहुल नक्र-कुलाकुल भी रहौ'*	: व्याकुल मगरमच्छों का समूह	1/67	नीरव प्रेम/चित्राधार
नगीची –*'ह्वै कै सुरंजित लखात सबै नगीची'*	: नजदीक	3/48	तृतीय दृश्य/सज्जन

शब्द- काव्य-पंक्ति	: अर्थ	प्र.ग्रं./पृ.सं.	स्रोत/संदर्भ
नटिनि –*'वर्षा नटिनि को तट पटिनि को, चारु किनारी राजै'*	: अभिनेत्री	1/47	वर्षा में नदी कूल/चित्राधार
नभलौं –*'जिनके रथ सहसारथि, नभलौं जाहि'*	: आकाश (स्वर्ग) तक	1/25	प्रेम-राज्य (पू.)/चित्राधार
नरनाह –*'आवत ही नरनाह, देखि सब छत्री सेना'*	: राजा, मनुष्यों के स्वामी	1/23,	प्रेम-राज्य (पू.)/चित्राधार
नराच –*'जिनके क्रोध अनल महँ, स्रुवा नराच'*	: वाण	1/26	प्रेम-राज्य (पू.)/चित्राधार
नराच –*'तहँ चले तीर, नराच, भल्ल'*	: वाण	1/10	अयोध्योद्धार/चित्राधार
नलनी –*'साँचहुँ कामी मधुप समान सधुप नलनी सह'*	: कमलिनी	3/62	द्वितीय परिच्छेद/वभ्रुवाहन
नलिन-पराग –*'मनहु सुधा के बिम्ब में, लपट्यो नलिन-पराग'*	: कमल का पीत पराग	3/57	प्रथम परिच्छेद/वभ्रुवाहन
नलिनीगन –*'उडुराज किधौं नलिनीगन में'*	: कुमुदिनी का समूह	1/43	चन्द्र/चित्राधार
नवखण्ड –*'जम्बूद्वीपहिं बाँट्यो, करि नवखण्ड'*	: नौ हिस्से में (भारत को बाँट कर देखा गया)	1/25	प्रेम-राज्य (पूर्वार्द्ध) /चित्राधार
नवनीर –*'अहो नवल नीरद नवनीर नीर विधि सों भरि'*	: स्वच्छ जल	1/55	नीरद/चित्राधार
नवमोद –*'जब विमोहत है नवमोद में'*	: नवीन आनन्द	1/66	नीरव प्रेम/चित्राधार
नागमणिन –*'तिनमहँ नागमणिन सम तारे लसत समुज्ज्वल'*	: नागमणियों की तरह	1/31	प्रेम-राज्य (उ.)/चित्राधार
नारकी –*'अहै वही नीच महान नारकी'*	: नरक-तुल्य	3/49	तृतीय दृश्य/सज्जन
नाराच –*'चञ्चल दृढ़ कोदण्ड और नाराच करेरे'*	: वाण	3/46	द्वितीय दृश्य/सज्जन
♦ *'लसै चारु नाराच तूणीर में ले'*	: तीर	3/9	कथामुख/उर्वशी
नाहर –*'कपटी नाहर के मनहुँ छिपी नखन की पाँत'*	: शेर, सिंह	3/60	प्रथम परिच्छेद/वभ्रुवाहन
निकर –*'तारा-निकर व्योम-मुक्ता-सम'*	: समूह या झुण्ड	1/42	रजनी/चित्राधार
निकाया –*'जेहि बस भूलि भ्रमत हैं सबही सुर अरु असुर निकाया'*	: समूह	3/63	द्वितीय परिच्छेद/वभ्रुवाहन
निजनव –*'कृष्णा क्रीडत निजनव, तरलित जल लहरी सों'*	: अपनी नयी (लहरें)	1/21	प्रेम-राज्य (पूर्वार्द्ध) /चित्राधार
निजरमणि –*'विहरि करि स्वच्छन्द क्रीड़ा, / निजरमणि के संग'*	: अपनी स्त्री या पत्नी	1/176	प्रेमपथिक
निधि छीर –*'निधि छीर मनो बिहरै कमला'*	: क्षीर सागर (जहाँ विष्णु का निवास है)	1/43	चन्द्र/चित्राधार
निधुवन –*'निधुवन लीला निरत नित, पूरित जहँ कल-कुंज'*	: काम-क्रीड़ा	3/13	प्रथम परिच्छेद/उर्वशी
निनादन –*'तरल वीचि निनादन में कढ़ै'*	: ध्वनि की आवृत्ति	1/66	नीरव प्रेम/चित्राधार
निरेखत –*'निरेखत अश्रु-भरे निज नैन'*	: निरखना, ध्यान लगाकर देखना	1/49	प्रभात-कुसुम/चित्राधार
निरेखि –*'किंसुक बिसेखि कचनार को निरेखि तेहि'*	: निरख कर, देखकर	1/73	मकरंद बिन्दु/चित्राधार
निर्वेद –*'चिन्ता, हर्ष, विषाद, क्रोध, निर्वेद'*	: शान्त रस का स्थायी भाव, सुख-दु:ख के प्रति समभाव प्राप्त करना	1/39	मानस/चित्राधार
निलज –*'नीच निकाम, निलज, बनि जग में होय तुम्हारो नेही'*	: निर्लज्ज, बेशर्म	1/82	मकरंद बिन्दु/चित्राधार
निशाच्छादित –*'निशाच्छादित राजही, अति नील तरुवर पुंज'*	: रात से घिरकर	3/58	प्रथम परिच्छेद/वभ्रुवाहन
निषंग –*'भरे निषंग तुणीर पृष्ठ कर चाप सुराजत'*	: तरकश	3/58	प्रथम परिच्छेद/वभ्रुवाहन
निसिनाथ-कला –*'निसि फैलि रही निसिनाथ-कला'*	: चन्द्रमा की कलाएँ	1/43	चन्द्र/चित्राधार
निहोरत –*'राखि कपोल अमोल निहोरत'*	: निहारना, देखना	3/20	द्वितीय परिच्छेद/उर्वशी
नीके –*'आज तो नीके नेकु निहारो'*	: अच्छी तरह	1/82	मकरंद बिन्दु/चित्राधार
नीरद की पाँती –*'भील बालकन की अवली, नीरद की पाँती'*	: बादलों की पंक्ति	1/30	प्रेम-राज्य(उ.)/चित्राधार

शब्द-	काव्य-पंक्ति	: अर्थ	प्र.ग्रं./पृ.सं.	स्रोत/संदर्भ
नील कमलावली	–*'राजत विधु के बिम्ब, मनहुँ नील कमलावली'*	: नीलकमल का समूह	3/12	प्रथम परिच्छेद/उर्वशी
नीलमनी	–*'सुहाला ते प्याला है नीलमनी को'*	: नीलमणि (का बना प्याला)	3/24	तृतीय परिच्छेद/उर्वशी
नेक	–*'अरे नेक हटि बैठु डार पै ते सुन कोकिल'*	: जरा, थोड़ा-सा	1/44	रसाल-मंजरी/चित्राधार
नेकु	–*'नेकु कृपा करि कोर फिरी इतै'*	: थोड़ी-सी	3/22	द्वितीय परिच्छेद/उर्वशी
पंचम राग	–*'बढ़ि पंचम राग मैं जबै'*	: पंचम स्वर, कोयल की तान	1/5	अयोध्योद्धार/चित्राधार
पगैगी	–*'तेरो सुरक्त करि पान महा पगैगी'*	: डूबना, निमग्न हो जाएगी	3/47	द्वितीय दृश्य/सज्जन
पञ्च	–*'पञ्च नहिं जानौं, हौं विपञ्ची बूझ देखौ किन'*	: सरपंच की तरह फैसला लेनेवाला	1/75	मकरंद बिन्दु/चित्राधार
पटली	–*'अम्बर छाया है कादम्बिनी की पटली सों'*	: पटरी, स्तर पर स्तर	1/55	नीरद/चित्राधार
पन्नगहू	–*'पन्नगहू मन मारि, करत नहिं कछुक जल्पना'*	: साँप को	1/32	प्रेम-राज्य(उ.)/चित्राधार
पयानो	–*'के हेतु पयानो कीन्ह्यो'*	: प्रयाण, प्रस्थान करना	1/10	अयोध्योद्धार/चित्राधार
पयोनिधि	–*'जो सूर के शुचि किरन में भारत पयोनिधि नीर में'*	: समुद्र	1/64	भारतेन्दु-प्र./चित्राधार
परपीर	–*'स्वारथ रत परपीर नहीं जानत किमि तोखै'*	: दूसरे की पीड़ा	1/15	वन-मिलन/चित्राधार
परसत	–*'कुसुम सहित तरुवर, की साखा जल भर परसत'*	: स्पर्श करना	1/28	प्रेम-राज्य(उ.)/चित्राधार
परसित	–*'प्रियम्बदा-अनुसूया सिर कीन्हों कर परसित'*	: छूकर, स्पर्श करके	1/20	वन-मिलन/चित्राधार
परस्यो	–*'माधवि लता मनोहर को निज कर ते परस्यो'*	: छुआ, स्पर्श किया	1/18	वन-मिलन/चित्राधार
परिवाहन	–*'लाग्यो परिवाहन तब हजार'*	: (तीर छोड़कर) फेंकना, भेजना	3/71	चतुर्थ परिच्छेद/वभ्रुवाहन
परिवेष्ठित	–*'इंदु-कला-परिवेष्ठित'*	: युक्त	1/42	रजनी/चित्राधार
पहिरावहीं	–'कीरहिं, मृगछौनहिं, सिखिहि, यथा उचित पहिरावहीं'	: पहनाती है	1/29	प्रेम-राज्य(उ.)/चित्राधार
पागी	–*'हर्ष-विषाद असीम, आनन्दित ह्वै पुनि पागी'*	: पगी हुयी, रची हुयी	1/17	वन-मिलन/चित्राधार
पाग्यो	–*'देख्यो गृह के द्वार, एक बाला मन पाग्यो'*	: (मन को) अपनी ओर खींच लेना	1/26	प्रेम-राज्य(पू.)/चित्राधार
पामर	–*'जानत नाहिं प्रचण्ड भुजन को पामर! मेरे'*	: दुष्ट, नीच	3/46	द्वितीय दृश्य/सज्जन
पारथ	–*'न पारथ पूछत हैं इक बात'*	: पार्थ, अर्जुन	3/67	तृ.परिच्छेद/वभ्रुवाहन
पाशुपत	–*'दियो पाशुपत व्योमकेश त्रिपुरारि'*	: पशुपति शिव का एक विशिष्ट अस्त्र	1/26	प्रेम-राज्य(पूर्वा.)/चित्राधार
पाहनहूँ	–*'कढ़ि पाहनहूँ ते पुकार बस सबसों भेद छिपायो'*	: पत्थर में से प्रकट होकर	1/80	मकरंद बिन्दु/चित्राधार
पीत-पटी	–*'पीत-पटी कटि माहिं रंग साँवरो निहारो'*	: पीले वस्त्र वाली	1/45	रसाल-मंजरी/चित्राधार
पीय प्रवास	–*'मनो रमनी निज पीय प्रवास'*	: प्रिय का प्रवास (दूसरी जगह वास) पर चले जाना	1/49	प्रभात-कुसुम/चित्राधार
पीरा	–*'तुम सुमति सुधारि ईश पीरा निवारी'*	: पीड़ा	1/8	अयोध्योद्धार/चित्राधार
पुखराज	–*'पुतरी पुखराज की मनो'*	: एक कीमती रत्न जिसका रंग गौरवर्ण से मिलता है	1/5	अयोध्योद्धार/चित्राधार
पुतरिन	–*'इन पुतरिन पै आपने चरनन के रज गेरि'*	: आँखों की पुतलियाँ	1/53	विदाई/चित्राधार
♦	*'भरो हलाहल कारो पुतरिन माँह'*	: आँखों की काली गोल पुतली	3/30	चतुर्थ परिच्छेद/उर्वशी
♦	*'भर्‍यो हलाहलकारी पुतरिन माँह'*	: 'पुतली' नाम की लड़की	1/179	प्रेमपथिक
पुतरी	–*'पुतरी पुखराज की मनो'*	: पुतली, मूर्ति	1/5	अयोध्योद्धार/चित्राधार
पुलिन	–*'अमर तरंगिनि पुलिन, सिला पर युगल सुधाकर'*	: नदी का तट	1/30	प्रेम-राज्य(उ.)/चित्राधार
पुलिनोपरि	–*'तब पुलिनोपरि बैठी मनुज मनमान'*	: तट पर	1/39	मानस/चित्राधार
पुहुमी	–*'मकरन्द सों पूरि रही पुहुमी सुख सौरभ सीखी खसी-सी परै'*	: पृथ्वी	3/58	प्रथम परिच्छेद/वभ्रुवाहन

शब्द- काव्य-पंक्ति	: अर्थ	प्र.ग्रं./पृ.सं.	स्रोत/संदर्भ
◆ *'सुख सों पूरि रहै पुहुमी यह'*	: पृथ्वी	3/54	पंचम दृश्य/सज्जन
पूरससी –*'अमला किरणावलि पूरससी'*	: पूर्ण चन्द्र	1/43	चन्द्र/चित्राधार
पेखत –*'चन्द्र सूर्य युगनैन, जबहि वह अपने पेखत'*	: देखना	1/31	प्रेम-राज्य(उ.)/चित्राधार
पोखे –*'कानन में पुन्य पूर पोखे पुंज प्रेम के'*	: पोषण करना	1/73	मकरंद बिन्दु/चित्राधार
पोखौ –*'तुम आशामय बाला को, लीन्हें हिय पोखौ'*	: पालो-पोसो, पालन-पोषण करना	1/26	प्रेम-राज्य(पू.)/चित्राधार
प्रतीची –*'अनुकूल प्रतीची सों लखि दिनकर'*	: पश्चिम दिशा	1/58	सन्ध्या तारा/चित्राधार
◆ *'सो दिव्य देव दिननाथ लहे प्रतीची'*	: पश्चिम दिशा	3/48	तृतीय दृश्य/सज्जन
प्रत्यञ्चा –*'जिनके प्रत्यञ्चा की सुनि टनकार'*	: धनुष की डोरी	1/25	प्रेम-राज्य(पू.)/चित्राधार
प्रपूरिता –*'सुरम्य शस्यावलि सों प्रपूरिता*	: भरी-पूरी, समृद्ध	1/35	अष्टमूर्ति/चित्राधार
प्रभञ्जन-सों –*'परिमल पूर प्रभञ्जन-सों जहँ जन मन हरषत'*	: तेज हवा	1/28	प्रेम-राज्य(उ.)/चित्राधार
प्रभात्तिक –*'प्रभात्तिक फूल हियो हरि लेत'*	: प्रभात का (खिला फूल)	1/49	प्रभात-कुसुम/चित्राधार
प्रविसि –*'प्रविसि कूलन और पहार में'*	: प्रवेश करके	1/66	नीरव प्रेम/चित्राधार
प्रसेद –*'मकरन्द पराग प्रसेद सने'*	: प्रस्वेद, पसीना	3/26	तृतीय परिच्छेद/उर्वशी
◆ *'मकरन्द प्रसेद सों सिक्त कलेवर'*	: प्रस्वेद, पसीना	3/24	तृतीय परिच्छेद/उर्वशी
प्राह –*'तबहुँ न मान्यो मूढ़ प्राह सन्निकट द्वैत सर'*	: प्रहरी	3/46	द्वितीय दृश्य/सज्जन
प्रेम-घन –*'आवत बरसत नेहरस, अहो प्रेम-घन मीत'*	: प्रेम के बादल (की तरह)	1/53	विदाई/चित्राधार
प्रेम-देव –*'अहा! प्रेम-देव! धन्य !'*	: प्रेम के देवता कामदेव	3/30	चतुर्थ परिच्छेद/उर्वशी
प्रेमवल्लभी –*'प्राणवल्लरी! प्रेमवल्लभी! विकसित देहु लखाय रे*	: प्रेम की स्वामिनी	3/33	चतुर्थ परिच्छेद/उर्वशी
प्रेम-सुरसरी-धारा –*'पान करत वह प्रेम-सुरसरी-धारा रुचि सों'*	: प्रेम-रूपी गंगा की धारा	1/32	प्रेम-राज्य(उ.)/चित्राधार
फाटक –*'रत्नमयी भूमि लगे हाटक के फाटक त्यों'*	: फटकन, सूप से फटकने पर अनाज से निकला भूसा	3/12	प्रथम परिच्छेद/उर्वशी
फेन माली –*'गम्भीर गर्ज्जन करै निधि फेन माली'*	: फेन की माला पहने (समुद्र)	1/50	विनय/चित्राधार
बंक –*'मुरि मुसुक्यान बतराइबो मधुर बंक'*	: बाँकापन	3/29	चतुर्थ परिच्छेद/उर्वशी
बकुलतर –*'उठी बाल धरिगति मराल-सी चली बकुलतर'*	: बकुल नामक फूल के पेड़ के नीचे	1/29	प्रेम-राज्य(उ.)/चित्राधार
बगारत –*'फूल खिले ये अंगार बगारत'*	: फैलाना	3/28	चतुर्थ परिच्छेद/उर्वशी
◆ *'सौरभ सुभग बगारत जासों वन है सुरभित'*	: फैलाना	1/13	वन-मिलन/चित्राधार
बगारि –*'दीरघ श्वास बगारि के त्यों'*	: बिखराना	3/21	द्वितीय परिच्छेद/उर्वशी
बटपारहूँ –*'बटपारहूँ मग माँहि हिन्दी को पथिक जावै कहाँ'*	: बटमार, रास्ते में लूटनेवाले	1/64	भारतेन्दु-प्रकाश/चित्राधार
बतराइबो –*'मुरि मुसुक्यान बतराइबो मधुर बंक'*	: बातचीत	3/29	चतुर्थ परिच्छेद/उर्वशी
बदन –*'शम्भु नयन प्रतिबिम्ब, जयति शैलजा बदन पै'*	: वदन, चेहरा, मुख	3/12	प्रथम परिच्छेद/उर्वशी
बनराजी –*'सुरसरि-तीर तमाल-कुञ्ज, श्यामल बनराजी'*	: वन-समूह, वृक्षों की पंक्तियाँ	1/28	प्रेम-राज्य(उ.)/चित्राधार
बनाली –*'नगर बनाली कोकिला की काकली सों भर्‌यो'*	: जंगल की शृंखला	1/72	मकरंद बिन्दु/चित्राधार
◆ *'बनाली, जल-लहरी पर सीरो'*	: वन-समूह	1/41	मानस/चित्राधार
बरक्षुर धार –*'ये सब हैं मम भूषण बरक्षुर धार'*	: तेज छुरे की धार	1/180	प्रेमपथिक
बरजोरी –*'तेरे रूप सों तो सबही की बरजोरी है'*	: जबरदस्ती	1/78	मकरंद बिन्दु/चित्राधार
बरतै –*'नहिं आलस में पड़ै कड़ै बरतै न जनों से'*	: व्यवहार करना	3/53	पंचम दृश्य/सज्जन
बलित –*'बलित हेमबल्ली कलकुसुम सहित उपवन जहँ'*	: घिरा हुआ	3/12	प्रथम परिच्छेद/उर्वशी

शब्द- काव्य-पंक्ति	: अर्थ	प्र.ग्रं./पृ.सं.	स्रोत/संदर्भ
बहुतारा -'*बहुतारा किरणालि मालिनी*'	: अनेक तारे	1/3	अयोध्योद्धार/चित्राधार
बांधवराजे -'*बांधवराजे यूथप सँग घेरैं बहु नाको*'	: मित्र राजा लोग	1/21	प्रेम-राज्य(पू.)/चित्राधार
बारहिबार -'*बारहिबार सुवारि भरे दृग*'	: बार-बार	3/21	द्वितीय परिच्छेद/उर्वशी
बाल -'*प्रथम मिलन के हेतु तैं, सकुचित पुलकित बाल*'	: बाला, नवयुवती	3/11	कथामुख/उर्वशी
बालावलि -'*मंजु भृंग बालावलि लुरत चहूँ दिसि इत-उत*'	: तरुण (भौंरों) का समूह	3/13	प्रथम परिच्छेद/उर्वशी
बासर -'*व्यतीत भये बहु बासर जात*'	: दिन	3/67	तृतीय परिच्छेद/वभ्रुवाहन
बाहनहूँ -'*लसत समीप षडानन, बाहनहूँ को देखो*'	: वाहन को (मयूर)	1/32	प्रेम-राज्य(उ.)/चित्राधार
बिधुकुल-राई -'*करि प्रणाम कर जोरि, खड़े भै बिधुकुल-राई*'	: चंद्रवंशी राजा (दुष्यन्त)	1/18	वन-मिलन/चित्राधार
बिबुध -'*राजकुमारी, कुंवर, बिबुध गन्धर्व*'	: चतुर, विद्वान्	3/30	चतुर्थ परिच्छेद/उर्वशी
बिलमाय -'*मनुजहिं रखै बिलमाय । जासों रहै सुख पाय*'	: प्रेम में बाँधकर रखना	1/37	कल्पना-सुख/चित्राधार
बिलोल -'*अगिनित बीचि बिलोल मनोहर माल*'	: चंचल	1/39	मानस/चित्राधार
♦ '*निज बिलोल नव-हास विलासहिं करती वारी*'	: चंचल, सुन्दर	1/14	वन-मिलन/चित्राधार
बिसेखि -'*किंसुक बिसेखि कचनार को निरेखि तेहि*'	: विशेष रूप से	1/73	मकरंद बिन्दु/चित्राधार
बिहंग-संग -'*कलरव मधुर बिहंग-संग*'	: पक्षियों के साथ	1/41	मानस/चित्राधार
बिहरत -'*बिहरत बहु विधि 'शोच' मरालिनि जाल*'	: विहार करना, आनंदपूर्वक घूमना-टहलना	1/39	मानस/चित्राधार
बिहरहीं -'*कोकिल कुल कलनाद करत अति मधुर बिहरहीं*'	: विहार करना	1/21	प्रेम-राज्य(पू.)/चित्राधार
बिहरै -'*निधि छीर मनो बिहरै कमला*'	: विहार करना	1/43	चन्द्र/चित्राधार
बिहायसी -'*बिहायसी, पौन, दिनेश आदि में*'	: आकाश	1/36	अष्टमूर्ति/चित्राधार
बिहारथल -'*सो बिहारथल तजि मदमातो अनत कहूँ नहिं जावे*'	: विहार-स्थल	1/81	मकरंद बिन्दु/चित्राधार
बीचि -'*अगिनित बीचि बिलोल मनोहर माल*'	: तरंग	1/39	मानस/चित्राधार
बीचिन -'*जो करेगी बात बीचिन के तुम्हारे कान*'	: लहरें	1/70	विसर्जन/चित्राधार
बीनत -'*कोउ बीनत है कुसुमावली को*'	: चुनना	3/14	प्रथम परिच्छेद/उर्वशी
बीर प्रसूती -'*लखिहौं बीर प्रसूती ह्वै आनन्द हिय लैके*'	: वीर बालक को जन्म देनेवाली	3/69	तृ.परिच्छेद/वभ्रुवाहन
बेनी -'*अलकावलि की बनी बेनी भली*'	: चोटी	3/15	प्रथम परिच्छेद/उर्वशी
बोधिके -'*चल्यो निज पथ सोधिके, /मन बोधिके बहु भाँति*'	: समझ-बूझ कर	1/175	प्रेमपथिक
भल्लावली -'*परै देखि भल्लावली खड्ग छोरै*'	: भालों का समूह	3/9	कथामुख/उर्वशी
भारत -'*भारत सिंह शिकारी बन-बन मृगया को आमोद*'	: संग्राम	1/80	मकरंद बिन्दु/चित्राधार
भारतखण्ड -'*निज नामते बसायो, भारतखण्ड*'	: भारतवर्ष	1/25	प्रेम-राज्य(पू.)/चित्राधार
भारते -'*अलकावलि भारते सुलंक की लचक*'	: भार से, शोभा के भार से	3/29	चतुर्थ परिच्छेद/उर्वशी
भालमणी -'*सन्ध्या सुबाल की भालमणी, किधौं*'	: मँगटीका, ललाट पर लटका मणि का आभूषण	3/18	द्वितीय परिच्छेद/उर्वशी
भासत -'*जो भानु मध्य नित भासत ओज धारे*'	: प्रकाश से युक्त	1/50	विनय/चित्राधार
भिरि -'*सुमल्ल सबही भिरि गये*'	: भिड़ जाना, युद्ध में भिड़ जाना	1/10	अयोध्योद्धार/चित्राधार
भीन्यो -'*कछुक मदिर मकरन्द अबहिं यामें भीन्यो है*'	: भीगना, नमी (रस) से युक्त	1/44	रसाल-मंजरी/चित्राधार
भील-यूथपति -'*आयो तहँ इक भील-यूथपति दुहुँ करजोरे*'	: भील जाति का एक सैन्यप्रमुख	1/22	प्रेम-राज्य(पू.)/चित्राधार
भुज-पेंच -'*जितनी भुज-पेंच पसारति हौ*'	: बाँहों के बन्धन में	1/48	उद्यान-लता/चित्राधार
भूतन -'*भूतनाथ सब भूतन सँग क्रीड़त है अविरल*'	: जीव	1/32	प्रेम-राज्य(उ.)/चित्राधार

शब्द- काव्य-पंक्ति	: अर्थ	प्र.ग्रं./पृ.सं.	स्रोत/संदर्भ
भूतनाथ –*'भूतनाथ सब भूतन सँग क्रीड़त है अविरल'*	: भगवान् शंकर	1/32	प्रेम-राज्य(उ.)/चित्राधार
मंजुजरी –*'मंजु मंजुजरी ते बरसत मकरन्द सुरस भरि'*	: सुन्दर बूटियाँ	3/13	प्रथम परिच्छेद/उर्वशी
मंजुमालित –*'सनी स्वेद पराग सों बसि मंजुमालित कुंज'*	: सुन्दर तरीके से घिरा हुआ	3/15	प्रथम परिच्छेद/उर्वशी
मँझारी –*'सबहीं दिन नहिं रहत दुःख संसार मँझारी'*	: में	1/17	वन-मिलन/चित्राधार
मकर –*'ग्रसत कबहुँ कल्पनाहि मकर महान'*	: मगरमच्छ	1/39	मानस/चित्राधार
मकर-निकर –*'है यह मकर-निकर अरु मत्स्य महान'*	: मगरमच्छों का समूह	1/39	मानस/चित्राधार
मणि-पद्मवासी –*'जो नित्य सौरभ सने मणि-पद्मवासी'*	: मणियों की तरह सुन्दर कमल में निवास करनेवाले	1/50	विनय/चित्राधार
मतंग –*'जहँ लख्यो विपुल मतंग'*	: हाथी	1/8	अयोध्योद्धार/चित्राधार
मदकल –*'मदकल निज पीके संग जे चारिनी है'*	: मस्त, मदनोत्सव	1/4	अयोध्योद्धार/चित्राधार
मदमैन –*'रसमत्त भये मदमैन में दोऊ'*	: काम-भावना के नशे में	3/23	द्वितीय परिच्छेद/उर्वशी
मधूक –*'हे मधु आकुल बकुल मधूक अगार विशाल रे'*	: महुए का पेड़	3/33	चतुर्थ परिच्छेद/उर्वशी
मनमथ –*'श्रवण में तउ फूँकि मनमथ मन्त्र देत बयार'*	: कामदेव	3/15	प्रथम परिच्छेद/उर्वशी
मनमान –*'तब पुलिनोपरि बैठी मनुज मनमान'*	: मनमाने तरीके से	1/39	मानस/चित्राधार
मनहर –*'सघन सुन्दर मेघ मनहर गगन सोहत हेरि'*	: मनोहर, मन को आकर्षित करनेवाला	1/47	वर्षा में नदी.../चित्राधार
मनी –*'दिनेश उदै भये मानो मनी को'*	: मणि	3/24	तृतीय परिच्छेद/उर्वशी
मनोमुकुल माल –*'तोरो न मनोमुकुल माल काचे ताग सों'*	: मन-रूपी कली की माला	1/77	मकरंद बिन्दु/चित्राधार
मन्दार –*'चम्पक अरु मन्दार केतकी की बहु पाँती'*	: इन्द्र के नन्दनकानन के पाँच वृक्षों में से एक – पारिभद्र, मदार, धतूरा, हाथी, मंदारपुष्प	1/13	वन-मिलन/चित्राधार
मयंक कला –*'सुमहोत्पल है कि मयंक कला'*	: चन्द्रमा के विभिन्न रूप	1/43	चन्द्र/चित्राधार
मरंद –*'कमलिनि-मधुलोभी मधुप लहि मरंद की आस'*	: पराग	3/61	प्रथम परिच्छेद/वभ्रुवाहन
मरकत-हारावलि –*'तरुगन राजि कतहुँ मरकत-हारावलि लाजै'*	: मरकत मणि से बनी माला	1/13	वन-मिलन/चित्राधार
मरालिनि –*'बिहरत बहु विधि 'शोच' मरालिनि जाल'*	: हंसिनी	1/39	मानस/चित्राधार
मराली –*'मन मुदित मराली जे मनोहारिनी है'*	: हंसिनी	1/4	अयोध्योद्धार/चित्राधार
◆ *'लजत मराली गमन लखे, वे दोनों आली'*	: हंसिनी	1/16	वन-मिलन/चित्राधार
मलिंद –*'बसि सरोज रस लेन को सन्ध्या समय मलिन्द'*	: भौंरा	3/16	प्रथम परिच्छेद/उर्वशी
मलिनाभ –*'लहि मलिनाभ छाया धारि मनोहर'*	: आभा (प्रकाश) का धीमा पड़ जाना	1/58	सन्ध्या तारा /चित्राधार
मलिया –*'मलिया जहँ सींचि लगावत है'*	: माली	1/48	उद्यान-लता/चित्राधार
महा विधान –*' 'धरा' धरै मूर्ति महा विधान को'*	: शिव, जो स्वयं महान् नियमों की तरह है	1/35	अष्टमूर्ति/चित्राधार
महाब्धि –*'महाब्धि ह्वै राखत सत्य सींव को'*	: महासागर	1/35	अष्टमूर्ति/चित्राधार
◆ *'यहि साम्राज्य महाब्धि में बच्यो'*	: समुद्र	1/6	अयोध्योद्धार/चित्राधार
महिपाल –*'राजमुकुट महिपाल, कहहु कहा चाहत कहन'*	: राजा	3/34	पंचम परिच्छेद/उर्वशी
महिषी –*'व्योम वारिधि मीन फाँसन निशा महिषी हाल'*	: स्वामिनी	3/58	प्रथम परिच्छेद/वभ्रुवाहन
मातो –*'मातो मधुकर ह्वै मधु-अंध, विवेक न राखै'*	: मत्त होकर	1/14	वन-मिलन/चित्राधार
मार-छवि –*'अति ही सुभग सरूप, राजत कोटिहु मार-छवि'*	: कामदेव का सौन्दर्य	3/57	प्रथम परिच्छेद/वभ्रुवाहन

शब्द- काव्य-पंक्ति	: अर्थ	प्र.ग्रं./पृ.सं.	स्रोत/संदर्भ
माल –*'तोरो न मनोमुकुल माल काचे ताग सों'*	: माला	1/77	मकरंद बिन्दु/चित्राधार
मालिनि –*'शकुन्तला दुष्यन्त, भरत मालिनि के तीरन'*	: मालिनी नदी	1/18	वन-मिलन/चित्राधार
♦ *'विज्जुलि मालिनि नव कादम्बिनि सुन्दर रूप सुधारि'*	: माला, क्रम	1/47	वर्षा में नदी.../चित्राधार
मालिनि-तरल-तरंग –*'मालिनि-तरल-तरंग लगी मंगल को गावन'*	: मालिनी नदी की चंचल तरंगें	1/20	वन-मिलन/चित्राधार
मालिनि तीर –*'बैठी मालिनि तीर सुभगवेतसी-कुंज में'*	: मालिनी नदी के तट पर	1/14	वन-मिलन/चित्राधार
मालिनी –*'मालिनी मन्द प्रवाह सुखद-सुदुकूल विराजत'*	: एक नदी, इसी के किनारे शकुंतला का जन्म हुआ था	1/13	वन-मिलन/चित्राधार
मिलाली –*'निज मधुर प्रकाशै चन्द्रमा मैं मिलाली'*	: सम्मिलित कर लेना	1/4	अयोध्योद्धार/चित्राधार
मिलिन्दन –*'अरुझाइ मिलिन्दन को रस मै'*	: भौंरे	3/24	तृतीय परिच्छेद/उर्वशी
मुकता –*'सुघर दन्त की पाँति, मनो मुकता चुनि राखे'*	: मोती	1/29	प्रेम-राज्य(उ.)/चित्राधार
मुनीनन –*'देखि के बुद्धि भ्रमै है मुनीनन के'*	: मुनिजन	3/15	प्रथम परिच्छेद/उर्वशी
मुरि –*'मुरि मुसुक्यान मनोहर कलियन को अभिलाखै'*	: मुड़-मुड़कर	1/14	वन-मिलन/चित्राधार
मूर –*'प्रसन्न 'कीलाल' सुविश्व मूर है'*	: मूल, संजीवनी बूटी	1/35	अष्टमूर्ति/चित्राधार
मृगछौनहिं –*'कीरहिं, मृगछौनहिं, सिखिहि, यथा उचित पहिरावहीं'*	: हिरण के बच्चों को	1/29	प्रेम-राज्य(उ.)/चित्राधार
मृत्यका –*'तिन समिध बटोरै औ करै मृत्यका में'*	: मिट्टी	3/48	तृतीय दृश्य/सज्जन
मेघ-वाहन –*'किधौं मेघ-वाहन वाहन पै धरे धनुष यह'*	: बादलों को वहन करनेवाले, पवन	1/63	इन्द्र-धनुष/चित्राधार
मैन –*'किधौं मैन तरंग के पुंज सी सोहै'*	: कामदेव	3/14	प्रथम परिच्छेद/उर्वशी
मैन सिकारी –*'प्रेम! अनूपम जाल, मैन सिकारी हाथ में'*	: कामदेव-रूपी शिकारी	3/22	द्वितीय परिच्छेद/उर्वशी
मैनपीर –*'प्रिये कण्ठ भुज डालि, मैनपीर खींचहु तुरत'*	: काम-पीड़ा	3/15	प्रथम परिच्छेद/उर्वशी
मैन-मोहिनि –*'चित्त में चुभी है मैन-मोहिनि सी मूरति प्यारी'*	: कामभाव से युक्त मोहक व्यक्तित्व	3/29	चतुर्थ परिच्छेद/उर्वशी
मोचै –*'जासन मानै प्रजा सदा विश्वास न मोचै'*	: तोड़ना	3/53	पंचम दृश्य/सज्जन
मौक्तिका –*'ललिता को मौक्तिका हार, गलमहँ अति भायो'*	: मोती से बना	1/34	प्रेम-राज्य(उ.)/चित्राधार
मौजैं –*'जलधि वीर रस में, ज्यों उमड़ि उठी बहु मौजैं'*	: वीर रस के समुद्र में	1/23	प्रेम-राज्य(पू.)/चित्राधार
म्लेछतम –*'मारि म्लेछतम करि, अनूप बहु बीर काम को'*	: म्लेच्छों की अधिकतम संख्या	1/24	प्रेम-राज्य(पू.)/चित्राधार
याम –*'युग याम व्यतीत यामिनी'*	: पहर, तीन घंटे की अवधि	1/3	अयोध्योद्धार/चित्राधार
यामें –*'कछुक मदिर मकरन्द अबहिं यामें भीन्यो है'*	: उसमें	1/44	रसाल-मंजरी/चित्राधार
यामे –*'यामे मधुर मरन्द, पराग, सुगन्ध सबै है'*	: जिसमें	1/14	वन-मिलन/चित्राधार
युगनैन –*'चन्द्र सूर्य युगनैन, जबहि वह अपने पेखत'*	: नयन युगल, दोनों की आँखें	1/31	प्रेम-राज्य(उ.)/चित्राधार
यूथ –*'हरिन यूथ ते विलग जिमि, हरिनी होत विहाल'*	: समूह	3/10	कथामुख/उर्वशी
यूथप –*'बांधवराजे यूथप सँग घेरैं बहु नाको'*	: सेना की टुकड़ी	1/21	प्रेम-राज्य(पू.)/चित्राधार
रतनेस –*' 'रतनेस' न जासु बराबर में'*	: धन के देवता कुबेर	1/43	चन्द्र/चित्राधार
रती –*'नक्षत्र दरशन ते सुकछु आराम पायो है रती'*	: रत्ती भर, थोड़ा-सा	1/65	भारतेन्दु-प्र./चित्राधार
रथांग –*'सुनि रथांग को शब्द वह, चन्द्रमुखी तत्काल'*	: रथ का पहिया	3/10	कथामुख/उर्वशी
रवनों –*'समुझत रवनों को फार सों जे उतारें'*	: रमण, रवन, क्रीड़ा	3/48	तृतीय दृश्य/सज्जन
रसाल-मंजरी –*'धार्‌यो नवल 'रसाल-मंजरी' सुघर सलोनी'*	: आम का बौर	1/44	रसाल-मंजरी/चित्राधार
रहस कथा –*'सुनी रहस कथा के गुंज को आलियों से'*	: आमोद-प्रमोद की कहानियाँ	1/4	अयोध्योद्धार/चित्राधार

शब्द- काव्य-पंक्ति	: अर्थ	प्र.ग्रं./पृ.सं.	स्रोत/संदर्भ
राजत –*'अहौ इमि राजत फूल सचैन'*	: शोभायमान होना	1/49	प्रभात-कुसुम/चित्राधार
राजन्य –*'तबहु यह राजन्य कुमार सरिस मोहिं भावत'*	: राजकुल से सम्बन्धित	3/63	द्वि. परिच्छेद/वभ्रुवाहन
राजही –*'निशाच्छादित राजही, अति नील तरुवर पुंज'*	: शोभायमान होते हैं	3/58	प्रथम परिच्छेद/वभ्रुवाहन
रुमाली –*'वृद्ध रुमाली अश्रुन सींचि कियो अति पुलकित'*	: एक पात्र का नाम	1/32	प्रेम-राज्य(उ.)/चित्राधार
लखहु –*'लखहु नील सित असित पीत आरक्तिम शोभा'*	: लखना, देखना, देखकर	1/62	इन्द्र-धनुष/चित्राधार
लखु –*'प्रभु 'प्रसाद' लखु उर अन्तर में वाही को करु ध्यान'*	: देखिये	1/82	मकरंद बिन्दु/चित्राधार
लजोहैं –*'सूधी बिमल चितौन मृगन से नैन लजोहैं'*	: लज्जित कर दें, कमतर कर दें	1/14	वन-मिलन/चित्राधार
लताच्छादित –*'बलित लताच्छादित अराम मणि खचित अहै जहँ'*	: लताओं से घिरा हुआ	3/12	प्रथम परिच्छेद/उर्वशी
लला –*'प्यारी-जीवन-मूल लला को, देहु उठाय सुजान रे'*	: नायक, लड़का, पुरुरवा के लिये प्रयुक्त	3/31	चतुर्थ परिच्छेद/उर्वशी
ललितबेलिकंपाइ –*'ललितबेलिकंपाइ मुदभरि हिये मधुकरपुंज'*	: सुन्दर लताएँ कंपन से युक्त हैं	3/15	प्रथम परिच्छेद/उर्वशी
लली –*'प्रेम-रंग बोरि हँसि हेरिलै री मेरी लली'*	: सखी, प्रिया, स्त्री	1/78	मकरंद बिन्दु/चित्राधार
ललौहैं –*'कहूँ खिले कचनारन पै लालरी ललौहैं'*	: ललाई लिये हुये, लाल रंग की आभा	3/13	प्रथम परिच्छेद/उर्वशी
लव –*'रति श्रम जल लव मंडित श्रान्त वदन रमनी के'*	: थोड़ा, अल्पमात्रा	3/62	द्वि.परिच्छेद/वभ्रुवाहन
लवली –*'ललित लवंग एला लवली लतान लोनी'*	: पीले रंग की एक लता	3/26	तृतीय परिच्छेद/उर्वशी
लवलीन –*'प्रिय स्मृति कञ्ज में लवलीन'*	: तल्लीन	1/81	मकरंद बिन्दु/चित्राधार
लसै –*'किरणावलि कान्ति लसै अमला'*	: शोभायमान होना	1/43	चन्द्र/चित्राधार
♦ *'लसै लोनी लता लपटी तरु ते, सुमनावली भारझुकी-सी परै'*	: शोभायमान होना	3/58	प्रथम परिच्छेद/वभ्रुवाहन
लहिजात –*'कछु लहौ नहिं पै लहिजात हौ'*	: हो जाना, सही ढंग से काम हो जाना	1/66	नीरव प्रेम/चित्राधार
लालरी –*'कहूँ खिले कचनारन पै लालरी ललौहैं'*	: लालड़ी, आभूषण में लगनेवाला एक लाल पत्थर	3/13	प्रथम परिच्छेद/उर्वशी
लालिता –*'भई औषधीश प्रसन्न कर में लालिता आनन्द सों'*	: लालन-पालन की हुयी	1/65	भारतेन्दु-प्र./चित्राधार
लुरैं –*'लुरैं लोल लोनी लता फूलफूली'*	: झूलना, लटकना	3/25	तृतीय परिच्छेद/उर्वशी
लुलित –*'अलक लुलित अलि अवली समान बनि'*	: लटकता हुआ, झूलता हुआ	1/74	मकरंद बिन्दु/चित्राधार
लूरै –*'भ्रमरावली दौरि लूरै अतिसै'*	: झूलना	3/26	तृतीय परिच्छेद/उर्वशी
लेखि –*'सुखी करै चित्त सुमोद लेखि के'*	: देखकर	3/49	तृतीय दृश्य/सज्जन
लोक-दृष्टि –*'लोक-दृष्टि ते सबहिं लखत जबही तुम आवत'*	: लोक-जीवन की दृष्टि से	1/55	नीरद/चित्राधार
लोनी –*'ललित लवंग एला लवली लतान लोनी'*	: लावण्य से युक्त	3/26	तृतीय परिच्छेद/उर्वशी
♦ *'लुरैं लोल लोनी लता फूलफूली'*	: लावण्य से युक्त	3/25	तृतीय परिच्छेद/उर्वशी
लोनी लता –*'लसै लोनी लता लपटी तरु ते, सुमनावली भारझुकी-सी परै'*	: लावण्यमयी लता	3/58	प्रथम परिच्छेद/वभ्रुवाहन
लोयन –*'चितवत चहुँदिशि चकित ह्वै, लोयन, कोयन लाल'*	: लोचन, आँख	3/10	कथामुख/उर्वशी
वधराज –*'निसापति को लखि कै वधराज'*	: यमराज-रूपी कालिमा	1/57	शरद-पूर्णिमा/चित्राधार
वनिता –*'वनिता वर रूप आगरी'*	: स्त्री	1/5	अयोध्योद्धार/चित्राधार

शब्द- काव्य-पंक्ति	: अर्थ	प्र.ग्रं./पृ.सं.	स्रोत/संदर्भ
वरनायक -*'अब सों तुमहिं बनोगे, हम सबके वरनायक'*	: श्रेष्ठ नायक, महान् राजा	1/32	प्रेम-राज्य(उ.)/चित्राधार
वरबाम -*'सौरभ अगार बिहरत वरबाम है'*	: श्रेष्ठ (सुन्दर) स्त्रियाँ	3/12	प्रथम परिच्छेद/उर्वशी
वरबाल -*'प्राची दिशा वरबाल के भाल में'*	: सुन्दर युवती	3/24	तृतीय परिच्छेद/उर्वशी
वरवीर -*'गहन विपिन सम गगन तासु वरवीर केशरी भारी'*	: श्रेष्ठ वीर	1/60	चन्द्रोदय/चित्राधार
वर्षा नटिनि -*'वर्षा नटिनि को तट पटिनि को, चारु किनारी राजै'*	: वर्षा-रूपी नटिनी, वर्षा मानो अभिनेत्री हो	1/47	वर्षा में नदी.../चित्राधार
वल्कल-वसन-विभूषित -*'वल्कल-वसन-विभूषित अंग सुमन की माला'*	: वल्कल (पेड़ की छाल से बना कपड़ा) के वस्त्रों से सजा हुआ	1/13	वन-मिलन/चित्राधार
वल्गा -'किधौं भानु के सप्त अश्व की है वल्गा यह'	: लगाम, घोड़े का रास	1/63	इन्द्र-धनुष/चित्राधार
वारनहि -*'सोचि रह्यो अलि वारनहि कमलहि देख्यो खात'*	: वारण करना, रोकना	3/16	प्रथम परिच्छेद/उर्वशी
वारि सूत्र -*'वारि सूत्र सो बाँध दियो है एकतती में'*	: बारिश की निरन्तर गिरती धारा में	1/55	नीरद/चित्राधार
वारिधि -*'व्योम वारिधि मीन फाँसन निशा महिषी हाल'*	: समुद्र	3/58	प्रथम परिच्छेद/वभ्रुवाहन
वारुणी -*'ह्वै वारुणी विवस मोह तरंग राते'*	: मदिरा	3/48	तृतीय दृश्य/सज्जन
विकच -*'विकच कमल मकरंद भरि, मधुकर को मन हुलसहीं'*	: खिला हुआ	1/28	प्रेम-राज्य(उ.)/चित्राधार
विचिन -*'आनन्द के तरल विचिन में विहारै'*	: लहरें, वीचियाँ	1/50	विनय/चित्राधार
विज्जुलता -*'विज्जुलता सी असि युगल, लपटि लपटि छुटि जात'*	: बिजली की लताओं के समान	3/27	तृतीय परिच्छेद/उर्वशी
विज्जुलि -*'विज्जुलि मालिनि नव कादम्बिनि सुन्दर रूप सुधारि'*	: आकाशीय बिजली, तड़ित्	1/47	वर्षा में नदी.../चित्राधार
वितरहु -*'गुन गहत जौन शठता किये, जो क्षमहु नाथ वितरहु विजय'*	: प्रदान करना	3/41	नान्दी/सज्जन
विद्याधर -*'विद्याधर सम कान्ति जउ मुख सहज बतावत'*	: विद्वान्, एक देवयोनि	3/63	द्वि. परिच्छेद/वभ्रुवाहन
विधुकर -*'विधुकर विकसावै पद्मिनी के कली को'*	: चाँद की किरणें	1/4	अयोध्योद्धार/चित्राधार
विधुवल्लरि -*'मालति! माधविलता! बता दे, विधुवल्लरि को आल रे'*	: चन्द्रमा की किरणें मानो लताएँ हैं	3/33	चतुर्थ परिच्छेद/उर्वशी
विपंची -*'कल कोकिल कीरन को कलनाद विपंची सुचारु बजी-सी करै'*	: एक तरह की वीणा	3/58	प्रथम परिच्छेद/वभ्रुवाहन
♦ *'पञ्च नहिं जानौं, हौं विपञ्ची बूझ देखौ किन'*	: एक तरह की वीणा	1/75	मकरंद बिन्दु/चित्राधार
विबुध -*'राजकुमारी, कुँवर, विबुध गंधर्व'*	: विद्वान्	1/179	प्रेमपथिक
विभाकर -*'बाल विभाकर सोहत, अरुण किरण अवली सों'*	: सूरज	1/21	प्रेम-राज्य(पू.)/चित्राधार
विभात -*'तरुवर हरियालीन में, बालक बिमल विभात है'*	: सौन्दर्य की आभा	1/29	प्रेम-राज्य(उ.)/चित्राधार
विभास -*'तम विभास कहो अब होत क्यों?'*	: चमक	1/68	विस्मृत प्रेम/चित्राधार
विभासत -*'आकास विभासत पूरन चन्द'*	: सुन्दर प्रकाश फैलाया	1/57	शरद-पूर्णिमा/चित्राधार
विमोहत -*'जब विमोहत है नवमोद में'*	: मोहित हो जाना	1/66	नीरव प्रेम/चित्राधार
विरहांग -*'प्रानप्रिये! विरहांग में तेरे'*	: विरह से युक्त व्यक्तित्व	3/28	चतुर्थ परिच्छेद/उर्वशी
विलसित-हिम- शृंग -*'अरुण-विभा विलसित-हिम-शृंग मुकुटवर छाजत'*	: बर्फीली चोटी का सुन्दर लग्न	1/13	वन-मिलन/चित्राधार
विलुलित -*'विलुलित कुन्तल जाल, वृषभ-कन्ध राजीव चरू'*	: लहराता हुआ	3/57	प्रथम परिच्छेद/वभ्रुवाहन

शब्द- काव्य-पंक्ति	: अर्थ	प्र.ग्रं./पृ.सं.	स्रोत/संदर्भ
विलोल –*'कुण्डल कर्ण विलोल, वीरवलय भूषित भुजा'*	: चंचल	3/9	कथामुख/उर्वशी
♦ *'भृकुटी विकट विलोल, केश कंधर पै छाजै'*	: चंचल सौन्दर्य	3/70	च. परिच्छेद/वभ्रुवाहन
विश्वधारिणि –*'विश्वधारिणि विश्वपालिनि जयति जय विश्वेशि'*	: विश्व को धारण (आधार प्रदान) करनेवाली	1/51	शारदीय महा./चित्राधार
विश्वपालिनि –*'विश्वधारिणि विश्वपालिनि जयति जय विश्वेशि'*	: विश्व का पालन करनेवाली	1/51	शारदीय महा./चित्राधार
विश्वम्भर –*'विश्वम्भर के शांत अंक महँ आश्रय लीन्हों'*	: ईश्वर	1/24	प्रेम-राज्य(पू.)/चित्राधार
विश्वेशि –*'विश्वधारिणि विश्वपालिनि जयति जय विश्वेशि'*	: विश्व की स्वामिनी	1/51	शारदीय महा./चित्राधार
विश्वेश्वर –*'चन्द्रकेतु मम स्वामी सुत, धन धन विश्वेश्वर'*	: भगवान् शंकर	1/33	प्रेम-राज्य(उ.)/चित्राधार
विसद –*'तुम विसद व्योम समान । तव अन्त नर नहिं जान'*	: व्यापक, विस्तृत	1/37	कल्पना-सुख/चित्राधार
विसवलय –*'कर्णिकार के कर्नफूल विसवलय विसाला'*	: मृणाल का वृत्ताकार रूप	1/13	वन-मिलन/चित्राधार
विसिख –*'देखि परत नहिं जाहि उढ़ाओ कुसुम विसिख अनुहारि'*	: मोर	3/66	तृ.परिच्छेद/वभ्रुवाहन
विहंगावली –*'विहंगावली नृत्य कल्लोलकारी'*	: पक्षी समूह	3/25	तृतीय परिच्छेद/उर्वशी
विहरण-प्रेमी –*'यह विहरण-प्रेमी पौन कीन्हे कलोलै'*	: घूमने-टहलने का शौकीन	1/4	अयोध्योद्धार/चित्राधार
वीरवलय –*'कुण्डल कर्ण विलोल, वीरवलय भूषित भुजा'*	: बाँह पर वलयाकार आभूषण	3/9	कथामुख/उर्वशी
वृत्ति वेगवति –*'वृत्ति वेगवति चलत ज्यों अति मनुजता बस होत'*	: (मनुष्य की) प्रवृत्तियों की तरह वेगवान	1/47	वर्षा में नदी.../चित्राधार
वृषभ-कन्ध –*'विलुलित कुन्तल जाल, वृषभ-कन्ध राजीव चरू'*	: वृषभ (साँढ़) की तरह कंधेवाले	3/57	प्रथम परिच्छेद/वभ्रुवाहन
वैन –*'दुखित चातक वैन ते, /मग चल्यो निजपग धारि'*	: वाणी	1/176	प्रेमपथिक
वैश्वानर –*'लसै सु 'वैश्वानर' मूर्ति माधुरी'*	: अग्नि से सम्बन्धित	1/35	अष्टमूर्ति/चित्राधार
व्योमकेश –*'दियो पाशुपत व्योमकेश त्रिपुरारि'*	: शिव	1/26	प्रेम-राज्य(पू.)/चित्राधार
व्योम-मुक्ता-सम –*'तारा-निकर व्योम-मुक्ता-सम'*	: आकाश में फैले मोतियों के समान	1/42	रजनी/चित्राधार
शरजाल –*'प्रबल तेज शरजाल छाड़ि'*	: तीरों के जाल-सा फैला दिया, असंख्य तीर चले	1/10	अयोध्योद्धार/चित्राधार
शशि लांछन –*'चहत छिपन पश्चिम में यह लांछित शशि लांछन'*	: काले निशान से युक्त चन्द्रमा	3/62	द्वि.परिच्छेद/वभ्रुवाहन
शस्यावलि –*'सुरम्य शस्यावलि सों प्रपूरिता'*	: फसलों की शृंखला	1/35	अष्टमूर्ति/चित्राधार
शाणित –*'करन शत्रुमद चूर, ताको शाणित बाण यह'*	: तेज धार से युक्त	3/35	पंचम परिच्छेद/उर्वशी
शारदीय स्वरूप –*'शारदीय स्वरूप धरि आगमन जननी कीन्ह'*	: शरद् ऋतु की प्रकृति के रूप में, देवी शारदा के रूप में	1/51	शारदीय महा./चित्राधार
शीतांशु –*'शीतांशु जासु लहि कान्ति प्रभा पसारे'*	: चन्द्रमा, शीतल किरणोंवाला	1/50	विनय/चित्राधार
शील संयुत –*'साज ही सब शील संयुत धारि हृदय अशोक'*	: शील (मर्यादित व्यवहार) से युक्त	1/51	शारदीय महा./चित्राधार
शुचिभावत –*'धर्म्म-वृषभ की असवारी, मन महँ शुचिभावत'*	: पवित्र चीज की तरह पसन्द आना	1/31	प्रेम-राज्य(उ.)/चित्राधार
शैलजा –*'शम्भु नयन प्रतिबिम्ब, जयति शैलजा बदन पै'*	: पार्वती, हिमालय की पुत्री पार्वती	3/12	प्रथम परिच्छेद/उर्वशी
शैवालिनी –*'कहूँ मान कल्लोल शैवालिनी में'*	: नदी	3/25	तृतीय परिच्छेद/उर्वशी
शोच –*'बिहरत बहु विधि 'शोच' मरालिनि जाल'*	: विहार करना, आनन्दपूर्वक घूमना-टहलना	1/39	मानस/चित्राधार

शब्द-	काव्य-पंक्ति	: अर्थ	प्र.ग्रं./पृ.सं.	स्रोत/संदर्भ
श्रवन	–*'सुनि श्रवन, भास्कर किरणते, होई के अति श्रान्त'*	: कान	1/175	प्रेमपथिक
षडानन	–*'लसत समीप षडानन, बाहनहूँ को देखो'*	: छह मुखवाले कार्त्तिकेय	1/32	प्रेम-राज्य(उ.)/चित्राधार
संगर	–*'पुनि कहो टेरि सुपांडवहिं, सन्नद्ध संगर को रहौ'*	: युद्ध	3/71	च. परिच्छेद/वभ्रुवाहन
संपुट सरोज	–*'तरणि-किरण करि करि प्रवेश सम्पुट सरोज में'*	: मुँदा हुआ कमल का फूल	3/62	द्वि. परिच्छेद/वभ्रुवाहन
संपुटित	–*'रवि अथवत सम्पुटित भो उड़ि न सक्यो परि फन्द'*	: बन्द हो जाना, मुँदा हुआ	3/16	प्रथम परिच्छेद/उर्वशी
संयोवती	–*'व्याकुल वाल संयोवती है'*	: सँजोना, सँवार-सम्भाल के रखना	3/21	द्वितीय परिच्छेद/उर्वशी
संहारकारिणि	–*'संहारकारिणि हंस जिमि कालिका-सी'*	: संहार करनेवाली देवी	3/47	द्वितीय दृश्य/सज्जन
सचैन	–*'अहौ इमि राजत फूल सचैन'*	: मानो निश्चिन्त हों	1/49	प्रभात-कुसुम/चित्राधार
सधुप	–*'साँचहुँ कामी मधुप समान सधुप नलनी सह'*	: धूप से खिली हुयी	3/62	द्वि. परिच्छेद/वभ्रुवाहन
सप्त अश्व	–*'किधौं भानु के सप्त अश्व की है वल्गा यह'*	: सात घोड़े (सूरज के रथ के)	1/63	इन्द्र-धनुष/चित्राधार
सभीर	–*'यह भारतेन्दु प्रकाशि के पथ दियो ताहि सभीर ते'*	: भय से मुक्त	1/64	भारतेन्दु-प्र./चित्राधार
समैठे	–*'यज्ञ-भूमि को करि प्रणाम, आनन्द समैठे'*	: समेटे हुये	1/18,	वन-मिलन/चित्राधार
सरसाधि	–*'उठहु कुसुम सरसाधि कुसुमधनु निजकटि दृढ़करि'*	: तीर (केसर-रूपी) का संधान करके	3/59	प्रथम परिच्छेद/वभ्रुवाहन
सरसी	–*'नील सरसी सलिल कंज, सुनील प्रफुलित चारु'*	: सरोवर	3/58	प्रथम परिच्छेद/वभ्रुवाहन
♦	*'बहुरि आगे मिली इक, /सरसी विमल जल पूर'*	: सरोवर, तालाब	1/176	प्रेमपथिक
सरसोहैं	–*'अमन्द छटा मुख की सरसोहैं'*	: रस से युक्त होना	3/14	प्रथम परिच्छेद/उर्वशी
सराग	–*'सु मोहनि मंत्र सुधारि सराग'*	: सुन्दर, प्रेमाविष्ट	1/57	शरद-पूर्णिमा/चित्राधार
सरोरुह	–*'अलिकुल-मिलित सरोरुह'*	: कमल	1/41	मानस/चित्राधार
सव्यसाची	–*'बिना सव्यसाची नहीं, दूजे में यह बात'*	: अर्जुन, दोनों हाथों से समान वेग से तीर चलानेवाला	3/64	द्वि. परिच्छेद/वभ्रुवाहन
सह सैन	–*'तब खड़े ह्वै सह सैन के'*	: सेना सहित	1/10	अयोध्योद्धार/चित्राधार
सहनखत-पाँति	–*'मलिन चन्द्र सहनखत-पाँति पश्चिमहिं सिधारत'*	: सितारों के समूह के साथ	3/62	द्वि. परिच्छेद/वभ्रुवाहन
सहनाल	–*'नीलकंज सहनाल जिमि, राजत सरवर लोल'*	: कमलनाल सहित	3/36	पंचम परिच्छेद/उर्वशी
सहसारथि	–*'जिनके रथ सहसारथि, नभलौं जाहि'*	: सारथी-सहित	1/25	प्रेम-राज्य(पू.)/चित्राधार
साँगी	–*'गदा चक्र ओ शूल साँगी सँवारे'*	: बरछी	3/9	कथामुख/उर्वशी
सान	–*'प्यारी के दृग में बनि तीखो सान'*	: तेज धार	3/30	चतुर्थ परिच्छेद/उर्वशी
सानुनय	–*'बार-बार सानुनय कह्यो यद्यपि मम अनुचर'*	: अनुनय सहित, विनयपूर्वक	3/46	द्वितीय दृश्य/सज्जन
सामुहे	–*'जौ लौं मुख सामुहे अहैं तौ लौं प्यारी सों'*	: सम्मुख, सामने	1/19,	वन-मिलन/चित्राधार
♦	–*'रन हेतु कुश के सामुहे'*	: सम्मुख, सामने	1/10	अयोध्योद्धार/चित्राधार
♦	–*'री अनुसूया! देखु सामुहे चम्पक-लतिका'*	: सामने	1/14	वन-मिलन/चित्राधार
सारु	–*'रस-सिंगार को सारु, सोइ 'उर-वशी'! उरबसी'*	: सार, मूल	3/20	द्वितीय परिच्छेद/उर्वशी
साल	–*'बहु रूपन तें करत हिये में साल'*	: चुभन	3/30	चतुर्थ परिच्छेद/उर्वशी
सिखिहि	–*'कीरहिं, मृगछौनहिं, सिखिहि, यथा उचित पहिरावहीं'*	: मोरों को	1/29	प्रेम-राज्य(उ.)/चित्राधार
सित	–*'लखहु नील सित असित पीत आरक्तिम शोभा'*	: सफेद	1/62	इन्द्र-धनुष/चित्राधार
सित सरोज	–*'पीत करत है सित सरोज गण को अति मनहर'*	: श्वेत कमल	3/62	द्वि. परिच्छेद/वभ्रुवाहन

शब्द-	काव्य-पंक्ति	: अर्थ	प्र.ग्रं./पृ.सं.	स्रोत/संदर्भ
सिन्धु-सुत	–*'मुख विनोद बरसत अमल, ममता लहै न सिन्धु-सुत'*	: मोती	3/58	प्रथम परिच्छेद/वभ्रुवाहन
सिपारस	–*'तव दरबारहु लगत सिपारस यह अचरज प्रिय कैसो'*	: सिफारिश	1/80	मकरंद बिन्दु/चित्राधार
सिरात	–*'सब तेरे ही काज करत हैं और न उन्हें सिरात'*	: शेष रहना	1/80	मकरंद बिन्दु/चित्राधार
सींव	–*'महाब्धि ह्वै राखत सत्य सींव को'*	: सीमा, अंतिम सीमा	1/35	अष्टमूर्ति/चित्राधार
सीकर	–*'कढ़ी कंज-कोश ते कलोलिनी के सीकर सों'*	: जल की बूँदें (नदी के पसीने की तरह)	1/78	मकरंद बिन्दु/चित्राधार
सीन	–*'प्यारे के दृगमें बनि तीखो सीन'*	: घनीभूत	1/179	प्रेमपथिक
सीरी	–*'सीरी कछु भीनी-सी समीर हूँ चलत जौन'*	: शीतल	1/77	मकरंद बिन्दु/चित्राधार
सीरो	–*'मानहुँ प्रभात को सीरो'*	: सूरज	1/41	मानस/चित्राधार
सुअनूप	–*'गहौ इतनी प्रतिमा सुअनूप'*	: सुन्दर और अनुपम रूप	1/49	प्रभात-कुसुम/चित्राधार
सुअनोखिये	–*'सखी! याके किरण में सुअनोखिये है आँच'*	: अनोखा, विचित्र	3/59	प्रथम परिच्छेद/वभ्रुवाहन
सुअन्न	–*'सुअन्न ते पालत है जहान को'*	: सुस्वादु अनाज	1/35	अष्टमूर्ति/चित्राधार
सुकलोल	–*'कौमुदी प्रतिबिम्ब सरसी जल करत सुकलोल'*	: सुन्दर ध्वनि उत्पन्न करना	3/58	प्रथम परिच्छेद/वभ्रुवाहन
सुकुमोदिनियाँ	–*'मोदभरी सुकुमोदिनियाँ, हुलसैं'*	: सुन्दर कुमुदिनियाँ, कमल की एक प्रजाति जो रात में खिलती है	3/18	द्वितीय परिच्छेद/उर्वशी
सुकूजै	–*'सुकूजै करै केलि दे कीलकारी'*	: सुन्दर अनुगूँज	3/25	तृतीय परिच्छेद/उर्वशी
सुकौन	–*'लखत फूल सुकौन कहो कभी'*	: वह कौन है ?	1/69	विस्मृत प्रेम/चित्राधार
सुख सूर	–*'बीती निशा दुख की, सुख सूर'*	: सुख-रूपी सूर्य	3/23	द्वितीय परिच्छेद/उर्वशी
सुखमा	–*'समीरन में सुखमा भरि देत'*	: सुषमा	1/49	प्रभात-कुसुम/चित्राधार
सुखमा-सी	–*'नव बसन्त की सान्ध्य महा सुखमा-सी सोहै'*	: सुषमा के समान	3/68	तृ. परिच्छेद/वभ्रुवाहन
सुखमासी	–*'राजै जिमि नंदनन्द गले में कौस्तुभ शुचि सुखमासी'*	: सुषमा के समान	1/60	चन्द्रोदय/चित्राधार
सुखसानी	–*'गद्‌गद कण्ठ, सिथिल-बानी अति ही सुखसानी'*	: सुख से युक्त	1/17	वन-मिलन/चित्राधार
सुगिराते	–*'गद्‌गद सुगिराते यों कह्यौ दीन-बानी'*	: सुन्दर वाणी से	1/8	अयोध्योद्धार/चित्राधार
सुचिचन्द-बदन	–*'निज अमन्द सुचिचन्द-बदन सोभा दिखरावत'*	: उज्ज्वल चन्द्रमुख	1/19	वन-मिलन/चित्राधार
सुचित्त	–*'गावो सुचित्त शुचि मंदिर माहिं मेरे'*	: सुन्दर मन	1/52	विभो/चित्राधार
सुचूर	–*'प्रकृति-लीला को हँसावत छिरकि रजत सुचूर'*	: सुन्दर चूर्ण	3/59	प्रथम परिच्छेद/वभ्रुवाहन
सुचेली	–*'लक्ष्मी सदा रहत तासु बनी सुचेली'*	: अनुकरण करनेवाली दासी	3/43	प्रथम दृश्य/सज्जन
सुचैन	–*'शीत सुरभित मलय मारुत विजन साची सुचैन'*	: निश्चिन्त होकर	3/59	प्रथम परिच्छेद/वभ्रुवाहन
सुचोखी	–*'सरवर महँ छाया फैली छाई सुचोखी'*	: खूब पक्के तौर पर	1/4	अयोध्योद्धार/चित्राधार
सुजस	–*'सुजस चन्द्र को सो प्रकास, उदयत लखात नित'*	: सुयश, सुन्दर कीर्ति	3/34	पंचम परिच्छेद/उर्वशी
सुज्वाल	–*'रसाल की थाल सुज्वाल सी लागत'*	: सुन्दर अग्नि के समान	3/28	चतुर्थ परिच्छेद/उर्वशी
सुतार	–*'तव तानि प्रकृति सुतार । पट बिनत सुचि संसार'*	: सुन्दर तार	1/37	कल्पना-सुख/चित्राधार
◆	*'वीणा सुतार नहिं सुन्दर साजती है'*	: सुन्दर तार, बहुत अच्छा, अनुकूल	1/52	विभो/चित्राधार
सुदिनेश	–*'उदय भयो सुदिनेश, विकसि गयो नृप मुखकमल'*	: सुन्दर सूर्य	3/35	पंचम परिच्छेद/उर्वशी
सुदुकूल	–*'मालिनी मन्द प्रवाह सुखद-सुदुकूल विराजत'*	: सुन्दर दो तट	1/13	वन-मिलन/चित्राधार

शब्द- काव्य-पंक्ति	: अर्थ	प्र.ग्रं./पृ.सं.	स्रोत/संदर्भ
सुधा-धारन –*'सींचत युगल दृग-कुम्भ सुधा-धारन ते'*	: अमृत धारण करना	1/75	मकरंद बिन्दु/चित्राधार
सुधासर –*'सुधासर में पुनि मज्जन पायो'*	: अमृत का सरोवर	3/22	द्वितीय परिच्छेद/उर्वशी
सुनगरि –*'सुनगरि की अधिदेवता'*	: सुन्दर नगर	1/8	अयोध्योद्धार/चित्राधार
सुनलिनी –*'देखत नलिन सुनलिनी हूँ मुरझाहिं'*	: सुन्दर कुमुदिनी	1/178	प्रेमपथिक
सुनलिनीहू –*'देखे नलिन सुनलिनीहू'*	: सुन्दर कमलिनी को	3/31	चतुर्थ परिच्छेद/उर्वशी
सुनील –*'अनन्त औ' शून्य सुनील है महा'*	: सुन्दर नीला रंग (आकाश)	1/35	अष्टमूर्ति/चित्राधार
सुपागति –*'तरु पाइ समीपि सुपागति हौ'*	: मग्न हो जाना	1/48	उद्यान-लता/चित्राधार
सुपूरब पुण्यन –*'सुपूरब पुण्यन को फल पायो'*	: पूर्वजन्म के पुण्य	3/21	द्वितीय परिच्छेद/उर्वशी
सुपेखे –*'शुभमति सुधरैहै ज्यों विवेकै सुपेखे'*	: अच्छी तरह देखना	3/52	पंचम दृश्य/सज्जन
सुबाल –*'नाहिं सुबाल दिवाकर किरनें'*	: किशोर, सूरज की प्रभातकालीन किरणें कैशोर्य भाव लिये हैं	1/42	रजनी/चित्राधार
सुभगवेतसी-कुंज –*'बैठी मालिनि तीर सुभगवेतसी-कुंज में'*	: सुन्दर वेतस की लताओं का कुंज	1/14	वन-मिलन/चित्राधार
सुमरकत –*'नीलमनि मानिक सुमरकत के आलबाल'*	: सुन्दर मरकत मणि	3/26	तृतीय परिच्छेद/उर्वशी
सुमहोत्पल –*'सुमहोत्पल है कि मयंक कला'*	: सुन्दर विशाल कमल (सु-महा+उत्पल)	1/43	चन्द्र/चित्राधार
सुमीनन –*'दबि जात गुमान सुमीनन के'*	: सुन्दर मछलियाँ	3/15	प्रथम परिच्छेद/उर्वशी
सुमूर –*'मृदु हाँसी सुखमा सुमूर है'*	: सुन्दर मूलधन की तरह	1/5	अयोध्योद्धार/चित्राधार
सुमेरु-मणी –*'ताराहरा की सुमेरु-मणी है'*	: सुमेरु पर्वत की तरह ऊँचाई पर स्थित मणि	3/18	द्वितीय परिच्छेद/उर्वशी
सुमेहँदी –*'सुमेहँदी जिमि ऊपर है हरी'*	: सुन्दर मेंहदी	1/68	विस्मृत प्रेम/चित्राधार
सुयामिनी –*'यह जैसी विमला सुयामिनी'*	: सुन्दर रात	1/7	अयोध्योद्धार/चित्राधार
सुरक्त –*'तेरो सुरक्त करि पान महा पगैगी'*	: सुन्दर रक्त, खून	3/47	द्वितीय दृश्य/सज्जन
सुरदम्पति –*'सुरदम्पति गलबाँही दै जहँ मुनिमन मोहैं'*	: देव दंपत्ति	3/12	प्रथम परिच्छेद/उर्वशी
सुरपुरी –*'दुःख को न नाम सुरपुरी तासु नाम है'*	: देवताओं का नगर, अमरावती, स्वर्ग	3/12	प्रथम परिच्छेद/उर्वशी
सुरशिशुगण –*'कहूँ सुरशिशुगण क्रीड़त हैं मालिनि कमलन ते'*	: देवताओं के बच्चे	3/12	प्रथम परिच्छेद/उर्वशी
सुरसरि-तीर –*'सुरसरि-तीर तमाल-कुञ्ज, श्यामल बनराजी'*	: गोदावरी नदी के किनारे	1/28	प्रेम-राज्य(उ.)/चित्राधार
सुरेन्द्र –*'रक्षित सुरेन्द्र सों उत्तुंग सौंधमयी जहाँ'*	: देवताओं के राजा इन्द्र	3/12	प्रथम परिच्छेद/उर्वशी
सुलंक –*'अलकावलि भारते सुलंक की लचक'*	: सुन्दर कमर	3/29	चतुर्थ परिच्छेद/उर्वशी
सुलखात –*'पत्तियाँ सुलखात नवीन हरी'*	: सुन्दर दिखायी पड़ना	1/48	उद्यान-लता/चित्राधार
सुलच्छ –*'सब बीर जुरे देखत सुलच्छ'*	: लक्ष्य	3/71	च. परिच्छेद/वभ्रुवाहन
सुलागति –*'तेहिं के गर धाइ सुलागति हौ'*	: सुन्दर तरीके से (गले) लग जाना	1/48	उद्यान-लता/चित्राधार
सुवारि –*'बारहिबार सुवारि भरे दृग'*	: सुन्दर नेत्र जल	3/21	द्वितीय परिच्छेद/उर्वशी
सुवाल –*'सुमुखि सुन्दर शील रूप सुवाल सुनु धरि कान'*	: सुन्दर बाला (लड़की)	3/59	प्रथम परिच्छेद/वभ्रुवाहन
सुविपंची –*'सुविपंची ध्वनि कान में पड़ी'*	: सुन्दर वीणा	1/5	अयोध्योद्धार/चित्राधार
सुविभात –*'जलजात के जुग पात । तहँ नील मनि सुविभात'*	: सुन्दर आभा से युक्त	1/38	कल्पना-सुख/चित्राधार
सुसोचन –*'सुसोचन ते मन पीर मरोरत'*	: सुन्दर भावना	3/20	द्वितीय परिच्छेद/उर्वशी
सुहाला –*'सुहाला ते प्याला है नीलमनी को'*	: सुन्दर शराब	3/24	तृतीय परिच्छेद/उर्वशी

शब्द-	काव्य-पंक्ति	: अर्थ	प्र.ग्रं./पृ.सं.	स्रोत/संदर्भ
सुहिन्दी	–*'छिटकी सुहिन्दी चन्द्रिका आनन्द अतिहिं विधायिनी'*	: सुन्दर हिन्दी भाषा	1/64	भारतेन्दु-प्र./चित्राधार
सुहिया	–*'तोहि न आवत दया सुहिया कठोर'*	: हृदय	1/179	प्रेमपथिक
सुहीते	–*'साजि वस्त्र सब अंग देइ आशीष सुहीते'*	: सुन्दर हृदय से	3/69	तृ. परिच्छेद/वभ्रुवाहन
सुहेत	–*'सहित सुमन मन मोद के सुहेत हैं'*	: सुन्दर कारण से	3/26	तृतीय परिच्छेद/उर्वशी
सूधी	–*'सूधी बिमल चितौन मृगन से नैन लजोहैं'*	: सीधी-सादी	1/14	वन-मिलन/चित्राधार
सूधे	–*'अनुसूया हँसी बोली – ये तो अति सूधे हैं'*	: सीधे-सादे	1/19	वन-मिलन/चित्राधार
सेवत	–*'चन्द्रकेतु ललिता, सेवत समीर सुख आकर'*	: सेवन करना	1/30	प्रेम-राज्य(उ.)/चित्राधार
सैन	–*'तब खड़े ह्वै सह सैन के'*	: सेना	1/10	अयोध्योद्धार/चित्राधार
सैनन	–*'सैनन 'प्रसाद' क्यों कहत अनजानि कै'*	: इशारे, संकेत	1/75	मकरंद बिन्दु/चित्राधार
सोधिके	–*'चल्यो निज पथ सोधिके, /मन बोधिके बहु भाँति'*	: खोज-बीन करके	1/175	प्रेमपथिक
सौंधमयी	–*'रक्षित सुरेन्द्र सों उत्तुंग सौंधमयी जहाँ'*	: महलों से युक्त	3/12	प्रथम परिच्छेद/उर्वशी
स्रुवा	–*'जिनके क्रोध अनल महँ, स्रुवा नराच'*	: घी की आहुति डालनेवाली लकड़ी की करछी, मूर्वा, शल्लकी	1/26	प्रेम-राज्य(पू.)/चित्राधार
स्वान	–*'अब जनु भूलु मधुर बातन में ये सब जग के स्वान'*	: कुत्ता	1/82	मकरंद बिन्दु/चित्राधार
हयन	– *'जहँ हयन की हेषा विकट'*	: हय, घोड़े	1/8	अयोध्योद्धार/चित्राधार
हरखात	–*'मोहत को नहिं माधुरी, छवि लखि हिय हरखात है'*	: खुश होना	1/29	प्रेम-राज्य(उ.)/चित्राधार
हरखाय	–*'नव बसन्त सों अतिथि तुम, आवहु हिय हरखाय'*	: हर्ष से युक्त होकर, खुश होकर	1/53	विदाई/चित्राधार
हरजाई	–*'गई खोजत ठौर-ही-ठौर तुम्हें, अँखियाँ अब तो हरजाई भई'*	: आवारा (स्त्री), सब जगह जानेवाली स्त्री	1/79	मकरंद बिन्दु/चित्राधार
हरी-पत्रिका	–*'हरी-पत्रिका कुंज सोहै दुकूली'*	: हरी पत्तियों वाला	3/25	तृतीय परिच्छेद/उर्वशी
हलाहलकारी	–*'भर्यो हलाहलकारी पुतरिन माँह'*	: जहरीला, मृत्यु की ओर उन्मुख	1/179	प्रेमपथिक
हविष्य	–*'हविष्य को चारु सुगन्ध है खरी'*	: हवन सामग्री	1/35	अष्टमूर्ति/चित्राधार
हाटक	–*'रत्नमयी भूमि लगे हाटक के फाटक त्यों'*	: स्वर्ण	3/12	प्रथम परिच्छेद/उर्वशी
हाल	–*'लग्यो निरखन व्यथित हियते, /भरे चखजल हाल'*	: स्थिति	1/175	प्रेमपथिक
हिन्दी रजनि-गन्धा	–*'हिन्दी रजनि-गन्धा सुलखि के भारतेन्दु अमन्द सों'*	: हिन्दी भाषा-रूपी रजनीगन्धा	1/65	भारतेन्दु-प्र./चित्राधार
हिम गिरि कटि	–*'हिम गिरि कटि महँ, इनको लै हमहूँ चलि जैहैं'*	: हिमालय की तलहटी वाला क्षेत्र	1/22	प्रेम-राज्य(पू.)/चित्राधार
हिय-घन	–*'मेरे अँधियारे हिय-घन बीच प्यारी! तेरी'*	: हृदय-रूपी बादल	3/29	चतुर्थ परिच्छेद/उर्वशी
हियनभ-पट	–*'नवल राग सों रंग्यो गयो हियनभ-पट ऐसो'*	: हृदय-रूपी आकाश पटल	3/67	तृ. परिच्छेद/वभ्रुवाहन
हीतल	–*'तव मधुर मूर्ति अतीत । है करत हीतल सीत'*	: हृदय, अंतर्मन	1/37	कल्पना-सुख/चित्राधार
◆	*'सीतल है हीतल 'प्रसाद' अति छेम के'*	: हृदयतल, अन्तर्मन	1/73	मकरंद बिन्दु/चित्राधार
◆	*'सुखद शीतल करत हीतल विमल अनिल सुधीर'*	: हृदयतल, अन्तर्मन	1/47	वर्षा में नदी.../चित्राधार
हीरकाभास	–*'नव घन, सुन्दर श्याम उर, मनहुँ हीरकाभास'*	: हीरे की तरह लगना	3/57	प्रथम परिच्छेद/वभ्रुवाहन
हीर-हारावली	–*'सुललित बहुतारा हीर-हारावली है'*	: हीरे के हारों की शृंखला, हीरे के अनेक हार	1/3	अयोध्योद्धार/चित्राधार
हुती	–*'भूलि गये सुबिती हुती जोऊ'*	: जो हो गया	3/23	द्वितीय परिच्छेद/उर्वशी
हुलसावही	–*'नवजात शिशु को ध्यान । हुलसावही पितु प्रान'*	: हुलसाना, मन को प्रसन्न कर देना	1/37	कल्पना-सुख/चित्राधार
हेमबल्ली	–*'बलित हेमबल्ली कलकुसुम सहित उपवन जहँ'*	: स्वर्णिम लताएँ	3/12	प्रथम परिच्छेद/उर्वशी

शब्द- काव्य-पंक्ति	: अर्थ	प्र.ग्रं./पृ.सं.	स्रोत/संदर्भ
हेली –*'उद्योग सों विरत होय कबौ न हेली'*	: सूरज	3/43	प्रथम दृश्य/सज्जन
हेषा – *'जहँ हयन की हेषा विकट'*	: घोड़े की ध्वनि, हिनहिनाहट	1/8	अयोध्योद्धार/चित्राधार
होरी –*'जिया ना जराव जरी जाय रही होरी है'*	: होलिका दहन	1/78	मकरंद बिन्दु/चित्राधार

परिशिष्ट-1

कविताओं की वर्णानुक्रम-सूची

जयशंकर प्रसाद की सभी कविताओं की सूची वर्णानुक्रम में यहाँ दी जा रही है। 'कामायनी', 'आँसू', 'प्रेमपथिक', प्रेमपथिक' (ब्रजभाषा) और 'महाराणा का महत्त्व' का स्वरूप प्रबंधात्मक है। 'चित्राधार', 'कानन कुसुम', 'झरना', 'लहर' और 'असंकलित कविताएँ' में कुल 199 कविताएँ शीर्षकों के साथ हैं। कविता का सन्दर्भ/स्रोत बताने के लिए 'जयशंकर प्रसाद ग्रन्थावली' (सं. ओमप्रकाश सिंह, प्रकाशन संस्थान, दरियागंज, नयी दिल्ली, संस्करण : 2014) के खंड और पृष्ठ संख्या को 'प्र.ग्रं./पृ.सं.' कॉलम में सूचित किया गया है। प्रायः प्रत्येक कविता का प्रकाशन-वर्ष दिया गया है, किन्तु प्रकाशन/रचना-वर्ष ठीक-ठीक नहीं मालूम होने की स्थिति में संग्रह के प्रकाशन वर्ष को कोष्ठक के साथ अंकित कर दिया गया है। जिन पुस्तकों का प्रकाशन रूप-परिवर्तन के साथ प्रसाद ने दोबारा करवाया था, उनके दोनों प्रकाशन वर्ष ऑब्लिग (/) चिह्न के साथ दिये गये हैं, जैसे 'आँसू' - 1925/1933 'आँसू' का पहला संस्करण 1925 में आया था, जिसमें कुल 126 छन्द थे। दूसरा संस्करण 1933 में आया, जिसमें 190 छन्द थे तथा अनेक पंक्तियों में प्रसाद ने व्यापक बदलाव किये थे।

प्रसाद की काव्य-पुस्तकों का विवरण

पुस्तक	प्रकाशन-वर्ष	टिप्पणी
चित्राधार	1918/1928	ब्रजभाषा की 29 कविताएँ
कानन-कुसुम	1913/1929	खड़ी बोली हिन्दी की 49 कविताएँ
प्रेमपथिक	1909	ब्रजभाषा (एक लंबी कविता)
प्रेमपथिक	1914	खड़ी बोली (एक लंबी कविता)
महाराणा का महत्त्व	1914	खड़ी बोली (एक लंबी कविता)
झरना	1918	55 कविताएँ
आँसू	1925/1933	प्रगीतात्मक खंडकाव्य
लहर	1935	33 कविताएँ
कामायनी	1936	महाकाव्य (15 सर्ग)

कविता का शीर्षक	काव्य-संग्रह/पुस्तक	प्र.ग्रं./पृ.सं.	प्रकाशन/रचना वर्ष
अंतरिक्ष में अभी सो रही	लहर	1/328	1935
अतिथि	झरना	1/272	(1918)
अनुनय	झरना	1/245	1913
अनुनय	असंकलित कविताएँ	2/347	1927
अपलक जगती हो एक रात	लहर	1/317	1935
अब जागो जीवन के प्रभात	लहर	1/309	1914
अयोध्योद्धार	चित्राधार	1/3	1910
अरी वरुणा की शांत कछार	लहर	1/294	1932
अरे आ गई है भूली-सी	लहर	1/323	1935

कविता का शीर्षक	काव्य-संग्रह/पुस्तक	प्र.ग्रं./पृ.सं.	प्रकाशन/रचना वर्ष
अरे कहीं देखा है तुमने	लहर	1/321	1935
अर्चना	झरना	1/239	1915
अर्चना	असंकलित कविताएँ	2/336	1915
अव्यवस्थित	झरना	1/223	1923-24
अशोक की चिंता	लहर	1/329	1935
अष्टमूर्ति	चित्राधार	1/35	1910
असन्तोष	झरना	1/244	1924
आँखों से अलख जगाने को	लहर	1/304	1935
आँसू	....	**2/3-41**	**1925/1933**
आदेश	झरना	1/269	(1918)
आवरण	असंकलित कविताएँ	2/348	1928
आशालता	झरना	1/258	(1918)
आह रे, वह अधीर यौवन	लहर	1/305	1931
इन्द्र-धनुष	चित्राधार	1/62	1910
उठ उठ री लघु लघु लोल लहर	लहर	1/290	1931
उत्तर	असंकलित कविताएँ	2/332	1913
उद्यान-लता	चित्राधार	1/48	(1918/1928)
उपेक्षा करना	झरना	1/275	(1918)
उस दिन जब जीवन के पथ में	लहर	1/301	1935
एकान्त में	कानन-कुसुम	1/123	1911
ओ री मानस की गहराई	लहर	1/326	1935
कब	झरना	1/242	1923-24
कमलिनी	असंकलित कविताएँ	2/325	1912
करुण-क्रन्दन	कानन-कुसुम	1/92	1913
करुणा-कुंज	कानन-कुसुम	1/96	1912
कल्पना-सुख	चित्राधार	1/37	1909
कसौटी	झरना	1/271	(1918)
कहो	झरना	1/247	1912
कामना	असंकलित कविताएँ	2/344	1919
कामायनी	....	**2/45-280**	**1936**
काली आँखों का अंधकार	लहर	1/320	1934
कितने दिन जीवन-जलनिधि में	लहर	1/311	1935
किरण	झरना	1/231	(1918)
कुछ नहीं	झरना	1/268	1924
कुरुक्षेत्र	कानन-कुसुम	1/163	(1913/1929)
कोकिल	कानन-कुसुम	1/120	1912
कोमल कुसुमों की मधुर रात	लहर	1/310	1935
खंजन	कानन-कुसुम	1/133	1914
खोल	असंकलित कविताएँ	2/351	1929

कविता का शीर्षक	काव्य-संग्रह/पुस्तक	प्र.ग्रं./पृ.सं.	प्रकाशन/रचना वर्ष
खोलो द्वार	झरना	1/225	1914
गंगा-सागर	कानन-कुसुम	1/138	1914
गान	कानन-कुसुम	1/149	(1913/1929)
गाने दो	असंकलित कविताएँ	2/346	1927
ग्रीष्म का मध्याह्न	कानन-कुसुम	1/104	1912
चन्द्र	चित्राधार	1/43	1911
चन्द्रोदय	चित्राधार	1/60	1910
चित्रकूट	कानन-कुसुम	1/152	1913
चिह्न	झरना	1/236	1924 (1981 विक्रमी)
जग की सजग कालिमा	लहर	1/314	1932
जगती की मंगलमयी उषा बन	लहर	1/296	1935
जलद-आवाहन	कानन-कुसुम	1/105	1912
जल-विहारिणी	कानन-कुसुम	1/115	1910
झरना	झरना	1/221	(1918)
झील में	झरना	1/266	(1918)
ठहरो	कानन-कुसुम	1/117	1911
तुम	झरना	1/261	1924(1918)
तुम्हारा स्मरण	कानन-कुसुम	1/130	1915
तुम्हारी आँखों का बचपन	लहर	1/307	1935
तेरा रूप	असंकलित कविताएँ	2/345	1927
दर्शन	झरना	1/256	1915
दलित कुमुदिनी	कानन-कुसुम	1/125	1913
दीप	झरना	1/238	1922
देवबाला	झरना	1/270	(1918)
दो बूँदें	झरना	1/227	1924-25
धर्मनीति	कानन-कुसुम	1/148	(1913/1929)
धूल का खेल	झरना	1/277	(1918)
नमस्कार	कानन-कुसुम	1/89	1913
नव वसंत	कानन-कुसुम	1/100	1911
नहीं डरते	कानन-कुसुम	1/146	(1913/1929)
निज अलकों के अंधकार में	लहर	1/291	1935
निर्दय तूने ठुकराया तब	लहर	1/325	1935
निवेदन	झरना	1/248	1914
निशीथ-नदी	कानन-कुसुम	1/127	1913
नीरद	चित्राधार	1/55	1910
नीरव प्रेम	चित्राधार	1/66	1910
पतित-पावन	कानन-कुसुम	1/132	1914
पतिव्रत पालन	असंकलित कविताएँ	2/285	1910
परमेश-वन्दना	असंकलित कविताएँ	2/342	1915

कविता का शीर्षक	काव्य-संग्रह/पुस्तक	प्र.ग्रं./पृ.सं.	प्रकाशन/रचना वर्ष
परिचय	झरना	1/220	(1918)
पाईबाग	झरना	1/252	(1918)
पावस	असंकलित कविताएँ	2/321	1910
पावस प्रवास	झरना	1/228	(1918)
पी! कहाँ?	झरना	1/251	(1918)
पेशोला की प्रतिध्वनि	लहर	1/337	1935
प्यास	झरना	1/249	(1918)
प्रत्याशा	झरना	1/253	1915
प्रथम प्रभात	कानन-कुसुम	1/98	1913
प्रथम प्रभात	झरना	1/224	1913
प्रभात	चित्राधार	1/41	1909
प्रभात-कुसुम	चित्राधार	1/49	1910
प्रभो	कानन-कुसुम	1/86	1911
प्रलय की छाया	लहर	1/339	1931
प्रार्थना	झरना	1/264	1910
प्रार्थना	असंकलित कविताएँ	2/319	1910
प्रियतम	कानन-कुसुम	1/140	1914
प्रियतम	झरना	1/246	1914
प्रेम पथिक (खड़ी बोली)	....	**1/182**	**1914**
प्रेम पथिक (ब्रजभाषा)	....	**1/175**	**1909**
प्रेम-राज्य (उत्तरार्द्ध)	चित्राधार	1/28	(1918/1928)
प्रेम-राज्य (पूर्वार्द्ध)	चित्राधार	1/21	1909
बनबासिनी बाला	असंकलित कविताएँ	2/297	1909
बसंत राका	असंकलित कविताएँ	2/339	1915
बसंतोत्सव	असंकलित कविताएँ	2/330	1913
बाल-क्रीड़ा	कानन-कुसुम	1/119	1911
बालू की वेला	झरना	1/235	1924
बिखरा हुआ प्रेम	झरना	1/241	(1918)
बिन्दु 1	झरना	1/279	(1918)
बिन्दु 2	झरना	1/280	(1918)
बिन्दु 3	झरना	1/281	(1918)
बिन्दु 4	झरना	1/282	(1918)
बिन्दु 5	झरना	1/283	(1918)
बिन्दु 6	झरना	1/284	(1918)
बीती विभावरी जाग री	लहर	1/303	1935
भक्ति-योग	कानन-कुसुम	1/107	1913
भरत	कानन-कुसुम	1/158	1913
भव-सागर	कानन-कुसुम	1/142	(1913/1929)
भारत	असंकलित कविताएँ	2/315	1910

कविता का शीर्षक	काव्य-संग्रह/पुस्तक	प्र.ग्रं./पृ.सं.	प्रकाशन/रचना वर्ष
भारतेन्दु-प्रकाश	चित्राधार	1/64	1911
भूल	असंकलित कविताएँ	2/331	1913
भ्रमर	असंकलित कविताएँ	2/326	1912
मंदिर	कानन-कुसुम	1/90	1911
मकरंद बिन्दु	चित्राधार	1/72	(1918/1928)
मकरंद-बिन्दु	कानन-कुसुम	1/150	(1913/1929)
मकरन्द-बिन्दु	असंकलित कविताएँ	2/337	1915
मकरन्द-बिन्दु	असंकलित कविताएँ	2/340	1915
मधुप गुनगुना कर कह जाता	लहर	1/292	1932
मधुर माधवी संध्या में	लहर	1/327	1935
मर्म-कथा	कानन-कुसुम	1/102	1912
मलिना	कानन-कुसुम	1/113	1910
महाकवि तुलसीदास	कानन-कुसुम	1/147	(1913/1929)
महा-क्रीड़ा	कानन-कुसुम	1/94	1912
महाराणा का महत्त्व	....	**1/201**	**1914**
मानस	चित्राधार	1/39	1909
मिल जाओ गले	कानन-कुसुम	1/144	1916
मिलन	झरना	1/257	(1918)
मिलन	असंकलित कविताएँ	2/335	1914
मुझको न मिला रे कभी प्यार	लहर	1/318	1933
मेरी आँखों की पुतली में	लहर	1/313	1932
मेरी कचाई	असंकलित कविताएँ	2/333	1914
मोहन	कानन-कुसुम	1/141	1914
याचना	कानन-कुसुम	1/131	1914
रजनी	चित्राधार	1/42	1909
रजनीगंधा	कानन-कुसुम	1/110	1911
रत्न	झरना	1/267	(1918)
रमणी-हृदय	कानन-कुसुम	1/134	1914
रसाल	चित्राधार	1/46	1910
रसाल-मंजरी	चित्राधार	1/44	1909
रूप	झरना	1/226	1927
लता	असंकलित कविताएँ	2/323	1910
ले चल वहाँ भुलावा देकर	लहर	1/298	1932
वंदना	कानन-कुसुम	1/88	1914
वन-मिलन	चित्राधार	1/13	(1918/1928)
वर्षा में नदी-कूल	चित्राधार	1/47	1910
वसन्त	झरना	1/230	1924
वसन्त की प्रतीक्षा	झरना	1/229	(1918)
वसुधा के अंचल पर	लहर	1/315	1933

कविता का शीर्षक	काव्य-संग्रह/पुस्तक	प्र.ग्रं./पृ.सं.	प्रकाशन/रचना वर्ष
विदाई	चित्राधार	1/53	1913
विनय	कानन-कुसुम	1/129	1915
विनय	चित्राधार	1/50	1910
विभो	चित्राधार	1/52	1910
विरह	कानन-कुसुम	1/135	1914 -1914
विषाद	झरना	1/233	1925
विसर्जन	चित्राधार	1/70	1910
विस्मृत प्रेम	चित्राधार	1/68	1910
वीर बालक	कानन-कुसुम	1/167	(1913/1929)
वे कुछ दिन कितने सुन्दर थे	लहर	1/312	1932
वेदने ठहरो	झरना	1/276	(1918)
शंकर किरात-वेश में और अर्जुन	असंकलित कविताएँ	2/341	1915
शरद-पूर्णिमा	चित्राधार	1/57	1910
शशि-सी वह सुंदर रूपविभा	लहर	1/322	1935
शारदाष्टक	असंकलित कविताएँ	2/283	1909
शारदीय महापूजन	चित्राधार	1/51	1910
शिथिल	असंकलित कविताएँ	2/334	1914
शिल्प-सौन्दर्य्य	कानन-कुसुम	1/160	(1913/1929)
शेरसिंह का शस्त्र-समर्पण	लहर	1/333	1935
श्रीकृष्ण-जयंती	कानन-कुसुम	1/170	1913
सत्यव्रत	असंकलित कविताएँ	2/327	1913
सन्ध्या तारा	चित्राधार	1/58	1910
समर्पण	झरना	1/219	(1918)
समाधि-सुमन	असंकलित कविताएँ	2/313	1910
सरोज	कानन-कुसुम	1/112	1912
सुख भरी नींद	असंकलित कविताएँ	2/343	1916
सुधा में गरल	झरना	1/273	(1918)
सुधासिंचन	झरना	1/260	(1918)
सौन्दर्य	कानन-कुसुम	1/121	1912
स्मृति	असंकलित कविताएँ	2/317	1910
स्वप्नलोक	झरना	1/255	1916
स्व-भाव	झरना	1/243	1915
हमारा हृदय	असंकलित कविताएँ	2/338	1915
हाँ, सारथे! रथ रोक दो	कानन-कुसुम	1/136	1914
हृदय का सौन्दर्य	झरना	1/263	1924
हृदय-वेदना	कानन-कुसुम	1/103	1912
हे सागर संगम अरुण नील	लहर	1/299	1932
होली का गुलाल	असंकलित कविताएँ	2/324	1910
होली की रात	झरना	1/265	1926

परिशिष्ट-2

नाटक-एकांकी के गीतों/कविताओं की वर्णानुक्रम-सूची

जयशंकर प्रसाद के सभी नाटक हिन्दी में हैं। 03 नाटकों में कविताएँ ब्रजभाषा में हैं- 'उर्वशी', 'सज्जन' और 'वभ्रुवाहन'। 12 नाटकों की कविताएँ हिन्दी में हैं। एक नाटक 'अग्निमित्र' अधूरा है, जिसमें केवल एक गीत है। 'प्रायश्चित' में एक भी गीत नहीं है। 'करुणालय' गीतिनाट्य है, इसलिए इसका रूप आद्यंत कविता में है। शुरुआती नाटकों में दो-दो पंक्तियों की भी कविताएँ हैं। प्रसाद के सभी नाटकों में कुल मिलाकर कविताओं/गीतों की संख्या 268 है। प्रस्तुत सूची में कविता/गीत की प्रथम पंक्ति (या उसका अंश) वर्णानुक्रम से दी गयी है। उस कविता/गीत से सम्बंधित नाटक का उल्लेख अंक और दृश्य सहित किया गया है। इस सूची की सहायता से तलाशा जा सकता है कि अमुक कविता/गीत किस नाटक के किस अंक और दृश्य में है। इसी के साथ 'जयशंकर प्रसाद ग्रन्थावली' (सं. ओमप्रकाश सिंह, प्रकाशन संस्थान, दरियागंज, नयी दिल्ली, संस्करण : 2014) के खंड और पृष्ठ संख्या को 'प्र.ग्रं./पृ.सं.' कॉलम में सूचित किया गया है। नाटक के प्रकाशन वर्ष को भी प्रत्येक प्रविष्टि के साथ अंकित किया गया है।

प्रसाद के नाटकों के गीतों का विवरण

नाटक	प्रकाशन-वर्ष	गीतों की संख्या
उर्वशी	1909	65 (ब्रजभाषा)
सज्जन	1910	30 (ब्रजभाषा)
वभ्रुवाहन	1911	32 (ब्रजभाषा)
कल्याणी परिणय	1912	24
करुणालय	1912	गीतिनाट्य
प्रायश्चित	1914	00
राज्यश्री	1915	07
विशाख	1921	31
अजातशत्रु	1924	22
जन्मेजय का नाग-यज्ञ	1924	10
कामना	1927	09
स्कन्दगुप्त	1928	17
एक घूँट	1929	04
चन्द्रगुप्त	1931	13
ध्रुवस्वामिनी	1933	04
अग्निमित्र	अपूर्ण	01

गीत/कविता	अंक/दृश्य/नाटक	प्र.ग्रं./पृ.सं.	प्रकाशन/रचना वर्ष
'अंधकार हट रहा जगत...'	प्रथम दृश्य/कल्याणी परिणय	3/75	1912
'अंबर छाई धूरि...'	कथामुख/उर्वशी	4/10	1909
'अकेली छोड़कर जाने न...'	द्वितीय अंक/चतुर्थ दृश्य/विशाख	3/206	1921
'अगुरु-धूम की श्याम लहरियाँ...'	पंचम अंक/द्वितीय दृश्य/स्कन्दगुप्त	4/133	1928
'अजय किरातहिं देखि...'	नान्दी/सज्जन	3/41	1910
'अधीर हो न चित्त...'	द्वितीय अंक/सप्तम दृश्य/अजातशत्रु	3/300	1922
'अनिल भी रहा लगाये घात...'	प्र.अं./द्वि.दृ./जन्मेजय का नाग-यज्ञ	3/356	1924
'अब भी चेत ले तू नीच...'	तृतीय अंक/द्वितीय दृश्य/राज्यश्री	3/159	1915
'अमल कपोल वेई झलकि...'	चतुर्थ परिच्छेद/उर्वशी	3/28	1909
'अमल चन्द्र-मुख चारु...'	द्वितीय परिच्छेद/उर्वशी	3/20	1909
'अमृत हो जायगा, विष भी...'	द्वितीय अंक/अष्टम दृश्य/अजातशत्रु	3/303	1922
'अरविंद पै लखि खंज...'	द्वितीय परिच्छेद/उर्वशी	3/19	1909
'अरिहूँ से छल करै...'	तृतीय दृश्य/सज्जन	3/49	1910
'अरुण यह मधुमय देश हमारा...'	द्वितीय अंक/प्रथम दृश्य/चन्द्रगुप्त	4/215	1931
'अलक-पाश सों बांधि चाहै...'	प्रथम परिच्छेद/वभ्रुवाहन	3/61	1911
'अलका की किस विकल...'	तृतीय अंक/तृतीय दृश्य/अजातशत्रु	3/319	1922
'अलकावलि की बनी बेनी भली...'	प्रथम परिच्छेद/उर्वशी	3/15	1909
'अलख रूप...'	चतुर्थ अंक/प्रथम दृश्य/राज्यश्री	3/168	1915
'अली नहिं एक कली का है...'	नवम दृश्य/कल्याणी परिणय	3/90	1912
'अली ने क्यों भला...'	प्रथम अंक/पंचम दृश्य/अजातशत्रु	3/260	1922
'अस्त हुए दिन-नाथ पीत...'	चतुर्थ दृश्य/कल्याणी परिणय	3/83	1912
'अस्ताचल पर युवती सन्ध्या...'	द्वितीय अंक/ध्रुवस्वामिनी	4/346	1933
'अहो पथिक! यह सोई उपवन...'	चतुर्थ परिच्छेद/उर्वशी	3/31	1909
'आओ हिये में अहो...'	प्रथम अंक/पंचम दृश्य/अजातशत्रु	3/263	1922
'आज इस यौवन के माधवी कुंज...'	तृतीय अंक/पंचम दृश्य/चन्द्रगुप्त	4/258	1931
'आज मधु पी ले...'	प्रथम अंक/तृतीय दृश्य/विशाख	3/188	1921
'आदित्य के उदय के...'	तृतीय दृश्य/सज्जन	3/48	1910
'आयत उज्ज्वल भाल, करिकर...'	प्रथम परिच्छेद/वभ्रुवाहन	3/57	1911
'आलस वलित नैन नील...'	चतुर्थ परिच्छेद/उर्वशी	3/29	1909
'आवें लड़ें ग्रीक, हम...'	द्वितीय दृश्य/कल्याणी परिणय	3/80	1912
'आशा विकल हुई है मेरी...'	प्रथम अंक/तृतीय दृश्य/राज्यश्री	3/136	1915
'आह! वेदना मिली विदाई...'	पंचम अंक/षष्ठ दृश्य/स्कन्दगुप्त	4/141	1928
'उठती है लहर हरी-हरी...'	प्रथम अंक/प्रथम दृश्य/विशाख	3/183	1921
'उतारोगे अब कब भू-भार...'	प्रथम अंक/षष्ठ दृश्य/स्कन्दगुप्त	4/54	1928
'उमड़ कर चली भिगोने आज...'	तृतीय अंक/प्रथम दृश्य/स्कन्दगुप्त	4/89	1928
'ओ मेरी जीवन की स्मृति...'	चतुर्थ अंक/चतुर्थ दृश्य/चन्द्रगुप्त	4/283	1931
'ओछे उरोज पै चम्पई कंचुकी...'	प्रथम परिच्छेद/उर्वशी	3/14	1909
'कंज मुखी लखि कंज संकोच...'	द्वितीय परिच्छेद/उर्वशी	3/20	1909
'कंटक नहिं पददलित होत...'	चतुर्थ दृश्य/सज्जन	3/51	1910
'कज्जल कलित सुअश्रु जल...'	पंचम परिच्छेद/उर्वशी	3/36	1909

गीत/कविता	अंक/दृश्य/नाटक	प्र.ग्रं./पृ.सं.	प्रकाशन/रचना वर्ष
'कठिन कुहक कल्पनामयी,...'	चतुर्थ दृश्य/कल्याणी परिणय	3/82	1912
'कमलिनि-मधुलोभी मधुप...'	प्रथम परिच्छेद/वभ्रुवाहन	3/61	1911
'कर रहे हो नाथ, तुम...'	द्वितीय अंक/षष्ठ दृश्य/विशाख	3/213	1921
'करुणा-कादम्बिनी बरसे!'	चतुर्थ अंक/चतुर्थ दृश्य/राज्यश्री	3/172	1915
करुणालय	(गीति-नाट्य)	3/93-111	1912
'करुणालय चित्त शान्त था...'	प्रथम अंक/प्रथम दृश्य/विशाख	3/179	1921
'कहूँ कमिनीगण मनमुदित...'	प्रथम परिच्छेद/उर्वशी	3/13	1909
'कहूँ निकुंजन में कूजत...'	प्रथम परिच्छेद/उर्वशी	3/12	1909
'कहूँ पुष्करिणी माँहि...'	प्रथम परिच्छेद/उर्वशी	3/13	1909
'कहूँ भृंग गुंजार अम्भोजिनी में...'	तृतीय परिच्छेद/उर्वशी	3/25	1909
'कहूँ लोल लतिका पर...'	प्रथम परिच्छेद/उर्वशी	3/13	1909
'कार्तिक कृष्णा कुहू क्रोध...'	द्वितीय अंक/चतुर्थ दृश्य/विशाख	3/209	1921
'किसे नहीं चुभ जायँ,...'	द्वितीय अंक/षष्ठ दृश्य/कामना	3/470	1927
'कुंज में वंशी बजती है...'	प्रथम अंक/तृतीय दृश्य/विशाख	3/188	1921
'कुंडल कर्ण विलोल...'	कथामुख/उर्वशी	3/9	1909
'कृष्ण केसर से भरे नव...'	प्रथम दृश्य/कल्याणी परिणय	3/77	1912
'कैसी कड़ी रूप की ज्वाला...'	सप्तम दृश्य/कल्याणी परिणय	3/87	1912
'कैसी कड़ी रूप की ज्वाला?'	चतुर्थ अंक/द्वितीय दृश्य/चन्द्रगुप्त	4/278	1931
'क्या सुना नहीं कुछ,...'	तृ.अंक/तृ.दृश्य/जन्मेजय का नाग-यज्ञ	3/406	1924
'क्रमशः तारापुंज प्रकट...'	चतुर्थ दृश्य/कल्याणी परिणय	3/83	1912
'क्रोधानलज्वलित भीम करालिका-सी...'	द्वितीय दृश्य/सज्जन	3/47	1910
'क्षात्रधर्म महं होय...'	चतुर्थ परिच्छेद/वभ्रुवाहन	3/71	1911
'खल को शासन करै...'	पंचम दृश्य/सज्जन	3/53	1910
'खेल लो नाथ, विश्व का...'	तृतीय अंक/अष्टम दृश्य/कामना	3/505	1927
'खोल तू अब भी आँखें...'	एकांकी/एक घूँट	3/510	1929
'गलबाँहीं दै कोऊ कहूँ बिहरैं ...'	प्रथम परिच्छेद/उर्वशी	3/14	1909
'गोधूली के राग-पटल में...'	प्रथम अंक/द्वितीय दृश्य/अजातशत्रु	3/252	1922
'गोरक्षण के हेतु जब...'	द्वितीय परिच्छेद/वभ्रुवाहन	3/64	1911
'घने — प्रेम-तरु-तले...'	द्वितीय अंक/प्रथम दृश्य/स्कन्दगुप्त	4/65	1928
'घने-घन बीच कुछ अवकाश...'	प्रथम अंक/प्रथम दृश्य/विशाख	3/181	1921
'घबराना मत इस विचित्र...'	प्रथम अंक/चतुर्थ दृश्य/विशाख	3/195	1921
'घिरे सघन घन नींद न आयी...'	प्रथम अंक/चतुर्थ दृश्य/कामना	3/446	1927
'चंचल चन्द्र सूर्य है...'	प्रथम अंक/षष्ठ दृश्य/अजातशत्रु	3/265	1922
'चन्द्रकी वल्लरी चन्द्रकला सी...'	प्रथम परिच्छेद/उर्वशी	3/14	1909
'चन्द्रवंश को सूर...'	पंचम परिच्छेद/उर्वशी	3/35	1909
'चल बसन्त बाला अंचल...'	तृतीय अंक/नवम दृश्य/अजातशत्रु	3/336	1922
'चला है मन्थर गति में...'	द्वितीय अंक/चतुर्थ दृश्य/अजातशत्रु	3/289	1922
'चहूँ ओर लखात लता लतिका...'	तृतीय परिच्छेद/उर्वशी	3/25	1909
'चिरजीवहु लहि युगल सुख...'	पंचम परिच्छेद/उर्वशी	3/37	1909
'चिरजीवी सब भाँति यह...'	चतुर्थ परिच्छेद/वभ्रुवाहन	3/72	1911

गीत/कविता	अंक/दृश्य/नाटक	प्र.ग्रं./पृ.सं.	प्रकाशन/रचना वर्ष
'छटा कैसी सलोनी निराली है...'	द्वितीय अंक/तृतीय दृश्य/कामना	3/460	1927
'छाने लगी जगत में ...'	द्वितीय अंक/तृतीय दृश्य/विशाख	3/203	1921
'छाया-सा अस्पष्ट चित्र...'	प्रथम दृश्य/कल्याणी परिणय	3/76	1912
'छिपाओगी कैसे — आँखें...'	द्वितीय अंक/अष्टम दृश्य/कामना	3/478	1927
'जग जाहिर जग बन्द...'	द्वितीय परिच्छेद/वभ्रुवाहन	3/65	1911
'जब प्रीति नहीं मन में कुछ...'	तृतीय अंक/चतुर्थ दृश्य/राज्यश्री	3/162	1915
'जय! सुरेश! जयजय! नरेश !...'	पंचम परिच्छेद/उर्वशी	3/38	1909
'जय जय जय आदि भूमि,...'	तृतीय दृश्य/कल्याणी परिणय	3/81	1912
'जय जयति करुणा सिन्धु!'	तृतीय अंक/पंचम दृश्य/राज्यश्री	3/164	1915
'जय हो उसकी, जिसने अपना...'	तृ.अं./अ.दृ./जन्मेजय का नाग-यज्ञ	3/426	1924
'जलधर की माला...'	एकांकी/एक घूँट	3/521	1929
'जाओ सखी, तुम जी न...'	तृतीय अंक/द्वितीय दृश्य/कामना	3/485	1927
'जानि विरह को मूल...'	पंचम परिच्छेद/उर्वशी	3/38	1909
'जिन कबहुँ न दीन्हें...'	तृतीय दृश्य/सज्जन	3/48	1910
'जिनहिं बढ़ायो मान सों...'	तृतीय दृश्य/सज्जन	3/48	1910
'जीति धरा धरि धर्म...'	पंचम परिच्छेद/उर्वशी	3/34	1909
'जीने का अधिकार तुझे क्या...'	द्वि.अं./प्र.दृ./जन्मेजय का नाग-यज्ञ	3/377	1924
'जीवन भर आनन्द मनावे ...'	प्रथम अंक/प्रथम दृश्य/विशाख	3/182	1921
'जीवन में उजियाली है...'	एकांकी/एक घूँट	3/518	1929
'जैसी मधुर मुरलिया श्याम...'	सप्तम दृश्य/कल्याणी परिणय	3/88	1912
'जो चंड आप भुज दंड...'	प्रथम दृश्य/सज्जन	3/43	1910
'जो जाइ पश्चिम दिशा...'	तृतीय दृश्य/सज्जन	3/48	1910
'तजि मर्यादा न बढ़ै...'	पंचम दृश्य/सज्जन	3/54	1910
'तरुश्रेणी में सौध सुशैल...'	चतुर्थ दृश्य/कल्याणी परिणय	3/84	1912
'तिमिर गगन माँही...'	पंचम दृश्य/सज्जन	3/52	1910
'तुम कनक किरन के अंतराल में...'	प्रथम अंक/द्वितीय दृश्य/चन्द्रगुप्त	4/186	1931
'तुम्हारी मोहनी छवि पर...'	द्वितीय अंक/चतुर्थ दृश्य/अजातशत्रु	3/291	1922
'तू खोजता किसे अरे ...'	प्रथम अंक/चतुर्थ दृश्य/विशाख	3/191	1921
'तृप्त हृदय का उष्ण...'	प्रथम दृश्य/कल्याणी परिणय	3/76	1912
'तेरेई रूप सरोवर मों दृग...'	द्वितीय परिच्छेद/उर्वशी	3/21	1909
'दाता सुमति दीजिए...'	द्वितीय अंक/षष्ठ दृश्य/अजातशत्रु	3/296	1922
'दिनकर किरन प्रभात में...'	चतुर्थ परिच्छेद/वभ्रुवाहन	3/69	1911
'दीन दुखी न रहे कोई,...'	तृतीय अंक/पंचम दृश्य/विशाख	3/227	1921
'दुःख में मित्र समान...'	नान्दी/सज्जन	3/42	1910
'दूर छोड़कर देश किस जगह...'	प्रथम दृश्य/कल्याणी परिणय	3/76	1912
'दूर जब हो गया कहीं मन से...'	तृतीय अंक/प्रथम दृश्य/विशाख	3/216	1921
'देखी नयनों ने एक झलक...'	प्रथम अंक/पंचम दृश्य/विशाख	3/186	1921
'देश की दुर्दशा निहारोगे...'	पंचम अंक/तृतीय दृश्य/स्कन्दगुप्त	4/136	1928
'धनु आकर्षण के युगल...'	द्वितीय परिच्छेद/वभ्रुवाहन	3/64	1911

गीत/कविता	अंक/दृश्य/नाटक	प्र.ग्रं./पृ.सं.	प्रकाशन/रचना वर्ष
'धर्म को राज सदा जग...'	पंचम दृश्य/सज्जन	3/54	1910
'धवल मनोहर दृष्टि सुखदायक...'	प्रथम परिच्छेद/वभ्रुवाहन	3/57	1911
'धाये धरि धनु सायक...'	चतुर्थ परिच्छेद/वभ्रुवाहन	3/71	1911
'न छेड़ना उस अतीत स्मृति ...'	प्रथम अंक/द्वितीय दृश्य/स्कन्दगुप्त	4/38	1928
'न धरो कहकर इसको...'	प्रथम अंक/चतुर्थ दृश्य/अजातशत्रु	3/259	1922
'नदी नीर से भरी...'	तृतीय अंक/प्रथम दृश्य/विशाख	3/216	1921
'नलिनी बलि चाहत है रवि को..'	चतुर्थ परिच्छेद/उर्वशी	3/32	1909
'नव घन जल सींची जा...'	द्वितीय दृश्य/कल्याणी परिणय	3/79	1912
'नव नीरज नील लसै विकसै...'	तृतीय परिच्छेद/उर्वशी	3/26	1909
'नागरिकों के हैं, प्रमोद की...'	चतुर्थ दृश्य/कल्याणी परिणय	3/84	1912
'नाथ स्नेह की लता सींच दो,...'	तृतीय अंक/षष्ठ दृश्य /जन्मेजय का नाग-यज्ञ	3/418	1924
'निकल मत बाहर दुर्बल आह...'	प्रथम अंक/द्वितीय दृश्य/चन्द्रगुप्त	4/187	1931
'निज सुखमय आगमन...'	द्वितीय परिच्छेद/वभ्रुवाहन	3/64	1911
'निधुवन लीला निरत नित...'	प्रथम परिच्छेद/उर्वशी	3/13	1909
'निर्जन गोधूलि प्रान्तर में...'	द्वितीय अंक/अष्टम दृश्य/अजातशत्रु	3/302	1922
'नीति प्रीति युत प्रजा...'	पंचम दृश्य/सज्जन	3/54	1910
'नील सरसी सलिल कंज...'	प्रथम परिच्छेद/वभ्रुवाहन	3/58	1911
'नीलसरोवर बीच, इन्दीवर...'	द्वितीय दृश्य/सज्जन	3/45	1910
'नृप के हिये समात...'	पंचम परिच्छेद/उर्वशी	3/36	1909
'नेकु कृपा करि कोर फिरी इतै...'	द्वितीय परिच्छेद/उर्वशी	3/22	1909
'पद-दलित किया है जिसने...'	तृतीय अंक/तृतीय दृश्य /जन्मेजय का नाग-यज्ञ	3/408	1924
'पशुहूँ मोहत जाहि सुनि...'	नान्दी/सज्जन	3/42	1910
'पाया जिसमें प्रेम-रस,...'	नवम दृश्य/कल्याणी परिणय	3/90	1912
'पालना बनें प्रलय की लहरें...'	द्वितीय अंक/चतुर्थ दृश्य/स्कन्दगुप्त	4/74	1928
'पिया बिसरायो कौन हेत?'	तृतीय परिच्छेद/वभ्रुवाहन	3/66	1911
'पी ले प्रेम का प्याला...'	प्रथम अंक/षष्ठ दृश्य/कामना	3/454	1927
'पुत्र, तुम्हें पहनाय कवच...'	तृतीय परिच्छेद/वभ्रुवाहन	3/69	1911
'पूरन या मुखचन्द चितै इन...'	द्वितीय परिच्छेद/उर्वशी	3/21	1909
'पृथ्वी की श्यामल पुलकों...'	तृतीय अंक/चतुर्थ दृश्य/कामना	3/493	1927
'पैरों के नीचे जलधर हों ...'	प्रथम अंक/ध्रुवस्वामिनी	4/341	1933
'प्यारी निशा को भयी सुख प्रात...'	तृतीय परिच्छेद/उर्वशी	3/24	1909
'प्यारे, निर्मोही होकर मत...'	प्रथम अंक/पंचम दृश्य/अजातशत्रु	3/261	1922
'प्रकृति उदार करों से जो...'	चतुर्थ दृश्य/कल्याणी परिणय	3/84	1912
'प्रथम मिलन के हेतु तैं...'	कथामुख/उर्वशी	3/11	1909
'प्रथम यौवन-मदिरा से मत्त...'	द्वितीय अंक/पंचम दृश्य/चन्द्रगुप्त	4/233	1931
'प्रथम राखि महामति...'	द्वितीय दृश्य/सज्जन	3/46	1910
'प्रेम! अनूपम जाल...'	द्वितीय परिच्छेद/उर्वशी	3/22	1909

गीत/कविता	अंक/दृश्य/नाटक	प्र.ग्रं./पृ.सं.	प्रकाशन/रचना वर्ष
'प्रेम-पाश गल डालि...'	प्रथम परिच्छेद/उर्वशी	3/15	1909
'फूल जब हँसते हैं अभिराम...'	तृतीय अंक/द्वितीय दृश्य /जन्मेजय का नाग-यज्ञ	3/404	1924
'बज रही वंशी आठों याम की...'	चतुर्थ अंक/चतुर्थ दृश्य/चन्द्रगुप्त	4/283	1931
'बजा दो वेणु मनमोहन!...'	चतुर्थ अंक/सप्तम दृश्य/स्कन्दगुप्त	4/122	1928
'बरस पड़े अश्रु-जल, हमारा...'	द्वितीय अंक/पंचम दृश्य /जन्मेजय का नाग-यज्ञ	3/391	1924
'बलित हेमबल्ली कलकुसुम...'	प्रथम परिच्छेद/उर्वशी	3/12	1909
'बसि सरोज रस लेन...'	प्रथम परिच्छेद/उर्वशी	3/16	1909
'बहुत छिपाया, उफन पड़ा...'	द्वितीय अंक/द्वितीय दृश्य/अजातशत्रु	3/284	1922
'बार-बार सानुनय कह्यो...'	द्वितीय दृश्य/सज्जन	3/46	1910
'बार-बार सुकुमार अंग...'	पंचम परिच्छेद/उर्वशी	3/36	1909
'बिखरी किरन अलक व्याकुल हो..'	द्वितीय अंक/सप्तम दृश्य/चन्द्रगुप्त	4/238	1931
'बीती निशा दुख की...'	द्वितीय परिच्छेद/उर्वशी	3/23	1909
'बोले लखे इमि हाल...'	पंचम परिच्छेद/उर्वशी	3/34	1909
'भयो विमल जल लोल	नान्दी/सज्जन	3/42	1910
'भरा नैनों में मन में रूप...'	प्रथम अंक/सप्तम दृश्य/स्कन्दगुप्त	4/58	1928
'भरे क्रोध-जल जलद-जुग...'	तृतीय परिच्छेद/उर्वशी	3/27	1909
'भाव-निधि में लहरियाँ उठतीं...'	चतुर्थ अंक/द्वितीय दृश्य/स्कन्दगुप्त	4/110	1928
'मकरंद पराग प्रसेद सने...'	तृतीय परिच्छेद/उर्वशी	3/26	1909
'मचा है जग भर में अन्धेर...'	प्रथम अंक/द्वितीय दृश्य/विशाख	3/186	1921
'मधुकर प्रीति की रीति नई...'	तृतीय परिच्छेद/वभ्रुवाहन	3/67	1911
'मधुप कब एक कली का है...'	चतुर्थ अंक/चतुर्थ दृश्य/चन्द्रगुप्त	4/282	1931
'मधुपान कर चुके मधुप,...'	तृतीय अंक/प्रथम दृश्य/विशाख	3/216	1921
'मधुमत्त मिलिन्द माधुरी...'	प्रथम अंक/चतुर्थ दृश्य/विशाख	3/194	1921
'मधुर मन्द मकरन्द पूर हे...'	चतुर्थ परिच्छेद/उर्वशी	3/31	1909
'मधुर माधव ऋतु की रजनी...'	द्वितीय अंक/तृतीय दृश्य /जन्मेजय का नाग-यज्ञ	3/386	1924
'मधुर मिलन कुंज में...'	एकांकी/एक घूँट	3/534	1929
'मध्याह्न में महत तेज...'	तृतीय दृश्य/सज्जन	3/47	1910
'मन जागो जागो ...'	तृतीय अंक/द्वितीय दृश्य /जन्मेजय का नाग-यज्ञ	3/403	1924
'मना आनन्द मत...'	प्रथम अंक/चतुर्थ दृश्य/विशाख	3/194	1921
'मरण जब दीन जीवन से...'	तृतीय अंक/द्वितीय दृश्य/विशाख	3/219	1921
'मलयअनिल लहि नवमल्लिका...'	प्रथम परिच्छेद/उर्वशी	3/13	1909
'मल्लिकादिक सुमन ते...'	प्रथम परिच्छेद/वभ्रुवाहन	3/59	1911
'माझी? साहस है? खे लोगे?'	तृतीय अंक/चतुर्थ दृश्य/स्कन्दगुप्त	4/99	1928
'मान लूँ क्यों न उसे...'	द्वितीय अंक/षष्ठ दृश्य/विशाख	3/211	1921
'मीड़ मत खिंचे बीन...'	प्रथम अंक/नवम दृश्य/अजातशत्रु	3/272	1922

गीत/कविता	अंक/दृश्य/नाटक	प्र.ग्रं./पृ.सं.	प्रकाशन/रचना वर्ष
'मूरछा देखि के प्यारे सुजान की...'	द्वितीय परिच्छेद/उर्वशी	3/21	1909
'मृग की बात कहाँ कहौं...'	द्वितीय दृश्य/सज्जन	3/45	1910
'मेरे मन को चुरा के...'	द्वितीय अंक/तृतीय दृश्य/विशाख	3/205	1921
'मोदभरी सुकुमोदिनियाँ..'	द्वितीय परिच्छेद/उर्वशी	3/18	1909
'यह कसक अरे आँसू सह जा...'	प्रथम अंक/ध्रुवस्वामिनी	4/329	1933
'युग-युग यह जोड़ी जिये,...'	द्वितीय परिच्छेद/वभ्रुवाहन	3/65	1911
'यौवन ऊषा प्रथम प्रकट...'	तृतीय परिच्छेद/वभ्रुवाहन	3/67	1911
'यौवन तेरी चंचल छाया...'	द्वितीय अंक/ध्रुवस्वामिनी	4/343	1933
'रत्नमयी भूमि लगे...'	प्रथम परिच्छेद/उर्वशी	3/12	1909
'रहे बनवास सहे बहु कष्ट'	तृतीय परिच्छेद/वभ्रुवाहन	3/67	1911
'राज्य आपको ही अहै...'	चतुर्थ परिच्छेद/वभ्रुवाहन	3/70	1911
'रे नीच मीच-मीच तब...'	प्रथम दृश्य/सज्जन	3/44	1910
'लखु प्रानप्रिये ! तुमको लखि कै...'	तृतीय परिच्छेद/उर्वशी	3/26	1909
'लगा दो गहने का...'	द्वितीय अंक/द्वितीय दृश्य/विशाख	3/203	1921
'ललित लवंग एला लवली...'	तृतीय परिच्छेद/उर्वशी	3/26	1909
'लसै लोनी लता लपटी तरु ...'	प्रथम परिच्छेद/वभ्रुवाहन	3/58	1911
'लाक्षागृह में जारन...'	चतुर्थ दृश्य/सज्जन	3/52	1910
'लियो उठाय नरेश...'	पंचम परिच्छेद/उर्वशी	3/35	1909
'लै बीणा कर माँहि...'	द्वितीय परिच्छेद/वभ्रुवाहन	3/63	1911
'लोग बतावत चन्द है...'	प्रथम परिच्छेद/उर्वशी	3/12	1909
'लोभ सुख का नहीं...'	द्वितीय अंक/नवम दृश्य/अजातशत्रु	3/308	1922
'वसंत के कानन में खिला जो...'	द्वितीय दृश्य/कल्याणी परिणय	3/79	1912
'विकसहु कमलिनि कली-निकर...'	प्रथम परिच्छेद/वभ्रुवाहन	3/59	1911
'विकसाइ रसाल की मंजरी को...'	तृतीय परिच्छेद/उर्वशी	3/24	1909
'विस्तृत कुन्तल भार पूर...'	द्वितीय परिच्छेद/वभ्रुवाहन	3/62	1911
'वीर बदन मँह विभा...'	चतुर्थ परिच्छेद/वभ्रुवाहन	3/70	1911
'वे खुले पलक मारुत से क्रीड़ा...'	द्वितीय दृश्य/कल्याणी परिणय	3/80	1912
'शम्भु नयन प्रतिबिम्ब ...'	प्रथम परिच्छेद/उर्वशी	3/12	1909
'शीतलाई सुधाकर में है...'	प्रथम परिच्छेद/वभ्रुवाहन	3/59	1911
'शून्य गमन में खोजता जैसे चन्द्र...'	पंचम अंक/द्वितीय दृश्य/स्कन्दगुप्त	4/129	1928
'शोक समूह अशोक लखात..'	चतुर्थ परिच्छेद/उर्वशी	3/28	1909
'शोक हरन हे नव अशोक...'	चतुर्थ परिच्छेद/उर्वशी	3/33	1909
'श्यामल कुंज घने कानन ऊँचे...'	चतुर्थ दृश्य/कल्याणी परिणय	3/83	1912
'संसृति के वे सुन्दरतम क्षण...'	प्रथम अंक/तृतीय दृश्य/स्कन्दगुप्त	4/41	1928
'सखी री !सुख किसको हैं...'	प्रथम अंक/प्रथम दृश्य/विशाख	3/180	1921
'सखी सबही विधि मंगल...'	नवम दृश्य/कल्याणी परिणय	3/92	1912
'सखे! वह प्रेममयी रजनी...'	चतुर्थ अंक/नवम दृश्य/चन्द्रगुप्त	4/302	1931
'सघन वन-वल्लरियों के नीचे...'	प्रथम अंक/तृतीय दृश्य/ कामना	3/437	1927
'सजल नयन कर बाँधि...'	पंचम परिच्छेद/उर्वशी	3/34	1909

गीत/कविता	अंक/दृश्य/नाटक	प्र.ग्रं./पृ.सं.	प्रकाशन/रचना वर्ष
'सजे सूर धारे ...'	कथामुख/उर्वशी	3/9	1909
'सत्कविता, हितकर वचन...'	नान्दी/सज्जन	3/41	1910
'सदा जुग जुग जीओ महाराज'	प्रथम दृश्य/सज्जन	3/43	1910
'सनी स्वेद पराग सों...'	प्रथम परिच्छेद/उर्वशी	3/15	1909
'सन्ध्या सुबाल की भालमणी...'	द्वितीय परिच्छेद/उर्वशी	3/18	1909
'सब जीवन बीता जाता है...'	तृतीय अंक/द्वितीय दृश्य/स्कन्दगुप्त	4/92	1928
'सम्हाले कोई कैसे प्यार...'	द्वितीय अंक/षष्ठ दृश्य/राज्यश्री	3/151	1915
'सरसकुसुमित मल्लिकादिक...'	प्रथम परिच्छेद/उर्वशी	3/15	1909
'सलोने अंग पर पट हो...'	प्रथम अंक/प्रथम दृश्य/विशाख	3/180	1921
'सहि के दुःख अनेक,...'	द्वितीय परिच्छेद/वभ्रुवाहन	3/64	1911
'सहें अनेकन कष्ट पै...'	चतुर्थ दृश्य/सज्जन	3/51	1910
'साँची देहु बताय...'	पंचम परिच्छेद/उर्वशी	3/38	1909
'सुख की सीमा नहीं ...'	द्वितीय अंक/चतुर्थ दृश्य/विशाख	3/206	1921
'सुख साधन में भूल न रे मन!'	अग्निमित्र (अपूर्ण)	4/372	अपूर्ण
'सुखी करै चित्त सुमोद...'	तृतीय दृश्य/सज्जन	3/49	1910
'सुघर साजि मनोहर रूप को...'	द्वितीय दृश्य/सज्जन	3/47	1910
'सुत को सुचि मुखचन्द...'	पंचम परिच्छेद/उर्वशी	3/37	1909
'सुधा-सीकर से नहला दो!'	चतुर्थ अंक/प्रथम दृश्य/चन्द्रगुप्त	4/275	1931
'सुनि रथांग को शब्द वह...'	कथामुख/उर्वशी	3/10	1909
'सुमुखि सुन्दर शील रूप...'	प्रथम परिच्छेद/वभ्रुवाहन	3/59	1911
'सूधे देखन में बने...'	प्रथम परिच्छेद/वभ्रुवाहन	3/60	1911
'स्वजन दीखता न विश्व में...'	तृतीय अंक/सप्तम दृश्य/अजातशत्रु	3/332	1922
'स्वर्ग है नहीं दूसरा और...'	तृतीय अंक/तृतीय दृश्य/अजातशत्रु	3/322	1922
'स्वीकृत प्रेम-प्रशंस्ति पर...'	द्वितीय अंक/चतुर्थ दृश्य/विशाख	3/207	1921
'हमारा प्रेमनिधि सुन्दर...'	प्रथम अंक/नवम दृश्य/अजातशत्रु	3/273	1922
'हमारे जीवन का उल्लास...'	तृतीय अंक/द्वितीय दृश्य/अजातशत्रु	3/315	1922
'हमारे निर्बलों के बल कहाँ...'	प्रथम अंक/षष्ठ दृश्य/स्कन्दगुप्त	4/55	1928
'हमारे वक्ष में बनकर...'	प्रथम अंक/पंचम दृश्य/अजातशत्रु	3/263	1922
'हरिन यूथ ते विलग जिमि...'	कथामुख/उर्वशी	3/10	1909
'हवन धूम के ओट में...'	द्वितीय परिच्छेद/वभ्रुवाहन	3/65	1911
'हाय! कहाँ आयो मैं एहि...'	चतुर्थ परिच्छेद/उर्वशी	3/29	1909
'हिमाद्रि तुंग शृंग से...'	चतुर्थ अंक/षष्ठ दृश्य/चन्द्रगुप्त	4/290	1931
'हिमालय के आँगन में उसे...'	पंचम अंक/पंचम दृश्य/स्कन्दगुप्त	4/138	1928
'हिये में चुभ गयी, हाँ,.'	द्वितीय अंक/प्रथम दृश्य/विशाख	3/200	1921
'हुआ काकरव क्लान्त...'	चतुर्थ दृश्य/कल्याणी परिणय	3/84	1912
'हृदय की सब व्यथाएँ मैं...'	द्वितीय अंक/प्रथम दृश्य/विशाख	3/198	1921
'हृदय के कोने-कोने से...'	तृतीय अंक/पंचम दृश्य/विशाख	3/230	1921
'हे शिव, धन्य तुम्हारी माया...'	द्वितीय परिच्छेद/वभ्रुवाहन	3/63	1911
'ह्वै सावधान सब रक्षहु...'	चतुर्थ दृश्य/सज्जन	3/51	1910

परिशिष्ट-3

कविताओं की वर्णानुक्रम-सूची

सन्दर्भ :

प्रसाद का संपूर्ण काव्य - सम्पादन - डॉ. सत्यप्रकाश मिश्र,

लोकभारती प्रकाशन, इलाहाबाद, 2018

(रचना का प्रकाशन वर्ष सही-सही मालूम न होने की स्थिति में संकलन का प्रकाशन-वर्ष कोष्ठक में दे दिया गया है।)

कविता का शीर्षक	काव्य-संग्रह/पुस्तक	पृ.सं.	प्रकाशन/रचना वर्ष
अंतरिक्ष में अभी सो रही	लहर	370	1935
अंतरिक्ष में अभी सो रही	लहर	370	1935
अतिथि	झरना	287	(1918)
अनुनय	झरना	258	1913
अपलक जगती हो एक रात!	लहर	357	1935
अब जागो जीवन के प्रभात	लहर	350	1914
अयोध्या का उद्धार/अयोध्योद्धार	चित्राधार	9-16	1910
अरी बरुणा की शांत कछार	लहर	338-339	1932
अरे आ गई है भूली-सी	लहर	365-366	1935
अरे कहीं देखा है तुमने	लहर	363	1935
अर्चना	झरना	251-252	1915
अव्यवस्थित	झरना	235	1923-24
अशोक की चिंता	लहर	371-374	1935
अष्टमूर्ति/पराग	चित्राधार	37-38	1910
असंतोष	झरना	256-257	1924
आँखों से अलख जगाने को	लहर	346	1935
आँसू	**गीतिकाव्य**	**301-332**	**(1925/1933)**
आदेश	झरना	284	(1918)
आशालता	झरना	271-272	(1918)
आह रे, वह अधीर यौवन	लहर	347-348	1931
इंद्र-धनुष/पराग	चित्राधार	63	1910
उठ उठ री लघु लघु लोल लहर	लहर	335	1931
उद्यान-लता/पराग	चित्राधार	49	(1918/1928)
उपेक्षा करना	झरना	290	(1918)
उस दिन जब जीवन के पथ में	लहर	343-344	1935
एकांत में	कानन-कुसुम	181-182	1911

कविता का शीर्षक	काव्य-संग्रह/पुस्तक	पृ.सं.	प्रकाशन/रचना वर्ष
ओ री मानस की गहराई	लहर	368	1935
कब	झरना	254	1923-24
करुण-क्रन्दन	कानन-कुसुम	151-152	1913
करुणा-कुंज	कानन-कुसुम	155-156	1912
करुणालय	(गीति-नाट्य)	103-125	1912
कल्पना-सुख/पराग	चित्राधार	39-40	1909
कसौटी	झरना	286	(1918)
कहो?	झरना	260	1912
कामायनी	**महाकाव्य**	**397-704**	**1936**
काली आँखों का अंधकार	लहर	362	1934
कितने दिन जीवन-जलनिधि में	लहर	352	1935
किरण	झरना	243-244	(1918)
कुछ नहीं	झरना	283	1924
कुरुक्षेत्र	कानन-कुसुम	219-222	(1913/1929)
कोकिल	कानन-कुसुम	178	1912
कोमल कुसुमों की मधुर रात	लहर	351	1935
खंजन	कानन-कुसुम	190	1914
खोलो द्वार	झरना	237	1914
गंगा-सागर	कानन-कुसुम	194	1914
गान	कानन-कुसुम	204	(1913/1929)
ग्रीष्म का मध्याह्न	कानन-कुसुम	163	1912
चन्द्र/पराग	चित्राधार	44	1911
चन्द्रोदय/पराग	चित्राधार	61-62	1910
चित्रकूट	कानन-कुसुम	208-213	1913
चिह्न	झरना	248-249	1924 (1981 विक्रमी)
जग की सजल कालिमा	लहर	355	1932
जगती की मंगलमयी ऊषा बन	लहर	358-359	1935
जलद-आह्वान/जलद-आवाहन	कानन-कुसुम	164	1912
जल-विहारिणी	कानन-कुसुम	173-174	1910
झरना	झरना	233-234	(1918)
झील में	झरना	280	(1918)
ठहरो	कानन-कुसुम	175-176	1911
तुम	झरना	274-275	1924 (1918)
तुम्हारा स्मरण	कानन-कुसुम	187	1915
तुम्हारी आँखों का बचपन	लहर	349	1935
दर्शन	झरना	269	1915
दलित कुमुदिनी	कानन-कुसुम	183	1913
दीप	झरना	250	1922
देवबाला	झरना	285	(1918)

कविता का शीर्षक	काव्य-संग्रह/पुस्तक	पृ.सं.	प्रकाशन/रचना वर्ष
दो बूँदें	झरना	239	1924-25
धर्मनीति	कानन-कुसुम	203	(1913/1929)
धूल का खेल	झरना	292-293	(1918)
नमस्कार	कानन-कुसुम	148	1913
नव वसंत	कानन-कुसुम	159-160	1911
नहीं डरते	कानन-कुसुम	201	(1913/1929)
निज अलकों के अंधकार में	लहर	336	1935
निरधक तूने ठुकराया तब	लहर	367	1935
निवेदन	झरना	261	1914
निशीथ-नदी	कानन-कुसुम	184-185	1913
नीरद/पराग	चित्राधार	56-57	1910
नीरव प्रेम/पराग	चित्राधार	65-67	1910
पतित-पावन	कानन-कुसुम	189	1914
परिचय	झरना	232	(1918)
पाईबाग	झरना	265	(1918)
पावस प्रभात	झरना	240	(1918)
पी! कहाँ?	झरना	264	(1918)
पेशोला की प्रतिध्वनि	लहर	379-380	1935
प्यास	झरना	262-263	(1918)
प्रत्याशा	झरना	266-267	1915
प्रथम प्रभात	कानन-कुसुम	157-158	1913
प्रथम प्रभात	झरना	236	1913
प्रभात/शारदीय शोभा/पराग	चित्राधार	42	1909
प्रभात-कुसुम/पराग	चित्राधार	50	1910
प्रभो	कानन-कुसुम	145-146	1911
प्रलय की छाया	लहर	381-395	1931
प्रार्थना	झरना	277	1910
प्रियतम	कानन-कुसुम	196	1914
प्रियतम!	झरना	259	1914
प्रेम-पथिक (खड़ी बोली हिन्दी)	**एक लंबी कविता**	**87-102**	**1914**
प्रेम-राज्य (उत्तरार्द्ध)	चित्राधार	28-33	(1918/1928)
प्रेम-राज्य (पूर्वार्द्ध)	चित्राधार	23-27	1909
बाल-क्रीड़ा	कानन-कुसुम	177	1911
बालू की वेला	झरना	247	1924
बिंदु 1	झरना	294	(1918)
बिंदु 2	झरना	295	(1918)
बिंदु 3	झरना	296	(1918)
बिंदु 4	झरना	297	(1918)
बिंदु 5	झरना	298	(1918)

कविता का शीर्षक	काव्य-संग्रह/पुस्तक	पृ.सं.	प्रकाशन/रचना वर्ष
बिंदु 6	झरना	299	(1918)
बिखरा हुआ प्रेम	झरना	253	(1918)
बीती विभावरी जाग री	लहर	345	1935
भक्ति-योग	कानन-कुसुम	165-167	1913
भरत	कानन-कुसुम	214-215	1913
भव-सागर	कानन-कुसुम	198	(1913/1929)
भारतेन्दु-प्रकाश/पराग	चित्राधार	64	1911
मंदिर	कानन-कुसुम	149-150	1911
मकरंद बिन्दु	चित्राधार	73-83	(1918/1928)
मकरंद-बिन्दु	कानन-कुसुम	205-207	(1913/1929)
मधुप गुनगुना कर कह जाता	लहर	337	1932
मधुर माधवी संध्या में	लहर	369	1935
मर्म-कथा	कानन-कुसुम	161	1912
मलिना	कानन-कुसुम	171-172	1910
महाकवि तुलसीदास	कानन-कुसुम	202	(1913/1929)
महा-क्रीड़ा	कानन-कुसुम	153-154	1912
महाराणा का महत्त्व	**एक लंबी कविता**	**127-142**	**1914**
मानस/पराग	चित्राधार	41	1909
मिल जाओ गले	कानन-कुसुम	199-200	1916
मिलन	झरना	270	(1918)
मुझको न मिला रे कभी प्यार	लहर	360-361	1933
मेरी आँखों की पुतली में	लहर	354	1932
मोहन	कानन-कुसुम	197	1914
याचना	कानन-कुसुम	188	1914
रजनी/पराग	चित्राधार	43	1909
रजनीगंधा	कानन-कुसुम	168-169	1911
रत्न	झरना	281-282	(1918)
रमणी-हृदय	कानन-कुसुम	192	1914
रसाल/पराग	चित्राधार	47	1910
रसाल-मंजरी/पराग	चित्राधार	45-46	1909
रूप	झरना	238	1927
ले चल वहाँ भुलावा देकर	लहर	340	1932
वंदना	कानन-कुसुम	147	1914
वन-मिलन	चित्राधार	17-22	(1918/1928)
वर्षा में नदी-कूल/पराग	चित्राधार	48	1910
वसंत	झरना	242	1924
वसंत की प्रतीक्षा	झरना	241	(1918)
वसुधा के अंचल पर	लहर	356	1933
विदाई/पराग	चित्राधार	54-55	1913

कविता का शीर्षक	काव्य-संग्रह/पुस्तक	पृ.सं.	प्रकाशन/रचना वर्ष
विनय	कानन-कुसुम	186	1915
विनय/पराग	चित्राधार	51	1910
विभो/पराग	चित्राधार	53	1910
विरह	कानन-कुसुम	191 1914	1914
विषाद	झरना	245-246	1925
विसर्जन/पराग	चित्राधार	70	1910
विस्मृत प्रेम/पराग	चित्राधार	68-69	1910
वीर बालक	कानन-कुसुम	223-225	(1913/1929)
वे कुछ दिन कितने सुन्दर थे	लहर	353	1932
वेदने ठहरो!	झरना	291	(1918)
शरद-पूर्णिमा/पराग	चित्राधार	58	1910
शशि-सी वह सुंदर रूपविभा	लहर	364	1935
शारदीय महापूजन/पराग	चित्राधार	52	1910
शिल्प-सौंदर्य	कानन-कुसुम	216-218	(1913/1929)
शेरसिंह का शस्त्र-समर्पण	लहर	375-378	1935
श्रीकृष्ण-जयंती	कानन-कुसुम	226-228	1913
सन्ध्या तारा/पराग	चित्राधार	59-60	1910
समर्पण	झरना	231	(1918)
सरोज	कानन-कुसुम	170	1912
सुधा में गरल	झरना	288-289	(1918)
सुधासिंचन	झरना	273	(1918)
सौंदर्य	कानन-कुसुम	179-180	1912
स्वप्नलोक	झरना	268	1916
स्वभाव	झरना	255	1915
हाँ, सारथे! रथ रोक दो	कानन-कुसुम	193	1914
हृदय का सौन्दर्य	झरना	276	1924
हृदय-वेदना	कानन-कुसुम	162	1912
हे सागर संगम अरुण नील	लहर	341	1932
होली की रात	झरना	278-279	1926

<u>परिशिष्ट-4</u>

नाटक-एकांकी के गीतों/कविताओं की वर्णानुक्रम-सूची

सन्दर्भ :

प्रसाद के संपूर्ण नाटक एवं एकांकी - सम्पादन - डॉ. सत्यप्रकाश मिश्र, लोकभारती प्रकाशन, इलाहाबाद, 2013

प्रथम पंक्ति	अंक/दृश्य/नाटक	पृ.सं.	प्रकाशन वर्ष
अंधकार हट रहा जगत...	प्रथम दृश्य/कल्याणी परिणय	69	1912
अंबर छाई धूरि...	कथामुख/उर्वशी	10	1909
अकेली छोड़कर जाने न...	द्वितीय अंक/चतुर्थ दृश्य/विशाख	176	1921
अगुरु-धूम की श्याम लहरियाँ...	पंचम अंक/द्वितीय दृश्य/स्कन्दगुप्त	549	1928
अजय किरातहिं देखि...	नान्दी/सज्जन	41	1910
अधीर हो न चित्त...	द्वितीय अंक/सप्तम दृश्य/अजातशत्रु	254	1922
अनिल भी रहा लगाये घात...	प्रथम अंक/द्वितीय दृश्य/जन्मेजय का नाग-यज्ञ	302	1924
अब भी चेत ले तू नीच...	तृतीय अंक/द्वितीय दृश्य/राज्यश्री	136	1915
अमल कपोल वेई झलकि...	चतुर्थ परिच्छेद/उर्वशी	27	1909
अमल चन्द्र-मुख चारु...	द्वितीय परिच्छेद/उर्वशी	19	1909
अमृत हो जायगा, विष भी...	द्वितीय अंक/अष्टम दृश्य/अजातशत्रु	256	1922
अरविंद पै लखि खंज...	द्वितीय परिच्छेद/उर्वशी	19	1909
अरिहूँ से छल करै...	तृतीय दृश्य/सज्जन	48	1910
अरुण यह मधुमय देश हमारा...	द्वितीय अंक/प्रथम दृश्य/चन्द्रगुप्त	654	1931
अलका की किस विकल...	तृतीय अंक/तृतीय दृश्य/ अजातशत्रु	269	1922
अलकावलि की बनी बेनी भली...	प्रथम परिच्छेद/उर्वशी	15	1909
अलख रूप...	चतुर्थ अंक/प्रथम दृश्य/राज्यश्री	142	1915
अली नहिं एक कली का है...	नवम दृश्य/कल्याणी परिणय	82	1912
अली ने क्यों भला...	प्रथम अंक/पंचम दृश्य/अजातशत्रु	222	1922
अस्त हुए दिन-नाथ पीत...	चतुर्थ दृश्य/कल्याणी परिणय	76	1912
अस्ताचल पर युवती सन्ध्या...	द्वितीय अंक/ध्रुवस्वामिनी	766	1933
अहो पथिक! यह सोई उपवन...	चतुर्थ परिच्छेद/उर्वशी	29	1909
आओ हिये में अहो...	प्रथम अंक/पंचम दृश्य/अजातशत्रु	224	1922
आज इस यौवन के माधवी कुंज...	तृतीय अंक/पंचम दृश्य/चन्द्रगुप्त	692	1931
आज मधु पी ले...	प्रथम अंक/तृतीय दृश्य/विशाख	161	1921
आदित्य के उदय के...	तृतीय दृश्य/सज्जन	46	1910
आलस वलित नैन नील...	चतुर्थ परिच्छेद/उर्वशी	27	1909
आवें लड़ें ग्रीक, हम...	द्वितीय दृश्य/कल्याणी परिणय	73	1912
आशा विकल हुई है मेरी...'	प्रथम अंक/तृतीय दृश्य/राज्यश्री	117	1915
आह! वेदना मिली विदाई...	पंचम अंक/षष्ठ दृश्य/स्कन्दगुप्त	556	1928

प्रथम पंक्ति	अंक/दृश्य/नाटक	पृ.सं.	प्रकाशन/रचना वर्ष
उठती है लहर हरी-हरी...	प्रथम अंक/प्रथम दृश्य/विशाख	157	1921
उतारोगे अब कब भू-भार...	प्रथम अंक/षष्ठ दृश्य/स्कन्दगुप्त	482	1928
उमड़ कर चली भिगोने आज...	तृतीय अंक/प्रथम दृश्य/स्कन्दगुप्त	511	1928
ओ मेरी जीवन की स्मृति...	चतुर्थ अंक/चतुर्थ दृश्य/चन्द्रगुप्त	714	1931
उरोज पै चम्पई कंचुकी...	प्रथम परिच्छेद/उर्वशी	15	1909
कंज मुखी लखि कंज संकोच...	द्वितीय परिच्छेद/उर्वशी	20	1909
कंटक नहिं पददलित होत...	चतुर्थ दृश्य/सज्जन	49	1910
कज्जल कलित सुअश्रु जल...	पंचम परिच्छेद/उर्वशी	35	1909
कठिन कुहक कल्पनामयी,...	चतुर्थ दृश्य/कल्याणी परिणय	75	1912
कर रहे हो नाथ, तुम...	द्वितीय अंक/षष्ठ दृश्य/विशाख	182	1921
करुणा-कादम्बिनी बरसे!	चतुर्थ अंक/चतुर्थ दृश्य/राज्यश्री	146	1915
करुणालय	गीतिनाट्य	85–105	1912
करुणालय चित्त शान्त था...	प्रथम अंक/प्रथम दृश्य/विशाख	153	1921
कहूँ कमिनीगण मनमुदित...	प्रथम परिच्छेद/उर्वशी	14	1909
कहूँ निकुंजन में कूजत...	प्रथम परिच्छेद/उर्वशी	13	1909
कहूँ पुष्करिणी माँहि...	प्रथम परिच्छेद/उर्वशी	14	1909
कहूँ भृंग गुंजार अम्भोजिनी में...	तृतीय परिच्छेद/उर्वशी	24	1909
कहूँ लोल लतिका पर...	प्रथम परिच्छेद/उर्वशी	13	1909
कार्तिक कृष्णा कुहू क्रोध...	द्वितीय अंक/चतुर्थ दृश्य/विशाख	178	1921
किसे नहीं चुभ जायँ,...	द्वितीय अंक/षष्ठ दृश्य/ कामना	400	1927
कुंज में वंशी बजती है...	प्रथम अंक/तृतीय दृश्य/विशाख	160	1921
कुण्डल कर्ण विलोल...	कथामुख/उर्वशी	9	1909
कृष्ण केसर से भरे नव...	प्रथम दृश्य/कल्याणी परिणय	71	1912
कैसी कड़ी रूप की ज्वाला...	सप्तम दृश्य/कल्याणी परिणय	79	1912
कैसी कड़ी रूप की ज्वाला?	चतुर्थ अंक/द्वितीय दृश्य/चन्द्रगुप्त	709	1931
क्या सुना नहीं कुछ,...	तृतीय अंक/तृतीय दृश्य/जन्मेजय का नाग-यज्ञ	344	1924
क्रमशः तारापुंज प्रकट...	चतुर्थ दृश्य/कल्याणी परिणय	76	1912
क्रोधानलज्वलित भीम करालिका-सी...	द्वितीय दृश्य/सज्जन	46	1910
खल को शासन करै...	पंचम दृश्य/सज्जन	51	1910
खेल लो नाथ, विश्व का...	तृतीय अंक/अष्टम दृश्य/कामना	431	1927
खोल तू अब भी आँखें...	एकांकी/एक घूँट	563	1929
गलबाँहीं दै कोऊ कहूँ बिहरैं ...	प्रथम परिच्छेद/उर्वशी	14	1909
गोधूली के राग-पटल में...	प्रथम अंक/द्वितीय दृश्य/अजातशत्रु	215	1922
घने ख्र प्रेम-तरु-तले...	द्वितीय अंक/प्रथम दृश्य/स्कन्दगुप्त	490	1928
घने-घन बीच कुछ अवकाश...	प्रथम अंक/प्रथम दृश्य/विशाख	155	1921
घबराना मत इस विचित्र...	प्रथम अंक/चतुर्थ दृश्य/विशाख	167	1921
घिरे सघन घन नींद न आयी...	प्रथम अंक/चतुर्थ दृश्य/कामना	379	1927
चंचल चन्द्र सूर्य है...	प्रथम अंक/षष्ठ दृश्य/अजातशत्रु	226	1922
चंद्र की वल्लरी चन्द्रकला सी...	प्रथम परिच्छेद/उर्वशी	15	1909

प्रथम पंक्ति	अंक/दृश्य/नाटक	पृ.सं.	प्रकाशन/रचना वर्ष
चंद्रवंश को सूर...	पंचम परिच्छेद/उर्वशी	34	1909
चल बसंत बाला अंचल...	तृतीय अंक/नवम दृश्य/अजातशत्रु	283	1922
चला है मन्थर गति में...	द्वितीय अंक/चतुर्थ दृश्य/अजातशत्रु	245	1922
चहूँ ओर लखात लता लतिका...	तृतीय परिच्छेद/उर्वशी	24	1909
चिरजीवहु लहि युगल सुख...	पंचम परिच्छेद/उर्वशी	35	1909
छटा कैसी सलोनी निराली है...	द्वितीय अंक/तृतीय दृश्य/कामना	393	1927
छाने लगी जगत में ...	द्वितीय अंक/तृतीय दृश्य/विशाख	173	1921
छाया-सा अस्पष्ट चित्र...	प्रथम दृश्य/कल्याणी परिणय	69	1912
छिपाओगी कैसे - आँखें...	द्वितीय अंक/अष्टम दृश्य/कामना	407	1927
जब प्रीति नहीं मन में कुछ...	तृतीय अंक/चतुर्थ दृश्य/राज्यश्री	138	1915
जय! सुरेश! जयजय! नरेश!...	पंचम परिच्छेद/उर्वशी	36	1909
जय जय जय आदि भूमि,...	तृतीय दृश्य/कल्याणी परिणय	74	1912
जय जयति करुणा सिन्धु!	तृतीय अंक/पंचम दृश्य/राज्यश्री	140	1915
जय हो उसकी, जिसने अपना...	तृतीय अंक/अष्टम दृश्य/जन्मेजय का नाग-यज्ञ	361	1924
जलधर की माला...	एकांकी/एक घूँट	572	1929
जाओ सखी, तुम जी न...	तृतीय अंक/द्वितीय दृश्य/कामना	413	1927
जानि विरह को मूल...	पंचम परिच्छेद/उर्वशी	36	1909
जिन कबहुँ न दीन्हें...	तृतीय दृश्य/सज्जन	47	1910
जिनहिं बढ़ायो मान सों...	तृतीय दृश्य/सज्जन	47	1910
जीति धरा धरि धर्म...	पंचम परिच्छेद/उर्वशी	33	1909
जीने का अधिकार तुझे क्या...	द्वितीय अंक/प्रथम दृश्य/जन्मेजय का नाग-यज्ञ	319	1924
जीवन भर आनन्द मनावे ...	प्रथम अंक/प्रथम दृश्य/विशाख	156	1921
जीवन में उजियाली है...	एकांकी/एक घूँट	570	1929
जैसी मधुर मुरलिया श्याम...	सप्तम दृश्य/कल्याणी परिणय	80	1912
जो चंड आप भुज दंड...	प्रथम दृश्य/सज्जन	43	1910
जो जाइ पश्चिम दिशा...	तृतीय दृश्य/सज्जन	46	1910
तजि मर्यादा न बढ़ै...	पंचम दृश्य/सज्जन	51	1910
तरुश्रेणी में सौध सुशैल...	चतुर्थ दृश्य/कल्याणी परिणय	76	1912
तिमिर गगन माँही...	पंचम दृश्य/सज्जन	50	1910
तुम कनक किरन के अंतराल में...	प्रथम अंक/द्वितीय दृश्य/चन्द्रगुप्त	627	1931
तुम्हारी मोहनी छवि पर...	द्वितीय अंक/चतुर्थ दृश्य/अजातशत्रु	246	1922
तू खोजता किसे अरे ...	प्रथम अंक/चतुर्थ दृश्य/विशाख	163	1921
तृप्त हृदय का उष्ण...	प्रथम दृश्य/कल्याणी परिणय	70	1912
तेरेई रूप सरोवर मों दृग...	द्वितीय परिच्छेद/उर्वशी	21	1909
दाता सुमति दीजिए...	द्वितीय अंक/षष्ठ दृश्य/अजातशत्रु	251	1922
दीन दुखी न रहे कोई,...	तृतीय अंक/पंचम दृश्य/विशाख	194	1921
दुःख में मित्र समान...	नान्दी/सज्जन	41	1910
दूर छोड़कर देश किस जगह...	प्रथम दृश्य/कल्याणी परिणय	69	1912
दूर जब हो गया कहीं मन से...	तृतीय अंक/प्रथम दृश्य/विशाख	184	1921

प्रथम पंक्ति	अंक/दृश्य/नाटक	पृ.सं.	प्रकाशन/रचना वर्ष
देखी नयनों ने एक झलक...	प्रथम अंक/पंचम दृश्य/विशाख	167	1921
देश की दुर्दशा निहारोगे...	पंचम अंक/तृतीय दृश्य/स्कन्दगुप्त	552	1928
धर्म को राज सदा जग...	पंचम दृश्य/सज्जन	51	1910
न छेड़ना उस अतीत स्मृति ...	प्रथम अंक/द्वितीय दृश्य/स्कन्दगुप्त	468	1928
न धरो कहकर इसको...	प्रथम अंक/चतुर्थ दृश्य/अजातशत्रु	221	1922
नदी नीर से भरी...	तृतीय अंक/प्रथम दृश्य/विशाख	183	1921
नलिनी बलि चाहत है रवि को..	चतुर्थ परिच्छेद/उर्वशी	30	1909
नव घन जल सींची जा...	द्वितीय दृश्य/कल्याणी परिणय	72	1912
नव नीरज नील लसै विकसै...	तृतीय परिच्छेद/उर्वशी	24	1909
नागरिकों के हैं, प्रमोद की...	चतुर्थ दृश्य/कल्याणी परिणय	77	1912
नाथ स्नेह की लता सींच दो,...	तृतीय अंक/षष्ठ दृश्य/ जन्मेजय का नाग-यज्ञ	354	1924
निकल मत बाहर दुर्बल आह...	प्रथम अंक/द्वितीय दृश्य/चन्द्रगुप्त	628	1931
निधुवन लीला निरत नित...	प्रथम परिच्छेद/उर्वशी	13	1909
निर्जन गोधूली प्रान्तर में...	द्वितीय अंक/अष्टम दृश्य/अजातशत्रु	255	1922
नीति प्रीति युत प्रजा...	पंचम दृश्य/सज्जन	51	1910
नीलसरोवर बीच, इन्दीवर...	द्वितीय दृश्य/सज्जन	44	1910
नृप के हिये समात...	पंचम परिच्छेद/उर्वशी	34	1909
नेकु कृपा करि कोर फिरी इतै...	द्वितीय परिच्छेद/उर्वशी	21	1909
पद-दलित किया है जिसने...	तृतीय अंक/तृतीय दृश्य/जन्मेजय का नाग-यज्ञ	346	1924
पशुहूँ मोहत जाहि सुनि...	नान्दी/सज्जन	42	1910
पाया जिसमें प्रेम-रस,...	नवम दृश्य/कल्याणी परिणय	82	1912
पालना बनें प्रलय की लहरें...	द्वितीय अंक/चतुर्थ दृश्य/स्कन्दगुप्त	499	1928
पी ले प्रेम का प्याला...	प्रथम अंक/षष्ठ दृश्य/कामना	386	1927
पूरन या मुखचन्द चितै इन...	द्वितीय परिच्छेद/उर्वशी	20	1909
पृथ्वी की श्यामल पुलकों...	तृतीय अंक/चतुर्थ दृश्य/कामना	420	1927
पैरों के नीचे जलधर हों ...	प्रथम अंक/ध्रुवस्वामिनी	761	1933
प्यारी निशा को भयी सुख प्रात...	तृतीय परिच्छेद/उर्वशी	23	1909
प्यारे, निर्मोही होकर मत...	प्रथम अंक/पंचम दृश्य/अजातशत्रु	223	1922
प्रकृति उदार करों से जो...	चतुर्थ दृश्य/कल्याणी परिणय	77	1912
प्रथम मिलन के हेतु तैं...	कथामुख/उर्वशी	11	1909
प्रथम यौवन-मदिरा से मत्त...	द्वितीय अंक/पंचम दृश्य/चन्द्रगुप्त	671	1931
प्रथम राखि महामति...	द्वितीय दृश्य/सज्जन	45	1910
प्रेम! अनूपम जाल...	द्वितीय परिच्छेद/उर्वशी	22	1909
प्रेम-पाश गल डालि...	प्रथम परिच्छेद/उर्वशी	16	1909
फूल जब हँसते हैं अभिराम...	तृतीय अंक/द्वितीय दृश्य/जन्मेजय का नाग-यज्ञ	342	1924
बच्चे बच्चों से खेलें	प्रथम अंक/प्रथम दृश्य/अजातशत्रु	213	1922
बज रही वंशी आठों याम की...	चतुर्थ अंक/चतुर्थ दृश्य/चन्द्रगुप्त	714	1931
बजा दो वेणु मनमोहन!...	चतुर्थ अंक/सप्तम दृश्य/स्कन्दगुप्त	540	1928
बरस पड़े अश्रु-जल, हमारा...	द्वितीय अंक/पंचम दृश्य/जन्मेजय का नाग-यज्ञ	332	1924

प्रथम पंक्ति	अंक/दृश्य/नाटक	पृ.सं.	प्रकाशन/रचना वर्ष
बलित हेमबल्ली कलकुसुम...	प्रथम परिच्छेद/उर्वशी	13	1909
बसि सरोज रस लेन...	प्रथम परिच्छेद/उर्वशी	17	1909
बहुत छिपाया, उफन पड़ा...	द्वितीय अंक/द्वितीय दृश्य/अजातशत्रु	241	1922
बार-बार सानुनय कह्यो...	द्वितीय दृश्य/सज्जन	45	1910
बार-बार सुकुमार अंग...	पंचम परिच्छेद/उर्वशी	34	1909
बिखरी किरन अलक व्याकुल हो...	द्वितीय अंक/सप्तम दृश्य/चन्द्रगुप्त	675	1931
बीती निशा दुख की...	द्वितीय परिच्छेद/उर्वशी	22	1909
बोले लखे इमि हाल...	पंचम परिच्छेद/उर्वशी	33	1909
भयो विमल जल लोल	नान्दी/सज्जन	42	1910
भरा नैनों में मन में रूप...	प्रथम अंक/सप्तम दृश्य/स्कन्दगुप्त	485	1928
भरे क्रोध-जल जलद-जुग...	तृतीय परिच्छेद/उर्वशी	25	1909
भाव-निधि में लहरियाँ उठतीं...	चतुर्थ अंक/द्वितीय दृश्य/स्कन्दगुप्त	530	1928
मकरंद पराग प्रसेद सने...	तृतीय परिच्छेद/उर्वशी	24	1909
मचा है जग भर में अन्धेर...	प्रथम अंक/द्वितीय दृश्य/विशाख	159	1921
मधुप कब एक कली का है...	चतुर्थ अंक/चतुर्थ दृश्य/चन्द्रगुप्त	713	1931
मधुपान कर चुके मधुप,...	तृतीय अंक/प्रथम दृश्य/विशाख	184	1921
मधुमत्त मिलिन्द माधुरी...	प्रथम अंक/चतुर्थ दृश्य/विशाख	166	1921
मधुर मन्द मकरन्द पूर हे...	चतुर्थ परिच्छेद/उर्वशी	29	1909
मधुर माधव ऋतु की रजनी...	द्वितीय अंक/तृतीय दृश्य/जन्मेजय का नाग-यज्ञ	327	1924
मधुर मिलन कुंज में...	एकांकी/एक घूँट	583	1929
मध्याह्न में महत तेज...	तृतीय दृश्य/सज्जन	46	1910
मन जागो जागो ...	तृतीय अंक/द्वितीय दृश्य/जन्मेजय का नाग-यज्ञ	341	1924
मना आनन्द मत...	प्रथम अंक/चतुर्थ दृश्य/विशाख	165	1921
मरण जब दीन जीवन से...	तृतीय अंक/द्वितीय दृश्य/विशाख	187	1921
मलय अनिल लहि नवमल्लिका...	प्रथम परिच्छेद/उर्वशी	14	1909
माझी? साहस है? खे लोगे?	तृतीय अंक/चतुर्थ दृश्य/स्कन्दगुप्त	520	1928
मान लूँ क्यों न उसे...	द्वितीय अंक/षष्ठ दृश्य/विशाख	180	1921
मीड़ मत खिंचे बीन...	प्रथम अंक/नवम दृश्य/अजातशत्रु	232	1922
मूरछा देखि के प्यारे सुजान की...	द्वितीय परिच्छेद/उर्वशी	20	1909
मृग की बात कहाँ कहौं...	द्वितीय दृश्य/सज्जन	44	1910
मेरे मन को चुरा के...	द्वितीय अंक/तृतीय दृश्य/विशाख	175	1921
मोदभरी सुकुमोदिनियाँ..	द्वितीय परिच्छेद/उर्वशी	18	1909
यह कसक अरे आँसू सह जा...	प्रथम अंक/ध्रुवस्वामिनी	752	1933
यौवन तेरी चंचल छाया...	द्वितीय अंक/ध्रुवस्वामिनी	763	1933
रत्नमयी भूमि लगे...'	प्रथम परिच्छेद/उर्वशी	13	1909
रे नीच मीच तव...	प्रथम दृश्य/सज्जन	43	1910
लखु प्रानप्रिये ! तुमको लखि कै...	तृतीय परिच्छेद/उर्वशी	24	1909
लगा दो गहने का...	द्वितीय अंक/द्वितीय दृश्य/विशाख	173	1921
ललित लवंग एला लवली...	तृतीय परिच्छेद/उर्वशी	25	1909

प्रथम पंक्ति	अंक/दृश्य/नाटक	पृ.सं.	प्रकाशन/रचना वर्ष
लाक्षागृह में जारन...	चतुर्थ दृश्य/सज्जन	50	1910
लियो उठाय नरेश...	पंचम परिच्छेद/उर्वशी	34	1909
लोग बतावत चन्द है...	प्रथम परिच्छेद/उर्वशी	13	1909
लोभ सुख का नहीं...	द्वितीय अंक/नवम दृश्य/अजातशत्रु	260	1922
वसन्त के कानन में खिला जो...	द्वितीय दृश्य/कल्याणी परिणय	72	1912
विकसाइ रसाल की मंजरी को...'	तृतीय परिच्छेद/उर्वशी	23	1909
वे खुले पलक मारुत से क्रीड़ा...	द्वितीय दृश्य/कल्याणी परिणय	73	1912
शंभु नयन प्रतिबिम्ब ...	प्रथम परिच्छेद/उर्वशी	13	1909
शून्य गगन में खोजता जैसे चन्द्र...	पंचम अंक/द्वितीय दृश्य/स्कन्दगुप्त	546	1928
शोक समूह अशोक लखात..	चतुर्थ परिच्छेद/उर्वशी	27	1909
शोक हरन हे नव अशोक...	चतुर्थ परिच्छेद/उर्वशी	31	1909
श्यामल कुंज घने कानन ऊँचे...	चतुर्थ दृश्य/कल्याणी परिणय	76	1912
संध्या सुबाल की भालमणी...	द्वितीय परिच्छेद/उर्वशी	18	1909
संसृति के वे सुन्दरतम क्षण...	प्रथम अंक/तृतीय दृश्य/स्कन्दगुप्त	470	1928
सखी री !सुख किसको हैं...	प्रथम अंक/प्रथम दृश्य/विशाख	154	1921
सखी सबही विधि मंगल...	नवम दृश्य/कल्याणी परिणय	84	1912
सखे! वह प्रेममयी रजनी...	चतुर्थ अंक/नवम दृश्य/चन्द्रगुप्त	729	1931
सघन वन-वल्लरियों के नीचे...	प्रथम अंक/तृतीय दृश्य/कामना	372	1927
सजल नयन कर बाँधि...	पंचम परिच्छेद/उर्वशी	33	1909
सजे सूर धारे ...	कथामुख/उर्वशी	9-10	1909
सत्कविता, हितकर वचन...	नान्दी/सज्जन	41	1910
सदा जुग जुग जीओ महाराज	प्रथम दृश्य/सज्जन	42	1910
सनी स्वेद पराग सों...	प्रथम परिच्छेद/उर्वशी	16	1909
सब जीवन बीता जाता है...	तृतीय अंक/द्वितीय दृश्य/स्कन्दगुप्त	515	1928
समीर स्पर्श कली को...	प्रथम अंक/चतुर्थ दृश्य/विशाख	166	1921
सम्हाले कोई कैसे प्यार...	द्वितीय अंक/षष्ठ दृश्य/राज्यश्री	129	1915
सरसकुसुमित मल्लिकादिक...	प्रथम परिच्छेद/उर्वशी	16	1909
सलोने अंग पर पट हो...	प्रथम अंक/प्रथम दृश्य/विशाख	154	1921
सहें अनेकन कष्ट पै...	चतुर्थ दृश्य/सज्जन	49	1910
साँची देहु बताय...	पंचम परिच्छेद/उर्वशी	36	1909
सुख की सीमा नहीं ...	द्वितीय अंक/चतुर्थ दृश्य/विशाख	176	1921
सुख साधन में भूल न रे मन!	अग्निमित्र (अपूर्ण)	786	अपूर्ण
सुखी करै चित्त सुमोद...	तृतीय दृश्य/सज्जन	47	1910
सुघर साजि मनोहर रूप को...	द्वितीय दृश्य/सज्जन	46	1910
सुत को सुचि मुखचन्द...	पंचम परिच्छेद/उर्वशी	36	1909
सुधा-सीकर से नहला दो!	चतुर्थ अंक/प्रथम दृश्य/चन्द्रगुप्त	706	1931
सुनि रथांग को शब्द वह...	कथामुख/उर्वशी	10	1909
स्वजन दीखता न विश्व में...	तृतीय अंक/सप्तम दृश्य/अजातशत्रु	280	1922
स्वर्ग है नहीं दूसरा और...	तृतीय अंक/तृतीय दृश्य/अजातशत्रु	271	1922

प्रथम पंक्ति	अंक/दृश्य/नाटक	पृ.सं.	प्रकाशन/रचना वर्ष
स्वीकृति प्रेम-प्रशस्ति पर...	द्वितीय अंक/चतुर्थ दृश्य/विशाख	177	1921
हमारा प्रेमनिधि सुन्दर...	प्रथम अंक/नवम दृश्य/अजातशत्रु	232	1922
हमारे जीवन का उल्लास...	तृतीय अंक/द्वितीय दृश्य/अजातशत्रु	266	1922
हमारे निर्बलों के बल कहाँ...	प्रथम अंक/षष्ठ दृश्य/स्कन्दगुप्त	483	1928
हमारे वक्ष में बनकर...	प्रथम अंक/पंचम दृश्य/अजातशत्रु	224	1922
हरिन यूथ ते विलग जिमि...	कथामुख/उर्वशी	10	1909
हाय! कहाँ आयो मैं एहि...	चतुर्थ परिच्छेद/उर्वशी	28–29	1909
हिमाद्रि तुंग शृंग से...	चतुर्थ अंक/षष्ठ दृश्य/चन्द्रगुप्त	720	1931
हिमालय के आँगन में उसे...	पंचम अंक/पंचम दृश्य/स्कन्दगुप्त	554	1928
हिये में चुभ गयी, हाँ,..	द्वितीय अंक/प्रथम दृश्य/विशाख	171	1921
हुआ काकरव क्लान्त...	चतुर्थ दृश्य/कल्याणी परिणय	76	1912
हृदय की सब व्यथाएँ मैं...	द्वितीय अंक/प्रथम दृश्य/विशाख	169	1921
हृदय के कोने-कोने से...	तृतीय अंक/पंचम दृश्य/विशाख	196	1921
ह्वै सावधान सब रक्षहु...	चतुर्थ दृश्य/सज्जन	49	1910

परिशिष्ट-5

प्रसाद के काव्य और नाटक

काव्य-पुस्तक :

पुस्तक	प्रकाशन-वर्ष
चित्राधार	1918/1928
कानन-कुसुम	1913/1929
प्रेमपथिक	1909
प्रेमपथिक	1914
महाराणा का महत्त्व	1914
झरना	1918
आँसू	1925/1933
लहर	1935
कामायनी	1936

नाटक :

नाटक	प्रकाशन-वर्ष
उर्वशी	1909
सज्जन	1910
वभ्रुवाहन	1911
कल्याणी परिणय	1912
करुणालय	1912
प्रायश्चित	1914
राज्यश्री	1915
विशाख	1921
अजातशत्रु	1922
जन्मेजय का नाग-यज्ञ	1924
कामना	1927
स्कन्दगुप्त	1928
एक घूँट	1929
चन्द्रगुप्त	1931
ध्रुवस्वामिनी	1933
अग्निमित्र	अपूर्ण